PIERGIORGIO PULIXI

DIE INSEL DER SEELEN

ROMAN

Aus dem Italienischen von
Barbara Engelmann, Barbara Neeb
und Katharina Schmidt

K
A
M
P
A

Die italienische Originalausgabe erschien 2019 unter dem Titel
L'isola delle anime im Verlag Rizolli, Mailand.

*Für den Blick hinter die Verlagskulissen:
www.kampaverlag.ch/newsletter*

Lektorat: Christina Neiske
Satz: Tristan Walkhoefer, Leipzig
Gesetzt aus der Stempel Garamond / 230145
Druck und Bindung: Friedrich Pustet, Regensburg
Auch als E-Book erhältlich
ISBN 978 3 311 12059 9

www.kampaverlag.ch

Für meine Landsleute

Fürchte nicht die Toten, sondern die Lebenden.

Sardisches Sprichwort

Dieses Land ähnelt keinem anderen Ort …
Liebliche Weite ringsum, entgleitende Entfernungen,
nichts endet, nichts ist endgültig.
Es ist die Freiheit selber.

D. H. Lawrence, *Das Meer und Sardinien*

Prolog

Von den vier Beamten, die im Lauf der Zeit offiziell in der Mordsache Dolores Murgia eingesetzt worden waren, bin nur ich noch am Leben. Und insgesamt habe ich vier Kollegen verloren, vier Freunde. Einige meinten, dass dieser Fall unter einem schlechten Stern stehe. Dass wir besser daran getan hätten, ihn zu vergessen, ihn ungelöst zu belassen. Doch durch unser beharrliches Nachbohren haben wir stattdessen die *animas malas*, die bösen Geister, geweckt, und die Finsternis hat uns alle eingeholt, einen nach dem anderen. Wie ein Fluch.

Ich weiß auch, was man über mich sagt: Sie meinen, im Grunde hätten meine Kollegen mehr Glück gehabt als ich und dass ich diejenige bin, die den höchsten Preis bezahlt hat und noch bezahlen wird, weil ich als Einzige überlebt habe. Der Fluch lastet nun auf mir. Und es ist eine furchtbare Last. An den besseren Tagen versuche ich mir einzureden, dass das alles keine Rolle spiele. Das war nun mal unser Job, und dem Mädchen musste auf irgendeine Weise Gerechtigkeit widerfahren. An den schlimmeren Tagen meine ich, alles falsch gemacht zu haben, zugelassen zu haben, dass die anderen wegen nichts und wieder nichts in den Abgrund gerissen wurden. In der letzten Zeit sind die schlimmeren Tage in der Überzahl, aufzustehen und zur Arbeit zu gehen fällt mir immer schwerer. Ich hätte mein Entlassungsgesuch einreichen sollen, als nur noch ich übrig war, aber das konnte ich nicht. Zu viele Gespenster, zu viele Schuldzuweisungen. Wer sagt, dass Gespenster mit der Zeit verblassen, aufgeben und verschwinden, der lügt. Meine sind lebendiger denn je. Sie erinnern mich daran, dass ich die einzige Ermittlerin der Sonderkommission bin, die noch im Dienst ist. Auf mir lastet die Verantwortung, die Arbeit zu beenden, auch wenn anscheinend alle außer mir Dolores und die anderen jungen Frauen vergessen haben.

Meine Schuldgefühle haben sie, die Gespenster, jedenfalls nicht vergessen. Sie erinnern mich ständig. Sie zu ignorieren ist unmöglich. Deswegen bin ich immer noch Polizistin. Nicht wegen Dolores, sondern *ihretwegen*. Denn ich weiß, dass sie nicht verschwinden werden, bevor diese Geschichte nicht zu Ende gebracht ist.

Ich lasse den Blick über die Wand mit der Fotografie von meiner Einheit schweifen. In den lächelnden Gesichtern suche ich Kraft und finde eine sonderbare Art von Trost. Ehe ich aus dem Haus gehe, betrachte ich mich im Spiegel. Was ich dort sehe, gefällt mir nicht. Denn was ich dort sehe, ist nur mein Körper, meine Seele ist nicht mehr da. Ich habe sie an diesem grauenvollen Tatort gelassen. Und deshalb muss ich dorthin zurückkehren, um sie mir zurückzuholen.

Ich hoffe nur, dass es noch nicht zu spät ist.

ERSTER TEIL

Der Tag der Toten

Es gibt eine andere Zeit.
Ich habe sie gesehen.
Ehe Blut aus dem Boden quoll.
Ehe Magma die Risse aufbrach.
Die Lippen auf den Boden gepresst, lag ich da.
Und wartete, dass die Jahreszeit ihr Ende fand.

Marcello Fois, *Das unendliche Nicht-Enden*

I

Aratu-Tal, in den Bergen der Barbagia, Sardinien, 1961

Der Hund witterte das Blut auf Hunderte Meter Entfernung. Die Feuchtigkeit der Nacht intensivierte die Gerüche der mediterranen Macchia und entfachte ein wahres Duftfeuerwerk: Myrte, Zistrose, Erdbeerbaum, Ginster, wilder Thymian … Und doch nahm das Tier hinter den typischen Aromen dieser Berge, die der Wind durch einen Spalt im geborstenen Fensterrahmen ins Zimmer trieb, eine unverwechselbare säuerliche Eisennote wahr: menschliches Blut. Es spitzte die Ohren und erhob sich dumpf bellend von seinem Platz dicht neben dem Bett des Kindes.

Der Junge erwachte und sagte dem Hund, er solle weiterschlafen. Das Tier schien ihn jedoch nicht einmal zu hören. Wie einem seltsamen Lockruf gehorchend, rannte es aus dem Zimmer und dann aus dem Haus. Es raste zu dem hinter dem Haus gelegenen Wäldchen und verfolgte die deutliche Spur, die ihm aus den erdigen Gerüchen des Unterholzes und aus den feuchteren des taugetränkten Grases in die Nase drang. Seine Riechzellen leiteten den Hund wie ein Radar. Er durchquerte ein Waldstück mit riesigen jahrhundertealten Eichen, wo er sich im Labyrinth der wild wuchernden Brombeerbüsche die Haut zerkratzte. Doch der Schmerz hielt ihn nicht auf. Immer strenger und heftiger wurde der Geruch, als hätte das Blut sich aus einem Hintergrundrauschen zu einem schrillen Schrei gesteigert. Der Hund verlangsamte seinen Lauf, als er unterhalb eines felsigen Abhangs eine Lichtung erreichte, die nur von wenigen Bäumen bewachsen und fast vollkommen frei von Macchia war. Rund um diesen freien Platz standen Erdbeerbäume, uralte Steineichen und Wacholderbüsche so alt wie die Berge selbst. Die Baumkronen rauschten auf einmal nicht mehr. Auch das Summen der Insekten war allmählich leiser geworden, bis es von einer übernatürlichen Stille erstickt wurde, die wie mit einem Zauber diesen zwischen den Hügeln verborgenen freien Raum einhüllte. Ein zunehmender Mond tränkte die Lichtung in ein silbernes Licht und hob die Umrisse einer am Boden zusammengesunkenen Gestalt hervor. Sie war mit Schafsfellen bedeckt, und über ihr kreiste eine Fliegenwolke.

Der Hund sah sich furchtsam um. Eingefasst von hohen Quadern aus Naturfels, die mit Moos und Flechten bedeckt waren, und geschützt von den dicht belaubten Ästen der Bäume, die zu seiner Verteidigung Spalier zu stehen schienen, erhob sich dort ein frühzeitlicher Steinbau, halb verschlungen von einer Mauer aus wild ineinander verwachsenen Pflanzen: eine Art Vagina aus Trachyt in den Spalten der Felswand. Bläulicher Dunst waberte aus dem Inneren des Tempels, und der Hund nahm leises Plätschern von Wasser wahr: Es kam von einer Quelle, von der er sich immer ferngehalten hatte, selbst in den heißesten Stunden im Sommer, wenn der Durst ihn quälte. Von diesem Ort, der in eine düstere Totenstille gehüllt war, als würde jedes Geräusch aufgesaugt von der gierigen Vegetation, gingen unheilvolle Schwingungen aus. All seine Sinne schrien ihm zu, er solle verschwinden, und doch konnte er keinen Muskel bewegen. Er beschloss, diese unsichtbare Grenze zu überschreiten, wagte ein paar Schritte und näherte sich dem Menschen. Es war eine Frau, nackt unter den Schafsfellen. Blut tropfte aus einer klaffenden Wunde am Hals und tränkte das feuchte Erdreich. Die Hände waren hinter dem Rücken gefesselt. Die Frau kniete nach vorne gebeugt genau im Zentrum eines

Runds aus Megalithen, die in einer Spirale zur Mitte führten, vor dem Tempel, der die heilige Quelle schützte. Das Wassergeräusch im Inneren des Gebäudes war nun lauter. Über der noch warmen Leiche schwebte der Tod, der Hund konnte zwischen den gigantischen Felsbrocken beinahe dessen Nachhall wahrnehmen. Eine zwischen den anderen herausragende Stele, auf der sich plastisch die Mondsichel abzeichnete, schimmerte in einem feenhaften Licht. Der hohe Steinpfeiler schien den leblosen Körper mit eisigem Blick zu betrachten.

Die Pfoten des Hundes zitterten wie zarte Zweige im Wind. Der scharfe Geschmack von Gefahr breitete sich auf seiner Zunge aus. Er wusste, dass er nicht an diesen Ort gehörte, dass er durch seine Anwesenheit ein uraltes Gesetz brach. Nun spürte er die brennenden Schmerzen in der Seite, wo die Dornen der Brombeerbüsche ihm bei seinem wilden Lauf durch die Macchia tiefe Kratzer zugefügt hatten. Doch dieser körperliche Schmerz war nichts im Vergleich zu der lähmenden Angst, die ihn ergriffen hatte. Jedes Geräusch wurde von dem heftigen Klopfen seines Herzens übertönt.

»Angheleddu!« Der Hund hörte die Stimme des Kindes in seiner unmittelbaren Nähe.

Ruckartig drehte er sich um und sah, wie sein junger Besitzer zu ihm kam und wenige Schritte von der vornübergebeugt am Boden knienden Gestalt stehen blieb. Der beißende Gestank der Felle, die sie einhüllten, war so stark, dass er den Geruch nach feuchter Erde und Blut überlagerte. So intensiv, dass er auch die säuerlichen Ausdünstungen aus dem von Adrenalin und Angst gefluteten Körper des Kindes überdeckt hatte.

Angheleddu stieß ein dumpfes Knurren aus, als wollte er den Kleinen davon abbringen, sich dem Opfer und dem Heiligtum zu nähern.

Es war eine dieser eisigen Nächte, in denen einem vor

Kälte die Lippen aufplatzen und die Haut an den Fingerknöcheln einreißt. Das Kind erschauerte, aber nicht vor Kälte: Der Anblick der Leiche hatte jede körperliche Empfindung verdrängt. Abgesehen von dem Blut, das von den Steinrinnen aufgefangen zu werden schien, die sich auf die Quelle zuschlängelten, gab es ein anderes Detail, das ihm Angst einjagte: Das Gesicht der Leiche war von einer Tiermaske aus Holz mit langen, spitzen Hörnern bedeckt; sie erinnerte ihn an die Masken vom dörflichen Karneval, zu dem ihn sein Vater einmal mitgenommen hatte. Diese hatten ihn noch Wochen danach in seinen Träumen verfolgt. Er hätte all seine kindlichen Schätze darauf verwettet, dass das Gesicht der Frau von der *carazza 'e boe*, der traditionellen Stiermaske, bedeckt war.

Er seufzte, hin- und hergerissen zwischen Überraschung und Furcht, und betrachtete die langen dunklen Haare, die sich über die durchscheinende Haut der Frau und den Mantel aus Schafsfellen ergossen.

Der Hund stellte sich ihm in den Weg, als wollte er ihn vor diesem Anblick schützen, und versuchte, ihn wegzuschieben.

Ein Geräusch ließ sie beide zusammenfahren. Es kam aus dem Inneren des Tempels, den ein Nebelschleier umgab, sodass man fast nichts erkennen konnte.

Die flackernden Lichter der Sterne am trüben Novemberhimmel brachten kaum Licht ins Tal, sodass die Umrisse des Heiligtums nur schwer zu erkennen waren. Obwohl er erst vor Kurzem wegen der Köhlerei seines Vaters hierhergezogen war, hatte der Junge diese Berge bereits gründlich erkundet, aber auf diesen urzeitlichen Ort war er zuvor nie gestoßen, als hätte die Vegetation ihn absichtlich verschluckt, um seine Existenz geheim zu halten.

Der Junge wollte zur Quelle gehen, aber der Hund hinderte ihn daran, indem er ihm den Weg verstellte.

Sie hörten schwere Schritte, als ob jemand eine Treppe hinaufginge. Jeder Schritt war von lautem metallenem Scheppern und Schellen begleitet.

Der Hund und das Kind verharrten reglos, als hätte ein Zauber sie gelähmt. Mit klopfenden Herzen sahen sie, wie der Nebelvorhang von einer riesigen Gestalt geteilt wurde, die aus den Eingeweiden der Erde an die Oberfläche kam wie eine urzeitliche Gottheit der Wälder, die sich nach einem sehr langen Schlaf wieder zeigte. Eine Tiergottheit. Ein Wesen von menschlicher Anmutung, wenn auch groß wie ein Riese, das Gesicht ebenfalls von einer Furcht einflößenden Maske mit langen spitzen Hörnern bedeckt, die im Schein der Fackel in seiner Hand gespenstisch aufleuchtete. Der Hüne war mit einem schweren Umhang aus den zotteligen Fellen dunkler Schafböcke bekleidet, der mit einem breiten Gürtel zusammengehalten wurde. Über den kräftigen Schultern lag ein Strang mit eisernen Kuhglocken, und die linke Hand, zweifellos menschlich, hielt ein Messer mit gebogener Klinge, die noch feucht von Blut und Wasser glänzte. Ein *muccadore*, ein schwarzes Kopftuch, wie es die Großmutter des Jungen trug, bedeckte die Haare. Die Beine, dick und lang wie Steineichenstämme, steckten in Lederbeinlingen, und er trug hohe schwarze Stiefel, die wie die *cusinzos* aussahen, die sein Vater für seine Arbeit in den Wäldern anzog.

Der Riese bemerkte die beiden, aber es schien ihn nicht zu kümmern.

Angheleddu und das Kind waren wie versteinert. Sie beobachteten, wie der Hüne sich der Frau näherte, ihr mit einer entschiedenen Geste den Umhang aus Schafsfellen wegzog, sodass nun ihr blutverschmierter Rücken frei lag. Das Wesen ließ die Fackel auf den Steinboden fallen, zog aus seinem Gurt ein Widderhorn und schüttete daraus Wasser auf die Leiche, wodurch ein frischer, kreisrunder Einschnitt auf der Haut sichtbar wurde, ähnlich wie von der *pintadera*, mit der die Mutter des Jungen den rohen Brotlaib vor dem Backen stempelte. Dann, wie in Erwartung eines Zeichens, hob der Riese sein hinter der Maske verborgenes Gesicht zum Sternenzelt. Und der Himmel schien ihm zu antworten, denn wenige Sekunden später erhob sich wieder der Wind und fauchte durch die Wälder wie eine große tollwütige Bestie.

Der Junge spürte, wie seine Seele von diesem eisigen Atem fortgerissen wurde, er hatte das Gefühl, als ob dort in den Wäldern etwas aus einem langen Schlaf erwacht wäre.

Unter der schweren Holzmaske deklamierte der Riese mit hohler Stimme eine Art Gebet an die Sterne: »*A una bida nche l'ant ispèrdida in sa nurra de su notte. Custa morte est creschende li lugore a sa luna. Abba non naschet si sàmbene non paschet.*«

Der Junge verstand nur wenige Worte: Wasser, Tod, Mond, Blut; trotzdem hatte der Tonfall des Dämons genügt, um in ihm eine urzeitliche Angst wachzurufen, als hätte das Gebet den Spalt zum Limbus der Seelen geöffnet; denn diese archaische Sprache sprach nicht den Verstand an, sondern die Eingeweide. Die Eingeweide von Mensch und Erde.

Angheleddu gelang es, sich aus seiner Starre zu lösen, und er begann zu knurren.

Das Mischwesen aus Gott und Tier drehte sich zu dem Hund um, beugte sich nieder und streckte eine enorme Pranke aus. Auf deren Rücken bemerkte der Junge eine helle, halbmondförmige Narbe; er sah auch die Stahlklinge im Mondschein aufblitzen und presste in Erwartung des Schlimmsten die Augen zusammen. Aber der Hüne hegte keine Mordgedanken: Er streichelte dem Hund über den Kopf, der das reglos zuließ, wie hypnotisiert von den finsteren Augenhöhlen der Stiermaske.

Als der Junge seine tränenfeuchten Augen wieder aufschlug, sah er verwundert, dass sein Hund unversehrt neben ihm stand. Der Riese hatte auf dem Kopf der Frau eine Art Blätterkrone drapiert und entfernte sich nun mit langsamen Schritten Richtung Wald, bis die Dunkelheit ihn verschluckt hatte. Das Kind hörte das Knistern der Flammen, noch ehe er ihren Schein sah. Das Feuer verzehrte die Macchia und griff dann auf die Bäume über. Keine Minute später hatten die Flammen auch das Heiligtum erfasst.

Angheleddu zerrte mit den Zähnen an den Hosen des Jungen, wie um ihn aus seiner Erstarrung zu lösen und von dem unheilvollen Ort fortzuziehen.

Das wütende Bellen des Hundes erreichte den Jungen jedoch nur als Hintergrundrauschen, er starrte weiter auf die Leiche der Frau, die gleich von den Flammen verzehrt werden würde. Erst als das Tier ihn in die Wade biss, tauchte er aus den sumpfigen Abgründen des Unterbewussten auf und kam wieder zur Besinnung. Das Feuer hatte bereits einen Großteil des Brunnenheiligtums verschlungen. Überall prasselten die Flammen. Dichter schwarzer Rauch verpestete die Luft und trieb ihm die Tränen in die Augen, die heißen Böen wurden immer heftiger. Noch einen Moment länger, und es wäre unmöglich geworden zu entkommen oder auch nur zu atmen.

Der Junge flüchtete in einen Teil des Waldes, den das Feuer noch nicht erreicht hatte, ohne sich nach der Leiche umzudrehen, die die lodernden Flammen inzwischen in Brand gesetzt hatten. Von der Frau würde nur eine Handvoll Asche übrig bleiben.

Aus Angst, dass der Riese zurückkehren und ihn holen würde, sollte der Junge keiner Menschenseele jemals erzählen, was er gerade erlebt hatte.

Zu Hause schlüpfte er, nach Rauch stinkend, so, wie er war, ins Bett. Angheleddu legte sich zu seinen Füßen, am ganzen Leib zitternd. Der Junge redete sich ein, dass er alles nur geträumt hatte, aber die Frau mit der Stiermaske hatte nicht die geringste Absicht, seine Träume oder auch nur seine alltägliche Wirklichkeit wieder zu verlassen.

Sie sollte ihn zukünftig Tag für Tag quälen.

Bis zum Schluss.

Ebenso dieser archaische Spruch, den er niemals würde vergessen können: *Abba non naschet si sàmbene non paschet.*

»Wasser fließt erst, wenn es von Blut gespeist …«

2

Nuraghen-Komplex von Sirimagus, Tratalias, Südsardinien, 2016

Auf Sardinien ist Stille fast eine Religion. Die Insel besteht aus endlosen Weiten und Stillschweigen, das so alt ist wie die Welt und etwas Heiliges an sich hat. Es durchdringt alles: die von mediterraner Macchia bewachsenen Hügel, die sich bis zum Horizont erstrecken, die endlosen Getreidefelder, die Ebenen mit Zistrosen, Mastixsträuchern, Myrten und Erdbeerbäumen, die die Luft mit betörenden Düften erfüllen; die Berge, die sich beinahe schüchtern zum Himmel erheben, als fürchteten sie, ihn zu entweihen. Die Hochebenen und Weidegründe, über die die Herden streifen und der Mistral hinwegfegt. Über allem liegt eine durchdringende Stille. Der Mensch versucht gar nicht erst, die Natur zu beherrschen, weil er sie fürchtet. Diese Furcht liegt ihm im Blut, sie ist ein Erbe aus grauer Vorzeit. Er weiß instinktiv, dass die Natur die Geschicke von Menschen und Tieren lenkt, und lernt schnell, alle Phänomene in seiner Umgebung zu erkennen und zu deuten, denn so seltsam es scheinen mag, diese Stille ist beredt. Sie lehrt und warnt. Sie spricht Empfehlungen aus und rät ab. Und wer ihr nicht den nötigen Respekt erweist, den verflucht sie.

Von der Anhöhe von Sirimagus beobachtete Moreno Barrali die Ebene zu seinen Füßen, die von einer unwirklichen Stille durchdrungen war, und versuchte, aus dieser Stille eine Vermutung abzuleiten. Man hatte ihm gesagt, dass das Mädchen in dieser Gegend verschwunden war. Die gesamte

Ebene war übersät mit Nuraghen, Gigantengräbern, steinzeitlichem Mauerwerk und Überresten protosardischer Siedlungen. Eine esoterische Kultstätte, wie in den anderen Fällen. Nur dass hier kein Mord geschehen war. Nachdem das Verschwinden der jungen Frau bekannt geworden war, hatte Barrali die Gegend zusammen mit einheimischen Hirten und Bauern Zoll für Zoll abgesucht, aber keine Spur von ihr gefunden.

Das heißt noch gar nichts, sagte er sich. Das Mädchen ist vor zwei Tagen verschwunden. Wer sie sich geschnappt hat, könnte alle Spuren beseitigt haben.

Doch er glaubte selbst nicht an diese These: In den anderen Fällen war die Leiche ganz offen zurückgelassen worden. Und außerdem war noch nicht *sa die de sos mortos*, der Tag der Toten. Dolores lebte noch, das spürte er. Sie war irgendwo versteckt worden in Erwartung dieser verfluchten Nacht.

Er sah sich um. Es war ein schöner Tag, obwohl in weniger als einer Woche der Oktober enden würde. Leichte Wolkenschleier zogen langsam am ansonsten strahlend blauen Himmel dahin. Die Luft war mild und klar. Die Sonne verströmte ein weiches, gelbliches Licht.

Sein Blick suchte den kleinen See.

Sirimagus heißt der See des Magus, also des Zauberers oder des Teufels, dachte er. Im Dorf ging die Legende, dass es an diesen Orten zu übernatürlichen Erscheinungen kam. Ob er diese Stelle genau deswegen gewählt hat?

Barralis Überlegungen wurden von einem plötzlichen Hustenanfall unterbrochen, so heftig, dass er sich zusammenkrümmte: Es fühlte sich an, als hätte er Schmirgelpapier in den Eingeweiden, und erinnerte ihn daran, dass er einen Termin hatte, den er nicht verpassen durfte. Er war schon spät dran. Er starrte ein letztes Mal auf die Ebene, auf der Suche nach irgendeinem Detail, das ihm verraten konnte, was mit der jungen Frau geschehen war, doch vergebens.

Von einer düsteren Vorahnung erfüllt, ging Barrali den Pfad zurück. Vielleicht irrst du dich ja, sagte er sich. Vielleicht ist sie einfach aus freien Stücken abgehauen, und es hat nichts mit den anderen zu tun.

Doch er wusste ganz genau, dass es nicht so war.

Oder besser gesagt: Er spürte es.

Seufzend ging er zu der kleinen Gruppe zurück, die ihn auf den Hügel begleitet hatte, und sie kehrten zurück ins Tal.

3

Businco-Krankenhaus, Cagliari

Jeder Kriminalbeamte hat mindestens einen: einen ungelösten Fall, der ihm den Schlaf raubt, der ihn auch nach Jahren noch quält und ihn mitten in der Nacht aufwachen lässt, mit brennenden Schuldgefühlen, auf ihn einprasselnden Erinnerungen und Bildern, die er nicht vergessen kann. Und wenn man zu jung ist, um einen eigenen Fall zu haben, dann erbt man ihn von irgendeinem älteren Ermittler. Es ist wie das Weiterreichen der Fackel. Eine Art Pakt, um die Dämonen der Vergangenheit zum Schweigen zu bringen, die Geister zu besänftigen und in Frieden sterben zu können, ohne all die Dinge bedauern zu müssen, die man hätte tun können und die man doch nicht getan hat.

Der Ispettore Capo der Staatspolizei Moreno Barrali dachte an seinen Fall, während der Onkologe des Businco-Krankenhauses in Cagliari ihm mit vielen umständlichen Worten erklärte, dass die Strahlentherapie nicht die erhoffte Wirkung gezeigt hatte.

»Wie lange?«, unterbrach er ihn.

»Wie lange was?«, fragte der Arzt verwirrt.

Barrali stand auf. In diesem Moment schienen die Schmerzen ihm schon beim Aufstehen die Muskeln zu zerreißen. Ohne seinen Stock hätte er sich wahrscheinlich nicht auf den Beinen halten können. Das kam natürlich von dem Ausflug nach Sirimagus, aber nicht nur: Er spürte, dass ihm wenig Zeit blieb. Und er musste wissen, wie lange noch.

»Wie lange habe ich noch?«

»Im Moment müssten wir noch ein paar weitere Untersuchungen machen, um zu sehen, wie …«

»Dottore, ich sterbe, reden wir doch nicht drum herum. Ich muss nur wissen, wann es passiert, um … ein paar Dinge zu regeln.«

»Bei dieser Diagnose bleiben Ihnen vier bis sieben Monate, maximal acht. Das Problem ist der Allgemeinzustand. Wenn wir mit der Therapie fortfahren …«

»Nein. Schluss mit den Therapien«, sagte Barrali. »Manchmal muss man die Niederlage akzeptieren. Ich bin zu müde, um weiterzukämpfen.«

»Ich verstehe. Dann sogar weniger.«

Barrali zuckte zusammen.

»Es tut mir leid.«

»Das hier«, sagte der Polizist und tippte sich an eine Schläfe, »wie lange wird das hier noch normal funktionieren?«

Das war seine größte Sorge. Die Krankheit hatte bereits begonnen, seine geistige Klarheit anzugreifen und Erinnerungen auszulöschen. Das Denken wurde mit jedem Tag schwieriger. Manchmal passierte es ihm, dass er mitten im Gespräch den Faden verlor und keine Ahnung hatte, wie er es sinnvoll beenden sollte, was bei seinen Gesprächspartnern mitleidige Verlegenheit auslöste.

Der Blick des Arztes genügte ihm als Antwort. In dem Moment begriff er, dass er nicht mehr warten konnte. Er hatte bis zum letzten Moment gehofft, das Ganze allein schaffen zu können, aber jetzt war der Zeitpunkt gekommen, um Hilfe zu bitten. Und zwar sofort.

»Vielen Dank für alles, Dottore.«

Unter großen Anstrengungen verließ er das Krankenhaus. Er nahm ein Taxi und ließ sich vor einer alten Bar absetzen, die er früher oft nach der Nachtschicht aufgesucht hatte, als er noch ein junger Streifenpolizist war. Drinnen war immer noch alles so wie vor fünfunddreißig Jahren: schummrige Beleuchtung, der geflieste Boden mit Schachbrettmuster, die massive Theke in dunklem Mahagoni, die Zapfhähne aus Messing, die im Halbdunkel funkelten, die Neonlichter, die Cinzano-Aschenbecher, die staubige Jukebox und die vergilbten Campari-Werbeposter an den Wänden, die sich den Platz mit Schwarz-Weiß-Plakaten von Boxkämpfen teilten. Der einzige Unterschied zu früher bestand darin, dass der Barista neben der Kasse sich nicht über eine Zeitung beugte, sondern über ein Tablet, auf dem er sich die Nachrichten ansah.

Ja, abgesehen davon noch alles genau wie früher. Nur du selbst bist nicht mehr wiederzuerkennen, sagte sich Barrali, während er sich in einem Spiegel betrachtete. Diese ausgezehrte, von der Krankheit gezeichnete Person mit eingefallenen Wangen und verängstigtem, ungläubigem Blick konnte doch nicht er sein. Aber der Spiegel log nicht.

Trotz der Uhrzeit bestellte er einen Grappa und setzte sich in eine Nische, immer noch kurzatmig von der Anstrengung. Er nippte am Schnaps. Den hatte er sich verdient, auch wenn der Arzt bestimmt anderer Meinung gewesen wäre.

Die Ärzte können mich mal. Mit denen bin ich durch, dachte er und starrte auf seine rechte Hand, die gerade kaum noch das Grappaglas halten konnte. Er beobachtete, wie sie zitterte, als gehöre sie nicht zu ihm, als könne er nicht begreifen, in diesem kranken Körper gefangen zu sein, der mit jedem Tag mehr verging.

Ob es wirklich all das Böse war, das du gesehen hast? Hat dich das infiziert?, fragte er sich. Die Antwort darauf ließ er lieber offen. Es gab wichtigere Fragen, mit denen er sich beschäftigen musste.

Barrali zog eine Visitenkarte aus der Tasche. Er sagte sich, dass er den Anruf nicht hinauszögern durfte: Er hatte ihn schon zu lange aufgeschoben und sich vorgemacht, dass er, auch wenn er es nicht schaffte, den Tumor zu besiegen, zumindest noch ein paar Jahre, vielleicht zwei, so weitermachen könnte. In diesem Augenblick wurde ihm bewusst, dass er nicht mehr allein für Gerechtigkeit sorgen konnte. Sich das einzugestehen war wie eine Befreiung. Es verschaffte ihm ein Gefühl von Erleichterung.

Er kippte den letzten Schluck hinunter, setzte seine Brille auf und wählte auf dem Handy die Nummer der einzigen Person, von der er glaubte, dass sie ihm helfen könnte.

»Buongiorno, Mara. Ich bin's, Moreno Barrali … Entschuldige die Störung. Ich habe Dottor Farci um deine Nummer gebeten … Ja, ich bin immer noch krankgeschrieben. Ich müsste dich sprechen … Nein, lieber nicht im Präsidium … Ja, Farci hat mir geraten, dich anzurufen. Ich weiß, was man über mich redet, aber ich bitte dich, vertrau mir … Ich bin gerade in einer Bar … Wenn es möglich wäre … Ja, es ist ziemlich dringend … Vielen Dank.«

Barrali nannte ihr die genaue Anschrift.

»Wunderbar! Dann warte ich hier auf dich. Bis später.«

Er bestellte noch einen Grappa und nahm ein Foto von Dolores in die Hand. Dann zog er zwei andere Bilder heraus: wesentlich ältere Fotografien, die mit der Zeit einen Sepiaton angenommen hatten. Er hatte sie so oft betrachtet, immer und immer wieder, dass er auch die Lider hätte schließen können, ohne dass sie in seinem Kopf an Schärfe verloren hätten.

Während die Fotos ihn mit den üblichen Wogen an Erinnerungen, Schuldgefühlen und Zorn überfluteten, begann Barrali, seine Gedanken zu sortieren, um die Kollegin überzeugen zu können, sich seines einzigen ungelösten Falles anzunehmen. Es galt, einen Mord zu verhindern, der sonst unweigerlich in ein paar Tagen stattfinden würde, da war er sich ganz sicher.

4

Mordkommission, Polizeipräsidium Cagliari

Ispettore Capo Mara Rais beendete das Telefonat und schüttelte wutentbrannt den Kopf.

»Verdammte Scheiße!«, fluchte sie leise.

Ihre Kollegen schauten von ihren Akten und Dokumenten auf und grinsten. Während Mara sie anstarrte, begriff sie, dass alle bereits informiert waren. Das war wieder so ein Messerstich in den Rücken.

»Was ist los, Mara?«, fragte einer von ihnen, um sie zu provozieren. »Gibt's ein Problem?«

»Farci hat mir diesen durchgeknallten Barrali aufgehalst, ihn und seine Serienmorde.«

Die Ermittler der Mordkommission, die sich einen großen Raum teilen mussten, lachten. Moreno Barrali war für die gesamte Abteilung zu einer Witzfigur geworden; mit den Jahren hatte er eine regelrechte Besessenheit für Ritualmorde – so nannte er sie jedenfalls – aus der Vergangenheit entwickelt und Kollegen und Vorgesetzten hartnäckig damit in den Ohren gelegen, diese Fälle wiederaufzunehmen.

»Tja, Mara, die haben dich gerade zu den ungelösten Fällen versetzt, da ist es doch logisch, dass sie dich auch mit Barrali zusammen ermitteln lassen.«

»Natürlich. Ich kann es kaum erwarten. Übrigens heißt es *unaufgeklärte Verbrechen*, Piras.« Mara stand auf und ließ die Kartons stehen, in die sie gerade ihre persönlichen Sachen packte, in Erwartung ihrer Versetzung in die »Vorhölle« – so nannte man es allgemein, wenn ein Ermittler der Mordkommission oder einer anderen Abteilung der Squadra Mobile wegen irgendetwas abgestraft wurde.

»Wo willst du hin?«

»Fariscazzustusu«, schickte Mara ihren Kollegen mit zusammengebissenen Zähnen zum Teufel. Auf Angriff gebürstet marschierte sie auf das Büro ihres Vorgesetzten Giacomo Farci zu.

»Mara, das ist keine gute Idee …«, versuchte Ilaria Deidda, eine der Kolleginnen, mit denen sie sich besser verstand, sie zu warnen. Mara Rais war eine gute Polizistin, aber nicht gerade umgänglich; eine von denen, die nie den Mund halten konnten, und dieser Makel machte sie bei ihren Vorgesetzten ziemlich unbeliebt. Die vergaßen dann gern Maras Ermittlerqualitäten und konzentrierten sich stattdessen auf ihr »loses Mundwerk«. Und sie nutzten jede Gelegenheit, sie im Büro zu isolieren, um den Schaden zu begrenzen, den ihre »originelle Ausdrucksweise« auslöste, wie es der Questore, der Polizeipräsident, genannt hatte.

»Keine Sorge, ich habe nicht vor, ihn zu erschießen. Zumindest nicht hier«, versicherte Mara scherzhaft.

Sie klopfte an und wartete das »Herein« ihres Vorgesetzten nicht erst ab.

»Setz dich doch, Rais«, sagte Commissario Capo Giacomo Farci ironisch, als er sah, dass es sich um die ungehobelte Polizistin handelte, seine ehemalige Teampartnerin, mit der er vor Jahren bei der Verbrechensbekämpfung zusammengearbeitet hatte.

Mara Rais schloss die Tür, sah ihn mit großen Augen an und breitete demonstrativ die Arme aus, zum Zeichen, dass sie fassungslos war.

»Hör mal, ich lass mir ja vieles gefallen«, sagte sie. »Die wollen sich an mir rächen? Nur zu, das ist zwar eine Unverschämtheit, aber ich verstehe das. Sie wollen meine Karriere abwürgen? Das haben sie praktisch schon getan. Aber Barrali? Bin ich wirklich schon so tief gesunken?«

»Er stirbt bald, Mara. Das ist das Mindeste, was wir für ihn tun können. Hör ihm zu, gib ihm das Gefühl, dass wir ihn ernst nehmen, mehr verlange ich nicht von dir«, erklärte ihr Vorgesetzter. »Er ist doch einer von uns, trotz allem.«

»Was soll ich denn tun? Etwa mit ihm ein Team bilden?« Ihre Worte trieften nur so vor Ironie.

»Nein. Moreno ist noch krankgeschrieben. Er nähert sich dem Endstadium, und wir glauben nicht, dass er noch mal in den Dienst zurückkommen wird.«

»Das tut mir sehr leid für ihn, aber … Dann soll ich mir also sein Gefasel über einen Nuraghen-Serienmörder anhören, nur weil er bald sterben wird?«

»Setz dich.«

»Ich will mich nicht setzen. War das deine Idee?«

Anstelle einer Antwort klappte Farci eine Akte der Staatsanwaltschaft zu.

»Ich wusste es. Noch so eine Schweinerei von Del Greco, stimmt's?«

Farci nickte wortlos. Er warf ihr einen vielsagenden Blick zu und bedeutete ihr, leiser zu reden. »Beruhige dich, und setz dich endlich, verdammt noch mal!«

Die Beamtin verschränkte angriffslustig die Arme vor der Brust.

»Mara, bitte.« Farci nahm eine Mappe und reichte sie ihr.

Misstrauisch öffnete Mara sie. Es handelte sich um die Personalakte einer Polizistin: Ispettore Capo Eva Croce.

»Was …?«

»Lies«, sagte Farci nur.

Ispettore Capo Eva Croce war auf Sekten und Ritualmorde spezialisiert und arbeitete bei der Zweiten Abteilung des SCO, des Zentralen Ermittlungsdienstes – der Eliteeinheit der Polizei –, wo die allgemein blutigsten Verbrechen auf Landesebene untersucht wurden. Ihrer Akte nach war sie nach einigen Jahren in Rom, wo sie beim SCO in der Zentralen Direktion für Verbrechensbekämpfung ausgebildet worden war, als unterstützende Ermittlerin in die Squadra Mobile ihrer Heimatstadt Mailand versetzt worden. Zurzeit arbeitete sie in der Abteilung *Cold Cases*, einer nationalen Einrichtung, die die regionalen Squadre Mobili unterstützte und beriet.

»Das freut mich sehr für sie, aber …«

»Lies auch das Begleitschreiben.«

Die zweite Seite enthielt eine Dienstanweisung, mit der der Frau und dem Einsatzkommando in der Via Amat mitgeteilt wurde, dass sie nach Cagliari versetzt wurde, um die Arbeit der kürzlich versuchsweise gegründeten Abteilung für unaufgeklärte Verbrechen bei der dortigen Mordkommission zu unterstützen.

»Jetzt sag mir nicht, dass …«

»Doch, das ist deine neue Kollegin.«

»Na klar, warum bin ich da bloß nicht selbst drauf gekommen? Mich aus dem Einsatzteam zu schmeißen, hat nicht gereicht. Jetzt schickt ihr mir auch noch einen Babysitter vom Festland. Vielen Dank auch, Giacomo«, sagte Mara und klappte die Akte mit einer heftigen Bewegung zu.

»… versuch noch einmal, deine Klappe aufzureißen, und ich versetz dich sofort zum Streifendienst nach Sant'Elia, *cumprendiu*?«

Der harsche Ton ihres Vorgesetzten erwischte Mara kalt. Unter der rauen Schale war Farci im Grunde eine Seele von Mensch, einer der wenigen Verbündeten, die sie noch im Präsidium hatte, und wenn er im Dienst war, benutzte er fast nie das Sardische.

Dass er es jetzt tat, bedeutete, dass sie mit ihrer großen Klappe über das Ziel hinausgeschossen war.

»Ich habe keine Ahnung, wie diese Croce ist, aber wenn

man sie bei so einem Lebenslauf hier zu uns geschickt hat, ist das bestimmt eine Strafversetzung«, fuhr Farci fort. »Sie war über ein Jahr krankgeschrieben, und anschließend wurde sie vorsichtshalber für vier Monate in bezahlten Urlaub geschickt, was auch immer das bedeuten mag. Sie muss irgendeinen Blödsinn angestellt haben oder jemand Wichtigem auf die Füße getreten sein. Aber mir ist das egal. Mich interessiert nur, dass ihr zwei euch sofort an die Arbeit macht.«

»Und an welche Arbeit, bitte? Kindermädchen für diesen durchgeknallten Barrali spielen?«

»Nein. Ich hab dir das doch schon erklärt, also bitte nun zum letzten Mal: In der Abteilung für unaufgeklärte Verbrechen müsst ihr drei Dinge tun. Erstens: die aus Rom kommenden Akten durchgehen und herausfinden, ob es irgendwelche Spuren gibt, die untersuchenswert sind, oder Richtungen, in die man damals nicht ermittelt hat. Zweitens: feststellen, ob man noch Observierungen oder Abhörmaßnahmen einleiten sollte. Dabei geben wir euch einen genauen Zeitrahmen vor, maximal zwei, drei Monate pro Akte. Drittens: der Staatsanwaltschaft für die vielversprechendsten Fälle eine Ermittlungsstrategie vorschlagen, und wenn wir deren Placet bekommen, das Ganze in die Wege leiten. Alles klar?«

»Das ist doch echt krank«, murmelte Mara.

»Ich habe dich nicht gehört.«

»Ich habe gesagt, die altgedienten Kollegen werden das bestimmt nicht gut aufnehmen, wenn ich ihre Fälle …«

»Wir sind nicht dazu da, die Fehler der Kollegen zu korrigieren. Im Gegenteil. Nehmt Kontakt mit ihnen auf, wenn sie noch am Leben sind, denn wir brauchen ihren Rat. Euch wird ein kleines Team Gerichtsmediziner zur Verfügung gestellt, das euch mit Untersuchungen unterstützt, wenn die Staatsanwaltschaft das genehmigt.«

»Das ist doch Zeitverschwendung!«

»Wir brauchen Zahlen: Als Squadra Mobile müssen wir mehr Fälle aufklären. Wenn wir das nicht schaffen, können wir uns von höheren Subventionen und Personalaufstockung gleich verabschieden. Wir müssen die Aufklärungsquote steigern. Ob das aktuelle Fälle sind oder welche von vor dreißig Jahren, ist der Statistik ziemlich egal.«

»Was ist mit Barrali?«

»Ob wir nun seiner Meinung sind oder nicht, er ist eine feste Größe im Präsidium. Einer, der sich mehr als vierzig Jahre den Arsch aufgerissen hat. Niemand hat sich je mit seinen Theorien beschäftigt …«

»Ach, komm schon. Und du hast dich nie gefragt, warum?«, sagte Mara mit gespielter Überraschung.

Farci ließ ihr das durchgehen. »Der Vicequestore, Del Greco und ich wollen ihm eine Chance geben. Wie gesagt, wir schulden ihm das. Du und Croce, ihr nehmt ihn als Berater dazu und arbeitet an *seinen* Morden parallel zu anderen *cold cases*.«

»Das sind doch alles bloß Legenden.«

»Nur bis jemand den Fall abschließt. Wir möchten jedenfalls, dass ihr euch alle anseht. Es gibt mindestens zwei bestätigte Opfer. Die Morde wurden nie aufgeklärt, und das bedeutet, dass mindestens ein Mörder frei herumlaufen könnte.«

»Selbst wenn, der Mörder ist doch heute längst tot.«

»Das kann sein, aber Barrali will sich nicht mit diesen Gewissensbissen auf seine letzte Reise machen, und ich ehrlich gesagt auch nicht. Hier, das ist die Nummer deiner Partnerin«, sagte Farci und gab ihr einen Zettel. »Ich weiß, dass du gerade lieber allein arbeiten würdest, aber ich mache weder die Regeln noch stelle ich die Teams zusammen.«

»Ich fass es nicht«, flüsterte Mara und massierte sich heftig die Stirn, eine Übersprungshandlung, mit der sie ihre Selbstbeherrschung wiederzuerlangen versuchte.

»Ihr werdet viel Zeit miteinander verbringen, also sieh zu, dass du es nicht vermasselst. Freunde dich mit ihr an. Ruf sie an und frag, ob sie etwas braucht. Zeig ihr, dass die berühmte sardische Gastfreundschaft kein Mythos ist.«

»Giacomo …« Mit einem tiefen Seufzer stand Mara auf und warf die Akte auf den Schreibtisch.

»*Dottore.* Für dich bin ich ab jetzt *dottor* Farci.«

»Na klar. Soll ich dich auch wieder siezen?«

»Spar dir deinen Sarkasmus, Rais. Denk daran, dass du unter besonderer Beobachtung stehst, und dass das hier«, er schlug mit der Hand auf die Akte, »ein Gefallen ist, denn hätte ich mich nicht für dich verbürgt, dann hätte der Questore dich in die Barbagia versetzt.«

»Das sagst du nur, weil er nicht dich angegrabscht hat, dieser schleimige *malarione*.«

»Es hat eine interne Ermittlung gegeben.«

»Die mir das Genick gebrochen hat, weil man allein mir die Schuld gegeben hat, Farci, oh, pardon, *dottor* Farci. Dieser Scheißkerl hat meine Karriere ruiniert, kapierst du das nicht? Und das dank dieser gekauften Schlampen, unserer lieben Kolleginnen, die sich auf seine Seite gestellt haben.«

»Rais, lass es gut sein und sei dankbar, dass du überhaupt noch einen Job hast. Du hast gekämpft, aber er hat gesiegt. Ich rate dir dringend, die Geschichte als abgeschlossen zu betrachten, das ist für alle Beteiligten das Beste, vor allem für dich selbst.«

Mara warf ihm einen verachtungsvollen Blick zu und wandte sich zum Gehen.

»Und vergiss nicht«, fügte Farci hinzu, »meine Mutter hat immer gesagt: Reden ist Silber, Schweigen ist Gold.«

»Meinst du das ernst?«

»Das Sprichwort ist wie für dich gemacht.«

»Ma ha' fari coddai«, beschimpfte ihn Mara im Stillen, während sie das Büro verließ.

5

Villa Invernizzi, Via Cappuccini, Mailand

Du hast den Fall zu persönlich genommen … Du hast ihn zu nah an dich rangelassen … Du hast vergessen, was dein Job ist, hast richtig Scheiße gebaut … Mit dem, was du getan hast, hast du die ganze Ermittlung ruiniert … Ist dir eigentlich bewusst, was du angerichtet hast? Vielleicht brauchst du eine Auszeit, um mal gründlich über deine Fehler nachzudenken …

Diese Worte gingen ihr ständig durch den Kopf, und es gelang ihr nicht, sie abzustellen. Sie hatte gehofft, vier Monate Freistellung hätten die Wogen geglättet, ihre Vorgesetzten hätten sich beruhigt. Doch diese ganze Zeit hatte nichts gebracht, sondern deren Erbitterung nur noch verstärkt. Ihre Chefs hatten nur auf einen Vorwand gelauert, um sie sich vom Hals zu schaffen. Diese Worte waren der Auftakt zu einer Verurteilung ohne Möglichkeit zur Berufung gewesen: »Wir haben beschlossen, dich für eine Weile zu versetzen. Der Staatsanwalt hat da ein wenig Druck gemacht, aber nicht nur er. Diesmal bist du zu weit gegangen, Eva. Wir verstehen ja alle, in welcher Situation du bist, was du durchgemacht hast … Aber uns sind die Hände gebunden. Wir müssen ein Zeichen setzen.«

»Wohin?«, hatte sie nur gefragt.

»Cagliari. Sardinien. Du kommst in ihre Abteilung für unaufgeklärte Verbrechen.«

Ispettore Capo Eva Croce hatte bitter gelächelt. Das war keine Versetzung, sondern nur eine perfide Methode, um sie zum Aufgeben zu bewegen, dazu, dass sie den Kram endgültig hinschmiss.

»Das ist eine Abteilung, die dort versuchsweise neu eingerichtet wird und Fälle aus der gesamten Region übernimmt. Du wirst sie dabei unterstützen, das Team aufzubauen. Sieh es als eine Art Urlaub an, eine Zeit, um Abstand zu gewinnen und deine Batterien aufzuladen«, hatte man versucht, ihr die bittere Pille zu versüßen.

Zur allgemeinen Überraschung hatte Eva ohne jeden Protest akzeptiert. Sie hätte jede Auflage akzeptiert, nur um wieder arbeiten zu können. Die Arbeit war alles, was ihr noch geblieben war, der einzige Weg, um die innere Leere wieder mit etwas anderem zu füllen. Noch ein paar Tage in Erinnerungen und Trauer versinken und sie wäre durchgedreht. Besser ein Schreibtisch in Cagliari als ein Sofa voller schmerzlicher Erinnerungen in einer Wohnung in Mailand. Besser das Meer zwischen sich und dieses Gefängnis aus Bildern der Vergangenheit bringen.

»Wann fange ich dort an?«

Weil ihre Vorgesetzten es so eilig gehabt hatten, sie loszuwerden, hatten sie die Verwaltungsvorgänge beschleunigt. Schon vier Tage später erhielt sie einen Anruf aus dem Personalbüro: Sie solle kommen und einige Dokumente vom Ministerium durchsehen und unterschreiben. Eva hatte es getan, ohne auch nur eine einzige Frage zu stellen. In den Augen jener Leute mochte es eine Strafe sein, sie aus Mailand wegzuholen, für sie hingegen war es eine Art Erlösung und vielleicht sogar der Auftakt zu einem neuen Leben. Gott allein wusste, wie dringend sie das brauchte.

Die Sonne hatte sich an diesem Nachmittag in die Wolken verkrochen, und es drohte Regen. Der kalte Himmel von Mailand war von einem bleigrauen Wolkenschleier überzogen, der die Straßen in einen düsteren Schatten tauchte. In der Luft lag ein fauliger Schwefelgeruch, der die Menschen mit Traurigkeit benebelte. Ein beißend kalter Oktober wütete seit Wochen in der Stadt, als wollte er sich für den Sommer rächen, der sie mit zu viel Sonne verwöhnt hatte. Den einzigen Farbfleck in all dem Grau bildete das rosa Gefieder der Flamingos, die Eva durch das schmiedeeiserne Gitter der Villa Invernizzi beobachtete. Sie wusste nichts über ihren zukünftigen Aufenthaltsort. War noch nie auf Sardinien gewesen. Daher hatte sie im Internet recherchiert und herausgefunden, dass die rosa Flamingos eines der Wahrzeichen von Cagliari waren. Dieses Detail hatte sie daran erinnert, dass es auch in Mailand eine kleine Flamingo-Kolonie gab, was sogar die meisten Mailänder nicht wussten. Eva hatte daraufhin beschlossen, aus dem Haus zu gehen, um sich die Tiere anzusehen, als wollte sie auf diesem Weg einen ersten Kontakt zu ihrer neuen Stadt aufnehmen.

Der Anblick der Flamingos gab ihr ein Gefühl von Leichtigkeit zurück, ihre Schönheit und Eleganz faszinierte sie und beschwichtigte ihre Ängste. Die Villa befand sich in einer Gegend, die man das »Viereck der Stille« nannte: ein paar Straßen jenseits des Corso Venezia, wo die Geräusche der Stadt von den prunkvollen Wohnhäusern aus dem Historismus und dem Jugendstil geschluckt wurden, von Statuen und verborgenen Gärten und von Häusern, die ein solcher Inbegriff von Eleganz waren, dass man den Eindruck hatte, hier wäre die Zeit in den dreißiger Jahren des vorigen Jahrhunderts stehen geblieben.

Eva war nicht etwa nur hierhergekommen, um sich an der Kunst sattzusehen oder um ein wenig Ruhe in einer geschützten Oase zu suchen, und, sosehr sie sich das auch einreden wollte, nicht einmal, um eine erste Verbindung zu der Stadt herzustellen, die ihr neues Zuhause werden sollte.

Der eigentliche Grund ging viel tiefer.

Sie legte die Hände an die Gitterstäbe des Tors, und ihre Finger umklammerten sie fest. Sie schloss die Augen. Im ersten Moment spürte sie nichts als die Kälte des Metalls. Doch dann, als wäre dieser Zaun mit Erinnerungen getränkt, tauchten in ihrem Kopf Bilder und Gesprächsfetzen auf.

»Sie sind wunderschön«, hörte sie im Kopfkino ihrer Erinnerung. »Können wir einen mit nach Hause nehmen?«

Instinktiv musste Eva lächeln. Schließlich wischte sie sich mit dem Handrücken eine Träne von der Wange und machte sich auf den Heimweg.

Jetzt hatte sie keine Ausrede mehr.

Es war an der Zeit, die Koffer zu packen und aufzubrechen.

6

Oberland der Barbagia, im Landesinneren Sardiniens

Sie wurden die »Ladu vom Berg« genannt, um sie von denen, die im Dorf lebten, zu unterscheiden. Zahllose Legenden rankten sich um sie. Zum Beispiel erzählte man sich, dass die Ladu seit Urzeiten Inzucht betrieben und so eine Sippe von gewalttätigen, wilden Menschen geschaffen hatten, die ebenso unberechenbar waren wie wilde Tiere und eine althergebrachte, beinahe primitive Lebensweise beibehalten hatten, die nichts mit den Regeln der Zivilisation gemein hatte. *Zente mala.* Leute, denen man besser aus dem Weg ging. Sie wurden respektiert, aber mit einer Art von Achtung, deren Ursprung Angst war. Das Territorium der Ladu vom Berg begann ein paar Kilometer außerhalb eines sagenumwobenen Dorfes, dem Zentrum des Oberlands der Barbagia, auf etwa tausend Metern Höhe, an den Hängen des Monte Santu Basili; ein Gebiet mit dichten uralten Wäldern, voller Bäche und Flussläufe, das unberührte Reich einer üppigen, wilden und ursprünglichen Natur. Man sah die Ladu selten im Dorf, denn sie mischten sich nicht gern unter andere Leute, sondern hegten ihnen gegenüber ein instinktives Misstrauen, das nicht selten in offene Feindseligkeit mündete.

Man sagte von den Ladu, sie verstünden sich besser mit Tieren als mit Menschen. Ihre lange, selbst gewählte Zurückgezogenheit hatte auch zu einem jahrhundertelangen Stillstand auf sprachlicher Ebene geführt: Wer sie untereinander reden hörte, hätte kaum etwas von ihrem Sardisch verstanden, das sich in einer ursprünglichen Reinheit aus längst vergangenen Zeiten erhalten hatte; eine Sprachvariante, die selbst von den Leuten kaum verstanden wurde, die nur wenige Kilometer entfernt lebten. All dies verstärkte die Bildung von Mythen und Legenden, die diese Familie mit der Zeit umgab. Man munkelte zum Beispiel, dass sie gern Menschenfleisch äßen, dass ihre Frauen auf dem dreihundert Hektar umfassenden, aus Feldern und Wäldern bestehenden Besitz heidnische Rituale praktizierten; dass viele ihrer Kinder nie im Melderegister eingetragen worden seien; dass einige Hirten versucht hätten, die Grenzen zu ihrem Gebiet zu überschreiten, und nie von dort zurückgekehrt wären. Wahrscheinlich, so erklärten böse Zungen, hatte man sie in den blutgetränkten Feldern verscharrt oder in die Kalksteinhöhlen dieser Berge geworfen, oder – das erzählte man den Kindern, um sie von jenen Wäldern fernzuhalten – man hatte sie auf Spieße gesteckt wie Spanferkel und in Vollmondnächten während ihrer makabren ausschweifenden Festmähler verspeist.

Die Legenden zogen weitere Geschichten nach sich, und im Laufe der Jahre hatten sich viele Gerüchte angesammelt, darunter auch jenes, die Ladu seien die einzigen Nachfahren der *Civitates Barbariae*, jener sardischen Ureinwohner, die der Christianisierung durch die Römer und die Byzantiner getrotzt hatten. Diese sollten sich in jenen rauen Regionen verschanzt und ihren Spott getrieben haben mit den Soldaten, die über Jahrhunderte vergeblich versucht hatten, sie zu »bekehren«. All diese Geschichten hatten vermutlich zu ihrer Ausgrenzung geführt.

Mit der Zeit wurden diese Legenden zu einer Art Volksglauben: Hirten, die vom Erdboden verschwunden waren; Banditen und *balentes*, also Briganten, die vorhatten, das Gebiet aus dem Hinterhalt zu bedrohen, und deren Pferde oder Maultiere schließlich allein zurückkamen; Priester, die sich in die Berge der Ladu gewagt hatten, um sie zum Christentum zu bekehren, und die kastriert und als Sklaven gehalten oder den Schweinen zum Fraß vorgeworfen wurden. Am deutlichsten spiegelte sich dieser Volksglaube im Verhalten der alten Frauen im Dorf wider, die sich bekreuzigten, wenn sie einmal einem von den Ladus begegneten, oder wenn es plötzlich ganz still wurde in der *tzilleri*, der Dorfkneipe, weil gerade ein Ladu zur Tür hereingekommen war, um dort seinen Durst zu löschen, und noch kein Wirt hatte jemals gewagt, Geld dafür von ihm anzunehmen.

Sebastianu Ladu kannte natürlich die Gerüchte über seine Familie, und in der Tiefe seines Herzens gefiel ihm das. Über ihn sagte man, er habe die Statur eines Stiers, und sein Verstand sei so scharf wie die Zähne eines Wildschweins. Er war zweifellos der Erste aus seiner Familie, der Abitur gemacht hatte, während seine Brüder oder Vettern größtenteils nicht einmal die Mittelschule abschließen konnten, ehe sie bereits in zartem Alter auf den Weiden des Clans die Tiere hüten mussten. Bastianu war bereits sehr jung bei der Forstverwaltung angestellt worden und kannte die verschiedenen Barbagia-Gebiete an den Hängen des Monte Gennargentu wie seine Westentasche. Obwohl er ein Ladu vom Berg war, hatten ihn wegen seiner Uniform schon viele Hirten und Jäger um Gefallen gebeten. Denn im Gegensatz zu seinen Verwandten hielt man ihn für jemanden, mit dem man reden konnte. Im Lauf der Jahre hatte er sich bemüht, für jeden, der seine Unterstützung brauchte, ein offenes Ohr zu haben, und sich dadurch in der Bauern- und Hirtengesellschaft der Barbagia Respekt erworben. Einen Respekt, der sich auch auf seinen Clan übertrug; seinetwegen hatte sich der Ruf der Ladu, sie seien *animas dannadas*, verdammte Seelen, in den letzten Jahren abgeschwächt.

An diesem späten Nachmittag war Bastianu düster gestimmt. Sein Jeep glitt über die befestigte Straße, die zur Siedlung der Ladu führte, und wie üblich folgten ihm einige Hunde in den Staubwolken, die der Geländewagen aufwirbelte. Er fuhr am rostigen Wrack eines auf den Feldern stehen gelassenen Traktors vorbei und hielt schließlich in der Nähe der kleinen Siedlung an, die aus etwa dreißig einzeln verstreuten Häusern bestand. Sobald er ausgestiegen war, drang ihm der Harzgeruch der Büsche in die Nase. Die Ansammlung von kleinen, zweistöckigen Steinhäusern ähnelte einer Klostersiedlung, die sich dort an den Hang klammerte und fast vom nah angrenzenden Wald verschluckt wurde. Über den niedrigen Dächern, die von schräg stehendem, mit Moos und Flechten bewachsenen Ziegeln bedeckt waren, lag der Rauch aus den Schornsteinen. Die Häuser wirkten genauso still wie die *ziodde*, die »alten Tanten«, die ihn, in ihre schwarzen Tücher gehüllt, stumm durch die Fenster beobachteten, ausdruckslos wie die nackten Steine der Hauswände. Dürres Buschwerk wirbelte über die engen Kopfsteinstraßen, die sich zu einem Spinnennetz aus vollkommen gleich aussehenden Gassen verwoben. Ein paar seiner älteren Onkel, die auf den Steinbänken vor den Häusern saßen, hoben das Kinn zu einem stummen Gruß.

Die ursprüngliche Stille wurde durch das laute Geräusch eines Beils unterbrochen, mit dem jemand auf Holzstücke einschlug. Bastianus Vetter Zirolamu, der taubstumm und ein wenig langsam beim Denken war, stand da draußen und hackte trotz der Kälte mit nacktem Oberkörper Holz, wobei er vor Anstrengung ächzte wie ein Ochse. Bastianu nickte ihm zu und beobachtete seine Brüder und Vettern, die auf Eselskarren von ihrer Arbeit auf den Feldern zurückkehrten. Für gewöhnlich entspannte ihn der Anblick dieser Bilder des bäuerlichen Alltags, aber nicht an diesem Abend. Er ging direkt zum Stall und führte eins der ganz jungen Pferde nach draußen. Ohne Sattel saß er auf und machte sich im Galopp zu einem Haus auf, das weit außerhalb oben auf dem Rücken der Weinberge lag.

Er ließ das Tier einfach stehen, ohne es anzubinden, und betrat das Haus. Ein Bau aus ungebrannten Ziegeln, dessen Wände von der Feuchtigkeit zersetzt waren. Im Innern war der Geruch nach Holz und Farbe so beißend, dass einem die Augen brannten. Es herrschte vollkommene Dunkelheit, aber selbst wenn das Innere taghell erleuchtet gewesen wäre, hätte es für den alten Mann dort drinnen keinen Unterschied gemacht, denn er war seit ungefähr zehn Jahren vollkommen blind.

»Wer ist da?«, fragte der Mann in altem Sardisch.

»Ich bin's, Bastianu.«

Benignu Ladu legte den Meißel hin, mit durch seine Arthritis verlangsamten Bewegungen, und wandte sich seinem Enkel zu. Das wenige Licht, das von draußen hereinfiel, erhellte schwach sein Gesicht; eine starre Maske aus Runzeln und Falten, in der zwei leblose Augen so verwirrt wirkten wie Fledermäuse, die plötzlich aus der Dunkelheit einer Höhle ins Licht geschleudert wurden.

»Deine Stimme verheißt nichts Gutes«, sagte der Greis.

»Die Ciriacu haben nicht auf uns gehört, sie machen weiter.«

»Wer hat dir das erzählt?«

»Sos carabineris.«

Viele Gefallen, um die Bastianu gebeten wurde, kamen von den Kommandanten der Carabinieristationen in den kleinen Bergdörfern. Die meisten dort stationierten Leute stammten vom Festland, es war ihre erste Dienststelle überhaupt, und sie verstanden weder die Sprache noch die Sitten und Gebräuche der Einheimischen. Bastianu fungierte oft für sie als Vermittler und verhandelte mit untergetauchten Banditen oder Wilderern. Im Austausch dafür schauten die

Carabinieri bei einigen seiner Aktivitäten nicht so genau hin und hielten sich vom Territorium der Ladu fern.

»Haben wir diesen Mistkerlen nicht schon Tiere dafür gegeben?«

»Zwei Pferde, zwanzig Ziegen, einen Widder, zwei Esel und drei Säue«, zählte Bastianu auf. »Das hätte sie schon reich genug machen müssen.«

Benignu Ladu holte eine Handvoll Früchte des Erdbeerbaums aus der *taschedda*, einem Lederbeutel, den seine jüngsten Enkel ihm jeden Morgen mit Obst füllten, und kaute sie mit seinen wenigen verbliebenen Zähnen.

Nach einer kurzen Weile sagte er entschieden ein einziges Wort, bevor er sich wieder an seine Holzarbeiten machte: *»Sàmbene.«*

Bastianu verließ die Hütte, die seinem Großvater als Werkstatt diente, pfiff zwei Mal so gellend laut, dass es im ganzen Tal zu hören war, und versammelte so seine Brüder.

»He, und nimm Micheli mit«, rief sein Großvater aus der Hütte. »Für ihn ist die Zeit gekommen. Überzeuge dich, dass der Wolf nun Reißzähne hat.«

Bastianu stieg auf sein Pferd, die Hände fest in dessen Mähne verkrallt, und trieb das Tier im Galopp auf die Siedlung zu.

Dein Wille geschehe, *mannoi*, dachte er. Blut soll fließen.

7

Cagliari

Das Band, das zwischen dem Ermittler und dem Opfer eines Mordes entsteht, ist etwas Heiliges. Weit mehr als schlichter Bürokratiekram, Ermittlungsakten, Autopsieberichte, die gesamte Dokumentation zur Vorlage bei der Staatsanwaltschaft. Es wird zu etwas wesentlich Intimerem. Und falls der Fall nicht gelöst wird und der Mörder weiterhin frei herumläuft, kann sich dieses heilige, unlösbare Band zu einer kräftezehrenden Obsession entwickeln, aus der es kein Entkommen gibt. Im Laufe der Zeit gären die Schuldgefühle, und der Zweifel wächst, dass der Mörder wieder und immer wieder zuschlagen könnte … Das Leben geht weiter, das ist offensichtlich, aber die Angst, einen Fehler gemacht zu haben, der Aufgabe nicht gewachsen gewesen zu sein, zugelassen zu haben, dass weitere Leben ausgelöscht wurden, krallt sich an Herz und Seele fest, und je mehr Jahre vergehen, desto schwerer ist diese Last zu ertragen. Ein ungelöster Fall ist die schlimmste Strafe, die einem Polizisten passieren kann. Manchmal gibt es kein Zurück mehr.

Als Mara Rais Moreno Barrali nun mehr als ein Jahr nach seiner Krankschreibung wiedersah, begriff sie schlagartig, wie sehr ein ungelöster Mord das Leben und die Gesundheit eines Ermittlers in Mitleidenschaft ziehen kann. Der Schmerz wegen dieser Toten hatte ihn verzehrt und war zugleich sein Lebenselixier gewesen, und mittlerweile war er vielleicht das Einzige, was ihn noch am Leben hielt.

»Ciao, Barrali«, sagte die Beamtin und schüttelte die kraftlose Hand ihres Kollegen. »Also nicht mal der Krebs schafft dich, was? Ich glaub ja, du überlebst noch uns alle.«

Barrali lächelte über Maras makabre Spitze. Im Unterschied zu den anderen bediente sie sich keiner höflichen Zurückhaltung oder sentimentalen Anteilnahme, was ihm die eigene Verfassung nur noch stärker hätte bewusst werden lassen, sondern bedachte ihn mit dem scharfen Zynismus einer waschechten Cagliaritana, die vor nichts und niemandem haltmachte, auch nicht vor einem Mann am Ende seiner Kräfte.

»Ciao, Ispettore. Na klar, denn ehe ich sterbe, muss ich dir doch erst noch unseren Beruf beibringen«, parierte er.

»Hm, ich glaube, das wäre vergebliche Liebesmühe, Barrali. Du kennst doch das Sprichwort? Einmal Esel, immer Esel.«

»Richtig, Rais, genau! Ich habe schon gehört, dass du auch nicht viel besser dran bist als ich, also zumindest was das Berufliche betrifft. Von der Mordkommission zu den Ungelösten Fällen … Wenn du nicht aufpasst, dann kommt als Nächstes Streifendienst im Park, und du jagst Spannern und Taschendieben hinterher.«

»Ach, hör bloß auf! Irgendwann klär ich dich auf, was da wirklich abgegangen ist, aber jetzt erzähl du mal.«

»Da gibt es nicht viel zu sagen, wie du ja siehst.«

Die Kleider schlotterten um den Körper des Polizisten: Er hatte mindestens zehn Kilo abgenommen, seit sie ihn zum letzten Mal gesehen hatte, dabei war er nie sonderlich dick gewesen. Mara sah auch den Stock, der am Tisch lehnte.

»Das tut mir leid. Wirklich«, sagte sie.

»Ich weiß. Danke. Aber ich habe dich nicht angerufen, weil ich dein Mitleid will.«

»Natürlich, und ich glaube, ich weiß auch, warum du um ein Treffen mit mir gebeten hast. Ich wollte dir gleich sagen, wie sehr du auch …«

Sie verstummte, als Barrali eine Handvoll Fotografien auf den Tisch legte. Bei einigen handelte es sich um alte Polaroids. Andere waren Bilder, die mit der Zeit nachgedunkelt und verblasst waren und einen Braunstich bekommen hatten. Der Gegenstand der Fotos war aber auf allen noch klar zu erkennen. Die Aufnahmen zeigten zwei Leichen, die einige Details gemeinsam hatten: Bei beiden handelte es sich um Frauen, die vornübergebeugt am Boden knieten, die Hände hinter dem Rücken gefesselt; sie waren mit zotteligen Schafsfellen bedeckt, und ihre Gesichter waren unter einer hölzernen Tiermaske mit langen, spitzen Hörnern verborgen. Auch die Todesursache war die gleiche: eine klaffende Wunde an der Kehle; wer immer sie getötet hatte, hatte sie geschächtet wie Ziegen. Aus der Qualität der Bilder schloss Mara, dass zwischen den beiden Morden eine längere Zeitspanne liegen musste, mindestens zehn, zwölf Jahre. Eine andere Gemeinsamkeit war der Tatort: Bei dem älteren Fall wirkte er wie der Brunnen eines auf einer Anhöhe errichteten Nuraghenheiligtums; die neueren Fotos dagegen zeigten das Opfer zu Füßen eines heiligen Brunnens, der zwar dem ersten genau glich, aber von zwei anderen, in den felsigen Untergrund gegrabenen Brunnentempeln umgeben war. Beide waren Kultstätten aus weit zurückliegenden Zeitaltern.

»Sicher hast du schon davon gehört. Das erste Opfer ist aus dem Jahr 1975, das zweite wurde elf Jahre später getötet: 1986. Das erste in der Provinz Nuoro, das zweite in den Bergen von Vallermosa. Mehr als zweihundert Kilometer auseinander, zwei praktisch entgegengesetzte Punkte der Insel … Das Alter der Opfer ist mehr oder weniger gleich: zwischen achtzehn und neunzehn das erste, und sechzehn, siebzehn das zweite. Die Morde unterscheiden sich nur durch kaum wahrnehmbare Details. Kleinigkeiten, die man vollkommen vernachlässigen kann. Beide Fälle sind ungelöst, und es wurde auch nie eine Akte eröffnet, die die beiden in Zusammenhang gebracht hätte. Die Frauen wurden beide in der Nacht von *sa die de sos mortos* getötet, in der Nacht der Toten oder der Seelen. Keine Zeugen, keine Verdächtigen. Ein nie gelöstes Rätsel.«

Die Polizistin sah ihren Kollegen an. Nach Jahren in der Mordkommission waren ihre Augen an Grausamkeit und Gräuel gewöhnt, aber die Bilder von diesen zwei Mädchen hatten sie zutiefst erschüttert, vielleicht wegen des bestialischen Rituals, mit dem die beiden ermordet worden waren.

»Das größte Rätsel ist aber noch ein anderes«, fuhr Barrali fort. »In beiden Fällen wurde das Opfer nie identifiziert. Kein Name, keine Vermisstenanzeige. Niemand hat je nach ihnen gesucht. Kein Vater, keine Mutter, keine anderen Verwandten. Als wären sie aus dem Nichts aufgetaucht. *Pantumas.* Geister.«

Als Mara dieses Wort in ursprünglichem Sardisch hörte, fiel ihr ein, dass Barrali aus der Barbagia kam, wo es noch immer gesprochen wurde, aber sie erinnerte sich nicht mehr, aus welchem Ort. »Hör zu, Barrali …«

»Im Laufe der Jahre hat man alles Mögliche zu mir gesagt. Dass ich verrückt bin, war noch das Harmloseste. Dass ich die Fakten zurechtgebogen hätte, damit sie zu meinen Theorien passten, dass ich irgendwelche esoterischen Interessen hätte und tausend andere blödsinnige Dinge. Die hier …«, er zeigte auf die Fotos, »haben mir bestimmt in beruflicher Hinsicht im Weg gestanden. Sie haben definitiv meiner Karriere geschadet. Also, ich bin bestimmt kein Masochist, aber das ist etwas, wofür ich mich irgendwie verantwortlich fühle, das ich nicht ignorieren oder beiseitelegen kann.«

»Und ich verstehe und respektiere das …«, versuchte Mara ihn erneut zu unterbrechen, aber er ließ sie wieder nicht ausreden.

»Und jetzt sterbe ich, Rais. Buchstäblich. Nur noch ein

paar Monate und dann, *addio,* Welt. Und das hier oben«, er tippte sich an die Schläfe, »hält noch weniger lange durch. Ich habe nicht die Absicht, dich zu irgendetwas zu überreden, aber ich möchte, dass die Arbeit all dieser Jahre nicht völlig für die Katz war. Ich möchte, dass der Fall nicht zu den Akten gelegt wird.«

»Da kannst du ganz beruhigt sein. Farci hat mir versichert, dass er bearbeitet wird und dass er bei den Ungelösten Priorität hat, daher …«

»Nein, vielleicht habe ich mich nicht richtig ausgedrückt«, sagte Barrali. Seine Augen hatten sich schlagartig verschleiert. »Hier handelt es sich nicht nur um alte, nie gelöste Fälle oder irgendwelche archaischen Rituale.«

Er zeigte ihr ein anderes Foto, das ziemlich neu war. »Sie heißt Dolores Murgia, ist zweiundzwanzig und seit ein paar Tagen verschwunden. Ich glaube, dass es in all diesen Jahren noch viel mehr Morde gegeben hat, dass das Morden niemals aufgehört hat. Und ich habe Angst, dass Dolores das nächste Opfer wird.«

8

Corso Indipendenza, Mailand

Wenn sie sich im Spiegel ansah, war es jedes Mal, als würde sie *sie* betrachten. Die Ähnlichkeit war verblüffend, aber zugleich herzzerreißend. Sie konnte diesen Schmerz nicht länger ertragen. Sie musste die Erinnerung an sie neutralisieren, damit sie nicht jeder Blick in den Spiegel wie mit Klingen aus der Vergangenheit durchbohrte.

Eva Croce kehrte ins Bad zurück, nachdem sie das Haarfärbemittel eine halbe Stunde hatte einwirken lassen. Sie trug nur einen schwarzen BH und Jeans. Während sie die Haare im Waschbecken ausspülte, beobachtete sie, wie die dunkle Farbe im Abfluss wegstrudelte, bis das Wasser klar war. Dann rubbelte sie die Haare mit einem Handtuch trocken und sah wieder in den Spiegel. Von dem früheren Tizianrot war nichts mehr zu sehen. Die pechschwarze Tönung hatte jeden Kupferton ihrer natürlichen Farbe getilgt.

Sie erkannte sich selbst kaum, aber das war gut so. Durch die schwarzen Haare kamen die blauen Augen, die durchscheinende Haut, die leichten Sommersprossen und die zarte bläuliche Ader unter dem rechten Lid besonders zur Geltung. Sie empfand eine angenehme Verwirrung: Es war, als würde sie eine Fremde betrachten.

Jetzt musst du dich nur noch selbst davon überzeugen, dass du das bist, dachte sie. Ein neuer Mensch.

Sie wickelte sich ein Handtuch um den Kopf und ging ins Schlafzimmer zurück, um die letzten Dinge in die Koffer zu legen.

Es war an der Zeit, diese Wohnung voller Leid hinter sich zu lassen und wieder zu leben.

Oder es zumindest zu versuchen.

9

Ländereien im Oberland der Barbagia,
im Landesinneren von Sardinien

Das Land ist weniger betrügerisch als die Menschen. Diese Lektion hatten die Sarden längst vergessen, als sie sich dem technischen Fortschritt verschrieben. Sie hatten sich von den Verlockungen des Gottes der Industrie verführen lassen, dem sie begeistert huldigten und dabei der Natur abschworen, die ihren Vorfahren seit Jahrhunderten eine Heimstatt geboten und sie genährt hatte. Aber nach den glänzenden Versprechungen von einem besseren Leben in Wohlstand hatte diese jähzornige, wankelmütige Gottheit sich aus dem Staub gemacht und nur verrostete Ruinen hinterlassen, außerdem Arbeitslosigkeit, abgeholzte Wälder, massenhafte Auswanderung, Menschen, die ihre Seelen im reichlich fließenden *Abbardente,* dem selbst gebrannten Schnaps, ertränkten, und für immer vergiftete Ländereien und Tiere. Über Jahre hatten sich die jüngeren Generationen an die Welt ihrer Vorfahren nur zu Weihnachten und Ostern erinnert, wenn sie »regionale« Lämmer und Spanferkel brauchten, um sich damit vor ihren Freunden aus der Stadt zu brüsten, um sich einen bäuerlichen Anstrich zu verleihen, obwohl sie in Wirklichkeit noch nie eine Hacke oder eine *resolza*, das sardische Klappmesser, in die Hand genommen hatten, und in ernsthafte Bedrängnis gekommen wären, wenn es darum ginge, einen Ochsen von einer Kuh zu unterscheiden.

Im Übrigen hatte der Wohlstand Berufe in Vergessenheit

geraten lassen, die bis dahin Jahrhunderte überdauert hatten; immer seltener fand man Pferdebändiger, Rinderzähmer, Ziegen- und Schafhirten, Bauern, Köhler, Holzschnitzer und andere traditionelle Handwerksmeister, die dieses Namens auch würdig waren. Generationen von Söhnen hatten die Ländereien der Väter verlassen und sich lieber in die Städte oder die weltlichen Kathedralen begeben, die sie Fabriken nannten, und darüber »das Gedächtnis der Erde« verloren. Myriaden von Dörfern hatten sich entvölkert, vor allem im Landesinneren der Insel, wo nun die kleineren Gemeinden wie Orte der Vorhölle wirkten, Geisterdörfer, in denen fast nur noch Alte lebten, die darauf warteten, dass die große Dunkelheit sie holen kam und von dieser Schande befreite, der sie nicht gewachsen waren. Die wenigen ihrer Kinder, die die Insel nicht verlassen hatten, hatten sich paradoxerweise an Ausländer und *continentales* verkauft, an die Menschen vom Festland, die sich die Region jahrhundertelang untertan gemacht hatten, sie hatten sich deren Launen unterworfen, hatten sich erniedrigt und mit gesenktem Kopf um ein paar Münzen gegreint und um staatliche Hilfe gebettelt, sie, durch deren Adern das Blut fleißiger Männer floss und die über einen ungezähmten Geist verfügten, so wild wie die rauen Berge, aus denen sie stammten. Als aber der Staat den Geldhahn zugedreht hatte, waren die »verlorenen Söhne« zurückgekehrt und saugten nun verzweifelt an den Brustwarzen der Mutter Erde, verbissen sich darin wie Blutegel in der Hoffnung, wenigstens ein paar Tropfen Milch von ihr zu erhalten.

Die Ciriacu-Brüder waren haargenau diesem parabelhaft verlaufenden Weg gefolgt: Als der Vater gestorben war und ihnen ein paar Grundstücke und einige Hundert Schafe hinterlassen hatte, hatten sie geglaubt, sie könnten zurückkehren und mit dem Bewirtschaften ihrer Ländereien reich werden, obwohl sie doch immer über das Landleben gespottet hatten.

Über Jahrtausende hatte der Zeitlauf der Natur den Rhythmus des Menschen bestimmt. Die Ciriacu dagegen versuchten, wie die meisten der Möchtegern-Landwirte, dem Land ihren Rhythmus aufzuzwängen: Sie standen spät auf, säten ohne ein Mindestmaß an Sorgfalt, vernachlässigten die Herden, verseuchten die Gemüsegärten und Weinberge mit Chemie und wechselten planlos das Saatgut, und so wurden nach einigen Jahren die fruchtbaren Felder, die sie geerbt hatten, so öde und hart wie ihre Herzen, und das Vieh starb wenig später an Krankheiten und mangelnder Pflege. Dumm und gierig, wie sie waren, spielten sie schließlich die letzte Karte aus, die ihnen verblieben war: Mit dem Geld, das sie durch den Verkauf eines Teils ihrer *tancas*, der Ländereien, erzielt hatten, bauten sie eine weitläufige Bewässerungsanlage mit einem ad hoc geschaffenen artesischen Brunnen, kauften Stromgeneratoren, elektrische Pumpen, Wassertanks und Hunderte Meter Rohre, um damit mehr als zweitausend Cannabispflanzen zu bewässern. Sie vertrauten darauf, dass die dichte Vegetation der Barbagia diese »verbotenen Früchte« vor den Adleraugen der Justiz verbergen würde.

Die Ländereien der Ciriacu grenzten über einige Kilometer an die Grundstücke der Ladu, und es gab nur eins, das die Ladu noch mehr hassten als Priester und Kirchen: das Gesetz. Die Hirten und Bauern dort wollten keine Probleme mit den Gesetzeshütern, und nun brachten die Ciriacu mit ihren Plantagen alle in Gefahr, denn wenn die Carabinieri schon mal dabei waren, steckten sie ihre Nase womöglich auch in die Angelegenheiten der Nachbarn. Daher war eine Delegation von Hirten und Bauern der Barbagia zu Sebastianu Ladu gegangen und hatte ihn gebeten, er möge sich darum kümmern, ehe es zum Schlimmsten käme. Unter dem Schlimmsten war ein Gewehrschuss mitten ins Gesicht zu verstehen.

»Die Sache nimmt gerade eine böse Wendung, Bastianu«, hatten sie zu ihm gesagt. »Je früher wir das Problem gelöst bekommen, desto besser für alle.«

Bastianu hatte mit dem Patriarchen der Ladu gesprochen, und von ihm war dann ein Vorschlag gekommen, mit dem alle gut leben konnten. Benignu hatte das alte und bewährte Ritual *sa paradura* empfohlen: Da die Tiere der Ciriacu gestorben waren und man von den Brüdern gerade verlangte, auf den Anbau von illegalen Pflanzen zu verzichten und sich wieder der legalen Landwirtschaft zu widmen, würden alle Hirten des Gebiets ihnen einen kleinen Teil der eigenen Herde abtreten, so wie es seit Jahrhunderten in der Barbagia Brauch war, um denen zu helfen, die einen schweren Verlust erlitten oder Tiere durch Überschwemmung, Brand oder Dürre verloren hatten.

Als Juanne Ciriacu Bastianu gegenüberstand, hatte er es nicht gewagt, irgendetwas zu entgegnen, und die nachbarschaftliche Geste der Solidarität angenommen. Die Tiere waren in großzügiger Menge übergeben worden, dazu ein Doppelzentner Käselaibe, Hektoliter an Olivenöl und genug *binu nieddu*, um das ganze Dorf betrunken zu machen.

»Wir werden uns erkenntlich zeigen.« Juanne hatte sich bedankt und versprochen, die Hanfplantage zu verbrennen.

Einige Tage später hatten die Ladu in der Nacht beobachtet, wie Rauch vom Land der Ciriacu aufstieg. Doch es war zu wenig Rauch. Wie die Geier hatten die Ciriacu *sa paradura*, die gespendeten Waren und Tiere angenommen, aber nur einen kleinen Teil ihrer Cannabisanpflanzung geopfert; das bestätigte den Ladu auch ein korrupter Carabiniere aus ihrem Umfeld, der Bastianu zuvor geraten hatte, das Problem zu lösen, ehe die Aufmerksamkeit des Provinzkommandos von Nuoro erregt und die Angelegenheit sich seinem Einfluss und seiner Kontrolle entziehen würde.

Daher durchquerten die Ladu in jener Nacht das frostüberzogene Gebiet der Ciriacu und näherten sich lautlos wie Gespenster dem einsamen Bauernhaus, in dem Juanne und Gianmaria schliefen, ganz in der Nähe der Cannabis-Felder und mehr als anderthalb Kilometer von der nächsten Siedlung entfernt. Der Mond tauchte das Land in blutrotes Licht. Das Zirpen der Zikaden und das heisere Heulen des Mistrals erleichterten den Ladu die Arbeit. Sie hatten keine Schusswaffen dabei: Bei solchen Subjekten wie den Ciriacu-Brüdern brauchte es weder Gewehre noch Pistolen.

Bastianu blickte seinen jüngeren Bruder Nereu an, dann weiter zu Zirolamu, dem taubstummen Vetter und Micheli, seinem fünfzehnjährigen Sohn, den »zum Mann zu weihen« der Großvater ihm aufgetragen hatte. Die Ladu waren nicht nur für ihr rüdes Gemüt berühmt, sondern auch für ihre hünenhafte Statur: Bastianu, Nereu und Zirolamu waren knapp zwei Meter groß, und auch Micheli war bereits über eins fünfundachtzig, alle hatten riesige, kräftige Hände mit Schwielen von der Feldarbeit, breite Schultern und die Kraft eines Esels; als hätte sie der Schoß dieser Berge selbst hervorgebracht.

Mit einer Kinnbewegung erteilte Bastianu seinem Bruder einen Befehl, der daraufhin zum Stall ging und wenig später wieder herauskam, ein Schaf an einem Ohr hinter sich herziehend. Der Clanchef ging zu dem Tier und stach mit seinem Klappmesser zweimal in dessen Flanke. Das Schaf schrie verzweifelt, was im Haus die gewünschte Aufmerksamkeit erregte, und wenige Sekunden später ging dort Licht an.

Nereu ließ das Schaf los und bedeutete seinem Vetter, sich zu verstecken.

Die Tür ging auf, und Juanne kam wutschnaubend heraus, in der Hand einen Karabiner.

»Wer zum Teufel ist da?«, fragte er in die Dunkelheit, seine Stimme klang belegt vom Schlaf und vom *fil' 'e ferru*.

Nun trat, gemäß den Anweisungen seines Vaters, der Junge vor. »Micheli«, antwortete er.

»Wer bist du?«, fragte Juanne und trat einen Schritt vor, als hätte er nicht gut gehört.

»Micheli Ladu«, wiederholte dieser. Im Mondlicht glänzten die rabenschwarzen Haare, die so typisch für seine Sippe waren.

»Was willst du?«

»Sàmbene«, erwiderte der Junge. Blut.

Juanne lachte ihn aus. »Bist du allein?«, fragte er, ohne die Waffe herunterzunehmen.

»Nein«, antwortete Bastianu für seinen Sohn und trat aus der Dunkelheit. Er packte das Gewehr mit einer Hand und entriss es Juanne, mit der anderen umschloss er seine Kehle und warf ihn auf den Hof, als wäre er ein leerer Sack. Blitzschnell war Zirolamu über ihm und presste ihm die Klinge der *resolza* an die Kehle.

Da kam Gianmaria fluchend aus dem Haus, doch Nereu war schneller, warf ihm eine Schlinge über den Kopf und brachte ihn zu Fall.

Die Ladu zerrten die Brüder zu einem dicken, knorrigen Olivenbaum am Feldrand. Die Ciriacu wehrten sich wie Vieh auf dem Schlachthof, versuchten, den Druck des groben Seils und den festen Griff Zirolamus zu lockern. Nereu und Zirolamu warfen das andere Ende des Seils um Gianmarias Hals über einen der Äste des Baums, sodass er sich auf die Zehenspitzen stellen musste, um nicht zu ersticken. Dann stopften sie ihm ein Taschentuch in den Mund, um ihn zum Schweigen zu bringen. Juanne banden sie am Stamm des Olivenbaums fest. Der Strick war so fest gezurrt, dass er kaum Luft bekam. Seine Haut verfärbte sich bläulich, während ihm langsam dämmerte, was ihm bevorstand.

»Sagt mir nur, warum«, befahl ihnen Bastianu mit seiner dunklen, tiefen Stimme.

»Du hast ja recht, Bastianu«, nuschelte Juanne. »Wir hätten auch noch den Rest der Felder verbrannt, ich schwöre es dir.«

»*Vesserias,* Blödsinn«, knurrte Nereu, der riesig wie eine Eiche vor den beiden aufragte. »Verarsch uns nicht …«

»Schau dich an, wie du heulst und um Vergebung bettelst wie eine *feminedda*«, zischte Bastianu.

»Bitte, Bastianu. Ich flehe dich an …«

»Zum Flehen gehst du besser in die Kirche …« Bastianu hatte es in klarem Italienisch gesagt, als wäre sein Gegenüber nicht einmal der Sprache ihrer Ahnen würdig. »Micheli«, rief er seinen Sohn. Der Junge trat an seine Seite. Der Vater holte ein *arresoja* mit einem Griff aus Widderhorn und einer funkelnden, neun Zoll langen Klinge hervor und drückte es ihm in die Hand.

»Hast du Angst?«, fragte er ihn in ihrer Sprache.

Micheli schüttelte den Kopf. Seine Augen waren zwei eiskalte dunkle Splitter aus Obsidian. Aus seiner Körperhaltung schloss der Vater, dass sein Sohn darauf brannte, zum Mann zu werden. Das stimmte ihn zuversichtlich im Hinblick auf die Zukunft der Ladu.

»Dann schlitz ihn auf.«

Bevor Juanne einen Ton herausbringen konnte, hatte Zirolamu ihm einen Lumpen in den Mund gesteckt und seine Schreie im Keim erstickt.

»Gute Reise in die Hölle«, flüsterte Nereu ihm ins Ohr.

Ein paar Sekunden betrachtete der Junge den Widerschein des karmesinroten Mondes auf der Klinge, der ihn zur Gewalt aufzufordern schien, dann setzte er den ersten Schnitt. Das Messer glitt durch das Fleisch, als wäre es weich wie zimmerwarme Butter. Berauscht von diesem neuen Machtgefühl hielt der Junge den Gefangenen mit der Linken am Hals und stach mit der Rechten immer heftiger zu, wie trunken von Wut.

»Hör auf zu spielen!«, brachte ihn der Vater wieder zu Verstand.

Gekonnt wie ein Schlachter schlitzte der Junge schließlich Juanne Ciriacu den Bauch auf und verzog das Gesicht, als der beißende Gestank der Eingeweide ihm in die Nase drang. Er wich ein paar Schritte zurück und blieb stehen, um das Blut zu beobachten, das aus dem klaffenden Bauch triefte und das Land tränkte, während die Augen des Mannes langsam erloschen wie Glut, die von der Asche erstickt wird.

Bastianu ging zu ihm und riss ihm das Klappmesser aus der Hand, um ihn aus der mörderischen Trance zu holen. »Lass das nicht zur Gewohnheit werden, *fizzu meu,* mein Sohn«, sagte er und gab ihm einen liebevollen Klaps auf den Hinterkopf. Die Augen des Jungen funkelten noch gebannt vom Blutrausch. Er atmete schwer, nickte dann aber mit einem Lächeln auf den Lippen; ihm war bewusst, dass er nun ein vollwertiger Ladu vom Berg geworden war. Endlich.

Bastianu ging zu Gianmaria, der machtlos dem Gemetzel hatte zusehen müssen, und wischte das Blut auf der Messerklinge an dessen Bartstoppeln ab.

»*Segundu sa vida, sa morte,* wie sein Leben, so sein Tod«, erklärte er. Er tilgte die Fingerabdrücke seines Sohnes vom Griff, bog die verkrampften Finger Ciriacus auseinander, drückte ihm das Klappmesser in die Faust und zwang ihn so, seine Fingerabdrücke darauf zu hinterlassen. »Jetzt ist dein Augenblick gekommen.«

Gianmaria trat um sich wie ein Schwein, das das Schlachtbeil heransausen hört.

Nereu und Zirolamu zogen ihn anderthalb Meter am Seil nach oben und knoteten es an einem knorrigen Ast fest. Dann beobachteten die vier Ladu gleichgültig, wie Gianmaria, aufgeknüpft wie Judas, den *su dillu* tanzte, bis sich in seinem Schritt ein feuchter Fleck breitmachte und er in einem letzten wilden Aufzucken den Hals verdrehte und unter dem ununterbrochenen Gesang der Zikaden starb.

Das Messer war zu seinen Füßen auf den Boden gefallen.

Wortlos entfernten sich Nereu und Zirolamu, um einige Kanister mit Benzin zu holen, das sie über die Pflanzungen verteilen würden, während die anderen beiden Ladu den Boden mit Olivenzweigen fegten, um ihre Spuren zu verwischen.

»Zieh Pullover und T-Shirt aus«, befahl Bastianu seinem Sohn, der gehorchte und dann bebend in der Nachtkälte stand. Der Vater nahm die Kleidungsstücke, zog seinen schweren zotteligen Schafsfellmantel aus und legte ihn dem Jungen um die Schultern.

»*Mannoi* wird stolz sein«, sagte er und fuhr ihm durch die Haare.

Vater und Sohn gingen schweigend nach Hause, als wäre nichts weiter vorgefallen.

Als die Felder hinter ihnen in Flammen aufgingen, drehten sie sich nicht einmal um.

10

Ligurisches Meer

Es wäre leichter gewesen, ein Flugzeug zu nehmen, aber ihr hatte es viel bedeutet, über das Meer zu fahren. Sie hatte gehofft, sie könne den Anker der eigenen Vergangenheit lichten und es dieser unendlichen Fläche dunklen Wassers überlassen, die zersetzende Macht der Erinnerungen im Zaum zu halten und diese schließlich in den endlosen Tiefen des Meeres zu versenken. Es war nicht einfach eine Abreise gewesen, sondern eine Flucht. Daher war es besser, mit einem sauberen Schnitt die Nabelschnur der Erinnerungen zu durchtrennen und sich an etwas Konkretes, Greifbares zu halten, das Wasser zum Symbol ihrer Wiedergeburt zu erheben. Deswegen war sie nach ganz oben auf den höchsten begehbaren Punkt des Schiffs gestiegen. Kein einziges Mal hatte sie sich nach Genua oder dem Festland umgedreht. Sie hatte nur nach vorn geblickt, der Zukunft entgegen, so verschwommen und unklar diese auch war.

An Deck überlagerte der Geruch nach Diesel und Ruß die salzige Meeresbrise. Das Geländer war glitschig von der Gischt, aber das hielt sie nicht davon ab, es fest zu umklammern. Die Wellen murmelten um sie herum, während im rötlichen Mondschein der felsige Umriss von Korsika auftauchte. Sardinien war noch eine ferne Illusion. Aber es war da, verloren in dieser Pechschwärze, in diesem Fruchtwasser der Trennung.

Eva Croce sah, dass auf den unteren Decks noch andere Passagiere keinen Schlaf fanden. Sie konnte ihre Silhouetten nicht erkennen, nur die Glut ihrer Zigaretten und die Rauchwölkchen, die sich in der Dunkelheit kräuselten. Doch trotz der Anwesenheit anderer Menschen fühlte sie sich allein.

Das Schaukeln des Schiffes erinnerte sie an die Kontraktionen einer Gebärenden. Das Klatschen der Wellen an das Stöhnen unter den Wehen. Das Raunen des Windes an das Aufkeuchen der künftigen Mutter, die spürt, wie die Fruchtblase platzt. Das dumpfe Stampfen der Motoren der Fähre, die nun höher schalteten, an den rasanten Anstieg des Pulsschlags. Sie lächelte bitter. Irgendwie war es wirklich so: Diese sie umhüllende Nacht war die Gebärmutter, die sie noch einige Stunden beschützen würde, ehe sie ein neues Leben beginnen, ihr neues Ich auf die Welt kommen würde.

Eva zog die Kapuze ihrer Jacke über den Kopf und bereitete sich auf die Wehen vor, die der Geburt vorausgehen. Es würde keine helfende Hebamme geben, sie war ganz auf sich allein gestellt. So biss sie die Zähne zusammen und starrte in die Nacht, wartete darauf, dass früher oder später der Morgen dämmern und sie ins Licht bringen würde.

11

Viertel Stampace Alta, Cagliari

»Es geht nicht so sehr um das, was du siehst. Das eigentliche Problem ist, damit zu leben.«

Das hatte ihr ein Gerichtsmediziner vor zehn oder zwölf Jahren gesagt, während der Autopsie einer osteuropäischen Prostituierten, die von einem Sadisten ermordet worden war. Mara Rais hatte diese Feststellung in der hintersten Schublade ihrer Erinnerung abgelegt. Doch gingen ihr in jener Nacht ständig die Worte dieses Mediziners durch den Kopf, als hätten sie erst in diesem Moment eine reale Bedeutung für sie erlangt.

Ein Albtraum hatte sie gegen drei Uhr nachts hochschrecken lassen. Sie hatte sich so im Schlaf herumgewälzt, dass sie ihre Tochter aufgeweckt hatte, die seit ihrer Trennung mit ihr im »großen Bett« schlief, wie sie es nannte. Das Mädchen war schon nach wenigen Minuten wieder eingeschlafen, Mara hingegen versuchte es vergeblich. Die bestialischen Bilder der Leichen flimmerten unaufhörlich über den Bildschirm vor ihrem inneren Auge.

Daran ist nur Barrali mit seinem verfluchten Gefasel schuld, dachte Mara, während sie unter der Decke hervorschlüpfte, ganz vorsichtig, damit sie ihr Kind nicht aufweckte. Sie holte ihre Tasche aus dem Wohnzimmer, ging in die Küche und schloss die Tür hinter sich. Eigentlich hatte sie Lust auf etwas Alkoholisches, doch letztendlich entschied sie sich für einen doppelten Kamillentee.

Sieh mal an. Du wirst alt, verspottete sie sich selbst.

Während sie darauf wartete, dass das Wasser kochte, holte sie die Fotos aus ihrer Tasche, die ihr der Polizist geradezu aufgedrängt hatte. Als sie protestieren wollte, hatte er sie mit diesem Hundeblick angesehen und gesagt: »Bitte, *sa sposa,* tu es für mich«, und Mara hatte es ihm nicht abschlagen können. Nun breitete sie die Fotos auf dem Tisch aus und betrachtete sie. Diese armen Mädchen hatten einen so tiefen Eindruck bei ihr hinterlassen, dass sie sie bis in ihre Träume verfolgten. *Vijones malas*, so hätte ihre Großmutter das ausgedrückt. Unheilvolle Träume. Im Laufe ihrer Dienstzeit als Polizistin hatte sie einiges über die beiden mutmaßlichen Ritualmorde gehört, aber sie hatte nie viel darauf gegeben, vor allem, seit man im Präsidium begonnen hatte, sich zu erzählen, Barrali habe sich in diese Geschichte verbissen und sich damit selbst zugrunde gerichtet. Kollegen wie Vorgesetzten war er so sehr damit auf die Nerven gegangen, die beiden Fälle wiederaufzunehmen, dass sie ihn schließlich, um ihn loszuwerden, ins Archiv versetzt hatten, wo er vor der Zeit gealtert war. Seitdem diente er als abschreckendes Beispiel für alle Neuzugänge bei der Mordkommission.

»Seltsam ist es schon«, murmelte sie, während sie die Fotos betrachtete.

»Mamma? Alles in Ordnung bei dir?«

Mara zuckte zusammen wie eine Schülerin, die man beim Abschreiben ertappt hatte, und ließ die Fotos blitzschnell verschwinden.

»Liebes, was machst du denn hier um diese Zeit?«, sagte sie und ging auf das Mädchen zu.

»Ich hab dich nicht neben mir gespürt, und da habe ich Angst bekommen. Was machst du?«

»Ich koche mir einen Kamillentee, danach gehe ich wieder ins Bett. Willst du auch was davon?«

»Ich dachte schon, du hättest wieder angefangen zu rauchen.«

Mara grinste. Nicht nur im Präsidium sind ständig Bullen um mich herum, jetzt habe ich auch noch eine Miniausgabe zu Hause … Wenn die erst erwachsen ist, wird sie mir ganz schön das Leben schwer machen, dachte sie.

»Nein, Spätzchen. Ich habe dir doch versprochen, dass ich nicht mehr rauche, und ich halte mich daran. Komm her.«

Sie zog ihre Tochter an die Brust und bedeckte ihr Gesicht mit zahllosen Küsschen. Das Kind roch so gut nach Schlaf.

Als die Kleine wieder im Bett war, ging Mara zum Fenster und sah hinaus auf die Silhouette der Torre dell'Elefante und die Mauer, die das *Casteddu 'e susu*, das Burgviertel begrenzte und einstmals die Adelsfamilien der Stadt geschützt hatte. Mara hatte schon immer davon geträumt, dort zu wohnen, die Stadt von oben zu betrachten wie eine Königin. Ihrem Ex-Mann gehörte eine Wohnung da oben, und sie waren sofort nach ihrer Hochzeit dorthin gezogen, womit sich für sie dieser Kindheitstraum erfüllt hatte. Trotzdem hatte sie nach ihrer Trennung diese Wohnung verlassen, um Abstand zu gewinnen – und um nicht Gefahr zu laufen, ihm eine Kugel in den Leib zu jagen. Sie hatte dieses kleine Haus auf der anderen Seite der Stadtmauer gemietet, von wo aus sie aber tagtäglich durch ihr Fenster sah, welchen Luxus sie verloren hatte.

Besser in der schäbigsten Bruchbude als bei diesem Mistkerl, dachte sie und musste an die junge Praktikantin denken, mit der ihr Mann sie betrogen hatte – die Letzte in einer langen Reihe, wie sie erst danach herausgefunden hatte. Seit jenem Tag wusste sie, warum jedes Mal, wenn sie in einem Prozess aussagen musste oder es sie sonst auf die Flure des Gerichts verschlug, hinter ihrem Rücken gelacht wurde oder man sie mitleidig ansah. Justizgebäude sind einfach nicht dazu geeignet, ein Geheimnis zu bewahren. Und wie es schien, hatte sich ihr Ex keine große Mühe gegeben, seine

Affären zu verbergen und sie dadurch auch noch dem allgemeinen Spott ausgesetzt.

Zieh endlich einen Schlussstrich. Es hat keinen Zweck, diese Demütigungen immer wieder auszugraben, befahl sie sich und trank den Kamillentee aus.

Doch der Tee zeigte keine Wirkung. Als sie wieder im Bett lag, wälzte sich Mara erneut wie eine ruhelose Seele herum. Fortwährend sah sie diese *caras de bundos*, diese dämonischen Masken vor sich und fragte sich, warum die Opfer wohl nie identifiziert worden waren und warum so viel Zeit zwischen den beiden Morden lag. Mara wusste es noch nicht, aber es war, als hätte Barrali sie mit dem Virus seiner Obsession infiziert: Seine Besessenheit hatte sie schon angesteckt.

12

Oberland der Barbagia

In den kleinen Dörfern im Innern Sardiniens begleitete immer noch die *oghe de Deu*, die Kirchenglocke, die wichtigsten Schritte im Leben der Menschen. Geburten, Hochzeiten, Begräbnisse, Kirchenfeste. Sie war gewissermaßen die Stimme der Gemeinde, deren Ruf alle sich schon von klein auf einprägten, um sich im Dorfleben zurechtzufinden.

Bevor er zur Arbeit fuhr, stellte Bastianu Ladu seinen Geländewagen vor der *tzilleri* ab und betrat die Bar. Nachdem der Wirt ihn begrüßt hatte, bereitete er ihm einen doppelten Espresso mit einem Schuss Grappa zu.

In der Bar hatte sich drückende Stille breitgemacht. Noch bevor er die Tasse in die Hand nahm, hörte Bastianu die Totenglocke läuten.

Die Leute in der Bar starrten einander an, nur der Wirt begegnete dem kalten Blick von Ladu, der seinen Espresso schlürfte, in dieser von Misstrauen erfüllten Stille, die von dem bronzenen Klagelaut der Glocke durchbrochen wurde. Niemand ließ sich etwas anmerken, aber sie hatten alle von dem Brand gehört, der die Felder der Familie Ciriacu in der Nacht in Asche verwandelt hatte, und davon, dass die Brüder tot aufgefunden worden waren – anscheinend ein Mord, dem eine Auseinandersetzung vorausgegangen war, mit anschließendem Selbstmord.

Als Bastianu seine Geldbörse zücken wollte, winkte der Wirt ab.

»Nein, ich bestehe darauf«, sagte Ladu und legte einige

Geldscheine auf den klebrigen Tresen. »Heute zahlen die Brüder Ciriacu. Und zwar für alle.«

Jeder einzelne Gast in dem schäbigen Lokal nickte feierlich, und alle sprachen gemeinsam: *»Deus ti lu pachete* – Gottes Frieden sei mit ihnen.«

»Euch allen einen guten Tag«, verabschiedete Bastianu sich mit seiner scharfen Barbagia-Aussprache.

»Dir auch einen guten Tag«, antworteten die anderen Dorfbewohner im Chor.

Zufrieden ging Bastianu zu seinem Geländewagen. Von der *tzilleri* würde sich die Nachricht in wenigen Minuten im ganzen Dorf verbreitet haben, und wenn die Carabinieri kämen, um Fragen über die Ciriacu zu stellen, würde niemand es wagen, auch nur ein Wort zu sagen, nicht einmal unter Folter. Eher würden sie Steine zum Sprechen bringen als diese Leute, denen Bastianu einen Hauch von *balentia* vermittelt hatte, einen Schauder von Verwegenheit.

13

Poetto-Strand, Cagliari

Als sie barfuß im Sand des Poetto-Stadtstrands entlanglief, entdeckte Eva Croce, dass Cagliari zwei Meere hatte. Das erste lag gerade vor ihren Augen: eine endlose Wasserfläche, die für einen Tag Ende Oktober sehr ruhig wirkte. Das zweite hatte eine andere Konsistenz, es war ein Meer aus Licht. Eine sanfte Strahlkraft, von nahezu mütterlicher Zärtlichkeit, die sich unwiderstehlich über die ganze Stadt legte und noch in deren hintersten Winkel schlüpfte. Ein Meer aus Helligkeit, das die Wasseroberfläche mit funkelnden Lichttupfern überzog und den grießfeinen Sand glitzern ließ, der sich hier in der Engelsbucht, dem Golfo degli Angeli, kilometerweit erstreckte.

Eva konnte nicht widerstehen: Sie zog die Schuhe aus und lief am Strand entlang, um dann ihre Füße in das smaragdgrüne Wasser zu tauchen. Es war kalt, aber nicht so kalt, wie sie es sich vorgestellt hatte, und hatte die Kraft, sie nach einer praktisch schlaflosen Nacht und der langen Autofahrt von einem Ende der Insel zum anderen neu zu beleben.

»Du musst Eva Croce sein«, hörte sie einige Minuten darauf eine Frauenstimme hinter sich.

Eva drehte sich um und sah sich einer schönen Frau gegenüber, so um die vierzig, in einem eleganten, eng anliegenden Kostüm, das ihre weiblichen Formen betonte. Sie war blond, mittelgroß und hatte blaue Augen, die zusammen mit ihrer gesamten Erscheinung sämtliche Vorurteile über den Haufen warfen, die Eva über die Sarden gehört hatte, über ihre Köpergröße, ihren mediterranen Teint; denn ihr gutturaler, schleppender Tonfall wies sie mit Bestimmtheit als Sardin aus. Eva erkannte die Stimme der Kollegin, die sie eine Stunde zuvor angerufen und sich mit ihr am Meer »an der sechsten Haltestelle« verabredet hatte. Eva hatte erst googeln müssen, um zu wissen, was das bedeutete.

»Was hat dich darauf gebracht?«, fragte die Mailänderin.

Mara Rais sah sich um. »Du bist die einzige *macca*, die bei dieser verdammten Kälte barfuß im Wasser herumläuft«, sagte sie und betrachtete wieder ihre Kollegin.

»Kälte? Es wird achtzehn Grad haben.«

»Ja, eben! Los, komm raus, ich kriege Gänsehaut, wenn ich dich nur sehe.«

»Ich nehme mal an, *macca* bedeutet verrückt, stimmt's?«, fragte Eva, während sie auf die Kollegin zuging und ihr die rechte Hand entgegenstreckte.

»Genau«, sagte diese und schüttelte energisch Evas Hand. »Wie war die Reise?«

»Lang, aber schön.«

»Gut. Willkommen auf Sardinien«, sagte Mara, aber sie klang alles andere als herzlich.

14

Torre spagnola, Poetto-Strand, Cagliari

Eva fand sehr schnell heraus, dass die Zeit auf dieser Insel anders verlief: gedehnter, entspannter und – vor allem wenn man das Meer und die unendlichen Weiten des türkisblauen Himmels vor sich hatte – in einer Art Schwebezustand der Zeitlosigkeit, der sich auch auf ihre Bewohner auswirkte.

Im Vergleich zu Mailand kam es ihr vor, als würden sich die Menschen hier in Zeitlupe bewegen, und diese Art, das Leben in Ruhe zu genießen, ohne sich zu viele Gedanken zu machen, war ihr sofort sympathisch.

Sie waren zum Corto Maltese gegangen, um etwas zu trinken, einem der Holzpavillons, die über die ganze Strandpromenade verstreut lagen. Diese kleinen Bars wurden zusammen mit den Bushaltestellen von den Cagliaritanern als Treffpunkte für Verabredungen genutzt, wie ihr Mara Rais erklärt hatte. Die Küste war von Palmenreihen gesäumt, und durch sie hindurch führten nebeneinander ein langer Fahrradweg und ein Fußweg. An diesem milden Nachmittag waren dort, nur wenige Hundert Meter vom Meer entfernt, sehr viele Menschen unterwegs: Jogger, Fahrradfahrer, Fußgänger.

»Deinem enthusiastischen Blick entnehme ich, dass du zum ersten Mal in Cagliari bist«, bemerkte Mara, nachdem sie verächtlich das Outfit ihrer Kollegin gemustert hatte: schwarze Stiefel, zerrissene Jeans und eine abgewetzte Lederjacke. Ihr Blick richtete sich nun auf Evas Nasenpiercing, das sie eher wie eine Rocksängerin aussehen ließ und nicht wie eine Beamtin der Kriminalpolizei. Keine lackierten Fingernägel, nicht mal ein Hauch Lipgloss, geschweige denn Lippenstift. Von einer Handtasche, Aktentasche, Clutch oder irgendeinem anderen Accessoire, in dem man zumindest ein Päckchen Taschentücher unterbringen konnte, keine Spur. Dieses Detail beunruhigte sie sehr, denn eine Frau ohne Handtasche war in ihren Augen genauso unberechenbar wie eine Katze auf Speed.

Wenn du deine Weiblichkeit verstecken willst, dann gelingt dir das großartig, Schätzchen, dachte Mara spöttisch.

»Mein allererstes Mal auf Sardinien«, antwortete Eva mit einem scharfen Blick auf die Kleidung von Mara, die sie wiederum übertrieben elegant für einen Bullen fand.

Mit diesem Aufzug willst du entweder Aufsehen erregen, oder du willst, dass ich mich unterlegen fühle. Egal wie, du packst das falsch an, meine Liebe, dachte Eva. Und wenn du mich weiter so anstarrst, kriegst du ein Problem.

»Na ja, du hättest es schlechter treffen können, oder?«, sagte Mara und trank noch einen Schluck Bier.

»Keine Ahnung. Das müsstest du mir sagen.«

»Weißt du was? Ich will dir die Überraschung nicht verderben«, erwiderte die Sardin mit einem gekünstelten Lächeln.

Eva spürte ihren kaum verborgenen Hass: Es schien fast, als hätte man die Kollegin gezwungen, sie in Empfang zu nehmen. Sie konnte nur hoffen, dass es sich dabei lediglich um das allgemein bekannte, instinktive Misstrauen der Sarden gegenüber »denen vom Festland« handelte.

»Zunächst habe ich dich für eine Touristin gehalten. Du siehst nicht gerade aus wie die typische Italienerin«, bemerkte Mara angesichts der mondblassen Haut der Kollegin, ihrer himmelblauen Augen, der vielen Sommersprossen und der zarten, beinahe elfenhaften Züge. Mara hatte mit einem schnellen Blick erkannt, dass die Mailänderin sich die rabenschwarzen Haare erst vor kurzer Zeit zugelegt hatte: selbst gefärbt, schätzte sie, mit einem billigen Färbemittel aus dem Supermarkt. Ihre hellen Augenbrauen ließen sie vermuten, dass Eva eigentlich blond oder sogar rothaarig sein musste.

»Meine Mutter ist Irin. Ich habe viel von ihr geerbt«, sagte Eva leichthin.

Mara zog die Augenbrauen hoch: »Eine Irin in Mailand. Das klingt wie ein Filmtitel.«

»Du bist also meine Partnerin?«, wechselte Eva so abrupt das Thema, als wäre es ihr unangenehm, über sich selbst zu reden.

»Genau. Willst du mich gleich als ›Störfaktor‹ melden? Es wäre nicht das erste Mal.«

»Für den Moment sagen wir mal, du stehst noch unter Beobachtung«, erwiderte Eva provozierend. »Ich habe noch nie mit einer Frau im Team gearbeitet.«

»Ich auch nicht. Und ich muss dir gestehen, dass ich nicht gerade heiß darauf bin.«

»Ach was, darauf wäre ich nie gekommen«, sagte Eva ironisch. »Wo du doch so glücklich zu sein scheinst, mich zu sehen …«

Mara verzog die Lippen, und diesmal wirkte ihr Lächeln echt.

»Seit wann arbeitest du bei den *Cold Cases*?«

»Man hat mich gerade erst dorthin versetzt«, erklärte Mara. »Eigentlich habe ich noch nicht einmal angefangen. Wir beginnen also gemeinsam.«

»Ich weiß ja nicht, wie das hier ist, aber in Mailand ist diese Abteilung eine Vorhölle, in die alle abserviert werden, die etwas angestellt haben. Ein Posten für Pechvögel also.«

»Das ist hier genauso, mit dem einzigen Unterschied, dass die Abteilung gerade erst entstanden ist, du und ich die ganze Arbeit machen und wir alle Fälle nicht nur von Cagliari, sondern auch ein bisschen von der gesamten Insel lösen sollen, denn unser Präsidium ist das Vorzeigemodell für alle anderen«, erklärte Mara.

»Machst du Witze?«

»Schön wär's. Nein, ich meine das ganz ernst. Das bedeutet nicht nur, dass man uns überall, wo wir hingehen, hassen und als Nervensägen ansehen wird, sondern auch, dass sie, wenn wir irgendwelche Fehler machen sollten, gleich zwei schöne Sündenböcke parat hätten, die sie opfern könnten: mich und dich, nur um das klarzustellen. Ein doppelter Beschiss also ... Rauchst du?«

»Nein.«

»Ich auch nicht. Besser so, dann nebelst du mir nicht die Kleidung ein, und meine Tochter unterstellt mir nicht, dass ich wieder mit dem Rauchen angefangen habe. Hör mal, willst du hier wirklich mitarbeiten oder hast du vor, dich krankschreiben zu lassen, bis du wieder versetzt wirst?«, fragte Mara so schroff, dass es fast an eine persönliche Beleidigung grenzte.

Eva musste sich zusammennehmen, um nicht ihr Bier zu nehmen und es der Kollegin ins Gesicht zu schütten.

»Der Typ bin ich nicht, Rais. Ich will einfach nur meine Arbeit machen«, brachte sie einigermaßen verbindlich heraus.

»Dann hoffen wir mal, dass man uns lässt.«

»Warum?«

»Sagen wir mal, das Betriebsklima ist nicht gerade toll. Und wenn ich wie du bei den *Cold Cases* gelandet bin, dann sicher nicht für meine Heldentaten im Dienst.«

Inzwischen war ein lauer Wind aufgekommen, der das Rauschen des Meeres an die Küste wehte und die Palmen auf der Promenade sanft zerzauste. An der Luft konnte man spüren, wie der Nachmittag allmählich in den Abend überging.

»Falls du dich das zufällig gerade fragst, das ist der Schirokko. Er weht vom Meer zur Küste hin, im Sommer bringt er uns die Hitze aus Afrika mit und setzt die Stadt in Brand«, erklärte Mara. »Und das kannst du wörtlich nehmen, denn er facht die Brände im Sommer an, sorgt dafür, dass sie sich ausbreiten und bringt die Leute um den Verstand.«

»Wie viel zahlen sie dir eigentlich, damit du die Fremdenführerin für mich spielst?«, stichelte Eva.

»Sieh mal einer an, wie die Fremde sich hier aufspielt. Du reichst ihr einen Finger und sie wird gleich richtig vertraulich.«

Doch Mara hatte dabei gelächelt. Eva nahm das als ein weiteres Zeichen, dass das Eis zwischen ihnen langsam schmolz.

»Wann trittst du offiziell deinen Dienst an?«, fragte die Sardin.

»Übermorgen. Ich bin etwas früher gekommen, um mich einzugewöhnen und mich umzuschauen.«

»Gut. Jetzt erzähl ich dir noch was, man hat uns außer diesem Scheiß mit den *cold cases* noch einen ziemlichen Klotz ans Bein gehängt.«

»Und zwar?«

»Das soll die betreffende Person dir selbst erzählen. Wenn du willst, bringe ich dich zu ihm.«

15

Mordkommission, Polizeipräsidium Cagliari

Eva Croce war inzwischen so lange im Polizeidienst, dass sie einen analytischen Blick für die Professionalität und das Engagement ihrer Vorgesetzten entwickelt hatte: Sie brauchte sich nur kurz in deren Büros umzusehen und konnte beurteilen, ob jemand sich in seine Aufgabe hineinkniete oder das Ganze eher lax anging. Ihrer Erfahrung nach gehörten die ordentlichsten Büros oft nachlässigen Chefs, die nur wenig Kontakt mit ihren Untergebenen pflegten, aber einen weit besseren Draht zu Presse und Fernsehen hatten; die chaotischeren Büros waren oft das Abbild eines Menschen, der eher geneigt war, sich mit seinen Untergebenen auszutauschen. Der Raum des Commissario Capo Giacomo Farci glich in jeder Hinsicht denen der Dutzenden von Führungskräften, für die Eva schon gearbeitet hatte. Es herrschte eine Art geordnetes Chaos. Aber Eva konnte leicht ihre Schlüsse ziehen: Die Clipboards an der Wand mit den Berichten und den neuesten Protokollen; die Tafel mit den Dienstplänen seiner Teams, in denen mehrfach Schichten und freie Tage durchgestrichen oder verschoben worden waren; der mit Papierkram übersäte Schreibtisch, auf dem Wimpel und Polizeiabzeichen als Briefbeschwerer dienten (und das nicht etwa, um Besucher zu beeindrucken), die vielen Tassen mit den eingetrockneten Kaffeerändern an den unmöglichsten Orten ergaben ein klares Bild. Auch die Tatsache, dass der Commissario Capo noch im Büro saß, obwohl sein Dienst längst zu Ende war, sprach dafür, dass er kein sturer Beamter war, sondern seine Arbeit liebte, sich ihr mit Leidenschaft widmete und regen Austausch mit seinen Mitarbeitern pflegte. Außerdem hatte er sie sofort geduzt, was bei leitenden Beamten nicht selbstverständlich war, und obendrein schien er Humor zu haben, wie das Plakat an seiner Wand vermuten ließ, auf dem stand: *WENN DU OHNE LÖSUNG HIERHERKOMMST, BIST DU TEIL DES PROBLEMS.*

»Zunächst mal solltest du wissen, dass Rais sich diese Vertraulichkeit mit mir herausnimmt – unaufgefordert, wohlgemerkt! –, weil wir einige Jahre lang Partner bei der Verbrechensbekämpfung waren und sie glaubt, wir hätten immer noch den gleichen Dienstgrad«, begann Farci das Gespräch, nachdem sie die üblichen Vorstellungsrituale hinter sich gebracht hatten und er ihnen einen Platz angeboten hatte. »Ihr will einfach nicht in den Kopf, dass es Hierarchien und Formalitäten gibt, die einzuhalten sind.«

»Dass wir ›Partner‹ waren, heißt aber nicht, dass ich ihn jemals rangelassen habe«, stellte Mara klar, die sich inzwischen auf dem Sofa an der Wand lümmelte.

»Rais!«

Eva konnte nur schwer ein Lachen unterdrücken.

»Das hätte dir doch gefallen, gib es zu«, fuhr Mara fort und zwinkerte ihm zu.

»Muss ich dich erst rauswerfen?«, drohte Farci ihr. »Reiß dich zusammen!«

Er wandte sich wieder an Eva. »Sie ist böse auf mich, weil sie es auf meine Stelle abgesehen hatte«, erklärte er. »Tja, da hättest du vor dem Auswahlverfahren mehr lernen müssen, Partnerin.«

»Versuch du mal, dich auf das Auswahlverfahren vorzubereiten mit einer kleinen Tochter und einem Mann, der Google Maps braucht, um sich im Haushalt zurechtzufinden«, erwiderte Mara bissig.

»Nur fürs Protokoll, ich kann bestätigen, dass ihr Mann

ein Arschloch ist und viele von uns vor Gericht ausgetrickst hat. Er ist Strafverteidiger ... Wie dem auch sei, niemand versteht dich besser als ich, Croce. Wenn du irgendwann den unbändigen Drang verspürst, sie zu erschießen – und glaub mir, das wirst du –, dann ruf mich an, und ich nehm sie dir für eine Weile ab.«

»Ich denke nicht, dass das nötig sein wird, Chef«, sagte Eva.

»Hoffen wir mal ... Ich habe gesehen, dass du eine ausgezeichnete Personalakte hast. Du hast mehrere Belobigungen erhalten, jede Menge Fortbildungen gemacht und in unterschiedlichen Bereichen gearbeitet, sowohl in Großstädten als auch außerhalb, und das in deinem Alter – Respekt! Die Tatsache, dass sie dich hierherverfrachtet haben, ist kein gutes Zeichen, aber was passiert ist und weswegen du hier bist, ist mir herzlich egal. Sieh es als Neuanfang an.«

»Danke, Dottore.«

»Bedank dich nicht bei mir. Ich brauche dringend qualifizierte und professionell agierende Leute, und du scheinst die richtigen Voraussetzungen mitzubringen. Du hast auch schon in verschiedenen Abteilungen für unaufgeklärte Fälle gearbeitet, und das ist ein Segen für uns. Wie Rais dir noch erklären wird, sind wir hier im Präsidium sehr spät dran mit den *cold cases*. Cagliari ist nicht Mailand und auch nicht Rom. Die Provinz ist ziemlich klein, und wir haben eine eher niedrige Mordrate. Das einzige große Problem in der Stadt sind Drogen. In jüngster Zeit ist Sardinien ein Umschlagplatz für Drogenhändler und ihre Ware geworden, als Folge hat das Innenministerium die Abteilung Drogenbekämpfung verstärkt, um diese Route zu schließen, ehe es zu spät ist.«

»Okay.«

»An der Spitze steht ein Primo Direttore, unterstützt von einem Vicequestore Aggiunto. Beide kommen aus Kalabrien und sind Experten auf dem Gebiet der Drogenbekämpfung.

Um es kurz zu machen: Das Ministerium hat genug qualifizierte Leute geschickt, aber bei den Beschlagnahmungen und den Verhaftungen läuft es nicht so wie erwartet.«

»Mit anderen Worten: Der Stuhl der beiden wackelt«, sagte Mara.

»So könnte man es auch ausdrücken«, gab Farci zu.

»Ich nehme an, das Innenministerium macht langsam Druck, dass die Statistiken besser werden müssen, um damit die Verwaltungskosten, die Überstunden, die Ausgaben für Abhörmaßnahmen und Ähnliches zu rechtfertigen.«

Farci nickte stumm.

»Und da man im Moment mit den Einsätzen in der Rauschgiftkriminalität nicht punkten kann, hat man versucht, die Aufklärungsquote bei Morden zu erhöhen«, spann Eva ihre Theorie fort. »Aber da es sich hier um eine bevölkerungsarme Provinz mit verhältnismäßig wenigen Mordfällen handelt, will man wahrscheinlich auf die unaufgeklärten Fälle zurückgreifen, in der Hoffnung, alte Mordfälle mithilfe der Forensik und neuer Technologie zu lösen und so die Statistik aufzublasen.«

»Du hast es genau auf den Punkt gebracht, Croce«, bestätigte Farci. »Letzten Endes ist alles nur eine Frage der Zahlen: eine richtige Kosten-Nutzen-Analyse wie bei einem multinationalen Konzern.«

»Und Sie sind derjenige, der dafür zu sorgen hat, dass die Rechnung aufgeht.«

»Genau. Im Grunde bin ich mehr Buchhalter als Polizist. Aber offiziell bin ich Leiter der Mordkommission, und während die beiden Oberbosse alles daransetzen, Beschlagnahmungen zu erzielen, bevor sie ihren Job verlieren, bin ich gezwungen, meine Leute unter Druck zu setzen, um Mordfälle aufzuklären.«

»Wir werden unser Bestes geben, das versichere ich Ihnen«, sagte Eva und sprach damit auch für ihre Kollegin.

Farci gefiel das: Er hatte befürchtet, dass die Mailänderin bei ihrem beeindruckenden Lebenslauf gewöhnt wäre, allein zu arbeiten, aber das »wir« beruhigte ihn.

»Abgesehen von der Tatsache, dass deine Partnerin einen wahren Scheißcharakter hat …«

»Fang nicht wieder damit an«, unterbrach Mara eingeschnappt.

»… ist Rais eine der besten Kräfte hier bei uns. Sie ist gerade in einer etwas schwierigen Position, aus Gründen, die … Sie wird dir das schon selbst erklären, wenn sie möchte. Ihr sollt nur wissen, dass ich auf eurer Seite bin. Und ich will euch nicht verschweigen, dass der Questore, Carlo Del Greco …«

»Bellu arrogh'e merda«, zischte Mara.

»Dem Ton entnehme ich, dass das nicht gerade ein Ausdruck der Wertschätzung ist«, sagte Eva mit einem Blick auf Mara.

»Das hast du richtig erkannt«, erwiderte Farci. »Rais, halt den Mund. Also, was ich sagen wollte: Del Greco ist nicht gerade ein Fan der Abteilung *Cold Cases*. Aber den Chef der Squadra Mobile haben wir definitiv auf unserer Seite, weil sein weiteres Schicksal zum Teil von uns abhängt … Besser gesagt, von euch.«

»Welche Befugnisse haben wir außerhalb von Cagliari?«

»Gute Frage. Wir werden mit der Generalstaatsanwaltschaft von Cagliari zusammenarbeiten, die uns die Zuständigkeit für alle Fälle auf der Insel übertragen wird. Ich kann mir schon denken, dass euch das wenig Sympathie einbringen wird, aber ihr dürft euch mit Unterstützung der Polizeipräsidien oder der Polizeidienststellen vor Ort frei bewegen. Das ermöglicht euch …«

»… mehr Fälle zu bearbeiten, sodass wir eine größere Chance haben, welche aufzuklären«, kam Eva Farci zuvor.

»Na, wenigstens haben sie jemanden mit Köpfchen geschickt«, sagte Mara zu ihrem ehemaligen Teampartner. »Wart's ab, die braucht nur einen Monat, und dann sitzt sie auf deinem Stuhl.«

»Ich weiß nicht, ob das gut für sie wäre. Aber ja, du hast recht, Croce. Darum geht es. Das wird nicht lange so bleiben, weil die Kollegen in den anderen Provinzen auch bald eigene Abteilungen für unaufgeklärte Verbrechen aufbauen werden, aber im Moment hat Cagliari diesen strategischen Vorteil.«

»Dürfen wir nur Fälle aus unserer Zuständigkeit wiederaufnehmen oder auch welche von den Caramba?«, fragte Mara.

»Endlich mal ein vernünftiger Satz aus deinem Mund, Rais. Die Caramba, das sind die Carabinieri, Croce.«

»Okay.«

»Das hängt vom zuständigen Staatsanwalt ab, Rais. Ihr werdet eine wahre Aktenflut aus Rom bekommen, und in Absprache mit der Staatsanwaltschaft entscheidet ihr dann, welche Fälle die größte Chance auf Aufklärung haben. Wenn der Staatsanwalt glaubt, dass ihr in einem bestimmten Fall kompetenter seid oder die größere Erfahrung habt, ist es egal, wer die Untersuchungen geführt hat; das Einzige, was zählt, ist, dass jemand den Fall abschließt. Und wenn wir das sind, umso besser.«

»Sag mal, bekommen wir wenigstens ein eigenes Büro?«, fragte Mara.

Farcis Lippen verzogen sich zu einem zynischen Lächeln, als würde er sich auf einen üblen Scherz freuen.

»Sozusagen.« Er öffnete eine Schublade und holte ein Schlüsselbund heraus.

»Was zum Teufel bedeutet ›sozusagen‹?«

»Das zu beurteilen überlasse ich euch«, antwortete Farci nur und stand auf. »Gehen wir, ich zeige euch euer neues ›Reich‹.«

16

Archiv, Polizeipräsidium Cagliari

Während der Leiter der Mordkommission ihnen in eine Art Kellergeschoss vorausging, in dem nur ein dumpfes, düsteres Brummen der Neonröhren zu hören war, und sich zwischen gestapelten Kartons und Akten überall auf dem Boden seinen Weg suchte, hörte Eva hinter sich gerade noch die letzten Worte einer langen Schimpftirade ihrer Partnerin, die mit einem gezischten, für sie unverständlichen *»nne tzia rua …«* endete.

Mara hatte immerhin darauf geachtet, ihre Flüche flüsternd auszustoßen, in einiger Entfernung zu Farci, der sie durch das alte Archiv des Präsidiums führte. Hier unten kam es einem vor, als wäre es mindestens fünf oder sechs Grad kälter. Der metallische Geruch nach Rost und der muffig-süßliche nach altem Papier stand in der Luft.

»Ich hoffe, keine von euch leidet an Asthma?«, fragte Farci ironisch. Seine Schuhe hinterließen Spuren auf dem staubbedeckten schwarz-bordeauxroten Fliesenboden.

»'stizia ti coddiri …«, nahm Mara ihre unverständliche Fluchtirade wieder auf.

An den Wänden des alten Kellerraums reihten sich Aktenschränke und zwei Meter hohe Regale aneinander, die ihn wie eine unterirdische Bibliothek aussehen ließen.

Farci blieb vor zwei einander gegenüberstehenden Schreibtischen stehen. Zwei unförmige vorsintflutliche Computer thronten auf den beiden Arbeitsflächen, wo sich außerdem so viele Ordner und Akten auftürmten, dass man den Eindruck hatte, das Holz böge sich gefährlich unter der Last.

»Ich wette, das hat sich auch der Questore ausgedacht«, sagte Mara und sah sich angewidert um.

»Ehrlich gesagt, ja«, gab Farci zu.

»Farci, jetzt mal im Ernst, sag mir, dass das nicht wahr ist«, flehte Mara ihn beinahe an.

»Leider doch. Aber bei genauerer Überlegung steckt da eine Logik dahinter: Die Abteilung *Cold Cases* beschäftigt sich mit sehr alten Fällen aus den Jahren, als es noch keine Computerarchive gab. Ihr müsst in den Regalen nach den Akten suchen, die euch interessieren. Nur zwanzig Prozent des Archivs ist digitalisiert worden, und man hat nicht mit den lange zurückliegenden, sondern mit den neuesten Fällen begonnen. Zumindest erspart ihr es euch also, Hunderte Male die Treppen rauf und runter zu laufen.«

»Red doch keinen Mist, Giacomo. Dieser Dreckskerl spielt ein ganz mieses Spiel: Er versucht alles, damit ich hinschmeiße und mich in ein anderes Präsidium versetzen lasse. Und das ist okay, wir wissen ja alle, dass er ein Dreckskerl ist. Aber was hat sie damit zu tun? Sie wird sich fragen, ob sie hier in Burundi gelandet ist«, schimpfte Mara. »Hältst du das wirklich für einen passenden Arbeitsplatz für zwei Beamtinnen der Kriminalpolizei?«

»Dieses Mal muss ich ihr recht geben«, sprang Eva zu Maras Verteidigung bei. »Unter diesen Bedingungen kann man nicht arbeiten, Dottore.«

»Das sind Befehle von ganz oben, meine Damen. Ich kann da nichts tun.«

Farcis Worte wurden von einem Rascheln hinter den Regalen unterbrochen.

Eva und Mara wichen zurück und suchten den Boden nach der Ursache für das Geräusch ab.

»Merdonasa«, rief Mara hysterisch.

»Wie bitte?«, fragte Eva.

»Ratten! Ich hab's gewusst … Ich schwöre bei Gott, wenn eine Ratte mir zu nahe kommt, erschieße ich sie, Farci. Bei allem, was mir lieb und teuer ist!«

Hinter einem hohen Registerschrank kam ein Mann um die sechzig hervor.

»Keine Sorge, *sa sposa*. Die letzte Rattenbekämpfung war erst vor einer Woche«, sagte Moreno Barrali und sah sie lächelnd an. »Die wahren *merdonasa* sind nicht hier unten, sondern in der obersten Etage.«

17

Archiv, Polizeipräsidium Cagliari

Eva starrte den »Eindringling« an. Moreno Barrali hatte ein verwittertes Gesicht, wie ein Granitfels, der über Jahrtausende vom wütenden Mistral geschliffen und geformt worden war. Aus den von der Krankheit ausgezehrten Zügen stachen die ultramaringrünen, etwas nervös wirkenden Augen heraus. Er war von mittlerer Statur, trug die stahlgrauen Haare extrem kurz und hatte eine Art Krückstock dabei, der ihm half, das Gleichgewicht zu bewahren und sicherer zu laufen. Sein unsteter Blick schien sich gleichsam gegen den Verrat eines Körpers aufzulehnen, in dem er sich unwohl, wie eingesperrt, zu fühlen schien.

»Verdammt noch mal, Barrali! Wegen dir hätte ich beinahe einen Herzinfarkt bekommen«, fuhr Mara auf. »Wo kommst du denn auf einmal her?«

»Es gibt einen Notausgang direkt zur Straße«, sagte Farci, nachdem er alle einander vorgestellt hatte. »Und das ist einer der Gründe, weswegen ich mich nicht dagegen gewehrt habe, dass man euch hierher abschiebt. Moreno kann kommen und gehen, wann und wie er will, ohne durch den Haupteingang zu müssen, wo er eventuell auffallen würde. Vielen Kollegen würde das nicht in den Kram passen, oder zumindest würde seine ›Mitarbeit‹ Stoff für Gerede bieten, und das möchte ich vermeiden. Croce, Moreno ist …«

»Ich habe sie schon ein wenig gebrieft«, unterbrach ihn Mara. »Ich war es übrigens, die ihm Bescheid gesagt hat, dass wir im Polizeipräsidium sind, das hatte ich ganz vergessen. Aber ich hatte auch nicht damit gerechnet, dass er so einen Ninja-Auftritt hinlegen würde.«

»Wie auch immer: Moreno ist unser historisches Gedächtnis und kann euch helfen, Materialien und Elemente der alten Fälle zusammenzutragen.«

»Ja, ich bin ein Dinosaurier der Squadra Mobile. Ich wurde für eine ganze Weile nach hier unten ›in Quarantäne‹ verbannt«, sagte Moreno. »Wenigstens kenne ich mich hier aus und weiß, wo ich suchen muss, wenn etwas gebraucht wird … Es ist mir ein Vergnügen, Sie kennenzulernen, Ispettore.«

»Sie können mich ruhig duzen. Das Vergnügen ist ganz meinerseits«, sagte Eva. Später musste sie noch oft an dieses erste Zusammentreffen zurückdenken, und ein Wort sollte dabei immer öfter in ihrem Kopf herumspuken: »Vorherbestimmung«. Von der ersten Sekunde an hatte dieses Treffen eine Art Verantwortungsgefühl in ihr geweckt, als hätte er ihr eine innere Bürde übergeben, die schon zu lange auf ihm gelastet hatte; ein Bündel an Erinnerungen und Schmerz, dem es bestimmt war, von ihr übernommen zu werden. Aus der Art und Weise, wie sich seine Augen belebten, als sie ihm die Hand reichte, begriff Eva, dass auch der ältere Ispettore sofort mit ihr auf einer Wellenlänge lag, als hätte er sie nach einer hartnäckigen, unermüdlichen Suche endlich gefunden.

»Dann lass du doch bitte auch das ›Sie‹ weg und nenn mich Moreno.«

»More', sprich ihr dein Mitgefühl aus, denn sie muss mit Rais im Team arbeiten«, sagte Farci.

Mara unterdrückte einen Fluch.

»Ein jeder hat sein Kreuz zu tragen.« Barrali grinste.

»Mein Kreuz seid ihr und dieses verdammte Kabuff … Kannst du uns wenigstens eine Kaffeemaschine und einen Wasserspender besorgen?«, fragte Mara Farci.

»Willst du auch noch eine Putzfrau, einen Butler und einen persönlichen Koch?«, gab dieser zurück.

»Hm, keine schlechte Idee«, erwiderte Mara mit einem maliziösen Grinsen im Gesicht.

»Ach, hör doch auf … Croce, Moreno war für mich und zahlreiche andere Kollegen der Lehrmeister. Er hat vielen von uns das Handwerk beigebracht. Er ist ein Bulle von altem Schrot und Korn und kann sich einfach nicht von uns trennen. Ein anderer an seiner Stelle wäre schon längst im Ruhestand, aber er hat noch eine Rechnung zu begleichen, ehe er die Uniform ablegt, stimmt's?«

»Darauf kannst du Gift nehmen«, bestätigte Barrali.

»Du hast einen anderen Akzent als die anderen«, bemerkte Eva.

»Stimmt. Ich komme aus der Gegend, wo Nuorese gesprochen wird, aus dem Herzen Sardiniens.«

»Also jetzt übertreib mal nicht, von wegen Herz von Sardinien«, sagte Mara empört. »Glaub ihm kein Wort.«

»Ich sollte dich wohl aufklären, dass wir Sarden sehr heimatverbunden sind. Wobei ›sehr‹ noch untertrieben ist«, erklärte Farci. »Wie auch immer, Croce ist momentan noch nicht offiziell hier. Sie nimmt ihren Dienst erst nach dem Wochenende auf. Und Moreno wird mit euch inoffiziell zusammenarbeiten, aber ich möchte, dass das unter uns bleibt.«

Eva starrte ihn etwas verwirrt an, und Farci bemerkte, dass sie sich nicht wohl dabei fühlte.

»Ich rauche noch eine letzte Zigarette und dann verschwinde ich. Croce, komm mit, ich möchte wissen, wie du dich organisiert hast.« Farci reichte Barrali die Hand und sagte ihm, dass sie bald voneinander hören würden.

Ehe Eva ihrem Vorgesetzten folgte, sah sie, wie Moreno eine dicke Akte auf den Schreibtisch legte. Auf der Titelseite las sie eine Überschrift, die sie bestürzte: *Ritualverbrechen, 1975–1986.*

Als sie hochsah, begegnete sie Maras Blick, und ihre neue Kollegin nickte kaum wahrnehmbar.

»Wir warten hier auf dich, Croce. Ich schau mal, ob der Schrott hier funktioniert, ober ob wir unsere Laptops von zu Hause mitbringen müssen.«

»Bis gleich«, sagte Barrali.

Eva nickte und folgte Farci. In Gedanken blieb sie jedoch dort im Keller, gefesselt von der Akte, als hätte diese sie auf eine Art magnetisch angezogen, die sie rational kaum hätte erklären können.

18

Piazza della Repubblica, Gericht von Cagliari

In wenigen Tagen würde der Oktober zu Ende gehen, doch die Stadt wirkte wie im Spätfrühling. Es wehte ein lauer Wind, der süßlichen Jacarandaduft überallhin verteilte. Am Himmel war nicht eine Wolke.

»Was für ein Sonnenuntergang. Schau mal hin: Das sieht aus wie frisch gepresster Orangensaft«, sagte Farci.

»Stimmt. Das Licht in dieser Stadt hat etwas Magisches«, sagte Eva voller Begeisterung über den milden Abend. »Die Sonne des Südens ist immer anders, aber hier ist sie ganz speziell.«

»An Sardinien kann man sicher vieles bemängeln, aber es ist ein Paradies, glaub mir. So ein Wetter hattest du nicht erwartet, oder?«, fragte Farci. Sie saßen zu zweit auf einer Bank in dem kleinen Park vor dem Gericht.

»Nein, überhaupt nicht.«

»Da sind wir wirklich gesegnet. Es ist wie ein Sommer, der acht Monate lang dauert, dazu drei Monate Frühling und einen mit Herbst oder Winter, je nachdem. Dieses Jahr scheint der Sommer gar nicht enden zu wollen … Stört es dich, wenn ich rauche?«

»Nein, Chef.«

»Gut. Also: Das ist das Gericht, und dort befindet sich die Staatsanwaltschaft. Wie du siehst, ist alles nur einen Katzensprung von uns entfernt. Das verkürzt die Wege. Nächste Woche stelle ich euch einen Kontakt zu der Person her, die der Generalstaatsanwalt für die *cold cases* bestellt hat. Das wird eure Anlaufstelle für Vollmachten, Genehmigungen und Anfragen für DNA-Proben oder Ähnliches sein.«

»Ist der Mann kooperativ?«, fragte Eva.

»*Die Frau.* Ja, sie ist gut, gewissenhaft und auf Zack. Wenn wir ungelöste Fälle abschließen könnten, würde sie auch davon profitieren, daher keine Sorge, sie wird alles daransetzen, euch die Arbeit zu erleichtern … Nun, ich hoffe, dass dein erster Eindruck von dem Job nicht zu traumatisch war. Rais kann schon ganz schön nerven, aber vertrau mir, sie ist wirklich gut und weiß, wie man eine Ermittlung zu führen hat. Leider hat sie diese kleine Charakterschwäche. Sie wirkt immer *di luna mala*, so richtig miesepetrig, aber meistens ist das nur Show.«

»Also, abgesehen davon, dass ich manchmal Schwierigkeiten habe, sie zu verstehen, und dass ich den Eindruck habe, sie überlegt ständig, womit sie mich am schmerzvollsten foltern könnte, scheint sie ganz in Ordnung zu sein«, sagte Eva und brachte Farci damit zum Grinsen. »Warum ist sie bei den Ungelösten?«

»Sie hatte einen Konflikt mit den oberen Reihen: Da gab es ein Problem mit dem Questore. Ich überlass es ihr, dich über die Einzelheiten aufzuklären, wenn sie das möchte. So viel kann ich dir aber sagen: Man wollte sie rauswerfen, und die Leute, die sich eigentlich für sie hätten einsetzen müssen, ihre Kolleginnen, haben die Gelegenheit genutzt, um sie in Misskredit zu bringen und sie loszuwerden. Insbesondere eine hat die Geschichte für einen ordentlichen Karrieresprung genutzt.«

»Wie gemein!«

»Das kannst du laut sagen. Daher kannst du dir bestimmt gut vorstellen, dass Mara wenig davon angetan ist, eine Frau als Partnerin zu haben. Die Ungelösten Fälle werden für sie wirklich die Hölle sein, es sei denn …«

»Es sei denn, wir schaffen es, diese Fälle abzuschließen«, führte Eva für ihn den Satz fort.

»Ganz genau. Mara weiß nur zu gut, dass es die einzige Möglichkeit ist, aus dieser Sackgasse rauszukommen, daher glaube ich nicht, dass du mit ihr viele Probleme haben wirst. Du musst nur in den ersten Wochen ein wenig Geduld haben, dann wird sie sich entspannen, da bin ich sicher. Und du?«

»Was soll mit mir sein?«

»Wie ich bereits gesagt habe, eine mit deinem Lebenslauf ist hier in der so ruhigen, manchmal richtig verschlafenen Provinz doch ein vergeudetes Talent. Ich will gar nicht wissen, warum sie dich zu uns geschickt haben …«

»Ach, das wissen Sie wirklich nicht? Ein Telefonat würde genügen.«

»Das führe ich nicht, zumindest nicht, solange du keinen Mist baust. Ich will nur wissen, ob ich mit dir Ärger bekomme, das ist alles. In diesem Punkt bin ich sehr empfindlich. Wenn du nach den Regeln spielst und dich bemühst, ein paar Punkte nach Hause zu bringen, dann interessiert es mich nicht, was in den vorherigen Mannschaften oder Meisterschaften gelaufen ist.«

»Ich bin nicht hier, um Probleme zu schaffen, Dottore.«

»Bestens. Wenn du mit mir keine Schwierigkeiten bekommen willst, dann vergiss übrigens Worte wie Milan, Inter oder noch schlimmer Juventus, okay? Hier sind alle Fans von unserem eigenen Verein, *Casteddu*.«

Eva riss entgeistert die Augen auf. »Wie bitte? Ernsthaft?«

»Es könnte mir nicht ernster sein.«

»Ich hasse Fußball.«

»Jetzt nicht mehr. Du befindest dich auf sardischem Boden, daher bist du jetzt für Cagliari Calcio. Wenn du dich weigerst, dann verpass ich dir nur noch Wochenendschichten und zwinge dich, immer ein Heiligenbildchen von Gigi Riva in der Handtasche dabei zu haben, *cumprendiu*?«

»Ich …«

»Ach, ich zieh dich doch nur auf, Croce. Entspann dich.«

Sie lachten beide.

»Gut, nachdem wir uns in puncto Fußball einig sind, kommen wir nun zu Barrali.«

19

Weingut der Ladu, Oberland der Barbagia

Sardinien ist keine Insel. Es ist ein Archipel mit vielen kleinen Inseln, die allerdings nicht durch das Meer voneinander getrennt sind. Einige sind so klein, dass man sie als Atolle bezeichnen könnte, aber eine jede hat ihre eigene Identität. Oft auch eine eigene Sprache und eigene Bräuche und Sitten. Die Grenzen, die die einzelnen Inseln voneinander trennen, sind für das menschliche Auge unsichtbar. Zumindest für jemanden, der nicht hier geboren wurde. Für alle anderen sind sie klar zu erkennen, denn sie wurden vor undenklichen Zeiten mit Blut gezogen. Es sind unüberschreitbare Grenzen, die gewahrt werden müssen. Denn in bestimmten Gegenden ist der Tod heiliger als das Leben.

Die Grenzen der weitläufigen Ländereien der Ladu vom Berg waren allen sehr gut bekannt, und niemand hätte auch nur im Traum daran gedacht, die Grenze zu dieser »verbotenen Insel« zu überschreiten, denn in der Vergangenheit war viel Blut geflossen, um die *tancas* zu demarkieren, die Ländereien, auf die die Ladu sich wie ins Exil zurückgezogen hatten, in eine Zeitlosigkeit, aus der sie unter keinen Umständen wieder hervorkommen wollten, verschlossen gegenüber der Moderne, taub und blind gegenüber deren Verlockungen, und mit Haut und Haaren einem Leben in absoluter Einheit mit der Natur und deren archaischen Gesetzen verschrieben.

Die Ladu nahmen nie an Dorffesten, Festbanketten oder anderen ländlichen Feiern außerhalb ihres Territoriums teil, aber das bedeutete nicht, dass sie keine eigenen Bräuche pflegten und feierten, ganz im Gegenteil; allerdings hatten ihre Feste nichts Religiöses, zumindest nicht im katholischen Sinn. Vielmehr spiegelten sich darin die heidnischen Riten wider, die mit dem Kult der Erde und dem Opfer all derer verbunden waren, die sie bestellten: alte Traditionen, Glauben und Aberglauben, die auf ihrem Besitz anders als im Rest der Insel fortlebten.

In jener Nacht feierten die Ladu unter dem offenen Sternenhimmel das Ende der Weinlese, die den Beginn des Winters ankündigte; eine ziemlich späte Lese in diesem Jahr, wegen der schweren Dürre, die die Insel fest im Griff gehabt hatte. Alle Familien hatten sich auf den Weg zum Weingut gemacht. Der süße Geruch nach Weinstöcken und Most, der in der frischen Nachtluft lag, wich allmählich dem Duft nach gegrilltem Fleisch. Über einem Glutbett aus trockenen Wurzeln von Steineichen und Mastixbäumen war *sa gabbia* errichtet worden, eine Art Käfig aus aufrecht stehenden Spießen, an denen ein Dutzend Spanferkel und einige Lämmer brieten. Das Brutzeln der fetttriefenden Schwarten – man nannte es den »Gesang der *proheddu*, der Spanferkel« – und das Prasseln der Holzscheite bildeten das Hintergrundgeräusch für die Schreie der Kinder, die zwischen den von ihrer Last befreiten Rebstöcken Fangen spielten. Ein Dutzend schweigsamer Wächter, denen ihre Bartstoppeln und die vom großzügig ausgeschenkten Wein getrübten Augen einen wilden Anstrich verliehen, beaufsichtigte seit nunmehr fast fünf Stunden das Fleisch, das mit jeder Minute mehr goldbraune Farbe annahm. Hin und wieder legte einer dieser geduldigen Männer Myrten- und Wacholderzweige ins Feuer, um dem Fleisch Aroma zu verleihen, oder stach die Schultern oder Schenkel der Spanferkel mit seiner *resolza* an, um anschließend die Klinge prüfend auf die Handfläche zu legen: Anhand der

Temperatur in der Einschnittstelle ließ sich der Garzustand beurteilen. Den Kindern war es nicht erlaubt, sich dem Käfig zu nähern; sie durften allerdings kleine Käselaibe und Ricottataler auf Holzspieße stecken und grillen, die dann in Korkbehältern neben dem Feuer warm gehalten wurden.

Auf einer Wiese maßen sich vor einem begeistert mitfiebernden Publikum die heranwachsenden Männer auf einem Viereck aus Heu im *istrumpa*, dem uralten Ringkampf der Barbagia, der mit bloßen Händen im griechisch-römischen Stil ausgetragen wurde; hier taten sich die Ladu mit ihren hünenhaften Körpern als wahre Naturtalente hervor. Mit Steinen umrandete Feuerstellen, Fackeln und lodernde Glutbecken rund um den Hof erleuchteten die Szenerie. Die Mädchen gingen zwischen den Leuten umher und boten von Tabletts aus Korkrinde Happen von Ziegenkäse, Speck und Guanciale auf *pane carasau,* dem typisch sardischen knusprigen Fladenbrot, an.

Aus dem Inneren des Hauses, in dem die Nudelgerichte gekocht wurden, drang das intensive Aroma von Wildschweinragout, mit dem bald die von den älteren Frauen handgemachte Pasta serviert würde, die für diese Gegend typischen *maccarones de busa*. Trotz der Kälte würden alle zusammen draußen essen, gewärmt vom Feuer und von dem hochprozentigen *binu nieddu*, dem überreichlichen Essen und der Freude über das gesellige Beisammensein. Lange Bänke und fertig gedeckte Tische standen bereit, an denen die gesamte Sippe Platz finden würde, etwas mehr als neunzig Personen.

Bastianu kehrte gerade mit ein paar Vettern und seinem Ältesten Micheli von den Feldern zurück. Der Tradition folgend hatten sie die Vogelscheuchen der vergangenen Saison verbrannt und dann alle zusammen die Glut mit ihrem Urin gelöscht. Sobald sie ihn zum Käfig gehen sah, zog eine Frau mit mütterlich üppigen Formen ihren dunklen Schal fester um sich und eilte zu ihm. Es war seine Tante, *tzia* Gonaria, eine Art Mutter für Bastianu.

»Er will dich sehen.« Nach diesen knappen Worten verschwand die alte Frau wieder wie ein Gespenst in der Nacht.

Bastianu ließ den Blick kurz über seine fröhlich feiernde Verwandtschaft schweifen.

Wenigstens das, dachte er. Nach all der Arbeit haben sie sich etwas Ausgelassenheit und Spaß verdient.

Es war ein regenarmes Jahr gewesen, und eigentlich gab es wenig Grund zum Feiern, doch um die Familie zusammenzuhalten und sie die Unbill der Natur vergessen zu lassen, hatte Bastianu beschlossen, das Erntefest trotzdem im großen Stil zu begehen.

Er rief Micheli zu sich, und gemeinsam liefen sie über die nun in tiefem Schlaf liegenden Felder zum Haus des Familienpatriarchen Benignu Ladu. Der Alte aß allein. Die schneidende Nachtluft wäre eine Qual gewesen für seine altersmürben Knochen.

»Hm, ich rieche junge Haut. Bist du das, Micheli?« Der Greis legte die Gabel beiseite und zog die Decke aus grober Wolle um seine Schultern. Das Spanferkelfleisch war so zart, dass es auf der Zunge zerging, sodass auch er mit seinem zahnlosen Mund es essen konnte.

»Ja, ich bin's«, antwortete der Junge.

»Du hast gut daran getan, ihn mitzubringen, Bastianu. Micheli wird eines Tages deinen Platz einnehmen. Er hat Rückgrat.«

»Geht es dir gut, *mannoi*?«, fragte Bastianu seinen Großvater.

»Ja, ich genieße das Fest von hier aus … auch wenn es eigentlich nichts zu feiern gibt.«

»Ich weiß, aber ich dachte mir, dass …«

»Das hast du ganz richtig entschieden, deswegen sage ich

das nicht. Deine Base, Jacus Frau, hat gestern ein Kind tot zur Welt gebracht.«

»Das habe ich gehört.«

»*Signale malu este«*, sagte der alte Mann. »Das ist ein schlimmes Zeichen. Innerhalb eines Jahres ist das schon das zweite Mal, dass so etwas geschieht. Für die Gemeinschaft sind das Todesbotschaften. Seit der großen Hungersnot, damals, als ich noch ein Junge war, hat man keine solche Trockenheit mehr erlebt. Seit Wochen habe ich Albträume, in denen ich sehe, wie unsere Felder in Flammen aufgehen und das abgemagerte Vieh sich ins Feuer stürzt … Es weht ein unseliger Wind, Bastianu. Uns droht eine große und schreckliche Dürre.«

»Was hast du gesehen?«, fragte Bastianu.

»Ich habe gesehen, wie die Frauen um ihre Kinder geweint haben, wie unsere Häuser verbrannten. Ich habe gesehen, wie die Kinder sich gegen ihre Väter auflehnten … Glaubst du, dass ich verrückt werde?«

»Nein, keineswegs, *mannoi.*«

Bastianu hatte großen Respekt vor seinem Großvater. Er war ein *òmine praticu*, ein praktisch denkender Mann, mit einem unglaublichen Instinkt, nicht nur für alle irdischen Belange. Vielmehr meinte er, dass er durch das Alter und die Blindheit mit der geistigen Welt vertrauter geworden sei, mit der unsichtbaren Natur, die sie alle umgab, als würde er zu einem *bidemortos*, jemandem, der die Seelen der Toten sehen konnte.

»Wir müssen die Wut der Erde besänftigen. Zum Wohl unserer Familien.«

»Sorge dich nicht, *mannoi*. Ich werde es tun.«

»Ihr werdet es tun. Ich will, dass du Micheli mitnimmst.«

»Aber …«

»Wenn er groß genug ist, um das Wildschwein für euer heutiges Ragout zu töten, und einen Menschen aufschlitzen kann, dann ist er auch alt genug, um seine Familie zu retten.«

»Natürlich.«

»Jetzt geht und trinkt für mich mit.«

Sobald sie wieder durch die Reihen der Rebenstöcke liefen, fragte Micheli seinen Vater neugierig: »Was will er denn, was sollen wir machen?«

»Cosas da bestias«, erwiderte Bastianu knapp. Bestialische Dinge.

Die Lust zum Feiern war ihm vergangen.

20

Im Landesinneren von Sardinien

Sie war wie gefangen in einem Albtraum, der nicht enden wollte. Egal, wie sehr sie sich anstrengte, ihr Körper reagierte nicht auf die Befehle, die ihr Gehirn aussandte. Ein Gefühl vollständiger Ohnmacht, eine erzwungene Lethargie der Gliedmaßen und Muskeln: Sie schien verdammt zu sein in einen Limbus zwischen Leben und Tod. Je mehr sie versuchte, aus diesem furchterregenden Traum zu erwachen, desto mehr versank sie darin.

Alle ihre Sinne hatten sie verlassen.

Alle bis auf einen: den Geruchssinn. Auch in diesen Fluten Lethes, in denen sie als Spielball von Kräften jenseits ihres Willens dahintrieb, konnte Dolores Murgia einen deutlichen Hauch von Feuchtigkeit und Schimmel wahrnehmen, ebenso den intensiven Duft von Erde und feuchten Zweigen; diese Aromen waren so stark, dass sie den intensiven Geruch von geronnenem Blut überlagerten, das ihren Körper überzog wie eine zweite Haut. Sie kam zu dem Schluss, dass sie entführt und irgendwo im Wald versteckt worden war. Vor ein paar Stunden war sie noch in der Lage gewesen, die lähmende Kälte wahrzunehmen, die Lippen, die anschwollen und beim Austrocknen aufplatzten, und auch das Rauschen der Blätter, wenn der Wind an den Bäumen zerrte, und die Laute der Nachttiere draußen vor dem Ort, an dem sie sich befand. Aber nun verließ sie auch der Geruchssinn, wie schon davor die Sehkraft, das Gehör, der Geschmacks- und der Tastsinn. Selbst die Erinnerung war nunmehr ein

Werkzeug, auf das sie keinen Zugriff mehr hatte: Mit Mühe erinnerte sie sich an den eigenen Namen. Sonst nichts. Als würde sie sich mit jeder Sekunde in einen animalischen Zustand zurückentwickeln, der nur aus körperlichen Empfindungen und Instinkten bestand.

Dolores spürte, wie sie in die allertiefste Bewusstlosigkeit fortglitt.

Ein letzter Gedanke schaffte es, zu ihrem Verstand durchzudringen, ehe tiefes Dunkel sie umfing. Eine Überlegung, entstanden aus dem schwindelerregenden Gefühl von Unausweichlichkeit und einem letzten bewussten Aufblitzen des Verstandes: Sie werden mich nie finden … Für mich gibt es keine Rettung …

Niedergeschlagen von dieser grausamen Gewissheit gab Dolores ihren Widerstand gegen die Lockrufe der Dunkelheit auf und überließ sich den alles verschlingenden Wogen der Finsternis.

21

Valle delle Anime, Oberland der Barbagia

Wenn er mit sich ins Reine kommen musste, verließ Bastianu Ladu die kleine Siedlung und tauchte ein in die unberührte Natur der Täler an den Hängen des Berges, an dessen Seiten sich auch die steinernen *tancas*, die die Felder umzäunten, und die Häuser seiner Familie klammerten. Dort lief er stundenlang die Pfade entlang, ohne je einem Menschen zu begegnen, nur begleitet von den Rufen der Käuzchen und dem Zwitschern der Vögel, das durch das Geflecht der Zweige zu ihm drang.

Je weiter er vorwärtskam, desto weiter schien er in der Zeit zurückzugehen; selbst die Landschaft wirkte rauer, archaischer, ja feindseliger.

An diesem Morgen kletterte Bastianu flink und geschickt wie eine Ziege die natürlichen Felsstufen hinauf bis zu einem der höchsten Punkte im Oberland der Barbagia: Sa Punta Manna, ein steiler Granitfels, über 1100 Meter hoch. Von dort konnte man bei klarem Himmel und geringer Luftfeuchtigkeit den Blick am Horizont über die wilde, von majestätischen Felsformationen durchsetzte Natur schweifen lassen, bis er auf das Tirso-Tal traf, den Monte Ferru und die Weite des kobaltblauen Tyrrhenischen Meeres auf der einen und des türkisblauen Mar di Sardegna auf der anderen Seite; es war, als läge die Insel zwischen zwei Meeren, ein riesiges Floß, das auf den Wellen treibt, und er der einzige Mann an Bord. Dort oben verflüchtigten sich die Gedanken. Das Denken verwandelte sich in Betrachtung. Gelegentlich sah man hier Steinadler das Himmelsblau durchteilen und über einem dritten Meer schweben, einer riesigen grünen Fläche, die die fröstelnden Barbagia-Gebiete wie ein wärmender Mantel einhüllte, ebenso konnte man häufig Mufflons, Gänsegeier oder mit viel Glück auch einen sardischen Hirsch ausmachen, ein Tier, dessen Sichtung die Einwohner der Barbagia als günstiges Vorzeichen ansahen.

Dort oben in der Morgendämmerung auf dem Gipfel kam es Bastianu beinahe so vor, als würde er den Himmel stützen, ihm die Hand reichen und ihn ermutigen, einen neuen Tag, einen neuen Sonnenaufgang zu erschaffen. Und das tat er, wortlos und ohne einen Muskel zu bewegen, als verdiente die Schönheit der Natur, dass man ihr physisch Respekt zollte, ihr beinahe wie einem lebenden Wesen huldigte. Er vollzog ein Ritual von Tod und Wiedergeburt zugleich. Manchmal verströmte der Wind nicht nur balsamische Düfte, sondern pfiff durch die Felsspalten und erzeugte so eine Sinfonie der klingenden Steine. Anhand dieser Töne, die die Felsen von sich gaben, konnte Bastianu mit geschlossenen Augen feststellen, woher der Wind kam, denn jede Windrichtung hatte ihre eigene Tonlage. An diesem Morgen stand die Luft jedoch seltsam still. Die gesamte Erde unter ihm schien dagegen zu vibrieren, als wäre sie lebendig: Sie sandte ein dumpfes Brummen aus, wie ein hungriges Tier.

In der vorangegangenen Nacht, bevor Bastianu nach Hause ging, hatte ihm sein Großvater durch eine seiner älteren Tanten eine Nachricht überbringen lassen. Benignu hatte sich unmissverständlich ausgedrückt: »Der Uterus der Erde kann keine Früchte gebären, wenn er nicht besamt wird. Fruchtbarkeit ist ein Kind des Opfers.«

»Nein, das muss nicht sein. Ich habe schon jemanden dafür bestimmt«, hatte Bastianu abgewehrt.

Die Tante, die gemeinsam mit dem Großvater uraltes Wissen und jahrtausendealte Traditionen bewahrte, war jedoch nicht davon abzubringen gewesen und hatte das Opfer benannt.

»Nein.« Bastianu war hart geblieben. »Nein, ihr könnt nicht verlangen, dass er das tut. Nicht mit ihr.«

»Ein Opfer muss schmerzhaft sein, es muss das Herz bluten lassen. Das Land nährt sich von Leid.«

Worte so brutal wie Peitschenhiebe, felsenhart und spitz wie die Berge, und unwiderruflich.

»Aber ...«

»Es muss so sein. Das Land ist durstig und hungrig ... Tu, was du tun musst, Bastianu.«

Diese Worte gingen ihm nicht mehr aus dem Kopf.

Bastianu sah auf die unberührten Täler, die sich erstreckten, so weit das Auge reichte. Sie erwachten gerade im sanften Licht der Morgendämmerung. Doch dieser Frieden täuschte. Die Ladu nannten den Ort »das Tal der Seelen«, weil er seit prähistorischer Zeit als Begräbnisstätte diente. Es hieß, die ersten Siedlungsspuren auf diesen Höhen stammten aus der mittleren Jungsteinzeit, etwa 4000 v. Chr.; anderen Meinungen zufolge reichten sie sogar bis in die Altsteinzeit zurück. Unabhängig von der richtigen Bestimmung ihres Alters war Bastianu sich sicher, dass diese Berge von Höhlen und Gängen durchzogen waren, in denen seine Ahnen gelebt und ihre Lieben begraben hatten, in der Überzeugung, dass der Tod nichts Endgültiges, sondern nur der notwendige Übergang in ein anderes spirituelles Leben war. Seine Überzeugung entsprang eigener Erfahrung: Er war damit aufgewachsen, diese Höhlen zu erforschen, und hatte dort mit eigenen Händen die *sinnos* berührt, Zeichen jener uralten Kultur.

Manchmal stellte sich Bastianu vor, einer seiner Vorfahren hätte, wie er jetzt, aber vor sechs- oder siebentausend Jahren, auf jenem Vorsprung gesessen und dem Gesang der Felsen gelauscht. Nach der Steinzeit hatten diese Berge Völker der

Nuraghenkultur aufgenommen und ihnen Schutz geboten; Völker, die sich aus der Campidano-Ebene vor einer scheinbar endlosen Reihe von Eroberern dorthin geflüchtet hatten, erst vor den Karthagern, später vor den Römern, den Byzantinern und anderen. Keinem Einzigen all dieser Eindringlinge war es jedoch gelungen, bis in diese Höhen vorzudringen und den Barbagia-Gebieten und ihren Bewohnern seine Herrschaft aufzuzwingen. Es schien, als würden diese abgelegenen, unzugänglichen Bergregionen von einer Waldgottheit beschützt. Einer gottgleichen Natur, die zwar die Feinde ihrer Bewohner verhöhnte, im Gegenzug aber Opfer und absolute Ergebenheit verlangte.

Bastianu schloss die Augen, und es kam ihm vor, als spüre er um sich die unsichtbare Gegenwart der jahrtausendealten Seelen seiner Ahnen.

Wer bist du, dass du dich der Erde widersetzen willst?, schienen ihn diese Urgeister zu fragen.

»Niemand«, sagte er leise.

So ließ Bastianu Ladu sich im ersten Licht der Sonne von den Geistern seiner Vorfahren überzeugen, dem urzeitlichen Willen zu folgen.

22

Mari-Pintau-Bucht, Geremeas, Quartu Sant'Elena

Sie hatte den Ruf des Meeres vernommen, wie eine sanfte Stimme in ihrem Innern, unwiderstehlich und verlockend. Kurz vor Sonnenaufgang hatte Eva Croce ihre Wohnung verlassen und war stadtauswärts gefahren, um die Küste der Insel zu erkunden. Doch nach nicht mal zwanzig Kilometern auf der Straße nach Villasimius hatte ein Glitzern auf dem Wasser sie magisch angezogen; sie musste einfach anhalten und zu Fuß hinunter zu einem Strand namens Mari Pintau laufen. Das hieß »gemaltes Meer«, wie sie herausgefunden hatte, als sie mit dem Handy im Internet nach weiteren Informationen suchte.

»Unfassbar«, hauchte sie geradezu andächtig, während sie den Weg entlanglief, der sich zum Strand hinunterschlängelte. Es schien ihr, als würde dieser buschbewachsene Hügel die Düfte von frostiger Luft und der Macchia verströmen: eine Mischung, die durch den prickelnden Geruch des Meeres noch frischer und deutlicher hervortrat.

Dann stand sie vor dem tiefsten und gleichzeitig kristallklarsten Azur, das sie je gesehen hatte. Die Farbe des Meeres erstreckte sich bis zum Horizont, wo sie mit dem Himmel verschmolz: eine einzigartige Augenweide, und zugleich Balsam für die Seele. Der erste Abschnitt des Strandes aus hellen Felskieseln ging nach einigen Metern in strahlend weißen feinsten Sand über, in dem sich das Sonnenlicht spiegelte, das dem smaragdgrün schimmernden Wasser eine nahezu unnatürliche Transparenz verlieh. Seltsamerweise nahm sie diese unermessliche Pracht der Natur mehr durch den Geruchssinn als mit den Augen wahr: Ein berauschender Duft von Unendlichkeit drang ihr in die Nase, und sie hätte nicht in Worte fassen können, welche Empfindungen er in ihr hervorrief.

Eva setzte sich auf den Kieselstrand und verlor sich in den irisierenden und beruhigenden Farben des Meeres, atemlos angesichts all dieser Schönheit.

Nach einer Weile begann sie darüber nachzudenken, dass die Farben ihres Schmerzes seit ihrer Ankunft auf der Insel gedämpfter erschienen.

In den vergangenen Jahren hatte sie der Nachklang des Leids unablässig erfüllt, inzwischen kannte sie alle Sätze, Rhythmuswechsel, Soli, Pausen und Wiederholungen dieser Schmerzenssonate auswendig.

Es hatte sie nicht mehr losgelassen. Doch kaum hatte sie dieses archaische, vom Meer umgebene Stück Land betreten, war der Gesang des Unglücks verstummt, als hätte die Natur selbst es auf sich genommen, seine Klänge mit ihrer eigenen Melodie zu übertönen.

In der Nacht zuvor, wie in jeder Nacht nach dem Unglückstag, hatte sie ihren Computer eingeschaltet, war auf Netflix gegangen und hatte einen Animationsfilm laufen lassen: *Findet Nemo*. Dieses Ritual sah keinen Ton vor, Eva stellte ihn immer sofort aus: Dialoge, Geräusche und das Lachen der Figuren hörte sie mit äußerster Klarheit in ihrem Kopf, weil sie sie auswendig kannte.

So hatte sie in Mailand ein ganzes Jahr verbracht: Sie schuf in ihrer Wohnung eine künstliche Nacht und sah sich pausenlos Disneyfilme ohne Ton an, einen nach dem anderen, quälte sich mit den Erinnerungen, verließ kaum je die Wohnung und ging weder ans Telefon noch an die Tür, wenn es klingelte. Eine Liturgie ihres ganz persönlichen Leids, von dem niemand wusste. Pocahontas, Mulan,

Dorie verloren unter ihrem Blick, dem einer Erwachsenen, ihre kindlich-positiven und phantastischen Züge und verwandelten sich in schreckliche Monster. Das war ihre Buße: Freundliche Phantasiefiguren, die nur für sie zu grausamen Kerkermeistern und Schergen wurden, während sich ihr Sofa in ein Floß verwandelte, das langsam und unausweichlich den Fluss Lethe hinuntertrieb. Und das jede Nacht.

Gestern Abend jedoch hatte sie den Computer schon nach wenigen Minuten ausgeschaltet. Das war noch nie vorher passiert. Als müsse sie sich nicht mehr mit den Erinnerungen quälen, um schlafen zu können, als hätte sich etwas anderes ihrer Gedanken bemächtigt und ihre Stimmen gedämpft, bis sie schließlich verstummten. Eva hatte die Augen geschlossen und fest und traumlos geschlafen, so wie seit sehr langer Zeit nicht mehr.

War das Zufall oder heilen meine Wunden?, fragte sie sich. Sie konnte es nicht sagen. Aber sie hatte den Eindruck, dass sie allmählich aus dem Koma erwachte, in das sie sich selbst versetzt hatte; Mara, Barrali und Farci waren nach Jahren die ersten Menschen, mit denen sie geredet und denen sie sich geöffnet hatte. Sie wusste, es war noch viel zu früh für eine solche Annahme, aber sie spürte, dass sie auf einem guten Weg war, zu ihrem Ich zurückzufinden, das sie in diesen künstlichen Nächten begraben hatte.

»Ist das dein Werk?«, fragte sie die Insel, während sie sich mit einem ironischen Lächeln umsah. Die Brandung gab ihr darauf keine Antwort.

Eva holte eine Mappe aus ihrer Tasche, legte sie auf ihre Knie und öffnete sie. Sie enthielt Akten, Fotos und Untersuchungsergebnisse der Ritualmorde zwischen 1975 und 1986.

»Welchen Eindruck hast du von Barrali?«, hatte ihre Kollegin sie gestern Abend gefragt.

»Ich glaube, er ist einer von den Guten, und wir müssen

ihm eine Chance geben«, hatte Eva geantwortet. »Er wirkt auf mich wie jemand, der lange Zeit allein gekämpft hat und nun kurz davor ist aufzugeben. Er braucht Hilfe.«

Mara hatte genickt und ihr das Dossier gereicht. »Okay. Ich weiß nicht, warum, aber ich sehe das genauso. Lies das lieber nicht nachts, sonst kannst du das Schlafen vergessen«, hatte sie ihr geraten. »Aber schau es dir mal an. Du bist ja Expertin für Ritualverbrechen, das ist dein Ding. Anschließend sprechen wir in Ruhe darüber.«

Eva fürchtete, es könnte dieses Paradies entweihen, wenn sie hier die Büchse der Pandora öffnete, doch ihre Neugier war stärker als ihr Unbehagen. Nachdem sie eine Weile gelesen und das Material analysiert hatte, überrollte sie eine weitere Erkenntnis: Hier würde sie nicht auf ihren bisherigen Erfahrungen aufbauen können, diese Welt war ihr vollkommen fremd, sie wusste nichts von ihrer Geschichte, ihrer Symbolik und ihren Traditionen.

In dem Moment vibrierte ihr Handy.

»Ja?«

»Ich bin's.« Es war Mara. »Habe ich dich geweckt?«

»Nein, ich bin schon eine Weile auf. Du musst es geahnt haben, ich sehe mir nämlich gerade die Akte an.«

»Ernsthaft? Willst du, dass dir das Frühstück wieder hochkommt?«

»Hör auf. Also, ich weiß nicht, wie ich es dir sagen soll, aber in dieser Sache bin ich alles andere als eine Expertin. Was soll das sein – Masken der *mamuthones*?«

»Versündige dich nicht. Wenn die dich in Mamoiada hören, dann spießen die dich auf. Die sehen auch ähnlich aus, ja, aber bei diesen denke ich eher an Masken aus dem Karneval von Ottana.«

»Aha, vielen Dank, jetzt ist mir alles klar«, nahm Eva sie hoch.

»Wo bist du, Croce? Ich höre Wasser.«

»Am Meer. An einem Ort, der Mari Pintau heißt. Ein Stückchen Paradies.«

»Am Meer? Sehr gut, du willst also etwas Sonne tanken. Das ist doch mal ein Plan. Nichts für ungut, aber deine Leichenblässe macht mir ein bisschen Angst. Schon klar, du kommst von der Mordkommission, aber du hast dich etwas zu sehr damit identifiziert. Und obendrein noch das Problem, dass du aus Mailand bist …«

»Ich schick dich gleich zum Teufel, Rais. Komm bitte zur Sache. Oder hast du nur angerufen, um mich zu beleidigen?«

»Leider nein. Barrali hat uns zum Mittagessen eingeladen.«

»Heute?«

»Nein, in zwei Monaten. Natürlich heute. Oder hast du schon was vor?«

Eva war nicht schnell genug, ihr fiel nicht gleich eine Ausrede ein.

»Hör mal, ich bin auch nicht gerade begeistert. Wenn du meinen sachlichen Rat willst, lass es uns gleich hinter uns bringen, dann machen wir Farci glücklich und können wieder an die Arbeit gehen, und das war's dann mit Barrali.«

»Ich weiß nicht, was ich sagen soll. Ich bin nicht gewöhnt an diese Art von …«

»Du wirst dich schon daran gewöhnen. Wir sehen uns um eins bei ihm zu Hause. Du musst nichts mitbringen, ich sorge für den Wein. Ich schicke dir die Koordinaten noch über WhatsApp, er wohnt gar nicht weit von dem Strand, an dem du gerade bist. Jetzt lege ich auf, ich muss unbedingt einen Termin im Sonnenstudio für dich buchen.«

»Leck mich!«

»Du mich auch, Croce. Bis später.«

Kopfschüttelnd las Eva weiter in den Akten. Ein paar Sekunden reichten, und schon hatten die bestialischen Fotos das Lächeln von ihren Lippen gelöscht.

23

Capitana, Vorort von Quartu Sant'Elena

Die ausschweifenden Erläuterungen zur Symbolik und den geschichtlichen Hintergründen von dem, was Eva schlicht als längliche, spitz zulaufende Ravioli bezeichnet hätte, machten ihr klar, wie sehr diese Insel von Bräuchen, Aberglauben und jahrtausendealten Vorstellungen geprägt war, die sogar bis in die kulinarischen Traditionen reichten.

»Das ist eine Spezialität aus meiner Heimatregion, der Ogliastra«, erklärte Grazia Loy, Barralis Ehefrau, und stellte jeweils einen dampfenden Teller vor sie hin. »Hier, bitte: hausgemachte *culurgiònis all'ogliastrina* mit einem Sugo aus Schafsfleisch, frischem Basilikum, Pecorinocreme und Trüffeln aus der Gegend um Laconi.«

»Ein ganz leichtes Gericht, absolut empfehlenswert für jemanden, der abnehmen will«, bemerkte Mara Rais ironisch.

Grazia fuhr fort, als hätte sie das nicht gehört: »Man nennt sie auf der Insel auch *angiulottus*, Agnolotti auf Italienisch. Die Füllung besteht aus durchgepressten Kartoffeln, Knoblauch, Minze und jungem Pecorino. Manchmal werden sie auch mit geriebener Orangen- oder Zitronenschale aromatisiert, aber ich mag sie lieber nur mit Basilikum und ein paar Tropfen Trüffelöl.«

»Sie haben eine seltsame, ganz eigene Form, wie eine …«, begann Eva.

»Genau das ist ihre Besonderheit. Das Muster erinnert an eine Kornähre. Man muss die *culurgiònis* an den Rändern fest verschließen, wie eine kostbare Stickerei, und dabei immer darauf achten, dass sie ihre typische Tropfenform behalten.«

»Warum eine Ähre? Was bedeutet das?«

»Sie steht für ein Ritual, das früher in den ländlichen Gemeinschaften dafür eingesetzt wurde, eine möglichst gute Getreideernte zu bekommen und ein gutes Jahr herbeizuwünschen. Es war meist ein Gericht für den Herbst oder Winter, es wurde als Feiertagsessen angesehen, weil es eben kein gewöhnliches Essen, sondern Luxus war«, erklärte Grazia. »In manchen Gegenden trocknete man die *culurgiònis* sogar und benutzte sie als Amulette gegen die *animas malas*, wie mein Mann sagen würde, also gegen böse Geister.«

»Guten Appetit jedenfalls«, wünschte Mara, »und zum Teufel mit den Veganern!«

Alle vier mussten lachen und begannen zu essen.

»*Culurgiònis* wurden auch als Glücksbringer an Verwandte und Freunde verschenkt«, fuhr Grazia fort. »In meinem Heimatdorf ist es Brauch, dass man dieses Gericht nur als Dank am Ende der Getreideernte zubereitet und im November zu Ehren der Toten, am *die de sos mortos*.«

Die drei Polizeibeamten tauschten sprechende Blicke. Eva und Mara begriffen, dass Barralis Ehefrau nichts über die Ermittlungen ihres Mannes wusste oder dass diese so tief in ihrem Alltag verwurzelt waren, dass sie den Zusammenhang nicht einmal mehr bemerkte.

»Meine Großmutter hat es genauso gemacht«, erzählte Mara. »Sie ließ immer einen Teller für *sas animas*, die Geister der Toten, auf dem gedeckten Tisch stehen.«

Als er Evas verwirrten Gesichtsausdruck bemerkte, kam Barrali ihr zu Hilfe: »Auf Sardinien ist der Kult um die Toten und die Verehrung der Geister, guter oder böser, so alt wie die Zeit. Du musst bedenken, dass sich seit der Zeit der Nuraghenkultur die Vorstellung erhalten hat, dass der Tod nicht das Ende des Lebens ist, sondern nur des Lebens, wie wir es kennen.«

»Ich verstehe nicht …«

»Iss, sonst wird alles kalt«, unterbrach Grazia sie. Sie war eine freundliche und fürsorgliche Frau, die aus jeder Pore sanfte Mütterlichkeit ausstrahlte, aber zugleich hatte sie die gleiche provokante Art wie Mara und nutzte auch die Gelegenheit, um zu sticheln: »Oder könnt ihr Mailänder nicht gleichzeitig essen und zuhören?«

»Der war gut«, meinte Mara beifällig und zwinkerte ihr zu.

»Zwei gegen eine, was? Wo bleibt die Solidarität unter Frauen? Ich gebe auf, okay?«, sagte Eva und hob die Hände. »Erzähl ruhig weiter, Moreno.«

»Also, ich sagte, der Tod wurde nie als etwas Endgültiges angesehen, sondern einfach als unabdingbarer Übergang in ein anderes spirituelles Leben. Und man hat seit jeher geglaubt, dass die Seelen der Toten, ob sie wollen oder nicht, ein in jeder Hinsicht gleiches Leben wie ihr früheres führen, nur in einer, nennen wir es Parallelwelt …«

»So ungefähr wie bei den Kelten«, stellte Eva fest.

»Genau.«

»Ach ja, das hatte ich dir noch gar nicht erzählt, Croce ist halbe Irin«, sagte Mara.

Eva nickte.

»Aber ich hab keine Ahnung, wovon ihr gerade redet«, gab Mara zu. »Ich hatte in Geschichte eine Fünf.«

»Das *Samhain,* das keltische Neujahr, ist ein altes heidnisches Fest, mit dem man das Ende des Sommers und den Beginn des neuen Erntejahres feierte«, erklärte Eva.

»Genauso ist es«, bestätigte Barrali. »Und es gibt viele Ähnlichkeiten mit den sardischen Traditionen.«

Mara sah sie immer noch deutlich verwirrt an. »Das heißt?«

»Die Kelten teilten das Sonnenjahr in zwei Zeiten: die der Geburt und des Wachstums, *Beltane* genannt, und die, in der die Natur in den Winterschlaf versank und eine Zeit der Ruhe anbrach, *Samhain*. Man glaubte, dass in den Nächten, die eine dieser beiden Zeiten einläuteten, das Reich des Lichts und das des Schattens sich vereinigten und so die Seelen der Toten befreiten, die dann auf die Erde zurückkehren konnten«, erklärte Eva.

»Das wichtigste Fest für die Bauern war diese ›Samhain-Nacht‹, die Nacht aller Toten und aller Seelen, bei uns *sa die de sos mortos*. Es wurde zwischen Ende Oktober und Anfang November zu Ehren der letzten Ernte gefeiert«, ergänzte Barrali.

»Ist dir eigentlich klar«, zog Mara ihn auf, »dass du einen spitzenmäßigen Moderator für Sendungen über sardische Kulturgeschichte abgeben würdest?«

Barrali reagierte nicht auf ihre Provokation. Das Ganze hatte mit einem Teller *culurgiònis* angefangen, aber Eva hatte das Gefühl, dass er sie damit schon mit dem rituellen Hintergrund der ungelösten Fälle vertraut machen wollte.

»Auf Sardinien wird dieses Fest seit Hunderten von Jahren auf ähnliche Weise gefeiert, nur sein Name ist ein anderer: *is animeddas* o *su Prugadoriu*, also ›die kleinen Seelen‹ oder ›das Fegefeuer‹. Manche nennen es auch einfach ›Die Nacht der Seelen‹. In vielen Dörfern, auch in unterschiedlichen Regionen der Insel, ist es Brauch, eine gedeckte Tafel zu hinterlassen, bevor man ins Bett geht, für die Geister der Toten, die in dieser einen Nacht zurückkommen könnten, um ihr früheres Heim zu besuchen.«

»Verrückt! Danke für die Erklärungen«, sagte Eva zu Moreno.

»Gern geschehen. Schmecken dir die *culurgiònis*?«

»Die sind eine Fahrkarte direkt ins Paradies. Großartig, Grazia.«

Barralis Frau lächelte. Es war unmöglich gewesen, sie zu siezen: Als sie vor ihrer Tür standen, hatte Grazia Eva umarmt und auf beide Wangen geküsst, als wäre sie ihre Tochter, die nach einem langen Auslandsaufenthalt heimkommt, und sie hatte sich sofort wie zu Hause gefühlt. Moreno und seine Frau wohnten in einem restaurierten Bauernhaus, mit einem großen Kamin in der Mitte des Wohnzimmers, von dem eine angenehme Wärme ausging. Es war von einem kleinen Wäldchen wilder Olivenbäume umgeben und lag in den mit Pappeln, Tamarisken und Eukalyptus bewachsenen Hügeln, die über dem Vorort Capitana aufragten. Die Aussicht von dort war eine reine Augenweide: Man konnte das Meer sehen, einen kleinen Hafen und weiter in der Ferne die geschwungene Linie des Poetto-Strandes und den Sella del Diavolo. Ein leichter Wind trug die Wolken davon und klarte den Himmel auf.

Moreno stand auf, um nach dem Fleisch zu sehen, das auf dem Feuer gegrillt wurde. Mara nutzte die Gelegenheit und fragte Grazia leise: »Isst dein Mann denn nichts?«

»Wenig. Hauptsächlich gekochtes Gemüse. Die Chemotherapie ruiniert seinen Verdauungstrakt, manchmal spuckt er Blut deswegen oder erbricht sich. Mittlerweile hat er seinen Appetit und den Genuss am Essen verloren …«

»Aber nicht den an guter Gesellschaft«, kommentierte Barrali von der anderen Seite des Wohnraums. Die Frauen wurden rot.

»Und auch dein Gehör nicht, wie es scheint, verdammt!«, sagte Mara dazu.

Barrali kam lächelnd an den Tisch zurück. »*Sa morte non jughet ojos,* sagen wir hier, das heißt, der Tod hat keine Augen. Ihm ist egal, wer vor ihm steht. Da kann man nichts machen. Aber dass ihr beide heute hier seid … Ihr könnt euch nicht vorstellen, wie viel mir das bedeutet.«

Eva und Mara tauschten einen besorgten Blick: Beide

fürchteten die Bürde, die Barrali ihnen auferlegte, und fühlten sich nicht in der Lage, seinen Erwartungen zu entsprechen.

Er hingegen nickte zufrieden. Zum ersten Mal seit Jahren tröstete ihn das Wissen, dass er endlich die richtigen Leute gefunden hatte, an die er die Fackel weiterreichen konnte.

24

Kommissariat, Carbonia, Südsardinien

Der nationale alpine Rettungsdienst CNSAS war auf Anfrage der Bürgermeister von Tratalias, Carbonia, Giba, San Giovanni Suergiu und anderer Dörfer der Region seit dem frühen Nachmittag des Vortags rund um die Uhr im Einsatz gewesen. Er hatte die Polizei, die Carabinieri und die Freiwilligen vom Zivilschutz unterstützt, die ohne Pause in den Bergen und Tälern des Sulcis-Parks nach Dolores Murgia suchten, der jungen Frau, die inzwischen seit vier Tagen vermisst wurde. Man hatte in der Gegend ein mobiles Koordinierungszentrum eingerichtet, von dem aus die Teams gesteuert wurden, die das Gebiet unter anderem mithilfe von Hirten und Freiwilligen aus den Orten durchkämmten. Doch Dolores war wie vom Erdboden verschluckt. Jemand hatte der Presse die falsche Nachricht gesteckt, die Polizei sei inzwischen überzeugt, dass sie nach einer Toten suchten, was die allgemeine Anspannung noch zusätzlich steigerte.

Commissario Capo Maurizio Nieddu, der Leiter des Kommissariats in Carbonia, hatte die Suche nach der Zweiundzwanzigjährigen die ganze Nacht hindurch koordiniert. Seiner Meinung nach war es reine Zeitverschwendung: Die junge Frau galt als rebellisch, und ihr kleines Heimatdorf Tratalias war ihr zu eng. Vier Tage waren außerdem zu wenig, um hinter ihrem Verschwinden etwas Dramatisches zu vermuten; Nieddu glaubte eher, dass sie mit jemandem durchgebrannt war oder sich nach einem Familienstreit freiwillig aus dem Staub gemacht hatte. Aber Adele Mazzotta, die für die Vermisstenanzeige zuständige Staatsanwältin, benötigte die Unterstützung der Presse und das Licht der Öffentlichkeit, da sie in ihrer Behörde intern zu kämpfen hatte; deshalb hatte sie einen Riesenaufstand veranstaltet, Ermittlungen in großem Stil gefordert und ständig Interviews gegeben. Vermutlich war sie die undichte Stelle.

Maurizio Nieddu war genervt. Eigentlich hatte er sich von Cagliari nach Carbonia versetzen lassen, um die letzten beiden Jahre vor seiner Pensionierung seine Ruhe zu haben. Und dann verschwand ausgerechnet in diesem Kaff, in dem sonst nie irgendwas passierte, plötzlich ein Mädchen, und die von der Staatsanwaltschaft nutzten die Gelegenheit, sich gegenseitig in den Rücken zu fallen. Und er hing mittendrin.

»Also wirklich …«, murmelte er, als er sein Büro betrat. »Paola!«, rief er laut.

Assistente Capo Paola Erriu, eine kompetente Frau Ende dreißig, kam mit einem Tablet und einer Akte unter dem Arm herein.

»Immer noch nichts?«, fragte sie ihren Vorgesetzten.

»Ach was … Sie suchen selbst die hintersten Winkel des gesamten Sulcis-Gebiets nach ihr ab, aber das ist eine einzige Verschwendung von Zeit und Einsatzkräften. Meiner Meinung nach ist sie freiwillig verschwunden, um nachzudenken oder um mal den Druck rauszunehmen. Und bei dieser Familie würde mich das überhaupt nicht wundern.«

Paola Erriu zog die Augenbrauen hoch: Sie hatte die Angehörigen von Dolores lange befragt und teilte die Meinung ihres Vorgesetzten voll und ganz.

»Irgendwelche Neuigkeiten aus der Telefonzentrale?«, fragte Nieddu.

»Ein paar Spinner haben angerufen und behauptet, Dolores sei von Außerirdischen entführt worden.«

»Das scheint mir sehr plausibel. Wieso haben wir daran

nicht gleich gedacht? Haben die sich schon wegen des Lösegelds gemeldet?«

Erriu musste grinsen.

»Mal abgesehen von dem Schwachsinn, hast du inzwischen etwas herausgefunden?« Nieddu pfiff auf das Rauchverbot und zündete sich eine Marlboro an. Er hatte seine Mitarbeiterin beauftragt, sich mit der Vergangenheit, den Gewohnheiten und dem sozialen Umfeld der jungen Frau zu beschäftigen, im Vertrauen auf ihre ermittlerische Gewissenhaftigkeit und Methodik.

»Also, in punkto Freundschaften gibt es nichts zu berichten. Schule und Studium: Nach dem Abitur hat sie ein paar Jahre studiert, Anthropologie, um genau zu sein. Anfangs war sie wohl sehr begeistert, aber nach einem Dutzend Prüfungen hat sie das Studium an den Nagel gehängt.«

»Liebesbeziehungen?«

»Sie hat keinen festen Freund. Nur ein paar flüchtige Affären. Im Sommer hat sie in einem der Strandpavillons in Porto Pino gearbeitet, sonst keine Jobs. Die Ermittlung in den Socials passt auf ein typisches Mädchen vom Dorf, das mit allem und jedem im Clinch liegt, streitlustig und rebellisch.«

»Was hat sie denn, mal abgesehen von dem Sommerjob, die übrige Zeit gemacht?«

»Dass sie nicht vorbestraft und auch nie wegen Drogenkonsum aktenkundig geworden ist, wissen Sie ja bereits, aber ich habe ihre Freunde ausgequetscht, und die haben zugegeben, dass sie regelmäßig Drogen konsumieren.«

»Gras und chemische Drogen oder schlimmeres Zeug?«

»Angeblich nehmen sie nur Pillen.«

»Okay, weiter.«

»Das Interessanteste, und vielleicht auch das Schlüsselmotiv für ihr Verschwinden, ist etwas anderes.«

»Komm schon, Paola«, sagte Nieddu ungeduldig und

schlug die Hände zusammen. »Mach es nicht so spannend, ich will endlich nach Hause.«

Paola Erriu lächelte und schlug die betreffende Akte auf.

»Anscheinend hatte Dolores seit einigen Monaten Kontakt zu den ›Neonuraghikern‹ …«

»Zu wem?«

»Zu den ›Neonuraghikern‹. Sie sind Anhänger einer Pseudoreligion, die sie ›Nuraxia‹ nennen. Diese Durchgeknallten glauben daran, dass die Nuraghen Stätten der Verbindung mit den Sternen und anderen Planeten sind, und warten darauf, dass eines Tages diese ursprünglichen ›Radarsysteme‹ wieder aktiv werden.«

Nieddu grinste breit. »Willst du mich hochnehmen?«

»Nein, Chef. Ich weiß ja, dass das vollkommen abwegig ist, aber diese Leute glauben an eine Art ›zyklischen Zeitlauf, in dem alle Zeiten nebeneinander existieren und alles wiederkehrt‹«, zitierte Paola Erriu unter Zuhilfenahme ihrer Notizen. »Sie glauben an die energetische Heilkraft der Nuraghen, der Menhire und aller megalithischen Stätten; sie pilgern in Gruppen dorthin, um geheilt zu werden. Ihr Führer ist ein Guru: Roberto Melis, fünfzig Jahre alt; er sieht aus wie ein Schamane, und für ihn sind die Nuraghen ›Tore der Seelen‹.«

Paola Erriu nahm ein Foto aus der Akte und reichte es ihrem Vorgesetzten.

»Dieser sardische Charles Manson ist also der Anführer der Sekte?«, fragte Nieddu, nachdem er seine Lesebrille aufgesetzt hatte.

»Genau. Er ist einer der wichtigsten Vertreter des Neopaganismus auf nationaler Ebene.«

»Vorstrafen?«

»Nur Kleinzeug: ein paar Verurteilungen wegen Drogen, das ist ungefähr fünfzehn Jahre her. Einige Anzeigen wegen sexueller Belästigung und Vergewaltigung, aber die Fälle wurden alle eingestellt. Die will ich mir noch genauer ansehen … Zurzeit hat er Probleme mit der Sopraintendenza Archeologica, aber auch dazu muss ich noch ausführliche Informationen einholen.«

»Hm«, brummte Nieddu. »Weiter.«

»Er sagt – das sind seine eigenen Worte –, die Nuraghen seien in anderen Zeitphotogrammen Antennen gewesen, die eine interstellare und multidimensionale Kommunikation sowie den Energieaustausch mit anderen Stufen der Existenz ermöglichten. Durch eine – lachen Sie bitte nicht – multidimensionale Trance schafft er die Möglichkeit, ›die individuellen Verbindungen mit diesem Wissen und dieser Kultur wiederaufzubauen, indem man mit den Geistern der Ahnen aus dem Nuraghenzeitalter in Kontakt tritt‹.«

»Sag mir, dass das nicht wahr ist …« Fassungslos schüttelte Nieddu den Kopf.

»Das ist es leider doch. Und das Traurigste daran ist, dass ihm eine Menge Leute Glauben schenken, vor allem Kranke, die ehrlich davon überzeugt sind, dass man durch das Schlafen auf Gigantengräbern oder Umarmen von Dolmen oder Menhiren von Tumoren, Leukämie und anderen schweren Krankheiten genesen kann.«

»Warum läuft der noch frei herum?«

»Weil er sich haarscharf an der Grenze der Legalität bewegt.«

»Gibt es denn niemanden, der seinen Blödsinn auffliegen lässt?«

»Viele sogar. Aber verzweifelte Menschen glauben ja an die seltsamsten Dinge. Melis sagt, er habe die Energien der sardischen Stätten der Megalithkultur getestet und untersucht und dabei einige entdeckt, die noch unbekannt waren, aber vor allem behauptet er, dass er die ›energetischen Vibrationen‹ wahrgenommen hat, die diese Menhire aussenden.«

»Himmelherrgott …«

»Die Nuraxia ist der schamanische Weg, um mit dieser energetischen Sphäre in Kontakt zu treten. Dieser Prozess wird sehr dadurch erleichtert, ich zitiere seine Website …«

»Na klar! Der hat natürlich auch eine Website …«

»… ›wenn man die megalithischen Stätten mit dem ihnen gebührenden Respekt und der Erkenntnis besucht, dass es sich bei ihnen um lebendige, bewusstseinsbegabte Wesen handelt und nicht nur um unbelebte Steine, um Ruinen, so beeindruckend und fesselnd diese auch sein mögen‹.«

»Und diese ›multidimensionale Trance‹, die er vorschlägt, worin besteht die?«, fragte Commissario Nieddu angewidert, während in seinem Kopf selbst die dramatischsten Theorien zu Dolores' Verschwinden mehr und mehr verblassten angesichts eines Szenarios, das mit diesem Kult in Verbindung stand.

»Ich habe keine Ahnung. Aber ich nehme an, da geht es um Sex, Orgien und Drogen.«

Nieddu schnaubte kurz und trommelte nervös mit den Fingern auf der Schreibtischplatte, während er die nächsten Schritte erwog.

»Wer sind seine Anhänger? Und wie viele sind es?«

Paola Erriu zeigte ihm wortlos ein Foto: Ungefähr achtzig Menschen standen im Kreis um einen Nuraghen herum und hielten sich an den Händen, wie in einem riesigen Reigen.

»Scheiße«, fluchte ihr Vorgesetzter unterdrückt. »Die Spur mit den Außerirdischen wäre mir lieber gewesen.«

»Manche Leute kommen sogar vom Festland, um sich ihm und seinen Neonuraghikern anzuschließen.«

»Das hat uns gerade noch gefehlt … Okay. Stellen wir die Suche ein: Sprich mit den Leuten und sag ihnen, sie können nach Hause gehen. Verrate aber noch nichts über die Geschichte mit der Sekte. Wenn die Zeitungen das spitzkriegen, stecken wir in der Scheiße. Ich rufe die Staatsanwältin an … Dieser Melis wird doch wohl eine Wohnung haben, oder haust er etwa gemeinsam mit seinen Nuraghengeistern in einer Höhle?«

»Ja, ich habe seine Adresse«, antwortete Paola. »Aber ich bezweifle, dass er da gemütlich rumsitzt und auf uns wartet.«

»Wir müssen es zumindest versuchen. In zehn Minuten geht's los.«

25

Capitana, Vorort von Quartu Sant'Elena

Eva, Mara und Moreno saßen auf der Terrasse unter der Pergola, mit Blick auf den Olivenhain und einen von Grazia hingebungsvoll gepflegten Rosengarten, schlürften ihren Espresso und genossen die Sonne. Die Hausherrin war drinnen beim Spülen; als Mara und Eva angeboten hatten, ihr zu helfen, hätte sie die beiden beinahe vor die Tür gesetzt, als wäre allein das Angebot schon eine Beleidigung.

Eva setzte zum Reden an, doch Mara kam ihr zuvor.

»Moreno, wir haben das Material beide durchgelesen. Ich habe es Croce gestern vorbeigebracht.«

Barrali schaute zu Eva, die daraufhin nickte.

Zum ersten Mal nahm sie an ihrer Kollegin eine absolute Ernsthaftigkeit wahr. Sie stand auf und schloss die Terrassentür, als wollte sie, dass das, was sie gleich zu bereden hatten, außerhalb des Hauses blieb.

»Was denkt ihr?«, fragte Barrali.

»Wir wollen ehrlich sein«, antwortete Mara. »Wir haben nicht die geringste Ahnung, wie wir vorgehen sollen. Keine von uns beiden hat jemals mit so etwas zu tun gehabt.«

»Umso besser. Dann habt ihr einen unverfälschten Blick auf den Fall, während ich schon viel zu lange da drinstecke, seit Jahrzehnten. Ich gebe zu, ich habe die Objektivität verloren.«

»Ich glaube, Rais meinte, dass wir beide nicht über die nötige Kompetenz verfügen. Es ist klar, dass beide Verbrechen einem genauen rituellen Schema folgen, aber vor allem mir fehlt komplett die kultische Ikonographie.«

»Dafür bin ja ich da. Seit vierzig Jahren studiere und forsche ich zu diesen Morden. Ich habe mit Experten gesprochen, Universitätsprofessoren, Anthropologen und Archäologen. Ich habe so viel von diesem Material zusammengetragen … Und ich glaube nicht, dass dieser Fall eure Fähigkeiten übersteigt, ganz im Gegenteil. Ich liefere euch alle Fakten, die ich gesammelt habe, und ich werde euch unterstützen, wo ich nur kann.«

Die beiden Beamtinnen tauschten einen unschlüssigen Blick.

»Hör mal, Moreno. Warum versuchst du nicht einfach, uns zu erzählen, wie diese ganze Geschichte begonnen hat?«, fragte Mara.

Barrali erhob sich und legte eine Hand auf einen der Stützbalken der efeuüberwachsenen Pergola.

»Okay«, sagte er kurz darauf und drehte sich zu den beiden Beamtinnen um. »Aber davor brauch ich etwas Stärkeres als Kaffee. Das Ganze ist nun mehr als vierzig Jahre her, aber bei dieser Geschichte bekomme ich noch immer eine Gänsehaut.«

26

Capitana, Vorort von Quartu Sant'Elena

Genau einen Tag, nachdem man das erste Mädchen gefunden hatte, kam ich mit dem Fall in Kontakt, das war der 3. November 1975. Ich war dreiundzwanzig, praktisch noch ein Junge, und tat auf dem Präsidium von Nuoro Dienst. Damals gab es nur wenige Beamte, die aus der Region selbst stammten: Man verfolgte ja die Politik, die Beamten möglichst weit von der Heimat wegzuschicken, vor allem die aus dem Süden. Ich war einer der wenigen, die Glück hatten und zu Hause bleiben konnten.«

Moreno machte eine Pause, um sich einen Schluck *fil' 'e ferru* einzuschenken. Er bot den Frauen auch etwas an, aber beide lehnten dankend ab.

»Der Fall wurde offiziell von den Carabinieri eröffnet. Ein paar Hirten aus der Gegend hatten sie gerufen. Das Opfer war beim Brunnenheiligtum *Su Tempiesu* in der Provinz Nuoro bei Orune gefunden worden, das liegt mitten in Sardinien. Eine Kultstätte aus der nuraghischen Zeit.«

Eva öffnete die Akte und nickte, während sie die Landkarte der Insel betrachtete.

»Kurz hinter dem Friedhof von Orune nahm man eine Straße, die damals noch nicht komplett asphaltiert war, und nach etwa fünf Kilometern erreichte man diesen heiligen Tempel. Er war dem Wasserkult geweiht und stammte aus der Bronzezeit, also aus einer Epoche vor mehr als dreitausend Jahren … Die Carabinieri kamen allesamt vom Festland. Ich habe ja keine Vorurteile, aber ich schwöre, diese *continentales* zeichneten sich nicht gerade durch ermittlerischen Scharfsinn aus.«

Die beiden Frauen grinsten.

»Bestimmt hatte man sie nach Orune in der Barbagia versetzt, weil man sie für irgendetwas bestrafen wollte oder um sie einfach loszuwerden. Wie auch immer, schon bei den ersten Befragungen wurde ihnen klar, dass sie einen Einheimischen als Dolmetscher brauchten, am besten einen in Uniform, denn sonst würden sie von den Bauern bloß an der Nase herumgeführt. Sie riefen im Präsidium an, und mein damaliger Vorgesetzter – der mich nebenbei gesagt eher wie einen Sklaven oder Schafhirten und nicht wie einen Polizisten behandelte – schickte mich los, um für *sos carabineris* zu buckeln.«

»Dumm gelaufen!«, kommentierte Mara.

»Anfangs sah ich das nicht so, glaub mir. Das war mein erster Mord und die erste Frauenleiche, die ich in meinem Leben gesehen hatte, und so wie die Untersuchungen geführt wurden, war es wohl auch der erste Mord für die Carabinieri, auch wenn die so taten, als wären sie die tollsten Ermittler der Welt. Als ich hörte, wie sie von dem Brunnen sprachen – als wäre das eine Pferdetränke –, war mir jedenfalls alles klar.«

Eva lächelte. Sie hatte gelesen, dass *Su Tempiesu* ein ganz besonderes Bauwerk seiner Art war: ein einzigartiges Zeugnis für einen Hochbau zur Abdeckung der heiligen Quellen und zudem eines der bedeutendsten und besterhaltenen Monumente der Nuraghenkultur. Die heilige Quelle lag an einer Schieferfelswand, wo die nuraghischen Architekten das Quellwasser kanalisiert hatten. Über Jahrhunderte war der etwa sieben Meter hohe Brunnentempel nach einem Bergrutsch verborgen geblieben.

Beeindruckt betrachtete sie die Fotos der archäologischen Fundstätte. Es war wirklich unglaublich, wie Menschen zu der damaligen Zeit und an einem so abgelegenen Ort ein solches Bauwerk hatten schaffen können.

»Maresciallo Cantarutti ist vor etwa zehn Jahren gestorben. Damals war er frisch zum Comandante ernannt worden«, fuhr Barrali fort. »Von Anfang an tat er das Ganze als Folge eines Streits unter Hirten ab, wegen einer Frau oder allenfalls noch wegen irgendeiner *tanca*. Sie fanden das Mädchen auf dem Vorplatz des Tempels, den Körper bedeckt mit zotteligen Schafsfellen, auf dem Rücken ein mit dem Messer eingeritztes Zeichen einer *pintadera* und eine Maske ähnlich der *carazza 'e boe* aus dem Karneval von Ottana. Ansonsten war sie nackt, die Hände mit Draht hinter dem Rücken gefesselt. Sie war kniend nach vorn gebeugt, als würde sie beten. In der Nähe des Heiligtums fanden wir Spuren eines Brandes oder mehrerer Feuer. Die Erde war geschwärzt und stank noch nach der Asche.«

»Was ist eine *pintadera*?«, fragte Eva.

»Die Archäologen und Anthropologen sind sich ziemlich einig darin, dass es eine Art runder Tonstempel ist, der dazu diente, das noch ungebackene Brot zu verzieren, sozusagen als Brandzeichen. Damit prägte man geometrische Figuren ein, vor allem Strahlen und Spiralen. Auch diese Muster gehen auf die Bronzezeit zurück.«

Barrali nahm einen Stift und zeichnete etwas auf eine Papierserviette, dann zeigte er es den Frauen.

»Ungefähr so. Das Zeichen auf dem Opfer war etwas anders als die sonst gebräuchlichen. Das Muster hob auch die radiale Form hervor. Das brachte mich Jahre später zu der Annahme, dass es *sa Arroda de Tempu* darstellen sollte, das Rad der Zeit, das möglicherweise vom Kult der Muttergöttin inspiriert war. Einigen Wissenschaftlern zufolge war es eine Art magischer Mondkalender, so wie bei den Kelten.«

Eva nickte und fragte: »Was haben denn die Carabinieri dazu gesagt?«

Barrali lächelte. »Dass der oder die Mörder, wahrscheinlich Hirten, das Opfer gekennzeichnet hätten, um den Rivalen zu verhöhnen. Die gleiche *pintadera* vom Rücken des Opfers fand sich auch in der Mitte der Maske: Dort, wo bei den Masken von Ottana die Sonnenrosette ist, war bei der des Opfers dieses besondere Sonnen- oder Mondsymbol. Die Tiermaske aus Birnbaumholz, genauer gesagt eine Stiermaske, war eindeutig das Werk eines künstlerisch sehr begabten Handwerkers.«

»Hast du versucht, die Schlauberger davon zu überzeugen, dass sie mit ihrer Theorie danebenlagen?«, fragte Mara.

»Nein, habe ich nicht. Das wäre zwecklos gewesen. Sie hatten so eine Maske noch nie gesehen und wussten nichts über lokale Traditionen und Kultur. Sie wollten den Fall nur so schnell wie möglich abschließen und den erstbesten Verdächtigen hinter Schloss und Riegel bringen. Außerdem war ich ja nur ein kleines Rädchen im Getriebe. Ich war lediglich als Sprachmittler hingeschickt worden, und sie behandelten mich wie eine Art Sklaven.« Er unterbrach sich und lachte vor sich hin. »Entschuldigt, aber mir ist gerade ein Satz eingefallen, den ich in einem Buch über Bustianu Satta gelesen habe, einen großen Dichter und Anwalt aus Nuoro. Da stand, Sardinien sei der Hundezwinger Roms. Und damals fühlte ich mich wirklich wie der Apportierhund der Carabinieri vom Kontinent, die sich von mir siezen ließen.«

»Zeugen?«, fragte Eva.

»Absolut keine«, antwortete Barrali. »Niemand hatte irgendetwas gesehen oder gehört, in der Nacht zu *sa die de sos mortos*.«

»Staatsanwälte, Richter?«, fragte Mara.

»Der komplette Gerichtshof von Nuoro war damals lahmgelegt, da viele Staatsanwälte vom Kontinent sich krankgemeldet hatten und darauf warteten, dass ihrem Gesuch um

Versetzung aufs Festland entsprochen würde. Der Grund dafür war, dass irgendwelche Banditen und Entführer sie ins Visier genommen hatten und sie bedrohten. Das waren damals schlimme Zeiten … Viele Staatsanwaltschaften mussten Tausende Akten bearbeiten. Und die von Nuoro machte da keine Ausnahme. Die ermittelnden Stellen waren fast immer zusammengekürzt und mit Berufsanfängern besetzt, und bisweilen war es selbst für uns Beamte schwierig, jemanden zu finden, mit dem man über die Untersuchungen sprechen konnte …«

»Daran hat sich bis heute wenig geändert«, stellte Mara fest. »Und ich spreche nicht nur von Nuoro.«

»Tja, leider. Das war damals auch eine harte Zeit wegen des Terrorismus, und Kidnapping wurde zunehmend zu einem ernsten Problem. Daher war das die Theorie des Staatsanwalts, der sich als Erster mit der Untersuchung befasste. Er meinte, das Mädchen sei entführt worden und die Familie konnte oder wollte das Lösegeld nicht zahlen, sodass die Entführer sie auf diese bestialische Weise getötet hätten, um für die Hirten und Bauern der Region eine Botschaft zu hinterlassen.«

»Warum hast du ›als Erster‹ gesagt?«, fragte Eva.

»Weil Dottor Giuttari nach einer Woche die Versetzung nach Mailand, in seine Heimatstadt, bewilligt wurde. Drei Monate später haben die Roten Brigaden ihn ermordet.«

»Du meine Güte! … Wurde er ersetzt?«

»Nicht sofort. Ein paar Wochen blieb die Stelle unbesetzt. Die Carabinieri machten allein weiter. Ermittlungen *a cudda manera* …«

»Wie bitte?«, fragte Eva.

»Schlampig halt«, übersetzte Mara. »Erzähl weiter, Moreno.«

»Ich führte die meisten der Befragungen durch. Aber die Leute aus der Gegend wollten nicht reden. Das waren zwar alles brave Bürger, aber du musst bedenken, Croce, jeder, der eine Uniform trug, Sarde oder nicht, wurde in der Barbagia schief angesehen. In der Gegend herrschte seit jeher Omertà, und niemand wollte reden, nicht einmal mit mir, zumal ich in meinem jugendlichen Alter über keinerlei Autorität verfügte.«

»Aber das wahre Problem beziehungsweise Rätsel war noch etwas anderes, oder?«, fragte Eva.

Barrali nickte ernst. »Genau. Die Identität des Opfers. Es war unmöglich festzustellen, wer das Mädchen war. Keiner kam, um sich nach ihr zu erkundigen, keiner gab eine Vermisstenanzeige auf und keiner im Dorf oder in den Nachbarorten kannte sie.«

»Wie kann das denn sein?«, fragte Eva. »Wie viele Einwohner hatte Orune?«

»Knapp fünftausend.«

»Und niemand von denen hatte das Mädchen je gesehen? Wie lässt sich das denn erklären?«

»Ich habe keine Ahnung. Seit nunmehr einundvierzig Jahren frage ich mich das, und ich habe immer noch keine plausible Antwort gefunden. Ich kann dir versichern, dass wir diese Gegend gründlich abgesucht haben und allen das Foto der jungen Frau gezeigt haben. *Nudda.* Ein Journalist aus Nuoro schrieb einen Artikel über den Fall, und auf unsere Veranlassung hin appellierte er mit vielen Fotos des Mädchens an die Bevölkerung. Jeder, der sie kannte, sollte sich melden. Aber es kam niemand.«

»Bellu casinu …«, fluchte Mara.

»Ja, ein schöner Schlamassel, das kannst du laut sagen, vor allem auch für die Bürokratie und Verwaltung … Der Zeitungsartikel hatte nicht den erwünschten Effekt, im Gegenteil, Cantarutti saßen auf einmal seine Vorgesetzten aus dem Provinzkommando von Nuoro im Nacken. Sie machten ihm Druck, den Fall abzuschließen und sie dabei nicht wieder mal wie die letzten Deppen dastehen zu lassen, die von ein paar Schafhirten an der Nase herumgeführt wurden.«

»Der Ärmste tut mir fast schon leid«, sagte Mara.

»Lass dich nicht täuschen. Der Maresciallo war ein echter *fizz'e bagassa*: der Mistkerl machte eine Razzia bei Hirten und Bauern der Gegend und sperrte ein Dutzend von ihnen einfach nur auf Verdacht und ohne den geringsten Beweis weg. Er suchte einfach die hässlichsten Knastfressen aus: Das genügte ihm als Bestätigung seiner Ermittlungen.«

»Aber das ist doch Machtmissbrauch ...«

»Solche Dinge geschahen ständig in so abgelegenen Regionen, Croce«, erklärte Mara. »Stimmt doch, oder?«

»Leider ja«, gab Barrali zu. »Das waren noch Wild-West-Zeiten. Der Fortschritt, der Wirtschaftsboom und die Unruhen der sechziger Jahre kamen nur bis zum Fuß des Gennargentu und nicht weiter. Bei allem Respekt, aber man hatte den Eindruck, dass in jenen Gegenden die Zeit nicht normal verlief, es war, als würde sie dort stillstehen.«

»Und das Ende vom Lied?«

»Das Ende vom Lied war: ungefähr zehn Leute hinter Gittern, ein namenloses Opfer, keine Zeugen, ein unverständliches rituelles Schema, und Cantaruttis Strategie bestand darin, darauf zu warten, dass einer dieser zehn irgendwann die Schnauze voll hätte von schwedischen Gardinen und irgendjemanden verpfeifen würde, sodass er den Fall mit einem schönen Geständnis abschließen könnte.«

»Aber entschuldige mal, was war mit den Menschen vor Ort?«, fragte Eva ungläubig.

»Für sie war es, als wäre nichts passiert«, sagte Moreno. »Die Barbagia ist eine Insel auf der Insel, Eva. Ein Reich für sich, mit seinen archaischen Gesetzen und mit Verhaltensregeln und Gebräuchen, die sich völlig von denen jeder anderen Region Sardiniens unterscheiden. Die Leute wollten sich nicht in Angelegenheiten einmischen, von denen sie nicht unmittelbar betroffen waren.«

»Aber dann … musstet ihr sie alle wieder laufen lassen, stimmt's?«, fragte Eva über die Akte gebeugt.

»Ja. Und das ist ein weiteres Rätsel dieser hässlichen Geschichte … Drei Wochen nach dem Auffinden der Leiche gab es einen Brandanschlag auf die Kaserne der Carabinieri, die die Ermittlungen führten.«

»Sieh mal einer an!«, bemerkte Mara.

»Zu diesem Anschlag bekannten sich einige selbst ernannte Terrorgruppierungen der Gegend, die damals Aktionen gegen die wachsende Militarisierung Sardiniens durchführten. Und Kasernen von Heer und Carabinieri waren deren Zielscheiben.«

»Wie reagierte dieser Haudrauf von Cantarutti?«, wollte Eva wissen.

»Er ließ die Leute aus Orune frei, meldete sich krank und blieb zu Hause, bis man ihn ein paar Monate später in sein geliebtes Friaul zurückversetzte. Er war überzeugt, dass es sich um *balentes* aus der Gegend gehandelt hatte, die sich für die wahllosen Verhaftungen der Hirten an ihm rächen wollten.«

»Klingt aber plausibel, oder?«, warf Mara ein.

»Möglich, ja. Das Problem ist, dass das Archiv der Kaserne und die Asservatenkammer verbrannten. Von den Beweisen, die am Tatort von *Su Tempiesu* gefunden worden waren, blieb nur noch ein Häufchen Asche.«

»Scheiße … Denkst du, dass ein Zusammenhang zwischen dem Mord und dem Anschlag besteht?«

»Ich weiß es nicht … Das wurde niemals bewiesen. Sagen wir mal so, die Zerstörung der Beweise und die fehlende Identifizierung der Leiche trugen ihr Übriges dazu bei, dass der Fall zu den Akten gelegt wurde«, erklärte Barrali. »Nach dem Brand machten die Einwohner von Orune uns nicht mal mehr die Tür auf: Sie hatten Angst, dass schon ein paar Worte, die sie mit irgendwem in Uniform wechselten, ausreichen würden, um ihnen Probleme mit den *balentes*, oder wer auch immer die Kaserne angezündet haben mochte, zu bereiten.«

»Und zu welchem Schluss bist du gekommen? Meinst du, sie wussten, wer das Mädchen war?«, fragte Mara.

»Vielleicht irre ich mich ja, aber mein Instinkt sagt mir, dass dem nicht so war.«

»Es kann also sein, dass sie nicht aus der Umgebung stammte?«

»Ich weiß es nicht, Croce. Nochmals: Ich kann es nicht belegen, aber etwas sagt mir genau das. Das Mädchen stammte nicht aus dem Ort.«

»Warum wurde sie dann auf diese Weise ermordet?«

»Das ist die Eine-Million-Dollar-Frage, Rais«, sagte Barrali. »Ich war ein dreiundzwanzigjähriger Grünschnabel, und Cantarutti und die anderen waren nicht nur keinerlei Hilfe, sie verschlimmerten das Ganze sogar noch, indem sie sich die Einheimischen zum Feind machten, die ja sowieso schon sehr verschlossen waren. Außerdem scherte sich niemand um dieses Mädchen, weder bei der Staatsanwaltschaft noch sonst wo. Sie hatten alle Wichtigeres im Kopf.«

»Fingerabdrücke?«, fragte Eva.

»Bei all den Carabinieri und denen, die die Leiche gefunden hatten, hatten wir alle Hände voll zu tun, um die erst mal allesamt auszuschließen. Die wenigen Abdrücke, die wir niemandem aus unseren Reihen zuordnen konnten, führten zu nichts. Natürlich nahmen wir auch die Abdrücke des Mädchens, aber das war reine Zeitverschwendung.«

»Was ergaben denn die gerichtsmedizinischen Untersuchungen an der Leiche?«, fragte Eva.

»Das Mädchen war achtzehn oder neunzehn Jahre alt. Todesursache: Verbluten durch einen tiefen Schnitt in der

Kehle. Sie war mit einer mindestens zehn Zentimeter langen Klinge ermordet worden. Ein sauberer Schnitt von einem Profi.«

»Und das hat vermutlich die Theorie von Cantarutti untermauert, dass es ein Hirte war«, folgerte Mara. »Jemand, der es gewohnt war, Zicklein und Schweinen die Kehle durchzuschneiden.«

»Ganz genau.«

»War der Vorhof des Tempels nur Fundort oder auch Tatort?«, fragte Mara.

»Tatort. Aus dem Blut am Felsen schloss der Gerichtsmediziner, dass das Mädchen dort ungefähr um Mitternacht ermordet worden war.«

»Also hat man sie nicht fortbewegt … War das deiner Meinung nach das Werk eines Einzelnen oder von mehreren Tätern?«

»Ich habe immer angenommen, dass es nur ein Einzeltäter war. Der Ort war ziemlich isoliert, daher konnte er das Ritual in aller Ruhe inszenieren, das *staging* des Tatorts machen, wie heute die Kriminologen sagen, und sich dabei alle Zeit nehmen, die er brauchte.«

»Der Schnitt auf dem Rücken?«, fuhr Mara fort.

»Post mortem«, sagte Barrali.

»Also wurde das Opfer nicht gefoltert, und er hat sich nicht an ihr ausgetobt«, überlegte Eva.

»Den Untersuchungen des Gerichtsmediziners zufolge anscheinend nicht. Natürlich war das Verbrechen brutal, aber es gab fast keine sadistische Komponente.«

»Anzeichen von sexueller Gewalt?«

»Nichts. Das Mädchen war Jungfrau … Die einzigen Zeichen physischer Gewalt waren die Abschürfungen an den Handgelenken. Wahrscheinlich hatte man sie zunächst mit einem Seil gefesselt, und dann erst mit Draht. Mehr hat die Autopsie nicht ergeben.«

»Toxikologische Untersuchungen?«, wollte Mara wissen.

»Die Ergebnisse trafen mehr als einen Monat später ein, wegen einem Haufen bürokratischer Verwicklungen und Verzögerungen im Labor. Ehrlich gesagt hatte ich immer die Befürchtung, dass es nicht einmal unsere waren. Wie auch immer: Die Blutproben waren sauber, man hatte sie weder unter Drogen gesetzt noch vergiftet.«

Eva und Mara sahen sich beunruhigt an: An ungelösten Verbrechen zu arbeiten bedeutete größtenteils, sich auf Fälle einzulassen, die sehr schwierig zu lösen waren, weil inzwischen so viel Zeit vergangen war, weil Zeugen und Ermittler nicht mehr aufzufinden oder im Laufe der Jahre verstorben waren und weil sich die physischen Beweise zersetzt hatten. Dieser Mord war obendrein geprägt von oberflächlichen Ermittlungen – und das war noch ein Euphemismus – und Rätseln, die mit den Jahrzehnten noch undurchschaubarer geworden waren. Es war daher undenkbar, sich bei der Aufklärung auf die Mittel der Forensik zu stützen.

»Was hast du gemacht, als der Fall zu den Akten gelegt wurde?«, erkundigte sich Eva.

»Ich habe versucht, Druck auszuüben und noch weitere Ermittlungen einzufordern.«

»Und wurden sie bewilligt?«

Moreno Barrali verzog den Mund zu einem bitteren Lächeln und schüttelte den Kopf. »Nein, stattdessen wurde ich nach Cagliari strafversetzt, weil ich gewagt hatte, meinem Vorgesetzten zu raten, wie er dieses Verbrechen bearbeiten sollte.«

Ein düsteres Schweigen legte sich über die drei Beamten.

»Also, lass uns mal rekapitulieren: Der Fall wandert ins Archiv, du wirst nach Cagliari abgeschoben, alle waschen sich die Hände in Unschuld, und der Psychopath, der das Mädchen umgebracht hat, bleibt weiter auf freiem Fuß?« Mara sah ihn ungläubig an.

»Wer immer sie umgebracht hat, ist oder war kein Psychopath«, warf Eva ein.

»Wie bitte?«, fragte Mara.

»Denk doch mal nach: Was ist das klassische Profil eines Psychopathen?«, fragte Eva und gab gleich selbst die Antwort: »Ein manipulativer Mensch, jemand, der nach Aufmerksamkeit heischt, ein Narzisst, ein pathologischer Lügner, ein Angeber, gewissenlos, ohne Empathie, einer, der sich schnell langweilt, eine faszinierende, intuitive Persönlichkeit, die heimtückisch reagiert, wenn sie ausgebremst wird, impulsiv und mit einem Jagdinstinkt …«

»Hm, eigentlich beschreibst du gerade meinen Ex«, warf Mara ein, um die Stimmung aufzulockern.

»Sehr witzig … Aus dem Bild, das Moreno gezeichnet hat und das sich aus den Elementen am Schauplatz des Verbrechens ergibt, kann ich nicht ein Detail erkennen, das mich an das Werk eines so veranlagten Menschen denken lässt«, fuhr Eva fort. »Hier haben wir es ganz sicher mit einem sehr organisierten Täter zu tun, kalt und berechnend, aber dessen Gefühlswelt praktisch komplett vom Mord abgespalten ist. Er befolgt ein präzises Ritual, an das er sich manisch hält. Ja, falls es keine andere Bedeutung hat, scheint sogar die Tatsache, dass er das Opfer mit einem Schafsfellumhang bedeckt hat, fast ein Zeichen von Empathie, von Mitgefühl für das Mädchen zu sein. Ein Zeichen von Menschlichkeit, die einem Psychopathen komplett abgeht, oder?«

»Da stimme ich Eva zu«, schaltete Barrali sich ein. »Er ist todsicher eine Bestie *de sàmbene frittu*, kaltblütig, aber ich glaube nicht, dass er von einem Jagdinstinkt oder einem sexuellen Impuls angetrieben wird.«

»Wir wissen, wie er getötet hat, aber wir wissen nicht, warum, und das Motiv können wir nur erschließen, wenn wir die totemistische Bedeutung des Rituals entziffern, das er inszeniert hat«, fasste Eva zusammen.

»In einfachen Worten?«, fragte Mara, irritiert vom belehrenden Tonfall ihrer Kollegin.

»Um einen derartigen Mörder zu fassen, muss man nicht verstehen, wie er denkt, sondern herausfinden, an was er glaubt … Du hast den Fall doch lange studiert, Moreno.«

»Darauf kannst du wetten.«

»Welche Bedeutung haben diese Maske, die *pintadera* und das sakrale Element, das der nuraghische Brunnen darstellt?«

Barrali wurde leicht schwindlig, als ihm bewusst wurde, dass die beiden Beamtinnen auf einer Schwelle standen: Wenn sie noch einen Schritt weiter gingen, würde die Ermittlung sie mit Haut und Haaren packen, so wie es ihm selbst ergangen war. In diesem Moment konnten sie sich noch davor retten, und das bürdete ihm eine schwere Verantwortung auf.

»Wollt ihr wirklich weitermachen?«, fragte er vorsichtig.

Sie nickten beide, die Neugier hatte sie überwältigt.

»In Ordnung«, seufzte Moreno. »Aber ich will hier nicht weiter darüber reden. Grazia hat mir verboten, diese schlimme Geschichte ins Haus hineinzutragen … Lasst uns ein paar Kilometer mit dem Auto fahren. Ich weiß einen Ort, an dem wir mit etwas mehr Ruhe reden können.«

Die beiden Beamtinnen tauschten einen verwirrten Blick, beschlossen dann aber, ihm zu folgen.

27

Is Mortorius, Quartu Sant'Elena

Als Barrali sie in sein »Studio« führte, wie er es nannte, verstand Eva sofort, warum Grazia ihm verboten hatte, all dieses Material bei sich zu Hause aufzubewahren. Es ließ einem das Blut in den Adern stocken.

Die drei hatten Maras Auto genommen und waren von Capitana über die Provinzstraße 17 Richtung Villasimius gefahren. Innerhalb weniger Minuten hatten sie Is Mortorius erreicht.

»Is Mortorius … und dann ausgerechnet über eine Straße mit der Unglücksnummer 17 – das verspricht ja gleich doppeltes Unheil. Was Passenderes hättest du nicht auftreiben können, was, More'?«, hatte Mara bemerkt, als sie ihren Alfa bei einer Häusergruppe parkte, die sich in einer felsigen Anhöhe eingekapselt hatte. Sie waren umgeben von Feigenkakteen und trockenen Büschen, nur ein paar Meter entfernt von der Küste; die von Wind und Feuchtigkeit verwitterten Behausungen wirkten verlassen. Selbst am helllichten Tag war es ein gespenstischer Ort.

»Was soll denn so ein düsterer Name?«, hatte Eva gefragt. »Was bedeutet er? ›Totes Kaff‹?«

»Oder ›Tote‹, ›Beerdigungen‹«, hatte Mara ergänzt.

»Manche behaupten, dass der Ort so heißt, weil die Straße früher an der Klippe entlangführte und sie sehr gefährlich war, vor allem bei Nacht, denn sie war nicht beleuchtet«, hatte Barrali erklärt. »Viele sind dann von der Straße abgekommen und direkt ins Meer gestürzt. Daher der Name.«

»Es lebe der Frohsinn …«, hatte Mara ihrer Kollegin hinter Barralis Rücken zugeraunt, woraufhin diese unwillkürlich grinsen musste.

Sobald sie das kleine Haus betreten hatten, verging den beiden Beamtinnen jegliche Lust zu scherzen. Die Wände waren über und über bedeckt mit Bildern der traditionellen Karnevalsmasken von Ottana, Großaufnahmen der Leichen, Karten von Sardinien, Fotos von Brunnenheiligtümern, Nuraghen und anderen archäologischen Stätten, Zeichnungen der Opfer, die vor den heiligen Brunnen und Höhlen auf den Knien positioniert worden waren. In einer Ecke stand ein großer Aktenschrank aus Metall, vollgestopft mit Dossiers und jeder Menge alter Zeitungen. Hinten im Zimmer sah man eine lebensgroße Figur im Kostüm eines *mamuthone*: Sie war fast zwei Meter groß und schien jeden Moment zum Leben zu erwachen. Durch die riesige Menge an angesammeltem Material wirkte der Raum noch bedrückender, als er ohnehin war.

Als Moreno hinter den beiden Frauen die Tür ins Schloss fallen ließ, zuckten sie unwillkürlich zusammen.

»Außer diesem einen Raum gibt es nur eine Miniküche und ein Bad. Früher war das mal eine Art Garage oder Schuppen. Bestimmt hat man hier Boote und Material zum Fischen gelagert, der Strand ist ja ganz in der Nähe. Ich habe es vor dreißig Jahren zu einem Spottpreis gekauft. Na, gefällt es euch?«, fragte er ironisch.

Eva und Mara rührten sich nicht, sie waren immer noch wie erschlagen von den unheimlichen Bildern und Gegenständen an den Wänden und auf dem großen Tisch in der Mitte des Raums, der mit Büchern über Nekromantie, Schwarze Magie und Mysterien der Archäologie sowie Lehrbüchern für Anthropologie und Kriminologie übersät war. Irgendwo hatten auch ein Computer und ein Drucker einen Platz gefunden, Fotokopien der Akten von den alten

Fällen lagen daneben. Dieser Ort spiegelte Barralis Besessenheit bis ins Detail wider.

»Entschuldigt die Unordnung«, fuhr er fort. »Ich habe noch nie jemanden mit hierhergenommen.«

»Das ist aber nicht gerade ein Kompliment oder ein Zeichen deiner Wertschätzung, Moreno«, sagte Eva und brachte ihre Kollegin damit zum Lachen. Aber es war ein nervöses Auflachen von jemandem, der plötzlich von einer Urangst übermannt wird.

Eva fragte sich, wie er so ein Grauen nur all die Jahre hatte für sich behalten können, ohne durchzudrehen, und sie war sich sicher, dass ihrer Partnerin genau die gleiche Frage durch den Kopf ging.

»Moreno, ich hab ja schon geahnt, dass du nicht ganz richtig tickst … aber das hier …« Mara deutete auf die – offensichtlich echten – Ziegenschädel, die neben Mufflonhörnern und getrockneten Laubkränzen an der Wand hingen. »Soll ich dir mal was sagen? Damit bist du reif für die Klapse!«

Barrali hörte ihr gar nicht zu. Er schaltete die Espressomaschine ein und bereitete drei Kaffee zu, während die beiden Beamtinnen sich umsahen, hin- und hergerissen zwischen Abscheu und einer makabren Neugier.

»Nachdem man mich nach Cagliari versetzt hatte, machte ich auf eigene Faust weiter mit den Ermittlungen, und zwar ohne die Vorgesetzten zu informieren. Die Lektion aus Nuoro hatte mir gereicht«, fuhr Barrali fort, als hätte er seine Erzählung nie unterbrochen. Er brachte die Tässchen an den Tisch und setzte sich, Eva und Mara folgten ihm. »Im Gegensatz zu den Carabinieri war mir klar, dass dieser Mord eine religiöse oder sakrale Komponente hatte. Aber ich kannte gerade mal die Maske und wusste, dass der heilige Brunnen eine Kultstätte war, sonst nichts. Daher recherchierte ich zu diesem Thema.« Er nahm einige Fotos aus einer Akte und reichte sie den Beamtinnen: Sie zeigten

Masken und Kostüme aus dem Karneval Sardiniens. »Also, was kommt dir spontan zu dem Fall in den Sinn, Eva?«

»Na ja, ich weiß ja nichts über den ganzen anthropologischen und religiösen Kontext hier auf der Insel, aber nach einer ersten Bestandsaufnahme zu den beiden Morden glaube ich, dass wir es mit messianischen Riten nach einem offenkundig heidnischen Muster zu tun haben ... Es sieht fast so aus, als ob das Opfer metaphorisch eine Rückkehr zur ebenso erschaffenden wie zerstörerischen Kraft der Natur verkörpert. Eine archaische, fast animistische Spiritualität.«

Barrali nickte beeindruckt. »Und was meinst du, Rais?«

»Hm, es ist klar, dass die Schafsfelle, die Maske und das kreisförmige Mal Ausdruck einer Symbolik aus dem Umfeld der Bauern und Hirten sind. Und sie erinnern mich sehr an die Bräuche des Karnevals in der Barbagia«, sagte Mara. »Das Blut ... es sieht so aus, als solle es die Erde fruchtbar machen, oder?«

»Ganz genau. Auch mir war schnell klar, dass der Mord von *Su Tempiesu* mit den Unheil abwehrenden Ritualen der alten Kulturen des Mittelmeerraums zu tun hatte. Dieses Land ist nach wie vor geprägt vom Glauben an das Heilige und galt jahrhundertelang als eines der wichtigsten spirituellen Zentren der Antike. Im Laufe der Epochen haben sich auf der Insel Volksgruppen, Gottheiten, Riten, Sitten und Gebräuche vermischt, aber das Gespür für das Heilige ist immer noch tief in den Gemeinschaften der Bauern und Hirten verankert, vor allem in den abgelegenen und etwas rückständigen Gegenden. Aber obwohl ich in so einer Region, der Barbagia, aufgewachsen bin, war mir der gesamte Kontext nicht geläufig.«

»Tja, frag mich mal«, bemerkte Eva.

Barrali lächelte und fuhr mit seiner Erzählung fort. »Laut einem Anthrópologen, zu dem ich Kontakt aufgenommen habe, stellte der Mord ein Menschenopfer dar, ähnlich denen in der Antike zu Ehren von Dionysos, der ja nicht nur der Gott des Rausches und der Ekstase ist, sondern auch der Gott der Vegetation, der jedes Jahr im Frühling wiedergeboren wird und die Erde zu neuem Leben erweckt, und dessen Wohlwollen unabdingbar war, um Regen und üppige Ernten zu gewährleisten.«

»Aber war Dionysos nicht ein griechischer Gott? Was hat der denn mit Sardinien zu tun?«, fragte Mara verblüfft.

»Sein Kult kam durch Einwanderer aus Mykene und anderen griechischen Orten auf die Insel, aber vielleicht müssen wir hier noch einen Schritt zurückgehen. Eva, was weißt du über die Nuraghenkultur?«

»Wenig, außer dass es eine der ältesten im Mittelmeerraum ist.«

»Gut, um es kurz zu machen: Sie hat sich auf Sardinien irgendwann in den Jahren zwischen Zweitausend und Tausend vor Christus entwickelt, vor allem während der Bronzezeit. In Wirklichkeit umfasst die protonuraghische Epoche – die uns vor allem interessiert – einen unglaublich langen Zeitraum. Damals hatten die protonuraghischen Sarden, die die Archäologen mit der Ozieri-Kultur in Verbindung setzen, eine besondere Naturreligion, die wahrscheinlich von den Kykladen stammte. Sie verehrten die Sonne und den Stier, Symbole der männlichen Kraft, und den Mond und die mediterrane Mutter, die die weibliche Fruchtbarkeit darstellte.«

»Ist das die Muttergöttin?«, fragte Mara.

»Ganz genau. Auch für Sardinien wie für das damalige Europa oder den Nahen Osten ist inzwischen belegt, dass es den Kult der Muttergöttin gegeben hat, dessen Wurzeln bis weit in die Steinzeit reicht und der noch im gesamten Neolithikum fortgeführt wurde. Anfangs stellte diese Mutter eine Urgottheit dar, die das Geheimnis des Lebens hütete. Ein spirituelles Wesen, das einerseits die traumatische

Todeserfahrung erleichtert und andererseits ein Leben nach dem Tod garantiert. Man glaubte, dass sie durch Parthenogenesis geboren wurde, also ohne Beteiligung eines männlichen Elements, das …«

»Hey, Moment mal, ich hab komplett den Faden verloren«, gestand Mara verwirrt. »Was machen wir hier eigentlich – ist das die Wiederaufnahme eines Mordfalls, oder schreiben wir eine Klausur in Anthropologie? Mach mal halblang, Moreno, und drück dich so aus, dass Normalsterbliche dich verstehen können.«

»Entschuldigung … Dann sag ich mal so: Diese Figur stellte eine weibliche Schutzgöttin der Toten dar, also des Jenseits, sie verkörperte ein Ideal der Naturreligionen, das auf die Muttergöttinnen der Kykladen und Kretas zurückging. Drei fundamentale Bereiche werden mit ihnen verbunden: Leben, Tod und Wiedergeburt. So verständlicher?«

»Bis hierhin schon … Aber kommen wir zurück zur Frage: Was um alles in der Welt hat das denn mit Dionysos zu tun?«, stöhnte Mara entnervt.

»Mit der Zeit wurde die Muttergöttin durch männliche Gottheiten ersetzt, die die Bedeutung des Mannes in den veränderten gesellschaftlichen Strukturen dieser Völker besser widerspiegelten … Wisst ihr, was Stierprotomen sind?«

»Rinder- oder Stierköpfe«, kam es prompt von Eva.

»Genau. Der Stier ist das Tier, das in der Kunst und der Religion Sardiniens im Neolithikum am meisten vertreten ist, vor allem durch Protomen, die in den *domus de janas*, auf einigen Menhiren, in Höhlen und unterirdischen Gräbern und so weiter gefunden wurden. Und wir reden hier vom Jahr Viertausend vor Christus, also weit vor der Ankunft des Dionysoskults auf unserer Insel.«

»Das ist ja alles hochinteressant, aber …«

»Ich versuche, mich kurz zu fassen, Mara. Diese Muttergöttin, meist vom Mond repräsentiert, wurde von den Protosarden mit der Zeit immer mehr mit einer anderen Energie verknüpft, die den Agrargemeinschaften sehr wichtig war: der Sonne, und die wurde wiederum mit dem Stier identifiziert, einem Tier, das ihnen so heilig war, dass es für sie fast einer Verschmelzung von menschlicher und göttlicher Natur gleichkam.«

»Wie soll denn das gehen?«, fragte Mara ungehalten.

»Sämtliche Embleme des sardischen Karnevals lassen sich direkt auf den ›Stierkult‹ zurückführen, der seit dem Neolithikum in allen agropastoralen Gemeinschaften des antiken Mittelmeerraums praktiziert wurde. Der Stier ist das Symbol von Kraft, Vitalität und Fruchtbarkeit. Das hinderte die Menschen allerdings nicht daran, so ein Tier zu Ehren der Göttin zu opfern. Ganz im Gegenteil. Der Ritus hatte eine reinigende Wirkung. Er wurde praktiziert, um sich vor den bösen Geistern zu schützen und die Fruchtbarkeit zu begünstigen … Dionysos war der Gott der Vegetation und der Fruchtbarkeit, das haben wir schon gesagt, und genau wie die Natur starb er jedes Jahr, um später wiedergeboren zu werden. Was meint ihr, von welchem Tier wurde er repräsentiert?«

»Jetzt hör auf, hier rumzudozieren, und mach voran«, drängte Mara.

»Hör nicht auf sie, Eva. Glaub mir, die stellt sich dümmer als sie ist … Wo war ich? Bei den Feiern zu seinen Ehren in Eleusis im alten Griechenland wurde ein Opfer bei lebendigem Leib zerrissen, um an das Opfer des Gottes zu erinnern – denn gemäß der griechischen Mythologie wurde Dionysos von den Titanen lebendig verspeist –, und in einem Ritual wurde die Wiederauferstehung des Gottes nachgestellt. Es war ein grausamer, blutdürstiger Gott, der sich im Laufe der Zeit in einen Gott des Rausches und der Ekstase verwandelte. Seine Anhänger erhielten die Gewissheit über ein Leben nach dem Tod und feierten exzessiv, um aus sich herauszutreten und von ihm erfüllt zu werden. Das taten sie durch Tanz, Musik, Sex, Wein und …«

»Blutopfer«, nahm ihm Eva das Wort aus dem Mund.

»Genau. Wie bei den dionysischen Zeremonien steht auch bei den verschiedenen Formen des sardischen Karnevals, die noch sehr ursprünglich sind und an Stammesriten erinnern, ein Opfer im Mittelpunkt. Der sardische Name für Karneval, *carrasegare* oder *carrescare*, erinnert an das Opfer, denn *carre 'e segare* bedeutet ›lebendiges Fleisch zum Zerreißen‹.«

Eva schaute fragend zu ihrer Kollegin, die kaum wahrnehmbar nickte und damit Barralis Worte bestätigte.

»Heraklit schrieb, dass Dionysos und Hades, der König der Unterwelt, ein und dieselbe Gottheit seien, nur doppelt und geteilt. Herodot sagte praktisch das Gleiche über Dionysos und Osiris. Aber bei allen wurde seine stumme, ungezügelte Kraft durch den Stier dargestellt. In Sardinien nannte man ihn dann *Maimone* und machte aus ihm einen Gott des Regens.«

»Warum braucht es dann unbedingt ein Menschenopfer?«, fragte Mara.

»Weil der Ritus nach einer Opfergabe für die Gottheit verlangt, um mit ihr in Verbindung zu treten. Das Blut des Opfers stellt den Kontakt her. Ohne das Blut entsteht keine Verbindung zu dem Heiligen, zu dem Göttlichen.«

»Wollt ihr mir etwa erzählen, dass in der Antike auch hier auf der Insel Menschen geopfert wurden?«, fragte Eva entsetzt.

28

Capitana, Vorort von Quartu Sant'Elena

Nachdem Grazia Loy mit dem Aufräumen der Küche fertig war, setzte sie sich unter die Pergola. Ein paar Minuten verlor sie sich in der Betrachtung dieses Himmels aus türkisfarbenem Porzellan, dann kehrten ihre Gedanken wieder zu ihrem Mann und den beiden Beamtinnen zurück. Seit er ihr von Mara und Eva erzählt hatte und von der neuen Abteilung für ungelöste Mordfälle, hatte Grazia gehofft, dass Moreno nun endlich dieses Grauen, das er in sich trug, auf jemand anderen abladen konnte. Grazia war müde: Diese Verbrechen hatten ihrer beider Leben bestimmt und vollkommen durcheinandergebracht. Seit 1975 war Moreno nicht mehr er selbst. Es war, als ob dieses Grauen Wurzeln in ihm geschlagen hätte, ihn verwandelt und den obsessiven Wunsch in ihm geweckt hätte, die Wahrheit herauszufinden, als ob diese Mädchen mit ihm verwandt gewesen wären. Aber das waren sie nicht. Grazia hatte versucht, ihm das begreiflich zu machen, aber das hatte zu nichts geführt. Nachdem sie mehrfach versucht hatte, ihn von diesen Fällen abzubringen, die er als seine persönliche Mission empfand, hatte sie es aufgegeben, da ihr klar geworden war, dass es inzwischen zu spät war.

Dieser Fall hat ihn krank gemacht, das kann mir keiner ausreden, dachte sie. Diese Toten bergen ein Geheimnis, etwas Metaphysisches. Als laste auf diesen Mädchen ein Fluch.

Selbst als man Moreno im Präsidium immer mehr ausgrenzte und Kollegen und Vorgesetzte ihm Hindernisse in den Weg legten, hatte ihn das nicht von seinen Überzeugungen abbringen können.

Und nicht einmal meine Liebe, dachte Grazia mit einer gewissen Verbitterung.

Doch in diesem Moment quälte sie ein Zwiespalt: Einerseits war sie erleichtert, dass Moreno nun diese innere Hölle nicht mehr allein durchmachen musste, dass jemand anderes sich darum kümmerte und die Untersuchung wiedereröffnete; andererseits fragte sie sich, ob sie diese jungen Frauen nicht warnen müsste, ehe auch sie sich in den Abgründen des Okkulten und der Gewalt verirrten, die von diesen Verbrechen ausging, und ihre Unbeschwertheit und ihr bislang vertrautes Leben ein für alle Mal verlören. Sollte sie sich aber mit ihnen über den Fall unterhalten und sie darüber aufklären, wie er fortan ihr Leben zersetzen würde, hätte das sicher zur Folge, dass Mara und Eva sich von Moreno abwenden und ihn zurück in seine schmerzhafte Isolation treiben lassen würden: In seinem Zustand der körperlichen und geistigen Schwächung würde das für ihn den Todesstoß bedeuten.

Was soll ich bloß tun?, fragte sie sich, und ihre Zweifel drohten sie zu zerreißen.

29

Is Mortorius, Quartu Sant'Elena

Es scheint wirklich so zu sein«, beantwortete Barrali Evas Frage. »Andererseits ist es nur logisch, dass man Menschen opferte, um sich die Götter gewogen zu machen und den Zorn der Erde zu besänftigen. Ihr müsst bedenken, dass der Dionysos-Kult in Sardinien sicherlich schon seit der Antike verbreitet war, und er hat sich hier in seiner grausamsten blutigsten Form erhalten … Nur ein Beispiel: Noch zu Beginn des vorigen Jahrhunderts war es in einigen Dörfern hier Brauch, die Hörner eines Ziegenbocks zwischen die Rebstockreihen zu stecken, wenn man einen neuen Weinberg anlegte, um sich so für die Reben den Schutz von Maimone, oder Dionysos oder wie ihr ihn sonst nennen wollt, zu sichern. Und in früheren Zeiten beschränkte man sich wahrscheinlich nicht darauf, Tiere zu opfern …«

»Aber was war der Grund für diesen Irrsinn?«, fragte Mara. »Na schön, die Natur gnädig stimmen, Regen und eine gute Ernte erflehen, aber … ist das alles?«

»Nein. Dieses Ritual war auch ein Weg, die Grenzen zwischen dem Menschlichen und dem Göttlichen zu durchbrechen. Der Mensch versuchte, mit dem Gott zu verschmelzen, indem er eine Rückkehr zum Chaos des Uranfänglichen in Gang setzte.«

Barrali reichte Eva einen Stapel Fotos, die den sardischen Karneval in seinen unterschiedlichen Formen zeigten. Sie runzelte die Stirn beim Anblick der Umzüge von Männern mit entstellenden Masken, der Puppen, die Kinder oder

Erwachsene darstellten und ins Feuer geworfen wurden, der Ketten, Gebinde mit Kuhglocken und Rasseln, Tiermenschen, die an Seilen geführt wurden. Dies alles hatte nichts zu tun mit dem Karneval als Brauch, sich komische, entstellende Verkleidungen anzuziehen, sondern war Ausdruck archaischer Rituale von Mord und Gewalt, von Trauer und Verzweiflung.

»Eins ist mir noch nicht klar«, hakte Eva nach. »Warum am 2. November? Ich nehme doch an, dass man Karneval feiert, um ein gutes Jahr für die Bauern zu erbitten.«

»Ich möchte euch vorher gern etwas anderes erzählen, das wahrscheinlich viel mit dem Fall zu tun hat. Dionysos hatte nicht nur die Fähigkeit, die Rhythmen der Natur zu erhalten, er hatte auch die Gaben eines Psychopompos …«

»Was zum Teufel heißt das?«, fragte Mara.

»Das bedeutet, er war ein Seelenbegleiter«, erklärte Eva.

»Streberin …«, zischte Mara und rümpfte die Nase.

»Ganz genau. Man glaubte, er würde die Geister der Toten für einen Tag auf die Erde zurückbringen. Und an diesem Tag pflegte man dann den Brauch, den Tisch für sie gedeckt stehen zu lassen. In früherer Zeit tat man das an den Kalenden des Januar, also am ersten Tag im Januar, aber im Zuge der Kalenderreformen verlagerte sich das auf den …«

»Zweiten November«, schloss Eva.

»Sa die de sos mortos«, ergänzte Mara.

»So ist es«, sagte Barrali. »Diese Rituale wurden später als heidnisch verdammt und von der katholischen Kirche und der Inquisition mit Härte verfolgt. Sie durften nur noch in der Karnevalswoche und nur als volkstümliche, nicht mehr als religiöse Rituale gepflegt werden. Aber dass sie sich bis heute erhalten haben, macht euch sicher deutlich, wie tief diese Traditionen auf der Insel verwurzelt sind, besonders im Landesinneren, wo der Karneval weiterhin in seiner barbarischen, archaischen Form gefeiert wird.«

»Na gut, jetzt ist mir der traditionelle Kontext viel klarer. Aber noch eine Frage: Warum hat der Mörder die heilige Quelle als Tatort gewählt?«, fragte Eva.

»Die Protosarden nahmen an, dass es auf ihrer Insel besondere Orte gäbe, an denen man sich dem Göttlichen und den Geistern der Ahnen leichter nähern konnte. Diese Orte wurden als ›Übergänge‹ oder als Bereiche zwischen der Welt der Lebenden und dem Reich der Toten angesehen. Deshalb bauten sie dort Altäre, Tempel oder heilige Brunnen. Die Bauweise des heiligen Brunnens mit einer Innentreppe spiegelt den rituellen Vorgang des Abstiegs in die Unterwelt, in das Reich der Geister wider ... Die Quellen und die heiligen Brunnen symbolisieren durch das Wasser die Rückkehr in den Mutterleib, also so etwas wie eine Vollendung des Lebenskreislaufs und die Rückkehr zum mütterlichen Element des Göttlichen, verkörpert durch die Muttergöttin, die man mit dem Opfer ehrte. So verstehe ich das.«

Eine düstere Stille senkte sich über sie.

»*S'imbovamentu* – der Mensch wird durch die Maske zum Ochsen herabgestuft, das ist für mich der Kern dieses Rituals«, fügte Barrali hinzu.

»Und nach dem Mord von 1975 passierte nichts mehr?«, fragte Eva.

Barrali nickte. »Ich glaubte damals eher an einen Einzelfall, auch wenn eine innere Stimme mir sagte, dass ein Täter, der alles so genau plant und ein so detailliertes Todesritual durchführt, früher oder später wieder zuschlagen wird ... Aber die Fakten sprachen gegen mich. Elf Jahre lang passierte auf der Insel nichts Vergleichbares mehr, und ich kam schon zu der Überzeugung, ich hätte mich geirrt, dass meine Theorie nur ein Haufen dummer Fehlschlüsse sei.«

»Und dann?«

»Dann fand man wieder ein totes Mädchen.«

30

Carbonia

Während Maurizio Nieddu der Staatsanwältin am Telefon lauschte, hielt er den Blick die ganze Zeit auf das Wohnhaus des Gurus gerichtet. Noch bevor Adele Mazzotta fertig war, verwünschte sich der Commissario im Stillen, dass er sie überhaupt angerufen hatte. Er hätte besser auf eigene Faust handeln sollen, ohne sie da mit einzubeziehen.

»… deshalb kann ich Ihnen bei der aktuellen Lage der Dinge keinen Durchsuchungsbeschluss unterschreiben.«

»Aber …«

»Gibt es einen berechtigten Grund zu der Annahme, dass sich das Mädchen in dem Haus befindet?«

»Nein. Ich meine, wir wissen ja nicht einmal, ob sie wirklich …«

»Dann können Sie es vergessen«, sagte Adele Mazzotta und beendete das Gespräch.

»Bagassa burda«, zischte Nieddu wütend und steckte sein Handy ein.

»Keine Chance?«, fragte seine Assistentin Paola Erriu.

Nieddu schüttelte den Kopf. Er rang mit sich, ob er das Verbot der Staatsanwältin ignorieren und das Schloss von Melis' Haustür aufbrechen sollte. Es wäre ja nicht das erste Mal, auch wenn das letzte ungefähr fünfzehn Jahre zurücklag. Andere Zeiten …

»Was machen wir jetzt?«, fragte Paola.

Wenn er allein gewesen wäre, dann vielleicht … Aber wenn er in Paolas Anwesenheit eigenmächtig handelte und jemand mitbekam, dass er sich über die Vorschriften hinwegsetzte, würde auch sie die Folgen tragen müssen, und sie hatte noch viele Jahre bis zur Pensionierung. Nein, dieses Risiko durfte er nicht eingehen.

»Lass uns fahren. Er ist nicht zu Hause und wir können nicht rein. Wir müssen uns etwas anderes einfallen lassen.«

»Und was?«

Nieddu antwortete ihr nicht. Er starrte weiter Melis' Haus an. Sein Instinkt gab ihm ein, dass der Anführer der Neonuraghiker-Sekte in das Verschwinden des Mädchens verwickelt war und dass er gut daran tun würde, sich bei ihm einmal umzusehen.

»Chef?«

»Ja, ja, gehen wir«, sagte er und folgte Paola. Bevor er in den Wagen stieg, zog er das Handy aus der Tasche und suchte nach einer Nummer. Dabei zündete er sich eine Marlboro an.

»Hallo??«

»Ist da dieser alte Stinkstiefel Barrali oder habe ich mich verwählt?«, sagte Nieddu zu seinem Ex-Kollegen, mit dem er vor Jahren in der Mordkommission von Cagliari zusammengearbeitet hatte. »Ich hatte ganz vergessen, wie beschissen deine Stimme klingt.«

»Nieddu … haben sie dich etwa immer noch nicht rausgeschmissen?«

»Noch nicht. Hast du mal eine Sekunde?«

»Schieß los.«

»Ich habe da einen Vermisstenfall, das heißt, eigentlich ist die Person erst seit ein paar Tagen verschwunden …«

»Dolores Murgia?«

»Ich sehe, du bleibst am Ball. Ja, genau die.«

»Ich höre.«

»Wir wissen jetzt, dass sie eine Anhängerin dieser verdammten Nuraxia-Sekte ist. So heißt die doch, Paola?«

Seine Assistentin nickte.

»Ja, Nuraxia-Sekte … Also reden wir von Roberto Melis«, sagte Barrali.

»Genau. Hast du je mit ihm zu tun gehabt?«

»Ja, aber darüber möchte ich nicht am Telefon reden … Glaubst du, er hat was mit dem Verschwinden des Mädchens zu tun?«

Nieddu starrte wieder das Haus an, als gingen dunkle Schwingungen von dort aus.

»Ja, das befürchte ich. Ich möchte mal mit diesem Melis reden, aber ich finde ihn einfach nicht. Hast du eine Idee, wo er sein könnte, oder kennst du jemanden, der mir da helfen kann?«

Barrali antwortete nicht.

»Moreno?«

»Ja, ich bin noch da. Ich überlege … Hör mal, vielleicht komm ich kurz zu dir und wir sprechen persönlich darüber, okay? Wo bist du gerade?«

»Auf dem Weg zurück ins Kommissariat. Ich warte dort auf dich.«

»Wunderbar.«

Nieddu beendete das Gespräch und sah ein letztes Mal zum Haus des Gurus hin. Dann stiegen Paola und er in den Wagen.

»Alles in Ordnung?«, fragte Paola.

»Ja. Ich habe einen alten Kollegen angerufen, der hat sicher mehr Ahnung von der Sache als wir. Ich warne dich vor, er ist etwas seltsam, aber im Moment ist er der Einzige, der uns helfen kann.«

»Na, er wird doch nicht seltsamer sein als Sie, oder?«

»Sehr freundlich, Erriu.«

Paola grinste ein wenig, während sie den Motor startete, und fuhr Richtung Zentrum.

Entgegen seiner sonstigen Art sagte Nieddu auf der ganzen Fahrt kein einziges Wort: Er wurde das Gefühl nicht los, dass es ein Riesenfehler gewesen war, nicht in das Haus zu gehen.

31

Staatsstraße 130 »Iglesiente«

Keine Ahnung, warum ich mir unter Sardinien immer eine gottverlassene Insel vorgestellt habe«, sagte Eva mit Blick auf die Landschaft. »Stattdessen erinnert sie mich irgendwie an Irland.«

»Also vom Ende der Campidano-Ebene bis, sagen wir mal, Sassari, ist das für mich Mittelerde«, bemerkte Mara.

»Mittelerde, wie im *Herrn der Ringe*?«

»Genau, und zwar nicht nur, weil die Leute hier durchschnittlich so klein wie Hobbits sind.«

Barrali und Eva grinsten. Im gleichen Moment spielte das Autoradio *Entula* von Kenze Neke, einer Ethnorockband aus Siniscola. Wie passend.

»Hier gibt es so viel unberührte Natur, so viel Grün, dass man wirklich glaubt, man wäre in Schottland oder Irland«, fuhr Mara fort. »Ganz im Ernst.«

»Stimmt«, sagte Barrali, »Sardinien ist ein ausgesprochenes Naturparadies. Schade nur, dass die Sarden hier leben, besonders die aus Cagliari, was, Rais?« Er zwinkerte der Kollegin zu.

»Leck mich doch, Barrali.«

Eva und Moreno lachten belustigt. Seit sie im Wagen saßen, hatten sie und Mara die alten Mordfälle nicht mehr erwähnt. Als Barrali gerade von dem Mordfall 1986 erzählen wollte, hatte er einen Anruf erhalten, und danach schien es, als wäre der Fluss seiner Erinnerungen unterbrochen worden.

»Ich muss nach Carbonia«, hatte er gesagt. »Ein Kollege

von früher braucht mich. Es geht um ein Mädchen, das vermisst wird.«

»Das Mädchen, von dem du mir kürzlich erzählt hast?«, fragte Mara nach.

Barrali hatte genickt. »Ja, genau. Würdet ihr mich begleiten?«

Eva konnte nicht einmal sagen, warum sie sofort zugestimmt hatte: Ein innerer Impuls, oder vielleicht hatte es sie auch nur gedrängt, diesen Raum zu verlassen, in dem es von Geistern nur so wimmelte. Mara hatte gesagt, sie würde ihn begleiten, wenn sie auf der Rückfahrt bei der Kellerei von Santadi anhalten und dort ein paar Flaschen Carignano del Sulcis kaufen würden. Barrali hatte ihr versprochen, er würde ihr zum Ausgleich für die Umstände eine ganze Kiste von diesem ausgezeichneten Rotwein kaufen, vorausgesetzt sie würde bei seinem früheren Kollegen ihr Mundwerk im Zaum halten.

»Sag mal, was will Nieddu eigentlich genau von dir?«, fragte Mara jetzt in die Musik hinein.

»Anscheinend war dieses Mädchen Mitglied der Neonuraghiker-Sekte.«

»Was ist das denn?«, fragte Eva.

»Ein Haufen Idioten, die glauben, dass die Nuraghen Verbindungspunkte zu den Sternen sind und dass die Menhire magische Kräfte besitzen, stimmt's, More'?«

»Ja, Rais, so in etwa.«

»Und was hast du damit zu tun?«, fragte Eva.

»Ich habe mich mal für eine Weile in die Sekte eingeschleust«, erklärte Barrali zu ihrer Überraschung.

32

Kommissariat, Carbonia

Während die uniformierte Beamtin noch ein paar Stühle holte, damit alle im Büro des Commissario Capo Platz fanden, sah Eva sich Barrali genauer an. Er schien blass geworden zu sein, und als sie beim Kommissariat angekommen waren, hatte sie ihn dabei beobachtet, wie er verstohlen einige Tabletten schluckte.

»*Sa medichina*«, hatte er ihr lächelnd erklärt, als ob er sich ertappt fühlte. Er hatte ihr leidgetan, denn dieser Mann litt ganz offensichtlich; bei jedem Schritt schien der Schmerz ihn zu durchbohren, sodass sich die Muskeln in seinem Gesicht verspannten.

»Geht es dir wirklich gut, Moreno? Wir können das Treffen auch verschieben, wenn du willst.«

»Nein, nein, gehen wir hinein.«

Etwas schien ihn zur Eile anzutreiben, als ob er spürte, dass seine Zeit ablief, und nicht sterben wollte, ehe er seine Mission jemandem übertragen hatte, wie ein guter Soldat.

»Bitte«, sagte die Beamtin und arrangierte die Stühle um Nieddus Schreibtisch.

»Maurizio, das hier ist Eva Croce, sie ist gerade erst aus Mailand zu uns gekommen, und das ist Mara Rais. Mara war noch nicht bei uns in Cagliari, als du dich nach Carbonia hast versetzen lassen. Beide Kolleginnen arbeiten bei den *Cold Cases*«, erklärte Barrali. Man hörte ihm an, dass er erschöpft war, was er jedoch mit energischem Gestikulieren zu überspielen suchte.

»Cagliari hat eine Abteilung für ungelöste Fälle?«, fragte Nieddu überrascht. Eva fiel auf, dass der Commissario immer noch verstört wirkte: Als er seinem alten Kollegen die Hand geschüttelt hatte, war er selbst blass geworden; er hatte ihn angesehen, als könne er nicht glauben, dass der Mann vor ihm wirklich der Moreno war, den er kannte. An seinem betroffenen Blick erkannte sie, wie ernst Barralis Erkrankung war.

»Die Abteilung gibt es erst seit Kurzem«, erklärte Mara.

»Aha. Danke, dass ihr Moreno hergebracht habt.«

Eva und Mara nickten ihm zu und sahen dann fragend auf die Beamtin, die ihnen die Stühle gebracht hatte.

»Ach ja, das ist Assistente Capo Paola Erriu, meine rechte Hand«, erklärte Nieddu. »Bitte, setzt euch doch.«

»Maurizio, eins vorweg: Wir sind nicht in offiziellem Auftrag hier. Ich bin schon eine Weile nicht mehr im Dienst. Ich bin krankgeschrieben. Farci weiß nichts von unserem Besuch, das heißt …«

»Keine Sorge, dies hier ist nur ein informelles Gespräch.« Nieddu fasste kurz alles zusammen, was sie zum Verschwinden von Dolores Murgia wissen mussten und berichtete abschließend, dass Roberto Melis, der Guru der Sekte, nicht aufzufinden war.

»Du konzentrierst dich also auf ihn?«, fragte Barrali.

»Im Augenblick habe ich keine andere Spur. Er und seine Sekte sind die einzige Auffälligkeit im Gesamtbild, das ich mir vom Leben des Mädchens gemacht habe. … Du kennst ihn, oder?«

»Ja, ich hatte mal mit ihm zu tun.«

»Darf ich dich fragen, aus welchem Grund? War es beruflich?«

»Kann man nicht so sagen … Es gab einen Zeitpunkt, zu dem ich dachte, die Mordfälle von 1975 und 1986 könnten in irgendeiner Verbindung stehen mit diesem ganzen Interesse für die Stätten der Nuraghenkultur, die megalithischen Kreise und die Gigantengräber. Natürlich konnte er nicht der Täter sein, damals war er noch zu jung, aber … du verstehst mich doch?«

Nieddu nickte. Er wusste, wie besessen Barrali von diesen Morden war. »Hattest du diesbezüglich irgendwelche Beweise?«, fragte er ihn.

»Absolut nichts. Es war so ein Gefühl. Damals war ich schon erkrankt, und man sah es mir an. Also beschäftigte ich mich mit seiner Website und folgte seinem Blog. Ich nahm dann an Zusammenkünften teil, wo ich den Verzweifelten spielte, der nicht mehr ein noch aus wusste und deshalb bereit war, es mit ›alternativen Heilmethoden‹ zu versuchen.«

»Was für Zusammenkünfte?«, fragte Mara.

»Zusammenkünfte, die dem Gebet oder der Reinigung dienten.«

»Was bedeutet das?«, hakte Nieddu nach.

Barrali reichte ihm eine Mappe mit mehreren Akten und legte einen USB-Stick auf den Schreibtisch. »Hier hast du das gesamte Material, das ich über diesen Irren zusammengetragen habe, einschließlich seiner Predigten als MP3-Datei. Die habe ich heimlich aufgezeichnet … Zu den Zusammenkünften: Melis versammelte zahlreiche Anhänger des Neopaganismus um sich und veranstaltete mit ihnen Exkursionen zu den archäologischen Stätten, vor allem zu megalithischen Kreisen und heiligen Brunnen. Er vertrat die Vorstellung, dass diese Steine, die unsere Vorfahren ausgewählt und bearbeitet hatten, so starke magnetische Kräfte besäßen, dass sie sogar heilende Wirkung hätten. Er sprach sogar von ›megalithischer Strahlentherapie‹.«

»Was für ein Mistkerl …«, zischte Mara auf Sardisch. »Entschuldigt, aber ich hasse diesen ganzen New-Age-Quatsch.«

»Und glaubt da etwa jemand dran?«, fragte Eva.

»Jemand? Dutzende und Aberdutzende Leute. Ich habe

Gruppen von Frauen gesehen, die Menhire umarmten oder sich auf eine *tumba de zos zigantes* legten, weil sie überzeugt waren, dass die Kraft der Steine ihnen dabei helfen würde, schwanger zu werden. Krebskranke, die grüppchenweise in Nuraghen übernachteten. Mütter, die ihre behinderten Kinder mitbrachten, weil sie glaubten, dass die Dolmen oder die *domus de janas*, die Feenhäuser, sie ›heilen‹ würden …«

»So ein Arschloch …«, rutschte Paola Erriu heraus. »Entschuldigung.«

»Was ist dieser Melis für ein Typ, Barrali? Glaubst du, das diese Nuraxia-Geschichte auch zu Gewalt führen könnte?«, fragte Nieddu.

»Das wollte ich herausfinden. Aber die Zeit hat nicht gereicht.«

»Warum?«

»Ich bin aufgeflogen. Gegen einen der Teilnehmer hatte ich mal eine Strafanzeige aufgenommen. Er hat mich wiedererkannt und Melis gesteckt, dass ich Polizist bin. Das war das Ende meiner Ermittlungen. Man hat mich kurzerhand rausgeschmissen.«

»So ein Mist … Ist bei der Sekte Geld im Spiel?«

»Sicher, wie immer in solchen Fällen. Ich glaube, da ging es auch um Drogen, besonders im ›engsten Kreis‹, bei seinen Jüngern. Innerhalb der Sekte gab es verschiedene Levels. Die, die dem Guru am nächsten standen, waren sicher an Drogenpartys, Orgien und wer weiß was noch beteiligt.«

»Von wie vielen Leuten reden wir da?«, fragte Nieddu.

»Die Zahl änderte sich ständig, sagen wir mal zwischen vierzig und achtzig. Wenn du den engsten Kreis seiner Jünger meinst, würde ich sagen, höchstens zehn.«

»Um auf meine Frage von vorhin zurückzukommen: Wenn wir die Drogen mal aus dem Spiel lassen, glaubst du, dass diese Leute eventuell schwerere Straftaten begangen haben könnten? Sexualdelikte zum Beispiel?«

»Das weiß ich nicht, Maurizio. Melis besitzt sicher Charisma, er verfügt über eine ungeheure Überzeugungskraft. Bestimmt ist er mit allen Anhängerinnen, die ihn gereizt haben, ins Bett gegangen, aber was Gewalt anbetrifft ... keine Ahnung.«

»Und das Mädchen gehörte zu diesem Kreis?«, fragte Eva Nieddu.

»Sieht so aus. Seit vier oder fünf Monaten.«

»Die Ärmste. Seit wann wird sie vermisst?«, schaltete sich Mara ein.

»Eigentlich noch nicht lange. Ungefähr vier Tage. Der springende Punkt ist, dass dieser Mistkerl ebenfalls verschwunden ist. Da könnte es doch einen Zusammenhang geben, oder?«

»Möglich.« Barrali klang nicht überzeugt. »Aber wenn du mich fragst, ist Melis irgendwo auf der Insel unterwegs, auf Pilgerfahrt mit seinen Anhängern. Und wahrscheinlich ist Dolores auch dabei und hat aus irgendeinem Grund ihren Eltern nichts davon gesagt.«

»Sie hat sich tatsächlich mit ihrer Mutter gestritten. Das Mädchen hat einen schwierigen Charakter, und sie konsumiert Drogen«, gab Paola Erriu zu bedenken.

»Das untermauert die Tatsache, dass sie sich den Neonuraghikern angeschlossen hat. Die ›mediale Trance‹, wie Melis das nennt, erreicht man sicher nicht mit Kamillentee.«

Alle lachten über Barralis ironische Bemerkung.

»Ich hoffe wirklich, dass es so ist, wie du sagst, denn ich habe ein ungutes Gefühl bei der Geschichte«, sagte Nieddu nachdenklich und wechselte dann das Thema. »Und ihr drei arbeitet also an den Ritualmorden?«

»Wir überprüfen, ob es hinreichende Fakten gibt, um die Ermittlungen wiederaufzunehmen. Aber es ist noch zu früh, um das zu sagen«, erklärte Mara.

»An dem Fall von 1986 war ich auch beteiligt. Wir wurden

in beratender Funktion hinzugezogen. Eine ganz üble Geschichte. Ich träume heute noch davon.«

»Dann sind wir schon zwei«, sagte Barrali und stützte sich beim Aufstehen auf seinen Stock. »Wenn du noch irgendetwas brauchen solltest ...«

»Dann habe ich kein Problem, dich noch einmal zu belästigen«, sagte Nieddu und streckte ihm die Hand hin. »Ich weiß ja, dass du es nicht aushältst, untätig zu sein.«

Barrali versuchte, so viel Kraft wie möglich in seinen Händedruck zu legen, trotzdem kam es Nieddu vor, als hielte er die Hand eines Kindes.

»Halte mich bitte auf dem Laufenden über Dolores.«

»Auf jeden Fall! Danke noch mal für das Material und fürs Vorbeikommen. Wir sehen uns.«

»Wer weiß ...«

»Lass das, More', du bist so zäh wie ein Wildschwein.«

»Darauf kannst du wetten – der wird uns im Pelz festsitzen wie eine *cardanca*, bis wir diese Fälle gelöst haben«, sagte Mara ironisch, während sie sich von Nieddu verabschiedete. »Tut mir leid, Croce. *Cardanca* bedeutet Zecke.«

»Die da hat nicht mal Respekt vor einem alten Mann«, beklagte sich Barrali.

Als er sich umwandte und sich von Paola Erriu verabschiedete, sah Eva, dass Nieddus Augen feucht geworden waren.

»Kümmert euch um ihn«, sagte er leise, während er ihr die Hand schüttelte.

»Machen wir.«

Bevor sie das Büro verließ, nahm Eva ein Foto von Dolores Murgia, faltete es zusammen und steckte es ein. Sie hätte dieses Gefühl nicht in Worte fassen können, aber sie spürte, dass sie auf ihrem Weg wieder auf das verschwundene Mädchen stoßen würden.

33

Corso Vittorio Emanuele II, Cagliari

Mara hatte Eva auf einen Drink ins *Old Square* mitgenommen, ein Lokal, das genau wie ein irisches Pub eingerichtet war. Die Gegend war der neue Treffpunkt des Nachtlebens von Cagliari, seit der Bürgermeister den Corso zur Fußgängerzone umgewandelt hatte, wie ihr Mara erklärte. Das Pub war knallvoll mit jungen Leuten, von denen viele ein Fußballspiel auf den zahlreichen Bildschirmen verfolgten. In der Luft hing der starke Geruch nach Alkohol, Schweiß und Grillfleisch, Letzteres die Spezialität des *Old Square*. Im Hintergrund lief ein Blues, *Bright Lights* von Gary Clark Jr.

»Hier ist es zu laut. Gehen wir in die Krypta«, rief Mara Eva zu.

Sie durchquerten das Lokal und stiegen einige Steinstufen hinunter in die »Krypta«.

»Wow, das ist ja wie in einer Kirche …«, staunte Eva mit einem bewundernden Blick auf das Kreuzgewölbe. Unten war es viel ruhiger, es herrschte eine gedämpfte Atmosphäre. Es wirkte wie ein weiteres Lokal im Lokal.

»Die Mauern gehen auf das dreizehnte Jahrhundert zurück«, erklärte Mara und führte sie zu einem kleinen Tisch im hinteren Bereich des Raumes. »Dieser Teil des Pubs gehörte zum ehemaligen Kloster San Francesco di Stampace. Wunderschön hier, was?«

»Das kannst du laut sagen. Man kommt sich vor wie auf einer Zeitreise.«

»Dieses Gefühl wird dir in Cagliari noch oft begegnen … Bier?«

»Klar … Bier.«

»Magst du Guinness?«

Eva zog die Augenbrauen hoch. »Ob ich Guinness mag? Ich bin zur Hälfte Irin, ich liebe es, aber du …? Ich dachte, du trinkst nur das hiesige Ichnusa.«

»Klischees über Klischees, als gäbe es kein Morgen …«, beschwerte sich Mara kopfschüttelnd.

»Hör auf, ich hab noch was gut für deine freundliche Bemerkung über meine Gesichtsfarbe.«

»Gut, dass du das sagst. Ich habe dir morgen einen Termin für eine Sonnendusche gemacht.«

»Du kannst mich mal!«

Sie gaben ihre Bestellung auf, und kurz darauf brachte ihnen ein Kellner zwei Pints Guinness und Pommes frites.

Entspannt prosteten die beiden sich zu.

»Wir haben heute ziemlich viele Kilometer abgerissen, stimmt's?«

»Das ist noch gar nichts. Ich schätze, wenn wir die alten Fälle bearbeiten, müssen wir noch haufenweise Kilometer fressen.«

»O Gott … Dann muss ich also diese ganzen sardischen Jammersongs ertragen, die du dir reinziehst?«

»Darauf kannst du Gift nehmen, und wenn du sie noch einmal ›Jammersongs‹ nennst, verhafte ich dich. Das ist pure Poesie.«

»Na, wenn du meinst …«

»Echte Jammersongs sind euer Geflenne mit Harfe, Dudelsack, Flöten und Geigen, da will man am liebsten gleich aus dem Fenster springen.«

Eva tat so, als hätte sie nichts gehört, und rieb angelegentlich mit dem Mittelfinger über ihr Piercing. Mara grinste sie an.

Eine Weile saßen beide schweigend da, tranken ihr Bier und beobachteten die anderen Gäste, ohne dass sie das Bedürfnis hatten zu reden. Aber zwischen ihnen herrschte keine peinliche Stille, es war mehr das Schweigen zwischen zwei Menschen, die begannen, einander zu verstehen und sich nur mit Blicken zu verständigen. Sie waren als Team auf einem guten Weg.

»Und? Was für einen Eindruck hast du?«, fragte Mara irgendwann.

»Du meinst von Moreno?«

»Nein, vom Papst«, erwiderte Mara beißend.

Eva ging nicht darauf ein und fragte ihrerseits: »Weißt du, was ›kognitive Verzerrung‹ ist?«

»Eine Krankheit?«

»Nein, nein ... Das ist so etwas wie eine verzerrte Wahrnehmung aufgrund von vorgefassten Meinungen.«

»Eine Art Tunnelblick?«

Eva nickte. Sie kam immer mehr zu der Überzeugung, dass Mara viel intelligenter war, als sie erkennen ließ. Ihre mürrische Art, der Dialekt und die spitzen Bemerkungen waren nur Tarnung für ihre diabolische Scharfsicht, dienten dazu, dass ihr Gegenüber aus der Deckung kam, was ihr einen strategischen Vorteil verschaffte.

»Genau das. Eine Überzeugung, die sich auf der Grundlage einer eher subjektiven Interpretation der verfügbaren Beweise entwickelt und so eine Verzerrung der Realität erzeugt, ein Urteil, das schon von falschen Voraussetzungen ausging, zusätzlich beeinträchtigt von diesem Tunnelblick ... Verstehst du, was ich meine?«

»Ja, genau. Es ist, als hätte er von vornherein den Ablauf des Mordes als Ritual betrachtet und dies hätte dann all seine weiteren Vermutungen beeinflusst ... Ich hatte den gleichen Eindruck. Das passiert Ermittlern ziemlich oft. Aber das, was er sagt, ergibt einen Sinn.«

»Stimmt. Aber auch die Theorien, dass Jim Morrison noch lebt und seinen Tod nur inszeniert hat oder dass die Amerikaner nie auf dem Mond gelandet sind, klingen plausibel, wenn man sich eine Weile damit beschäftigt.«

»Jetzt übertreib mal nicht.«

»Okay, aber erzähl mir nicht, dass Barrali nicht von dem Fall besessen ist«, sagte Eva.

»Davon bin ich genauso überzeugt wie du … Und was denkst du über das, was vorhin im Wagen passiert ist?«

Bevor sie Barrali zu Hause absetzten, hatte Mara ihn gefragt, warum er ihr vor zwei Tagen erzählt habe, er sei überzeugt, dass Dolores das nächste Opfer sein würde. Barrali hatte vollkommen überrascht reagiert, als könne er sich daran nicht erinnern; er hatte angefangen zu stammeln und zu zittern, wie bei einer Panikattacke. Da hatte Eva eingegriffen und versucht, ihn mit den Worten zu beruhigen, Mara habe wahrscheinlich etwas falsch verstanden.

»Bist du sicher, dass er das zu dir gesagt hat?«, fragte Eva.

»Ich würde meinen Arsch darauf verwetten. Das war ja der Grund dafür, dass ich beschlossen habe, ihm eine Chance zu geben! Weil er so überzeugt war, dass das Mädchen das nächste Opfer sein könnte.«

»Er könnte gelogen haben, weil er dich damit überzeugen wollte.«

»Mag sein … Aber wenn, dann wäre das eine oscarreife Leistung gewesen, denn er wirkte verdammt ernst auf mich, als er das sagte.«

»Das heißt?«

Mara nahm einen langen Schluck Guinness, als wollte sie Kraft im Alkohol suchen. »Ich glaube, die Krankheit trübt allmählich seinen Verstand.«

Eva nickte, sie hatte denselben Eindruck.

»Versteh mich nicht falsch: Barrali ist schwer in Ordnung, und ich mag ihn. Aber wenn ich für seine Theorien meine

Karriere aufs Spiel setzen soll ... Kannst du dir wirklich vorstellen, dass du zu einem Staatsanwalt gehst und ihm erklärst, die Muttergöttin hätte es mit dem Stier getrieben und die Stiermaske wäre ein Symbol für eine Rückwendung zum Urzeitchaos und zur Natur und dass am Tag der Toten ihre Seelen von Dionysos, sprich Maimone, auf die Erde zurückgebracht würden?«

Eva schwieg.

»Genau ... Er würde uns beide in die Klapse bringen lassen«, fuhr Mara fort. »Heute habe ich Barrali zugehört und ihn gewähren lassen, weil er mir leidtat, aber ich hab mich die ganze Zeit gefragt: Glaubt der wirklich an diesen Schwachsinn?«

»Aber Tatsache bleibt, dass diese beiden Mädchen gestorben sind und niemand je gekommen ist, um die Leichen einzufordern«, gab Eva zu bedenken.

»Sicher, das ist ein ziemliches Rätsel, und es tut mir sehr leid für sie. Aber, Croce, hier sprechen wir von Morden, die vor vierzig beziehungsweise dreißig Jahren geschehen sind. Und selbst wenn wir all unsere Kraft nur auf diese Fälle konzentrieren, uns gegen alles und jeden stellen, werden wir wahrscheinlich nichts erreichen, und der Mörder würde uns in seinem Grab auslachen, denn wenn man sich auf die Mathematik verlassen kann, ist er längst tot oder kurz davor, den Löffel abzugeben.«

»Das heißt, du willst Barrali keine Chance geben?«, fragte Eva.

Mara trank ihr Guinness aus und kratzte sich nervös am Hals, ehe sie antwortete. »Mir sitzt der Questore im Nacken, der mich aus Rache zu den *Cold Cases* versetzt hat. Der wartet nur auf einen falschen Schritt von mir, um mich endgültig aus der Abteilung zu schmeißen ... Die Ermittlungen wiederaufzunehmen hieße, ihm meinen Kopf auf einem Silbertablett zu servieren, Croce.«

»Also lautet deine Antwort Nein?«

»Es tut mir sehr leid für Moreno, aber ich muss an meine Tochter denken … Meine Antwort ist ein fettes Nein«, sagte Mara entschlossen. »Für mich bleiben die Ermittlungen im Archiv.«

34

Capitana, Vorort von Quartu Sant'Elena

Grazia Loy war mit dem Gießen ihrer geliebten Rosen fertig und sah zu den violetten Wolken empor: Der samtene Himmel verlor allmählich seine Purpurfarbe und wurde von Minute zu Minute blasser. Grazia schloss die Augen und nahm hier, mitten in ihrem Garten, den Duft der Blumen, der Macchia und der anderen Pflanzen in sich auf, der von der leisen Brise zu ihr getragen wurde. Es war ihr Abendritual, ihre Nische des Friedens: Sie genoss es, sich den Gerüchen des Abends hinzugeben, sich an den Aromen der Erde zu sättigen und zu berauschen, einige Minuten nur für sich allein zu haben in dieser Parallelwelt, weit weg von dem Schmerz in ihrem Herzen und von der Krankheit, die ihren Mann jeden Tag ein Stückchen weiter von ihr entfernte.

Sie ging zurück zum Haus in dem Glauben, dass ihr Mann sich immer noch ausruhte. Die Reise nach Carbonia hatte ihn erschöpft, er war seltsam aufgewühlt zurückgekehrt. Den Grund hatte er ihr nicht nennen wollen, aber Grazia war überzeugt, dass es mit dem Fall zu tun hatte. Zu ihrer Überraschung saß er nun am Küchentisch und betrachtete eine Fotografie.

»Moreno? Alles in Ordnung?«, fragte sie und strich ihm zärtlich über die Schulter. Vor Moreno lagen alte Schwarz-Weiß-Aufnahmen.

»Ich weiß es nicht. Heute lief alles zunächst erstaunlich gut, doch dann … hat mir mein Gedächtnis auf einmal ein paar Streiche gespielt. Ich stand da wie ein Idiot«, brachte ihr Mann mühsam hervor.

»Vor wem? Deinen Kolleginnen?«

Moreno nickte. Er wirkte zerbrechlich und verängstigt, wie ein Kind, das sich auf einmal an einem fremden, ungewohnten Ort wiederfand.

»Vielleicht warst du einfach bloß müde, Schatz.«

»Nein, leider nicht. Es ist, als ob die Dinge verblassen. Manchmal habe ich das Gefühl, meine Erinnerungen kommen nur noch bruchstückweise hoch … Grazia, ich habe Angst. Ich habe Angst, die Kontrolle zu verlieren … und auch zu vergessen, was ich …«

Seine Frau umarmte ihn. »Moreno, nach all diesen Jahren ist es vielleicht an der Zeit, die ganze Geschichte hinter dir zu lassen. Sie bringt dich noch um … Du kannst es jetzt doch Mara und Eva überlassen, sich darum zu kümmern. Auf mich haben die zwei einen sehr kompetenten Eindruck gemacht. Hast du Vertrauen zu ihnen?«

»Ich schon … Aber ich fürchte, dass sie mir nicht so ganz vertrauen. Ich glaube, dass sie gemerkt haben, dass bei mir noch was anderes als der Tumor im Spiel ist.«

»Ich glaube hingegen, dass du endlich die Richtigen gefunden hast. Du musst ihnen die ganze Wahrheit erzählen und dann alles ihnen überlassen. Du musst jetzt auf dich selbst achten, du kannst es dir nicht mehr erlauben, dass dir das so zusetzt.«

»Ich weiß … Es tut mir leid, meine Liebe. Es tut mir leid, dass ich dich gezwungen habe, mit dieser Geschichte, die ich mit mir herumschleppe, zu leben.«

»Ich habe das gemacht, weil ich dich liebe, Moreno«, sagte Grazia und strich ihm über die ausgezehrten Wangen. »Aber jetzt ist es genug. Ich habe Angst um dich. Wenn du dich weiter so quälst, dann tut das weder dir noch mir gut. Wir haben doch nur einander.«

Moreno Barrali nickte. Er wischte sich die Tränen aus den Augen und stand auf. Später dann, im Bett, schlief Grazia fast unverzüglich ein, aber er fand nicht in den Schlaf. Tausend Gedanken wirbelten ihm im Kopf herum.

Man hatte ihm eine Verschlechterung der kognitiven Fähigkeiten und der Aufmerksamkeit vorausgesagt, aber er hätte nicht gedacht, dass es ihn so bald erwischen würde. Wenn er alle Informationen vergessen sollte, die er zu dem Fall angesammelt hatte – wie könnten sie ihn dann noch lösen?

Vorsichtig, um seine Frau nicht zu wecken, glitt Moreno aus dem Bett und ging wie in Trance in sein Arbeitszimmer. Er legte ein leeres Heft vor sich auf den Schreibtisch, und getrieben von der entsetzlichen Vorstellung, dass die Krankheit all seine Erinnerungen auslöschen könnte, fing er an, sein angegriffenes Gedächtnis zu durchforsten, und schrieb alles über die Ritualmorde nieder, woran er sich erinnerte.

35

Im Landesinneren von Sardinien

Als ihr Bewusstsein wieder aus diesem Limbus zwischen Leben und Tod auftauchte, in den es versunken war, merkte Dolores, dass sie ihren Körper nicht mehr spürte. Ihre Sinneswahrnehmung war nun vollkommen betäubt, aber dennoch spürte sie innerlich ein starkes Gefühl der Bedrohung. Sie konnte keinen Muskel bewegen, und das nicht allein wegen der Fesseln: Ihr Körper hatte den Kampf aufgegeben und ergab sich langsam der Dunkelheit.

»Mamma«, flehte sie und klammerte sich an die letzten Momente von Klarheit. Der Gedanke an ihre Mutter schmerzte sie am meisten. Plötzlich erkannte sie, dass sie diesen Ort, an dem sie gefangen gehalten wurde, nicht mehr lebend verlassen würde: Sie würde ihre Mutter nie mehr wiedersehen. Die Erinnerung an ihren letzten Streit zerriss ihr das Herz. Dolores hatte ihr Worte voller Gift an den Kopf geworfen, die sie in der nächsten Sekunde bedauert hatte. Doch weil sie sich schämte und es nicht über sich gebracht hatte, sie zurückzunehmen oder um Verzeihung zu bitten, hatte sie sich aus dem Haus geschlichen, ohne eine Nachricht zu hinterlassen.

Komm nach Hause, rundinedda! Sie glaubte, die Stimme ihrer Mutter zu vernehmen.

»Ich kann nicht«, flüsterte das Mädchen. »Verzeih mir, Mamma.«

Die Gedanken und das Bewusstsein zerfaserten erneut, sie wurden immer schwächer, wie die verglimmende Flamme eines Kerzenstummels, um schließlich mit einer feinen Rauchfahne zu erlöschen.

Wieder breitete sich eine blinde Nacht um sie aus, und als Dolores diese eisige Umarmung spürte, überließ sie sich ihr ohne Widerstand.

36

Viertel Stampace Alta, Cagliari

Sie hatten sich eine Methode ausgedacht, um einander auch dann Gute Nacht sagen zu können, wenn Sara beim Vater in ihrer alten Wohnung schlief. Er war dagegen, dass das Kind ein Handy benutzte. Also hatten sie sich beide mit einer Taschenlampe ausgerüstet und sandten sich von ihren Fenstern Blinksignale zu: Sara von dem höher gelegenen Haus nahe bei der Festung, Mara von unten in ihrem kleinen Haus außerhalb der Stadtmauern.

Ein Aufleuchten bedeutete die Frage ›Alles gut?‹ Zwei die Antwort: ›Ja.‹ Dreimaliges Aufleuchten hieß: ›Na dann gute Nacht.‹ Viermal schließlich: ›Dir auch, Mamma.‹

Während Mara auf ihrer Veranda darauf wartete, dass nicht einmal dreihundert Meter Luftlinie von ihr entfernt ihre Tochter in den Schlafanzug schlüpfte und sich die Zähne putzte, spielte sie nervös mit der Taschenlampe und dachte über ihre Partnerin nach. In diesen zwei Tagen, in denen sie viel Zeit miteinander verbracht hatten, war es ihr kaum gelungen, der Neuen das Gefühl zu vermitteln, willkommen zu sein – weil sie ihr nicht vertraute, vor allem aber auch, weil sie es hasste, bevormundet zu werden. Sie war es gewohnt, eigenständig zu arbeiten, ohne jemandem Rechenschaft ablegen zu müssen. Nun hatte man ihr jedoch diese Fremde aufs Auge gedrückt, für die sie das Kindermädchen spielen sollte, und daran hatte sie schwer zu schlucken, vor allem nach der letzten schlimmen Erfahrung, die immer noch an ihr nagte: Sie war von einer Kollegin verraten worden, die die sexuelle Belästigung, der Mara ausgesetzt gewesen war, genau mitbekommen hatte. Anstatt sie zu unterstützen, hatte sie den Questore in Schutz genommen, was ihr prompt eine Beförderung eingebracht hatte. Und die anderen Kolleginnen hatten sich auf die Seite der Verräterin geschlagen. Von diesem Tag an war die einzige Frau, der Mara vertraute, ihre Mutter. Nicht einmal ihrer Tochter traute sie vorbehaltlos, da diese sie ständig wegen der Hausaufgaben anlog.

Dabei hatte Eva sich keineswegs als so zickig oder unterkühlt herausgestellt, wie Mara befürchtet hatte. Ganz im Gegenteil hatte sie jeden Scherz mitgemacht und sich bemüht, so schnell wie möglich diese gewisse Steifheit und Förmlichkeit zu durchbrechen, die die Arbeit ihnen aufzwang. Zum Glück musste keine von beiden der anderen etwas beweisen, wie es wahrscheinlich bei Männern der Fall gewesen wäre. Sie waren zwei Frauen, die man an den Rand des Systems abgeschoben hatte, und mussten nun so schnell wie möglich lernen, sich aufeinander zu verlassen, wenn sie einigermaßen entspannt in diesem tückischen Milieu klarkommen wollten, in dem jede weibliche Person mit einer gewissen Portion Selbstbewusstsein eine Provokation darstellte. Mara hatte versucht, Evas Schutzpanzer etwas zu öffnen und mehr über ihr Privatleben herauszufinden, aber das war ihr vorgekommen wie der Versuch, einen Aal mit bloßen Händen zu fangen. Eva hatte sich jeder ihrer Fragen entzogen. Mindestens fünf oder sechs Mal hatte Mara außerdem beobachtet, wie das Handy ihrer Kollegin vibriert hatte, doch Eva hatte den Anruf stets weggedrückt und auch später nicht zurückgerufen. Mara hatte das nicht weiter kommentiert, es jedoch ebenso registriert wie das kurze Aufblitzen von Schmerz und Wut in den Augen ihrer Partnerin jedes Mal, wenn das Telefon sie unterbrochen hatte.

Du hast doch ein paar Freunde und ehemalige Kollegen

im Polizeipräsidium von Mailand. Eine Nachricht oder ein Anruf würden genügen, um mehr über sie herauszufinden, überlegte sie. Wenn ihr zusammenarbeiten wollt, musst du ihr ja auch vertrauen können. Und dafür musst du wissen, wer diese Metal-Braut ist und warum man sie hierherversetzt hat. Der äußere Schein kann trügen. Du bist schon mal von einer Kollegin reingelegt worden ... Willst du das Risiko noch mal eingehen?

Das erste Aufblitzen der Taschenlampe riss sie aus ihren Gedanken. Mara lächelte und fragte ihre Tochter in ihrer »Sprache« zurück, ob alles in Ordnung sei. Sara bejahte, und sie wünschten sich gegenseitig Gute Nacht.

Wieder im Haus sah sich Mara die Spätausgabe der Regionalnachrichten in der Mediathek an, um in Erfahrung zu bringen, ob es Neuigkeiten zum Verschwinden von Dolores gab, aber dort wurde das Mädchen nicht einmal erwähnt. Sie durchforstete noch ein paar regionale Online-Portale, aber auch dort fand sie nichts. Sie wollte schon alle Geräte ausschalten und ins Bett gehen, als ihr Handy eine eingehende Nachricht anzeigte. Sie kam von einer ihrer Freundinnen, bei der sie am Nachmittag angefragt hatte, ob die Mansarde, die diese in den Frühlings- und Sommermonaten als Ferienwohnung vermietete, frei sei.

Klar! Wenn du willst, könnt ihr sie morgen früh besichtigen, hatte die Freundin nun geantwortet.

Mara leitete die Nachricht an ihre Kollegin weiter mit der Frage, ob sie Lust habe, morgen auf einen Sprung dorthin zu fahren.

Wenige Sekunden später kam schon Evas Antwort auf Sardisch: *Eja!,* dazu ein Grinse-Smiley.

Mara schüttelte den Kopf, aber sie gab ihr für den nächsten Tag die Eckdaten für die Besichtigung durch.

Sie beschloss, das Problem mit den Nachforschungen über ihre neue Partnerin vorerst beiseitezuschieben. Zwei

Tage sind gar nichts … Gib ihr noch ein wenig Zeit, sagte sie sich und ging ins Bad, um sich bettfertig zu machen.

Während sie sich die Nachtcreme einmassierte, überkam Mara die Angst, nicht schlafen zu können: Sosehr sie sich bemühte, die Bilder aus ihrem Kopf zu bekommen, die Barrali ihnen gezeigt hatte, desto mehr drängten sie sich auf, zusammen mit dem ganzen archaischen Ballast, den sie als äußerst beunruhigend empfand.

Sie verfluchte innerlich ihren älteren Kollegen und schluckte drei Kapseln Melatonin.

»Und wenn das nicht hilft, dann schwör ich bei Gott, ich ruf dich an und singe dir so lange die gesamte Hymne der Brigata Sassari vor, bis ich einschlafe«, murmelte sie vor sich hin. Und während sie sich ins Bett legte, zauberte ihr diese Vorstellung ein Lächeln auf die Lippen.

37

Stadtautobahn, Cagliari

Der menschliche Verstand ist perfide: Oft verzeihen wir ohne mit der Wimper zu zucken jemandem, der uns verletzt hat, aber es ist uns nicht möglich, jemandem zu verzeihen, der sich von uns verletzen lässt, ohne zu reagieren. Über diesen Widerspruch grübelte Eva Croce nach, während sie ihr Handy auf dem Beifahrersitz vor sich hin vibrieren und blinken ließ. Dann stellte sie das Autoradio lauter und konzentrierte sich wieder auf die Straße. Nachdem sie sich von Mara verabschiedet hatte, wollte sie Cagliari noch ein wenig auf eigene Faust im Auto erkunden. Nächtliche Autofahrten bei guter Musik im Hintergrund entspannten sie und halfen ihr beim Nachdenken.

Du kannst ihn ignorieren, so lange du willst, früher oder später musst du trotzdem mit ihm reden, sagte sie sich, während sie das Handy in die Handtasche schob. Ihn trifft keine Schuld, und das weißt du genau.

Das Einzige, was man ihm vorwerfen konnte, war, dass er sich das Messer hatte ins Herz stoßen lassen, ohne auch nur zusammenzuzucken oder eine Spur von Hass zu zeigen. Und das hatte nur dazu geführt, dass Evas Angriffe immer gemeiner und unfairer wurden. Letztendlich war ihr nur die Flucht geblieben, die vollkommene Loslösung. Sie hatte es nicht länger ertragen, ihre Schuld in seinen Augen widergespiegelt zu sehen.

Wie lange hast du schon nicht mehr mit ihm gesprochen?, fragte sie sich.

»Noch nicht lange genug …«, flüsterte sie vor sich hin, während die Klänge von Paolo Nutinis melancholischem *Iron Sky* das Auto erfüllten. »Noch nicht lange genug.«

Sie legte den fünften Gang ein und drückte das Gaspedal durch, als könnte sie so ihre Schuldgefühle hinter sich lassen.

38

Archäologisches Museum Sa Domu Nosta,
Senorbì, Trexenta

An diesem Morgen tauchte Bastianu Ladu elegant gekleidet, glatt rasiert und nach Aftershave duftend am Bett seines Sohnes auf, sodass der Junge sich fragte, ob er gleich ein Rendezvous mit einer Frau habe.

»Micheli. Aufstehen! Wir müssen wohin«, sagte der Vater und legte ihm neue Kleidungsstücke aufs Bett: Jeans, Hemd und Pullover. »Jetzt mach schon, ich will nicht zu spät los.«

Der Junge war es gewohnt zu gehorchen. Eine halbe Stunde später waren sie in Bastianus schwarzem Cherokee unterwegs.

»Wohin fahren wir?«, fragte Micheli, als er sah, dass sie die heimischen Gebiete hinter sich ließen und sein Vater den Weg zur Campidano-Ebene einschlug.

»In die Trexenta.«

Micheli stellte keine weiteren Fragen, und sie verbrachten den Rest der Fahrt in vollkommenem Schweigen.

In Senorbì angekommen, machten sie erst einmal in einer der Bars vor Ort halt. Während der Junge sich zwei cremegefüllte Krapfen einverleibte, nutzte Bastianu die Gelegenheit, einen Blick in die tagesfrische *Unione Sarda* zu werfen. Er übersprang die überregionalen Nachrichten, bis er zu einem Artikel über das Verschwinden von Dolores Murgia mit vielen Fotos des Mädchens kam, den er aufmerksam las.

»Ihr seid nicht von hier, oder?«, riss ihn der Barmann aus der Lektüre. Er schien Lust auf einen Schwatz zu haben.

»Zum Glück nicht«, antwortete Bastianu, womit er das Gespräch gleich im Ansatz abwürgte und seinen Sohn zum Grinsen brachte. Dann bezahlte er und winkte dem Jungen, ihm nach draußen zu folgen.

Sie liefen zu einem Herrenhaus aus dem achtzehnten Jahrhundert mit Brunnen und Stallungen. Micheli sah Plakate, aus denen hervorging, dass im Gemeindemuseum die antike Muttergöttin von Turrìga gezeigt wurde, die normalerweise im Archäologischen Staatsmuseum in Cagliari aufbewahrt wurde.

»Sind wir deswegen hier?«, fragte er seinen Vater verwirrt.

Bastianu nickte mürrisch. Micheli fiel auf, dass sein Vater angespannt war, er schien sich unwohl zu fühlen, so als würde er gleich eine wichtige Person treffen und sich der Begegnung nicht gewachsen fühlen.

Als sie das Museum betraten, sah der Wärter, ein grauhaariger Mann um die sechzig, von seiner Zeitschrift auf und starrte sie durchdringend an. »Buongiorno … Sind Sie wegen der Dea Madre hier?« Dass die beiden Ladu nicht wie die üblichen Besucher aussahen, hatte seine Neugier geweckt.

»Ja. Zwei Tickets, bitte«, sagte Bastianu und versuchte, seinen starken Barbagia-Akzent zu verbergen. Er reichte dem Angestellten einen Schein und wartete auf das Wechselgeld.

»Brauchen Sie einen Führer?«

Bastianu schüttelte den Kopf.

»Dann bitte sehr. Da lang.«

Gleich darauf standen Bastianu und sein Sohn in einem Saal, in dessen Mitte in einer großen Vitrine aus dickem Glas eine einzige Skulptur stand, ein uraltes Exemplar der mediterranen Muttergöttin.

In dem Raum herrschte eine übernatürliche Stille.

Als Bastianu langsam die Vitrine umrundete, wurde er von einem Gefühl religiöser Ekstase überwältigt. Seine Augen waren fest auf die gut vierzig Zentimeter hohe Statue aus glänzendem weißen Marmor geheftet: Auch nach mehr als fünftausend Jahren strahlte sie immer noch so hell wie das Licht selbst. Inzwischen war sie zu einer Ikone, zum Inbegriff der sardischen Muttergöttin geworden und auf unzähligen Münzen und Schmuckstücken abgebildet.

»Also?«, fragte Micheli nach einigen Minuten. »Warum sind wir hier? Sollen wir sie klauen?«

Bastianus Gesicht verzog sich zu einem amüsierten Grinsen. »Nein.«

»Warum dann?«

Bastianu verharrte schweigend und bewunderte die jungfräuliche Schönheit und Heiligkeit der Skulptur dieser Göttin, die die Brücke zwischen den uralten Zeiten und ihrer Gegenwart bildete. Ihm war, als gingen von der Figur leichte Schwingungen aus, die seine Seele mit ihr in Einklang brachten.

»Babbu?«, fragte Micheli und schüttelte ihn.

»Du wirst es verstehen, wenn wir wieder zu Hause sind«, sagte Bastianu Ladu schlicht.

39

Viale Poetto, Cagliari

Und? Gefällt sie dir?«, fragte Mara. »Klar, sie ist ein wenig klein, aber …«

»Ich nehme sie«, sagte Eva und überraschte mit dieser spontanen Zusage ihre Kollegin und deren Freundin.

»Vielleicht willst du es erst mal eine oder zwei Wochen ausprobieren, um zu sehen, ob du dich wohlfühlst?«, schlug Raffaella, die Wohnungsbesitzerin, nach einem kurzen Moment verlegener Stille vor.

»Nein, nein. Sie ist perfekt. Ich nehme sie«, wiederholte Eva und schaute sich erneut in den nicht einmal fünfundzwanzig Quadratmetern um. »Sie ist vielleicht klein, aber die Aussicht ist großartig. Und eine Espressomaschine gibt es auch, was will ich mehr?«

Raffaella schaute zu Mara, die mit den Schultern zuckte.

»Sie ist aus Mailand«, fügte sie dann hinzu, als ob dies das etwas seltsame Benehmen ihrer Kollegin erklären würde.

»Wann könnte ich hier einziehen?«, fragte Eva.

»Das kam jetzt so plötzlich, dass ich nicht einmal Zeit hatte zu …« Raffaella war immer noch perplex über diese spontane Zusage. »Keine Ahnung … Also die Wohnung ist frei, aber ich müsste zumindest noch mal durchputzen und …«

»Ach, das kann ich machen, keine Sorge. Wenn es für dich in Ordnung ist, würde ich sie sofort nehmen.«

»Sofort? Ab wann sofort?«

»Ab jetzt sofort«, sagte Eva lächelnd.

»O Mann, Croce. Die Pension, in der du gerade untergebracht bist, muss ja echt zum Kotzen sein, wenn du es so eilig hast, von da wegzukommen«, bemerkte Mara.

»Gar nicht mal, ich hätte nur gern einen Ort, wo ich mich zu Hause fühlen kann.«

»Na ja, das hier ist bestimmt besser als die Dienstwohnung, die man dir zuweisen würde … Raffae', was soll ich dir sagen? Die will sie wirklich haben, da gibt es wohl nichts dran zu rütteln.«

»Na gut … also dann gebt mir nur die Zeit, nach unten zu gehen und ein paar Unterlagen auszudrucken, danach bin ich wieder ganz für euch da.«

»Danke«, sagte Eva.

»Gefällt sie dir wirklich?«, fragte Mara, als sie allein waren.

»Sie liegt so nah am Meer. Man kann es auch durch das kleine Fenster hier sehen … und dann noch dieser Balkon … komm mit.«

Eva öffnete die Glastür, und Mara folgte ihr auf den kleinen überdachten Balkon, der zum Viale Poetto hinausging. Vor ihnen breitete sich bis zum Horizont die reglose Wasseroberfläche der Salinen aus, übersät mit Hunderten rosa Flamingos.

»Der Wahnsinn …«, flüsterte Eva, während sie aufs Geländer gestützt die Aussicht bewunderte.

Mara schüttelte den Kopf und ging wieder nach drinnen. Sie machte zwei Espresso mit der Maschine und stellte sie dann auf das kleine Balkontischchen.

»Danke«, sagte Eva und nippte an ihrem Kaffee.

Mara deutete zu den Salinen. *»Sa genti arrubia.«*

»Wie bitte?«

»Die rosa Flamingos. So werden sie hier genannt. Das heißt ›das rote Volk‹.«

»Sie sind wunderschön.«

»Inzwischen sind sie das Symbol der Stadt. Wir haben die größte Standkolonie von Italien und eine der größten in

Europa. Von hier aus kannst du sie wirklich toll sehen. Bei Sonnenuntergang ziehen sie von dort unten in den Naturpark Molentargius-Saline, zur Lagune von Santa Gilla. Aberhunderte große rosa Vögel, die über den Himmel gleiten. Ein atemberaubender Anblick auch für mich, obwohl ich ja wirklich daran gewöhnt bin … Aus der ganzen Welt kommen Leute, um sich das anzusehen.«

»Dann würde ich mal sagen, das Loch hier ist seinen Preis allein schon wegen dieses Schauspiels wert, oder?«, sagte Eva.

»Bist du sicher, dass du das willst? Für mich sieht es ja eher aus wie eine Bude für eine arme Studentin oder für eine *bagassa* – nichts für ungut.«

»Hm, also dass ich eine Nutte bin, würde ich mal ausschließen, aber eine Studentin bin ich doch, oder etwa nicht? Immerhin lerne ich ja jeden Tag einige Begriffe auf *Casteddaio* dazu.«

Mara grinste. »Na, wenn das so ist …« Sie zog aus ihrer Handtasche eine zerknitterte Zeitung. »Hier die nächste Lektion. Das ist die meistgelesene Zeitung von Cagliari. Wir nennen sie liebevoll *l'Ugnone*.«

Eva lächelte ebenfalls. »Schon abgespeichert.«

»Weißt du, welche Rubrik bei den Cagliaritanern am beliebtesten ist?«

»Lass hören.«

»Die Todesanzeigen.«

»Ach Quatsch …«

»Ich schwör's. Die *ziodde*, die alten Weiber in den kleinen Dörfern, lesen sie mit dem Stift in der Hand, und dann kringeln sie schadenfreudig und voller Stolz die Fotos der Ärmsten ein, die sie selbst nun überlebt haben.«

»Ach herrje … Das kommt mir ziemlich geschmacklos vor, Rais.«

»Wir Sarden können sehr geschmacklos sein, Croce. Natürlich können wir dir nicht das Wasser reichen, aber wir kommen schon nahe ran.«

»Ich schick dich jetzt bloß deswegen nicht zum Teufel, weil du mir eine Wohnung besorgt hast ... Gibt es was Neues über Dolores?«

»Nichts. Deswegen habe ich diese Zeitung gekauft, aber da steht nichts drin.«

»Hast du eigentlich gestern Nacht schlafen können?«, fragte Eva.

»Nur mit chemischen Helferlein ... Und du? Albträume?«

»O ja. Ich habe von den beiden Opfern geträumt.«

»Wundert mich nicht. Aber ich bin sicher, dass wir in ein paar Tagen die ganze Geschichte vergessen haben. Schließlich haben wir beschlossen, sie unter einem fetten Stein zu begraben, oder?«

Eva wirkte nicht gerade überzeugt.

»Croce? Wir haben doch entschieden, den Fall bei den Akten zu lassen, richtig?«

»Aber klar, natürlich«, erwiderte Eva, als wäre sie plötzlich wieder ganz sie selbst.

»Hier bin ich schon wieder«, flötete Raffaela, die in dem Moment mit den Papieren in der Hand zurück in die Wohnung kam.

»Na dann mal los!« Mara stand auf. »Da du es ja so eilig hast, unterschreib schnell diese *paperi*, und dann gehen wir ein paar Spaghetti mit Seeigeln essen, um deine neue Bruchb..., o pardon, ›Wohnung‹ zu feiern.«

40

Carbonia

Ein Gebiet von vierundzwanzigtausend Quadratkilometern mit Wäldern, Bergen, Feldern, Höhlen und jeder Menge Dörfer an der Küste und im Landesinneren – falls Dolores Murgia wirklich gewaltsam verschleppt worden war, hätte man sie überall hingebracht und versteckt haben können. Allein der Gennargentu-Naturpark erstreckte sich über fast achthundert Quadratkilometer, und in den höchstgelegenen Gegenden beherbergte er derart dichte und unwegsame Wälder, dass man sich erzählte, sie seien teilweise noch nie erforscht worden, Orte, die sich die reine Anmut der Steinzeit bewahrt hätten und wo seit Jahrtausenden kein Mensch mehr gewesen sei. Unberührte Paradiese. Wie geschaffen, um sich mit den Geistern der Vorfahren auszusöhnen.

Maurizio Nieddu hatte herausgefunden, dass der Guru der Nuraxia für gewöhnlich seine Jünger an abgelegene Orte »pilgern« ließ, so weit weg wie möglich von der Zivilisation, wo niemand sie bei ihrer »regressiven Hypnose« stören würde.

Die engmaschige Suche, durchgeführt von Mitarbeitern der Forstbehörde, dem Zivilschutz und den staatlichen und örtlichen Polizeikräften, hatte nichts ergeben. Der Commissario hatte einen Antrag auf Genehmigung einer ausgedehnten Suche mit Drohnen gestellt, der aber abgelehnt wurde; jedes Jahr verschwanden so viele Mädchen, und Dolores war noch nicht mal eine Woche von zu Hause fort. Die Tatsache, dass sie in den engsten Kreisen der Neonuraghiker verkehrt hatte, war – laut Staatsanwältin – nicht ausreichend, um die Dringlichkeitsstufe zu erhöhen. Nieddus Bauchgefühl könne nicht mit Akten oder handfesten Beweisen belegt werden und sei daher nicht maßgebend. Die Nachforschungen würden in reduzierter Form fortgeführt, er solle das einfach akzeptieren.

Das ist doch eine Riesenscheiße, dachte er, als er in der Nähe des Hauses des Gurus parkte. Dieser Drecksack erfüllt das Profil eines Psychopathen perfekt, und er hat eine Vorgeschichte wegen sexuellen Missbrauchs. Anklagen, die dann wie durch Zauberhand im Nichts verschwanden. Jemand hält seine Hand schützend über diesen Lügner. Je eher du das begreifst, desto besser. Na los, du hast dich jetzt lange genug an die Regeln gehalten.

Er stieg aus und sah sich um. Für das, was er plante, hatte er den Einbruch der Dunkelheit abgewartet. Das Haus wirkte verlassen. Am Morgen hatte er einen kleinen Erkundungsrundgang unternommen, um eventuelle Überwachungssysteme ausfindig zu machen, hatte jedoch keine gefunden. Das einzige Hindernis waren die Schlösser. Aber das war nicht schlimm: nichts, was sein Einbrecher-Kit nicht mit ein wenig Geduld und im Schutz der Dunkelheit schaffen würde.

Er hatte keinerlei Vorstellung davon, was das kleine Haus verbergen könnte. Aber er brauchte irgendetwas, und wäre die Spur auch noch so gering, um die Ermittlungen und die Suche nach dem Mädchen gezielt in eine Richtung steuern zu können.

Nachdem er sich kurz umgeschaut hatte, sprang er über die Umgrenzungsmauer und ging dann zu der Tür, die in den Garten hinter dem Haus führte. Er machte sich am Schloss zu schaffen, wohlwissend, welches Risiko er dabei einging.

Das Leben dieses Mädchens könnte auf dem Spiel stehen. Scheiß doch auf die Konsequenzen, sagte er sich.

Nachdem er einige Minuten mit dem Schloss gekämpft hatte, konnte er schließlich die Klinke nach unten drücken und das Haus betreten.

Er öffnete das Holster seiner Dienstwaffe und knipste die Taschenlampe an, um sich den Weg auszuleuchten.

41

Viale Poetto, Cagliari

Sie hatte den gesamten Inhalt ihres Gepäcks ausgepackt und einsortiert. Nur noch ein Trolley war übrig, wobei die korrekte Bezeichnung wohl eher »Minitrolley« gewesen wäre. Eva starrte ihn an, als wäre er ein Monster, als jagten ihr die knallbunten Bilder von Minnie und Micky Maus mehr Angst ein als die dämonischen Masken, die Barrali ihr gezeigt hatte. Sie sah sich um, ob es nicht noch irgendetwas anderes zu tun gab, womit sie Zeit schinden und dieser schmerzhaften Aufgabe aus dem Weg gehen könnte, aber die Mansarde war nun nach einigen Stunden Arbeit perfekt eingerichtet. Sie hatte keine Ausrede mehr.

Diese Versetzung nach Sardinien anzunehmen war ein sehr wichtiger Schritt für sie gewesen. Dadurch kehrte sie dem Schmerz, der Vergangenheit den Rücken und versuchte, wieder zu leben. Nach fast zwei Jahren war nun der Moment dafür gekommen – die Arbeit hatte den äußeren Anstoß gegeben, und nun wollte sie sich ihr altes Ich zurückholen, damit sie ihr Leben da weiterführen konnte, wo es unterbrochen worden war. Doch es gab noch ein paar Dinge, denen sie sich stellen musste. Dem Inhalt dieses Kinderkoffers zum Beispiel. »Den Schmerz besiegt man nicht, indem man ihm ausweicht, sondern indem man ihn durchquert«, hatte ihre Therapeutin bis zum Erbrechen wiederholt. Schluss mit dem Verdrängen. Schluss mit den Schuldgefühlen.

Eva nahm den Trolley und legte ihn aufs Bett. Sie öffnete den Reißverschluss und klappte den Deckel hoch. Der Koffer enthielt Kinderkleidung für Mädchen. Genauer gesagt für ein sechsjähriges Mädchen, obwohl es schon acht gewesen war, als es sie zuletzt getragen hatte: Damals hatte die Krankheit bereits das Wachstum des Kindes unterbrochen. Sie hatte jedes einzelne Kleidungsstück in Folie eingeschweißt, um dessen ursprünglichen Zustand zu erhalten, um irgendwie die Gegenwart, vor allem aber den Duft ihrer Tochter zu bewahren. Den vermisste sie am meisten, und es machte ihr Angst, dass sie allmählich den Geruch ihrer Haut vergaß. *Ihre* Identität, *ihre* Körperlichkeit bestanden in Evas Kopf vor allem aus Düften und Gerüchen, doch die Zeit wehte mit jedem Tag etwas mehr davon von ihr fort.

Es ist seltsam, dachte sie. Manchmal bleiben die unbedeutendsten Einzelheiten haften, während Dinge, die eigentlich Priorität haben sollten, dem Gedächtnis entgleiten. Ich kann mich an all ihre Schulnoten und all ihre Blutwerte erinnern, aber nicht an ihren Geruch.

Obwohl es Eva viel Überwindung kostete, befreite sie jedes einzelne Kleidungsstück von der Folie und legte es ordentlich auf die Matratze. Jeder Schlafanzug, jedes T-Shirt und jede Bluse löste eine Kaskade an Erinnerungen aus, hauptsächlich schöne. Alle Kleidungsstücke, die sie dagegen an den Schmerz, die Tränen, an Verzweiflung und Krankheit erinnerten, hatte sie schon vor anderthalb Jahren fortgeworfen.

Als sie mit dem Auspacken des Koffers fertig war, bedeckten die Kleidungsstücke ihrer Tochter das Bett vollständig.

Eva schloss die Augen, und plötzlich drang der Duft des Mädchens mit Macht in ihre Nase, so intensiv und lebendig, dass sie fast meinte, sie läge hier neben ihr, als spürte sie ihren Blick auf sich ruhen.

Sie hatte Angst, die Augen zu öffnen, nur um dann festzustellen, dass Maya nicht dort inmitten ihrer Kleidungsstücke saß. Oder vielleicht fürchtete sie sich sogar noch mehr davor, sie wirklich dort zu sehen mit ihren großen Augen, den langen roten Locken und dem frechen Grinsen. Daher presste sie die Lider fest zusammen, ließ sich nach hinten auf die Sachen ihrer Tochter sinken und berauschte sich an ihrem Duft. Der Geruchssinn riss mit aller Kraft verborgene Winkel und Schubladen des Gedächtnisses auf und füllte verblasste Erinnerungen wieder mit Leben. Innerhalb von Minuten wechselte Eva vom Lachen zum Weinen, von Freude zu Schmerz. Und doch wusste sie, dass sie soeben für ihre Seele einen Akt der Rettung vollbrachte: Sie kehrte heim, ein letztes Mal.

»Du fehlst mir, mein Schatz«, flüsterte sie mit geschlossenen Augen. Dabei streichelte sie ihren Bauch, als könnte sie durch diese einfache Geste die Zeit zurückdrehen und dieses Wunder des Lebens wieder in ihren Schoß zurückholen. Sie wurde von dem brennenden Gefühl erfüllt, ihre Tochter verraten zu haben, weil sie nicht in der Lage gewesen war, ihre natürlichste, instinktive Aufgabe zu erfüllen, nämlich die, sie zu beschützen. Sie hatte versagt, und das würde sie sich nie verzeihen können.

»Und du? Wirst du mir je verzeihen?«, fragte sie in den leeren Raum, der jedoch auf irgendeine Weise erfüllt war von der Gegenwart ihrer Tochter.

Nach einigen Minuten dämmerte sie weg, in den Schlaf gewiegt vom Duft ihres Kindes, während sie sich fest an die Kleidungsstücke schmiegte, als wären es Amulette, die seine Abwesenheit vertreiben konnten.

42

Carbonia

Als der Lichtstrahl der Taschenlampe zittrig über die Wände des »Arbeitszimmers« streifte, verfluchte Maurizio Nieddu sich, dass er so lange gezögert hatte, den Einbruch bei dem Guru in die Tat umzusetzen.

»*Gesù Cristu* …«, flüsterte er und konnte seine Augen nicht von den weißen Kreidezeichnungen lösen. Die schwarzen Wände wirkten wie eine riesige Tafel. Der Beamte fühlte sich in der Zeit zurückversetzt, bis in den November 1986, als er – noch immer ein Grünschnabel – zur Unterstützung zum Schauplatz des Verbrechens in der Ausgrabungsstätte von Matzanni gerufen worden war, zwischen den Bergen von Villacidro und Vallermosa. Die Skizzen an den Wänden zeigten das Opfer, das sie vor einem der drei heiligen Brunnen auf Knien vorgefunden hatten, die Hände hinter dem Rücken gefesselt, das Gesicht von einer Stiermaske aus Holz verborgen, der Körper bedeckt mit zotteligen Schafsfellen. Zugegeben, der Kerl hatte zeichnerisches Talent, doch was den Commissario am meisten beunruhigte, waren die bisswundenähnlichen Verletzungen auf den unbedeckten Hautpartien des Opfers, denn auch bei dem nie identifizierten Mädchen, das sie in Matzanni gefunden hatten, waren diese Art Verletzungen aufgetaucht, sogar an den gleichen Stellen, als ob der Bastard dort gewesen wäre oder sogar selbst …

Scheiße, er könnte es gewesen sein, überlegte Maurizio Nieddu, nachdem er kurz durchgerechnet hatte. Damals war Melis knapp über zwanzig gewesen. Vielleicht zu jung?

Er drang weiter vor und ließ den dünnen Lichtstrahl der Taschenlampe über die Wandmalereien gleiten. Ein weiteres Kreidegraffito stellte bis ins Detail die Szenerie des anderen Ritualmords von 1975 dar. Nieddu hatte damals 1986 die Akten der Mordkommission eingesehen und erkannte den Vorhof des Brunnenheiligtums *Su Tempiesu* bei Orune, ebenso wie die Inszenierung des namenlosen Opfers, die hier mit größter Detailliebe abgebildet war.

»So ein Drecksack …«, flüsterte er. Die Kreidezeichnungen gingen weiter: Mensch-Tier-Masken, nackte Frauen vor Nuraghenaltären und Menhiren, tierhafte Gestalten, Megalith-Kreise … Es war, als hätte Melis auf den Wänden seine perverse Bilderwelt ausgebreitet. Nieddu fuhr mit seiner heimlichen Durchsuchung fort, auch wenn der Knoten in seinem Magen sich immer fester zuschnürte. An den Wänden entdeckte er Nachbildungen von nuraghischen Waffen und die unterschiedlichsten Masken aus dem sardischen Karneval. Als das Licht auf den Schädel eines Ziegenbocks fiel, zuckte Nieddu unwillkürlich zusammen und die Taschenlampe fiel ihm aus der Hand.

Auf dem Schreibtisch stapelten sich Texte über Okkultismus, Zeichnungen und Skizzen von düsteren Riten und Opferungen, Fotografien von Melis mit seinen Anhängern, die Gesichter hinter Masken verborgen, die Körper vielfach nackt, wie in einer Prozession durch heilige Quellen, nuraghische Brunnen und andere abgelegene archäologische Fundstätten in den Wäldern.

Während der Commissario die Bilder durchblätterte, zitterte seine vom Polyethylen-Handschuh geschützte Hand sichtbar. Er bekam kaum noch Luft. Am liebsten hätte er die Deckenlampen eingeschaltet, um alles besser in Augenschein zu nehmen, aber er tat es nicht: Zum einen wollte er nicht, dass seine Anwesenheit im Haus bemerkt würde, zum anderen fürchtete er, eventuelle Beweismittel zu verunreinigen. Je mehr Zeit er dort drinnen verbrachte, desto höher war das Risiko, Spuren seines Besuchs zu hinterlassen.

Nieddu rief sich das Gesicht von Dolores Murgia vor Augen, und ihm graute bei der Vorstellung, dass das Mädchen sich in den Händen dieses Psychopathen befinden könnte. Er machte sich Vorwürfe, dass er nicht früher hierhergekommen war.

Während er das Licht wieder über die Wandzeichnungen mit den Ritualmorden gleiten ließ, fragte er sich: Und welche verfluchte Ausrede lass ich mir jetzt einfallen?

43

Mordkommission, Polizeipräsidium Cagliari

Eva und Mara trafen sich am Spätnachmittag vor dem Büro des Leiters der Mordkommission. Eva hatte den ganzen Vormittag mit Papierkram verbracht, um offiziell den Dienst antreten zu können, und dabei gleich die Gelegenheit genutzt, sich mit den Büros und den verschiedenen Abteilungen vertraut zu machen. Farci hatte sie beide zu sich gerufen, damit man nach einer ersten Bestandsaufnahme baldmöglichst Ergebnisse erzielen konnte.

Mara bemerkte mit einem leicht angewiderten Blick, dass sich nichts am Outfit ihrer Kollegin geändert hatte: abgestoßene Springerstiefel, zerrissene Jeans, das T-Shirt einer Rockgruppe, von der sie noch nie gehört hatte, Lederjacke, Nasenpiercing und dicht an dicht eine ganze Reihe von Ohrringen. Wie immer bestand der einzige Ansatz von Make-up auf diesem porzellanweißen Gesicht aus einem zu großzügig aufgetragenen Kajalstrich, der ihren Blick düster wirken ließ. Die schwarzen Haare – ihrer Meinung nach zu lang und zu dunkel – unterstrichen ihr kränkliches Aussehen noch zusätzlich, die Fingernägel waren nach wie vor unlackiert und kurz geschnitten.

Nach fast einer Viertelstunde Warterei konnte Mara nicht mehr an sich halten. Genervt musterte sie ihre Kollegin von oben bis unten und stichelte dann: »Sag mal, kommst du gerade von einem Reunion-Konzert von Led Zeppelin oder übst du schon mal für einen Undercovereinsatz bei der Drogenfahndung?«

Eva konterte mit einem ebenfalls verächtlichen Blick: »So ein Spruch aus dem Mund von einer, die sich wie die Sekretärin in einem Pornofilm anzieht …«

Mara lächelte eisig und zeigte ihr den Mittelfinger. »Leck mich«, zischte sie.

Eva spielte an ihrem Piercing herum, um ihre Partnerin noch mehr zu ärgern.

»Und? Wie lebt es sich in dieser Sardinenbüchse?«, fragte Mara kurz darauf, nachdem sie als Erste den Blick abgewandt hatte.

»Es ist nur ein pied-à-terre, Rais. Eine Zwischenlösung.«

»Dann hast du also nicht vor, länger hierzubleiben? Willst du dich versetzen lassen?«

»Himmelherrgott, das könnte dir so passen! Ich bin gerade erst angekommen. Gehe ich dir denn so auf die Nerven?«, witzelte Eva.

Mara grinste hinterhältig. »Eigentlich nicht, Croce. Ich finde mich langsam mit dem Gedanken ab, dich länger ertragen zu müssen. Dich, deine Punkerklamotten und deine Leichenblässe.«

»Fängst du schon wieder damit an? Ich flippe auch nicht gerade aus vor Freude darüber, hier zu sein, aber so ist es nun mal … Was hältst du davon, dich etwas professioneller zu benehmen und mich vielleicht ein wenig über die Akten ins Bild zu setzen?«

Mara schnaubte. »Man hat uns für den Anfang die sagenhafte Zahl von dreißig ungelösten Mordfällen aufgehalst. Während du deine Besichtigungstour durchs Polizeipräsidium gemacht hast, bin ich sie alle durchgegangen und habe sie auf zwei Stapel verteilt, für jede fünfzehn, und zwar beginnend bei den neuesten und dann hinunter zu den ältesten Fällen. Zum Großteil handelt es sich um Verbrechen innerhalb der Familie: lauter Menschen, die es mit ihrer Bauernschläue geschafft haben, ungeschoren davonzukommen.«

»Ich wette, dass du mir die unangenehmsten zugeschustert hast …«

»Na klar. Für dich habe ich die Verbrechen ausgesucht, die in Vierteln passiert sind, in denen ausschließlich Sardisch gesprochen wird. Ich kann es kaum erwarten, dir zuzuhören, wenn du in Sant'Elia oder San Michele rumfragst … Wie auch immer, meiner Meinung nach lösen wir mit DNA-Proben die Hälfte davon innerhalb eines Monats. Das ist Sache der Forensik, wir müssen das alles bloß koordinieren.«

»Umso besser.«

»Also, um Zeit zu sparen, schlage ich vor, dass wir beide getrennt arbeiten und uns nur dann zusammenschließen, wenn wir irgendeinen Verdächtigen verhören oder verhaften müssen.«

»Nach dem Motto: Je weniger wir miteinander zu tun haben, desto besser. Ich bin dabei … Barralis Morde sind bei den dreißig Akten?«, fragte Eva.

»Nein, die habe ich wieder abgelegt.«

»Okay. Doch das bringst du Farci dann bei.«

»Vielen Dank auch, Croce, es ist wirklich toll, mit dir zusammenzuarbeiten.«

»Das sagt die Richtige.«

»Dann lass das Traumpaar mal rein«, hörten sie den Commissario Capo in seinem Büro sagen, laut genug, dass sie es auch vor der Tür mitbekamen.

Ilaria Deidda, die Kollegin von der Mordkommission, kam aus dem Zimmer und sagte ihnen lächelnd, dass ihr Chef sich nunmehr ganz ihnen widmen würde.

»Wie ist er denn drauf?«, fragte Mara.

»Wie üblich.«

»Das bedeutet, dass seine Frau ihn heute Nacht wieder mal nicht rangelassen hat, *sciadau* …«

»Das habe ich gehört, Rais! Los, beweg deinen Hintern hier rein, ich habe keine Zeit zu verschenken!«

»Oh-oh.« Mara zog die Augenbrauen hoch. Sie atmete tief durch und betrat das Büro ihres Vorgesetzten, gefolgt von einer kopfschüttelnden Eva.

44

Territorium der Ladu, Oberland der Barbagia

Die beiden Jugendlichen lagen ausgestreckt auf einer Wiese, auf der so viele Blumen prangten wie Sterne am Nachthimmel, und sahen zu, wie das Pferd aus dem Fluss trank. Sie genossen die Stille der Felder, nachdem sie sich zuvor in einem Schuppen in der Nähe des Mandelhains, wenige Meter von dem smaragdgrünen Wasserlauf, geliebt hatten. Es war ein herrlicher Spätvormittag. Eine bernsteinfarbene Sonne beleuchtete den Bach und wärmte die beiden Liebenden, die eng umschlungen auf der Jacke des jungen Mannes lagen, als wäre es ein Frühlingstag. Die Düfte aus dem Wald hinter ihnen durchzogen die Luft, und das Gurgeln des Baches wirkte beruhigend auf die beiden.

»Wo warst du gestern Morgen? Ich habe gehört, du warst mit deinem Vater unterwegs?«, fragte das Mädchen neugierig. Sie hieß Esdra Ladu und war ein Jahr älter als ihr Freund.

Micheli streichelte über ihre seidigen Haare und erinnerte sich daran, wie sie vor ein paar Jahren, als Kinder, gemeinsam zum Fluss gegangen waren, die Fischreusen aus dem Schuppen geholt und mit viel Spaß Forellen und andere Süßwasserfische gefangen hatten.

Wann sind wir eigentlich erwachsen geworden?, fragte Micheli sich. Wann haben wir uns ineinander verliebt?

»He!« Esdra schüttelte ihn heftig. »Jetzt sag schon, wo ihr gewesen seid, ich sterbe fast vor Neugier.«

»Ach, irgendwo eben …«, wich Micheli ihr aus.

Sie rammte ihm den Ellenbogen so fest in die Seite, dass er zugleich lachen und vor Schmerz aufschreien musste.

»Komm schon.«

»Er hat mich in ein Museum mitgenommen. Nach Senorbì.«

Esdra war vollkommen überrascht. Sie konnte sich jemanden wie Bastianu, ihren Onkel zweiten Grades, beim besten Willen nicht in einem Museum vorstellen. »Und was habt ihr euch dort angesehen?«

»Eine Statue … Sie wird Muttergöttin genannt …« Micheli hielt inne und rief mit einem Pfiff das Pferd zu sich, das gerade in einer Flussbiegung in das sumpfige Schilf vordrang, wo es mit den Hufen im morastigen Boden einsank und dabei Gefahr lief, sich ein Bein zu verstauchen.

»War sie schön?«

Micheli zuckte die Schultern. »Eine Statue eben. Ein Stück Marmor, nichts Tolles. Du hättest das besser gekonnt.«

Esdra schwieg eine Weile. »Und dann?«

»Und dann was?«

»Was habt ihr danach gemacht?«, fragte Esdra ungeduldig.

»Nichts. Wir sind nach Hause gefahren.«

»Ihr seid wirklich so weit gefahren, nur um diese Statue zu sehen?«

»Genau. Verrückt, was? Für mich war das auch reine Zeitverschwendung.«

»Und dein Vater, was hat der gesagt?«

»Ich würde das später verstehen.«

»Hm, seltsam …«

»Tja, du weißt ja, wie seltsam mein Vater und mein Urgroßvater sind.«

»Fragst du dich eigentlich nie, wie es wäre, von hier wegzugehen?«, fragte Esdra plötzlich, nachdem sie beide nachdenklich geschwiegen hatten. Die Dringlichkeit ihrer Worte ließ spüren, dass sie sie schon lange in sich herumtrug, beinahe als hätte sie Angst gehabt, sie auszusprechen. »Hast du nicht genug von diesem öden Leben, nur Tiere und Felder, ohne Fernseher, ohne Handy, vollkommen abgeschnitten von allem? Genug davon, den alten Leuten blind zu gehorchen, als wären wir Vieh?«

»Die Welt da draußen ist ein dreckiger Sumpf. Wir leben so, um uns zu schützen, das weißt du doch.«

»Das hat man uns immer eingeredet, aber was weißt du denn davon? Was weißt du davon, wie es ist, ein normales Leben zu führen?«

»Da vertraue ich meinem Vater.«

»Ich will weg von hier. Ich halte das nicht mehr aus.«

Micheli sah sie ernst an, doch dann lachte er. »Du machst Spaß, stimmt's?«

»Kein bisschen. Nein … Ich bin es leid. Ich will nicht so enden wie meine Schwestern.«

»Du willst nicht mit mir leben?«

»Natürlich will ich mit dir leben, aber nicht hier. Nicht mit unserer ganzen Familie drum herum … Ich will die Welt sehen. Weißt du eigentlich, dass ich noch nie am Meer war?«

»Esdra, pass auf, was du sagst. Wenn deine Mutter das hört, prügelt sie dir die Seele aus dem Leib.«

»Das ist es ja gerade. Was wäre denn so schlimm daran? Wir sind nur bis zur Mittelstufe zur Schule gegangen, und zwar hier im Dorf, wo uns alle schief angesehen haben. Und danach wurden wir weggesperrt, fernab von allem und jedem. Dein Vater erzählt uns, wie die Welt aussieht, aber wir dürfen sie nicht sehen. Warum eigentlich nicht?«

»Wir haben doch alles, was wir brauchen. Du hast *mich*.«

Das Mädchen strich ihm zärtlich über die Wange, auf der sich der erste Bartflaum abzeichnete. »Ich weiß, aber ich möchte mit dir an einem anderen Ort leben, nicht hier.«

Michelis Miene verfinsterte sich. »Ich finde es nicht gut, was du da redest. Hier hast du deine Familie, möchtest du wirklich alle verlassen? Von jetzt auf gleich?«

»Hast du dich je gefragt, warum die uns zwingen, so zu leben?«

Der junge Mann schüttelte Esdra mit einer heftigen Bewegung ab, sprang auf und pfiff nach dem Pferd. »Dein Ton gefällt mir nicht, Esdra. Du redest Schwachsinn … Hier ist deine Heimat und deine Familie. Wer zum Teufel ist schon da draußen? Wer würde dort für dich sorgen?«, sagte er grob und wies mit dem Kinn in die Ferne jenseits der Berge. »Ich sage es dir: niemand.«

»Ich wollte dich nicht wütend machen.«

Micheli schüttelte nur zornig den Kopf und sattelte stumm das Pferd.

»Komm schon«, drängte er sie schroff. Er half ihr beim Aufsteigen, schwang sich hinter ihr aufs Pferd und trieb es dann im Trab mit übermäßigem Einsatz der Peitsche über die Maultierpfade durch die Felder hinauf zur Siedlung der Ladu.

Auf dem gesamten Heimweg sagte keiner von ihnen ein Wort.

Michelis Herz war aufgewühlt. Esdras Worte hatten alte Zweifel in ihm wachgerufen, bittere Fragen, auf die er nie eine Antwort gefunden hatte.

Und wenn Esdra recht hatte?

Gequält von diesen Fragen peitschte er noch heftiger auf das Pferd ein und versuchte vergeblich, nicht darüber nachzudenken.

»Sehen wir uns heute Abend?«, fragte das Mädchen, als er sie am Ortsrand absteigen ließ.

»Nein. Heute Nacht muss ich mit meinem Vater irgendwohin«, sagte er schroff.

»Wohin?«

»Geh nach Hause, Esdra, und sieh zu, dass du schnell vergisst, was du zu mir gesagt hast«, sagte Micheli, um dann in Richtung Ställe zu verschwinden, ohne sich noch einmal umzudrehen.

45

Viale Europa, Cagliari

Oben auf dem Hügel schien es, als läge einem Cagliari zu Füßen. Es wurde langsam dunkel, und von diesem natürlichen Aussichtspunkt konnte man den Teppich aus zahllosen Lichtern erkennen, der sich über die Hauptstadt Sardiniens legte. Der Ausblick war atemberaubend.

»Das ist die berühmteste Allee von Cagliari. Hier gibt man sich den ersten Kuss, trifft sich mit Freunden, feiert wichtige Anlässe … Von hier oben sieht man praktisch die ganze Stadt«, erklärte Mara, während sie ihren Mantel enger um sich zog.

»Es ist großartig. Wirklich!«

»Sie ist zu spät«, stellte Mara mit einem Blick auf ihre Uhr fest. »Sie müsste schon hier sein.«

Eva konnte den Blick nicht von dieser wunderbaren Aussicht abwenden. Dann sagte sie: »Du hast mir noch gar nicht gesagt, was du über Farcis Entscheidung denkst.«

Mara zuckte mit den Schultern: »Was soll ich dazu sagen? … Das ist reine Zeitverschwendung.«

Die beiden Beamtinnen hatten ihrem Vorgesetzten detailliert den Tag geschildert, den sie gemeinsam mit Barrali verbracht hatten, und dabei nichts ausgelassen, auch nicht dessen verwirrten Zustand, nachdem sie Carbonia verlassen hatten. Trotz ihrer Zweifel daran, die Fälle lösen zu können, war Farci gegen ihren Vorschlag der Archivierung gewesen: Er wollte dem alten Kollegen wenigstens noch eine Chance geben.

»Die Opfer wurden nie identifiziert«, hatte er beharrt. »Das darf nicht sein. Ich erwarte zumindest, dass eine DNA-Analyse an den Leichen durchgeführt wird oder genauer gesagt an ihren Überresten.«

»Das heißt also …«

»Du weißt, was das heißt, Rais. Und das war kein Vorschlag … Ich habe schon die Staatsanwaltschaft informiert. Geht die Sache so schnell wie möglich an, auch wenn es nur pro forma ist, damit der alte Mann endlich Ruhe findet. Er dreht ja langsam durch, na, ihr wisst schon, was ich meine.«

Daraufhin waren die beiden Beamtinnen hinunter ins alte Archiv des Präsidiums gegangen, hatten gemeinsam einen Antrag auf Exhumierung der Leichen mit anschließender DNA-Analyse an den Überresten aufgesetzt und ihn an den für die Abteilung *Cold Cases* zuständigen Staatsanwalt weitergeleitet. Dieser hatte anscheinend nicht viel zu tun, denn er hatte in weniger als zwei Stunden geantwortet, dass er den Auftrag an einen Gerichtsmediziner und einen Genetiker beim Institut für Rechtsmedizin in Cagliari erteilt habe, die nun innerhalb von zwei Monaten ihre Gutachten abgeben sollten. Außerdem hatte er die Exhumierung der beiden namenlosen Opfer angeordnet, die auf den Friedhöfen von Orune und Vallermosa begraben waren.

»Na, Barrali wird jedenfalls zufrieden sein«, sagte Eva jetzt.

»Da ist seine Frau … Komm, hören wir mal, was sie will.«

Die beiden gingen auf Grazia Loy zu, die Mara telefonisch um ein Treffen gebeten hatte. Die drei Frauen begrüßten einander und setzten sich auf eine Bank dort oben auf dem Hügel mit Blick auf die Stadt, über die sich von einer Minute zur anderen die Dunkelheit herabsenkte.

»Danke, dass ihr euch die Zeit nehmt«, sagte Grazia.

»Gern geschehen. Wie geht es Moreno?«, fragte Eva.

Grazia schüttelte nur stumm den Kopf. »Ich … habe ihm

nichts von unserem Treffen erzählt. Das würde er nicht wollen.«

Mara und Eva tauschten einen leicht fragenden Blick.

»Ich bin sicher, dass er seine Krankheit euch gegenüber nicht erwähnt hat.«

»Meinst du den Tumor? Na, er ist nicht ins Detail gegangen, aber ich würde sagen, das springt doch gleich ins Auge, leider …«

»Nein, Mara. Davon rede ich nicht.«

»Nicht?«, schaltete sich Eva ein. »Also weiter wissen wir nichts.«

»Das dachte ich mir … Moreno leidet unter etwas, das man Lewy-Körper-Demenz nennt. Das ist eine neurodegenerative Krankheit, eine Altersdemenz, so ähnlich wie Alzheimer. Sie führt in verhältnismäßig kurzer Zeit zu einem Abbau der kognitiven Fähigkeiten, zu Erinnerungsstörungen, starken Schwankungen in der Aufmerksamkeitsspanne, Paranoia, Unruhe, Panikattacken, Wahnvorstellungen, Zittern im Ruhezustand und vielen anderen schlimmen Symptomen.«

Mara und Eva waren sprachlos, diese Informationen mischten die Karten völlig neu.

»Es besteht keine Verbindung zu dem Tumor, aber wahrscheinlich beschleunigt der Krebs das Fortschreiten der Demenz … Moreno hat es verheimlicht, um seine Stelle nicht zu verlieren. Nicht einmal mir hat er es erzählt, ich habe es selbst herausgefunden.«

Hinter der äußeren Gelassenheit der eleganten Frau erkannte Eva das ganze Ausmaß ihrer Sorge und der Angst, weil sie das alles allein durchstehen musste. Sie fühlte Mitleid mit ihr, aber sie bewunderte Grazia auch, denn sie wusste genau, wie hart diese existenzielle Leere war, die einen erfüllt, wenn man ohnmächtig dabei zusehen muss, wie ein kranker Mensch immer weiter verfällt.

»Niemand weiß, wie schnell es gehen wird, oder ob der Tumor ihn umbringt, bevor sein Sinn für die Realität vollkommen verschwindet, aber ich kann euch sagen: Mit jedem Tag verliere ich ein Stück von ihm. Und ich muss dabei zusehen, es geschieht direkt vor meinen Augen. Als ob er sich allmählich zurückentwickeln würde.«

»Ich nehme an, es gibt keine Heilung …?«, begann Mara.

»Man kann nur versuchen, die Krankheit in Schach zu halten, sie medikamentös zu verlangsamen, aber man kann sie nicht stoppen.«

»Ehrlich gesagt, uns ist gestern auch aufgefallen, dass etwas mit ihm nicht stimmt«, sagte Eva.

»Und ihr könnt euch nicht vorstellen, wie sehr ihn das aus der Bahn geworfen hat und wie tief er sich gedemütigt fühlte, weil sein Verstand ihn gerade in eurer Gegenwart im Stich gelassen hatte. Das ist für ihn am schmerzhaftesten: Er bekommt genau mit, was mit ihm passiert. Alles. Und das zerstört ihn allmählich …«

»Verdammt, das tut mir unendlich leid. Er ist ein so kluger Mann, und abgesehen von dem Nachmittag kam er uns immer sehr klar im Kopf vor«, versicherte Mara. »Wir … gibt es irgendetwas, das wir tun können?«

»Ich weiß es nicht. Ich weiß nicht einmal, warum ich hergekommen bin, aber ich hielt es für richtig, dass ihr Bescheid wisst. Und selbst wenn die Neurologen da anderer Meinung sein dürften, glaube ich, dass seine Besessenheit für diese Fälle ihn krank gemacht hat.«

»Du meinst die beiden ungelösten Mordfälle?«

»Ja. Die treiben ihn um, seit ich ihn kenne. Diese Sache wird ihn umbringen. Und das meine ich ganz wörtlich.«

Eva musste an die »Höhle der Bestie« denken, wie Mara einmal sehr treffend den Ort genannt hatte, an dem Barrali das ganze Material über die alten Fälle aufbewahrte: Wenn jemand sich Tag für Tag bewusst dort isolierte, musste ihn das auf lange Sicht krank machen, davon war Eva ebenfalls überzeugt.

»Das heißt, du willst, dass wir die Fälle nicht wiederaufnehmen?«, fragte Eva.

»Ich weiß es nicht, und ich glaube nicht einmal, dass die Entscheidung darüber in eurer Hand liegt. Ich möchte nur, dass er damit abschließt, dass er ernsthaft daran denkt, sich behandeln zu lassen und endlich diese Hölle hinter sich lässt.«

»Und wie könnten wir ihn davon überzeugen, das zu tun?«, wollte Mara wissen.

»Indem ihr ihm sagt, dass ihr jetzt für ihn übernehmt und dafür sorgt, dass der Gerechtigkeit Genüge getan wird«, sagte Grazia Loy und sah sie bittend an.

46

Valle delle anime, Oberland der Barbagia

Sobald sie den dichten Wald hinter sich ließen, waren sie vom Raunen des Windes umgeben, der durch die Felsspalten blies und so für eine unheimliche Geräuschkulisse sorgte. Fast wirkte es, als wollte die Natur um sie herum sie warnen, weiter in dieses uralte Land vorzudringen und das unsichtbare Tor zwischen Gegenwart und Vergangenheit zu durchschreiten. Das Heulen des Windes, das hypnotisierende Zirpen und Summen der Insekten und die anderen nächtlichen Laute bildeten einen Geräuschteppich, aus dem das trockene Knacken der Eicheln unter ihren schweren Stiefeln auf den Felssteigen hervorstach.

Geschickt wie eine Bergziege folgte Micheli dem Vater auf diesen unwegsamen Pfaden, die für das Vorankommen von Menschen eigentlich ungeeignet waren. Er war sehr aufgeregt, denn diesen Moment hatte er sein ganzes Leben lang herbeigesehnt. Die vom Wind gepeitschten Bäume und Büsche der Macchia setzten intensive Aromen frei: Der Junge nahm besonders deutlich wilde Myrte wahr, deren Duft jeden Atemzug zu einem vitalisierenden Tonikum machte und ihn nach diesem kräftezehrenden Aufstieg erfrischte. Die beiden Ladu schalteten die Taschenlampen ein, da die Dunkelheit sich immer mehr verdichtete, und der Junge bemerkte in den Baumrinden eingeritzte Symbole: Halbmonde, Spiralen, Stierköpfe, *pintaderas* und noch andere geheimnisvolle Zeichen, die einen Initiationsweg zu weisen schienen.

Kurz darauf fiel der Lichtkegel von Michelis Taschenlampe auf die ersten Opferpfosten: An ins Erdreich gerammten Stöcken baumelten stinkende Karkassen von Wildtieren und Vögeln, in denen es von Maden wimmelte. Bis vor ein paar Jahren war er selbst zusammen mit seinen Vettern damit betraut gewesen, diese Grenze des Todes zu errichten, die – so sagten zumindest die Ältesten – eine Art Schutzschild schuf, ein unüberwindliches Hindernis, das alle Nicht-Initiierten davon abhalten sollte, dieses heilige Gebiet zu betreten. Für sie war es damals eher ein Spiel gewesen, die kleinen Tiere aufzuspießen und danach regelmäßig zu ersetzen, sobald durch die Witterungseinflüsse das Fleisch von ihnen abgefallen war; keiner von ihnen hatte den Sinn dieses makabren Rituals verstanden, dem die Alten so viel Bedeutung beimaßen.

Als der Junge die unsichtbare Schwelle zwischen den Pfählen überschritt, merkte er, dass er plötzlich unter der dicken Wolljacke eine Gänsehaut bekam. Er war noch nie so weit ins Tal der Seelen vorgedrungen, da ihm das bis jetzt strengstens untersagt gewesen war; nur einige Erwachsene der Ladu waren dazu auserwählt, darunter sein Vater.

»*Bene istas?*«, fragte ihn unvermittelt Bastianu.

»Ja, *ba'*. Mir geht es gut.«

»Dann hör auf, in der Gegend rumzugaffen; pass lieber auf, wohin du deine Füße setzt. Ehe man sich's versieht, kann man das Gleichgewicht verlieren und in den Abgrund stürzen. Hier unten türmen sich die Skelette der Ladu, die aus Unachtsamkeit gestorben sind.« Bastianu war nun in die *limba antica* gewechselt, die alte Sprache, die in ihrer Familie gesprochen wurde. »Keiner hat sich je die Mühe gemacht, sie zu bergen, denn diese Kluften sind zu tief.«

Eingeschüchtert von der Aussicht hinabzustürzen, nickte Micheli und betrachtete mit respektvollem Schaudern die Spalten in den Granitfelsen.

Sie kamen nur langsam vorwärts, doch nach und nach erreichten sie die höheren Regionen. An den Ästen der vereinzelten Bäume, an denen sie auf ihrem Weg vorbeikamen, bemerkte Micheli primitive Windspiele aus Tierschädeln an Rindersehnen; wie sie so im Wind hin und her schwangen, sah es fast so aus, als lachten die Totenköpfe. Micheli merkte, wie ihm die Suppe aus Kichererbsen und Speck vom Abendessen wieder nach oben kommen wollte; um sich nicht zu übergeben, konzentrierte er sich ganz darauf, nicht auf dem glitschigen Moos, das den felsigen Granitboden überzogen hatte, auszugleiten und sich den Knöchel zu verstauchen.

Als sein Vater ihm das Zeichen gab anzuhalten, bemerkte der Junge, dass anstelle des mineralischen Felsgeruchs nun ein Gestank von modriger Feuchtigkeit in der Luft lag, dessen Ursprung er allerdings nicht ausmachen konnte.

»Wir sind da«, verkündete Bastianu.

Micheli schaute sich verwirrt um: Er konnte nichts anderes als eine Felswand aus Schiefergestein entdecken. Als sein Vater sich bückte und er mit der Taschenlampe zu ihm hinleuchtete, bemerkte er eine Höhle, die vollkommen von Pflanzen verdeckt war und von der dieser faulige Gestank aufstieg.

»Da sollen wir runter?«, fragte er ungläubig, während er den Eingang der Höhle betrachtete.

Bastianu gab keine Antwort. Mit beiden Händen schob er das dornige Wacholdergestrüpp beiseite und ließ sich in diese felsigen Tiefen gleiten, die das uralte Gedächtnis ihrer Ahnen verbargen.

Nachdem Micheli in der raunenden Nacht allein zurückgeblieben war, nahm er schließlich seinen Mut zusammen und schlüpfte ebenfalls durch die Enge hinab in den Bauch des Berges; dabei fragte er sich, wie zum Teufel sein hünenhafter Vater dort hindurchgepasst hatte. Im Inneren des Felsens schien die Luft zu stehen, und der faulige Atem des

Berges war so intensiv, dass es ihm beinahe den Magen umdrehte. Hier schien die Temperatur um einige Grade niedriger als draußen. Der Junge wickelte sich in seine Jacke, um sich zu wärmen.

»Angst?«, fragte Bastianu leicht ironisch. Seine tiefe Stimme kam in hundert Echos von den Wänden zurück. Sobald er die Worte ausgesprochen hatte, verwandelten sie sich in Dunstschwaden.

Micheli schüttelte den Kopf und folgte seinem Vater in den karstigen Schlund. Nach wenigen Metern hob Bastianu eine Fackel vom Boden auf und entzündete sie. Die zuckende Flamme erhellte die unterirdische Höhle und scheuchte eine Kolonie von Fledermäusen auf, die nun aufgeregt über ihren Köpfen flatterten.

»Kümmer dich nicht drum … Hier ist der Ort, an dem unsere Vorfahren lebten und Zuflucht fanden.«

»Wie lange ist das her?«, fragte der Junge.

»Sechs-, siebentausend Jahre. Vielleicht sogar noch länger.«

»Warum sind wir hier runtergeklettert?«

»Du stellst zu viele Fragen, Junge. Sei still und folge mir.«

Micheli gehorchte. Er hüllte sich in vollkommenes Schweigen und heftete sich an die Fersen seines Vaters, der sich in der Dunkelheit der Höhle so sicher bewegte wie die Fledermäuse, die um sie herumschwirrten. Einige Minuten später blieb Bastianu stehen und trat beiseite, damit sein Sohn freie Sicht hatte.

Micheli nahm die Fackel, die sein Vater ihm hinhielt, und leuchtete in die Höhle, die sich vor ihnen auftat. Und was er sah, ließ seinen Atem stocken.

47

Viale Europa, Cagliari

Meinst du, die beiden haben deswegen keine Kinder bekommen?«, fragte Mara und brach damit das Schweigen, das sich zwischen ihnen ausgebreitet hatte, seit Grazia Loy gegangen war. »Wegen dieser Fälle?«

»Ja, das kann sein«, erwiderte Eva, die neben ihr auf der Bank saß und den Blick über die Stadt schweifen ließ, die dort in der Dunkelheit versank. »An Grazias Stelle hätte ich es mir auch zweimal überlegt, ob ich ein Kind in die Welt setze, wenn ich weiß, dass mein Mann mit dem Kopf immer woanders ist, versunken in einer düsteren Welt voller Gewalt. Aber wer weiß, vielleicht haben sie auch keine bekommen können.«

»Hör mal, fühle nur ich mich so beschissen, oder …«

»Nein, mir geht es genauso, Rais.«

»Der arme Kerl …«

»Stimmt … Meinst du, wir sollten es Farci erzählen?«, fragte Eva.

Mara dachte kurz darüber nach. »Ich weiß nicht … Diese Sache mit der Demenz ändert ja nichts. Alle Spuren in den beiden Mordfällen sind bestenfalls kalt, wenn nicht eiskalt … Ich bereue jetzt schon, dass ich Grazia zugesagt habe.«

»Was denkst du, woher kommt dieser Drang bei Moreno, unbedingt herausfinden zu müssen, wer der Schuldige ist und was hinter diesen Fällen steckt? Meinst du nicht auch, das ist ein wenig überzogen?«, fragte Eva. »Ein zwanghaftes Bedürfnis?«

»Was soll ich dir sagen … Ich weiß es nicht.«

»Wenn wir mit Farci reden, wird er wahrscheinlich anordnen, dass wir Barrali aus den Ermittlungen heraushalten.«

»Darauf kannst du wetten.«

»Und das würde Moreno umbringen, und zwar noch schneller als der Tumor.«

»Aber wenn wir es für uns behalten und er es irgendwie spitzkriegt, bringt Farci uns um.«

»Ein verfluchtes Dilemma.«

»Wir machen es so: Lass uns eine Nacht darüber schlafen, und morgen entscheiden wir dann, wie wir vorgehen«, sagte Mara und stand auf. »Ich muss jetzt los. Sara bei meinen Eltern abholen.«

»Gibt es irgendwas Neues über Dolores?«

»Nein, noch nichts.«

»Was für ein Gefühl hast du diesbezüglich?«

Maras Gesicht verfinsterte sich. »Ein schlechtes … ein ganz schlechtes.«

»Dann sind wir schon zwei.«

48

Höhlen der Göttin, Oberland der Barbagia

Sie befanden sich in einem weitläufigen unterirdischen Heiligtum: eine paläolithische Nekropole, ein steinernes Amphitheater mit Hunderten in den Fels gehauenen Nischen, deren schmale Türöffnungen Grabkammern für Einzelbestattungen erahnen ließen.

»Gehen wir runter«, sagte Bastianu sehr leise, als wollte er die archaische Stille, die in den Höhlen herrschte, nicht brechen; es schien, als sei dieser Ort aus der Zeit gefallen.

Micheli leuchtete in die Vorräume zu den Zellen, die reich geschmückt waren; es gab spiralförmige Motive zu sehen, Wolfszähne überzogen mit rotem Ocker – der Farbe der Wiedergeburt –, Stierköpfe, Felszeichnungen, Scheintüren, die den Zugang zum Jenseits symbolisierten und einige Symbole der Muttergöttin, die der Junge im Museum von Senorbì gesehen hatte. Ihre Vorfahren hatten diese Nischen gegraben und auch Borde und Rundtische untergebracht, um dort die Opfergaben und Grabbeigaben für die Verstorbenen ablegen zu können: Vasen, Ketten, kleine Statuen, Waffen und Masken zierten die Gräber. Der Junge war sprachlos. Er spürte in allem um ihn herum eine fremde Gegenwart, als ob auf einmal eine ungeheure Macht ihn durchdringen und mit aller Kraft anziehen würde. Die Katakomben erstreckten sich über ein Labyrinth von Karsthöhlen, die den Schoß des Berges ausfüllten; die Tiefen, in die sie hinabführten, erschreckten ihn, aber gleichzeitig war er unwiderstehlich von ihnen fasziniert und wollte sie bis an ihr Ende erkunden.

»Hier ruhen unsere Vorfahren«, raunte Bastianu.

Immer noch staunend nickte Micheli. Er hätte sich niemals vorstellen können, dass ihr Land über einer prähistorischen Grabstätte von einer solchen Ausdehnung lag; genauso wenig war ihm bewusst gewesen, dass ihre Familie schon so alt war.

»Komm«, sagte der Vater und legte ihm eine Hand auf die Schulter, um ihn zum Weitergehen aufzufordern. »Wir sind erst am Anfang.«

Sie gingen weiter und kamen auf ihrem Weg an immer größeren Grabkammern vorbei. Auch die Darstellungen an den Felswänden änderten sich: Hier fanden sich vor allem Reliefs mit Motiven von Kandelabern, Totenschädeln, die den Schlaf der Verstorbenen schützen sollen, und Mischwesen aus Mensch und Tier mit Stierhörnern. Je weiter sie dem Pfad in die Tiefe folgten, desto stickiger wurde die Luft, teilweise konnte Micheli kaum atmen. Gerade als er seinem Vater gestehen wollte, dass er eine Pause brauchte, nahm Bastianu ihm die Fackel ab und beleuchtete die etwa zwei Meter große Kammer, die den Abschluss der Nekropole bildete.

»Erinnert dich das an etwas?«, flüsterte er.

Vor ihnen stand auf einer Art Opferaltar mit Spiralreliefs eine makellose Nachbildung der Muttergöttin von Turrìga in Lebensgröße. Von der Statue, die sie im Museum gesehen hatte, unterschied sie sich allerdings nicht nur durch ihre Höhe von ungefähr einem Meter sechzig, sondern auch durch die Farbe und das Material: Die Göttin, die sie beinahe anzusehen schien, glänzte in einem tiefen Schwarz, denn sie war aus Obsidian.

Micheli spürte deutlich, dass die seltsame elektrisierende Spannung, die ihn in dem Moment durchfahren hatte, als er die Höhlen betreten hatte, von dieser Statue ausging. Ohne dass er es wahrnahm, liefen ihm Tränen über die Wangen. Es schien ihm, als stünde er nicht einem Stück Stein gegenüber, sondern einem lebendigen Wesen, von dem eine übernatürliche, ewige und unveränderliche Kraft ausging.

»Nun weißt du, was die Ladu sind, mein Sohn: Wir sind die Wächter der Göttin, und zwar seit dem Anbeginn der Zeiten«, sagte Bastianu in *limba antica*, ihrer ureigenen Sprache, die in jedem Wort das Gewicht der Jahrtausende in sich barg; in diesem Moment wurde Micheli sich dessen so deutlich bewusst wie noch nie zuvor. »Das hier ist unsere Aufgabe. Diesen Ort zu bewahren, die Mutter zu ehren und sie zu nähren, wenn sie hungrig ist.«

»Sie zu nähren?«, fragte der Junge, der die Augen nicht von der Schwarzen Göttin abwenden konnte.

Bastianu packte Micheli an einem Arm und löste ihn aus seiner ekstatischen Starre. Dann führte er ihn zur Felswand hinter der Statue.

Ihre Vorfahren hatten dort über die gesamte Länge Petroglyphen geschlagen: Zeichen und Bilder, die eine Sternennacht darstellten, und darunter Frauengestalten, die fast wie folgsame Tiere auf dem Boden kauerten, die Hände hinter dem Rücken verschränkt, nackt; die Gesichter waren von Ziegenbockschädeln verdeckt, und aus ihren Kehlen sprudelte Blut, das sich in rotem Ocker auf den Felsen ergoss. Es waren viele Frauen, sie alle knieten vor einem reliefhaft ausgeformten Abbild der Schwarzen Göttin, zu der das Blut der Priesterinnen floss, wie Wasser, das die Wurzeln einer Pflanze tränkt.

Bastianu führte die Fackel noch näher an eine bestimmte Stelle der Felszeichnung heran und machte den Sohn auf eine anthropomorphe Gestalt aufmerksam, deren Gesicht hinter einer Stiermaske verborgen war. Dieses Wesen trug ein Fell und stand aufrecht vor der Göttin, in der Hand ein Messer.

»Das ist der *mazzamortos*, der Fährmann der Seelen. Wenn

die Mutter hungrig ist, dann nähren wir sie. Wir machen das schon immer, seit diese Zuflucht hier vor Jahrtausenden geschaffen wurde«, erklärte er seinem Sohn. »Mein Großvater und ich waren die letzten Wächter, die letzten *mazzamortos*. Und nun bist du an der Reihe …«

49

Carbonia

Maurizio Nieddu hatte mit einer gewissen Genugtuung beobachtet, wie Adele Mazzotta, die zuständige Staatsanwältin, jeden Moment blasser wurde, während sie verstört und fassungslos im gruseligen »Arbeitszimmer« des Gurus umherlief.

Das hatte die Scheißtussi jetzt davon.

Als die Frau sagte, sie brauche einen Moment, um sich zu fassen und ein bisschen frische Luft zu atmen, nickte er verständnisvoll und nutzte die Zeit, um mit dem Handy alles zu fotografieren, was er dort vorgefunden hatte, auch die Masken und die Wände. Die Fotos schickte er per WhatsApp an Mara Rais mit der Nachricht: *So sieht es im Haus von Melis aus, dem Guru der Nuraxia-Sekte. Erinnert dich das an was? Das Material ist aber im Moment noch streng vertraulich.*

»Geht's wieder?«, fragte Nieddu die Staatsanwältin, als er zu ihr nach draußen trat.

»Erzählen Sie mir doch noch mal, wie Sie Kenntnis davon erlangt haben«, forderte sie ihn auf, sichtlich darum bemüht, ihre Selbstbeherrschung wiederzuerlangen.

»Wir erhielten einen Hinweis per Telefon. Jemand, der seinen Hund ausführte, hatte Geräusche gehört, die aus dem Haus kamen, und sagte, er habe eine Person hinausschleichen sehen. Wir haben einen Streifenwagen hingeschickt, und die Kollegen haben deutliche Spuren eines Einbruchs gefunden. Die beiden Beamten sind dann ins Haus gegangen, um sich umzusehen und festzustellen, ob es Opfer gab, und dabei haben sie die Zeichnungen an den Wänden und alles Übrige entdeckt. Anschließend haben sie mir Bericht erstattet«, führte Nieddu aus. Dabei ließ er natürlich unerwähnt, dass der Anruf in der Telefonzentrale des Kommissariats von einem pensionierten Kollegen kam, dem er genau eingeschärft hatte, was er am Telefon sagen sollte.

Adele Mazzotta tat so, als würde sie ihm die Geschichte abnehmen. Sie war noch vollkommen verstört wegen der Fotos von den nackten Neonuraghikern im Wald, den Gesichtern, die hinter grauenerregenden Masken verborgen waren, den Orgien inmitten von megalithischen Steinkreisen und auf Gigantengräbern, ganz zu schweigen von den Zeichnungen an den Wänden. »Fordern Sie die Hunde von der Drogenfahndung an, dann schauen wir mal, ob wir etwas finden, das wir gegen Melis verwenden können. Wir sollten auch eine Vorladung für diesen Bastard ausstellen und eine Suche mit Drohnen einleiten, aber das Ganze darf nicht an die Öffentlichkeit dringen«, sagte sie entschlossen. »Gott bewahre, dass das arme Mädchen wirklich in der Gewalt dieser Irren ist, aber wenn es doch so ist und sie merken, dass wir ihnen auf der Spur sind, könnte sie darunter zu leiden haben.«

Na, endlich kommst du mal in die Puschen, Dornröschen, dachte Nieddu.

»Betrachten Sie es als erledigt, Dottoressa«, sagte er laut.

»Heute ist der 1. November«, fuhr Adele Mazzotta wie in Gedanken fort. »In dieser Nacht wurden doch vor Jahren die Opfer dieser seltsamen Ritualmorde gefunden?«

»Genau, *sa die de sos mortos*.«

»Ich hoffe von ganzem Herzen, dass ich mich irre, aber ich habe ein ungutes Gefühl …«, sagte die Staatsanwältin. »Nehmen Sie alles auf und schicken Sie das gesamte Material an das Präsidium in Cagliari. Wir benötigen auch deren Unterstützung bei der Suche, deshalb sollten sie besser sofort Bescheid wissen, womit wir es zu tun haben.«

»Ich kümmere mich sofort darum, Dottoressa«, sagte Nieddu und ging zu seinem Wagen.

»Noch etwas, Commissario.«

»Ja, bitte?«

»Ich habe mir die Akte von Melis angesehen. Er wurde mehrfach wegen Vergewaltigung und sexueller Belästigung angezeigt, aber sämtliche Anklagen wurden niedergeschlagen und die Fälle eingestellt. Können Sie sich vorstellen, warum das so ist?«

»Ich befürchte, dass unter den Anhängern der Sekte nicht nur Spinner und Verzweifelte auf der Suche nach Antworten und Heilung sind, sondern auch Leute mit Einfluss … Und ich habe den Verdacht, Melis steht unter dem Schutz von sehr mächtigen Leuten.«

50

Archiv, Polizeipräsidium Cagliari

Schon seit dem frühen Morgen waren Mara Rais und Eva Croce in ihre jeweiligen Ermittlungsakten vertieft, telefonierten mit der Kfz-Zulassungsstelle, dem Einwohnermeldeamt und anderen kommunalen Behörden, um herauszufinden, ob Verdächtige und Beschuldigte aus Fällen, die sich vor zwanzig Jahren zugetragen hatten, noch lebten, und um dann bei den Staatsanwälten Anträge auf DNA-Analysen zu stellen. Keine der beiden Frauen hatte bisher das Gespräch mit Barralis Ehefrau erwähnt, als wären sie in dieser Sache noch zu keiner Entscheidung gekommen.

»Puh …«, stöhnte Mara, nachdem sie endlose Fehlschläge hinter sich hatte. »Ist wirklich cool, bei den *Cold Cases* zu arbeiten: Ich habe praktisch einen Sekretärinnenjob.«

»Und wir haben gerade erst angefangen.«

»Magst du einen Kaffee?«

»Noch einen? Soll ich einen Herzinfarkt bekommen?«

»Jeder Vorwand ist gut, um ein paar Minuten aus diesem Loch rauszukommen.«

Eva streckte sich so heftig, dass man ihre Rückenwirbel knacken hörte. »Kann ich dich was fragen?«

»Klar. Willst du die Telefonnummer eines guten Stylingberaters? Weißt du, die Mode ist nämlich nicht in der Punk-Ära stehen geblieben …«

»Schon gut, vergiss es«, sagte Eva und vertiefte sich wieder in ihre Akten.

»Komm schon, was wolltest du denn?«, fragte Mara.

»Meine Fälle, und das sind ungefähr fünfzehn, drehen sich allesamt um Familienstreitigkeiten oder Straftaten im häuslichen Bereich.«

»Meine auch.«

»Siehst du … Gibt es hier keine lokale Verbrechensszene? Ich meine, wie kann es sein, dass die Mafia in Sardinien nicht existiert?«

»Glaub jetzt nicht, Sardinien sei eine Insel der Seligen. Vielleicht war es früher mal so, aber heute wird der Norden von der russischen Mafia kontrolliert, und die Leute von der einheimischen Mafia, vor allem von der ’Ndrangheta, waschen eine Menge Schwarzgeld, indem sie an der Costa Smeralda Hotels kaufen, Touristensiedlungen bauen, Restaurants aufmachen und so weiter.«

»Aber ihr habt hier keine eigene mafiöse Organisation wie in Sizilien oder Kalabrien?«

»Nein. Ich bin zwar keine Soziologin, aber ich glaube, dass die Strukturen der Mafia hier nie Fuß fassen konnten, weil es immer eine starke Tradition der Hirten und Bauern gab, bei denen der Sinn für Selbstjustiz tief verwurzelt ist.«

»Ich verstehe nicht, worauf du hinauswillst.«

»Hast du jemals vom Ehrenkodex der Blutrache der Barbagia gehört?«

»Nein, aber das klingt ziemlich heftig.«

»Du sagst es … Auf Sardinien, vor allem in der Barbagia und auch sonst im Landesinneren, war Gerechtigkeit schon immer eine persönliche Angelegenheit, die man weder dem Staat noch einer anderen Macht überlassen konnte, also auch keiner Form von Mafia. Die Sarden hatten seit jeher eine Abneigung gegen die Staatsgewalt und haben sich teils auch mit Gewalt gegen jeden Machtmissbrauch aufgelehnt.«

»Also, wenn du willst, bist du richtig gut.«

»Ach, leck mich … Such dir doch ein Tutorial auf YouTube. Ich geh jetzt einen Kaffee trinken.«

»Nein, tut mir leid, erzähl weiter. Ich schwöre, ich werde dich nicht mehr unterbrechen. Ich möchte das wirklich verstehen.«

Mara warf ihr einen vernichtenden Blick zu und fuhr mit ihren Erklärungen fort: »Die agropastorale Gesellschaft der Barbagia, aber nicht nur die, war geprägt von einem Ehrenkodex und dem Gebot der Blutrache, aber das war immer eine individuelle Geschichte oder betraf Streitigkeiten zwischen Familien. Bestimmt hast du schon von den endlosen, blutigen ›Faide‹ gehört, den Fehden, die die Geschichte Sardiniens geprägt haben.«

»Ja.«

»Genau. Es existierte ein nur mündlich überlieferter Kodex, eine Reihe von Verhaltensregeln, die die Blutrache in bestimmten Situationen und mit genauen Abläufen rechtfertigten …«

»Und was war mit der Polizei? Mit dem Staat?«

»Der Staat wurde als Eindringling, als Feind angesehen, dem man nicht trauen konnte. Deshalb regelte man alles unter sich. Der Sarde ist von Grund auf anarchisch, er duldet keine Form von Kontrolle und Machtmissbrauch. Inzwischen sind wir verweichlicht und kuschen vor jedem, aber früher war das anders.«

»Du sagst also, ihr hättet euch vor der Mafia-Plage gerettet, weil ihr vom Charakter her nicht passiv seid, Übergriffe und Erniedrigung nicht akzeptiert, wie es in anderen Regionen der Fall ist?«

»So ist es, und dazu kommt, dass wir eine solidarischere Vorstellung von Gemeinschaft haben. Sollte also jemand in Orten wie Orgosolo, Lula oder Desulo versuchen, Schutzgeld einzutreiben, weißt du, was dann passieren würde?«

»So was wie in ›High Noon‹?«

»Ja, so in der Art. Und deshalb hat die Mafia nur an den Küsten, im Norden Sardiniens Fuß gefasst, wo es kaum noch echte Sarden gibt. Dort tummeln sich eher Norditaliener, Osteuropäer oder Kalabresen.«

»Und hier im Süden? Gibt es in Cagliari keinerlei Mafiaeinflüsse?«

»Praktisch keine. Wir haben hier eine andere mafiöse Kultur, die viel weniger ins Auge fällt, aber deswegen nicht weniger tückisch und schädlich ist. Wir nennen sie kurz ›die großen Drei‹.«

»Und wer soll das sein?«

»Freimaurerlogen, Bauunternehmer und die hohen Tiere des Gesundheitswesens. Ein gesellschaftlicher Block mit unangreifbarer Macht, der diese Stadt dank seines dichten Protektionsnetzwerks seit jeher im Verborgenen regiert. Eine alteingesessene Wirtschaftsoligarchie, die über das Wohl und Wehe in Cagliari bestimmt.«

»Auch heute noch?«

»Aber sicher. Eine Machtgruppierung, fast wie eine Sekte, die im Stillen operiert, höchstens ein Dutzend Familien, die die ganze Stadt kontrollieren vom Gericht bis zum Palazzo Sanjust, dem Sitz der Freimaurer, über Krankenhäuser, Universitäten, Banken, den Regionalrat und so weiter. Wenn du das Pech hast, dir einen davon zum Feind zu machen, hast du sie alle gegen dich.«

»Das Szenario, das du da beschreibst, klingt ziemlich beunruhigend.«

»Und ich habe dich noch geschont … Also, die Vorlesung ist zu Ende. Ich geh jetzt einen Kaffee trinken. Wenn du willst, komm mit, dann können wir auch gleich …«

Mara unterbrach sich, weil ihr Handy vibrierte. Sie öffnete eine WhatsApp und wurde plötzlich ganz blass.

»He, alles in Ordnung?«, fragte Eva.

Statt einer Antwort schloss Mara ihr Handy an den Computer an und winkte Eva zu sich. Sie öffnete eine Bildergalerie und zeigte ihr die Fotos.

»Schau. Die hat mir Nieddu, der Commissario aus Carbonia, gerade geschickt.«

»Woher sind die?«, fragte Eva kaum hörbar.

»Aus dem Haus von Melis, diesem Scheißkerl, dem Anführer dieser verdammten Sekte.«

Eva holte das Material, das Barrali über die Ritualmorde zusammengestellt hatte, und verglich die Fotos von den Tatorten mit den Zeichnungen an den Wänden in dem Haus.

»*Fill'e cani* … dieser Scheißkerl«, fluchte Mara, als sie die unglaublichen Ähnlichkeiten bemerkte. »Der steckt bis zum Hals da drin.«

»Stimmt. Und das hier können wir Farci nicht vorenthalten.«

Mara trommelte nervös mit den Fingern auf der Schreibtischplatte, dann nickte sie und nahm ihre Jacke und ihr Handy. »Lass alles stehen und liegen, wir hören mal, was unser großer Chef in der Sache unternehmen will.«

51

Territorium der Ladu, Oberland der Barbagia

Das Knistern des trockenen Laubs unter seinen schweren Stiefeln kündigte Bastianus Besuch an, noch ehe er die knarrende Tür der Hütte hinter den Myrtenbüschen und Hecken aus Feigenkakteen öffnete.

Es lag so viel Schmutz auf den Fensterscheiben, dass das Sonnenlicht kaum ins Innere der Hütte dringen konnte, aber das machte Benignu Ladu wenig aus: Er lebte inzwischen seit mehr als zehn Jahren im Reich der Dunkelheit.

»Sie ist fertig.« Die Stimme des alten Mannes übertönte das Prasseln des Holzofens. »Nur noch eine Sekunde …«

Bastianu sah seinem Großvater zu, wie er letzte Unebenheiten mit dem Meißel ausmerzte, und als er ihm die Maske reichte, war der Enkel wie immer überrascht von dem außergewöhnlichen Ergebnis, von der präzisen und makellosen Bearbeitung des Birnbaumholzklotzes, der sich nun in das anthropomorphe Abbild des Stiers verwandelt hatte.

Wie kann ein Blinder nur so ein Wunder schaffen?, fragte er sich, während er mit den Fingern über die spitzen Hörner und die glatt geschliffenen Augenschlitze fuhr.

»Hast du mit deinem Sohn gesprochen?«

»Noch nicht … Aber gestern habe ich ihn in die Höhlen geführt.«

Benignu nickte. »Sein Moment ist gekommen, Bastianu. Das war meine letzte Maske. Diese Hände können keine weiteren schaffen.«

Bastianu betrachtete die arthritischen Finger des alten

Mannes: Sie sahen mehr aus wie Krallen, so sehr hatte das Rheuma sie verkrüppelt und versteift. Es war wirklich ein Wunder, dass er blind und in seiner körperlichen Verfassung dieses Meisterwerk hatte schaffen können. Auf dem Rücken der rechten Hand fiel Bastianu wie immer die dicke halbmondförmige Narbe auf, die sich auf der Haut wölbte wie eine gestaute Ader.

»Wir verlangen von ihm ein großes Opfer«, wandte Bastianu ein, um seinen Sohn zu beschützen.

»Das ist seine Bestimmung, so wie es meine war, und die meines Vaters vor mir.« Benignus Stimme klang matt. Diese letzte Anstrengung schien ihn entkräftet zu haben.

»Ich werde später mit ihm darüber reden.«

Bastianu bedeckte die Maske mit einem schwarzen Tuch, er behandelte sie so sorgsam, als wäre sie ein lebendiges Wesen.

»Soll ich jemanden schicken, um dich abzuholen, *mannoi*?«

»Nein, ich will noch eine Weile allein sein ... Denk an meine Worte. Du sollst auch wissen, dass ich weiterhin Albträume habe. Das Land leidet. Es hat Hunger und Durst. Es bleibt keine Zeit mehr.«

»Nur keine Sorge.«

Als das Familienoberhaupt der Ladu die Hütte verließ, erhob sich ein Schwarm krächzender Raben. Bastianu schaute ihnen nach, wie sie sich im Türkis des Himmels verloren, und eine schlimme Vorahnung ergriff Besitz von ihm.

Er ist doch noch ein Junge. Wie kann ich ihn überzeugen, so etwas zu tun?, fragte er sich, während er die seltsamen Formen beobachtete, die die Vögel in ihrem Flug am Himmel zeichneten. Egal wie, ich muss einen Weg finden, und zwar schnell.

52

Archiv, Polizeipräsidium Cagliari

Farci sah von den schaurigen Bildern auf dem Computer der beiden Beamtinnen auf.

»Wirklich ein sympathischer Zeitgenosse, dieser Melis«, stellte er fest.

»Der klassische perfekte Ehemann, nichts als Heim, Kirche und Arbeit im Kopf«, stimmte Mara ihm zu.

»Nieddu lässt nach ihm fahnden. Offenbar könnte er auch in das Verschwinden von Dolores Murgia verwickelt sein. Was wisst ihr, das noch nicht in der Zeitung stand?«

»Das Mädchen ist vor etwa einer Woche verschwunden, und aus den Ermittlungen von Nieddu geht hervor, dass sie seit ein paar Monaten mit den Neonuraghikern Umgang hatte«, antwortete Mara.

»Laut Paola Erriu, einer Mitarbeiterin des Commissario, nahm sie Drogen. Durch Barrali wissen wir, dass innerhalb der Sekte Drogen konsumiert werden, vor allem um eine Trance herbeizuführen und mit den Geistern der nuraghischen Vorfahren in Verbindung zu treten«, führte Eva weiter aus. »Gut möglich, dass Dolores dort wegen ihrer Drogensucht beigetreten ist.«

»Ich habe gesehen, dass Melis in der Vergangenheit der sexuellen Belästigung und Vergewaltigung beschuldigt wurde«, sagte Farci. »Aber jemand hat sein Vorstrafenregister gesäubert. Das gefällt mir nicht. Ich habe Deidda gebeten, da weiter nachzuforschen, aber wahrscheinlich wird dieser Bastard von jemandem gedeckt.«

»Wollen Sie damit sagen, dass in der Sekte nicht nur verzweifelte Loser verkehren, sondern auch einflussreiche Persönlichkeiten?«, fragte Eva ungläubig.

»Reiche Leute sind seltsam – das weiß Mara noch besser als ich –, daher würde mich das überhaupt nicht überraschen … Meint ihr, dass der Guru etwas mit den Ritualmorden zu tun hat?«, hakte Farci nach.

»Er ist um die fünfzig. Theoretisch könnte er den Mord von '86 begangen haben, aber unserer Meinung nach ist er dafür zu jung … Den Mord davor können wir ausschließen – damals war er erst neun. Etwas frühreif für einen Serienkiller, oder?«, meinte Mara.

»Es sei denn, mehrere Menschen hätten die beiden Mädchen gemeinsam getötet«, überlegte Eva. »Das würde die Sache komplizierter machen.«

»Okay. Für den Moment kümmert ihr euch um die Akten, die man euch zugeteilt hat. Ich werde jemanden von der Mordkommission auf die Sekte ansetzen, um herauszufinden, seit wann es sie gibt und was für Leute sich in ihrem Dunstkreis herumtreiben. Habt ihr das hier«, Farci zeigte auf die Fotos auf dem Bildschirm, »schon Barrali gezeigt?«

Die beiden Beamtinnen tauschten einen verlegenen Blick.

»Nein«, erwiderte Eva.

»Beim gegenwärtigen Stand der Ermittlungen ist Moreno derjenige, der am besten mit der Materie vertraut ist. Bindet ihn ein: Ihm könnte etwas auffallen, das uns entgeht. Versucht ihn zu erreichen, und dann fahrt ihr morgen nach Carbonia. Nehmt ihn mit. Ich setze mich mit Nieddu in Verbindung.«

»Was genau sollen wir denn machen?«, fragte Mara, nicht gerade begeistert von der Aussicht, ihre Kollegin und den älteren Polizisten herumkutschieren zu dürfen.

»Falls die Staatsanwältin es zulässt, schaut euch um und dokumentiert alles, was eurer Meinung nach mit den Morden an den nicht identifizierten Mädchen in Verbindung stehen könnte. Auf den Bildern, die Nieddu geschickt hat, sind Fotos von nackten Menschen bei Nuraghen und Gigantengräbern zu sehen. Es wäre nicht schlecht, die Identität der Anhänger herauszufinden. Diese ganze Nuraxia-Sache stinkt zum Himmel.«

Die beiden Beamtinnen standen auf und wollten sich verabschieden.

»Wie läuft es mit den alten Fällen? Kommt ihr voran?«

»Wir sind immerhin schon weit genug, um zu wissen, dass uns das Ganze gehörig auf den Sack geht«, erwiderte Mara.

»Den Verkehr zu regeln kann einem auch gehörig auf den Sack gehen, ist dir das klar, Rais? Willst du eine persönliche Ermittlung durchführen und herausfinden, welcher von diesen beiden Jobs der miesere ist?«

»Reg dich ab, ich hab ja nur Spaß gemacht.«

»Ich nicht. Also sieh zu, dass ihr das ordentlich hinkriegt.«

Mara nahm Habachtstellung ein und knallte die Hacken zusammen. »Aye, aye, Sir!«

»Jetzt zieht Leine!«, sagte Farci, der sein Grinsen nur mühsam unterdrücken konnte.

53

Höhlen der Göttin, Oberland der Barbagia

Die einzigen Geräusche in den Höhlen waren sein Atem und das Knistern der Fackeln, deren Flammen sich auf der Skulptur der Göttin spiegelten, sodass sie fast den Anschein erweckte, lebendig zu sein.

Bastianu war allein. Er hatte die von seinem Großvater geschnitzte Maske zu Füßen der Figur abgelegt, damit die Göttin schon einen Vorgeschmack auf das Opfer bekäme, das ihr zu Ehren bald dargebracht werden würde.

Er richtete sich auf und ging in eine der etwas geräumigeren Grabkammern. Diese Höhlen waren über Jahrhunderte genutzt worden, um Menschen aller Altersgruppen, sozialer Schichten und Geschlechter zu bestatten. In diesen Gemeinschaftsgräbern sollte die Individualität zugunsten einer gemeinschaftlichen Energie zurücktreten, um die Welt der Lebenden mit der der Verstorbenen in Verbindung zu bringen. Doch ein Bereich der Nekropole war einer besonderen Gruppe von »Schlafenden« vorbehalten: In einer etwas abgelegenen Ansammlung von Grabnischen waren die Priesterinnen der Göttin in Fetalhaltung begraben. Lange Zeit waren sie die Einzigen gewesen, die der Gottheit gehuldigt und das ursprüngliche Ritual ausgeübt hatten, bis dann eine Pest wütete, die die Gemeinschaft langsam dahinzuraffen drohte. Daher hatten sich die Priesterinnen – so wurde es in der Familie Ladu von Generation zu Generation überliefert – alle zusammen der Göttin geopfert, um die Gemeinschaft zu retten. Ihr geschlossener Opfermut hatte einen Blutstrom hervorgebracht, der das Land getränkt hatte, und es war nicht umsonst gewesen: Das Massensterben hatte fast unverzüglich aufgehört. Allerdings war durch diesen heiligen Akt die Priesterkaste ausgelöscht worden, und die Gemeinschaft hatte ihre spirituelle Führung verloren.

Bastianu leuchtete auf eine der Abbildungen auf der Felswand hinter der Gräbergruppe, die das heilige Blutopfer der Priesterinnen darstellte. Von dem Tag an verwandelte sich bei Hungersnöten, andauernden Dürren, Krankheiten und Naturkatastrophen der herausragendste Vertreter der Gemeinschaft für eine Nacht in den *mazzamortos*: Er wiederholte das Opfer der Priesterinnen, um die Gottheit des Mondes und der Unterwelt gnädig zu stimmen, und brachte der Muttergöttin die Seele einer Jungfrau dar. Dank eines geheimen Wissens, das ihm nicht mehr zugänglich war, waren seine Vorfahren in der Lage gewesen, durch komplizierte astronomische Berechnungen und eine detaillierte Analyse von Sonnenwenden, Tagundnachtgleichen, Mond- und Sonnenfinsternissen die Orte der Insel zu bestimmen, wo durch die Energie der Sterne und Felsen die Verbindung zwischen der Welt der Lebenden und dem Jenseits besonders mächtig war. Fast immer hatten die Baumeister der Nuraghenclans im Wissen um den Einfluss der Himmelskörper an diesen magnetischen Orten Heiligtümer und Megalithkreise errichtet oder heilige Brunnen gegraben.

Bastianu Ladus Hände fuhren über diese energetische Landkarte im Felsen und fanden den Ort, wo das Opfer dargeboten werden musste.

Aus einer der Nischen holte er den Umhang aus zotteligen schwarzen Schafsfellen hervor, den schweren Gürtel, das Bündel eiserner Schellen und das Messer mit der gebogenen Klinge, mit dem das Todesritual vollzogen werden musste; uralte Gegenstände, die seit Jahrhunderten von Generation zu Generation weitergegeben wurden. Als Letztes nahm er die Maske mit den langen, spitzen Hörnern.

Er legte sie an, und um sich in die Rolle hineinzufinden, für die er bestimmt war, zitierte er die uralte Formel, mit der er die Geister erweckte.

»A una bida nche l'ant ispèrdida in sa nurra de su notte. Custa morte est creschende li lugore a sa luna. Abba non naschet si sàmbene non paschet …«

Beim spröden Klang der Worte, die durch die Schlitze in der Maske noch dumpfer klangen, zuckten die Flammen und drohten zu erlöschen, als ob die Muttergöttin ihm ihren Segen eingehaucht und die Seelen seiner Vorfahren sich um ihn versammelt hätten, um ihm Kraft zu schenken.

54

Viertel La Vega, Cagliari

Mara Rais ließ ihre Tochter im Wohnzimmer mit dem Großvater spielen und trat zu ihrer Mutter, die nach draußen auf die Terrasse gegangen war, um dort zu rauchen.

»Ich weiß nicht, ob das eine so gute Idee ist. Nicht dass du wieder selbst Lust bekommst«, sagte Antonia Priu und deutete auf ihre letzte Zigarette des Tages.

»Lass mich doch wenigstens den Duft riechen. Wieder damit anfangen kann ich ja ohnehin nicht.«

»Wieso nicht?«

»Wenn ich wieder schwach werde, dann wird mir diese *bagassedda* von deiner Enkelin Stress ohne Ende machen. Wenn die einmal anfängt, dann liegt sie mir ständig damit in den Ohren und hört nicht mehr auf. Sobald sie volljährig ist, verklage ich sie auf Schmerzensgeld …«

Maras Mutter lächelte. »Du weißt schon, dass deine Tochter ganz auf dich kommt? In ihrem Alter warst du eine schreckliche Nervensäge, du hast mich in den Wahnsinn getrieben. Du warst ständig auf Krawall gebürstet … Und als du älter wurdest, hat sich das nicht gebessert, eher im Gegenteil.«

»Wenn man bedenkt, dass eine Mutter normalerweise der Mensch ist, der einen am meisten zu schätzen weiß, dann hab ich es echt geschafft«, kommentierte Mara ironisch. »Hm, ich sollte wohl besser wieder reingehen.«

»Bleib doch noch, du musst mir erzählen, wie es bei den *Cold Cases* läuft, ich bin ganz neugierig.«

Mara musste lachen. »Mamma, meinst du das ernst? Von wegen *Cold Cases*, man hat mich in eine Abstellkammer verbannt und dort werde ich nun verstauben.«

»Ich verpasse jedenfalls keine Folge im Fernsehen«, fuhr Antonia ungerührt fort, als hätte sie nichts gehört. »Ich kenne mich bestens aus mit ungelösten Fällen. Also, wenn du mal einen Rat brauchst …«

Mara schüttelte den Kopf und schaute über die Stadt. »Hör mal, du hast doch hoffentlich niemandem gesagt, dass man mich dorthin abgeschoben hat?«

»Niemandem? Machst du Witze? Ich habe es gleich all meinen Freundinnen erzählt.«

»Ach herrje … Mamma!«

»Darf ich etwa nicht damit angeben, dass ich einen Commissario als Tochter habe?«

»Was? Ich bin kein Commissario, verdammt noch mal. Wenn dich jemand hört, der mich kennt …«

»Ach, komm schon, Ispettore, Commissario, das ist doch alles eins …«

»Mamma, nein. Das ist nicht eins, Himmelherrgott noch mal.«

»Hm … Dann sag mal, wie ist denn deine neue Kollegin? Behandelst du sie auch gut, die *mischinedda*?«

»Entschuldige mal, warum bitte schön bedauerst du sie?«

»Weil die Ärmste mit dir zu tun hat, meine Tochter …«

»Bist du jetzt fertig …? Okay, ich geh wieder rein.«

Antonia Priu lachte spöttisch und blies den Rauch zur Seite. »Ach, komm schon, ich nehm dich doch bloß hoch.«

»Ach, wirklich? Das war mir gar nicht aufgefallen.«

»Na, dann merkst du mal, wie das ist, wenn man den lieben langen Tag mit dir zu tun hat.«

»Ich bin der entspannteste Mensch auf Erden und sehr entgegenkommend …«

»O ja, ein Engel, der vom Himmel gefallen ist, Liebes.«

»Ich gebe ja zu, dass ich ab und zu ein paar – wie soll ich sagen? – schwierige Momente habe …«

»Ab und zu?«

»Mamma, jetzt übertreibst du aber.«

»Also, die Kollegin?«

Mara schnaubte genervt, verschränkte die Arme und lehnte sich mit dem Rücken gegen die Brüstung. »Sie kommt aus Mailand, und damit hat sie schon mal schlechte Karten. Die Tatsache, dass sie sie hierhergeschickt haben, bedeutet, dass sie irgendwas ausgefressen hat und dass man sie abgestraft hat, und deswegen bin ich geneigt, ihr nicht über den Weg zu trauen.«

»Du traust niemandem über den Weg, Mara …«

»Ihre Klamotten sind echt unterirdisch, ich überleg schon, ob sie lesbisch ist, weißt du, so eine, die auf Kerl macht. Sie hat auch einen Ring in der Nase, und mir ist es ganz schön peinlich, mit ihr zusammen gesehen zu werden … Ihre Mutter ist Irin, aber sie hat sich die Haare schwarz gefärbt, als wollte sie vertuschen, dass sie rothaarig ist, also ist sie wahrscheinlich eine *bruxa*.«

»Was denn, ist für dich etwa jede Rothaarige eine Hexe?«

»Okay, nicht jede, aber fast … Sie macht sich gerne wichtig, daher spreche ich mit ihr nur, wenn es nicht anders geht. Aber abgesehen davon …«

»Abgesehen davon?« Ihre Mutter riss die Augen auf. »Du hast sie gerade vollkommen runtergemacht, die Ärmste.«

»Und ich war noch milde …«

»Na gut … Ist sie Single? Hat sie Kinder? Ist sie verheiratet? Wo wohnt sie?«

»Mamma, ich bin hier die Polizistin! Was soll dieses ganze Verhör?«

»Habe ich doch gesagt, ich bin neugierig.«

»Ach ja, neugierig? Du sammelst doch bloß Material, um dann mit deinen Freundinnen zu tratschen, so sieht's aus.«

»Also wenn wir nicht mal ein wenig lästern dürfen …«

»Na klar, ein wenig …«

»Und, wann laden wir sie zum Essen ein?«

»Zum Essen? Habe ich dir nicht gerade gesagt, dass wir kaum zwei Worte miteinander wechseln?«

»Eben! Ich möchte mich entschuldigen bei dieser … Wie heißt sie noch?«

»Eva Croce. Übrigens ein toller Name, den man ihr da verpasst hat …«, murmelte Mara. »Vergiss das mal ganz schnell, dass sie zu uns nach Hause kommt.«

»Wir werden sehen …«

»Von wegen, so weit kommt das noch!«

Schweigend standen die beiden Frauen ein paar Sekunden nebeneinander, wie eingefroren in genau der gleichen Körperhaltung.

»Sag mal, was ist mit deinem Mann? Telefonierst du noch ab und zu mit ihm?«

»Fang bitte nicht wieder damit an! Im Übrigen: Ex-Mann, Mamma, find dich damit ab!«

»Du bist aber wirklich merkwürdig heute. Viel geladener als sonst.«

Diesmal war kein Hauch von Ironie in Antonias Worten, sie meinte es vollkommen ernst.

»Ich mache mir Sorgen«, gestand Mara.

»Wegen der Arbeit?«

Mara nickte. »Ein Mädchen ist verschwunden, Dolores. Sie ist in üble Kreise geraten. Ich habe Angst, dass wir sie nicht rechtzeitig finden, ehe …«

»Ehe was?«

Mara antwortete nicht, sie starrte nur in den majestätischen Nachthimmel, der von Abertausenden Sternen übersät war.

»Es ist die Nacht von Allerseelen. *Sa die de sos mortos*«, sagte Antonia und schaute ebenfalls nach oben.

Mara nickte ernst. Sie hatte nicht den Mut, ihrer Mutter zu sagen, dass genau dieses Datum der Grund ihrer Sorge war.

»Ich bin sicher, dass ihr es schafft, sie zu finden«, sagte Antonia tröstend. Sie strich ihr sanft über den Rücken und ging dann zur Tür. »Komm rein, es wird kalt.«

»Noch eine Sekunde, dann komme ich.«

Sobald Mara allein war, holte sie ihr Smartphone hervor und schaute die Bilder durch, die ihr der Kollege aus Carbonia geschickt hatte. Während sie die Wände im Haus des Gurus mit den Zeichnungen von den Ritualmorden betrachtete, fühlte sie, wie sich die Härchen in ihrem Nacken aufrichteten.

»Wo bist du, Dolores?«, fragte sie sich leise, während eine dunkle Vorahnung sich in ihrem Inneren breitmachte.

55

Brunnenheiligtum Santa Vittoria, Serri

Federico »Billo« Marongiu war einer von den Menschen, die man selten schlecht gelaunt erlebte. Und nicht nur das: Mit seinem lustigen, ständig zerzausten dunklen Haarschopf und seiner unwiderstehlichen ironischen Art war er seinen Mitmenschen sympathisch und stimmte sie optimistisch. An diesem Morgen hatte er zunächst mit Michela, der anderen Fremdenführerin der Kooperative, die das Brunnenheiligtum in Serri betrieb, einen Espresso getrunken, dann einen Blick in die Reservierungsliste für Führungen geworfen und freudig zur Kenntnis genommen, dass keine Schulklassen angemeldet waren. Er hatte das Besucherzentrum verlassen – nicht ohne Giorgio aufzuziehen, seinen Kollegen, der sich um die Bar im Gastrobereich kümmerte, trotz seiner zwei Bachelor- und zwei Masterabschlüsse sowie einem Doktortitel – und war zum Heiligtum aufgebrochen, um wie jeden Tag einen Kontrollgang zu machen, ehe man für die Besucher öffnete.

Dieser Gang war für ihn seit ein paar Monaten zur Routine geworden, weil einige dieser neopaganischen Gruppen das Heiligtum regelmäßig nach Einbruch der Dunkelheit besuchten, um, wie sie sich ausdrückten, ihre Rituale aus der Tradition der Nuraghenkultur auszuüben. Dabei fügten sie allerdings dem Hypäthraltempel, einem Heiligtum, dessen innerer Hauptraum nicht überdacht war, Schaden zu, indem sie Feuer machten und Steine mitgehen ließen. Man hatte schon mehrere Anzeigen gegen Unbekannt erstattet, aber ohne Erfolg. Billo und seine Kollegen hatten vorgeschlagen, einen Nachtwächter einzustellen oder eine Videoüberwachungsanlage anzuschaffen, aber die Kooperative, die nicht gerade im Geld schwamm, hatte das nicht einmal in Betracht gezogen.

Mitten in der Natur gelegen erstreckte sich das Brunnenheiligtum über eine Fläche von dreieinhalb Hektar auf der Giara di Serri, einem Basaltplateau, das in knapp siebenhundert Metern Höhe das gesamte Tal beherrschte. Wenn man von dort oben auf die Ebenen im Tal schaute, umfasste der Blick die ländlichen Regionen des Sarcidano, der Trexenta und der Marmilla. Das Panorama verschlug Billo jedes Mal den Atem, obwohl er es inzwischen in- und auswendig kannte. An diesem Morgen hatte die Stille, die über den Ruinen der Nuraghenkultur lag, etwas Übernatürliches. Billo nahm in der Luft eine unterschwellige düstere Schwingung wahr, die ihn in eine gewisse Unruhe versetzte.

Wetten, dass diese Irren heute Nacht wieder hier waren, um ihren Spaß zu haben?, dachte er und fluchte still auf die Nuraghe Su Nuraxi in Barumini, die bei Touristen beliebter war als Santa Vittoria und deren Schönheit und Bedeutsamkeit in den Schatten stellte. Daher konnte man hier, auch finanziell gesehen, nur noch die Brosamen aufsammeln, die das prestigeträchtige Nuraghendorf übrig ließ. Billo passierte einige Absperrungen und ging vorbei an den Überresten des Festplatzes und der Heiligtümer, die vor dreitausend Jahren Pilger von der ganzen Insel angezogen hatten, bis er plötzlich auf etwas Auffälliges stieß.

Er kniete sich auf den Steinweg, um eine Art Puppe genauer in Augenschein zu nehmen: Sie war etwa einen Meter hoch, ähnelte einer Vogelscheuche und schien aus vertrockneten Stängeln von Blumen und kleinen Pflanzen zu bestehen. Jemand hatte sie auf den Weg zum heiligen Brunnen gelegt.

Von einer bösen Vorahnung getrieben stand Billo auf und ging auf den Brunnentempel zu.

Nach etwa zehn Metern sah er sie dann.

Sie befand sich in der Eingangshalle zum Brunnentempel, mit dem Rücken zu ihm, in der Nähe des Altars, auf dem während der Nuraghenkultur Tieropfer dargebracht und sonstige Rituale praktiziert worden waren, für die man Wasser benötigte.

Billo blinzelte mehrmals, als glaubte er, Opfer einer Sinnestäuschung geworden zu sein.

Doch sooft er die Augen auch zusammenkniff, die menschenähnliche Gestalt war immer noch dort, kniend nach vorn gebeugt, als würde sie beten. Sie war in einen weißen Fellumhang gehüllt, ihre Hände waren hinter dem Rücken verschränkt und ihr Gesicht von einer Stiermaske aus Holz mit langen, spitzen Hörnern verdeckt.

Billo nahm seinen Mut zusammen und näherte sich langsam. Als er jedoch die beinahe getrocknete Blutlache in der Nähe der antiken Abflussrinne sah, um die es von Fliegen wimmelte, drehte er sich ruckartig um und presste sich eine Hand vor den Mund.

An den Rundungen des nackten Körpers unter dem Schafsfellumhang und an den dunklen langen Haaren, die unter der Maske hervorquollen, hatte er erkannt, dass es sich um eine Frau handelte.

»Mein Gott …«, stammelte Billo leise, während das Herz in seiner Brust wie verrückt raste und seine Hände zitterten.

Von Übelkeit übermannt rannte er kopflos in Richtung Besucherzentrum.

Wie betäubt lief er zehn oder zwanzig Meter. Dann erst begann er zu schreien.

ZWEITER TEIL

Der Wind des Schicksals

Mir starb, Sul verbrannte ihren Körper,
füllte die Asche in ein irdenes Gefäß,
grub eine Kammer in den Berg, stellte das Gefäß hinein,
verließ sie und nannte sie »Fee«.
In den folgenden Tagen kam Sul in das Feenhaus
und sprach mit Mirs Asche, manchmal
ganze Tage und Nächte.

Sergio Atzeni, *Leichtfüßig streiften wir über die Erde*

56

Brunnenheiligtum Santa Vittoria, Serri

Mara und Eva schlüpften unter dem Absperrband am Tatort durch und hielten es für Moreno Barrali hoch. Er hatte den Stock im Wagen gelassen, angeblich benötige er ihn nicht. Eva nahm an, dass er sich aus Scham nicht so bei seinen ehemaligen Kollegen sehen lassen wollte, deshalb reichte sie ihm auch nicht die Hand zur Stütze, als sie bemerkte, dass er Schwierigkeiten hatte. Sie wollte vermeiden, ihn in Verlegenheit zu bringen.

Die drei Beamten trugen sich im Anwesenheitsprotokoll ein und zogen Handschuhe und Überschuhe an, um den Tatort nicht zu verunreinigen. Das Rauschen des Polizeifunks und das Stimmengewirr der Menschen, die sich dort zusammengefunden hatten, bildeten die Hintergrundkulisse für ihre Gedanken.

Eva sah sich um: Das Brunnenheiligtum erhob sich inmitten einer grünen Oase auf einem hohen Felsvorsprung, hier konnte der Blick ungehindert kilometerweit schweifen. Die Weitläufigkeit des Geländes würde für die Spezialisten von der Spurensicherung die Hölle sein und die Suche in die Länge ziehen.

Die drei Beamten bewegten sich schweigend auf die Kollegen zu, die sich teils in Uniform, teils in Zivil um den Brunnentempel versammelt hatten. Man hatte schon ein Spurenzelt aufgebaut, in dem es von Menschen in weißen Schutzoveralls nur so wimmelte, die das Material erfassten, das bei den ersten Erhebungen gefunden worden war. Die

Spezialisten von der Spurensicherung nahmen alle Vorgänge mit hochmodernen Videokameras auf, während die Tatortfotografen sich um einen Vorgesetzten drängten und jedes Detail im Bild festhielten, das er ihnen anwies.

Ein uniformierter Beamter ließ Rais, Croce und Barrali noch ein paar Minuten warten. Barrali nutzte die Gelegenheit und kniete sich hin, um eine menschenähnliche, aus trockenem Gras geformte Puppe näher zu betrachten, die die Männer von der Kriminaltechnik in Cagliari abgesperrt hatten. Er fotografierte sie mit seinem Smartphone und murmelte etwas dabei.

»Alles in Ordnung, Moreno?«, fragte Mara.

Barrali nickte, doch sein eingefallenes Gesicht war eine versteinerte Maske der Angst. Seit sie ihn nach Farcis Anruf abgeholt hatten, hatte er praktisch noch kein Wort gesprochen, er wirkte völlig versunken in seine Schuldgefühle, weil er den Mord nicht hatte verhindern können.

Eva entdeckte Commissario Capo Nieddu einige Meter von ihnen entfernt. Er führte wohl ein ziemlich anstrengendes Telefonat, nach seiner Mimik und der nervösen Gestik zu urteilen.

Prefetto oder Questore, schloss Eva daraus. Wenn nicht ein noch höheres Tier.

Endlich ließ der Beamte die drei zum Brunnentempel durch.

Als sie noch im Wagen saßen, hatte Eva Maras Angebot, ihr ein Medikament gegen Übelkeit zu geben, abgelehnt, was sie jetzt bereute: Sie hatte zunächst den Verdacht gehabt, es sei eine der hinterhältigen Methoden ihrer Kollegin, um auszutesten, wie abgebrüht sie als Polizistin war. In Wirklichkeit hatte Mara nur vorausgedacht: Es war eine Sache, ein Foto von jemanden zu sehen, der auf diese abscheuliche Weise umgebracht worden war, aber etwas ganz anderes, die Leiche dann aus ein paar Metern Entfernung, umschwirrt von einem Haufen Fliegen, zu betrachten und den Blutgeruch in der Nase zu haben.

Der Gerichtsmediziner stand über die Leiche der jungen Frau gebeugt und nahm eine erste Untersuchung vor. Er hatte eine OP-Maske vor dem Gesicht und diktierte seine vorläufigen Beobachtungen einem Assistenten, der diese aufzeichnete und sich handschriftlich zu einigen Details Notizen machte.

Wie das Opfer zu Tode gekommen war, lag auf der Hand: Das kultische Szenario sprach für sich selbst.

Barrali sah sich um. »Die rituelle Inszenierung ist dieselbe wie bei den anderen Morden … Ich fühle mich, als wäre ich in die Zeit von damals zurückgereist«, sagte er leise, als spräche er mit sich selbst.

Eva nahm seine Worte jedoch auf. »Gibt es irgendetwas, ein Detail, das nicht zu den alten Fällen passt?«, fragte sie.

Barrali schaute sich genauer in der Umgebung um, dann wandte er sich wieder der Leiche zu. »Ich glaube nicht. Mir kommt es vor, als wäre ich wieder in Orune oder Matzanni.«

»Es fehlen nur die Überreste eines Feuers oder einer Feuerstelle«, schaltete sich Mara ein, die sich gerade umsah und mit ihrer Beobachtung ihr ausgezeichnetes fotografisches Gedächtnis unter Beweis stellte.

»Das stimmt«, stellte Barrali fest.

»Da ist Nieddu«, machte Eva die beiden anderen aufmerksam.

Der Commissario kam gemeinsam mit Paola Erriu auf sie zu. Eva stellte fest, dass er um zehn Jahre gealtert schien.

»Sie haben ihr die Maske noch nicht abgenommen«, sagte Nieddu, und in seinen Worten schwang eine leise Hoffnung mit, als gäbe es noch irgendeine Chance, den Verdacht zu entkräften, der inzwischen als bewiesen gelten durfte.

Niemand sagte etwas darauf. Alle dachten an dasselbe. Oder besser gesagt an dieselbe Person.

Eva betrachtete die üppige Vegetation, über der sich das Brunnenheiligtum wie eine Akropolis erhob: Jahrhundertealte Wälder aus Korkeichen, Steineichen und Zistrosenbüschen, die sich an den Hängen hinunterzogen, bis sie mit den sanften Ebenen des südlichen Mittelsardiniens unterhalb von Santa Vittoria verschmolzen. Sie versuchte, sich ein Bild zu machen, welches der einfachste Zugang für den Mörder zum Heiligtum gewesen sein könnte, wahrscheinlich hatte er das Opfer dabei auf dem Rücken getragen.

»Ich nehme mal an, hier gibt es weder einen Wachdienst noch Videokameras«, sagte Mara zu Nieddu. Offenbar stellte sie sich gerade dieselben Fragen wie Eva.

»Leider nicht.«

»Damit dürfte klar sein, dass die Tat geplant war. Und wie angeschmiert wir sind«, stellte Mara fest.

»Wer hat die Leiche gefunden?«, fragte Barrali und brach damit sein grüblerisches Schweigen.

»Der Mann dort, den unsere Kollegen gerade befragen. Er gehört zu der Kooperative, die das Besucherzentrum betreibt«, erklärte Paola Erriu. »Aber er steht unter Schock.«

»Der erholt sich bestimmt schnell wieder und sieht dann nur das Geld. Wenn erst mal die Siegel entfernt sind und die Presse Wind von der Sache bekommen hat, wird dies hier der Hotspot des Gruseltourismus«, sagte Rais angewidert. »Durch den Mord werden die hier reich.«

»Die Frau bei den Kollegen da drüben ist die Staatsanwältin, die die Ermittlungen im Vermisstenfall eröffnet hat, sie heißt Adele Mazzotta.« Nieddu deutete auf eine Gruppe von Beamten. »Wahrscheinlich wird sie später mit euch reden wollen.«

»Na endlich. Sie nehmen die Maske ab«, bemerkte Mara.

Alle vier traten näher heran.

Agostino Trombetta, der Gerichtsmediziner, entfernte erst die Krone aus Zweigen vom Kopf der Toten, dann die *carazza 'e boe*, die Maske. Darunter kam ein geschwollenes Gesicht mit Blutergüssen hervor, Spuren heftiger Misshandlung. »Kann jemand die Leiche identifizieren?«, fragte er.

»Wir«, sagte Nieddu angespannt.

Seine Assistentin und er traten näher an das Opfer heran, knieten sich hin und starrten auf das geschwollene Gesicht, das mit geronnenem Blut bedeckt war.

»Wer auch immer sie getötet hat, er hat sich vorher noch richtig an ihr ausgetobt«, sagte jemand von den Ermittlern, begleitet von den gemurmelten Flüchen auf Sardisch seitens seiner Kollegen.

Eva bemerkte, dass Mara sich bekreuzigte und etwas flüsterte, das für sie wie ein sardisches Totengebet klang.

Barralis Augen waren feucht, und als er sah, wie Nieddu und Paola Erriu einander traurig ansahen, rollten ihm zwei Tränen über die Wangen.

»Sie ist übel zugerichtet, aber ich glaube, sie ist es«, sagte Nieddu kaum hörbar.

»Sind Sie sicher?«, fragte Adele Mazzotta, die sich inzwischen zu ihnen gesellt hatte, um der Identifizierung beizuwohnen.

»Ja, sie ist es …«, bestätigte Paola Erriu nach kurzem Zögern. »Das ist Dolores Murgia.«

57

Brunnenheiligtum Santa Vittoria, Serri

Eva und Barrali hatten sich auf den Steinsitzen innerhalb des Kreises niedergelassen, der laut den Infotafeln »Spruchplatz« hieß, weil man annahm, dass hier nach den Opferhandlungen die Entscheidungen der Götter verkündet wurden. Barrali hatte einen Schwächeanfall erlitten, als Dolores identifiziert wurde. Eva und Mara hatten ihn gerade noch stützen können, sonst wäre er zu Boden gesunken.

»Willst du dich nicht doch mal eben durchchecken lassen?«, fragte Eva und deutete auf den Krankenwagen.

»Nein, danke. Das war nur ein Moment. Es geht schon wieder. Ich muss mich nur etwas ausruhen.«

Eva wusste nicht, was sie tun sollte: Am liebsten hätte sie ihm jede Menge Fragen gestellt, da Barrali als einziger Ermittler an allen Tatorten der drei Ritualmorde gewesen war. Außerdem hatte er als Einziger direkt mit Roberto Melis zu tun gehabt, der plötzlich zum Hauptverdächtigen im Mordfall Dolores Murgia geworden war. Doch sie fürchtete, wenn sie ihn in die Analyse des Falls einbezog, könnte das seinen schon durch die Krankheit beeinträchtigten Verstand weiter schwächen; und darüber hinaus hatten sie und Mara seiner Frau Grazia versprochen, ihn zu seinem eigenen Besten aus den Ermittlungen herauszuhalten.

»Ich weiß, was in dir vorgeht«, sagte Barrali und ließ sie all ihre Bedenken vergessen. »Frag mich alles, was du willst.«

Eva sah zu ihrer Kollegin, die sich etwa hundert Meter entfernt mit Farci, Nieddu und der Mazzotta unterhielt. Sie musste jetzt selbst die Initiative ergreifen, auch wenn sie das wahrscheinlich auf Kollisionskurs mit Mara bringen würde.

Aber das war jetzt nebensächlich. Es war einfach zu wichtig, seine Eindrücke jetzt, wo sie frisch waren, aufzunehmen.

»Was denkst du, Moreno – der Modus operandi scheint mir der gleiche zu sein, richtig?«, fragte sie ihn schließlich.

Nach der Identifizierung der Leiche hatte Gerichtsmediziner Trombetta Dolores das Schafsfell abgenommen, in das sie eingehüllt war, und dabei auf der Mitte ihres Rückens einen mit einer Messerspitze eingeritzte Spirale bemerkt. Laut Barrali war dieses Detail nie in Zeitungen veröffentlicht worden.

»Aber eins ist seltsam. Da passt etwas nicht.«

»Du meinst, abgesehen davon, dass wir diesmal die junge Frau identifizieren konnten? Was denkst du, was es ist?«

»Gewalt ... Das ist neu. Die anderen Opfer wurden nicht misshandelt. Dolores schon. Jemand hat sich auf brutale Weise an ihr ausgetobt. Das ist die einzige Unstimmigkeit, wenn mein Kopf mich nicht im Stich lässt.«

»Die Puppe, die du fotografiert hast ... was ist das? Die gab es auch in den anderen Fällen, scheint mir.«

»Manche nennen sie *sa pippia 'e Mannaghe*, andere *sa mamma 'e sa funtana*. Sie verkörpert den Geist, der in den heiligen Brunnen wohnen soll.«

»Dann hat sie etwas mit dem Wasserkult zu tun?«

»Richtig. Sie ist so was wie eine Flussgöttin, die in neuerer Zeit zu einer Hexe, einem Kinderschreck wurde, aber in der Vergangenheit gemäß dem animistischen Kult der Nuraghenzeit als mächtige Göttin der Unterwelt gefürchtet war, eine der unterschiedlichen Ausprägungen der Großen Mutter des Mittelmeerraums. Wir kommen immer wieder darauf zurück, wie du siehst.«

»Dann bestätigst du mir also, dass so eine Puppe auch an den anderen Tatorten gefunden wurde?«, fragte Eva. Die

Antwort kannte sie natürlich schon aus den Akten. Dies war nur ein Test, inwieweit Barrali noch Herr seiner Sinne war.

Er runzelte die Stirn, legte die Finger an die Schläfen und massierte sie heftig.

»Moreno?«

»Ja, ich glaube, dass sie sowohl in Orune als auch in Matzanni da war. Wir haben solche Puppen auch an den früheren Tatorten gefunden.«

»Okay … und abgesehen von den Misshandlungen, passt da noch etwas nicht ins Bild?«

»Ja, aber ich komme nicht drauf, was«, gab Barrali zu. Die zitternde Stimme verriet seine emotionale und geistige Angegriffenheit.

»Keine Sorge«, beruhigte Eva ihn. Sie legte ihm eine Hand auf die Schulter und versuchte, nicht den Eindruck zu erwecken, dass sie ihn bemitleidete. Sie hatte ein schlechtes Gewissen, weil sie ihm so zugesetzt hatte. »Es wird dir schon wieder einfallen.«

Barrali schüttelte den Kopf. »Nein, es geht um etwas sehr Wichtiges …«, murmelte er mit leerem Blick. »aber es fällt mir nicht ein …«

»Ganz ruhig. Ich bin sicher, dass wir ihn diesmal kriegen werden, wer auch immer es ist.« Eva stand auf. »Warte mal kurz. Ich geh fragen, ob wir hier wegkönnen, bevor die Spurensicherung uns hochkant rausschmeißt.«

Eva ging ein paar Schritte, doch dann zwangen Barralis Worte sie, stehen zu bleiben.

»Ich weiß nicht, warum, aber wer auch immer das hier getan hat, ist nicht dieselbe Person, die ich in all den Jahren gesucht habe.« Barrali klang felsenfest überzeugt.

58

Capitana, Vorort von Quartu Sant'Elena

Lässt du mich fahren?«

»Nein.«

Ratlose Stille.

»Warum willst du überhaupt fahren? Willst du mir damit sagen, dass ich es nicht kann?«

»Rais, warum interpretierst du eigentlich in jedes Wort, das ich sage, so übertrieben viel hinein? Wenn du weiter alles persönlich nimmst, wirst du noch krank davon. Entspann dich mal. Ich wollte einfach nur gern fahren, das ist alles.«

»Wenn du meinst … Aber, nein.«

Eva und Mara stiegen wieder in Maras Wagen, nachdem sie Barrali nach Hause gebracht und ein paar Worte mit seiner Ehefrau gewechselt hatten. Es gelang ihnen nicht, die innere Anspannung abzuschütteln, die sich im Brunnenheiligtum von Serri bei ihnen aufgebaut hatte. Und obendrein fühlten sie sich irgendwie schuldig am Tod der jungen Frau. Aus unerfindlichen Gründen spürten sie eine tiefe Verantwortung, obwohl sie mit ihrem Fall nur entfernt zu tun gehabt hatten.

»Was hast du Grazia gesagt?«, fragte Mara, während sie den Motor anließ und die Straße nach Cagliari nahm.

»Die Wahrheit. Dass Farci ihn mit einbeziehen wollte und dass ihn die Entdeckung der Leiche erschüttert hat«, erwiderte Eva. »Dass wir ihn, wenn es unsere Entscheidung gewesen wäre, niemals da reingezogen hätten.«

»Das ist eine Lüge«, sagte Mara mit einem zynischen Lächeln.

»Ich werde schon damit klarkommen.«

»Wie hat sie es aufgenommen? Nach dem Blick, den sie mir beim Abschied zugeworfen hat, nicht gerade gut, hab ich recht?«

»Hast du. Sie will nur eins, dass diese Geschichte endlich vorbei ist. Und jetzt wirkt es so, als würde die Vergangenheit wieder auf ihn einstürmen. Für uns ist das nicht schlimm, wir werden höchstens ein paar Stunden damit zu tun haben. Aber sie muss das jeden verdammten Tag aushalten. Wenn diese Geschichte mit Dolores ihn den Verstand kostet, wird sie die Scherben aufsammeln müssen.«

»Und er hat doch recht behalten«, stellte Mara fest.

»Obwohl alle geglaubt haben, er sei verrückt. Auch wir.«

»Sprich da nur für dich. Ich habe das nie geglaubt.«

»Aber du hast doch den Fall unbedingt zu den Akten legen wollen«, wandte Eva ein.

»Das ist etwas anderes. Ich war felsenfest überzeugt, dass wir keine Chance hätten, die Fälle nach dieser langen Zeit zu lösen. Barrali lässt geistig nach, aber er ist nicht irre. Wenn ich das mal gesagt habe, dann nur, um ihn hochzunehmen.«

»Wie auch immer … Was glaubst du, wird jetzt passieren?«

Mara überlegte kurz. »Da Farci alles an die Staatsanwaltschaft geschickt und uns nicht einbezogen hat, heißt das, wir sind raus aus den Ermittlungen. Dieser *cold case* ist nicht nur warm, der ist kochend heiß. Also, das war's dann mit der Abteilung für unaufgeklärte Fälle. Die Sache wird jetzt an die Mordkommission gehen. Wahrscheinlich wird man eine Sonderkommission bilden.«

»Glaubst du, sie werden Nieddu in die Kommission holen?«

»Höchstwahrscheinlich.«

»Und was ist mit uns?«

»Die schicken uns wieder in dieses verdammte Loch von Archiv.«

»Barrali ist überzeugt, dass es nicht derselbe Mörder ist wie bei den alten Fällen, er glaubt, es handelt sich um einen Nachahmungstäter. Jemand, der die alten Fälle als Vorlage genommen hat.«

»Ein Trittbrettfahrer also?«

Eva nickte. »Manches passt für ihn nicht zusammen, aber er kann nicht sagen, was.«

»Na toll ... Die arme Frau war richtig übel zugerichtet.«

»Arme Kleine. Wie sind denn deine Ex-Kollegen so? Haben die es drauf?«

»Eine Herde von Machoärschen, vollgepumpt mit Testosteron und Vorurteilen. Niemand ist auch nur ansatzweise erfahren genug, um eine Chance zu haben, diesen Fall zu lösen.«

»Jemand von der Spurensicherung hat erzählt, dass man Blut unter den Fingernägeln der Frau gefunden hat. Mit ein bisschen Glück könnte das zur DNA des Täters führen.«

»Hoffen wir es. Das wäre wirklich ein Glücksfall, aber ich würde nicht so sehr darauf vertrauen. Das Opfer war die ganze Nacht der Witterung ausgesetzt. Das organische Material könnte gelitten haben«, gab Mara zu bedenken.

»Was wäre, wenn sie dich wieder in die Mordkommission nähmen, würdest du dort arbeiten?«

»Das wird nicht passieren. Del Greco würde das nie zulassen.«

»Aber nehmen wir mal an, es wäre so?«

»Ich hätte hundertprozentig mehr Chancen als die.«

»Dann versuche ich, mit Farci zu reden«, sagte Eva.

Mara kicherte unterdrückt. »Und wie willst du ihn überzeugen?« Ihre Stimme klang jetzt anzüglich. »Willst du etwa deine unterdrückte Weiblichkeit auspacken?«

»Weißt du noch, als ich vorhin gesagt habe, es liegt nicht an deinem schlechten Fahrstil, dass ich selbst fahren wollte?«

»Ja.«

»Das war eine Lüge. Du fährst grottenschlecht.«

»Leck mich, Croce.«

»Du mich auch.«

59

Institut für Gerichtsmedizin,
Universitätsklinikum von Monserrato, Cagliari

Jetzt ging es vor allem darum, Roberto Melis zu finden, Farci war diesbezüglich eindeutig gewesen. Eva und Mara trafen sich am Spätnachmittag vor der Gerichtsmedizin mit Nieddu, Paola Erriu und einigen Ex-Kollegen von Mara. Um die Vorgänge zu beschleunigen, hatte Farci Eva und Mara gebeten, im Archiv das gesamte Material über die beiden früheren Ritualmorde zu kopieren und es den Kollegen, die im Fall Dolores Murgia ermitteln würden, nach Monserrato zu bringen. Dort wurde die Leiche gerade obduziert, und alle warteten gespannt auf die ersten Ergebnisse des Pathologen. Die Spurensicherung untersuchte bereits das DNA-Material, das unter den Fingernägeln des Opfers gefunden worden war: Die Spezialisten hatten angekündigt, sie würden vielleicht am späten Abend noch die Antwort bekommen, ob es verwendbar war.

»Na endlich. Kommt mal kurz mit«, sagte Farci brüsk zu Mara und Eva.

Die beiden wechselten stumm einen Blick, in dem die Frage stand: Was haben wir jetzt schon wieder verbrochen?

Gemeinsam gingen sie etwa hundert Meter und setzten sich dann an ein Tischchen in einer Bar, die von Studenten und Professoren der Universität bevölkert war. Sie hatten sich zwar erst am Vormittag getroffen, aber so, wie Farci aussah, kam es Eva und Mara vor, als hätte er seitdem diverse schlaflose Nächte verbracht. Er wirkte unglaublich mitgenommen.

»Ich möchte, dass wir ein Spiel spielen«, begann er und drehte wie besessen an seinem Ehering. »Das Spiel geht so: Wir vergessen ein paar Worte, streichen sie komplett aus unserem Wortschatz. Das erste ist ›Serienkiller‹. Wenn ein Journalist zu euch kommt und euch das ins Gesicht sagt, dann lacht ihr ihn aus und sagt, er soll mit dem FBI reden, in der neuen Dienststelle, die die Amerikaner gerade in diesem Kaff Ovodda eingerichtet haben.« Farci zündete sich nervös noch eine Zigarette an. »Das zweite heißt ›Ritualmord‹. Was macht ihr, wenn jemand euch wegen Neuigkeiten kontaktiert und das Word ›Ritual‹ fallen lässt? Dann antwortet ihr ihm, dass ihr nur ein einziges Ritual kennt, und zwar die Prozession zu Ehren des Heiligen Ephysius, und dass ihr es kaum noch erwarten könnt, im Frühling dem Zug zuzusehen.«

Mara setzte ihr berühmtes diabolisches Grinsen auf.

»Das dritte Wort ist ›Sonderteam‹. Das einzige besondere Team, das ihr kennt, ist US Cagliari, und der ehemalige Torschützenkönig Gigi Riva ist euer höchster und einziger Gott … Offiziell gibt es keine Sonderkommission, haben wir uns verstanden?«

Mara und Eva nickten stumm.

»Für die Medien muss das ein ganz normaler Fall sein. Wir müssen alle Details so lange wie möglich unter Verschluss halten. Wenn die Presse spitzkriegt, was passiert ist, sind wir geliefert. Ich sehe schon die 3-D-Modelle von Nuraghen und Heiligtümern im Spätprogramm vor mir. Passt also auf, was ihr sagt, denn die werden alles versuchen, um an irgendeine zusätzliche Information zu kommen.«

»Wir haben verstanden, Dottore. Von uns kriegen die nur ein ›kein Kommentar‹«, versicherte Eva.

»Genau. Das gilt besonders für dich, Croce. Sie werden

sich vor allem auf dich stürzen, weil du von auswärts kommst und wegen deiner beruflichen Vergangenheit. Blocke ab. Sag ihnen, sie sollen sich verpissen. Droh mit Anzeigen. Und wenn sie dann noch nicht lockerlassen, verhafte sie und schleif sie zu mir ins Präsidium, haben wir uns verstanden?«

Eva nickte, überrascht vom Tonfall ihres Vorgesetzten: Farci war es bitterernst. Das hieß, die höheren Chargen hatten schon gehandelt und ihm eine genaue Ermittlungsstrategie und einen Verhaltenskodex vorgegeben. Das kam ihr merkwürdig vor, angesichts der Tatsache, dass erst ein paar Stunden seit dem Leichenfund vergangen waren.

»Jetzt zu euch«, sagte Farci und blies den Rauch seitlich an ihnen vorbei. »Tatsächlich wurde heute Vormittag in der Staatsanwaltschaft eine Sonderkommission gebildet. Und ihr seid nicht dabei.«

»Das ist ja mal eine Überraschung …«

»Rais, heute ist nicht der Tag für Polemik. Mach mich bloß nicht wütend.«

Mara führte den Finger über ihren Mund, als würde sie einen Reißverschluss zumachen.

»Also: Nieddu ist dabei, außerdem ein Großteil unserer Mordkommission. Roberto Melis ist der Hauptverdächtige, wegen des Materials, das wir bei ihm zu Hause gefunden haben, wegen der früheren Anzeigen gegen ihn und weil das Opfer in seinem Zirkel von Irren verkehrte. Das Kommissariat in Carbonia sucht gemeinsam mit unserem Präsidium und anderen in großem Stil nach ihm. Es ist nur eine Frage von Stunden, bis wir ihn finden … Das eigentliche Problem aber ist, dass wir bei der Einrichtung der Abteilung *Cold Cases* wirklich ein Scheißtiming bewiesen haben. Als wäre es Absicht gewesen …«

»Vielleicht war es das ja …«

»Mara!« Farci sah sie wütend an.

»He, das habe ich ernst gemeint …«

»Sie hat ja nicht ganz unrecht«, kam ihr Eva zu Hilfe. Sie und Mara mochten sich vielleicht nicht besonders, aber sie verstanden einander immer sofort. »Denken Sie doch mal nach: Der Mörder findet heraus, dass jemand an den alten Fällen arbeitet, und begeht einen Mord, damit die Ermittlungen wiederaufgenommen werden, als wollte er die Ermittler herausfordern … Dieses Szenario ist gar nicht so weit hergeholt, Dottore. Nehmen wir mal an, dass es sich um einen Nachahmungstäter handelt, dann bekommt das eine gewisse, wenn auch perverse Logik.«

Farci trommelte kurz mit den Fingern nervös auf der Tischplatte, während er sich in die verquere Sichtweise vertiefte, die er vorher nicht in Betracht gezogen hatte.

»Wie dem auch sei. Unsere offizielle Version lautet so: Niemand hat an den Morden von 1975 und 1986 gearbeitet. Befehl von ganz oben, verstanden?«

Mara und Eva nickten wieder.

»Was sollen wir tun?«, fragte Mara.

»Ihr geht zurück zu euren Akten und haltet euch bereit. Falls die Mordkommission Hilfe braucht bei Tätigkeiten wie …«

»Wir sollen also springen, wenn die pfeifen, meinst du?«, sagte Mara gereizt.

Farci sah sie stumm an, als hätte sie ihm auf den Schreibtisch gekotzt.

Eva legte Mara beschwichtigend eine Hand auf die Schulter, um ihr zu signalisieren, dass das nicht der richtige Moment für eine verbale Auseinandersetzung war. »Wir stehen bereit, Dottore. Wir wollen ja auch, dass der Fall so schnell wie möglich aufgeklärt wird«, sagte sie entgegenkommend. »Dolores verdient jetzt unsere ganze Aufmerksamkeit: Wenn wir also irgendwie helfen können – Zeugenaussagen aufnehmen, irgendwelche Ermittlungen durchführen oder was auch immer –, zählen Sie auf uns.«

Mara wischte mit der Hand über die Schulter, an der Eva sie berührt hatte, und sah sie böse an.

»Lass das, Rais, und hör besser auf deine Partnerin … Also, Ilaria Deidda wird eure offizielle Verbindungsbeamtin zur Sonderkommission sein. Mich hat man in die Leitung abkommandiert und Vicequestore Grattaglia wird meine Aufgaben in der Mordkommission übernehmen. Daran seht ihr schon, wie wichtig es jemandem aus den oberen Etagen ist, dass diese üble Geschichte ganz schnell vom Tisch kommt.«

»Perfekt«, sagte Eva schnell, bevor Mara etwas einwerfen konnte.

»Was ist mit Barrali – welchen Eindruck hattet ihr von ihm?«

»Das Ganze hat ihn stark mitgenommen. Dass er irgendwie recht hatte, war offenbar weder ein Triumph noch ein Trost für ihn, sondern er hat es als furchtbare Niederlage empfunden«, erklärte Eva.

Farci nickte nachdenklich. »Mal abgesehen von der Identität des Opfers, habt ihr noch andere Unstimmigkeiten zu den früheren Morden bemerkt?«

»Die Misshandlungen. Das Opfer wurde brutal geschlagen«, meldete sich Mara zu Wort. »In den beiden anderen Fällen gab es keine Anzeichen von Gewalt, es wirkte fast so, als wären die jungen Frauen freiwillig mitgegangen.«

»Noch was?«

»Barrali meinte, da wäre noch etwas, aber er kommt nicht drauf«, sagte Eva und unterschlug dabei einstweilen dessen neurodegenerative Erkrankung. Mara warf ihr einen sprechenden Blick zu, sagte aber nichts dazu.

Farci runzelte die Stirn. »Okay. Gebt ihm ein wenig Zeit, sich von dem Schock zu erholen, und macht euch wieder an die Arbeit. Und wenn ihm noch etwas einfällt, sagt mir sofort Bescheid … Habt ihr die Unterlagen alle dabei?«

Mara schlug mit der Hand auf eine Ledertasche, die die Akten enthielt.

»Gut.«

Farci registrierte den Vibrationsalarm seines Smartphones und las die Nachricht, die er bekommen hatte. »Okay, ich muss rasch ins Präsidium zurück. Ihr bringt Nieddu und den anderen die Akten. Ach, noch was … Morenos Hypothese, die Sache mit den Masken und so weiter. Woher hat er das? Wer waren seine Quellen?«

»Einige Professoren der hiesigen Universität. Besonders ein Anthropologe«, antwortete Mara.

»Gut. Dann redet mal mit ihm und versucht herauszufinden, ob da wirklich etwas dran ist.«

»Du meinst also ernsthaft …«

Sie unterbrach sich, als Eva ihr unter dem Tisch gegen das Schienbein trat.

»Eine ausgezeichnete Idee«, sagte Eva.

»Schreibt mir ein Gesprächsprotokoll und schickt es an mich, an das Team und an die Staatsanwälte – das sind sogar zwei, eine Entscheidung der Staatsanwaltschaft: Adele Mazzotta, die für den Vermisstenfall Dolores Murgia zuständig war, und der stellvertretende Staatsanwalt, Sostituto Procuratore Iaccarone in Cagliari. Ich muss ihnen etwas liefern, damit sie mir nicht immer im Nacken sitzen, zur Not einfach heiße Luft, das spielt keine Rolle.«

»Wir gehen sofort hin«, versicherte ihm Eva.

Farci stand auf. »Sagt den anderen, sie sollen mich sofort anrufen, wenn Trombetta mit der Obduktion fertig ist.«

Eva und Mara nickten.

»Entschuldigt, wenn ich etwas direkt war. Aber diese Geschichte macht mich ganz konfus.«

Die beiden Beamtinnen sahen ihm nach, wie er mit eingezogenem Kopf und hängenden Schultern rasch die Bar verließ.

»Farci ist in Ordnung, aber er ist einfach nicht dafür geschaffen, solchen Druck auszuhalten. Der arme Kerl ist nicht zu beneiden«, erklärte Mara.

»Das kannst du laut sagen.«

»Warum hast du ihm Barralis Krankheit verschwiegen?«

»Ach, keine Ahnung ... Es schien mir nicht der richtige Zeitpunkt dafür.«

»Lass uns eins klarstellen, Croce. Wenn wir als Team arbeiten wollen, ist Schluss mit den Alleingängen.«

»Das war doch kein ...«

»Wenn du eine Strategie bei Vorgesetzten, Zeugen oder wem auch immer hast, dann werden wir uns vorher absprechen. Dieser Fall könnte nämlich, falls du das immer noch nicht kapiert hast, beruflich für uns beide den Todesstoß bedeuten ... Wenn die Sache schiefläuft – und ich ahne schon Böses –, was meinst du, wer die ersten Sündenböcke sind, auf die alle mit dem Finger zeigen?«

»Wir«, gab Eva kleinlaut zu.

»Genau. Und wenn ich nicht vorher weiß, dass ich dir den Arsch retten muss, dann spielen wir denen nur in die Karten«, erklärte Mara in beißendem Ton. Dann stand sie auf und ging in Richtung Gerichtsmedizin, ohne auf ihre Kollegin zu warten.

60

Fachbereich Kulturanthropologie, Universität von Cagliari

Die Beamtinnen ignorierten den Zettel, der an der Bürotür hing und verkündete, dass sämtliche Gespräche und Prüfungen auf die folgende Woche verschoben wurden, und klopften. Einmal, zweimal. Eva wollte es gerade noch einmal versuchen, als die Tür aufgerissen wurde und ein Mann um die vierzig mit einem sehr professorenhaften Aussehen sie anschnauzte, da er sie offenkundig für eine Langzeitstudentin hielt: »Können Sie denn nicht lesen? Haben Sie den Zettel nicht gesehen?«

»Den Zettel haben wir gesehen, aber vielleicht möchten Sie das hier lesen?«, sagte Mara, die hinter ihrer Kollegin hervorgeschossen kam und ihm ihren Dienstausweis mit dem vergoldeten Abzeichen der Staatspolizei unter die Nase hielt.

Valerio Nonnis, Lehrbeauftragter für Kulturanthropologie, erblasste und stammelte eine Entschuldigung.

»Ich bin Ispettore Capo Croce und das ist meine Kollegin Ispettore Capo Rais, wir sind von der Mordkommission«, fuhr Mara trocken fort. »Ich denke, Sie wissen, weshalb wir hier sind.«

Irgendwie fand Eva die harte Tour ihrer Kollegin gut. Wenn man auf Krawall gebürstet in ein Verhör ging und somit von Anfang an eine feindselige Atmosphäre schuf, sodass der Befragte nicht wusste, wie er mit dieser Bedrohung umgehen sollte, musste dies zwar nicht zwangsläufig ein erfolgreicher Einstieg sein, aber bei Nonnis hatten sie

Glück: Er wirkte sichtlich eingeschüchtert und war fortan wie Wachs in den Händen der Beamtinnen.

Der Anthropologe schien noch eine Spur blasser geworden zu sein. »Also eigentlich habe ich …«

»Dürfen wir reinkommen?«, bedrängte ihn Eva.

»Ich hatte nicht …«

»Wir werden nicht mehr als zehn Minuten Ihrer kostbaren Zeit in Anspruch nehmen«, versicherte Mara und schlüpfte an ihm vorbei ins Büro.

Sobald auch Eva eingetreten war, schloss sie die Tür hinter sich. Auch dies ein Zeichen mit starker psychologischer Wirkung: Jetzt bist du zusammen mit uns, dem Gesetz, hier drin gefangen.

»Dürfen wir uns setzen?«, fragte Mara und nahm bereits vor dem Schreibtisch Platz.

»Bitte sehr«, brummelte er.

Eva blieb stehen und sah sich um. Noch so ein psychologischer Trick; der Höhenunterschied zwischen den beiden Beamtinnen zwang Nonnis, den Blick zwischen ihnen hin und her springen zu lassen, was seine Unruhe steigern würde.

»Entspannen Sie sich, wir kommen in friedlicher Absicht«, sagte Mara mit einem eindeutig falschen Lächeln. »Setzen Sie sich doch.«

Die beiden Beamtinnen schwiegen einen Moment. Auch dies eine Technik, um die Spannung und den Respekt bei der zu befragenden Person zu steigern. Eigentlich waren sie ja gar nicht dort, um Nonnis zu befragen, aber beim Betreten des Büros waren ihnen zwei Dinge aufgefallen, die bei ihnen die Alarmglocken hatten schrillen lassen: Die erste Beobachtung wollten sie vorerst für sich behalten, die andere betraf die Hände des Dozenten: eine steckte in einem Verband, und die andere war an den Fingerknöcheln so abgeschürft, als hätte er mit den Fäusten eine Mauer malträtiert. Oder einen Menschen. Ein Detail, das sie nicht unkommentiert übergehen durften.

»Was haben Sie denn mit Ihren Händen gemacht?«, fragte Mara scheinheilig.

Nonnis sah sie an, als hätte er nicht verstanden.

»Haben Sie sich mit jemandem geprügelt?«, erläuterte Mara.

»Ach so, das ... Nein, nein ... Ich habe ein paar Kollegen bei einer Ausgrabung geholfen und mir wie ein Idiot die Finger eingeklemmt ... Nicht weiter schlimm.«

»Eine archäologische Grabung?«, erkundigte sich nun Eva.

»Genau.«

»Wo denn?«, übernahm Mara gleich wieder.

»Warum all diese Fragen?«

»Ach, aus reiner Neugier«, wiegelte Mara ab. »Schon als kleines Mädchen habe ich davon geträumt, Archäologin zu werden. Das war damals zu Zeiten von Indiana Jones ...«

»Ich ... Könnten Sie mir bitte erklären, warum Sie hier sind?«

Eva und Mara waren wirklich sehr gut darin, sich naiv zu geben; in Wirklichkeit witterten sie Lügen wie ein Hai das Blut. Sie speicherten innerlich ab, dass Nonnis sie angelogen hatte, nach außen aber lächelten sie verständnisvoll und fuhren fort.

»Wir sind hier, weil Sie als einer der größten Experten für sardische Kulturanthropologie und -ethnographie gelten«, sagte Eva mit einem freundlichen Lächeln. »Sie werden in akademischen Kreisen sehr geschätzt und respektiert, und Ihre Recherchen fanden Beifall in ganz Italien und über die Landesgrenzen hinaus. Hut ab.«

Nach dem ersten Tiefschlag folgte eine Schmeichelei: Das sollte den Zeugen verwirren und ihn dazu bringen, seine Wachsamkeit runterzufahren.

»Ich … also, so weit würde ich nicht gehen, aber trotzdem vielen Dank …«

»Ach, seien Sie nicht so bescheiden. Wir haben Ihre Bücher gesehen«, schmeichelte ihm Mara.

»Nun ja, ich habe einiges geschrieben …«

Als wäre es das Natürlichste der Welt, holte Mara Rais ein Tablet hervor und legte es vor Nonnis auf den Schreibtisch: Es zeigte die Bilder von Dolores' Leiche am Fundort.

Völlig überrumpelt erstarrte er und riss die Augen auf.

»Wir sind hier wegen der Ermittlungen in einem Fall, aber nicht offiziell, Professor Nonnis«, sagte Eva. »Wir bitten Sie, diese Unterhaltung vertraulich zu behandeln, weil es sich um laufende Ermittlungen handelt.«

Der Dozent sah zu Eva auf, starrte sie an, als hätte er kein Wort verstanden.

»Können wir uns auf Sie verlassen? Sie werden mit niemandem darüber reden?«, bedrängte ihn Mara.

»Ich … natürlich, natürlich.«

»Gut … Wir rekonstruieren gerade den Hintergrund der anthropologischen Symbole und Bedeutungen, die diesem Verbrechen zugrunde liegen, denn wir glauben, es handelt sich dabei um einen Ritualmord«, erklärte Eva.

»Noch einer …«

Die beiden Beamtinnen wechselten einen Blick vorgetäuschter Überraschung. Nonnis bemerkte das.

»Es gab schon ähnliche Verbrechen. 1975 und 1986.«

»Was wissen Sie denn darüber?«, fragte Mara.

»Ich bin von einem Ihrer Kollegen hinzugezogen worden, Moreno Barrali. Er hat mich im Laufe der Jahre mehrmals um Rat gebeten.«

»Ach so, Barrali …«, glättete Eva die Wogen.

Nonnis sah wieder aufs Tablet.

»Sie können ruhig weiterscrollen. Da gibt es noch mehr Bilder.«

Nonnis gehorchte. Angesichts der Brutalität der Bilder verengten sich seine Augen.

»Fallen Ihnen Unterschiede zu den anderen Morden auf?«, fragte Eva.

»Das ist das Nuraghenheiligtum von Santa Vittoria in Serri«, sagte Nonnis eher zu sich selbst als zu den anderen Anwesenden.

»Genau«, bestätigte Rais.

»Wann ist das passiert?«, fragte er.

»Das spielt keine Rolle«, unterbrach Eva. »Bemerken Sie irgendein Element, das nicht zu den anderen Morden passt?«

Schweigend studierte Nonnis einige Minuten lang die Fotografien. »Ich glaube nicht«, sagte er schließlich und reichte Eva das Gerät zurück.

»Wenn wir Sie bitten würden, die Kult-Elemente auch dieses Mordes zu untersuchen, würden Sie das tun?«, fragte sie freundlich.

»Sicher, wenn ich irgendetwas zu den Ermittlungen beitragen kann …«

»Können Sie uns jetzt gleich zwanzig Minuten Ihrer Zeit schenken?«, fragte Rais.

»Jetzt? Also eigentlich …«

»Diese Verbrechen scheinen sich auf die Traditionen des sardischen Karnevals zu beziehen.«

Nonnis sah Eva an und nickte. »Ja.«

»Können Sie uns das etwas näher erläutern?«, fragte Mara.

Nonnis zuckte mit den Schultern. Eva bemerkte, dass er einen Ehering am linken Ringfinger trug. Sie ging um den Schreibtisch herum, als wollte sie aus dem Fenster sehen, stattdessen galt ihr eigentliches Interesse dem Schreibtisch. Sie sah darauf Fotos von einem kleinen Jungen und einem Mädchen; auf einem war die ganze Familie vereint, einschließlich Ehefrau.

Willst du uns nur weismachen, dass du ein guter Familienvater bist, oder bist du das wirklich?, überlegte Eva.

»Welche Funktion hatten denn zum Beispiel diese Zeremonien?«, fragte Mara und zückte Block und Stift, um sich Notizen zu machen.

»Nun, diese Karnevalszeremonien hatten eine reinigende, eine läuternde Funktion, sie kommen mit annähernder Sicherheit von den Dionysus-Riten, beziehungsweise sie sind Weiterentwicklungen davon … Die Feiern hatten einen therapeutischen Zweck für die Gemeinschaft, die nach dem Opfer einen neuen Lebenssinn entdeckte.«

»Mit Opfer meinen Sie ein Blutopfer?«, fragte Eva.

»Ursprünglich ja. Die Riten der Opferpassion waren ziemlich grausam. Aber notwendig, weil sie ein Opfer nachahmen sollten, das für das Wohl der Gemeinschaft lebensnotwendig war, auch wenn das paradox klingen mag.«

»Wir reden von einem agropastoralen Milieu, nicht wahr?«

»Ja. Der Ritus bezog sich auf die Natur und ihre Zyklen von Leben und Tod, den Wechsel der Jahreszeiten.«

»Und in wessen Namen wurde das Opfer dargebracht?«

»Darüber können wir nur spekulieren. Wie Sie sicher wissen, hat die Nuraghenkultur laut dem derzeitigen Forschungsstand nichts Schriftliches hinterlassen, daher können wir nur Vermutungen anstellen …«

»Könnten Sie sich vielleicht etwas weiter aus dem Fenster lehnen?«, forderte ihn Mara auf.

»Einige Forscher meinen, dass die Protosarden und anschließend die Nuragher einer monotheistischen Religion anhingen, deren Gott das männliche wie das weibliche Element in sich vereinte. Die riesige Vielfalt an Votivbronzestatuetten und Grabbeigaben unterschiedlichster Art, die bei den Brunnen und in deren Umgebung gefunden wurden – einige übrigens genau in Serri –, bezeugen den Opferbrauch für die Gottheit.«

»Das heißt?«, fragte Eva.

»Das größte Opfer ist das Leben selbst, normalerweise das eines Tieres. Die Opfer wurden im Tausch für etwas dargebracht: die Heilung von körperlichen Gebrechen, Erlösung von irdischer Schuld, ein Eingreifen der Gottheit bei Seuchen und Hungersnöten, Anlässe gab es viele.«

»Und Menschen? Sie wurden ebenfalls geopfert, oder?«

»Es sieht ganz danach aus, vor allem in extrem schwierigen Situationen für die Nuraghenclans. Um ein schnelleres und entschiedeneres Handeln der Gottheit zu erwirken, reichten Ziegen, Stiere und Lämmer nicht mehr aus … Sie glaubten, man könne sich das Schicksal, das man als Ausdruck des göttlichen Willens interpretierte, gewogen stimmen, indem man auf ein wichtiges Element verzichtete, eine Schlüsselfigur der Gemeinschaft. Schließlich schätzten sie den Wert des Kollektivs höher ein als den des einzelnen Individuums, selbst wenn dieses in der Hierarchie sehr bedeutend war. Mit diesem Verlust kauften sie sich in den Augen des Gottes oder der Göttin frei.«

»Warum aber die Brunnenheiligtümer?«

»Das Brunnenheiligtum ist die Kultstätte schlechthin der Nuraghenkultur. Das Wasser repräsentierte das Leben. Der Abstieg in die Erde dagegen stellte den Übergang in eine Unterwelt dar.«

»Also eine Art, um mit der Gottheit in Verbindung zu treten«, vermutete Mara.

»Genau.«

»Wer führte diese Riten durch?«

»Beim gegenwärtigen Stand der Forschung sieht es so aus, als wären es Priesterinnen gewesen. Sie waren die Hüterinnen dieser heiligen Elemente, die, sagen wir es so, mit Magie verbunden waren.«

Mara zog eine Augenbraue hoch. Das bemerkte Nonnis und reagierte darauf, als hätte man ihn persönlich beleidigt:

»Sehen Sie mich nicht so an. Die Magie liefert seit jeher den Menschen Instrumente, um kritische Situationen anzugehen, die allein mit menschlichen Kräften nicht zu überwinden sind. Der Magier, oder in diesem Fall die Magierin, entsteht als Projektion der Bedürfnisse in einem besonderen Kontext. Er ist der Inbegriff einer lokal verorteten Kultur. Seine Vermittlungsfunktion hat einen starken sozialen Wert: Durch ihn wird die Gemeinschaft weiter zusammengeschweißt und mithilfe eines kollektiven Ritus wird das Vertrauen in die Menschen und in ihr gemeinsames Leben gestärkt. Er hat eine entscheidende soziologische Funktion.«

»Rechtfertigen Sie da gerade Menschenopfer?«, fragte Mara bohrend.

»Nein, sicher nicht. Ich siedle sie nur in dem Kontext einer Epoche an, in der die Magierin oder die Priesterin eine herausragende Rolle als spirituelle und irgendwie auch politische Führerin der Nuraghengesellschaft hatte«, ereiferte sich Nonnis. »Die Durchführung des Opferritus war nicht nur ein Akt von magischer Bedeutung, sondern auch politisch relevant.«

Eva beschloss, dass sie nun lange genug um das wahre Thema herumgeredet hatten, um ihn in Sicherheit zu wiegen: Maurizio Nonnis hatte seine Deckung weit genug aufgegeben. Sie holte aus ihrer Jeanstasche ein Foto, faltete es auf und knallte es dann auf den Schreibtisch: »Könnten Sie uns sagen, in welcher Beziehung Sie zu Dolores Murgia standen, Professore?«

61

Fachbereich Kulturanthropologie, Universität von Cagliari

Nonnis starrte ein paar Sekunden die Fotografie von Dolores Murgia an, dann sah er wieder zu Eva Croce auf.

»Sie war einige Semester lang meine Studentin. Ich habe sie schon länger nicht mehr gesehen, daher glaube ich, dass sie das Studium aufgegeben hat«, sagte er so ungezwungen wie möglich. »Steckt sie in irgendwelchen Schwierigkeiten?«

»Sie haben bestimmt jede Menge Studenten«, erwiderte Mara, ohne weiter auf seine Frage einzugehen. »Wie kommt es, dass Sie sich so gut an diese junge Frau erinnern?«

»Weil sie ein kluger Kopf ist. Sie meldete sich selten, aber ich erinnere mich noch an ihre Beiträge, durch die Bank sehr intelligent.«

»Wann haben Sie sie zuletzt gesehen?«, fuhr Eva mit der Befragung fort.

»Das kann ich Ihnen nicht so genau sagen … vor sechs Monaten, einem Jahr … so was in der Art … Sie ist das Mädchen, das verschwunden ist, nicht wahr? Ich habe etwas darüber in der Zeitung gelesen. Als ich das Bild im Fernsehen und in der Presse gesehen habe, wusste ich gleich, wer sie war. Und ihr Name wurde in den Nachrichten erwähnt.«

Mara nickte kaum wahrnehmbar ihrer Kollegin zu. Vor dem Gespräch mit Nonnis hatte Eva noch einmal in der Akte zu Dolores nachgelesen, dass die junge Frau kurze Zeit Anthropologie an der Universität von Cagliari studiert hatte, daher hatten sie sich im Studentensekretariat erkundigt, ob

Dolores eine seiner Studentinnen war. Als man ihnen das dort bestätigte, hatten die beiden sich eine entsprechende Befragungsstrategie überlegt. Sie glaubten zwar nicht, dass der Dozent in den Mord verwickelt war, doch in einer Ermittlung dieser Tragweite musste man alle Spuren verfolgen, selbst die unwichtigsten.

»Haben Sie sie gefunden?«, fragte Valerio Nonnis.

»Zeig ihm das andere Foto«, forderte Mara ihre Kollegin auf.

Eva Croce legte dem Anthropologen nun ein Foto von Roberto Melis, dem Anführer der Neonuraghiker, vor, woraufhin der Dozent ein paar deftige Flüche auf Sardisch ausstieß.

»Was hat er gesagt?«, erkundigte sich Eva.

»Dass die Mutter dieses Kerls ein besonders ausgeprägtes Sexualleben hat und dass sie sich auch nicht schämt, intimen Verkehr mit Großtieren zu pflegen«, übersetzte Mara.

Eva lächelte. »Ihren Worten entnehme ich, dass Sie ihn kennen.«

»Leider ja. Neben meiner Lehrtätigkeit bin ich Mitglied einer Kooperative von ehemaligen Universitätskollegen. Wir kümmern uns um den Unterhalt einiger Ausgrabungsstätten … Dieser Dummschwätzer Melis und seine ›Jünger‹ beschädigen die Monumente, sie schlafen darauf, entzünden Feuer in der Nähe und entfernen Steine und anderes, um daraus Anhänger und Amulette zu machen … Sie haben bereits Dutzende von *domus de janas* und Gigantengräbern ruiniert. Aber abgesehen vom Schaden für die archäologischen Denkmäler begeht er Betrug an vielen Menschen, wenn er ihnen weismacht, dass die Steine Heilkraft besäßen und von ihnen magnetische und energetische Schwingungen ausgingen, durch die beispielsweise Bestrahlungen oder Chemotherapien unnötig würden. Sie sollten ihn unbedingt verhaften.«

»Hatten Sie jemals eine offene Auseinandersetzung mit ihm?«, fragte Mara.

»Aber natürlich. Wir haben zusammen studiert. Er hatte bereits seit einigen Jahren die Regelstudienzeit überschritten. Schon damals hatte er den Kopf voll mit diesen kruden Theorien über den therapeutischen Wert von Menhiren und meinte, dass die Nuraghen energetische Zentren wären, durch die man mit den Sternen kommunizieren könnte … Einen Abschluss hat er nie geschafft. Später habe ich zusammen mit anderen Kollegen seine Aktivitäten der Aufsichtsbehörde gemeldet, und wir haben einigen seiner Sitzungen beigewohnt und gegen ihn protestiert, außerdem sind wir zu Lesungen seiner Bücher gegangen, die unerklärlicherweise ziemlich erfolgreich sind, obwohl sie nur so von diesen Scharlatanerien strotzen.«

»Die hier haben Sie aber nicht etwa von einer Prügelei mit ihm?«, fragte Eva und zeigte auf seine aufgeschürften Hände.

»Nein, nein … Aber ich streite nicht ab, dass ich ihm gern mal eine verpassen würde … Durch Menschen wie ihn wird der Ruf der Archäologie und der traditionellen Anthropologie beschädigt und diese Wissenschaft ins Reich der Mysterien verwiesen. Er betreibt mit dieser Nuraxia eine Art Pseudoreligion neopaganen Anstrichs, die die anthropologische Wissenschaft konterkariert und offizielle Forschungen verhöhnt. Das Verrückte ist, dass ihm eine beeindruckende Menge an Personen in diesem Wahn folgt. Hauptsächlich verzweifelte Menschen … Ist er denn am Verschwinden dieser jungen Frau beteiligt?«

»Sagen wir einfach, wir würden gern ein wenig mit ihm plaudern, aber im Moment ist er leider unauffindbar. Haben Sie zufällig eine Idee, wo wir nach ihm suchen könnten?«, fragte Eva.

»Er macht häufig sogenannte ›Pilgerwanderungen der

Hoffnung‹ mit seinen Anhängern, meist zu den Nuraghen-Heiligtümern und Megalith-Kreisen.«

»Könnten Sie etwas genauer sein?«

Nonnis schüttelte den Kopf. »Allein von den Gigantengräbern gibt es achthundert über die ganze Insel verstreut … Er könnte wirklich überall sein.«

»Wenn man Ihnen eine Pistole an die Stirn halten würde, welchen Ort würden Sie angeben?«, hakte Eva nach.

Der Dozent dachte kurz nach. »Vielleicht den Monte Arci … Dieser Ort kann auf eine achttausendjährige Geschichte zurückblicken, dort gibt es Überreste der Nuraghenkultur und Spuren frühgeschichtlicher Siedlungen. Es ist ein Berg vulkanischen Ursprungs. Er beherbergt ein riesiges Obsidianvorkommen. Obsidian war das schwarze Gold der Jungsteinzeit. Gemäß den Theorien der Neonuraghiker besitzt Obsidian unglaubliche energetische Kräfte … Also, ich würde es dort versuchen.«

Eva nickte und sendete eine Nachricht mit der Ortsangabe an Maurizio Nieddu. Dazu schrieb sie: *Versucht es hier mal, wenn ihr das nicht schon getan habt. Er könnte sich dort verstecken. Später mehr dazu.*

»Ist Melis Ihres Wissens abgesehen von Denkmalbeschädigung in irgendwelche illegalen Aktivitäten verstrickt, oder könnte er ein schweres Verbrechen begangen haben?«, fragte Mara.

»Es würde mich nicht überraschen … Es kursieren einige Gerüchte über diese Pilgerwanderungen: Anscheinend werden Drogen und andere halluzinogene Substanzen konsumiert. Ich habe auch von Orgien, sexueller Gewalt gegenüber den Anhängerinnen und einer Art Gehirnwäsche gehört, die Melis und der innere Kreis seiner Gefolgschaft bei Neuzugängen praktizieren. Es ist eine richtiggehende Sekte.«

Mara reichte ihm ein paar Akten mit Überlegungen aus

anthropologischer Sicht zu dem Ritual, das den Morden von 1975 und 1986 zugrunde lag. Verfasst von Barrali. »Ich bitte Sie um einen Gefallen: Werfen Sie doch mal einen schnellen Blick auf diese Beschreibungen und sagen Sie mir, ob sie aus Sicht Ihres Studiengebiets zutreffen.«

Die beiden Beamtinnen ließen ihn ein paar Minuten still die Dokumente studieren, dann nickte der Anthropologe und gab sie zurück.

»Ach, wenn doch meine Studenten auch so präzise wären … Das klingt alles durch und durch plausibel. Sie stammen von Barrali, nicht wahr?«

Mara nickte.

»Er bat um die Unterstützung meiner Professorin, bei der ich studiert und mit der ich zusammengearbeitet habe, bis sie pensioniert wurde. Später habe dann ich ihm geholfen und versucht, das Todesritual zu entschlüsseln … Ich muss gestehen, diesbezüglich ist er besser informiert als viele meiner Kollegen.«

»Das haben wir schon gemerkt«, bestätigte Eva. »Wir danken Ihnen sehr für Ihre Zeit. Wahrscheinlich werden wir noch einmal auf Sie zurückkommen.«

»Ich stehe zu Ihrer Verfügung.«

»Es ist gut möglich, dass einige Journalisten sich an Sie wenden werden, und wahrscheinlich werden sie dabei sehr hartnäckig sein«, sagte Mara. »Seien Sie also auf diese Möglichkeit gefasst.«

»Was? Wieso?«

Mara ging nicht weiter auf seine Frage ein, sondern fuhr ungerührt fort: »Wir raten Ihnen eindringlich davon ab, mit der Presse zu reden. Denn dadurch könnten Sie unsere Ermittlungen gefährden. Wie Sie gesehen haben, handelt es sich um einen Mordfall. Genauer gesagt um vorsätzlichen Mord mit besonderer Schwere wegen ungewöhnlicher Grausamkeit. Darauf steht eine lebenslange Freiheitsstrafe.«

Falls Mara ihn einschüchtern wollte, dann war ihr das bestens gelungen, stellte Eva fest, als sie Nonnis' bestürztes Gesicht sah.

»Ich werde mit niemandem reden«, versprach er.

»Ausgezeichnete Idee«, lobte Mara.

Die Beamtinnen schüttelten zum Abschied vorsichtig die bandagierte Hand des Dozenten und wandten sich zum Gehen.

»Die junge Frau auf den Fotos des Heiligtums von Serri ... Haben Sie sie identifiziert? Ist das wirklich Dolores?«, fragte Nonnis, als sie schon zur Tür hinaus waren.

Die Beamtinnen drehten sich noch einmal um und starrten ihn schweigend ein paar Sekunden an.

»Nein«, log Eva. »Wir schließen aus, dass es sich um sie handelt. Wir arbeiten noch daran, ihre Identität zu ermitteln.«

62

Parkplatz der Fakultät für Geisteswissenschaften, Cagliari

Der lügt«, sagte Mara, als sie zu ihrem Auto auf dem Uniparkplatz zurückgingen. »Ich weiß zwar nicht, an welcher Stelle, aber er lügt.«

»Genau, das glaube ich auch ... Ich mag ihn nicht. Er wirkt, als hätte er etwas zu verbergen.«

»Als wir uns ausgewiesen haben, konnte ich förmlich hören, wie ihm das Herz in die Hose gerutscht ist«, fügte Mara hinzu. »Er war schlagartig so blass wie du.«

»Hör mal, hast du ein Beweistütchen für mich?«, fragte Eva und zog das Foto von Dolores hervor, auf dem Nonnis seine Fingerabdrücke hinterlassen hatte.

»Was?! Ach, du hast ... Nicht schlecht, Croce. Wirklich nicht schlecht«, musste Mara gestehen, während sie in ihrer Handtasche nach den Autoschlüsseln wühlte.

»Du weißt doch, man kann nie wissen«, gab Eva grinsend zurück.

Mara öffnete den Kofferraum und holte eine der Plastiktüten für die Beweissicherung heraus, in die sie das Foto steckte.

»Was schlägst du vor?«, fragte Eva.

»Ich würde sagen, wir sollten ein paar Nachforschungen über ihn anstellen.«

»Einverstanden«, sagte Eva. »Er ist sechsundvierzig und immer noch nur Lehrbeauftragter, mit befristetem Vertrag. Okay, wir sind in Italien, aber ... Kommt es dir nicht merkwürdig vor, dass er kein ordentlicher Professor ist?«

»Ziemlich … Ich kenne da jemanden an der Uni. Ich könnte mich mal nach ihm erkundigen«, antwortete Mara.

»Willst du Farci Bescheid sagen?«

»Was soll ich ihm denn sagen? Dass uns die Nase von dem Professorchen nicht passt? Der würde uns was husten. Wenn wir ihn miteinbeziehen wollen, dann müssen wir ihm etwas Handfesteres liefern als nur ein Bauchgefühl. Und eigentlich dürften wir uns gar nicht damit beschäftigen. Wir sind nicht im Team, vergiss das nicht.«

»Das bedeutet nicht, dass wir ihm nicht Bescheid geben dürfen, wenn uns etwas auffällt.«

»Aber für den Moment fürchte ich, wir haben nicht genug.«

»Ist dir aufgefallen, dass Nonnis im Büro einen Schal umhatte?«

»Na klar.« Mara nickte.

»Und kam er dir erkältet vor?«

»Nein. Das habe ich auch bemerkt … Du glaubst, er versteckt darunter was, oder? Kratzer, blaue Flecken …«

»Da drinnen war ja sogar die Heizung an, es war zum Ersticken heiß«, gab Eva zu bedenken. »Trotzdem hatte er einen Schal um, noch dazu eng um den Hals.«

»Vielleicht geht gerade die Fantasie mit uns durch«, wiegelte Mara ab.

»Wir sind schließlich Frauen und als solche äußerst routiniert darin, zu allem im Kopf einen Film ablaufen zu lassen«, witzelte Eva.

»Nicht über solche Dinge … Also ich jedenfalls nicht. Du dagegen hast bestimmt nichts Besseres zu tun, was?«

»Der Typ verbirgt etwas«, überlegte Eva weiter, ohne auf sie einzugehen.

»Für den Moment deutet alles auf Melis hin, und unser Eindruck ist nicht mal das Schwarze unter den Fingernägeln wert.«

Sie stiegen ins Auto.

»Vielleicht wäre es mal wieder an der Zeit für ein kleines Gespräch mit Moreno. Dann könnten wir ihn fragen, was er von Nonnis hält«, schlug Eva vor.

»Gute Idee. Aber nicht heute. Du hast doch gesehen, wie mitgenommen er war.«

»Und Nonnis, wie hat er auf dich gewirkt, als ich ihm das Foto gezeigt habe?«, wollte Eva wissen.

»Wie einer, der sich gleich in die Hosen macht.«

»Warum?«

»Tja, das ist die Eine-Million-Euro-Frage, Croce«, sagte Mara und ließ den Motor an.

63

Einsatzzentrale der Mordkommission,
Polizeipräsidium Cagliari

In der Einsatzzentrale, die man für den Mordfall Dolores Murgia eingerichtet hatte, herrschten Hektik und Betriebsamkeit. Die Wände waren zugepflastert mit Fotos vom Tatort, dazu viele Vergrößerungen mit Details von der Leiche. Zahlreiche Beamte umstanden einen Tisch und studierten das Material, das Nieddu direkt aus dem Haus des Gurus hatte herbringen lassen, während andere auf Whiteboards Einzelheiten des Verbrechens sowie die ersten Ergebnisse der Spurensicherung notierten und den zeitlichen Ablauf der Ereignisse skizzierten.

Die Leute von der Sonderkommission sahen kurz zu Eva und Mara hin, wandten sich aber gleich wieder ihrer Arbeit zu, ohne ihnen weiter Beachtung zu schenken.

Die beiden Beamtinnen spürten einen Anflug von Neid, als sie die perfekt organisierte Maschinerie der Mordkommission bei der Arbeit sahen. Das Adrenalin wahrnahmen, das die Ermittler verströmten. Die beinahe greifbare Spannung im Raum. Da draußen lief ein Mörder frei herum und höchstwahrscheinlich war Dolores nicht sein einziges Opfer. Das gemeinsame Ziel schweißte Kollegen zusammen, die vor Kurzem kaum je ein Wort miteinander gewechselt hatten; in wenigen Stunden waren sie von gelangweilten Sesselpupsern zu entschlossenen Jägern geworden.

»Los, gehen wir, sonst bring ich mich hier noch um«, sagte Mara.

»Dann erschieß mich bitte vorher noch«, erwiderte Eva. »Lieber eine Kugel im Kopf als in diesem stinkenden Kellerloch lebendig begraben zu sein. Und dann noch mit dir.«

»Weißt du, du bist mir genauso willkommen wie die Monatsblutung am ersten Urlaubstag am Meer«, zischte Mara Eva zu, die darüber grinsen musste.

Nieddu bemerkte die beiden jetzt erst und kam zu ihnen. »Wir haben eine Aufklärungsstaffel losgeschickt; sie suchen den gesamten Monte Arci mit Drohnen ab. Danke für den Tipp.«

»Gern geschehen. Hoffen wir mal, es hilft«, sagte Eva. »Wie läuft es hier so?«

»Wir sind dran, ihr wisst ja besser als ich, dass die ersten achtundvierzig Stunden entscheidend für die Ermittlungen sind.«

»Übrigens«, sagte Mara und holte eine Mappe aus ihrer Tasche. »Wir haben den Anthropologen befragt, der mit Barrali an den früheren Fällen zusammengearbeitet hat. Hier sind die Infos, die wir über die ›heilige Kraft des Wassers‹ und die Symbolbedeutung der Masken gesammelt haben, jetzt könnt ihr euch mit diesem Blödsinn befassen ... Nimm. Und viel Spaß dabei.«

»Wie fandet ihr den Professore?«

»Interessanter Typ. Wenn du kurz Zeit hast, erzählen wir dir mehr.«

Nieddu legte die Mappe auf einen Schreibtisch und lud die beiden trotz der späten Stunde auf einen Kaffee ein. Eva und Mara willigten ein, weil sie begriffen hatten, dass Nieddu mit ihnen allein reden wollte.

»Man hat euch von dem Fall abgezogen. Warum das denn?«, fragte er betroffen, sobald sie unter sich waren.

»Die üblichen Machtspielchen in den höheren Etagen ... Sagen wir mal so, wir sind nicht gerade deren Lieblinge«, erklärte Mara.

Nieddu schüttelte den Kopf. »Im Präsidium von Cagliari gibt es mehr Intrigen als in einer Staffel *Game of Thrones*. Das war schon immer so … Tut mir leid für euch. Wirklich schade.«

»Wir kommen schon klar … Übrigens, was sagt Trombetta?«, fragte Mara.

»Deswegen wollte ich ja mit euch reden. Die Sache ist schlimmer, als wir geglaubt haben«, erklärte Nieddu und wurde plötzlich leiser.

»Inwiefern?«, schaltete sich jetzt Eva ein.

»Die Autopsie ist noch im Gange. Es wird wohl die ganze Nacht und vielleicht noch länger dauern, bevor es einen endgültigen Bericht gibt.«

»Warum das?«

»Dolores ist an der Halsverletzung gestorben, aber es scheint, dass sie durch die Schläge in einen präkomatösen Zustand versetzt wurde. Man hat sie schwer misshandelt. Sie ist mit dem Kopf mehrfach aufgeschlagen, hatte drei gebrochene Rippen, und wenn sie nicht an dem Schnitt durch die Halsschlagader gestorben wäre, dann hätten ihr heftige innere Blutungen, verursacht durch die Schläge, den Rest gegeben.«

»O Gott …«, sagte Mara leise.

»Kennt man schon den genauen Todeszeitpunkt?«, fragte Eva.

»Zwischen Mitternacht und zwei Uhr morgens.«

»Sie war also nicht bei Bewusstsein, als sie ins Brunnenheiligtum gebracht wurde?«

»Das versucht der Pathologe gerade herauszufinden, aber wahrscheinlich nicht. Sie war ja halb im Koma.«

Die beiden Frauen sahen einander gespannt an.

»Und das ist leider noch nicht alles …«

64

Einsatzzentrale der Mordkommission,
Polizeipräsidium Cagliari

Was denn noch?«, fragte Mara, und auf ihrem Gesicht erschien ein Anflug von Panik.

Nieddu lehnte sich erschöpft an die Wand, als müsse er die unsichtbare Last, die ihn niederdrückte und die er nicht mehr ertragen konnte, mit jemandem teilen. Er seufzte tief, und man merkte ihm an, wie sehr ihn das anekelte, was er Mara und Eva gleich eröffnen würde.

»Die junge Frau ist mehrfach vergewaltigt worden«, sagte er dann kaum hörbar.

Mara und Eva waren sprachlos.

»Sie wurde vor der Nacht, in der der Mord geschah, vergewaltigt. Zwei oder drei Tage davor: Das ist die inoffizielle Version von Trombetta, die mit äußerster Vorsicht behandelt werden muss, bis er seinen endgültigen Bericht erstellt hat.«

»Ist er sicher hinsichtlich der Vergewaltigung?«, fragte Mara nach einem Moment der Bestürzung.

»*Vergewaltigungen* … Ja, dessen ist er sicher.«

Wieder Schweigen.

»Diese junge Frau muss nach ihrem Verschwinden durch die Hölle gegangen sein«, sagte Nieddu, und in seinen Augen schimmerte es feucht.

»Und warum hat man sie so zugerichtet?«, fragte Eva, ohne sich an jemand Bestimmten zu wenden.

»Sie könnte von diesem Bastard und seinen Jüngern bei einem seiner verdammten Rituale vergewaltigt worden sein.

Sie hat versucht, sich zu wehren, und man hat sie geschlagen, bis sie bewusstlos war. Tatsächlich führt diese Spirale der Gewalt, wie sie hier angewendet worden ist, zum Koma. Da diese Scheißkerle sie nicht wieder wach bekamen, haben sie beschlossen, die junge Frau umzubringen, und dabei die früheren Morde nachgeahmt, in dem Versuch, die Schuld auf jemand anderen abzuwälzen«, überlegte Mara laut.

Eva und Nieddu betrachteten sie anerkennend: Maras Hypothese war stichhaltig.

»Ja, so könnte es gewesen sein«, stimmte Eva zu. »Das würde voraussetzen, dass sie die Frau irgendwo versteckt oder isoliert hatten.«

»Wenn wir diesen Scheißkerl kriegen, werden wir wahrscheinlich auch den Ort finden, an dem er sie versteckt hatte.«

»Ich weiß, es ist noch zu früh für toxikologische Untersuchungen, aber hat Trombetta vielleicht in dieser Hinsicht etwas verlauten lassen?«, fragte Eva.

»Ja, ich weiß nicht mehr genau, was er gesagt hat, aber ich meine, dass er im Lebergewebe Anzeichen dafür gefunden hat, dass die junge Frau für viele Stunden unter dem Einfluss von Betäubungsmitteln stand. Chemisches Zeug. Wahrscheinlich Halluzinogene.«

»Dann hat man sie also unter Drogen gesetzt, um sie zu vergewaltigen … Das klingt logisch. Vielleicht hat man ihr ja erzählt, dass müsse sein, um sich in diese Trance zu versetzen, von der Barrali gesprochen hat, und dann …«

Eva wollte gerade antworten, als die drei sahen, wie die Kollegen aus der Einsatzzentrale stürzten und die Treppen hinunterrannten.

»Was ist passiert?«, fragte Nieddu Paola Erriu, als auch sie aus dem Raum kam.

»Anscheinend haben die Drohnen ihn aufgespürt. Er kampiert mit seinen Anhängern irgendwo am Monte Arci, genau wie Sie gesagt hatten. Wir haben Unterstützung aus der Luft und ein Einsatzteam angefordert.«

Nieddu sah Eva mit einem dankbaren Lächeln an.

»Kann ich mitkommen?«, fragte sie.

»Wir«, verbesserte Mara sie.

Eva und Nieddu wandten sich ihr zu und musterten sie beide von oben bis unten, die perfekt lackierten Fingernägel, das Make-up, die gestylte Frisur und die Pumps mit den Acht-Zentimeter-Absätzen. Mara sah aus, als wolle sie zur Verteidigung ihrer Doktorarbeit, nicht zu einem bewaffneten Einsatz im Gebirge.

»So?«, fragten Eva und Nieddu verwirrt wie aus einem Mund.

»Na ja, irgendjemand muss doch dafür sorgen, dass das Schönheitslevel im Team angehoben wird, oder?«, erwiderte Mara und strich sich gelassen ihr figurbetontes Kostümchen glatt.

65

Siedlung der Ladu vom Berg, Oberland der Barbagia

Micheli starrte seinen Vater ungläubig an, dann schüttelte er heftig den Kopf.

»Nein ... Das kannst du nicht von mir verlangen«, stieß er gequält hervor und zerriss damit die eisige Stille, die auf die Worte des Familienoberhaupts gefolgt war.

»Ich verlange es nicht von dir, ich befehle es«, erwiderte Bastianu hart.

»Nein, *ba'*, das kann ich nicht ... Ich habe alles gemacht, was du bislang von mir verlangt hast. Aber das ... *Cazzu diaulu*, das nicht!«

In der Küche verdichtete sich die Kälte. Unangenehm berührt senkten die beiden jüngeren Brüder Bastianus die Augen auf ihre Teller. Nach dem verzweifelten Aufschrei des Jungen war jetzt wieder nur das Knistern der Scheite von Mastix- und Erdbeerbaumholz zu hören.

Bastianu gab mit dem Kopf ein stummes Zeichen, und die Frauen, die in Schals aus dunkler Wolle gehüllt schweigend beim Kamin gesessen und Körbe aus Affodill geflochten hatten, gehorchten und verließen wortlos den Raum.

Micheli beobachtete den Vater, der langsam die in Fladen gewickelten Würste zu Ende aß und sich schließlich den Mund abwischte. Mit bedachten Bewegungen und kalter Ruhe säuberte er die Klinge seiner *resolza* mit einem Taschentuch, klappte das Messer zu und steckte es in die Hosentasche. Er legte die Hände auf die hölzerne Tischplatte, sah seinen Sohn aus traurigen Augen an und sagte schließlich: »Dann stellst du also meine Worte infrage und demütigst mich vor den Frauen?«

Der Junge besaß die Frechheit, den Blick nicht unverzüglich zu senken.

Schnell wie ein Raubtier sprang Bastianu auf, sodass der Tisch und der Stuhl polternd umfielen, und versetzte Micheli eine so heftige Ohrfeige, dass er gegen die Wand geschleudert wurde. Der Schlag war so heftig, dass der Putz bröckelte und die Kupferpfannen am Balken über ihren Köpfen schepperten.

Bastianus Brüder befürchteten, er könnte seinen Sohn umgebracht haben.

Micheli rollte leblos zu Boden, dann kam er wieder zu sich und schnappte nach Luft.

Eine Träne aus Blut lief langsam an der weißen Wand herab.

Im Alter von neun Jahren hatte der Junge einen Tritt von einem Esel kassiert, den er geärgert hatte: Im Vergleich zu der Ohrfeige von eben erschien ihm der Huftritt des Esels wie ein mütterliches Streicheln.

»Du machst das, was ich dir befehle, *mincialone*. Und wenn du das nicht tust, dann prügel ich dich windelweich, Sohn hin oder her, haben wir uns verstanden?«, sagte Bastianu, ohne die Stimme zu erheben. »Ich ramm dich ungespitzt in den Boden als Vogelscheuche und lass dir von den Raben die Augen und Eier wegpicken.«

Micheli konnte nicht antworten, im Augenblick hatte er Schwierigkeiten, sich überhaupt zu erinnern, wo und wer er war.

»Steckt ihn heute Nacht zum Vieh, dann sehen wir ja, ob er seinen Trotz aufgibt«, befahl Bastianu seinen Brüdern, dann verließ er die Küche und knallte die Tür hinter sich zu.

66

Naturpark Monte Arci, Ebene von Uras

Die Sternenstille der Nacht wurde vom Knattern des Hubschraubers zerrissen, der über dem Lager der Neonuraghiker kreiste und die Gegend mit seinem lichtstarken Scheinwerfer ausleuchtete.

Die Beamten des Polizeipräsidiums von Oristano, ebenso wie die Leute von der Mordkommission von Cagliari und eine erkleckliche Anzahl örtlicher Carabinieri, die man zur Unterstützung herbeigerufen hatte, blieben in Deckung, während die Beamten der Spezialeinheit aus dem Wald hervorbrachen und mit ihren Waffen im Anschlag auf das Zeltlager zustürmten, das von den Scheinwerfern der Spurensicherung schlagartig taghell erleuchtet wurde.

Das Team der NOCS, des Spezialkorps der Staatspolizei, war auf den Anblick, der sich ihnen bot, nicht vorbereitet.

Als über Funk der Zugriffsbefehl kam, verließen auch Eva, Mara, Nieddu und die anderen Beamten mit gezückten Waffen die Deckung des Steineichenwalds. Sie stießen auf ein Dutzend Personen, die vor großen Militärzelten knieten und mit erhobenen und in den Nacken gelegten Händen anzeigten, dass sie sich ergaben. Niemand schien eingeschüchtert zu sein, niemand schien Widerstand leisten zu wollen. Sie starrten alle vor sich hin und würdigten die Polizisten keines Blickes.

»Habt ihr ihnen gesagt, dass sie sich so hinknien sollen?«, fragte Mara einen Beamten der Spezialeinheit der NOCS.

»Nein. Sie waren schon so, als hätten sie uns erwartet.«

Mara wandte sich an Eva, während sie ihre Beretta wegsteckte: »Hast du gesehen, Croce? Irgendwie haben sie erfahren, dass du kommen würdest, und da haben sie Schiss gekriegt.«

Darauf antwortete Eva nicht einmal. Sie beobachtete das Treiben der Kollegen: Die Beamten der Spezialeinheit legten den Sektenmitgliedern vorsichtshalber Handschellen an, und die von der Mordkommission gingen zusammen mit den örtlichen Kräften zu den Zelten und durchsuchten sie.

»Als hätte ihnen jemand gesagt, wie sie sich verhalten sollen ... Wo ist Melis?«, fragte sie Nieddu.

Der Commissario schüttelte besorgt den Kopf.

»Rais«, rief Eva zu ihrer Kollegin hinüber. »Melis ... ist nicht hier.«

Mara wurde wieder ernst. Sie trat an einen der Neonuraghiker heran und fragte ihn, wo ihr Anführer sei. Der Mann ließ nicht einmal erkennen, ob er sie gehört hatte. Mara sah sich um, und als sie feststellte, dass niemand – abgesehen von Eva – auf sie achtete, trat sie dem Mann mit der mit Stahlkappen verstärkten Spitze ihrer Springerstiefel gegen den Brustkorb. Schnell warf sie einen Seitenblick zu ihrer Kollegin, um zu sehen, ob sie deren Feingefühl verletzt hatte, aber Croce zuckte nicht mit der Wimper und gab ihr somit ihre stillschweigende Zustimmung. Daher bückte sich Mara zu dem Mann hinunter und wiederholte ihre Frage: »Wo steckt Melis? Der nächste Tritt geht in deine Eier ... Also, beeil dich, ich frier mir hier ja den Arsch ab.«

Doch da war nichts zu machen, der Mann gab nur ein paar Grunzlaute von sich.

Mara richtete sich wieder auf und setzte zum zweiten Tritt an, doch Eva hielt sie mit einer Berührung am Arm zurück.

»Nicht hier. Man beobachtet uns.«

Mara drehte sich um, sah, dass einige Beamte zu ihnen herüberkamen, und hielt inne.

»Und?«, fragte Eva Nieddu und Paola Erriu, die gerade aus dem größten Zelt herausgekommen waren.

Nieddu öffnete seine kugelsichere Schutzweste.

»Es sieht so aus, als hätten sie den Ort gründlich gereinigt, um keine Spuren zu hinterlassen«, sagte er ungläubig. »Jemand muss sie vorgewarnt haben, dass wir kommen.«

»Und Melis?«, fragte Mara.

»Keine Spur«, antwortete Paola Erriu. Sie hatte ihre Schutzweste ebenfalls geöffnet und sah nun ihren Kollegen zu, die die umliegenden Waldgebiete durchkämmten. »Es sei denn, er hat sich hier in der Umgebung versteckt und alles ist nur ein Ablenkungsmanöver.«

Über Funk bat Nieddu die Kollegen der Luftunterstützung, die Gegend nach dem Flüchtigen abzusuchen. Wenige Sekunden später drehte der Hubschrauber ab, um dieser Anordnung nachzukommen, und plötzlich herrschte auf der Ebene wieder tiefe Stille.

Ein bauchiger Mond warf bleiches Licht auf den Berg, der eine perfekte Symbiose von Pflanzen- und Felsenreich bildete, doch die Dunkelheit war in den Tälern zu dicht: Nicht nur, dass es nahezu unmöglich war, jemanden zu finden, der sich versteckte, es konnte sogar gefährlich werden.

»Der kann doch nicht einfach so abgehauen sein.« Evas Stimme verriet ihre ohnmächtige Wut.

Nieddu wies die Spurensicherung an, nun in den Zelten mit der Arbeit zu beginnen.

»Paola, holt die Mazzotta. Sagt ihr, dass keine Gefahr besteht. Wir brauchen aber ihre Einwilligung, damit wir diese Arschlöcher hier abtransportieren können.«

»Irgendeine Idee, wer unsere kleine Überraschung verpfiffen haben könnte?«, fragte Nieddu leise, an Eva und Mara gerichtet.

»Aus dem Präsidium?«, hakte Mara nach. »Da könnte ich schneller aufzählen, wer es nicht gewesen sein kann.«

Ilaria Deidda von der Mordkommission stieß zu ihnen. »Keiner von diesen Drecksäcken hat die Absicht zu kollaborieren«, stieß sie wütend hervor.

»Also was machen wir?«

»Wir bringen sie aufs Präsidium und nehmen ihre Personalien auf. Fingerabdrücke und auch DNA-Abstriche, wenn die Mazzotta zustimmt.«

»Die wird schon zustimmen«, sagte Nieddu. »Sie hat schreckliche Schuldgefühle wegen des Mordes an Dolores. Wie ich übrigens auch …«

»Ihr solltet auch Haarproben nehmen. Einige scheinen hier voll auf dem LSD-Trip zu sein«, warf Mara ein.

»Was ist mit Melis?«, fragte Eva.

»Wir brauchen mehr Leute, um diese Wälder besser zu durchkämmen. Die Dunkelheit ist auch nicht gerade hilfreich«, erwiderte Ilaria. »Wir werden die Forstpolizei, Hundestaffeln und ein paar hiesige Polizisten um Unterstützung bitten, aber das ist ein Gebiet von mehr als zweihundertsiebzig Quadratkilometern für die Suche …«

»Ich bleibe hier und helfe, auch wenn es sich bis morgen früh hinzieht«, sagte Nieddu.

»Meint ihr, ihr könnt diese *calloni* aufs Präsidium schaffen und ihre Personalien aufnehmen?«, fragte Ilaria ihre zwei Kolleginnen mit Blick auf die Sektenanhänger, die voneinander getrennt und mit Thermodecken versorgt wurden.

»Für mich ist das okay«, erwiderte Eva.

»Für mich auch. Meine Tochter übernachtet sowieso bei meinen Eltern«, schloss sich Mara an.

»Vielen Dank, ihr Lieben. Es tut mir leid, dass diese kleine Landpartie nicht den erhofften Erfolg gebracht hat … Ich muss es jetzt noch Farci beibringen.« Ilaria griff zum Funkgerät.

»Ich möchte nicht in ihrer Haut stecken«, bemerkte Mara, während sie sich in ihre Polizeijacke wickelte.

»Du bleibst wirklich hier?«, fragte Eva Nieddu.

»Klar! Was dachtest du denn? Und ich hoffe, dass ich allein auf diesen Scheißkerl treffe, Aug' in Aug'.«

»Dann halte uns auf dem Laufenden.«

»Auf jeden Fall!«

Während Mara mit den uniformierten Beamten besprach, wie der Abtransport der Verdächtigen zu organisieren sei, schaute Eva nach oben zu dem immensen Sternenzelt, schloss ein paar Sekunden die Augen und sog die frische, würzige Nachtluft ein.

Es tut mir leid wegen all dem, was du hast durchmachen müssen, Dolores. Wir werden ihn finden und dafür bezahlen lassen. Das schwör ich dir, dachte sie.

Ein Windhauch war die Antwort.

Plötzlich fühlte sie sich beobachtet und drehte sich abrupt um zu dem Steineichenwäldchen, aus dem sie gekommen waren.

Das bildest du dir nur ein, sagte sie sich einen Augenblick später. Eine Nebenwirkung vom Stress.

Das Bild von dem Wäldchen im Scheinwerferlicht brachte ihr jedoch eine Nacht vor anderthalb Jahren wieder ins Gedächtnis. Eine Nacht, in der sie sowohl als Polizistin als auch als Frau einen Tiefpunkt erreicht hatte.

67

Parco delle Groane, Mailand, 2014

Eva sah dem Cisnara nach, der sich durch den Park schlängelte, ihr Gesicht wurde von den bläulichen Scheinwerferreflexen der Streifenwagen, Krankenwagen und den Lampen der Spurensicherung beleuchtet. Durch die letzten Regenfälle war der kleine Fluss angeschwollen und über die Ufer getreten. Eva ertappte sich bei dem Gedanken, dass manche Menschen auch so etwas wie Uferdämme sein können. Aber nicht in einem negativen Sinn. Dämme, von denen ein Blick, ein Wort oder auch die bloße Anwesenheit genügt, um dich ruhig im Strom deines Lebens dahingleiten zu lassen, ohne jemals den Damm zu brechen, ohne dass ein plötzlicher Gefühlsausbruch dich zu viel Leben, zu viel Herz und zu viele Tränen verströmen ließe. Dämme. Damit die Strömung nicht ihre Kraft vergeudete. Dämme. Damit du immer die eigenen Wünsche im Blick behältst.

Ihre Dämme waren jedoch einer nach dem anderen weggebrochen. Manche hatte die Zeit mit sich genommen. Andere der Mangel an Verständnis, die Unfähigkeit zu verzeihen und die Enttäuschungen. Schließlich auch der wichtigste, der ihrem Leben einen Sinn und eine Richtung gegeben hatte – die Krankheit. Keiner war ihr geblieben. Vielleicht noch die Arbeit, aber diese wahrscheinlich auch nicht mehr lange, nach dem Desaster, das sie soeben verursacht hatte. Jetzt war da nur noch dieser gewaltsame, reißende Strom, der vollkommen außer Kontrolle geraten war. Die emotionale Windstille hatte sich zu einem Sturm entwickelt, der alle Hindernisse hinweggefegt hatte, die sich ihm in den Weg stellten, allen voran ihr Gewissen. Sie, die von Natur aus gegen alles rebellierte, sich in der Vergangenheit nach grenzenloser Freiheit gesehnt hatte, verspürte jetzt das dringende Bedürfnis, dass man ihr Grenzen setzte. Sie in richtige Bahnen lenkte. Sie wieder einfing.

Ihr Leben spritzte in alle Richtungen auseinander, und sie wusste nicht, wie sie es je wieder in den Griff bekommen sollte. Es sprudelte wie Blut aus einer tiefen Wunde, und sie hatte schon zu viel davon verloren, um auch nur die Kraft zu haben, die Hautränder darüber zusammenzuklammern, damit wenigstens für kurze Zeit der Blutverlust aufgehalten wurde, gerade lang genug, dass sie begreifen konnte, wer sie war und was aus ihr geworden war.

Lorenzo Giansante, ein Kollege bei der Squadra Mobile in Mailand, bedeutete einem uniformierten Beamten, der sie bewachte, er solle sie beide allein lassen, und setzte sich neben sie. »Hast du dich beruhigt? Kann ich dir jetzt die Handschellen abnehmen?«

Eva Croce nickte.

Er musterte sie noch einen Moment lang, nicht sicher, ob er ihr vertrauen konnte; doch dann befreite er sie von den Handschellen.

»Sagst du mir gefälligst mal, was zum Teufel dich da geritten hat?«, fragte Lorenzo.

»Wie geht es ihr?«, antwortete Eva mit einer Gegenfrage.

Der Mann schnaubte. »Du hast sie übel zugerichtet. Sie wird wieder gesund werden, aber einige dicke Narben werden ihr bleiben … Nicht dass sie es nicht verdient hätte, aber du hast es zu weit getrieben, Eva. Wir können dich nicht decken, es gab zu viele Zeugen.«

»Ich weiß. Aber ich konnte mich nicht beherrschen.«

Lorenzos Blick verlor sich kurz auf Evas rotem Haar, das im Licht der Scheinwerfer der Spurensicherung bläulich schimmerte. Sie sah aus wie ein kleines Mädchen, wie eine Waldelfe.

»Du hast den Dienst zu früh wieder aufgenommen«, sagte er niedergeschlagen. »Wir hätten dich davon abhalten sollen.«

»Wenn ich nicht in den Job zurückgekommen wäre, hätte ich mir wahrscheinlich eine Kugel in den Kopf gejagt«, erwiderte sie.

»Sag so etwas nicht mal im Scherz, verdammt …«

»Der Staatsanwalt ist …«

»Außer sich«, schnitt Lorenzo ihr das Wort ab. »Er befürchtet, dass dein ›Eingreifen‹ den Fall negativ beeinflussen wird. Die Anwälte der Verteidigung werden wegen deines Verhaltens hier Beschwerde einlegen, damit die Anklage gegen die Mutter fallen gelassen wird. Wahrscheinlich wird die Staatsanwaltschaft unter der Hand einen Deal aushandeln, damit es keine zivilrechtliche Schadensersatzklage gibt. Kein Geld gegen Straffreiheit.«

»Die würde ins Gefängnis gehören …«

»Daran hättest du denken müssen, bevor du sie zusammengeschlagen hast«, fuhr Lorenzo sie an.

»Die Kleine war genauso alt wie Maya …«, sagte Eva Croce, als wäre diese Tatsache eine Rechtfertigung für ihre heftige Reaktion.

»Ich weiß … Deshalb hätten wir dich ja nicht in die Ermittlungen einbeziehen sollen«, antwortete Lorenzo. »Wir tragen die Hauptverantwortung.«

Der Fall, um den es ging: Katia Giuliani, knapp acht Jahre alt, war im Norden Mailands verschwunden; ihre Mutter, eine Drogenabhängige, die seit einem Jahr schwer cracksüchtig war und Vorstrafen wegen Prostitution, Dealens und kleinerer Diebstahlsdelikte hatte, wollte offensichtlich nicht mit der Polizei kooperieren, es wirkte, als wäre ihre Tochter ihr egal. Dann war Eva ins Spiel gekommen, weil sie sich in ihren Jahren bei der SCO, dem zentralen Dienst der italienischen Polizei, außergewöhnliche Fähigkeiten in der Befragung von Verdächtigen und Zeugen angeeignet hatte. Eva hatte die Frau in die Mangel genommen, bis sie zusammengebrochen war. Marlena, so hieß sie, hatte gestanden, sie habe das Mädchen an einen Mann »vermietet«, den sie in der Nähe des Parks von Rogoredo kennengelernt hatte und der sie so üppig dafür bezahlt hatte, dass sie davon eine ganze Woche im Rausch verbringen konnte. Nach sieben Tagen war Marlena aus den Tiefen ihres Cracknirwanas erwacht und hatte sich an ihre Tochter erinnert. Sie hatte in der Umgebung des Parks nach dem Mann gesucht, doch ohne Erfolg: Sie konnte sich kaum noch an sein Gesicht erinnern. Eine Polizeistreife hatte sie im Zustand heftiger Erregung aufgegriffen, und dabei war ans Licht gekommen, dass ihre Tochter verschwunden war.

Nach dieser Enthüllung war es Eva gelungen, kühl und sachlich zu bleiben, sie hatte versucht, so viele Einzelheiten wie möglich aus der Frau herauszubekommen, denn da die Nachricht vom Verschwinden der Kleinen in der Presse, den Fernsehnachrichten und in den Social Media aufgetaucht war, lief ihnen die Zeit davon: Der Mann, der das Mädchen mitgenommen hatte, hätte sich Katias angesichts des Aufschreis in den Medien auf die schlimmste denkbare Weise entledigen können, aus Angst, man würde ihn wegen Entführung drankriegen. So etwas war schon öfter passiert.

Eva hatte sich mit Haut und Haar auf den Fall eingelassen. Irgendwie sah sie in Katia eine Chance, die das Leben ihr bot, den Tod ihrer Tochter Maya zu kompensieren und sich selbst zu erlösen, indem sie wenigstens dieses Mädchen rettete.

Sie musste sie einfach finden.

Punktum.

Mit den Kollegen von der Squadra Mobile hatten sie das

italienische *Child Abduction Alert System* in Gang gesetzt, ein neues nationales Suchsystem im Fall von Kindesentführungen, und die Kollegen von der Postpolizei miteinbezogen, die das Deep Web und die Informationsplattformen durchkämmten, die von Pädophilen besucht wurden. Es war ein Wettlauf gegen die Zeit.

Nach einigen Tagen war es ihnen gelungen, den Mistkerl durch Bilder von einer Überwachungskamera in der Gegend von Rogoredo zu identifizieren. Der Mann war wegen Kindesmissbrauchs vorbestraft. Die Squadra Mobile war auf dem Siedepunkt. Auf den Fluren des Präsidiums herrschte dicke Luft. Durch einen Tipp hatten sie den Mann schließlich gefunden.

Ihn.

Von der Kleinen jedoch keine Spur.

Man hatte ihn ins Präsidium gebracht. Als sein Strafverteidiger in den Verhörraum wollte, in dem Eva Croce und sein Mandant sich aufhielten, hatten ihre Kollegen ihn am Arm gepackt und ihm gesagt, er solle doch eine Runde spazieren gehen, und als er Protest einlegen wollte, hatten sie ihm damit gedroht, wenn er nicht sofort ginge, würden sie ihn wegen gefälschter Beweise, Drogen oder kinderpornographischem Material drankriegen. Daraufhin hatte der Anwalt unbedingt sofort ein wenig frische Luft schnappen wollen.

Eva hatte es drauf. Drei Stunden später kniete der Verdächtige weinend auf dem Boden.

»Wo?«, hatte sie ihn nur gefragt und den Zorn unterdrückt, der ihre Stimme und ihre Hände zittern ließ.

Er hatte ein Geständnis abgelegt. Er hätte alles gesagt, nur um sich von der erdrückenden Last zu befreien und sein Gewissen zu erleichtern.

Eine Stunde später waren sie schon im Parco delle Groane im Nordwesten von Mailand, zusammen mit einem Team der Spurensicherung, das an der Stelle in der Erde suchte, die der Pädophile ihnen beschrieben hatte. Ein Nieselregen, der Eva an den endlosen Herbst in Irland erinnerte, ließ diese Arbeit noch gespenstischer erscheinen. Mit perfektem Timing – die Techniker hatten den kleinen leblosen Körper gerade unter ein paar Pinien ausgegraben – war die Mutter der Kleinen, begleitet von ihrem Anwalt, im Park aufgetaucht.

»Ich will sie sehen! Ich will meine Kleine sehen!«, hatte sie unter Tränen geschrien und war auf die Beamten zugerannt.

Abseits vom hellen Licht der Scheinwerfer der Spurensicherung hatte Eva ihr Holster geöffnet, ihre Beretta gezogen, und als Marlena in weniger als einem Meter Entfernung an ihr vorbeikam, hatte sie mit aller Kraft mit dem Lauf der Waffe auf deren Gesicht eingeschlagen. Die Frau war hingefallen. Mit Tränen in den Augen hatte Eva sich auf sie gekniet, weiter mit der Waffe auf sie eingeprügelt und ihr all ihren Hass entgegengebrüllt. Als man sie endlich von ihr wegziehen konnte, ähnelte das Gesicht der Frau einem abstrakten Bild von Picasso: *Rojo fuego,* rote Periode. Das war das Ende des Falls.

»Glaubst du, die schmeißen mich raus?«, fragte Eva ihren Kollegen.

»Na, befördert wirst du dafür jedenfalls nicht …«

Mit dieser Bemerkung gelang es Lorenzo Giansante, ihr ein Lächeln zu entlocken. Er musterte das zarte Gesicht mit den Spuren des dünnen schwarzen Kajalstrichs auf den Wangen, und fragte sich, ob der Regen ihn verschmiert hatte oder die Tränen der »Irin«, wie sie vom ganzen Team genannt wurde.

»Ja, wahrscheinlich werden sie versuchen, dich rauszuschmeißen.«

Als er Schritte näher kommen hörte, drehte er sich um. Die Herren aus den oberen Etagen des Präsidiums kamen auf sie zu, mit Mordlust in den Augen, als wollten sie jemanden hängen sehen. Sie wirkten nicht wie Polizeibeamte, eher wie die Kündigungsprofis eines kriselnden multinationalen Konzerns.

Lorenzo stand auf. »Da kommt der Questore. Er hat Schaum vorm Mund ... Ich versuche mal, kurz mit ihm zu reden, ehe er dich gleich in der Luft zerreißt.«

Eva sah weiter geradeaus, ihr Blick verlor sich im Fluss, als hätte sie ihn nicht einmal gehört.

Während er mühsam über den nassen Boden stapfte, hörte Lorenzo sie etwas sagen, das er sein Leben lang nicht vergessen würde.

»Erst wenn du Mutter wirst, verstehst du, wie unvollkommen du als Mensch bist.«

Lorenzo wandte sich um und fragte: »Was meinst du ...? Eva?«

Seine Kollegin antwortete nicht, sie starrte weiter auf das Wasser.

Lorenzo schüttelte nur den Kopf und ging auf seinen Vorgesetzten zu.

68

Siedlung der Ladu, Oberland der Barbagia, 2016

Seine Tante öffnete ihm die Tür, bevor Bastianu den Treppenabsatz erreicht hatte. Unter seinen über hundert Kilogramm ächzten die Holzdielen, als wollten sie gleich zersplittern. Aus dem Zimmer des Großvaters drangen schwaches Kerzenlicht und der ekelerregende Geruch nach Alter und Krankheit.

»Wie geht es ihm?«, fragte er die Tante leise.

Sie schüttelte nur mit gesenktem Blick den Kopf. Zum ersten Mal seit Langem musterte Bastianu jene verschleierte Frau, die sich wie alle anderen in seiner Familie dem Kult des Schattens aufgeopfert hatte, der sie zwang, die eigene Identität aufzugeben und unsichtbar wie ein Geist zu werden, zu kochen, den Haushalt zu führen, für Kinder und alte Leute zu sorgen, schweigend, nicht greifbar, aber immer anwesend.

Bevor er das Zimmer betrat, strich Bastianu ihr sanft über den Rücken, als wolle er ihr damit Kraft geben und ihr zugleich für ihre Aufopferung danken; auch sie diente der Göttin, wenn auch auf andere Weise als er.

Sein Großvater hatte, nachdem er die Maske fertiggestellt hatte, einen Zusammenbruch erlitten, als hätte er all seine verbliebenen Kräfte auf dieses Kunstwerk verwendet und wäre dann schutzlos den boshaften Attacken des Alterungsprozesses ausgesetzt gewesen, die seine Schwäche ausgenutzt hatten.

Bastianu, ein wahrer Riese, setzte sich neben das Bett, in

dem Benignu schlief. Dieser war in seiner Jugend noch größer gewesen als jetzt sein Enkel; aber zusammengeschrumpft wie er nun war, wirkte er fast wie ein magerer kleiner Junge. Es schien, als hätte ihn innerhalb von wenigen Stunden etwas von innen ausgehöhlt. Obwohl er in eine dicke schwere Decke aus grober Wolle gehüllt war, zitterte er vor Kälte.

Was spielt das Leben doch für seltsame Streiche, dachte Bastianu. Es heißt, er sei einmal stark wie ein Stier gewesen, und sieh ihn dir jetzt an. Was ist von diesem Riesenkerl geblieben?

»Bist du es?«, murmelte der Großvater.

Bastianu umfasste mit beiden Händen die des alten Mannes, deren Haut so dünn war, dass Adern und Sehnen darunter hervortraten. Ihre miteinander verbundenen Hände waren ein perfektes Symbol für die Vergangenheit und die Zukunft der Ladu.

»Ja, *mannoi* … Wie geht es dir?«

»Wie jemandem, der auf den Tod wartet.«

Bastianu lächelte. »Das hast du auch letztes Jahr gesagt. Und im Jahr davor …«

»Dieses Mal ist es anders. Und du weißt es.«

Andere in seinem Zustand hätten sich längst dem Tod ergeben. Aber nicht sein Großvater. Dieses hartnäckige Festhalten am Leben entsprang einer fieberhaften Notwendigkeit, die stärker war als der Wunsch, sich den Schmerzen zu entziehen. Er wollte sicher sein, dass er die uralte Tradition der Hüter der Göttin in guten Händen ließ. Bevor er davon nicht vollkommen überzeugt war, würde er sich nicht dem Tod ergeben.

»Ich weiß«, sagte Bastianu knapp.

»Wo ist dein Sohn?«

Bastianu überlegte, ob er seinen Großvater belügen sollte. Doch er wusste genau, wenn er dies täte, würde Benignu es merken. Deshalb entschied er sich für die Wahrheit.

»Ich habe ihn eingesperrt, weil er meine Autorität und damit auch die deine infrage gestellt hat.«

Am angestrengten Atmen seines Großvaters spürte er, wie bitter ihn das ankam. Hätte Bastianu in diesem Moment seinen Sohn vor sich gehabt, er hätte ihm einen Arm gebrochen, um ihn für die Qual bezahlen zu lassen, Benignu Ladu leiden zu sehen wie einen Hund. Dieser Mann hatte ihn großgezogen, und für Bastianu war er wie ein leibhaftiger Gott.

»Erinnerst du dich noch an das erste Mal, als ich dich mitgenommen habe?«, fragte der alte Mann, und auf seinem Gesicht erschien der Anflug eines Lächelns.

»Sicher, *mannoi.*«

»Wie alt warst du da?«

»Knapp vierzehn. Ich war noch ein Kind.«

»Und doch schon so kaltblütig wie ein Mann. Die Klinge in deiner Hand hat nicht eine Sekunde gezittert. Und die Maske wackelte auf deinem Gesicht herum, sie war dir zu groß. Die Jungen von heute sind anders, nicht so stark. Das wird unser Untergang sein.«

»Er wird schnell erwachsen werden. Ich sorge dafür, versprochen.«

»Es gibt nur einen Weg dafür, du weißt das.«

Bastianu klopfte seinem Großvater leicht auf die Schulter, um ihn zu beruhigen. »Ich weiß das, und ich werde es tun. Versprochen. Du ruh dich aus und sorg dafür, dass du schnell wieder auf die Beine kommst.«

Benignu lachte krächzend, als hätte sein Enkel einen Scherz gemacht.

Bastianu wollte schon den Raum verlassen, da hielt ihn die heisere Stimme seines Großvaters auf.

»Bastia', erzähl ... Ruf mir in Erinnerung, was für ein Gefühl das ist, wenn man da hinuntergeht und sie sieht. Du weißt nicht, was ich dafür geben würde, sie ein letztes Mal zu sehen.«

Bastianu kam noch einmal zurück, kniete sich auf die Holzdielen neben dem Bett, beugte sich über seinen Großvater und versuchte, ihm die Gefühle und die innersten Empfindungen zu vermitteln, die die Nähe der Göttin in einem auslöste.

Benignu hörte ihm zu und lächelte gedankenversunken. Er schien überhaupt nicht zu bemerken, dass ihm die Tränen über seine eingefallenen Wangen liefen, während sein Enkel seine Hände hielt und zu ihm sprach.

69

Viale Poetto, Cagliari

Es hätte kein schlimmeres Erwachen für Eva geben können: Jemand aus ihrem Umfeld hatte mit der Presse gesprochen und dort alles ausgeplaudert.

Mit verquollenen Augen, schließlich hatte sie die Nacht zwischen dem Monte Arci und dem Präsidium verbracht und kaum geschlafen, starrte Eva auf die Fotos, die ihr Mara per WhatsApp geschickt hatte, nachdem sie ihr am Telefon die »freudige Nachricht« überbracht hatte.

»Tut mir leid, dass ich dich geweckt habe, aber irgendjemand hat die Ermittlungen sabotiert und alles an die Medien weitergegeben«, hatte die Kollegin ihr vor einigen Minuten berichtet.

»Was heißt ›alles‹?«, hatte Eva ungläubig zurückgefragt.

»Jedes verdammte Detail … Leg auf. Ich schicke dir ein paar Fotos, dann schau selbst. Ich rufe dich gleich wieder an.«

Mara hatte ihr ein Foto von der Titelseite der wichtigsten sardischen Zeitung geschickt, deren Aufmacher lautete: *Nuraghenkiller hat wieder zugeschlagen. Nach den Morden von '75 und '86 neues Opfer im Brunnenheiligtum Serri gefunden: Fahndung nach dem Täter eingeleitet.*

»Scheiße …«, flüsterte Eva, die plötzlich hellwach war.

Der Header ergänzte: *Die Tote vom Brunnenheiligtum Santa Vittoria in Serri ist Dolores Murgia. Die junge Frau war vor einer Woche verschwunden und wurde in der Nacht während eines finsteren Rituals getötet.*

»Wie zum Teufel sind die …«

Der Untertitel setzte noch eins drauf: *Der Schatten des Ritualmörders liegt über der Insel: Die Staatsanwaltschaft hat eine Task Force für die Jagd nach dem Täter gebildet, der nach dreißig Jahren wieder zugeschlagen hat. Die Polizei tappt im Dunkeln.*

In der Mitte der Seite prangte dann ein stark gekörntes, aber sehr eindrucksvolles Amateurfoto, auf dem die Leiche inmitten der Ermittler zu sehen war. Ein Schnappschuss mit dem Handy, aber er bildete ausgezeichnet die Bestürzung der Polizisten beim Anblick von Dolores' Leiche ab. Die Aufnahme hatte jemand gemacht, der direkt am Tatort gewesen war, darüber gab es keinen Zweifel. Und an diesem Morgen waren dort in Serri nur Polizeibeamte gewesen.

»Diese Mistkerle …« Eva war entsetzt. Der Artikel trug keine Unterschrift. Das hieß, die Zeitung würde ihren Journalisten beschützen, indem sie sich auf den Schutz von Informanten berief, sodass sie keine Chance hatten, herauszufinden, wer der Maulwurf bei ihnen war.

Evas Handy vibrierte. Es war wieder ihre Kollegin. Sie hatte ihr die Links zu den Onlineausgaben der sardischen Tageszeitungen geschickt: Alle machten groß mit dem Mord auf. Eva wusste genau, es würde keine Stunde dauern und die Nachrichten würden zum Festland gelangen, sich wie ein Ölfleck in ganz Italien ausbreiten, bis zum Innenministerium. Von dort würde man Druck auf das Präsidium in Cagliari ausüben und damit alles verkomplizieren.

»Ja, Mara?«

»Hast du gesehen, was da los ist? Sie haben sogar die *Cold Cases* mit reingezogen.«

»Stimmt. Hast du jemand Besonderen in Verdacht?«

Mara schnaubte. »Das könnte jeder gewesen sein … Cagliari ist ein Provinznest, hier passiert nie etwas. Morde wie diesen gibt es hier alle acht oder zehn Jahre, zum großen

Leidwesen der Zeitungen. Hier geht es um einen Insidertipp, der bares Geld wert ist. Wenn du ihn gut verkaufst, kannst du davon nicht nur die Kreditraten für dein Auto bezahlen, sondern dir bleibt auch noch genügend Kohle für einen Familienurlaub inklusive Hund, und obendrein kannst du deinem Frauchen und deiner Geliebten je einen hübschen Klunker kaufen. Du weißt ja, wie mies unsere Gehälter sind …«

»Dahinter steckt mehr als ein korrupter Kollege, Rais. Erst informiert jemand Melis und seine Anhänger, dann noch diese Hetze in den Zeitungen …«

»Und nun können wir jede Minute mit der Nachricht rechnen, dass diese Neonuraghiker inhaftiert sind und dass gegen ihren Guru ein Haftbefehl läuft …«

»Das wäre wirklich das Tüpfelchen auf dem i.«

»Wenn das mal schon alles wäre, Schätzchen …«

»Was meinst du damit?«

»Versuch das Ganze mal aus einer anderen Perspektive zu sehen: Wer hätte ein Motiv, sich an den Kollegen von der Mordkommission zu rächen, weil er aus den Ermittlungen ausgeschlossen wurde? Wer könnte wohl einen tödlichen Hass auf die oberen Etagen haben, weil er von denen in ein Kellerloch verbannt wurde, um dort gemeinsam mit den alten Akten zu verrotten?«

»Scheiße. Du meinst doch nicht, dass …«

»Na klar. In der Einsatzzentrale wird es Verwünschungen hageln, und rat mal, gegen wen die sich richten?«

»Aber wir haben doch nichts damit zu tun!«

»Erklär denen das mal …«

»Hier werden alle gegeneinander ausgespielt. Irgendjemand will die Ermittlungen sabotieren.«

»He, wach auf! Das haben die doch schon längst, Croce.«

Eva holte tief Luft.

»Bist du noch dran?«

»Ja. Was machen wir jetzt?«

»Die Wahrheit herausfinden, den aufspüren, der uns da mit dem Rücken an die Wand gedrängt hat, und ihm das richtig heimzahlen. Mit richtig meine ich, ihn mit den Eiern an die Tür der Mordkommission nageln«, sagte Mara.

Eva grinste. »Ich geh nur kurz unter die Dusche und bin dann gleich im Präsidium.«

»Ich bringe Hammer und Nägel mit. Wir sehen uns dort.«

Eva zog sich aus, dabei warf sie einen Blick auf das Foto von Dolores Murgia, das direkt vor ihr an der Wand hing. Dann ging sie in Richtung Bad. Als ihr Smartphone wieder vibrierte, kehrte sie um, weil sie dachte, es wäre noch einmal Mara. Aber es war nicht ihre Kollegin.

Sondern *er*.

Sie starrte ein paar Augenblicke auf das blinkende Display, dann wandte sie sich um und ging ins Bad.

70

Territorium der Ladu, Oberland der Barbagia

Der eiskalte Wasserstrahl aus der Pumpe weckte ihn brutal, und er schreckte hoch.

»Guten Morgen«, begrüßte ihn sein Vater. »Hattest du genug Zeit zum Nachdenken?«

Micheli kauerte von einem Schwarm Fliegen umgeben in einer Ecke des Kuhstalls. Verdreckt mit Schleim, Dung und Heu, starrte er leer und geschockt vor sich hin, fassungslos, dass sein Vater so weit gegangen war. Die Onkel hatten ihm die Arme mit einem Seil hinter dem Rücken zusammengebunden und eine Kette um einen seiner Knöchel gelegt, die an einem Ring an der Wand befestigt war, ihn angekettet wie die Tiere um ihn herum, die mit ihren Schwänzen schlugen und wenige Zentimeter von seinem Kopf entfernt urinierten. Im Kuhstall stank es widerlich. Die schleimige Masse in der Ablaufrinne zu Michelis Füßen ließ darauf schließen, dass er sich mehrmals übergeben hatte. Er hatte eine schlimme Nacht hinter sich, die er schwerlich vergessen würde.

»Antwortest du mir oder muss ich dich auch noch den ganzen Tag hierlassen?«, drängte ihn sein Vater Bastianu, während die Onkel still und reglos wie Statuen hinter ihm standen und ihren Neffen ansahen.

»Nein, *ba'*, ich habe nachgedacht.«

An diesem Morgen hatte plötzlich Frost auf den bestellten Feldern gelegen. Ein Pferd und zwei Kühe waren überraschend gestorben, vielleicht wegen des Kälteeinbruchs, andere hatten die ganze Nacht geschrien oder hatten sich gebärdet, als wären sie verrückt geworden, hatten ihre Köpfe heftig gegen die Wand geschlagen und sich dabei verletzt.

Und die Kinder wurden eins nach dem anderen krank.

Das, was Bastianus Großvater vorhergesehen hatte, begann, sich auf dramatische Weise zu bestätigen.

»Was ist nun?«, drängte Bastianu seinen Sohn.

»Ich werde tun, was du willst«, sagte dieser ganz leise mit gesenktem Kopf.

»Ich habe dich nicht gehört.«

Micheli sah zu seinem Vater auf und wiederholte: »Ich werde tun, was du von mir verlangt hast.«

Bastianu musterte einige Momente den schamerfüllten Blick seines Sohns, dann nickte er zufrieden. »Du wirst es heute Abend tun. Ich hole dich nach dem Essen.«

Micheli nickte ergeben und gedemütigt.

»Macht ihn los und säubert ihn«, sagte Bastianu zu seinen Brüdern. Dann fügte er leise hinzu: »Sperrt ihn bis heute Abend in seinem Zimmer ein. Ich traue ihm nicht mehr.«

71

Mordkommission, Polizeipräsidium Cagliari

Die beiden Beamtinnen wollten gerade die Einsatzzentrale betreten, als Evas Smartphone vibrierte. Sie warf zur Sicherheit einen flüchtigen Blick darauf und sah, dass es Barrali war.

»Rais?«

»Was ist?«

»Das ist Moreno«, sagte Eva und wies auf ihr Smartphone.

»Okay, geh ran. Vielleicht ist ihm ja etwas eingefallen, das uns helfen könnte. Ich sondiere mal die Stimmung da drinnen.«

Eva nickte und ging zum Ende des Flurs, möglichst weit weg von den Türen zur Einsatzzentrale.

»Moreno?«

»Ciao, Eva. Ist gerade ein schlechter Zeitpunkt?«

»Glaub mir, seit ich hier angefangen habe, gibt es nur noch schlechte Zeitpunkte. Das heißt nein. Nicht mehr als sonst jedenfalls.«

»Es tut mir leid, Eva. Ich habe den ganzen Wirbel gesehen, den die Zeitungen veranstaltet haben …«

»Hm. Ein ziemlicher Mist. Wir haben Farci noch nicht getroffen, aber der ist sicher auf hundertachtzig.«

»Dieser Druck von den Medien wird sich schädlich auf die Ermittlungen auswirken. Da begeht man schnell grobe Fehler, nur um der Presse hinterherzujagen.«

»Ich weiß, aber für Mara und mich besteht da keine Gefahr, man hat uns nicht in die Sonderkommission geholt und wir mussten die Akten der alten Fälle an die Mordkommission übergeben.«

»Die üblichen Machtspielchen … Das tut mir wirklich leid.«

»Aber jetzt haben wir noch ein ganz anderes Problem, denn alle denken, wir hätten der Presse das Ganze gesteckt, um uns zu rächen … Na ja, genug davon. Sag mir lieber, wie geht es dir?«

»Auf jeden Fall besser als gestern. Deswegen rufe ich dich auch an. Ich habe noch mal über den Tatort nachgedacht.«

»Schieß los.«

»Ich glaube, dass es sich um einen Nachahmungstäter handelt. Auf jeden Fall ist es jemand, der sich intensiv mit den alten Fällen beschäftigt hat und sich mit der kultischen Bedeutung der einzelnen Elemente auskennt. Aber es kann nicht dieselbe Person sein, die vor dreißig und vierzig Jahren getötet hat. Schon aus Altersgründen, aber nicht nur deswegen …«

»Gibt es da irgendetwas Spezielles, das dich zu dieser Theorie neigen lässt?«

»Die Maske unterscheidet sich ein wenig von den anderen. Die früheren waren gröber, mehr das Werk eines einzelnen Kunsthandwerkers. Die hier scheint in Serie in einer Werkstatt produziert zu sein, ich weiß nicht, ob ich mich klar genug ausdrücke …«

»Aber sicher. Wir können die Maske von der Spurensicherung untersuchen lassen und sehen, ob wir dadurch die Werkstatt finden, aus der sie stammt.«

»Das solltet ihr auf jeden Fall versuchen. Es könnte eine interessante Spur sein.«

»War noch etwas?«

»Ja … aber das ist mehr ein persönlicher Eindruck.«

»Erzähl es mir trotzdem. Niemand kennt sich besser mit solchen Fällen aus als du.«

»Es geht um die Brutalität, mit der Dolores vor ihrem Tod geschlagen wurde. Das passt nicht zu den anderen Fällen. Da ich sie gesehen habe, kann ich dir versichern … jetzt halt mich bitte nicht für verrückt, aber da herrschte eine Art Respekt, eine Achtung für das Opfer. Jedenfalls wenn ich davon ausgehe, wie der oder die Täter die Toten hinterlassen haben. Die Haare waren sauber und ordentlich frisiert, keine Spur von Kratzern oder Hämatomen auf der Haut … Da war so etwas wie Pietät, fast der Wunsch, die Person in ihrer Intimität zu schützen. Verstehst du, was ich meine?«

»Ganz genau.«

»Ich habe mich an noch etwas erinnert, Eva. Etwas sehr Wichtiges, aber darüber möchte ich lieber nicht am Telefon sprechen und nicht, wenn Mara dabei ist. Nur mit dir.«

Wenn er sie sprachlos machen wollte, war ihm das gelungen.

»Eva?«

»Ja, ich bin noch dran.«

»Glaubst du, du hättest ein paar Minuten Zeit für mich?«

»Natürlich, okay. Heute Abend nach der Arbeit?«

»Wunderbar.«

»Danke für die Informationen. Jetzt muss ich Schluss machen, Farci kommt gerade.«

»Dann bis später.«

Eva beendete das Gespräch. Als sie aufsah, begegnete sie dem finsteren Blick ihres Vorgesetzten, der geradewegs auf sie zukam.

Bevor sie etwas sagen konnte, befahl Farci: »Croce. In mein Büro. Sofort.«

»Soll ich Rais dazurufen?«

»Nein. Gehen wir.«

Eva schaute beunruhigt in Richtung Einsatzzentrale, doch dann folgte sie ihrem Vorgesetzten.

72

Mordkommission, Polizeipräsidium Cagliari

»Mach die Tür zu«, wies er sie an.

»Also, wenn es um die Artikel geht, die …«

»Ach, darum geht es doch gar nicht. Ich weiß, dass ihr das nicht gewesen seid. Es wird zwar nicht leicht werden, auch eure Kollegen davon zu überzeugen, aber das krieg ich schon hin … Setz dich.«

Farci schob Eva eine Akte zu. »Der Autopsiebericht von Trombetta … Wirf mal schnell einen Blick drauf.«

Eva begann zu lesen und versuchte, den Gedanken zu verdrängen, dass ihre Team-Partnerin, falls sie von dieser Unterredung mit Farci ohne sie erfahren würde, das auf ihre Weise interpretieren und es ihr heimzahlen würde.

»Und?«, fragte ihr Vorgesetzter nach ein paar Minuten.

»Nieddu hatte mich schon über die vorläufigen Ergebnisse der Autopsie informiert. Hier steht jetzt nichts anderes, als wir erwartet haben.«

»Die Frau war mit Drogen vollgepumpt«, sagte Farci. »Und sie wurde mehrmals vergewaltigt. Sie hatte ein großes Hirnödem, das sie in ein Präkoma versetzt hat. Die epidurale Blutung ist durch die Schläge verursacht worden. Als sie getötet wurde, war sie also gar nicht mehr bei Bewusstsein.«

»Ja, genau«, erwiderte Eva.

»Gerade werden die Abstrichtupfer mit dem organischen Material analysiert, das unter den Fingernägeln der Frau gefunden wurde, ebenso der Fetzen von vermutlich menschlicher Haut, der zwischen den Zähnen des Opfers entdeckt wurde. Vielleicht liegen heute Abend dazu schon erste Ergebnisse vor. Was meinst du, was ist wohl geschehen?«

»Rais und ich glauben, dass Dolores an irgendeiner Art von ritueller Orgie teilgenommen haben könnte, nachdem man ihr Drogen verabreicht oder sie dazu gebracht hatte, Drogen zu konsumieren. Sie muss sich gewehrt haben, woraufhin sie geschlagen wurde und im Anschluss vergewaltigt oder etwas in der Art.«

»Also glaubst auch du, dass Melis damit zu tun haben könnte? Ich frage dich das so direkt, weil ich wissen will, wie sehr ich mich bei meinen Vorgesetzten aus dem Fenster lehnen kann …«

»Dottore, ich kann es nicht mit Sicherheit sagen. Aber wenn man die gesamte Lage analysiert, außerdem Melis' Vorgeschichte berücksichtigt und das, was man bei ihm zu Hause gefunden hat, dazu noch das merkwürdige Verhalten seiner Anhänger nimmt, also, das erscheint mir doch ein ziemlich solider Verdacht.«

Farci nickte ernst. »Gestern wart ihr auf dem Monte Arci.«

»Ja, aber wir haben die Genehmigung bei …«

»Jetzt hör schon auf, ständig in die Defensive zu gehen. Ich habe nichts gegen dich und auch nichts gegen deine Partnerin mit ihrem Schandmaul.«

»Worum geht es dann?«

»Ich will dich warnen«, sagte Farci. »Du bist noch neu hier und kennst weder das berufliche Umfeld noch die Stadt. Ich weiß nicht warum, aber ich habe den Verdacht, dass in diesen Fall unterschiedliche Leute involviert sind. Dass die Festnahme gestern fehlgeschlagen ist, hat mich schon hellhörig gemacht, und die Zeitungsartikel von heute haben meinen Verdacht bestätigt.«

Eva nickte. Sie wusste zwar nicht, worauf ihr Vorgesetzter hinauswollte, aber sie schätzte seine Bemühungen ihr gegenüber. Sie fragte sich allerdings auch nach dem Grund dafür, da sie ja nicht mehr an der Ermittlung beteiligt war. Diese Frage äußerte sie auch laut.

»Ich weiß, dass ich euch ausgeschlossen habe, aber ich hatte keine Wahl. Offiziell arbeitet ihr nicht mehr an dem Fall, aber wenn es für euch in Ordnung ist, dann möchte ich euch bitten, auch für mich Augen und Ohren offen zu halten und mit ein paar Menschen im Team zusammenzuarbeiten, denen ich vertraue.«

»Sicher, Dottore ... Aber ... darf ich fragen, was genau Sie befürchten?«

Der Commissario musterte sie einige Sekunden lang stumm. »Momentan will ich dir das lieber noch nicht sagen, unter anderem, weil ich es nicht mit Sicherheit weiß ... Aber diese Informationsweitergabe war ein ganz gezielter Schachzug.«

Eva nickte.

»Danke, dass du letzte Nacht bis zum Morgengrauen durchgehalten hast ... Ich habe jetzt eine andere Aufgabe für euch. Diese Arschlöcher, die ihr hierhergebracht habt, wollen nicht kooperieren. Keiner von denen hat irgendetwas gesagt.«

»Jemand muss sie gut instruiert haben.«

»Das denke ich auch. Weil Melis immer noch auf der Flucht ist und er nicht nach Hause kann, denken wir, dass er sich bei einem seiner engsten Anhänger verstecken könnte ... Leider sind das etwa zwanzig Adressen, und ich habe nicht genug Personal, um sie alle zu überprüfen. Meinst du ...«

»Ja«, erwiderte Eva mit Entschlossenheit.

Farci lächelte. »Gut. Ich will, dass du und Rais Vicecommissario Ilaria Deidda zu diesen drei Adressen begleitet. Aber seid vorsichtig! Sicher weiß Melis, dass wir wegen sexueller Gewalt, Entführung und vorsätzlichem Mord nach ihm fahnden. Darauf steht lebenslänglich und auch für seine Mitstreiter bedeutet das mindestens zehn Jahre wegen Beihilfe zum Mord … Das sind gewaltige Anschuldigungen. Wenn ein solches Strafmaß im Raum steht, könnte jemand, der sich versteckt, schon mal zu Kurzschlusshandlungen verleitet werden … Bist du bewaffnet?«

»Natürlich!«

»Ausgezeichnet. Wenn die Dinge aus irgendeinem Grund aus dem Ruder laufen, dann unternehmt nichts, sondern fordert Verstärkung an, verstanden?« Er reichte ihr ein Blatt Papier mit den entsprechenden Adressen.

»Jawohl«, sagte sie, während sie den Zettel nahm und aufstand.

»Da gibt es noch etwas.«

Eva hielt inne, ihre Hand lag schon auf dem Türgriff.

»Ich gestehe, zur Einstimmung auf dieses Gespräch habe ich deine persönliche Akte für unsere Datenbank angefordert, ich wollte vor allem deinen Dienststatus einsehen, um zu prüfen, ob ich dir vertrauen kann …«

Eva spürte, wie sie innerlich erstarrte.

»Ich habe gelesen, was im Groane-Park passiert ist … Also, das muss unter uns bleiben, aber meiner Meinung nach hast du absolut richtig gehandelt. Zwar ganz mieses Timing, aber sonst … Das heißt allerdings nicht, dass ich auch in Zukunft solches Verhalten gutheißen werde, verstanden? Sollte so etwas noch einmal vorkommen, dann kriegst du von mir einen Tritt in den Hintern, und dann kannst du diesem Job Lebewohl sagen.«

»Natürlich, Dottore.«

»Sehr gut. Seht zu, dass ihr kein Chaos anrichtet, und noch mal an dich der Appell: Leg deiner Kollegin einen Maulkorb an.«

Eva verließ das Büro mit einem Lächeln auf den Lippen. Sie schloss die Tür hinter sich und lehnte sich dann nur kurz gegen das Holz – ein berauschendes Gefühl von Leichtigkeit erfüllte sie. Sie fühlte sich so euphorisch, als wäre es ihr gelungen, mit einer Prüfung, bei der sie abgeschrieben hatte, ungeschoren davonzukommen.

Fast ungläubig schüttelte sie den Kopf und lief dann los, um Mara einzusammeln.

73

Staatsstraße 195, Sulcitana

Eva beobachtete, wie das riesige Industriegebiet am Seitenfenster vorbeizog, und fragte sich, wie die Sarden es hatten zulassen können, dass ein solches Naturparadies durch den Bau dieser todbringenden Fabriken wenige Kilometer vom Meer entfernt ruiniert wurde, dann richtete sie die Augen wieder auf die Straße vor sich. Man hatte sie auf den Rücksitz verbannt, während Mara und Ilaria vorne angeregt plauderten, und das im breitesten Dialekt, sodass sie überhaupt nichts mitbekam. Bestimmt lästerten sie über sie.

Irgendwann war sie es leid, rein gar nichts zu verstehen, und machte mit WhatsApp eine Sprachaufzeichnung, die sie dann an einen sardischen Kollegen in Mailand schickte mit der Bitte, ihr die Unterhaltung zu übersetzen.

Als die Antwort von ihm kam, schüttelte Eva den Kopf und fuhr die Krallen aus.

»Hey, Rais, leck mich am Arsch. Die Hexe bist ja wohl du. Ich bin keine *coga* und vor allem habe ich euch nicht das Böse an den Hals gehext, klar? Und wenn ich immer nur Schwarz trage, dann nicht, weil ich eine *bruxa* bin, sondern ich habe eben meine Gründe. Das ist mein Bier, verstanden?«

Mara und Ilaria sahen sich peinlich berührt an, dann prustete Ilaria los.

»Ach, verstehst du auf einmal Sardisch?«, fragte Mara und warf ihr einen bewundernden Blick im Rückspiegel zu.

Der Kollege hatte Eva auch eine entsprechende Antwort vorbereitet, die sie nun vom Handy ablas: »Hör auf, ständig auf mir rumzuhacken, *tzia rua bagassa.*«

Die zwei Sardinnen warfen sich weg vor Lachen über ihre sehr bemühte Aussprache.

»Und vergiss nicht, dass ich zur Hälfte Irin bin. Wenn du mich das nächste Mal ärgerst, dann verfluche ich dich auf Gälisch und dir fallen alle Haare aus«, drohte Eva.

Jetzt weiteten sich Maras Augen vor Bestürzung. »Hey, hey, entspann dich, war doch nicht ernst gemeint …«

»Ich habe die Schnauze voll von deiner Gehässigkeit. Himmel, benimm dich doch wie eine Polizeibeamtin … Kann mir übrigens mal jemand sagen, wohin zum Henker wir fahren?«, fragte Eva sauer.

»Nach Santa Rosa, das gehört zu Capoterra«, antwortete Ilaria mit Blick auf ihre Unterlagen.

Sie hatten bereits zwei der von Farci aufgelisteten Wohnsitze überprüft, doch von Melis keine Spur.

»Aber Eva hat wirklich recht. Sie hat nichts damit zu tun. Es liegt einfach am Fall, über dem liegt ein Fluch«, sagte Ilaria nun ebenfalls wieder sehr ernst.

»Der Fall Dolores?«, frage Mara.

»Nein, der Fall, der bei Barrali zur fixen Idee geworden ist und der ihn krank gemacht hat. Diese Ermittlungen wären besser unter Verschluss geblieben. Ihr könnt mich ja eine abergläubische *bidduncola* nennen, aber ich glaube an solche Dinge. Manche Toten sollte man besser in Frieden lassen.«

Noch so eine, seufzte Eva innerlich auf. Wo zur Hölle bin ich hier bloß gelandet?

»Hört mal, könnten wir dieses Hexenkramgelaber lassen und uns auf unsere Arbeit konzentrieren?«, grummelte sie.

Im Auto breitete sich bedrückende Stille aus, und jede von ihnen zog sich wieder in ihre eigenen Gedanken zurück.

Allerdings beschäftigten sie sich alle drei mit derselben Sache: Dolores Murgia und die Hölle, die sie durchgemacht hatte.

74

Santa Rosa, bei Capoterra

Die Adresse, die sie kontrollieren sollten, lag etwas außerhalb der Gemeinde Capoterra, eine halbe Autostunde von Cagliari entfernt, in einem Wohnviertel auf einem Hang, wo die Grundstücke der Felswand abgerungen worden waren. Von dort oben hatte man eine großartige Aussicht über das Meer, die Dörfer an der Küste, die Lagune und auch über die sich weit dahinziehenden bewaldeten Felsrücken. Der Wind trug die Laute einer irgendwo weidenden Schafherde heran, ebenso das hypnotische Rauschen der Macchia. Die Luft dort oben war mild und rein mit einem würzigen Hauch von Myrte und Rosmarin. Für alle, die Ruhe und Einsamkeit liebten, war dieser Ort ein wahres Paradies.

»Hübsche Gegend«, bemerkte Ilaria mit einem Blick auf die Umgebung.

»Ein bisschen weit ab vom Schuss für meinen Geschmack«, mäkelte Mara.

»Aber ideal für jemanden, der sich verstecken will, oder?«, stellte Eva fest.

»Von wegen, sie bringt kein Unglück …«, polemisierte Mara, an Ilaria gewendet.

»Haltet die Augen offen, man kann nie wissen«, erwiderte diese.

»Ach, fängst du jetzt auch an?«, antwortete Mara.

»Seid ihr fertig?«, sagte Eva ungeduldig. »Können wir jetzt los?«

Mara zeigte ihr den Mittelfinger.

Die drei Beamtinnen gingen zu dem Haus, das sie überprüfen sollten. Es lag etwas oberhalb der anderen Grundstücke und hatte eine Privatzufahrt. Ilaria hatte das Auto lieber etwas weiter weg geparkt, damit man nichts von ihrer Ankunft mitbekam.

»Überlasst das Reden mir«, sagte sie zu den Kolleginnen.

Eva und Mara versuchten herauszufinden, ob man um das Haus herumgehen konnte, um eventuelle Hinterausgänge zu finden, aber im steilen Gelände war das nicht möglich, dazu hätten sie über eine Umgrenzungsmauer klettern müssen.

Sie durchquerten einen kleinen Steingarten und stellten sich dann in Formation auf: Ilaria ging zur Tür, Eva und Mara sicherten die Flanken.

Mit ihrer Linken holte Ilaria die Brieftasche heraus, um ihren Dienstausweis parat zu haben, mit der rechten Hand klingelte sie und legte sie dann unauffällig auf den Griff der Beretta.

In der Einfahrt standen zwei Kleinwagen, folglich musste jemand im Haus sein.

»Was ist los? Stellen die sich jetzt völlig taub?«, fragte Mara, um ihre Nervosität zu überspielen.

»Versuch's noch mal«, schlug Eva vor.

Diesmal drückte Deidda den Klingelknopf etwas länger.

Nichts.

Sie wollte es gerade noch ein weiteres Mal versuchen, als die Tür einen Spalt weit aufging, ein Kettchen aus vergoldetem Stahl verhinderte ein weiteres Öffnen. Aus dem Inneren des Hauses drang Musik, *Don't Stop Believin'* von Journey.

»Ja?«, fragte eine Frau um die vierzig mit sehr langen glatten blonden Haaren und sah misstrauisch nach draußen.

»Guten Abend. Maddalena Assorgia?«, fragte Ilaria.

»Ja. Und wer sind Sie?«

»Polizei, Signora«, erwiderte Ilaria und zeigte ihren Ausweis.

Aus dem Augenwinkel bekam Eva mit, dass Mara sich zur rechten Seite des Hauses bewegte, als wollte sie die Rückseite im Blick behalten. Sie beschloss, Mara einfach machen zu lassen, und konzentrierte sich selbst mehr auf die Frau, die sie vor sich hatte. Aus deren steifer Haltung schloss sie, dass es nicht leicht sein würde, sie zur Zusammenarbeit zu bewegen.

»Was ist denn los?«, fragte Maddalena Assorgia und musterte die Beamtinnen, als wären sie von der Steuerfahndung. Ihren Unterlagen zufolge war sie eine der glühendsten Anhängerinnen von Melis, seit sie vor fünf Jahren der Sekte beigetreten war. Eine eingeschworene Jüngerin.

»Wir müssten kurz mit Ihnen sprechen, wenn Sie nichts dagegen haben«, sagte Vicecommissario Deidda mit einem verbindlichen Lächeln. Sie wie auch Eva hielten den direkten Augenkontakt zu der Frau, die wachsende Feindseligkeit signalisierte.

»Ehrlich gesagt ist es gerade etwas unpassend«, erwiderte Maddalena und wollte sich zurückziehen.

»Nein, warten Sie. Es ist besser, wenn …«

»Scheiße, da ist Melis! Er flieht über die Rückseite!«, schrie Mara, so laut sie konnte, und machte damit das friedliche Entgegenkommen ihrer Kolleginnen zunichte.

Ilaria und Eva fuhren zusammen und drehten sich zu ihrer Kollegin herum, einen Sekundenbruchteil später griffen sie zu ihren Waffen.

Eine fatale Verzögerung.

Zwei Schüsse hallten über den Hang, und Ilaria wurde nach hinten geschleudert, als sei sie von einem außer Kontrolle geratenen Fahrzeug umgefahren worden.

Eva traf ein warmer Blutspritzer ihrer Kollegin, die zu Boden gesunken war, und sie schloss instinktiv die Augen.

Als sie sie wieder öffnete, immer noch betäubt vom Knalltrauma, blickte sie direkt in den Lauf einer Pistole, die durch den Türspalt auf sie gerichtet war.

75

Santa Rosa, bei Capoterra

Als sie die Schüsse hörte, zuckte Mara zusammen, zerrte die Beretta aus dem Holster und ging instinktiv in die Knie. Sie drehte sich zu ihren Kolleginnen und sah, dass Ilaria auf dem Boden lag und Eva mit beiden Händen in den Eingang zielte. Dann hallten drei Schüsse in rascher Folge.

Mara eilte zur Tür und half Eva, den leblosen Körper ihrer Kollegin aus der Schusslinie zu zerren. Aus der Brustwunde sprudelte Blut. Mara riss sich ihre Jacke vom Leib und versuchte, damit die Blutung zu stillen, während sie mit der anderen Hand in der Tasche nach ihrem Mobiltelefon suchte.

»Hast du sie erwischt?«, schrie sie Eva zu, die sie allerdings nicht hörte, da sie infolge der Schüsse immer noch betäubt war.

»Croce? Hast du sie erwischt oder nicht?«, brüllte sie erneut, und diesmal konnte sie sich verständlich machen.

Eva näherte sich mit extremer Vorsicht von der Seite der Tür und spähte hinein. Maddalena Assorgia lag zuckend auf dem Boden. Im Hintergrund spielte weiter die Musik, was die Situation noch surrealer wirken ließ.

»Ja. Sie liegt auf dem Boden«, rief Eva und wandte sich wieder Ilaria zu. »Wo hat sie sie getroffen?«

»Sie hat ihr wohl die Lunge durchlöchert, so wie das Blut heraussprudelt«, erwiderte Mara aufgeregt, während sie den Notruf wählte.

Eva konzentrierte sich nun wieder auf die Verfolgung. Sie versuchte, die Haustür komplett aufzutreten, aber die Kette erwies sich als zu widerstandsfähig für ihre knapp sechzig Kilo.

»Scheiße!«, fluchte sie, als auch ihr zweiter Versuch ohne Erfolg blieb.

Sie schaute zu Mara, die das Handy laut gestellt hatte und nun versuchte, den Kreislauf ihrer blutenden Kollegin in Gang zu halten.

»Ich schnapp mir diesen Drecksack!«, schrie sie Mara zu und rannte zur Rückseite.

»Was? Nein, warte … Croce!«, schrie Mara hysterisch. »Scheiße, Croce! Verdammt …«

76

Funkmast von Santa Rosa, Capoterra

Ihr Herz klopfte bis zum Hals. Die Adern an den Schläfen pulsierten wie Presslufthämmer. Ihre Milz schien gleich zu platzen; die untrainierten Muskeln in ihren Beinen brannten. Sie versuchte, ihren Atem zu kontrollieren, so wie ihr Schießlehrer es ihr vor mehr als zehn Jahren beigebracht hatte, aber das gelang ihr nicht. Sie war den steilen Hügel hinter dem Haus bis fast ganz nach oben geklettert. Doch von Melis keine Spur. Sie schaute kurz auf ihr Handy: Nach dem Schusswechsel mussten etwa zehn Minuten vergangen sein, in der Ferne hörte sie die immer lauter heulende Sirene des Krankenwagens.

Als sie schon aufgeben wollte und sich zurück zum Haus wandte, um Mara zu helfen, entdeckte sie ihn mitten in einem Kiefernhain, wie er Atem schöpfte, weniger als dreißig Meter von ihr entfernt. Er tastete sich einen Knöchel ab. Dann versuchte er, ein paar Schritte zu machen, aber Eva sah, wie er sich vor Schmerzen krümmte und humpelte. Er musste ihn sich bei der Flucht verstaucht haben. Er schien nicht bewaffnet zu sein, und er hatte sie noch nicht bemerkt.

Eva erstarrte und versteckte sich hinter einem Kiefernstamm. Was sollte sie jetzt tun?

Der Anblick der toten Dolores in Serri und die Fotos ihrer sezierten Leiche, die dem Autopsiebericht beigelegt waren, schossen ihr durch den Kopf. Wut überwältigte sie und ließ sie jegliche Vorsicht vergessen. Sie hob die Pistole und gab vier Schüsse in seine Richtung ab.

Melis warf sich zu Boden, und sie rannte auf ihn zu, während sie weiterhin die Waffe auf ihn gerichtet hielt. Sie hatte absichtlich knapp an ihm vorbeigeschossen, um ihn zu erschrecken.

»Hände hinter den Kopf!«, schrie sie, als sie etwa fünf Meter vor ihm stehen blieb.

»Was für eine Scheiße ... Würdest du tatsächlich auf einen unbewaffneten Mann schießen?« In seiner Stimme lag eine Spur von Spott.

Eva drückte den Abzug, Erdklumpen und Blätter explodierten wenige Zentimeter neben dem Kopf des Gurus.

»Denkst du, ich hätte ein Problem damit, du Arschloch? Deine Verbündete hat auf meine Kollegin geschossen ...«

»Ach, diese Durchgeknallte ... Ich schwöre, ich habe ihr gesagt, sie soll das nicht tun ...«

»Los doch, steh auf und hau ab. Mach mir die Arbeit leichter, komm schon ...«, forderte Eva ihn auf. »Hier sind nur wir beide, du und ich. Ich schieß dich über den Haufen und dann drück ich dir die Waffe deiner tollen Freundin in die Hand. Eine saubere Sache. Jetzt mach schon ...«

»Im Ernst? Du bist ja noch irrer als ich!«, sagte der Mann und hob die Hände langsam in den Nacken. »Leg mir Handschellen an, lies mir meine Rechte vor oder tu, was du tun musst, aber rühr mich nicht an, sonst werden dich meine Anwälte vor Gericht in der Luft zerreißen ...«

»Halt die Schnauze.«

Eva schaute sich um, um sich zu vergewissern, dass er allein war. Misstrauisch und ohne die Beretta einen Millimeter herunterzunehmen, näherte sie sich ihm.

»Was muss ich jetzt tun?«, fragte er.

»Keine Ahnung, willst du mir ein Gedicht aufsagen?«

»Auch das noch, eine witzige Polizistin ...«

»Steh auf und lauf weg«, provozierte ihn Eva und trat ihm gegen ein Bein. »Los, mach!«

»Einen Scheißdreck werde ich tun … Ich habe nichts gemacht. Ihr habt euch auf mich eingeschossen, aber ich habe nichts damit zu tun. Ich habe niemanden umgebracht.«

»Wer hat dir gesagt, dass es um Mord geht?«

»Ein Vögelchen hat's mir gezwitschert.«

Eva trat noch einmal zu und Melis lachte. Sein Gelächter klang ebenso hohl wie seine Stimme und jagte ihr Schauder über den Rücken. Verstärkt wurde der mephistophelische Eindruck noch von seinem schmalen, knochigen Gesicht mit den tiefen Augenringen, dem langen Bart und den rabenschwarzen Haaren, die zu dunkel waren, als dass es der Naturton sein konnte. Er war so schnell aus dem Haus geflüchtet, dass er nicht einmal die Zeit gefunden hatte, sich ein T-Shirt anzuziehen. Die langen Haare bedeckten seinen nackten Rücken fast vollständig und ließen nur den Blick auf ein riesiges Tattoo frei, das wohl die Hölle darstellen sollte. Eva bemerkte verschiedene Kratzer, vermutlich von langen Fingernägeln verursacht – sie hoffte, dass Dolores sie ihm zugefügt hatte, damit hätten sie ein weiteres Element, um ihn überführen zu können.

»Ihr habt den Falschen ins Visier genommen, meine Liebe. Ich bin nur ein spiritueller Führer …«

Eva bemerkte spiralförmige Tätowierungen auf beiden Schultern: Sie hätte zwar nicht die Hand dafür ins Feuer gelegt, aber sie war sich ziemlich sicher, dass es dasselbe Symbol war, das man in den Rücken des Opfers eingeritzt hatte. »Klar, ein geistiger Führer, der Mädchen Drogen verabreicht und sie dann vergewaltigt und umbringt.«

»Hör mal, Schätzchen, leg mir Handschellen an und bring mich weg von hier. Ich hab es satt, weiter auf dem Boden rumzuliegen, und kalt ist mir auch.«

»Willst du vielleicht noch eine Decke und einen heißen Tee? Leck mich, Melis«, sagte Eva und trat mit dem Stiefel auf seinen verstauchten Knöchel.

Der Mann schrie vor Schmerzen auf, dann brach er in Gelächter aus.

»Bist du etwa neben deinen anderen Perversionen auch noch Masochist?«, fragte Eva.

»Nein, Liebchen. Ich lache wegen all der Schwierigkeiten, die du bekommen wirst, weil du mich so behandelt hast. Du weißt wirklich nicht, wer ich bin und wer hinter mir steht … Hast du zufällig Familie?«

Als Antwort trat Eva noch einmal auf das Gelenk, diesmal verharrte sie mehrere Sekunden darauf.

»Wer beschützt dich? Zeig, dass du wenigstens so viel Eier hast, mich richtig zu bedrohen, na los.«

»Sie haben eine von außerhalb geschickt … Ein ausgezeichneter Schachzug. Die Bullen von hier sind alle Vollpfosten.«

Eva wollte schon entsprechend antworten, als sie hinter sich Schritte hörte. Sie wich reflexhaft zur Seite aus, entspannte sich dann aber, als sie Mara kommen sah, die Beretta in der Faust, Gesicht, Hände und Kleidung blutverschmiert.

»Croce, geh von ihm weg«, rief Mara.

»Oh, endlich kommt der gute Bulle«, sagte Melis vom Boden aus erleichtert. »Bring diese Verrückte weg von hier, ihr Finger sitzt zu locker am Abzug.«

»Rais? Was hast du vor … Ich habe die Lage unter Kontrolle, ich werde nicht …«

»Ich habe gesagt, du sollst da weggehen!«

Eva gehorchte und trat etwas zur Seite.

Mara nahm Anlauf und trat dann dem Guru mit voller Wucht in die Weichteile, sodass dieser aufstöhnte und sich vor Schmerzen krümmte. Anschließend setzte sie sich auf seinen Rücken, und während Eva weiter auf ihn zielte, legte sie ihm Handschellen an.

»Jetzt sag noch mal, dass alle einheimischen Bullen Vollpfosten sind«, forderte sie ihn auf, ihr sardischer Akzent war stärker als sonst.

Obwohl Melis vor Schmerz stöhnte, gelang ihm noch ein zynisches Auflachen. »Dann bist du also der böse Bulle …«

»Warum? Macht dich das etwa an?«

»Ich glaub, wenn hier jemand geil ist, dann bist du das«, flüsterte Melis.

Mara sicherte ihre Pistole und hob den Arm, um damit zuzuschlagen, aber Eva verhinderte das, indem sie die Waffe mit einem Fußtritt wegschleuderte.

»Schalte dein Hirn ein! Wenn wir Spuren von Gewaltanwendung hinterlassen, könnte das die Verhaftung unwirksam machen oder uns Scherereien einbringen. Das ist jetzt wirklich das Letzte, was wir brauchen.«

Mara starrte sie aus blutunterlaufenen Augen an, dann wischte sie die feuchten Blätter von ihrer Kleidung ab und fügte sich: Sie hasste es, das zuzugeben, aber Eva hatte recht. »Und was ist mit dir? Warum hast du all die Schüsse abgegeben?«, fragte sie vorwurfsvoll.

»Ach, weißt du, ich habe ein Wildschwein vorbeirennen sehen, und da hab ich mir gedacht: ›Warum nicht, dann hast du immerhin schon ein Abendessen‹ … Natürlich um ihn einzuschüchtern. Warum wohl sonst, Herrgott?«

Mara schüttelte den Kopf.

»Seid ihr sicher, dass ihr Polizistinnen seid?«, spöttelte Melis.

»Du steh lieber auf, sonst sorg ich schon dafür, dass du den Hintern hochkriegst.«

»Mädels, ihr solltet euch jetzt wirklich mal entspannen.«

»Wie geht es Ilaria?«, fragte Eva.

»Die hat's schlimm erwischt. Sie haben schon einen Hubschrauber geschickt, um sie abzuholen. Es ist ungewiss, ob sie es schafft.«

»Und Maddalena? Lebt sie?«, fragte Melis, während er sich mühsam aufrichtete.

Eva sah Mara fragend an, die Sorge stand ihr ins Gesicht geschrieben.

Dann wischte sie sich mit dem Handrücken übers Gesicht und zischte giftig: »Ich hab keine Ahnung, aber ich hoffe mal nicht … Wir haben dein Haus durchsucht, du Idiot. Wir haben die Fotos und Wandzeichnungen gesehen, du bist am Arsch.«

Als Antwort spuckte Melis nur auf die Erde.

Dann hörten sie noch mehr Sirenen, und diesmal waren es keine Krankenwagen.

Eva packte Melis an einem Arm und zerrte ihn unsanft zu einem Baumstamm, gegen den er sich lehnen musste.

»Wir haben höchstens zwei oder drei Minuten, um etwas ›unter vier Augen‹ aus ihm herauszukitzeln«, sagte sie zu ihrer Kollegin. »Magst du oder hast du Angst um deine manikürten Fingernägel?«

»Das ist doch mal ein Wort, Croce«, sagte Rais und näherte sich mit einem boshaften Grinsen ihrem Gefangenen.

77

Einsatzzentrale der Mordkommission, Polizeipräsidium Cagliari

Knapp drei Stunden Schlaf. Vierzehn Stunden auf den Beinen, seit sie am Morgen das Haus verlassen hatten. Und der Tag war noch nicht vorbei: Ihnen stand noch ein Riesenhaufen Bürokratiekram und wahrscheinlich noch ein Plausch mit den Beamten von der Internen Kontrolle bevor, wie es nach einem Schusswechsel Vorschrift war. Sie sahen beide ziemlich fertig aus: die Schuhe voller Matsch, die Kleidung verdreckt, die Haare verklebt, Blutspritzer im Gesicht und auf den Kleidern, die streng nach Angstschweiß, Kordit und Adrenalin rochen. Trotzdem wurden Mara und Eva beim Betreten des Besprechungsraums der Sonderkommission wie zwei Filmstars auf dem roten Teppich empfangen.

Die beiden starrten verlegen auf die Kollegen der Mordkommission, die sie eifrig beklatschten. Einige pfiffen, andere klopften ihnen auf die Schultern. Hinter ihrem verhaltenen Lächeln war der Neid zu spüren, dass sie die fetteste Beute vor ihnen geschnappt hatten, aber das hielt die Kollegen nicht davon ab, sich um die beiden zu scharen und ein Gruppenselfie zu machen.

Wenig später nahmen der Beifall, das Schulterklopfen und das Händeschütteln ab, und alle kehrten wieder an ihre Schreibtische zurück, nun wieder mit angespannten Gesichtern: Ilaria Deidda war im OP – ebenso die Frau, die sie niedergeschossen hatte – und für beide waren die Prognosen der Ärzte schlecht.

Farci und Nieddu gingen ihnen entgegen und beglückwünschten sie zur Verhaftung, dann erkundigten sie sich nach ihrem Befinden.

»Am liebsten würde ich mir jetzt einfach die Schuhe ausziehen und mir irgendwo ein Glas kräftigen Roten reinziehen«, gestand Mara.

»Und du, Pistolera, wie geht es dir?«, fragte Farci Eva. »Musst du von irgendwem untersucht werden?«

»Nein, ich bin okay, Chef.«

»Gut ... Croce, der Vicequestore und der Questore wollen dich sprechen, wenn ihr bei der Internen fertig seid.«

»Warum denn die Interne?«, fragte Eva.

»Sie brauchen eure Version der Geschichte, um den Bericht über den Schusswechsel so schnell wie möglich abzuschließen. Reine Formsache, nur keine Sorge.«

Eva nickte.

»Rais, während Eva dann im Gespräch ist, erstattest du Bericht bei den Kollegen von der Öffentlichkeitsarbeit, dann können sie etwas für die Pressekonferenz aufsetzen.«

»Okay.«

»Dottore, wenn es möglich ist, möchte ich, dass mein Name aus allen Verlautbarungen rausgehalten wird«, sagte Eva.

»Sicher, Croce. Sicher.«

Mara beobachtete, wie die Kollegen der Sonderkommission Material vorbereiteten, das sie für das Verhör des Gurus nutzen konnten. »Wer eröffnet das Tänzchen mit Melis?«, fragte sie.

»Ich«, erwiderte Nieddu. »Als ihr ihn hergebracht habt, saßen seine Anwälte schon seit zwanzig Minuten hier, haben auf ihn gewartet und die Klingen geschärft.«

»In dieser Stadt machen Nachrichten schnell die Runde«, stellte Eva fest.

»O ja. Es wird nicht leicht sein, dem Kerl irgendwas aus

der Nase zu ziehen, wenn diese zwei scharfen Hunde an seiner Seite sitzen, aber ich werde mein Bestes geben.«

»Seid ihr sicher, dass ihr nicht doch einen Arzt aufsuchen wollt?«, fragte Farci erneut. »Ihr seht wirklich richtig mies aus.«

»Und das ausgerechnet von Brad Pitt …«, presste Mara durch fast geschlossene Lippen hervor.

»Bei uns ist alles in Ordnung, Dottore. Wirklich«, versicherte Eva. »Gibt es schon Neues zu den Abstrichtupfern?«

»Es kann sich nur noch um wenige Stunden oder sogar Minuten handeln«, entgegnete Farci. »Ehe ihr mit denen von der Internen sprecht, will ich wissen, ob es etwas gibt, das ihr mir sagen müsst.«

»Ja, hol uns in die Sonderkommission. Wir haben es uns verdient«, sagte Mara.

»Das habe ich nicht gemeint, außerdem kann ich nicht, das weißt du ganz genau«, sagte Farci und senkte dafür die Stimme.

»Dann gib uns eine Gehaltserhöhung.«

Farci wandte sich an Eva, um Mara nicht noch zum Teufel zu schicken. »Als ihr mit ihm dort oben wart, habt ihr da irgendwas gemacht, das ich besser wissen sollte, damit ich euch gegebenenfalls den Arsch retten kann?«

Die zwei Beamtinnen wechselten einen empörten Blick.

»Für wen hältst du uns denn?«, gab Mara zurück.

Farci schüttelte nur den Kopf, und Nieddu sagte grinsend: »Okay, ihr zwei Heiligen, ich begleite euch nach oben.«

»Warten Sie, Dottore«, sagte Eva. »Ehrlich gesagt gäbe es da schon etwas zu sagen …«

»Nein, lass das«, warnte Mara.

»Und das wäre?«, fragte ihr Vorgesetzter nach.

Eva ging in den Flur, weg von den Schreibtischen und den Ohren der Kollegen, Farci, Mara und Nieddu folgten ihr.

»Und?«, fragte Farci gespannt.

»Da ist nichts«, mischte Mara sich ein. »Die Kollegin ist noch ein wenig durcheinander wegen der Schießerei und der turbulenten Verhaftung, und ich meine, das ist ja auch normal, unter diesen Umständen ...«

»Halt endlich die Klappe, Rais ... Croce, was ist los?«

»Ganz sicher ist Melis für die Vergewaltigung verantwortlich, auch für den Drogenmissbrauch, vielleicht auch für die Entführung«, sagte Eva leise. »Aber ich glaube nicht, dass er sie umgebracht hat.«

78

Toilette der Frauenumkleide, Polizeipräsidium Cagliari

Als Eva die Toilette der Umkleide betrat, richtete Rais, die sich übers Waschbecken gebeugt hatte, sich schlagartig auf und warf ihr einen bösen Blick zu. Eva bemerkte, dass Mara feuchte Augen hatte. Tränenfeuchte Augen. Sie war leichenblass, als hätte sie sich gerade übergeben. Eine der Neonröhren gab ein fahles Flackerlicht von sich wie ein sterbendes Glühwürmchen, was ihrem Gesicht nicht gerade schmeichelte und sie älter machte.

»Verdammt, was willst du? Ich hab doch gesagt, dass ich eine Minute für mich brauche, bist du taub?«, knurrte Mara.

Eva versicherte sich, dass sie allein waren, dann starrte sie ihre Kollegin verlegen an. »Ich hab gerade meine Tage bekommen. Ich bin zwei Wochen zu früh dran …«, sagte sie. »Es passt mir auch nicht, dass ich dich das fragen muss, aber ich kenne hier ja niemanden, jetzt wo Ilaria … Na ja, kannst du mir einen Tampon leihen? Ich schwör, ich geb ihn dir auch zurück.«

Mara starrte sie schweigend unter dem grausamen Neonlicht an.

»Meinst du damit, dass du den benutzt und ihn mir dann wiedergibst?«

»Selbstverständlich«, sagte Eva mit einem Hauch von einem Lächeln. »Sagen wir einfach, dass ich ihn für dich warmhalte.«

»Das ist ja ekelhaft …«, schimpfte Mara. Sie kramte in ihrer Handtasche und holte einen Tampon hervor. »Ich hab meine Regel auch gerade erst bekommen. Ich war anderthalb Wochen überfällig. Ich hab mir schon Sorgen gemacht …«

»Das muss am Stress liegen«, sagte Eva.

»Oder vielleicht pendeln wir uns auch einfach aufeinander ein, wie meine Mutter immer sagt.«

Eva hielt inne, ehe sie eine der Kabinen betrat. »Warum hast du geweint?«

»Ich habe nicht geweint. Und außerdem lern endlich, dich um deinen eigenen Scheiß zu kümmern.«

Eva schüttelte den Kopf, sie kapitulierte gegenüber dem ewigen Groll ihrer Kollegin und öffnete die Tür.

»Ich fühle mich schuldig«, gestand Mara.

Eva drehte sich um und kehrte in den Raum mit den Waschbecken und Spiegeln zurück. »Schuldig? Warum? Wegen dem, was wir mit diesem Scheißperversen gemacht haben?«

»Nein, deswegen nicht.«

»Warum dann?«

»Wenn ich nicht wie eine hysterische Schwuchtel rumgeschrien und euch abgelenkt hätte, wären die Dinge wahrscheinlich anders gelaufen und Ilaria …«

»Rais, dieses Miststück hatte eine Waffe. Wahrscheinlich war es unser Fehler, dass wir das nicht bemerkt hatten, oder vielleicht gab es auch gar keinen Fehler, und es ist einfach so gelaufen.«

»Nein, das ist meine Schuld.«

»Hör mal, scheiß drauf, für mich ist es so gelaufen, wie es gelaufen ist. Sie hätte genauso gut auf dich oder mich schießen können, das war reine Glückssache. Aber mach dir keine Vorwürfe für etwas, woran du keine Schuld hast. Wir haben nach Vorschrift gehandelt.«

»Vielen Dank für deinen Zuspruch, aber etwas in meinem Inneren sagt mir, dass es nicht so ist.«

»Rais …«

»Und wenn ich ehrlich bin, als ich sie so in meinen Armen hielt und ihre Wunden abgedrückt habe, war ich irgendwie erleichtert, dass es sie erwischt hatte und nicht mich. Ich kann zu meiner Tochter zurückkehren, sie dagegen …«

»Hat sie Kinder?«

»Zwei. Einen Jungen und ein Mädchen.«

»Herrgott … Hör zu, ich verstehe, dass das nicht leicht für dich sein muss, aber du hast nicht auf sie geschossen, okay? Du hast nicht den Abzug gedrückt, und je eher du das verinnerlichst, desto besser.«

»Das sagst du so leicht …«

Eva starrte in ihr Spiegelbild. »Auch mir tut es leid, du weißt gar nicht, wie sehr, aber wir konnten nichts anderes tun. Außerdem bin ich sicher, dass sie durchkommen wird.«

»Hoffentlich … Wenn du duschen willst, ich hätte ein Handtuch und Slips zum Wechseln in meinem Spind.«

»Meinst du das ernst oder hat irgendein Heiliger von dir Besitz ergriffen?«

»Ich will mir doch nicht die Heldin des Tages zum Feind machen.«

»Das Angebot nehme ich gerne an. Ich will nicht so ins Gespräch mit der Internen gehen …«

»Gib mir eine Minute, dann bringe ich dir alles … Aber zuerst musst du mir noch etwas sagen.«

»Schieß los.«

»Wenn es nicht Melis war, wer war es dann?«

»Wie du immer zu sagen pflegst, das ist die Eine-Million-Dollar-Frage, Rais.«

Mara grinste. Sie wollte schon etwas erwidern, als draußen vor den Toiletten großes Durcheinander ausbrach: Jubelschreie, Applaus und Beifall wie bei einer Fußballweltmeisterschaft.

»Was ist denn da los?«, fragte Mara und ging nachsehen.

Eva nutzte die Zeit, um ihr Handy zu kontrollieren: Es gab mindestens zehn verpasste Anrufe von Barrali, dazu noch etliche Nachrichten auf ihrem Anrufbeantworter. Er musste außer sich sein vor Sorge. Sie schrieb ihm kurz, dass sie ihm in der nächsten halben Stunde antworten würde und dass es Mara und ihr gut ginge. Sie wusch sich auch das Gesicht ab, auf dem noch ein paar Blutspritzer von Ilaria verblieben waren.

Dann kam Mara zurück, ihre Augen leuchteten vor Aufregung.

»Was ist los?«

»Die ersten Auswertungen zum organischen Material und den Hautzellen, die man unter den Fingernägeln von Dolores gefunden hat, sind da«, sagte Mara mit ungläubiger Stimme.

»Ja und?«

»Die DNA stimmt mit der von Melis überein. Er war es, wir haben tatsächlich den Drecksack verhaftet, der sie umgebracht hat.«

79

Siedlung der Ladu, Oberland der Barbagia

Das Zimmer seines Sohnes war leer. Bastianu spürte, wie etwas in ihm zerbrach. Micheli hatte eine Entscheidung getroffen, die die Geschlossenheit der Gemeinschaft in Gefahr brachte. Er hatte die Ladu verraten. Er hatte ihm, seinem Vater, den Rücken gekehrt.

Es ist meine Schuld. Ich war nicht streng genug. Ich habe ihm eine Freiheit gelassen, die er nicht verdiente, warf er sich vor und starrte dabei auf die wehenden Vorhänge, die das silberne Mondlicht mit einem filigranen Muster überzog.

Liborio, sein jüngster Bruder, kam zu ihm und schüttelte niedergeschlagen den Kopf.

»Was ist los, Liborio?«

»Er hat eins von den jungen Pferden genommen.«

»Und? Sprich frei heraus. Was soll's jetzt noch …«

»Er hat auch eine Schublade in deinem Arbeitszimmer aufgebrochen. Die dritte.«

Dort bewahrte Bastianu sein Geld auf. Er wurde rot vor Scham und drehte seinem Bruder den Rücken zu, damit dieser nicht sah, wie ihm Tränen in die Augen stiegen, weil er sich so schmählich hintergangen fühlte.

»Hat er eine schriftliche Nachricht hinterlassen?«

»Gar nichts.«

»Und das Mädchen, Esdra … Wo ist sie?«

»Sie ist auch verschwunden«, antwortete Liborio.

Bastianu nickte und strich sich nervös über den Bart. »Ruf

die anderen, auch die Vettern, und sucht nach ihm … Er kann noch nicht sehr weit gekommen sein«, befahl er knapp, den Blick starr nach draußen auf den nächtlichen Nebel gerichtet, der das Dorf einhüllte.

Als sein Bruder schon die Treppe hinunterlief, rief er ihn noch einmal zurück.

»Libo', sag es allen: Niemand darf dem *mannoi* etwas von der Sache erzählen, verstanden? Niemand! Wenn jemand ihm etwas zuträgt, bekommt er es mit mir zu tun.«

Liborio nickte und ließ seinen Bruder allein. Bastianu schloss die Tür hinter ihm und setzte sich auf das Bett seines Sohnes.

Er war auserwählt worden, die Führung in der Familie zu übernehmen, weil er die Fähigkeit entwickelt hatte, auf der Grundlage weniger Fakten zu erahnen, wie Ereignisse verlaufen würden. Viele seiner Verwandten behaupteten sogar, er hätte eine seherische Gabe, wie einige von ihren Alten, die die Zukunft voraussagen konnten, aber in seinem Fall verhielt es sich nicht so: Bastianu war nur ein scharfsinniger, pragmatischer Mann, der sehr gut beobachten und zuhören konnte. Doch nun waren seine Fähigkeiten ein schrecklicher Fluch für ihn, denn er sah ganz deutlich vor sich, welche Auswirkungen die Flucht seines Sohnes haben würde. Vor allem, was er als Oberhaupt der Familie würde tun müssen, um diese Schande zu tilgen. Und dieses Wissen brachte ihn, den Vater, beinahe um.

80

Capitana, Vorort von Quartu Sant'Elena

Trotz der späten Stunde hatte Grazia etwas zu essen für sie vorbereitet und ließ sie dann allein in der Küche zurück.

»Das war wirklich sehr nett von ihr, aber ich wollte nicht, dass sie sich jetzt noch solche Umstände macht«, sagte Eva.

»Sie tut das doch gern. Außerdem war sie auch beunruhigt und wollte dich sehen«, erwiderte Barrali mit einem Gläschen *fil' 'e ferru* in der Hand. »Du weißt doch, wie das läuft in den Medien: Sie haben alles übertrieben. Und in den Fernsehnachrichten wurde das Ganze noch einmal ausgeschmückt und die Geschichte in eine Art Horrorfilm verwandelt.«

»Ich kann es mir vorstellen«, sagte Eva und verzog das Gesicht. »Und ich habe jetzt schon Angst, was mich morgen früh in den Zeitungen erwartet.«

»Denk nicht daran. Ihr habt den ›Bösen‹ gefasst, das ist das Wichtigste.«

Es war kurz vor Mitternacht. Nachdem Eva bei den Beamten von der Internen Kontrolle eineinhalb Stunden immer wieder das Gleiche darüber erzählt hatte, wie die Schießerei und die Verhaftung von Melis abgelaufen waren, hatte sie dem Vicequestore Bericht erstattet und dabei zugesehen, wie Nieddu und die Kollegen von der Mordkommission vergeblich versuchten, im Verhörraum den Guru zum Sprechen zu bewegen, indem sie ihn mit den DNA-Proben konfrontierten, die ihn belasteten, dem kompromittierenden Material aus seinem Haus, seinen Anzeigen wegen Vergewaltigung und seiner Flucht. Melis, der sicher von seinen Anwälten beraten worden war, hatte nicht mit der Wimper gezuckt, sondern weiter mit diesem diabolischen Grinsen von einem Ermittler zum anderen geblickt, seinen Spitzbart gestreichelt und stumm den Kopf geschüttelt, als würden sie versuchen, ihm ein vollkommen nutzloses und überteuertes Topfset anzudrehen. Schließlich hatte Eva genug gehabt.

Sie hatte dann einen letzten Abstecher in die inzwischen ziemlich verlassene Einsatzzentrale gemacht und dort anhand der Diagramme und zeitlichen Auflistungen der Ereignisse noch einmal die einzelnen Stationen dieser blitzschnellen Ermittlungen nachverfolgt, die allem Anschein nach zur Verhaftung des Mörders geführt hatten. Je intensiver sie die Beweise prüfte, desto mehr festigte sich ihre Überzeugung, dass Melis zwar für viele ekelhafte Verbrechen verantwortlich war, aber nicht für den Mord an der jungen Frau.

Das sagte sie auch Barrali, als sie ihn zwischen zwei Bissen über die Ereignisse der letzten scheinbar endlosen achtundvierzig Stunden informierte.

»Du glaubst also, er deckt jemanden?«, fragte Barrali.

»Ja. Ich denke, er schützt jemanden und wird gleichzeitig auch von jemandem geschützt. Von der gleichen Person, die mit der Presse geredet und ihn in der Nacht des Einsatzes gewarnt hat.«

»Wenn derjenige so gut informiert ist, muss es schon jemand an sehr hoher Stelle sein«, gab Barrali Eva zu bedenken.

Sie nickte und tupfte sich die Lippen mit einem Taschentuch ab. Sie war vollkommen erschöpft, aber seit Mara ihr gesagt hatte, dass die DNA von Melis mit den Spuren an der Leiche übereinstimmte, fühlte sie sich, als würde über einen Tropf fortlaufend Adrenalin in ihre Venen laufen. Nachdem sie sich schnell zu Hause umgezogen hatte, war sie in ihren Wagen gestiegen und nach Capitana gefahren, da Barrali so gedrängt hatte, sie unbedingt noch zu treffen, egal, wie spät es würde.

»Jemand, der wahrscheinlich eine Uniform trägt«, sprach Eva ihre Befürchtungen laut aus.

Barrali nickte. »Das würde vieles erklären. Die Staatsanwälte und Farci wollen den Fall also abschließen und Anklage gegen Melis erheben?«

»Ja, Sie warten noch die Ergebnisse von den Tests der Spurensicherung ab, aber sie haben ihn schon verlegt, und zwar ins Gefängnis von, von …«

»Uta«, kam ihr Barrali zu Hilfe.

»Genau. Du weißt besser als ich, dass sich bei einem so brutalen Mord die Leute von der Presse wie Haie im Blutrausch darauf stürzen, und je eher man einen Täter findet, den man der Menge vorwerfen kann, desto besser ist es, vor allem für die Ermittler.«

»Sicher.«

»Die denken, dass eine Nacht im Gefängnis Melis weichklopfen wird. Morgen werden sie ihn wieder verhören, direkt dort, aber ich glaube nicht, dass es etwas ändern wird. Die da oben brauchen schnell einen Täter und Melis passt perfekt in diese Rolle.«

»Ich weiß. Aber die Gefahr dabei ist, dass man Fehler begeht.«

»Und wenn du mich fragst, machen wir da gerade einen Fehler so groß wie eine Nuraghe, um mal im Thema zu bleiben.«

Barrali lächelte. »Und was sagt Nieddu dazu?«

»Er ist überzeugt, dass dieser Scheißkerl der Mörder ist, aber ich glaube, diese Überzeugung resultiert aus seinen Schuldgefühlen wegen Dolores' Tod. Er kam mir psychisch sehr mitgenommen vor.«

»Nieddu ist eine Seele von Mensch, er nimmt sich so etwas zu Herzen. Hast du Neuigkeiten, was Ilaria betrifft?«

»Man hat sie ins künstliche Koma versetzt. Anscheinend ist der Eingriff gut verlaufen, aber vielleicht muss sie noch einmal operiert werden. Diese Schlampe hat sie wirklich voll erwischt.«

»Und du? Wie geht es dir?«

»Ich bin total erschöpft und durch den Wind. Alles ist so schnell gegangen, dass ich noch gar keine Zeit hatte, es zu verarbeiten.«

»Und bist du körperlich okay?«, fragte er sie und tat, als würde er nicht bemerken, dass ihre Hände zitterten, während sie das Besteck hielt.

»Ich glaube schon.«

Barrali zeigte auf die einige Zentimeter dicke Akte, die Eva dabeihatte. »Was hast du mir mitgebracht?«

»Heiße Ware«, sagte sie und reichte sie ihm. »Etwas, das ich eigentlich gar nicht haben dürfte. Ich habe es aus der Einsatzzentrale mitgehen lassen. Der vorläufige Autopsiebericht zu Dolores' Leiche sowie Fotos von den Objekten, die in Melis' Haus sichergestellt wurden. Und Fotos von seinen Tätowierungen … Sieh dir vor allem mal die auf den Schultern an, erinnern die dich nicht an etwas?«

»Der spiralförmige Einschnitt auf dem Rücken des Opfers?«

»Genau.«

»Darf ich mal einen Blick darauf werfen?«

»Dafür habe ich dir alles mitgebracht. Ich möchte eine Einschätzung von dir … An viele andere Dokumente, zum Beispiel die Verbindungsnachweise von Dolores' Smartphone und die Auswertungen ihrer Social-Media-Aktivitäten, konnte ich nicht herankommen. Aber das hier ist doch schon etwas. Wenn jemand herausfindet, dass ich sie mitgenommen habe … Ich will gar nicht daran denken.«

Während Barrali die Akte durchging, nutzte Eva die Zeit, ihren Imbiss zu beenden und ihn zu mustern: Er wirkte deutlich fitter als am Tag zuvor: Sein Verstand schien klar und reaktionsschnell zu arbeiten. Sie wusste, dass sie die Gelegenheit nutzen musste, um mit ihm alle Ungereimtheiten des Falls abzuklären.

»Gut, ich muss zugeben, dass alles in die Richtung zu weisen scheint, die die Staatsanwälte eingeschlagen haben«, sagte Barrali schließlich. »Melis ist der ideale Verdächtige: der Guru einer Sekte, in der Drogen im Umlauf sind, ein Außenseiter, der eine Vorgeschichte wegen sexueller Übergriffe hat, dieses geheime Material in seinem Haus ... Er hat sich der Verhaftung durch Flucht entzogen, außerdem die Übereinstimmung mit dem DNA-Material unter Dolores' Fingernägeln und die Kratzer auf dem Rücken ... Entschuldige den Ausdruck, aber der scheint mir richtig in den Arsch gekniffen zu sein.« Er gab Eva die Dokumente zurück und setzte die Lesebrille ab. »Davon träumt jeder Staatsanwalt oder Ermittler: Einen brutalen Mord in weniger als achtundvierzig Stunden aufzuklären. Da wird es Beförderungen regnen.«

»Aber sieht dir das nicht alles zu perfekt aus? Fast wie konstruiert? Ich hätte noch etwas gewartet, bevor ich Anklage wegen Mordes gegen ihn erhebe.«

Barrali nahm den Bericht des Pathologen zur Hand und las noch einmal einige Notizen durch. »Ich auch, ehrlich gesagt ... Hat jemand den Mord mit den alten Fällen in Verbindung gebracht? Wie lautet da die offizielle Strategie?«

Eva schüttelte den Kopf, darauf war sie nicht vorbereitet gewesen. »Man scheint nicht sehr geneigt, einen Zusammenhang zwischen dem Fall und den anderen beiden Morden zu sehen ... Die Ermittlungen dazu wurden eingestellt.«

Barrali traf das sichtlich: Er runzelte die Stirn und sah sie ungläubig an: »Aber ... dieser Ritualmord erinnert doch ganz offensichtlich an die von ... Warum wollen sie die Fälle denn nicht verknüpfen?«

»Es ist genau wie du gerade gesagt hast. Sie haben ihren perfekten Täter: Einen eiskalten Mistkerl, der nicht mit ihnen kooperiert und nicht einmal versucht, sich selbst zu entlasten. Sie haben handfeste Beweise und sogar ein Motiv, das mit der Nuraxia-Sekte zusammenhängt. Ich habe ja versucht, ihre Theorie in Zweifel zu ziehen, und Farci meine Vorbehalte mitgeteilt, aber ich habe mich nur gründlich blamiert, denn kurz darauf kamen die DNA-Analysen und haben meine Einwände widerlegt.«

»Was hat Giacomo zu dir gesagt?«

»Er meinte, ich sei zu gestresst, um die Dinge rational zu betrachten, und vor allem liege der Fall ja in den Händen der Mordkommission und nicht bei mir und Mara ... Eine elegante Art, mir mitzuteilen, ich solle mich um meinen eigenen Kram kümmern und mich da raushalten.«

»Und was sagt Mara?«

»Wie üblich ist sie nicht gerade gesprächig, außerdem steht sie wegen Ilaria noch unter Schock. Mara hat sie blutüberströmt in den Armen gehalten, bis der Notarzt kam ... In gewisser Weise gibt sie auch sich die Schuld an dem, was passiert ist.«

»Du hast *ihn* gesehen und hattest Gelegenheit, mit ihm zu reden.«

»Genau.«

»Wie ist dein Eindruck?«

»Gute Frage ... Er ist jemand, bei dem es dir eiskalt den Rücken runterläuft. Ein Monster. Einer von denen, die bis in die Seele pervers sind ... Aber obwohl ich fest überzeugt bin, dass er bis zum Hals in der Geschichte mit drinsteckt, glaube ich nicht, dass er Dolores eigenhändig getötet hat.«

»Was ist mit seinen Anhängern? Habt ihr die zum Reden gebracht?«

»Keine Chance.«

Barrali nippte an seinem Glas und versuchte, all diese neuen Informationen für sich einzuordnen.

Eva nutzte diesen Moment, um ihm eine Frage zu stellen, die ihr schon seit Stunden im Kopf herumschwirrte: »Warum wolltest du mich denn so dringend sprechen, Moreno?«

Er sah sie einige Augenblicke schweigend an. Dann stand er auf, holte etwas aus einer Schublade und hielt es Eva hin. Es war ein Notizheft.

»Ich muss dir gestehen, dass mein Kopf … sagen wir mal, mir üble Streiche spielt, wie dir vielleicht schon aufgefallen ist. Und ich befürchte, dass ich wichtige Details zu den alten Fällen vergesse … Deshalb habe ich alles aufgeschrieben, woran ich mich erinnere. Wirklich alles.«

Eva Croce blätterte die Seiten durch, die über und über in der fließenden eleganten Schrift Barralis beschrieben waren.

»Das sind Erinnerungen, Eindrücke, Dinge, die mir wichtig für die Ermittlungen zu sein scheinen … Ich habe mich bemüht, nichts auszulassen«, sagte er. »Ich möchte, dass du es behältst und dir durchliest.«

»Natürlich. Vielen Dank. Es wird mir helfen.«

»Das hoffe ich … Aber da ist noch etwas.«

»Ja?«

Barrali reichte ihr ein altes Schwarz-Weiß-Foto. Es zeigte einen Jungen, wahrscheinlich keine zehn Jahre alt, und einen Hund in einer ländlichen Umgebung. »Das ist schon ziemlich lange her, aber der Junge dort, das bin ich … Der Hund hieß Angheleddu, ein kleiner Mischling, er war sehr klug und hat mich immer beschützen wollen, der arme Kerl … Es fällt mir nicht leicht, denn davon habe ich außer meiner Frau noch nie jemandem erzählt. Ich habe dieses Geheimnis zu lange für mich behalten, aber es ist richtig, dass du es erfährst, bevor mich mein Gedächtnis im Stich lässt …«

»Was soll ich erfahren?«, fragte Eva verwirrt.

»Was für einen Fluch ich mit mir herumtrage.«

»Ich verstehe nicht, was …«

»Ich möchte, dass du eines weißt: In der Nacht des zweiten November 1961 im Tal von Aratri, das ist in der Barbagia, bin ich Augenzeuge eines mit den Fällen von 1975 und 1986 beinahe identischen Ritualmords geworden … Und ich habe auch den Mörder gesehen.«

81

Capitana, Vorort von Quartu Sant'Elena

Barrali hatte die Augen geschlossen und ihr alles erzählt, als würde er jene Nacht vor fünfundfünfzig Jahren Moment für Moment noch einmal erleben, zurückgeworfen in den Albtraum, der nie aufgehört hatte, ihn niederzudrücken.

Eva Croce war sprachlos. Wenn die Geschichte stimmte, konnte sie jetzt nachvollziehen, warum diese Obsession dermaßen von ihm Besitz ergriffen hatte.

»Wahrscheinlich hast du jetzt viele Fragen an mich«, schloss Barrali und lächelte erschöpft.

»Deinen Eltern hast du nie davon erzählt?«

»Nein.«

»Warum?«

»Zunächst, weil ich Angst hatte. Angst vor Strafe und davor, dass sie mir nicht glauben würden.«

»Warum hätten sie dir denn nicht glauben sollen?«

»Mein Vater war Köhler, ein harter Mann, der nie mit mir geredet hat. Ich habe ihn gesiezt ... Wenn ich ihm erzählt hätte, dass ich in jener Nacht das Haus verlassen hatte, hätte er mich sofort mit seinem Gürtel verprügelt und mir den Mund verboten.«

»Und deine Mutter?«

»Sie gehorchte ihrem Ehemann und war mit den ständigen Umzügen beschäftigt, die seine Arbeit mit sich brachte. Meine Mutter hatte an andere Dinge zu denken und konnte es sich nicht leisten, sich um meine Angelegenheiten zu kümmern. Schau, Eva, damals galten Kinder in dieser Gegend kaum mehr als Haustiere. Ich weiß, es ist schlimm, das zu sagen, aber es war eben so. Uns wurde nicht die geringste Beachtung geschenkt. Die Erwachsenen waren nur damit beschäftigt, den Kampf gegen eine feindliche grausame Natur zu führen, die konnten keine Zeit mit uns verschwenden.«

»Und das Mädchen?«

»Das war der zweite Grund, warum ich nichts erzählt habe … Ich war überzeugt, jemand würde schon nach ihr suchen, aber das tat keiner. Es schien, als wäre nichts passiert, als hätte ich alles nur geträumt, und eine Weile habe ich auch geglaubt, dass es tatsächlich so war, da die Angelegenheit ja nicht bekannt wurde … Als Erwachsener habe ich dann nachgeforscht. In den Dokumenten aus dieser Zeit fand sich keine Spur von diesem Mord, dass man eine Leiche gefunden hatte oder auch nur, dass ein Mädchen in diesem Alter in der Gegend vermisst wurde.«

»Unglaublich …«

»Ja. Als ich feststellte, dass niemand das Verschwinden des Mädchens zum Thema machte, glaubte ich, es wäre nur ein böser Traum gewesen. Mein einziger Zeuge war mein Hund Angheleddu. Doch so intelligent er war, sprechen hatte er nicht gelernt …«

Eva lächelte verständnisvoll.

»Deshalb behielt ich die Geschichte für mich, auch aus Furcht, dieser *bundu* – das heißt so etwas wie Dämon – würde zurückkommen und mir oder meinem Hund etwas antun … Überleg mal, ich war ein kleiner Junge, und damals waren wir viel leichter zu beeindrucken als die Kinder heute. Und glaub mir, was ich da gesehen habe … Ich kriege heute noch Gänsehaut, wenn ich nur daran denke.« Er zeigte Eva zum Beweis seine Arme.

»Ich … Mir fehlen die Worte … ich weiß wirklich nicht, was ich sagen soll …«

»Stell dir vor, wie ich mich gefühlt habe, als ich fünfzehn Jahre später am Tatort in Orune stand … Inzwischen hatte ich jene Nacht mehr oder weniger verdrängt, und unvermutet steckte ich bis zum Hals wieder in der Sache … und dann, elf Jahre später, noch einmal. Es war wie ein Fluch … Wie, ach, ich weiß nicht … als gäbe es wirklich etwas Übernatürliches um diese Toten und es hätte mich berührt, mich infiziert, ich weiß nicht, wie ich es dir erklären soll …«

»Ich weiß genau, was du meinst. Aber das ist … vollkommen absurd.«

»Wem sagst du das?«

Beide schwiegen eine Weile.

»Und deswegen bist du zur Polizei gegangen.«

Das war keine Frage, sondern eine Feststellung.

»Ja, ich glaube wirklich, dass es so war. Meine Schuldgefühle, weil ich nichts gesagt, nicht nach der Wahrheit gesucht hatte, müssen einen ziemlichen Einfluss auf meine Entscheidung gehabt haben. Eine Entscheidung, die mein Vater strikt ablehnte. Er hasste Uniformen und hätte meine Schultern und meine Arme bei der Arbeit draußen gebraucht und nicht einen Sohn bei den Bullen, der seinem Namen Schande bereitete. Er hat monatelang nicht mehr mit mir gesprochen.«

»Dann hattest du also die Opfer von drei Morden gesehen …«

»Genau. Alle wurden auf die gleiche Weise ausgeführt. Alle wiesen die gleichen Merkmale auf. Alle jungen Frauen wurden nicht identifiziert, niemand hat nach ihnen gesucht oder ihre Leichen abgeholt … Ich muss dir wohl nicht erklären, warum ich meinen Vorgesetzten damals nichts von der Sache erzählt habe, oder?«

»Nein, schon klar … und der Mann mit der Maske über dem Gesicht, den du gesehen hast … Ist dir nichts an ihm aufgefallen, kein Detail, das …?«

»Ganz klar seine Größe. Und noch etwas … er hatte auf dem Handrücken eine halbmondförmige Narbe. Das ist alles.«

»Moreno?«

»Ja?«

»Ich glaube, jetzt brauche ich auch einen Schluck.«

Barrali lächelte traurig und goss ihr zwei Fingerbreit *fil' 'e ferru* ein.

82

Gefängnis Cagliari, Gemeinde Uta

Während die beiden Kollegen von der Sonderkommission auf ihre Smartphones schauten, vertrieb sich Maurizio Nieddu die Zeit damit, den Erklärungen der beiden Staatsanwälte zuzuhören, die sich mit gesenkter Stimme besprachen. Man müsse unbedingt ein unangreifbares Motiv finden, meinten sie, um die Anklage zu stützen und zu verhindern, dass die Anwälte der Verteidigung bei Melis auf Unzurechnungsfähigkeit plädieren würden. Es wäre unbedingt notwendig, die Anklage, die auf vorsätzlichen Mord lautete, auf festere Füße zu stellen, damit man vor Gericht ein Lebenslänglich für Melis erzielte. Nieddu stimmte ihnen zu, doch er wusste, dass die Rechtsanwälte dieses Mörders in einer hoffnungslosen Lage waren: Die Ermittler hatten zu viele Beweise zusammengetragen, als dass der Fall oder der Prozess noch irgendwie beeinflusst werden konnten.

Zum wiederholten Mal sah er auf seine Armbanduhr: Seit einer Stunde ließ man sie schon in diesem kleinen Zimmer warten, das als Verhörraum für die Häftlinge genutzt wurde. Melis befand sich irgendwo in diesem neu errichteten Gefängnis, im Hochsicherheitstrakt, zusammen mit anderen als besonders gefährlich eingestuften Gefangenen. Alle waren bereit für die zweite Verhörrunde: An diesem Vormittag hatten sie beschlossen, eine harte Linie zu fahren, mit dem Ziel, jede Strategie der Verteidigung durch die offensichtlichen Beweise zu zerstören, die stündlich mehr und greifbarer wurden. Zuletzt hatte man noch die Überreste eines

Feuers auf dem Plateau am Monte Arci gefunden, wo die Neonuraghiker gelagert hatten: Sie hatten versucht, Kleidung und persönliche Gegenstände zu verbrennen. Nach Meinung der Spurensicherung hatten der Guru und seine Anhänger die Sachen höchstwahrscheinlich in die Flammen geworfen, um keine Spuren ihrer Anwesenheit vor Ort zu hinterlassen.

Als die beiden Staatsanwälte genügend Argumente ausgetauscht hatten, erhob sich Nieddu, der allmählich wegen der langen Wartezeit die Geduld verlor, entschlossen, sich die Kollegen vom Strafvollzug mal vorzuknöpfen, doch in diesem Moment öffnete sich die Tür und der Gefängnisdirektor betrat den Raum, gefolgt von einem Mitarbeiter. Beide blickten finster drein.

»Also hören Sie mal … Es kann doch nicht sein …«, setzte Nieddu an, doch der Direktor hob die Hand, als wollte er an einer Kreuzung den Verkehr anhalten. »Wir haben ein Problem … ein Riesenproblem«, sagte er schamrot und fassungslos.

Adele Mazzotta und Dottor Iaccarone, die beiden für den Fall Dolores Murgia zuständigen Staatsanwälte, wechselten einen besorgten Blick.

»Was für ein Problem?«, fragte die Mazzotta.

»Melis wurde heute Morgen in seiner Zelle tot aufgefunden …«

»Waaas?«, riefen Nieddu und die Staatsanwälte im Chor.

Die Augen des Direktors waren so groß und schreckgeweitet wie auf Munchs Bild *Der Schrei*, oder jedenfalls musste Nieddu bei seinem Anblick an dieses Gemälde denken.

»Soll das ein Scherz sein?«, zischte er und konnte kaum seine Wut beherrschen.

»Nein, leider nicht.«

»Wie ist er denn gestorben?«

»Anscheinend hat er sich die Pulsadern mit einer Rasierklinge aufgeschnitten«, erklärte der Assistent des Direktors und reichte ihnen einige Ausdrucke von der Videoüberwachung. Sie zeigten Melis, wie er zusammengesunken am Boden lag, die langen Haare schwammen in einer Blutlache. In seinem eigenen Blut.

»Wie ist das denn möglich? Verdammt, er wurde doch speziell überwacht!«, brüllte die Mazzotta.

Nieddu spürte, wie seine Beine plötzlich nachgaben, und er musste sich an der Wand abstützen, um nicht hinzufallen. Er ließ sich auf einen der Plastikstühle sinken, während der Raum von dem Wutausbruch der Staatsanwälte und den Flüchen der Ermittler widerhallte.

Man hat ihn zum Schweigen gebracht, dachte er, am Boden zerstört. Die waren schneller als wir.

83

Capitana, Vorort von Quartu Sant'Elena

Grazia fiel auf, dass ihr Mann so gut in Form zu sein schien wie seit vielen Monaten nicht mehr. Während des Frühstücks beobachtete sie ihn aufmerksam, und plötzlich dämmerte ihr, warum er so erleichtert und befreit wirkte.

»Du hast es ihr erzählt.«

Moreno sah verwirrt zu ihr auf. »Was meinst du?«

»Seit Monaten, vielleicht sogar Jahren habe ich dich nicht so gelassen erlebt ... Und mir fällt nur ein Grund dafür ein: Du hast mit Eva über diese alte Geschichte gesprochen.«

Moreno nickte. Er war keineswegs überrascht, dass es seiner Frau aufgefallen war, denn ihr entging kaum etwas. Vielleicht lag es daran, weil sie schon so lange an der Seite eines Ermittlers lebte, dass sie durch eine Art Osmose einige von dessen Eigenschaften übernommen hatte, wie etwa Neugier, Beobachtungsgabe, die Fähigkeit, Rückschlüsse zu ziehen, und Intuition.

»An dir ist eine gute Polizistin verloren gegangen«, sagte er lächelnd zu ihr.

»Hör bloß auf ... Einer von der Sorte im Haus ist mehr als genug.«

Beide kicherten vergnügt, alles um sie herum wirkte nun so leicht und entspannt.

»Ist es dir schwergefallen?«, fragte sie ihn.

»Nein. Sie ... Ich habe sofort gespürt, dass die Chemie zwischen uns stimmt und dass sie die Richtige dafür ist. Nein, es war nicht schwierig. Ganz im Gegenteil.«

»Und wie geht es dir jetzt?«

»Als hätte ich Flügel.«

Grazia lächelte und streichelte seine Hand. »Du kannst dir nicht vorstellen, wie glücklich mich das macht.«

»Ich weiß.«

»Du hast heute auch richtig lange geschlafen, das ist schon ewig nicht mehr vorgekommen.«

»Stimmt … Es war, als hätte ich mich von einer riesigen Last befreit. Jetzt verstehe ich, wie es Verbrechern nach ihrem Geständnis geht. Es ist wirklich ein schönes Gefühl. Als würde man lange heiß duschen, nachdem man sich eine Woche nicht waschen konnte.«

»Ich bin wirklich sehr froh. Wir sind aber etwas spät dran.«

Moreno sah auf seine Uhr und runzelte die Stirn: Am Vormittag hatte er einen Termin beim Neurologen und später einen beim Notar, um einige bürokratische Angelegenheiten zu erledigen.

»Dann sollte ich mich lieber beeilen«, sagte er, trank seinen Rest Kaffee mit einem Schluck aus und stand auf.

Er umarmte seine Frau und küsste sie auf die Stirn.

»Ich dachte, wir könnten heute am Meer zu Mittag essen, wenn du möchtest.«

»Sicher möchte ich … Wir haben doch etwas zu feiern, oder?«

»Stimmt. Ich mache mich rasch fertig.«

Moreno putzte sich die Zähne, und als er ins Schlafzimmer kam, betrachtete er sich im Spiegel. Er hatte keine Ahnung, ob Eva ihm geglaubt hatte oder nicht, aber vielleicht brauchte er das nicht einmal zu wissen. Für ihn zählte vor allem, dass er den Mut gefunden hatte, jemandem zu offenbaren, was damals vorgefallen war, den Ursprung für alle Brüche, die sein Leben als Polizist wie als Mensch zerstört hatten. Dieser Akt der Selbstbefreiung und der Versöhnung mit sich und seiner Vergangenheit hatte ihm viel Lebenskraft zurückgegeben. Es kam ihm sogar vor, als hätte sich seine Krankheit zurückgebildet.

Wer weiß, vielleicht stimmt es ja, dachte er hoffnungsvoll.

Lächelnd suchte er in der Schublade eine Krawatte in lebhaften Tönen aus, die er an einem ganz normalen Tag nie getragen hätte, und betrachtete sich im Spiegel, während der Seidenstoff fließend durch seine Finger glitt.

Nach einer Weile erlosch sein Lächeln allmählich.

Seine Hände fingen an zu zittern, er zog die Stirn in Falten; seine Augen blickten zunächst verwirrt und füllten sich dann mit Tränen.

»Was … wie …«, stammelte er vollkommen desorientiert, blinzelte, als könnte er so die Situation klarer erkennen.

Er schämte sich, den Tatsachen ins Auge zu sehen, aber er hatte nicht mehr die leiseste Ahnung, wie man eine Krawatte band.

84

Caffetteria Tiffany, Via Baylle, Cagliari

Während sie im Freien vor Maras Lieblingsbar etwas aßen und die Wärme der Mittagssonne genossen, warf Eva einen Blick in die Zeitungen und stellte erleichtert fest, dass ihr Name nirgends auftauchte.

»Ich habe zehn Stunden am Stück geschlafen ... Ich bin total daneben.« Mara trug eine große Sonnenbrille, um ihre Augenringe zu verstecken.

»Das ist ja mal was Neues ...«, erwiderte Eva, immer noch in die Zeitungsartikel vertieft.

»Jetzt fang du nicht auch noch an.«

Eva hatte nur knapp vier Stunden geschlafen. Sie hatte von dem Schusswechsel geträumt, nur dass in diesem Albtraum sie selbst lebensgefährlich verletzt wurde. Danach war an Schlaf nicht mehr zu denken gewesen. Deshalb hatte sie fast das gesamte Notizheft von Barrali durchgelesen, das er ihr in der vergangenen Nacht gegeben hatte, und der grausige Inhalt hatte endgültig jede Müdigkeit vertrieben.

»Ich glaube, ich fahr mal kurz ins Krankenhaus und schaue nach, wie es Ilaria geht, und dann ans Meer, um mir ein wenig die Sonne auf den Pelz brennen zu lassen, Marke Strandrobbe«, sagte Mara. »Ich muss ein bisschen Abstand bekommen.«

Farci hatte beiden Ermittlerinnen einen Tag freigegeben, ohne Möglichkeit auf Widerspruch, sie sollten sich erholen. Das war zumindest die offizielle Version gewesen, aber sie nahmen an, dass wahrscheinlich die höheren Stellen im

Präsidium darauf bestanden hatten, damit sie, während all die Journalisten dort rumschwirrten, aus dem Weg waren. Eva hatte jedoch keineswegs die Absicht, die Hände in den Schoß zu legen. Sie faltete die Zeitung zusammen und trank ihren doppelten Espresso aus.

»Na, erzählst du mir jetzt, warum du mich aus dem Bett geholt hast?«, fragte Mara.

Eva hatte keine Lust, lange darum herumzureden, also kam sie gleich zur Sache: »Ich habe mich gestern Nacht nach dem Dienst mit Barrali getroffen.«

»Warum?« Mara klang misstrauisch.

Eva gab ihr das Notizheft. »Schau da mal rein.«

Sie hütete sich aber, Mara Barralis Geheimnis zu verraten. weil sie wusste, sie würde das schlecht aufnehmen und Barrali sofort in der Schublade »Hoffnungslose Fälle« in ihrem Kopf ablegen. Außerdem hatte Eva sich noch keine abschließende Meinung gebildet. Eins wusste sie jedoch genau: Sie fühlte sich gefangen in einem Spinnennetz aus Rätseln und Geheimnissen, die von 1961 bis in die Gegenwart reichten.

»Was ist das?«, fragte Mara, nachdem sie einige Seiten durchgeblättert hatte.

»Barrali hat mir sein Problem gestanden …«, erklärte Eva und tippte sich an die Schläfe. »Er wollte alles aufschreiben, woran er sich hinsichtlich der alten Fälle erinnert, bevor die Krankheit sein Gedächtnis auslöscht. Das ist so was wie ein Tagebuch der Ermittlungen.«

»Welchen Eindruck hattest du von ihm?«

Eva brauchte einen Moment, um das treffende Wort zu finden. »Resigniert. Geistig war er voll da … aber körperlich … Ich fürchte, ihm bleibt nicht mehr viel Zeit. Er wirkte noch ausgezehrter als beim letzten Mal.«

»Der arme Kerl … Hast du das schon gelesen?«

»Nur zum Teil.«

»Und was denkst du?«, fragte Mara. So, wie sie es sagte,

merkte man, dass sie das Ganze für Zeitverschwendung hielt.

»Ich habe etwas sehr Interessantes entdeckt.«

»Sag schon.«

»Erinnerst du dich an diese Puppen aus trockenen Blumenstängeln?«

»Klar. *Sa pippia 'e Mannaghe.*«

»Genau ... Seinem ›Tagebuch‹, nennen wir es mal so, entnehme ich, dass dieses Detail nie in den Zeitungen aufgetaucht ist.«

»Bis jetzt ...«

»Er hat nur mit zwei Menschen darüber gesprochen: mit Marianna Patteri, Professorin für Kulturanthropologie, Dekanin der Universität Cagliari – und nach ihrem Tod mit deren Student ...«

»Valerio Nonnis«, kam ihr Mara zuvor.

»Sehr gut. Damit hast du dir ein Gratisessen verdient.«

»Das erinnert mich an etwas, was mir in dem ganzen Wirbel entfallen ist«, sagte Mara und setzte sich auf ihrem Stuhl zurecht.

»Und zwar?«

»Gestern hat mich mein Kontakt an der Uni angerufen, den ich um ein paar Infos über unseren Herrn Dozenten gebeten hatte.«

»Und?«

»Weißt du, warum er trotz seines erstklassigen Curriculums keine Karriere gemacht hat?«

»Ich bin ganz Ohr.«

»Weil er die üble Angewohnheit hat, sich Studentinnen ins Bett zu holen.«

»Ach ...«

»Und die, die mitspielten, wurden bevorzugt behandelt gegenüber den anderen. Eine, die nicht zu seinem Harem gehörte, hat die Angelegenheit vor den Rektor gebracht, der

Nonnis daraufhin jede Aufstiegsmöglichkeit gestrichen hat. Nur aus Mitleid hat man ihn nicht rausgeschmissen, aber akademisch gesehen war es für Nonnis das Aus.«

Eva rief sich die verletzten Hände von Nonnis in Erinnerung und das Gefühl, dass er ihr etwas verheimlicht hatte.

»Versuche mal eben, meinen Gedanken zu folgen: Wir haben jemanden, der in einer direkten Beziehung zum Opfer steht, da sie seine Studentin gewesen ist. Und er ist mit seinen Studentinnen ins Bett gegangen. Zudem kennt er sich bestens aus mit den entsprechenden Ritualen und Kulten aus vornuraghischer Zeit …«

»Und außerdem stand er in engem Kontakt mit dem für die Fälle zuständigen Ermittler und hat von ihm unveröffentlichte Details über den Modus operandi des Mörders erhalten«, fuhr Mara fort.

»Obendrein hat er Hämatome an den Händen, als hätte er auf jemanden eingeprügelt …«

»Dieser Jemand könnte eine Frau gewesen sein …«

Eva nickte. »Wir haben einen Mann, der den wegen des Mordes an der jungen Frau Beschuldigten hasst und sich nicht einmal bemüht, dies zu verbergen. Und das ist noch nicht alles: Er hat uns den todsicheren Tipp gegeben, wo wir Melis finden.«

»Er war deutlich aufgeregt, als er uns gesehen hat«, fuhr Mara fort.

Die beiden sahen einander kurz an und wägten die genannten Elemente ab.

»Spürst du auch dieses gewisse Kribbeln entlang der Wirbelsäule?«, fragte Eva.

»Ja. Aber vergiss dabei nicht, dass wir jemanden verhaftet haben, dessen Blut unter den Fingernägeln des Opfers gefunden wurde und den alle hundertprozentig für den Täter halten.«

»Das weiß ich doch … Warum plaudern wir nicht noch

mal mit Nonnis, nur um zu sehen, wie er reagiert und ob wir unser Kribbeln ad acta legen können?«

»Wir könnten Melis' Verhaftung als Vorwand benutzen, damit er sich sicher fühlt, und ihn richtig in die Mangel nehmen.«

»Ausgezeichnete Idee. Ich rufe mal die Erriu an und frage, ob sie einen Kollegen auf das Verhältnis zwischen Dolores und Nonnis ansetzen kann. Vielleicht ist das ja Zeitverschwendung, aber ich will nichts unversucht lassen.«

»Eigentlich müssten wir den offiziellen Weg gehen. Farci hat uns beurlaubt«, gab Mara zu bedenken.

»Wir hatten Ilaria unsere Zweifel in der Sache mitgeteilt, und sie hat uns versprochen, sich das mal anzuschauen, so was in der Art könnten wir Farci erzählen, falls er je von unserem Alleingang erfährt.«

»Und warum sollte er das überhaupt erfahren?«, fragte Mara und grinste hinterhältig.

»Stimmt«, erwiderte Eva lächelnd und stand auf, um die Rechnung zu bezahlen.

85

Genneruxi-Viertel, Cagliari

Die Aufgabe eines Ermittlers besteht niemals darin, einen Zeugen oder einen Verdächtigen direkt des Lügens zu beschuldigen. Der Trick ist vielmehr, ihn so einzuwickeln, dass er sich irgendwann in Widersprüche verstrickt, bis er nicht mehr anders kann, als – mit Worten oder durch Mimik oder Blicke – einzugestehen, dass er ein riesiges Lügengebilde errichtet hat. Um das auf die effizienteste Art zu erreichen, muss man zynisch, falsch und erbarmungslos werden und eine annähernd sadistische Ader entwickeln: Es geht darum, alle Schwachstellen des Menschen zu entdecken, dem man ein Geständnis oder eine für die Ermittlungen wichtige Information abringen möchte, und sie für sich zu nutzen, ohne Rücksicht auf sein psychologisches und emotionales Gleichgewicht oder seine familiären Beziehungen. Wenn es um Mord geht, wird vom Ermittler verlangt, sich in einen anderen Menschen zu verwandeln, in einen mehr oder weniger unsympathischen Zeitgenossen. *Gute* Bullen sind immer *böse* Bullen.

»Ja?«, fragte Rita Masia, Valerio Nonnis' Ehefrau, als sie die Tür öffnete und Mara Rais und Eva Croce vor sich sah. Die Beamtinnen hatten zuvor einen Abstecher zur Universität gemacht, aber ein paar Doktoranden hatten ihnen gesagt, dass Nonnis sich krankgemeldet habe. Daraufhin hatten sie sich nach seiner Privatadresse erkundigt – nicht ohne zuvor ein paar Haare und zwei Kaffeebecher aus dem Papierkorb unter dem Schreibtisch des Dozenten sichergestellt zu haben – und beschlossen, ihm einen Überraschungsbesuch abzustatten. Eine Befragung im heimischen Umfeld würde ihn noch mehr unter Druck setzen. Nun erkannten sie auf den ersten Blick, dass sie eine schwache Zeugin vor sich hatten und dass es ein Kinderspiel werden würde, diese zu brechen.

»Polizei, Signora. Squadra Mobile … Ist Ihr Mann zu Hause?«, wies sich Mara alles andere als freundlich aus, während Eva die Abgelenktheit der Frau durch Maras barsches Auftreten nutzte, um unbemerkt die Audio-Aufnahme auf ihrem Handy zu starten.

Das Gesicht der Frau zeigte nur Verwirrung und Angst. Ein gutherziger Mensch hätte ihr nun etwas Zeit gegönnt, damit sie wieder ihre Fassung gewinnen konnte. Doch Eva und Mara hatten an dem Morgen ihr »gutes Herz« im Büro gelassen.

»Vergeuden Sie bitte nicht unsere Zeit«, ging Eva gleich in die Offensive, gleichzeitig kam sie einen Schritt näher und spähte durch den Türspalt nach drinnen. »Ist er zu Hause oder nicht?«

»Nein … Also nein, er ist nicht zu Hause …«, stammelte Rita Masia, immer noch eingeschüchtert von dem forschen Auftreten der beiden Ermittlerinnen.

»Das ist aber seltsam … Wetten, dass es genauso ist, wie ich dir gesagt habe?«, flüsterte Mara ihrer Kollegin zu, laut genug, damit Nonnis' Ehefrau ihre perfekte Schmierenkomödie auch mitbekam.

»Hat er sein Auto genommen?«, fragte Eva.

»Wie bitte? Ja, sicher … Was ist denn los?«

»Aha, dann funktioniert Ihr Auto also wieder.«

»Entschuldigung?«, fragte Rita Masia nach. Sie geriet sichtlich immer mehr ins Schwimmen.

»Ihr Mann hat uns gestern gesagt, dass er seine Hände aufgeschürft hat, als er sich mit Ihrem Auto beschäftigte. Dann ist es ihm immerhin gelungen, es zu reparieren«, erklärte Eva.

»Ach so, ja, natürlich … Er hat es hingekriegt. Ja, jetzt läuft es wieder.«

»Sehr gut. Umso besser. Dann hat er sich die Hände ja für einen guten Zweck ruiniert … Wo ist er jetzt?«

»Darf ich erfahren, warum Sie das interessiert?«, fragte Rita Masia, nun wieder zurückhaltend.

»Wer sind Sie, seine Anwältin?«, knurrte Mara.

»Tun Sie mir doch einen Gefallen. Rufen Sie ihn bitte an und sagen Sie ihm, dass wir hier sind. Er wird schon wissen, warum«, sagte Eva hart, ohne die Frau aus ihrem Blick zu entlassen.

Die Frau sagte nichts.

»Was ist das hier, das Schweigen der Lämmer?«, platzte Mara nach einer kurzen Pause heraus. »Rufen Sie ihn jetzt an oder nicht?«

»Er ist an der Uni … Er hält gerade Vorlesungen.«

»Ach, Vorlesungen?«, wiederholte Eva und sah amüsiert zu ihrer Kollegin.

»Signora, wir kommen gerade von der Uni, wo man uns gesagt hat, dass Ihr Mann nicht dort ist. Anscheinend hat er sich krankgemeldet«, sagte Mara scharf. »Wollen Sie uns auf den Arm nehmen?«

Angst blitzte in Rita Masias Augen auf.

»Also?«, setzte Eva nach. »Wo ist er?«

Die Frau kniff mehrfach die Lider zusammen, als hätte sie Schwierigkeiten, die Beamtinnen zu fokussieren. »Ich weiß es nicht …«

»Sie wissen es nicht«, äffte Mara sie nach. »Also hat Ihr Mann auch Sie angelogen.«

Das war keine Frage – es war eine boshafte Unterstellung.

»Nein, er …«

Eva ließ ihr keine Zeit, zu Atem zu kommen. »Warum tut Ihr Mann so etwas, Signora?«

»Was … Ich habe keine …«

Die beiden Beamtinnen hatten Blut geleckt, das Blut einer Beute, die zu schwach war, um zu erkennen, in welche Situation sie sich gerade manövrierte, und nun umkreisten die beiden sie wie Haie und zogen die Kreise dabei immer enger. Ihr Ziel war es nicht, die Frau auf psychologischer Ebene zu brechen, sondern einen Keil aus Misstrauen und Angst zwischen sie und ihren Mann zu treiben, den sie bei Bedarf mit all ihrer Verhörkunst vergrößern würden. Und die Angst, die diese Frau von Kopf bis Fuß ausstrahlte, deutete darauf hin, dass hier die allerbesten Voraussetzungen gegeben waren, um in dieser Richtung zu arbeiten und das Paar zu entzweien.

»Wissen Sie, wer diese Frau ist?«, fragte Eva und zeigte Rita Masia ein Foto von Dolores zu ihren Lebzeiten.

»Ja, das ist die aus …«

»Ist das dieselbe wie auf diesem Foto?«, fragte Rais und zeigte ihr eine Großaufnahme von dem zerschlagenen Gesicht der Leiche.

Rita riss die Augen auf, wich instinktiv zurück und begann zu hyperventilieren.

Das hätten wir also, dachte Mara.

»Was hat Ihr Mann diesbezüglich gesagt?«, fuhr Eva ungerührt fort.

»Bezüglich was?«

»Sie haben Kinder, nicht wahr?«, fragte Mara.

Eine einfache Frage, die Frau des Anthropologen schien sich zu entspannen.

»Ja. Zwei.«

»Meinen Sie, das ist das angemessene Verhalten, um sie zu schützen?«, fragte Eva und bat die Frau im Geiste um Vergebung.

Wieder Stille. Rita Masia war kurz vor dem Zusammenbruch. Sie konnte jetzt jeden Moment in Tränen ausbrechen oder sie zum Teufel jagen oder aber sich öffnen wie eine reife Pflaume.

Als sie gerade den Mund aufmachen wollte, fing Maras Handy an zu vibrieren und zerbrach den Zauber dieses Augenblicks, auf den sie mit solcher Kunstfertigkeit hingearbeitet hatten.

»Das ist Farci«, sagte Mara zu ihrer Kollegin.

»Geh besser ran«, erwiderte Eva.

»Darf ich erfahren, von wo …«

»Von der Mordkommission, Signora«, fiel ihr Eva ins Wort, wohl wissend, dass das nicht die Frage war. »Hat Ihr Mann Ihnen nichts von uns erzählt?«

Das Gesicht der Frau schien Sprünge zu bekommen wie eine Flasche Bier, die im Gefrierfach vergessen worden war.

»Wir müssen gehen«, sagte Mara, und in ihrer Stimme lag eine Dringlichkeit, die Eva alarmierte. Aus dem besorgten Blick ihrer Kollegin begriff sie, dass sie besser nicht weiter nachfragte. Was immer Farci gesagt hatte, es hatte genügt, um sie erblassen zu lassen.

»Ich …«

»Richten Sie Ihrem Mann aus, dass wir bald wieder von uns hören lassen«, sagte Mara.

»*Sehr* bald«, setzte Eva nach. Diese Präzisierung klang wie eine Drohung.

»Noch ein Letztes, Signora«, sagte Mara. »Hat sich Ihr Mann die Kratzer am Hals ebenfalls beim Reparieren des Autos zugezogen?«

Für einen Augenblick, der Rita Masia wie eine Ewigkeit vorkommen musste, starrte Mara sie an, dann entspannte sie ihre Züge zu einem kühlen Lächeln und drehte ab, ohne auf eine Antwort zu warten.

Bestürzt und zitternd sah Nonnis' Frau den beiden Beamtinnen hinterher.

Dann rief sie ihren Mann an.

Unter Tränen.

86

Stadtautobahn, Cagliari

Keine der beiden hatte nur eine Sekunde an die Theorie von Melis' Selbstmord geglaubt. Dieser Fall, begonnen als Neuuntersuchung einer alten Akte, hatte sich im Verlauf von wenigen Tagen in eine ebenso mysteriöse wie anspruchsvolle Ermittlung verwandelt, bei der es gewaltig nach Verschwörung stank.

»Selbstmord, so ein Scheiß. Jemand hat ihm das Maul stopfen wollen, ehe er mit uns redet«, fluchte Mara.

»So viel steht fest.«

»Das ändert alles …«

»Oder es ändert gar nichts«, widersprach Eva.

»Wie meinst du das?«

»Na ja, wahrscheinlich wird die Ermittlung zum Tod von Dolores nun geschlossen und zu den Akten gelegt. Fall gelöst. Der Mörder hat sich umgebracht. Warum sollte man jetzt noch weiter über ihren Tod nachforschen? Es ist im Interesse aller, diese Angelegenheit endgültig zu begraben.«

»Es ist ganz sicher im Interesse des Polizeipräsidiums …«

»Was willst du damit sagen?«

»Nichts.«

Eva starrte ihre Kollegin an, als ob diese etwas vor ihr verbergen würde.

»Waren wir zu hart zu dem armen Eheweibchen?«, wechselte Mara das Thema.

»Nein. Wir hatten sie fast so weit, sie stand kurz vor dem Zusammenbruch … Wenn ich Nonnis vorher nur vage im

Verdacht hatte, bin ich mir nach dem, was seine Frau gesagt hat und wie er reagiert hat, nun ganz sicher, dass er etwas weiß oder in dieser Sache mit drinsteckt.«

»Hmm … Ich finde, wir sollten jetzt mit Farci darüber sprechen.«

»Das finde ich auch, aber es ist riskant. Vor allem jetzt.«

»Was sollen wir also tun?«

»Wow, bist du jetzt endlich zum *wir* übergegangen?«

»Gewöhn dich lieber nicht dran, Croce … Also?«

»Eigentlich bräuchten wir nun eine Geolokalisierung seiner Handydaten der letzten Wochen, und dann müssten wir die engsten Angehörigen und Freunde befragen, DNA-Analysen veranlassen, Telefone überwachen …«

»Als ob er ein Verdächtiger wäre?«

»Er hat uns über die Verletzungen an den Händen angelogen. Er hatte eine Verbindung zum Opfer. Er hat in den letzten Jahren mit dem Hauptermittler in diesen Fällen zusammengearbeitet und hatte dadurch Zugang zu vertraulichen Informationen. Seine Frau deckt ihn … Wäre ich der Chef dieser Ermittlungen, hätte ich ihn schon längst eingebuchtet.«

»Aber das bist du nicht … Kehren wir also zur ursprünglichen Frage zurück: Was machen wir?«

Eva schien kurz nachzudenken, während sie zum Seitenfenster hinaussah und beobachtete, wie die riesige Lagune von Molentargius an ihr vorüberzog.

»Nieddu hat gesagt, dass die Staatsanwältin, die Mazzotta, Schuldgefühle wegen Dolores hat, weil sie ihrer Meinung nach nicht genügend unternommen hat, um sie zu retten«, sagte sie dann und schrieb für die Spurensicherung Datum und Ort der Sicherstellung auf die Plastiktüten, in die sie die Haare und die Kaffeebecher gesteckt hatten. Sie hielt sie gegen das Licht: Dort war genug Material, um Nonnis' DNA daraus zu erhalten.

»Wahrscheinlich ist das so.«

»Dann schlage ich vor, es bei ihr zu versuchen, da Farci bei uns bestimmt mauern wird.«

»Selbst wenn sie uns eine Chance gibt, wie halten wir es dann mit dem lieben Giacomo?«

»Keine Ahnung, du könntest ihn doch ins Bett zerren? Er scheint mir dein Typ zu sein.«

Mara lachte verächtlich. »Na klar ... Da schneid ich mir doch lieber die Klitoris ab und verkauf sie auf eBay ...«

»So schlimm?«

»Darauf kannst du Gift nehmen ... Igitt ... Der ist doch quasi mein Cousin.«

»Ich weiß es nicht, Rais«, sagte Eva, nun wieder ernst. »Wir denken uns was aus.«

»Du hast gedacht, dass das hier ein ruhiges Städtchen ist, oder?«, fragte Mara nach einer kleinen Pause.

»Tja, da habe ich mich wohl vom äußeren Schein trügen lassen.«

»Ja, darauf fallen wir leider immer rein.«

Eva drehte sich zu ihrer Kollegin, um herauszufinden, ob sie mit diesen verbitterten Worten auf etwas anspielen wollte, aber Mara hatte sich schon wieder die Sonnenbrille und das übliche Pokerface aufgesetzt. Also richtete sie den Blick wieder auf die Straße, während sie in ihrem Kopf erneut Barralis Erzählung Revue passieren ließ.

87

Einsatzzentrale der Mordkommission,
Polizeipräsidium Cagliari

Als Eva Croce und Mara Rais den Besprechungsraum betraten, in dem es geschäftig zuging, beendete Farci seine Anweisungen an einen der uniformierten Beamten, die zur Unterstützung des Teams eingeteilt waren, und bedeutete den beiden, ihm in den hinteren Teil des Großraumbüros zu folgen. Bei einem Schreibtisch mit einem Laptop blieb er stehen, tippte kurz etwas ein und drehte ihn dann zu ihnen um.

Eva und Mara sahen auf dem Monitor mehrere Fotos von Melis' Leiche, dann noch einige Standbilder von Überwachungskameras.

»Habt ihr auch ein Video?«, fragte Mara.

»Nein. *Seltsamerweise* hatten die Kameras dieser Abteilung etwa eine Stunde lang eine Störung«, sagte Farci sarkastisch. »Und zufällig genau zu der Zeit, als unser Freund auf mysteriöse Art und Weise in den Besitz einer Klinge kam.«

»Also hat einer von den Aufsehern sich kaufen lassen«, stellte Eva fest.

»Davon können wir ausgehen … Die Leitung hat hoch und heilig geschworen, dass es eine interne Untersuchung geben wird, bla, bla, bla. Wir haben nicht mal einen Zeugen gefunden, der zu einer Aussage bereit ist … Viel mehr gibt es da wohl nicht zu verstehen, oder?«

Die beiden nickten, und Farci klappte verärgert den Laptop zu und lehnte sich gegen den Tisch.

»Wissen Sie, wer dahinterstecken könnte? Also wer ihn deckt?«, fragte Eva.

»Nein, aber ich habe einige meiner Leute auf diese Spur angesetzt. Es ist nur eine Frage der Zeit … Tut mir leid, dass ich euch euren freien Tag vermiest habe.«

»Ach, halb so wild«, beruhigte ihn Eva. »Was können wir tun?«

»Croce, du kannst nicht nach draußen. Da du in einen Schusswechsel verwickelt warst, bist du praktisch suspendiert, wenn auch nicht offiziell …«

»Aber …«

»Das ist die routinemäßige Vorgehensweise, kein Grund zur Beunruhigung. Aber ich bin wegen dieses ganzen Schlamassels knapp an Leuten. Hast du Lust, die Kollegen von der Mordkommission etwas zu unterstützen bei der Befragung der ›netten‹ Neonuraghiker?«

»Aber sicher.«

»Sehr gut. Du wirst an der Seite der Mazzotta arbeiten.«

»Was nützt es denn, diese Mistkerle zu verhören?«, fragte Mara.

»Technisch gesehen nennt man das ›Verstärkung der Beweisführung‹«, erklärte Farci. »Da der Hauptverdächtige gestorben ist, ohne ein Geständnis abgelegt zu haben, benötigt die Staatsanwaltschaft wasserdichte Unterlagen, damit sie den Fall hieb- und stichfest bekommt … Na ja, und nun, wo ihr Guru in ein besseres Dasein übergewechselt ist, könnten wir größere Chancen haben, bei seinen Anhängern auf Kooperationsbereitschaft zu stoßen.«

»Glauben Sie, dass man ihm den Mord definitiv anhängen kann?«

»Das ist das Ziel, ja. Ihr solltet nun herausfinden, ob ihrerseits eine Beihilfe zum Verbrechen vorliegt, ob sie an der Gewaltausübung beteiligt waren und so weiter. Ist das was für dich?«

Croce nickte. Es wäre eine ausgezeichnete Gelegenheit, die Staatsanwältin Mazzotta näher kennenzulernen und eventuell mit ihr auch über den Anthropologen zu reden.

»Es sollte ziemlich einfach sein: Sobald ihr mitbekommt, dass sie an den Vergewaltigungen beteiligt waren, stellt ihnen einen Strafnachlass als Gegenleistung für eine formelle Anschuldigung ihres Anführers in Aussicht … Die Staatsanwaltschaft wird schon legale Kniffe finden, um sie trotzdem dranzukriegen.«

»Und ich?«, fragte Rais.

»Magst du dir mal ein bisschen die Beine vertreten?«, fragte Farci.

»Immer noch besser, als in diesem Loch dreißig Jahre alte Verhörprotokolle zu wälzen … Wohin soll's gehen?«

»Um es kurz zu machen: Trombetta hat zwischen den Zähnen der armen Dolores Gewebereste gefunden. Er meinte, dass die Frau ihren Angreifer gebissen hat, oder einen ihrer Angreifer. Damit lag er wohl richtig, unser Dottore.«

»Sag mir, dass es ihnen gelungen ist, die Identität des Drecksacks zu ermitteln«, stieß Mara heiser hervor.

Farci nickte. »Die einzig gute Nachricht des Tages. Es handelt sich um Ivan Curreli, einen der Jünger, der in der Nacht der Razzia nicht dabei war. Einige halten ihn für die rechte Hand des Gurus. Nieddu und ich sind der Meinung, dass der Kerl zusammen mit Melis geflüchtet ist und dass sie sich dann getrennt haben … In den Datenbanken hatten wir auch sofort einen Treffer, weil auch dieser Bastard Vorstrafen wegen sexueller Gewalt hat.«

»So ein Wichser … Was soll ich tun?«, fragte Mara.

Farci holte sein Handy aus der Jacke und tippte schnell etwas ein. »Fahr zusammen mit ein paar Leuten vom Team zu dieser Adresse«, sagte er und hielt ihr das Display hin. Allerdings stand auf der App für Notizen keine Anschrift, sondern eine Nachricht: *Ich weiß nicht, wem verdammt ich hier drinnen noch trauen kann. Irgendwer gibt Informationen nach draußen. Schnapp dir diesen Scheißkerl und halt die Augen bei den Kollegen auf. Berichte nur an mich. An niemanden sonst.*

Als sie diese Zeilen las, fröstelte Rais.

»Alles klar?«, fragte Farci.

»Absolut«, erwiderte sie. Wenn ihr Chef nicht einmal wagte, innerhalb des Kollegenkreises der Sonderkommission zu reden, bedeutete das, dass die Situation noch besorgniserregender war, als Mara angenommen hatte.

»Perfekt … Ich muss zu einer Pressekonferenz, um die Medien über diese Sauerei mit Melis zu informieren. Sie werden jetzt nur umso heftiger über uns herfallen.«

»Ich beneide dich nicht«, sagte Mara.

»Dottore, haben Sie darüber nachgedacht, was ich Ihnen gestern gesagt habe, auch im Hinblick auf das, was heute Morgen geschehen ist?«, fragte Eva mit gesenkter Stimme.

»Ja, aber ich habe jetzt keine Zeit, um darüber zu sprechen … Nur so viel: Auch ich beginne, die Dinge aus einem neuen Blickwinkel zu betrachten«, sagte Farci.

Sein Gesichtsausdruck bestätigte den beiden Beamtinnen, dass die Sache jetzt auch aus seiner Sicht gewaltig stank, dass nur hier nicht der richtige Ort war, darüber zu reden.

»Jetzt geht, und passt auf euch auf.«

»Gibt es Neues von Deidda?«, erkundigte sich Mara noch.

»Sie liegt immer noch im künstlichen Koma«, erwiderte Farci. »Aber die Ärzte sagen, dass …«

Sein Handy klingelte. »Ich muss da ran«, entschuldigte er sich. »Augen auf, verstanden?«

88

Kleintransporter der Staatspolizei, Cagliari

Mara Rais betrachtete die Polizisten in voller taktischer Ausrüstung, die mit ihr in dem Kleintransporter saßen, und verfluchte Farci innerlich dafür, dass er sie dazu gebracht hatte, für ihn die Drecksarbeit zu erledigen. In dem Fahrzeug ließ sich die Anspannung förmlich mit Händen greifen, was zu allgemeiner Schweigsamkeit führte. Das anfängliche Adrenalin war einer fast lähmenden Angst gewichen. Alle erinnerten sich nur zu gut, dass es beim letzten Einsatz in diesem Fall ein Blutbad gegeben hatte und dass am Ende zwei Personen schwer getroffen am Boden gelegen hatten. Und eine davon war eine Kollegin, die nun um ihr Leben kämpfte. Maras Gedanken hätten also vor allem darum kreisen sollen, dass ihr Leben in Gefahr war und dass ihre Tochter unter den Konsequenzen zu leiden hätte, sollten die Dinge wieder aus dem Ruder laufen und ihr selber etwas zustoßen. Doch stattdessen nahmen ihre Augen und Ohren ständig neue Details auf, Gesprächsfetzen, Blicke und nervöse Tics der Kollegen, und sie überlegte fieberhaft, wer von ihnen wohl auf die andere Seite übergewechselt war.

Dieser Mistkerl Farci hatte sie da in eine verdammte Zwickmühle gebracht. Die anderen trauten ihr sowieso kaum über den Weg, und wenn sie jetzt rauskriegten, dass sie sie ausspionierte, dann wäre sie vollends erledigt.

Nach den sexuellen Übergriffen und dem Verrat ihrer Kollegin, die sich auf die Seite des Questore Del Greco geschlagen hatte, war von diesem aus Rache an Mara das

Gerücht in die Welt gesetzt worden, dass ihre »Anschuldigung wegen sexueller Belästigung« bloß ein Versuch gewesen sei, sich an ihrem obersten Vorgesetzten zu rächen, weil er ihren investigativen Ansatz bei einer Ermittlung infrage gestellt hatte. Alles kompletter Blödsinn: Del Greco war einfach ein sexsüchtiges Schwein in einer hochrangigen Position, aber diese Gerüchte hatten sich in den Büros der Mordkommission festgesetzt und sich von dort aus wie eine giftige fleischfressende Pflanze im ganzen Präsidium ausgebreitet. Von dem Moment an wollte kein Ermittler männlichen Geschlechts je wieder etwas mit ihr zu tun haben aus Angst, Mara könnte bei der kleinsten Meinungsverschiedenheit wieder die Karte für Mobbing oder sexuelle Übergriffigkeit zücken; die Kolleginnen dagegen befürchteten, sie könnten auf Del Grecos schwarzer Liste landen, wenn sie auf vertrautem Fuß mit ihr stünden, was das Ende ihrer weiteren Karriere bedeutet hätte. So hatte man sie komplett isoliert, als wäre sie eine Aussätzige. Die Versetzung zu den *Cold Cases* war also gewissermaßen fast ein Glücksfall für sie gewesen.

In die Schublade der Psychopathin haben diese Arschlöcher dich längst gesteckt, sagte sie sich, und es gibt nur eine einzige andere, die sie noch schlimmer finden – die des Spitzels … Und genau das sollst du nun sein, wenn es nach Farci geht. Willst du das wirklich riskieren? Wem willst du was beweisen?

Sie betrachtete weiter ihre schweigsamen Kollegen, unfähig, sich diese Frage zu beantworten.

89

Mordkommission, Polizeipräsidium Cagliari

Der erste Versuch ging ins Leere: Der Sektenanhänger blieb stumm und überließ seinem Anwalt das Reden – der lediglich wie ein Papagei ein und denselben Satz wiederholte: »Mein Klient macht von seinem Recht der Aussageverweigerung Gebrauch.«

Adele Mazzotta hatte etwa eine Viertelstunde lang ihre Fragen abgefeuert, und als sie sah, dass keine Anzeichen zur Kooperation erkennbar waren, hatte sie verfügt, den Verdächtigen ins Gefängnis zu überführen.

Anschließend hatte die Staatsanwältin verkündet, dass sie eine Pause bräuchte, und Eva hatte die Gelegenheit genutzt, Paola Erriu vom Kommissariat in Carbonia anzurufen, um mit ihr die neuesten Entwicklungen im Fall auszutauschen.

Nach ihrem Telefonat hatte sie all ihren Mut zusammengenommen und war der Staatsanwältin nach draußen gefolgt, wohin diese sich zum Rauchen zurückgezogen hatte. Eva hatte es genügt, ein Weilchen neben dieser Frau zu stehen, die nervös an ihrer Zigarette zog, um sich im Klaren zu sein, dass diese den Fall Dolores sehr persönlich nahm und dass die Last, die sie fast erdrückte, vor allem von einem tiefen Schuldgefühl gegenüber der jungen Frau genährt wurde.

»Was dagegen, wenn ich Ihnen Gesellschaft leiste?«, hatte sie gefragt.

»Aber ganz und gar nicht … Da drinnen läuft es ja gerade nicht so, wie ich es erhofft hatte.«

Eva nickte. Im Vorfeld hatten sie sich abgestimmt, dass die

Staatsanwältin das Verhör führen würde, Eva war vor allem da, um die Zeugen allein durch ihre Gegenwart zum Reden zu bringen. »Einerseits scheinen sie gut instruiert zu sein, wie sie sich zu verhalten haben«, bemerkte Eva jetzt, »andererseits glaube ich, dass sie Angst haben zu reden, auch wenn sie alles dransetzen, um das zu verbergen.«

»Angst … vor wem?«, fragte Adele Mazzotta und musterte Eva mit neuer Aufmerksamkeit.

»Bis heute Morgen hätte ich gesagt ›vor Melis‹. Nun, wo er aus dem Spiel ist – beziehungsweise gewaltsam aus dem Spiel genommen wurde –, befürchte ich, dass jemand anderes dahintersteckt. Jemand Wichtiges …«

»Dasselbe meint auch Commissario Nieddu. Und ich fange an, diese Möglichkeit ebenfalls in Erwägung zu ziehen. Diese Idioten würden doch um keinen Preis der Welt bei einem Vorwurf von Sexualvergehen auf einen Strafnachlass verzichten, wenn nicht eine ernsthafte Bedrohung für sie selbst im Spiel wäre«, sagte die Staatsanwältin. »Ich frage mich nur, wer über ein so großes Einschüchterungspotenzial verfügt.«

Da der Zweifel bereits an den vorgefertigten Überzeugungen der Staatsanwältin nagte, beschloss Eva, die Lage zu ihren Gunsten zu nutzen.

»Dottoressa, darf ich Ihnen eine Frage zu dem Fall stellen, ganz offen, auch wenn sie für Sie keinen Sinn ergeben mag?«

Adele Mazzotta stieß den Rauch zur Seite aus und lächelte sie an. »Wieso, gibt es irgendetwas an diesem Fall, das Sinn ergibt?«

Eva musste ebenfalls lächeln.

»Also, nur zu!«, sagte die Staatsanwältin ermutigend, die nun wieder zur Ernsthaftigkeit ihres Amtes zurückkehrte.

»Sind Sie wirklich davon überzeugt, dass es Melis war, der Dolores umgebracht hat?«

Adele Mazzotta sah sie beunruhigt an. »Was wollen Sie damit andeuten, Ispettore?«

90

Serramanna, nordwestlich von Cagliari

Mara spürte, wie ihr vom Jagdinstinkt hochgefahrener Adrenalinpegel schlagartig abflaute, als sie die Leute der Sondereingreiftruppe NOCS mit gesenkten Waffen aus dem Haus kommen sah, die damit den Weg für die Polizeibeamten freigaben.

»Was ist hier los?«, fragte sie.

Niemand antwortete ihr. Ihr mieser Ruf musste sogar bis zur NOCS vorgedrungen sein.

Mara verfluchte sie auf Sardisch, steckte ihre Waffe zurück ins Holster und trat dann durch die aufgebrochene Tür. Als sie ins Schlafzimmer gelangte und ihn sah, zog ihr Magen sich zusammen.

Er war vollständig nackt bis auf die Stiermaske, die sein Gesicht verbarg. Er hing anderthalb Meter über der Erde: Die Arme baumelten an den Seiten herab, das kräftige Seil war an einem der Balken der hohen Decke festgeknotet. Auf dem Boden eine Urinpfütze neben der umgeworfenen Leiter.

Mara streifte sich die Überschuhe über und näherte sich dem Toten. Ihr fiel sofort die Bisswunde über dem linken Brustmuskel auf. Nicht einmal angesichts der Abgeschmacktheit des Todes hörte ihr Ermittlerinnenverstand auf zu funktionieren: Sie betrachtete die Wunde, und für sie stand nun eindeutig fest, dass Dolores sich gewehrt hatte und erst nach der Vergewaltigung so stark verprügelt worden war, dass sie ins Präkoma fiel. Eine vielleicht nicht mehr ganz so brisante Information, aber sie nahm sich dennoch vor, darüber unbedingt mit Farci und Eva zu sprechen, auch um die Akte zu aktualisieren.

Sie überwand ihren Abscheu und befühlte mit dem Handrücken das Bein der Leiche.

»Er ist noch warm. Es muss vor nicht einmal einer Stunde passiert sein«, sagte sie zu den anderen. »Lasst die Spurensicherung kommen.«

Die anderen gaben vor, sie nicht gehört zu haben, und verschwanden einfach nach draußen. Sie bekam mit, wie einer von ihnen sie dann vor dem Haus nachäffte und wie der Rest der Leute loslachte.

»Was für *gaggi* …«, murmelte Mara verärgert vor sich hin und schüttelte den Kopf. Sie warf einen letzten Blick auf den hängenden leblosen Körper, dann wählte sie eine Nummer in ihrem Handy.

»Rais«, antwortete Farci prompt. »Alles okay?«

»Hm, na ja, nicht ganz …«

»Was heißt das, verdammt?«

»Wir sind zu spät gekommen.«

»Sagst du jetzt endlich, was los ist, oder muss ich dich zum Teufel schicken?«

»Bleib dran.«

Mara ging zurück ins Schlafzimmer, machte ein Foto von dem Toten und schickte es ihrem Vorgesetzten.

»Guck mal auf WhatsApp.«

Sie hörte, wie er den Anruf laut stellte, und gleich darauf seinen Fluch. »*Gésu Cristu* … Sag mir bitte, dass das ein Scherz ist.«

»Du weißt nicht, wie gern ich das tun würde, aber leider kann ich es nicht.«

»Ist er das? Ist das Curreli?«

»Er hängt noch, und wir haben ihm die Maske noch nicht abgenommen, aber er hat eine Bisswunde auf der Brust, daher ja, ich glaube, er ist es.«

»Mist … Kommt es dir wie Selbstmord vor?«

»So sieht es aus. Aber ob echt oder inszeniert, was für einen Unterschied macht das jetzt noch?«

»Verdammte Scheiße …«

»Schauen wir mal, wie lange es diesmal dauert, bis die Sache in den Medien landet«, bemerkte Mara.

»Mail mir eine Liste mit allen Leuten, die vor Ort sind«, wies er sie an.

Noch vor ein paar Monaten hätte Mara Farci zum Teufel geschickt, wenn er so etwas von ihr verlangt hätte – sie war doch kein Spitzel. Doch in dem Moment dachte sie keine Sekunde daran, welche Auswirkungen diese »Kooperation« auf ihre Karriere haben könnte, aus dem einfachen Grund, weil sie keine Karriere mehr hatte. Außerdem hegte sie starke Rachegefühle gegenüber ihrem alten Team.

»Okay. Kommt sofort.«

»Bleib dort, bis die Spurensicherung eintrifft. Lass niemanden an die Leiche, aber vor allem keine Fotos. Verstanden?«

»Soll ich vielleicht auch noch den Boden wischen, wo ich schon mal hier bin?«, fragte sie empört.

»Mara, lass gut sein, heute ist nicht der rechte Moment … Ich werde gleich die frohe Kunde überbringen und mir den nächsten Anschiss abholen. Wir sehen uns später.«

Das ist eine Botschaft für alle anderen Jünger, dachte Mara, während sie den baumelnden Körper betrachtete. Nach dem Motto: ›Wenn ihr plaudert, dann blüht euch dasselbe Schicksal‹.

Einige Momente später klingelte das Handy, und sie sah den Namen ihrer Tochter auf dem Bildschirm. Mara schloss die Augen, ignorierte den Toten, der sie aus den dunklen Augenhöhlen der Maske anzustarren schien, setzte ein Lächeln auf und nahm den Anruf entgegen: »Ciao, mein Spätzchen. Alles in Ordnung?«

91

Polizeipräsidium Cagliari

Die Zigarettenpause mit der Staatsanwältin hatte sich in eine Art Anhörung verwandelt. Als Eva zu Ende gesprochen hatte, schwammen in dem Plastikbecher mit dem Schluck abgestandenem Kaffee, den Adele in der Hand hielt, sechs Stummel. Und sie hatte sich soeben eine weitere Zigarette angezündet. Eva deutete das als ein gutes Zeichen: Wenn die Staatsanwältin der Meinung gewesen wäre, nur ihre Zeit zu verschwenden, hätte sie sie bereits bei der ersten abgewürgt.

»Sie möchten also den Status des Professore von einer über die Fakten informierten Person zu einem Verdächtigen ändern?«, fragte Adele Mazzotta nach.

»Ja, Dottoressa.«

Die Staatsanwältin wandte sich ab und beobachtete den Stadtverkehr. »Ist noch jemand außer Ihnen über diese Fakten und Ihre Verdachtsmomente informiert?«

»Ja. Meine Partnerin, Ispettore Capo Mara Rais. Außerdem war Vicecommissario Deidda eingeweiht, ehe sie …«

»Ich verstehe. Wer noch?«

»Ilaria Deidda hatte uns angewiesen, diese Spur zu verfolgen, um herauszufinden, ob sie für die Ermittlung von Bedeutung wäre. Auch Commissario Nieddu ist darüber informiert und hat seine Assistentin, Paola Erriu, darauf angesetzt herauszufinden, ob es andere Beziehungen zwischen Dolores und Nonnis über den rein universitären Kontext hinaus gab.«

»Vorstrafen?«

»Der Professore ist sauber, abgesehen von den Gerüchten, die ihn die Karriere gekostet haben: Danach soll er zu seinen Studentinnen und ehemaligen Studentinnen emotionale und sexuelle Beziehungen unterhalten haben.«

»Sie sind doch bei den ungelösten Fällen«, sagte Adele und lenkte den Fokus der Unterhaltung damit in eine andere Richtung. »Gibt es Ihrer Meinung nach Übereinstimmungen mit alten Fällen? Ich meine, abgesehen von dem Ritual, das mir identisch vorkam.«

»Meine Partnerin und ich, und auch Commissario Barrali – der sich in der Vergangenheit mit diesen Fällen beschäftigt hat und im Moment krankgeschrieben ist –, wir sind der Meinung, dass es sich hier um eine Nachahmungstat handelt.«

»Das müssen Sie näher erläutern.«

»Wir glauben, dass jemand den Mord den Neonuraghikern in die Schuhe schieben wollte, speziell Melis. Dafür wurde das Ritual entsprechend den alten Fällen inszeniert. Der Mord an Dolores hat eine sadistischere Komponente: Denken Sie nur an das von Schlägen entstellte Gesicht, so was gab es bei den ungelösten Fällen nicht.«

»Sie haben gesagt, dass Nonnis in Ihrem Gespräch fast schon Hass gegenüber Melis an den Tag legte.«

»Genau. Dazu kommt, dass er es war, der uns vorgeschlagen hat, auf dem Monte Arci zu suchen, als Melis noch auf der Flucht war.«

»Das alles ist ziemlich beunruhigend … Und seine Frau hat Sie heute Morgen auch angelogen.«

»Daran besteht kein Zweifel.«

Adele Mazzotta stieß enttäuscht den Rauch aus, dann sagte sie: »Ich will ehrlich sein: Von allem, was Sie mir präsentiert haben, ist nur eines ein handfester Beweis, nämlich die Tatsache, dass Nonnis im Besitz von zurückgehaltenen

Informationen zur Ermittlung war. Der ganze Rest knirscht gewaltig. Es sind nur Vermutungen und zirkumstanzielle – wenn wir dieses schreckliche Wort benutzen wollen – Belege.«

Eva merkte, wie ihr die Verlegenheitsröte ins Gesicht schoss.

»Aber«, fuhr die Staatsanwältin fort und drehte sich zu der Beamtin um, »als ich mich beim letzten Mal streng an die Vorschriften hielt, habe ich wertvolle Zeit verloren, und wahrscheinlich hat das mit dazu geführt, dass diese junge Frau zu Tode gekommen ist. Wenn ich etwas weniger voreingenommen gewesen wäre, dann könnte sie vielleicht …«

Eva erkannte, dass dieses Vielleicht sich im Gewissen der Staatsanwältin lange, lange Zeit als dunkler, ruheloser Gast festsetzen und das Gift des Bedauerns und der Schuld sie zerfressen würde.

»Ich habe eine Tochter im selben Alter wie Dolores. Sie studiert in Bologna … In diesen Stunden habe ich viel an sie gedacht und an das, was …«

»Ich kann es mir vorstellen, Dottoressa«, kam Eva ihr entgegen, als sie sah, wie schwer es Adele Mazzotta fiel, weiterzusprechen.

»Daher will ich mich auf Ihren Instinkt verlassen und auf den Ihrer Kollegin. Ich werde einen Auftrag über Telefonüberwachung für Nonnis und auch für seine Frau unterzeichnen. Ich werde dem Verfahren höchste Priorität einräumen und direkt mit Dottor Farci sprechen, damit Sie so schnell wie möglich loslegen können.«

Eva spürte, wie ihre Erschöpfung sich mit einem Adrenalinschub schlagartig verflüchtigte.

»Ich werde auch eine diskrete Beschattung des Professors für … sagen wir zunächst einmal vier Tage anordnen. Der Vollständigkeit halber würde ich sagen, man sollte auch einen Blick auf seine Social-Media-Aktivitäten werfen, auf die Telefonlisten von beiden und dann anhand der Funkzellen, mit denen sich sein Handy verbunden hat, ein Bewegungsprofil erstellen.«

»Ausgezeichnet«, brachte Eva beinahe stammelnd hervor, überwältigt von dieser unerwartet großzügigen Unterstützung.

»Ich denke, es ist noch zu früh für eine Hausdurchsuchung und ein Gespräch hier auf dem Präsidium. Wir würden nur einen strategischen Vorteil verlieren. Stattdessen möchte ich, dass Sie und Ihre Kollegin ein paar stichhaltigere Beweise zur Unterstützung Ihrer Theorien finden ... Mehr kann ich nicht tun, Ispettore.«

»Das ist schon sehr viel, Dottoressa. Haben Sie vielen Dank.«

»Sie brauchen mir nicht zu danken ... Ich möchte jeden hinter Gitter bringen, der auch nur einen kleinen Teil zu diesem brutalen Verbrechen beigetragen hat. Jetzt gehen wir, dann unterschreibe ich Ihnen die Papiere und Sie können loslegen.«

Adele Mazzotta versenkte auch den letzten Stummel in der braunen Schlammbrühe. Als sie wieder aufsah, bemerkte sie, dass aus Eva Croces Gesicht jegliche Farbe gewichen war.

»Was ist los?«, fragte sie alarmiert.

Eva kam mit dem Handy näher und zeigte ihr das Foto, das Mara soeben aus Serramanna geschickt hatte.

»Du liebe Güte ... Sagen Sie mir nicht, das ist dieser ...«

Eva nickte, sprachlos.

92

Einsatzzentrale der Mordkommission,
Polizeipräsidium Cagliari

Der Mord an Dolores Murgia hatte einer Phase von fast fünf Monaten ein Ende gesetzt, in der in der Provinz Cagliari keine Tötungsdelikte angefallen waren. Eine »Atempause« für die Beamten der Mordkommission, in der sie alte Ermittlungen abschließen konnten; einige hatten schon fast vergessen, wie stressig und belastend es war, an einem »heißen Fall« zu arbeiten.

Giacomo Farci sah von den Berichten der technischen Berater über den Schauplatz des Verbrechens auf und musterte seine Leute: Viele waren seit fast vierundzwanzig Stunden ununterbrochen im Dienst und standen kurz vor dem Zusammenbruch. Andere dagegen waren noch mit Feuereifer dabei wie fleißige Bienen, aufgeputscht von Koffein, Adrenalin und ihrem Jagdinstinkt, der zu lange nicht gefordert worden war. Vor vier Stunden – nach dem Auffinden des Gehenkten, offiziell als Ivan Curreli identifiziert – hatte Farci ein Meeting mit dem gesamten Ermittlungspersonal einberufen, in dem er seine Leute über die neuesten Entwicklungen informiert hatte. Anschließend hatte er die Aufgaben zwischen den Leuten der Mordkommission und den knapp zwanzig Beamten verteilt, die er von anderen Abteilungen der Squadra Mobile zur Unterstützung heranziehen konnte. Um möglichst keine Zeit zu verschwenden, hatte er das Team in drei Gruppen mit je etwa einem Dutzend Personen eingeteilt: Die erste sollte weiter den Mord an Dolores bearbeiten, alle ungelösten Fragen klären und weitere eventuelle Mitverantwortliche außer Melis ausfindig machen (der weiterhin in der offiziellen Version als der Täter galt); die zweite sollte zusammen mit den Strafvollzugsbeamten eine interne Ermittlung in der Haftanstalt durchführen, um festzustellen, wie und durch wen der angebliche Selbstmord des Gurus ermöglicht worden war; die dritte Gruppe hatte die Aufgabe, den Ablauf des zweiten Selbstmords – also des Mannes, der aufgehängt und mit von der Maske verdecktem Gesicht gefunden worden war – zu klären und zu erforschen, wer wohl die »Beschützer« im Hintergrund waren, die ihre Hand über die Anhänger der Nuraxia hielten. Ein Teil dieser Jünger musste zudem noch intensiv befragt werden. Farci selbst hatte die undankbare Aufgabe der Gesamtkoordination, und er schmunzelte, als er an den letzten Fall zurückdachte, bei dem er persönlich die Ermittlungen geleitet hatte: ein Totschlag nach einem Beziehungsstreit, eine banale Geschichte, die er innerhalb weniger Stunden abgeschlossen hatte. In Wirklichkeit gab es auch noch ein viertes Team, das allerdings mit einer geheimen Aufgabe zum Fall betraut worden war: Es sollte in einer ganz anderen Richtung ermitteln, weg von der offiziellen Version mit Melis als Dolores' Mörder. Das letzte Team bestand aus Eva Croce und Mara Rais, die gerade in den Besprechungsraum zurückkehrten, nachdem sie anderthalb Stunden in den Büros der Informatik-Fachleute der Spurensicherung und der Postpolizei verbracht hatten. Unterstützt wurden die beiden von zwei weiteren Beamten, Gioele Aiello und Paolo Ferrari, die Farci bei der Vermissten-Abteilung abgezogen hatte. Sie sollten bei der Durchsicht und Analyse der Datenlisten helfen.

Als er Eva und Mara sah, die vorübergehend von den Ungelösten Fällen abgezogen worden waren, winkte er ihnen, zu ihm in die Ecke zu kommen, die man zum Pausenbereich erklärt hatte.

»Kommt her. Ich hatte fünfzig Stücke Pizza vom Blech bestellt, aber diese Vielfraße haben schon fast alles verputzt ... Esst etwas, ihr seht aus wie zwei ausgehungerte Teenies, die von zu Hause durchgebrannt sind.«

»Hier wird man ja mit Komplimenten überschüttet ...«, erwiderte Mara, machte sich aber ungerührt über die Pizza her.

»Wie ist es gelaufen?«, fragte Farci.

»Alles bestens. Die Überwachung von Telefonen, E-Mails und Smartphones der Eheleute Nonnis sind angelaufen. Wenn Sie einverstanden sind, dann würde ich einige Stunden in die Analyse der Social-Media-Accounts des Professors investieren, vielleicht finde ich da ja irgendeine Verbindung, die zu Dolores führt«, schlug Eva vor.

Farci nickte: Nach der Teamsitzung der Sonderkommission hatte es noch eine in wesentlich kleinerem Rahmen mit ihm, Rais, Croce und Adele Mazzotta gegeben, die darauf bestanden hatte, dass die beiden Ermittlerinnen auf den Anthropologen angesetzt werden sollten, und ihnen dafür sehr viel Handlungsspielraum eingeräumt hatte.

»Stimm dich mit Aiello und Ferrari ab. Glaubt ihr wirklich, dass der Professore in den Mord verwickelt ist?«

»Es ist noch zu früh, um das mit Sicherheit zu sagen ...«, murmelte Mara zwischen zwei großen Happen Pizza. »Doch auf jeden Fall verbirgt er etwas. Das steht so fest wie das Amen in der Kirche.«

»Paola Erriu arbeitet sich durch den Freundeskreis von Dolores, ob man dort etwas von einem eventuellen Verhältnis zwischen Dozent und Studentin weiß«, ergänzte Eva.

»Sehr gut. Hast du mit deinem Kontakt an der Uni gesprochen?«

Mara nickte. »Es sieht so aus, als habe der Rektor der Uni diese Geschichte von Beziehungen zu Studentinnen ziemlich ernst genommen. Anscheinend hat man Nonnis schon benachrichtigt, dass er sich nach diesem Semester eine andere Arbeit suchen sollte. Das war's dann also für ihn mit der Universität, auch keine weiteren Lehraufträge auf Vertragsbasis mehr ... In ein paar Monaten ist er arbeitslos. Ob er wohl schon den Mut aufgebracht hat, das seiner Frau zu beichten ...?«

Aus dem Augenwinkel bekam Farci mit, dass eine Menge Leute sie beobachteten. Das erinnerte ihn daran, dass er die beiden Ermittlerinnen ja mit noch einer weiteren Aufgabe betraut hatte: sich umzuhören und die Augen offen zu halten, um herauszufinden, wer aus dem Kollegenkreis Informationen durchsickern ließ.

»Und wegen der anderen Sache, gibt's da schon was Neues?«, fragte er und senkte dafür die Stimme.

»Bis jetzt nicht«, antwortete Mara.

»Okay. Haltet die Augen offen, ja? Mir sitzt der Questore im Nacken wegen dieser Sache mit den Medien.«

Dann gab ihnen Farci einen Ausdruck mit den Namen und Schichten der Zivilbeamten, die den Anthropologen überwachen sollten. »Setzt euch mit ihnen in Verbindung und lasst euch auf dem Laufenden halten.«

»Vielen Dank, Dottore.«

»Ich hoffe, das alles ist keine Verschwendung von Zeit und Ressourcen.«

»Schon was von Ilaria gehört?«, erkundigte sich Eva.

»Nichts Neues. Aber Ilaria ist eine Kämpferin. Ihr Herz schlägt tapfer weiter.«

»Sehr gut.«

»Und was ist mit dieser Schlampe, auf die Croce geschossen hat?«, fragte Mara mit nahezu derber Leichtfertigkeit. Erst an der hochgezogenen Augenbraue ihres Chefs erkannte sie, dass sie voll ins Fettnäpfchen getreten war.

»Ach, dann wisst ihr es noch nicht ...«, murmelte Farci verlegen.

Die beiden Beamtinnen schüttelten den Kopf.

»Sie hat's nicht geschafft. Sie ist vor ein paar Stunden gestorben …«

Eva erstarrte. Ihre Gesichtsmuskeln froren ein, und ein Lid fing an, nervös zu zucken. Den beiden anderen wurde schlagartig klar, wie sehr diese Nachricht sie erschütterte.

»Scheiße …« Mara streckte eine Hand aus, um Eva über den Arm zu streicheln, als wollte sie sich für ihre Taktlosigkeit entschuldigen. »Tut mir leid.«

Eva schüttelte die Hand mit einer brüsken Bewegung ab und verabschiedete sich umgehend mit der Feststellung, dass sie sich nun um die sozialen Medien von Nonnis kümmern musste.

Farci nickte. Sobald Eva weg war, durchbohrte er Mara mit einem wütenden Blick. »Herzlichen Glückwunsch, Mara. Du hast soeben den ersten Preis als Riesentrampel des Jahres gewonnen!«

93

Im Landesinneren von Sardinien

Micheli dankte dem Schicksal, dass die kleinen Dörfer der Barbagia so menschenleer waren. Nachdem er sich vergewissert hatte, dass die Kate unbewohnt war, brach er das Schloss auf und ging hinein. Er durchsuchte das Häuschen mit gezückter *resolza*, bis er absolut sicher sein konnte, dass er allein war, dann klappte er das Messer zu und rief Esdra, die draußen auf ihn wartete.

»Ist es hier sicher?«, fragte sie.

Micheli nickte. Er fand den Sicherungskasten, und als er den Hauptschalter nach oben drückte, wurde es im Raum taghell.

Die beiden lachten auf vor Glück. Micheli schaltete alle Lampen aus, die sie nicht benötigten, damit sie von draußen keine Aufmerksamkeit auf sich zogen, obwohl er schon ein einsam liegendes Haus außerhalb des Dörfchens ausgesucht hatte.

»Glaubst du, hier gibt es auch warmes Wasser?«, fragte Esdra.

»Wir haben nur eine Möglichkeit, das herauszufinden«, antwortete Micheli und entkleidete sie.

Es gab welches.

Die heiße Dusche wusch von ihren durchfrorenen Körpern all die feuchte Kälte der Nacht, die sie zu Pferd auf der Flucht über Maultierpfade und Feuerschneisen zugebracht hatten. Micheli kannte sie alle, seit er ein kleiner Junge war. Nachdem sie etwa dreißig Kilometer zwischen sich und die Siedlung der Ladu gebracht hatten, hatte Micheli die erstbeste Gelegenheit genutzt, um einem Hirten ein Moped zu stehlen und das Pferd seinem Schicksal zu überlassen. Als der Morgen dämmerte, hatten sie sich in einem verlassenen Pferch versteckt, dort den größten Teil des Tages geschlafen und waren erst bei Anbruch der Dunkelheit wieder aufgebrochen. Als sie durch eines dieser vielen Geisterdörfer im Landesinneren kamen, hatte Micheli, inzwischen zu erschöpft, um weiterzufahren, beschlossen, dort zu bleiben und sich ein anständiges Versteck zu suchen.

Während Esdra sich einseifte, erinnerte sich Micheli an die Demütigung, die sein Vater ihm zugefügt hatte: Er würde sie bis ans Ende seiner Tage nicht vergessen und hasste Bastianu dafür, wie er ihn behandelt hatte.

Später, nachdem sie sich geliebt hatten und nun langsam in dem fremden Bett in Schlaf fielen, flüsterte Esdra ihm zu: »Bis gestern wolltest du nichts davon wissen wegzugehen. Warum hast du deine Meinung geändert?«

Micheli dachte an den Befehl, den sein Vater ihm gegeben hatte, und spürte, wie ihm das Blut in den Adern gefror.

»Ich habe über das nachgedacht, was du mir gesagt hast, und festgestellt, dass du recht hast. Ich will auch das Meer sehen«, log er und strich ihr zärtlich über das Haar.

»Und was machen wir jetzt?«

»Sie werden nach uns suchen. Wir verstecken uns besser ein paar Tage.«

»Hier?«

»Warum nicht? Wenn sich dann alles beruhigt hat, können wir nach Cagliari fahren und von dort das erste Schiff zum Festland nehmen.«

Esdra kicherte aufgeregt, obwohl ihr vor Müdigkeit schon fast die Augen zufielen. »Ich kann es kaum erwarten.«

Ein paar Minuten später lag sie auf ihm und schlief.

Micheli hingegen kam nicht zur Ruhe.

Der strenge Blick seines Vaters schien ihn bis hierher zu verfolgen.

94

Viale Poetto, Cagliari

Gewiegt vom Rascheln der Palmen und dem gedämpften Rauschen des Meeres stieg Eva mit gesenktem Blick die Stufen zu ihrer Mansarde hinauf; in der Hand eine Flasche Tennent's. Sie hatte das Bier in einer der *caddozzoni* gekauft, wie Mara sie genannt hatte: Imbisswagen mit Barbetrieb in der Nähe des *Cavalluccio Marino*, an denen sich nachts die Leute drängten. Sie waren berühmt für ihre Brötchen mit Würstchen und Zwiebeln, aber auch berüchtigt dafür, dass dort nicht gerade auf Hygiene und Sauberkeit geachtet wurde. Das war schon ihr drittes Tennent's – sie hatte das dringende Bedürfnis danach verspürt, nachdem sie erfahren hatte, dass sie einen Menschen getötet hatte. Dass sie es in Ausübung ihrer Pflicht als Polizistin getan hatte, war nur eine moralische Spitzfindigkeit, die in ihren Augen kaum eine Rolle spielte.

Sie hatte einen klaren Plan für die Nacht: Das Bier austrinken, sich so, wie sie war, aufs Bett werfen und acht Stunden schlafen wie eine Tote. Sie war am Ende, und ihr Kopf fühlte sich an, als wäre er Brei.

»Hast du auch eins für mich?«, fragte jemand plötzlich. Die tiefe Männerstimme ließ sie zusammenzucken und machte ihre Pläne zunichte.

Als sie hochschaute, sah sie *ihn* dort auf der obersten Stufe der Treppe sitzen, die zu ihrer Wohnung führte.

Eva blieb stehen, wie gelähmt.

»Ciao, Rotschopf. Was hast du denn mit deinen Haaren

angestellt?« Der Mann war etwa vierzig, hatte blaue Augen und volles Haar, das deutlich länger war als bei ihrer letzten Begegnung.

Eva fühlte sich wie ein Haufen schlecht und recht zusammengeklebter Glasscherben, die nur durch den Klang dieser Stimme wieder auseinanderbrachen.

»Wie hast du mich gefunden?«, fragte sie ihren Ehemann.

95

Viertel Stampace Alta, Cagliari

Hätte es einen Ausschaltknopf für die Region in ihrem Hirn gegeben, die sich ständig mit diesem Fall beschäftigte, hätte Mara Rais ihn schon längst gedrückt. Aber leider gab es den nicht. Selbst wenn sie nicht bewusst daran dachte, weil ihr Kopf gerade mit etwas anderem beschäftigt war, durchsuchte ihr Polizistinnenverstand unterbewusst weiterhin alle Details, die die Ermittlungen ergeben hatten, auf ihre Plausibilität und Tragfähigkeit, indem sie sie im Kopf Stück für Stück auseinandernahm, in der Hoffnung, so in diesem sinnlosen Verbrechen einen Sinn zu erkennen.

Wie die nicht sichtbaren Apps, die einen großen Teil der Akkuleistung eines Smartphones verbrauchen, auch wenn man sie nicht benutzt, beschäftigte der Mord an Dolores Murgia ihren Kopf, selbst wenn sie nicht im Dienst war.

Das wurde Mara bewusst, als ihr beim Kontrollieren des Hausaufgabenhefts ihrer Tochter plötzlich eine These einfiel, die sie sich unbedingt aufschreiben wollte, und sie sich dabei erwischte, ein blutiges Detail des Verbrechens genau neben einem Eintrag in Saras unsicherer Krakelschrift kurz über einer Zeichnung von Pu der Bär zu notieren.

Sie erschrak über sich selbst und strich ihre Notiz durch.

Ihre Tochter hätte schon seit einer Weile schlafen sollen, aber sie war noch wach und spielte ein Spiel auf ihrem Handy, während sie darauf wartete, dass ihre Mutter endlich ins »große Bett« kam. Sie hatte ebenfalls unter den Ermittlungen zu leiden, denn sie verbrachte nun zu viel Zeit bei den Großeltern, aß zu vollkommen absurden Zeiten und ging viel zu spät zu Bett, und das mit einer Mutter, die »eingeschränkt funktionsfähig« war, wie deren Ex-Mann behauptete. In dieser Nacht waren die Rollen vertauscht: Mara hatte ihre Tochter gebeten, bei ihr zu schlafen. Wegen all dem Finsteren und Schrecklichen, das sie in diesen Tagen gesehen hatte, brauchte sie dringend den Glauben daran, dass es noch Unschuld und Güte gab in einer Welt, die von Abschaum wie Melis bevölkert wurde. Mehr noch: Sie spürte das Bedürfnis, die Reinheit und tröstliche Nähe ihrer Tochter mit den Armen zu umschließen und tief in sich aufzunehmen.

Mara schminkte sich ab, putzte die Zähne und ging ins Bett zu ihrer wartenden Tochter.

»Bist du traurig, Mama?«

»Nein, warum fragst du?«

»Wenn du mich so umarmst, bist du meistens traurig.«

Typisch ihre Tochter: Ein Satz konnte reichen, um sie aus der Bahn zu werfen.

»Ja, gut. Ich bin ein bisschen traurig.«

»Warum denn?«

»Ach, aus vielen Gründen. Weil ich dich so wenig sehe, weil meine Arbeit schwierig ist … Viele Dinge.«

»Wenn ich traurig bin, esse ich eine Pizza und es geht vorbei.«

»Ich weiß, Liebes.«

»Vielleicht solltest du mehr Pizza essen.«

Mara lächelte. »Vielleicht, Spätzchen. Aber im Gegensatz zu dir kriege ich ein Gesicht rund wie ein Pfannkuchen, wenn ich mehr Pizza als sonst esse, weißt du? Und so werde ich noch trauriger, weil die Leute mich dann für ein Nilpferd mit einer Pistole halten. Willst du das? Eine unglückliche Mama mit einem fetten Hintern?«

Sara prustete los.

»Außerdem habe ich ein anderes Geheimrezept, damit die Traurigkeit vorübergeht.«

»Was für eins?«

»Ich nehm dich in die Arme und kraul dich am Bauch, so.«

Das Mädchen kicherte und wand sich, weil Mara sie kitzelte.

»Mama, kann ich dir was sagen?«

»Raus damit.«

»Du spinnst echt total.«

Na danke, Liebes. Du hast in der Liste gerade noch gefehlt, dachte Mara und lächelte mit geschlossenen Augen.

»Ich weiß, Liebes«, sagte sie dann.

»Schlaf gut.«

»Du auch.«

Während sie langsam in den Schlaf glitt, fiel Mara auf, dass sie Eva noch nie etwas Persönliches gefragt hatte.

Ob sie Kinder hat und einen Mann?, fragte sie sich. Und wenn nicht, wie erträgt sie allein all dieses Böse?

96

Carbonia

Maurizio Nieddu hatte die Fotos aufgestellt und Kerzen angezündet, dann schaltete er das Licht aus und füllte die Wanne mit heißem Wasser. Der Badezimmerspiegel zeigte ihm selbst im Schein der Kerzen einen vorzeitig gealterten Mann. Kurz kam Selbstmitleid in ihm hoch, doch dieses Gefühl verschwand schnell. Er zog sich aus, faltete seine Kleidung zusammen, legte sie auf dem Badezimmerschränkchen ab. Dann sah er zu den Fotos, die er um sich versammelt hatte, und fragte sich, wann es angefangen hatte.

Seit 1986 ließ es ihn nicht los. Seit er das unschuldige Mädchen am Brunnen von Matzanni gesehen hatte … Er hatte versucht, das zu verdrängen, einfach weiterzumachen, aber der dunkle Abgrund hatte ihn nie wieder losgelassen.

Dieses Dunkel, das sich Tag für Tag in einem ansammelt, das heimlich und gierig wie ein Tumor wächst.

Nieddu lächelte, denn er erkannte, dass diese Situation nicht einer gewissen Ironie entbehrte. Er war überzeugt, dass dieses Dunkel individuell arbeitete, je nachdem, wen es befiel, aber vor allem, welchen Beruf derjenige ausübte; und Polizeibeamte standen an der Spitze der dafür anfälligsten Berufe. Und er musste lachen: Er stand kurz vor der Pensionierung, er hatte das Ganze all die Jahre im Griff gehabt, auch indem er sich nach Carbonia hatte versetzen lassen, in einen Ort, wo es sicher ruhiger zuging als in Cagliari, wo nie etwas passierte, fast als wollte er sich von allem abschotten, um nicht gefunden zu werden. Aber …

»Da bin ich nun«, sagte er leise.

Er stieg in die Badewanne. Das kochend heiße Wasser nahm ihm zunächst den Atem, aber gleich darauf gewöhnte er sich daran und entspannte sich, ließ den Kopf an den Wannenrand sinken und streckte die Beine aus. Er schloss die Augen, und schon sah er sie so deutlich, als stünde sie direkt vor ihm. Dolores … Als er noch bei der Mordkommission gewesen war, hatten die alten Kollegen, wenn sie abends ein Bier oder ein Glas Wein mehr als üblich getrunken hatten, oft diese Geschichte von dem einen, der zu viel gewesen war, ausgepackt: Sie behaupteten, dass es in der Laufbahn eines Ermittlers eine bestimmte Menge von Morden gab, die nie überschritten werden durfte; für manche waren es zehn, für andere hundert, für die Hartgesottenen unter ihnen auch zweihundert, aber genau das war ja das Problem, dass man diese Höchstzahl nicht kannte, nach der die Dunkelheit einen einhüllte und mit sich fortnahm.

Für Nieddu war dieser »eine zu viel« der Mord an Dolores gewesen. Der Anblick dieses vergewaltigten und misshandelten Mädchens, dem man dann wie einem Tier die Kehle durchgeschnitten hatte, hatte in ihm einen Abgrund geöffnet, den er nicht zu überwinden vermochte. Die Schuldgefühle, weil es ihm nicht gelungen war, Dolores zu finden, ehe sie dieses schreckliche Schicksal erleiden musste, hatten ihm den Rest gegeben. Melis hatte gewonnen. Ob er sich selbst getötet hatte oder jemand anderer es gewesen war, interessierte Nieddu nicht mehr. Als er die Nachricht vom Tod des Gurus erhielt, fühlte er sich seiner eigenen Bedeutung beraubt. Nachdem er wie schon so oft versagt hatte, ergab sein Leben keinen Sinn mehr. Dieses Dunkel, das zum Ende seiner Ehe geführt und ihn dazu gebracht hatte, die innere Leere mit unbedeutenden Affären und Saufgelagen mit Freunden zu vertreiben, war gekommen, um ihn zu holen, und diesmal hatte er ihm widerstandslos die Hand gereicht und sich in sein düsteres Reich ziehen lassen.

Nieddu öffnete noch einmal die Augen und fühlte sich nun beobachtet von all den sorgfältig arrangierten Fotos des Mädchens, die vom flackernden Schein der Kerzen beleuchtet wurden.

»Es tut mir so leid«, sagte er zu ihr. »Ich hoffe, das genügt dir, um mir zu verzeihen.«

Er suchte mit der Hand nach der Klinge.

Kurz darauf kniff er fest die Augen zu. Er hatte niemandem je erzählt, dass er kein Blut sehen konnte, besonders sein eigenes nicht, denn das wäre wirklich peinlich gewesen.

Er spürte die Wärme des Wassers plötzlich intensiver, und das gleiche Gefühl von Müdigkeit, das ihn beim Auffinden des toten Mädchens überfallen hatte. Er empfand es als befreiend, sich nun der Dunkelheit hinzugeben.

Sein Atem wurde immer schwächer, der Herzschlag verlangsamte sich. Seine Gedanken lösten sich in einem Nebel auf, der so dicht war wie der Dampf, der von der heißen Wanne aufstieg.

Es ist so weit, dachte er in einem letzten Aufflackern von klarem Bewusstsein.

Plötzlich kam ihm ein Detail in den Kopf, nach dem er seit Tagen sein Gedächtnis vergeblich durchforscht hatte. Etwas so Abwegiges, dass sein Kopf sich geweigert hatte, es auch nur in Betracht zu ziehen. Er versuchte vergeblich, sich aufzusetzen. Zu spät. Das Wasser in der Wanne hatte sich bereits tiefrot gefärbt.

97

Viale Poetto, Cagliari

Du wohnst wirklich hier?«, fragte er sie, nachdem er sich umgesehen hatte. »Das sieht aus wie der Schlupfwinkel eines untergetauchten Verbrechers.«

Eva zog die Jacke aus und stützte die Hände in die Hüften – Marco kannte diese Geste, und sie verhieß nichts Gutes.

»Warum bist du hier?«

»Ich habe mir Sorgen gemacht«, sagte er nur und trank mit einem Schluck das Bier aus, das Eva ihm gegeben hatte. Ohne Jacke sah sie noch dünner aus. Er schätzte, dass sie seit ihrer letzten Begegnung noch mal mindestens zwei Kilo abgenommen haben musste. »Du hättest wenigstens auf einen meiner drei Millionen Anrufe reagieren können oder auf die scheißtausend Nachrichten, die ich dir geschickt habe!«

»Ich dachte eigentlich, ich hätte mich beim letzten Mal klar ausgedrückt.«

»Das letzte Mal warst du vollgepumpt mit Psychopharmaka, deshalb habe ich dich nicht ernst genommen.«

»Aber ich habe das verdammt ernst gemeint.«

Marco sah auf die Fotos von Dolores, die an der Wand hingen. »Und wer ist das? Jetzt sag mir nicht, die lassen dich wieder in der Mordkommission arbeiten.«

»Nein. Cold Cases.«

»Sind die denn von allen guten Geistern verlassen? Wissen die denn nicht, dass …«

»Na schön, du hast dir Sorgen gemacht, jetzt hast du mich gesehen. Es geht mir gut, und ich arbeite wieder. Die Versetzung ist nur hilfreich für mich. Danke, dass du an mich gedacht hast. Und jetzt kannst du gehen.«

Marco entdeckte in einer Ecke den Kindertrolley von Maya. »Und was soll das?«

»Ich habe die Wohnung ausgeräumt.«

»Also ist dein ganzes Zeug hier? In diesem Loch?«

»Ja. Wenn du die Wohnung verkaufen willst, probier es gern. Ruf mich an, wenn es geklappt hat und du meine Unterschrift brauchst, dann gehe ich auch ran, versprochen.«

»Zur Hölle mit der Wohnung. Ich bin deinetwegen hier.«

Eva seufzte. Sie fühlte sich zu erschöpft, um sich mit ihm auseinanderzusetzen. »Ich habe eine Frau getötet … das habe ich heute erfahren. Ein Schusswechsel, um eine Kollegin zu schützen. Die Frau wurde operiert und ist dabei gestorben. Glaub mir, ich habe wirklich keinen Nerv, jetzt über uns zu reden.«

»Das tut mir leid.«

»Mir auch. Aber ich werde damit fertig. Wir sind an einem schlimmen Fall dran, und seit einer Weile kann ich nicht mehr schlafen. Abgesehen davon geht es mir gut, wie ich dir gesagt habe.«

»Eva, ich will dich ja nicht beleidigen, aber du siehst scheiße aus. Also erspar mir diesen Unsinn: Dir geht es nicht gut, Rotschopf.«

»Nenn mich nicht so.« Eva löste das Halfter an ihrem Gürtel und legte die Pistole in eine Schublade. Ohne sich zu ihm umzudrehen, sagte sie knapp: »Ich brauche jetzt eine Dusche und ein paar Stunden Schlaf.«

»Eva …«

»Du hast recht, es war scheiße von mir, mich nicht zu melden und nicht auf deine Anrufe zu reagieren. Es tut mir leid, okay? Das hier ist ein Neuanfang für mich. Und den brauchte ich.«

»Niemand sagt etwas dagegen.«

»Dann lass mich in Ruhe.«

Marco nickte. Er holte einen Stift und einen Notizblock aus der Tasche, schrieb etwas darauf, riss den Zettel ab und warf ihn aufs Bett.

»Das ist der Name vom Leiter der regionalen Spurensicherung in Cagliari. Ein guter Freund von mir, wir waren zusammen auf der Polizeiakademie. Wenn du etwas brauchst, was auch immer, wende dich an ihn. Andere Leute kenne ich hier nicht.«

»Ich brauche niemanden.«

»Ja, das habe ich gemerkt«, sagte er beißend.

Schon in der Tür wandte er sich noch einmal zu ihr um. »Maya war auch meine Tochter, Eva … Vielleicht hast du das vergessen.«

Eva schwieg.

»Und sich die Haare zu färben, um nicht an sie zu denken, scheint mir keine gute Idee zu sein, weißt du? Es lässt dich nur noch bemitleidenswerter wirken als ohnehin schon.«

Eva schüttelte den Kopf und wollte etwas darauf erwidern, aber er war schon verschwunden.

98

Kommissariat, Carbonia

Paola Erriu hatte Commissario Nieddu den ganzen Morgen vergeblich zu erreichen versucht. Sein Handy klingelte, ohne dass jemand ranging, und weder in Cagliari noch in Carbonia hatte jemand seit dem vergangenen Abend von ihm gehört oder wusste, wo er sein konnte.

»He, ciao. Was Neues von Nieddu? Ist er wieder aufgetaucht?«, fragte sie eine der Angestellten im Büro.

»Nein, Paola. Heute ist er überhaupt nicht zum Dienst gekommen.«

»Okay, danke.«

Wo zum Teufel steckte er bloß? Paola begann, sich Sorgen zu machen. In den letzten Tagen hatte ihr Vorgesetzter immer düsterer gewirkt, und sie wusste, dass ihn der Fall Dolores persönlich mitnahm: Als man die Leiche der jungen Frau im Brunnenheiligtum von Serri identifiziert hatte, war etwas in seinen Augen für immer erloschen.

»Entschuldige, noch mal ich, Assunta. Wenn er hierherkommen sollte, ruf mich bitte kurz an oder sag ihm, er soll mich anrufen.«

»Mach ich.«

Paola hatte gleich einen Termin mit einer von Dolores' besten Freundinnen: Bei der Überprüfung des Computers und des Smartphones von Dolores hatte man herausgefunden, dass die beiden einander viel Privates erzählt hatten. Paola hatte mit Nieddu vereinbart, dass sie die Freundin gemeinsam befragen würden, aber da er nicht auftauchte, beschloss Paola, allein hinzugehen. Aus Pflichtgefühl versuchte sie es noch einmal bei ihm.

Vergeblich.

Als bei ihm die Mailbox ranging, hinterließ sie eine weitere von vielen Nachrichten: »Guten Tag, Dottore. Ich mache mir langsam Sorgen … Rufen Sie mich bitte so schnell wie möglich an. Ich gehe jetzt die Zeugin befragen. Bis später.«

Commissario Capo Nieddu lebte seit vielen Jahren allein. Paola machte sich ihre Gedanken. Vielleicht ging es ihm ja nicht gut? Oder er schlief einfach nur lange und tief – gut möglich nach den letzten Tagen … Sie sollte aufhören, sich Sorgen zu machen. Er würde sie schon anrufen, sobald er wach war.

99

Regionalinstitut für Spurensicherung,
Viale Buoncammino, Cagliari

Mara entdeckte Eva Croce, die an der Brüstung des Belvedere des Viale Buon Cammino lehnte und die Aussicht auf die Stadt bewunderte, die sich vor ihr erstreckte, so weit das Auge reichte.

»Croce, ich will ja nicht ständig darauf herumreiten, aber du siehst schon wieder aus, als hättest du in einer Hundehütte übernachtet«, sagte sie zur Begrüßung, wobei ihr auffiel, dass Eva auch auf den schwarzen Kajalstrich um die Augen verzichtet hatte. Ungeschminkt wirkte sie noch jünger, dachte Mara mit einem Anflug von Neid.

»Ich wünsch dir auch einen schönen Tag, Rais«, antwortete Eva Croce und reichte ihr einen Kaffee to go, den sie an einem Verkaufsstand in der Nähe besorgt hatte. »Ich sehe, du hast dich schon für die Modenschau von Victoria's Secret gestylt«, stichelte sie mit einem Blick auf Maras sorgfältig aufgetragenes Make-up, die perfekt aufgetragene Mascara auf den Wimpern, den Lippenstift wie bei einem Covergirl der *Vogue* und den Hosenanzug à la Karrierefrau.

»Was tun wir hier?«, fragte Mara und verbreitete Duftwolken von Chanel N°5.

Eva zeigte ihr den Probenbeutel mit den Haaren von Nonnis und den Kaffeebechern, die sie aus seinem Büro mitgenommen hatten. »Ich habe einen Kontakt zum Großen Chef bei der Spurensicherung.«

»Du? Du hast einen Kontakt … Hast du's letzte Nacht

mit ihm getrieben? Man kann dich keinen Moment allein lassen, was?«

»Bitte keinen solchen Blödsinn am frühen Morgen«, sagte Eva. Sie war bis zum letzten Moment unsicher gewesen, ob sie sich an den Kontakt von Marco wenden sollte; schließlich hatte sie zu Gunsten der Ermittlungen ihren Stolz fallen gelassen, aber sie hatte nicht vor, das Thema mit Mara Rais zu vertiefen.

Mara grinste, entfernte den Deckel vom Becher und trank einen Schluck. »Ach, ich hatte ganz vergessen, dass du deine Tage hast.«

Eva Croce schüttelte den Kopf und lächelte säuerlich. »Du bist so ein angenehmer Mensch, weißt du? Du schaffst es, dass man sich sofort wohlfühlt.«

»Ich bin Polizistin, vergiss das nicht.«

»Dann benimm dich auch wie eine. Komm jetzt.«

»Und wie lautet der Plan?«

»Die Beweisstücke meinem Kontakt übergeben und dort eine bevorzugte Bearbeitung erhalten.«

»Und was, wenn man dir das zusagt?«

»Unter Dolores' Fingernägeln wurden Spuren von drei verschiedenen DNAs gefunden. Ein Teil der Blutklümpchen stammte von Melis und diesem anderen Scheißkerl, den du erhängt aufgefunden hast, Curreli. Die dritte DNA ist nicht in unseren Datenbanken. Schauen wir mal, ob wir Nonnis ausschließen können, damit wir das Feld der Verdächtigen etwas eingrenzen.«

»Diese Proben sind aber auf nicht gerade legalem Weg …«

»Ich habe heute Morgen schon mit der Mazzotta gesprochen, während du beim Friseur warst. Sie hat uns grünes Licht gegeben.«

»Was wird das jetzt? Ein Wettstreit, wer früher ins Büro kommt? Von wegen Friseur. Nachdem ich Sara zur Schule gebracht hatte, bin ich ins Krankenhaus zu Ilaria gefahren.«

»Wie geht es ihr?«

»Sie ist immer noch ohne Bewusstsein. Ich durfte nicht einmal zu ihr.«

»Das war sicher eine ausgezeichnete Idee von den Leuten dort«, sagte Eva höhnisch.

»Scimpra«, zischte Mara.

»Du hast gerade was sehr Nettes über mich gesagt, nehme ich an.«

»Na klar. Supernett.«

100

Territorium der Ladu, Oberland der Barbagia

Ein wütender Wind zerrte an den trockenen Steineichen, sodass es Eicheln regnete, die die Kinder dann aufsammeln würden, um sie an die Schweine zu verfüttern. Gewitterwolken lagen dunkel über dem Land. Doch aus dem bleigrauen Himmel war noch nicht ein Tropfen zur Erde gefallen. Der letzte Regen lag inzwischen fast ein Jahr zurück. Die Natur drehte durch wie ein alter Mensch, der aus seiner Routine gerissen wurde. Wasser war ein wichtiges Element im Kreislauf der Jahreszeiten. Wenn es fehlte, ging alles vor die Hunde.

Bastianu stieg aus dem Jeep und ging hinüber zur Siedlung der Ladu. Die Hunde folgten ihm unter lautem Gebell. Doch ein Blick von ihm genügte, und sie verstummten und zerstreuten sich. Entschlossen betrat er das schmale Haus seiner ältesten Tante und fand sie im Feuchtraum, wo man die Weizensauerteigbrote vor dem Backen ruhen ließ. Sie saß in einer Ecke, um sie herum die jüngsten Nichten.

»Raus«, befahl er, scharf im Ton wie eine Gewehrsalve. Die jungen Frauen huschten aus dem Raum.

»Wie geht es dir?« Bastianus Stimme war nun warm und bebte, er kniete sich vor ihr auf den Boden und nahm ihre schmal gewordenen Hände in seine. Seine Tante war immer da gewesen, solange er denken konnte. Er war so sehr an ihre ständige Gegenwart gewöhnt, dass er nie in Erwägung gezogen hatte, auch sie könnte erkranken oder gar sterben;

tief in seinem Inneren glaubte irgendein unvernünftiger Teil von ihm, dass *tzia* Gonaria – die Frau, die ihm die Mutter ersetzt hatte – ihn niemals verlassen, ja ihn eigentlich überleben würde. Doch in diesem Augenblick wurde ihm ihre Zerbrechlichkeit und die Vergänglichkeit des Lebens bewusst.

»Bist du wegen mir früher von der Arbeit gekommen?«

»Aber natürlich.«

Ihre Augen wurden feucht. »Das hättest du aber nicht tun müssen, Bastianu.«

»Sag so was nicht mal im Scherz. Willst du, dass ich dich ins Krankenhaus bringe?«

»Ins Krankenhaus? Ich?«, fragte die alte Frau und lächelte spöttisch. Sie schüttelte den Kopf. »Nein, wir sind nichts fürs Krankenhaus, wir Ladu.«

Die Krankheit wütete in ihrem Inneren seit wer weiß wie langer Zeit, doch erst an diesem Morgen hatte die alte Frau dunkles Blut erbrochen, gleich vier Mal. Als man ihn benachrichtigt hatte, war Bastianu sofort aus seinem Büro aufgebrochen und wie ein Verrückter nach Hause gerast.

»Ich möchte, dass du dich von einem Arzt untersuchen lässt, *tzia*.«

»Nein«, entgegnete die Frau entschieden und zog ihr schwarzes Tuch fest um sich. »Wenn ich sterben muss, dann daheim, in dem Haus, in dem ich geboren wurde und aufgewachsen bin.«

»Du wirst nicht sterben, verstanden?«

»Natürlich nicht. Ich kann nicht. Ich muss noch warten und vorher Benignu hinüberbegleiten.«

Bastianu lächelte. »Ich bring dich ins Bett, in Ordnung?«

Die alte Frau nickte. Ihr Neffe war der einzige Mann, von dem sie sich berühren ließ.

Er hob sie extrem vorsichtig hoch, als wäre sie aus Kristall, trug sie in ihre Schlafkammer und legte sie sanft auf das Bett.

»Eine Feder wiegt mehr als du, *tzia*«, sagte er, während er sie zudeckte.

»Mein Körper will nicht mehr so, wie ich will.«

»Du musst dich nur ein wenig ausruhen.«

»Mein Vater …«

»Um *mannoi* kümmere ich mich. Das verspreche ich dir.«

»Erzähl ihm nichts von Micheli …«

»Natürlich nicht, sei unbesorgt. Und jetzt schlaf. Ich schick dir die Mädchen hoch, in Ordnung?«

Tzia Gonaria nickte. Bastianu drückte ihr die Lippen auf die Stirn und stopfte die Laken unter die Matratze wie bei einem kleinen Kind.

Als er die Tür hinter sich schloss, liefen ihm Tränen über die rauen Wangen. Er wischte sie schnell mit dem Handrücken fort und ging wieder nach unten. Er befahl den Basen, sich um Gonaria zu kümmern, und verließ das Haus. Er ging über den Hof zwischen den dort scharrenden Hühnern zum Holzschuppen. Dort legte er seine Jacke ab und ergriff die Axt. Dann begann er, mit brachialer Gewalt Holz zu spalten. Ununterbrochen sauste die Klinge herab und zerkleinerte mit ihrer unerbittlichen Wucht die Stämme. Bastianu entlud mit der körperlichen Anstrengung all seine Wut und Sorge als Neffe und Vater.

Später fanden seine Brüder ihn im Werkzeugschuppen, wo er am Schleifstein stand und Beile und Sensen schärfte. Die Funken spritzten um ihn herum, nur um gleich darauf zu erlöschen wie Sternschnuppen.

»Bastia'!«, rief man ihn laut.

Der Hüne ließ das Pedal los, das den schweren Stein antrieb, und drehte sich um. »Habt ihr ihn gefunden?«, fragte er, während er sich den Schweiß abwischte.

»Nein. Noch nicht.«

Bastianu nickte, nachdem er einen Moment verloren vor sich hin gestarrt hatte. »Er kann nicht weit gekommen sein.

Fahrt fort mit der Suche und bringt ihn mir bald. Wir können nicht länger warten.«

Die Ladu nickten und ließen ihn dann allein, damit er seinen Schmerz abreagieren konnte.

101

Carbonia

Paola Erriu hatte Dolores' beste Freundin im Verhör gehörig unter Druck gesetzt, und am Ende hatte die Studentin ausgepackt: Was sie dann erzählte, hatte die Beamtin vollkommen aus dem Gleichgewicht gebracht.

Sie bedankte sich bei der Zeugin, und nachdem sie ihre Daten aufgenommen hatte, um die Aussage rechtskräftig zu machen – die sie zudem als Tonaufnahme auf ihrem Handy gespeichert hatte –, ging sie zu ihrem Auto zurück.

Nach dieser Enthüllung musste sie so schnell wie möglich mit Nieddu sprechen, denn es war sehr wahrscheinlich, dass sie gerade einen kolossalen Irrtum begingen. Sie versuchte, ihn anzurufen, erreichte ihn aber nicht.

Was zur Hölle ging hier bloß vor?

Sie versuchte es auf dem Kommissariat. Die Direktdurchwahl klingelte, ohne dass jemand abhob, daher rief sie Assunta, die Bürokraft, an.

»Ciao, Assunta, ich bin's. Weißt du, wo Dottor Nieddu steckt?«

»Nein, Paola, tut mir leid. Er hat sich nicht gemeldet, weder hier direkt bei mir, noch telefonisch oder durch irgendeine Nachricht.«

»Okay. Dann bis später.«

Sie wollte gerade losfahren, als ihr Handy vibrierte.

»Endlich, verdammte Scheiße«, sagte sie und fischte das Telefon aus der Handtasche.

Aber das Display zeigte eine andere Nummer als die, die

sie erwartet hatte. Es war ihr Anwalt, von dem sie seit mehr als einem Jahr nichts mehr gehört hatte. Paola Erriu runzelte die Stirn und nahm den Anruf an.

»Ciao, Paola. Stör ich gerade? Hast du eine Minute?«

»Ich … Natürlich. Leg los.«

»Hör zu, heute Morgen bekam ich eine zertifizierte Mail, die dich betrifft. Sie wurde an mich als deinen Anwalt geschickt, und im CC ist ein Notar.«

»Ist es was vom Gericht?«

»Nein, nein. Es ist ein eigenhändig verfasstes Testament.«

»Ein Testament? Ich habe doch gar keinen Trauerfall.«

»Doch, ein gewisser Maurizio Nieddu, wohnhaft in Carbonia. Er hat dir praktisch seinen gesamten Besitz hinterlassen. Ein Haus, ein Grundstück, Geld …«

Schweigen.

»Paola? Bist du noch da?«

»Das ist mein Vorgesetzter, aber er ist nicht tot«, sagte die Beamtin verwirrt.

»Ich weiß nicht, was ich dir sagen soll. Ich habe dir soeben die gesamte Mail von ihm weitergeleitet. Da ist auch eine persönliche Nachricht an dich.«

»Was steht drin?«

»Ich zitiere: ›Mach nicht den gleichen Fehler wie ich. Kündige diesen Scheißjob und genieß das Leben‹. Mehr nicht. Was soll ich …«

Paola Erriu beendete das Gespräch. Sie ließ den Motor an und machte sich dann mit quietschenden Reifen auf zum Haus des Commissario.

Bitte, Chef, sag mir, dass du keinen Mist gebaut hast, flehte sie ihn im Geiste an.

102

Einsatzzentrale der Mordkommission,
Polizeipräsidium Cagliari

Als Mara Rais und Eva Croce den Besprechungsraum betraten, schlug ihnen eine Duftmischung aus einem Dutzend unterschiedlicher After-Shaves, Schweiß, abgestandenem Essen, kaltem Kaffee, überheiztem Raum und dem Rauch heimlich gerauchter Zigaretten entgegen, die ihnen verriet, dass die Sonderkommission die ganze Nacht durchgearbeitet hatte.

»Na hier riecht's ja lecker«, war Maras Kommentar. Sie fügte noch etwas in ihrem schleppenden, für Eva unverständlichen Dialekt hinzu, und offensichtlich fühlten sich ihre Kollegen von ihren Worten angesprochen, denn sie eilten zu den Fenstern und öffneten sie zum Lüften.

»Darf ich erfahren, was du zu ihnen gesagt hast?«, erkundigte sich Eva.

»Nein, lieber nicht. Ich möchte mir diesen Rest an Würde bewahren, der mir noch geblieben ist«, antwortete Mara mit einem schiefen Lächeln.

Sie warteten, bis Farci sein Gespräch mit einem der anderen Ermittler beendet hatte, dann gingen sie zu ihm.

»Hier, bitte sehr«, sagte Mara und reichte ihm ein paar ausgedruckte Seiten. Es war eine Zusammenfassung der Ermittlungen über den Anthropologen, die Farci zur Weiterleitung an die übergeordneten Stellen angefordert hatte.

»Bestens«, sagte Farci nach einem kurzen Blick darauf. »Sonst noch was Neues?«

»Im Moment nichts Besonderes. Aber wir hoffen, dass wir schon heute Nachmittag von der Postpolizei und der Forensik ein paar neue Ergebnisse erhalten.«

»Die brauchen wir auch dringend, Croce, weil ich ein paar Leute vom Team abziehen muss.«

»Warum?«, fragte Mara.

»Es gab einen Raubüberfall auf einen Geldtransporter auf der 554. Ein dickes Ding, von Profis durchgezogen. Ein Kollege, der gerade auf dem Heimweg war, hat es mitbekommen und eingegriffen: Er wurde verletzt, und dann hat er einen der Räuber getötet. Die anderen sind geflüchtet.«

»Scheiße.«

»Auf wie viele Leute müssen wir verzichten?«

»Mindestens fünf oder sechs.«

»Das ist verdammt viel«, bemerkte Mara.

»Der Vicequestore hätte am liebsten sogar noch mehr Beamte gehabt, denn für ihn ist der Fall Dolores Murgia abgeschlossen.«

»Na ja, was soll's. *Pagu genti, bona festa.*«

»Was?«, fragte Eva verwirrt.

»Klein, aber fein, heißt das mehr oder weniger«, übersetzte Farci. »Wann wollt ihr euch den Professore wieder vorknöpfen?«

Eva wollte antworten, doch dann vibrierte ihr Handy in der hinteren Tasche ihrer Jeans.

»Entschuldigung, Dottore«, sagte sie. »Es ist Paola Erriu.«

»Geh ruhig ran.«

»Ciao, Paola.«

Mara und Farci sahen, wie schlagartig alle Farbe aus Evas Gesicht wich. Sie murmelte ein paar unverständliche Worte.

Dann legte Eva das Handy weg und murmelte bestürzt: »Es geht um Nieddu.«

103

Carbonia

Nicht alle Mordfälle sind gleich. Manche wirst du nie los. Du trägst sie in dir wie Narben. Nach ein paar Jahren hören sie auf, wehzutun und deine Aufmerksamkeit einzufordern. Sie werden ein Teil von dir. Die Narben verblassen, und du vergisst, dass sie da sind. Aber dann genügt eine Kleinigkeit, ein Geruch, ein Blick oder ein Wort, um die Wunde aufzureißen und diese Büchse der Pandora wieder zu öffnen, die fast alle Ermittler in sich tragen; dann werden zerrüttende Erinnerungen freigesetzt und Schuldgefühle nähren sich heimtückisch im Verborgenen an dir wie Bandwürmer. Und du kannst noch so viele Kilometer – tatsächlich oder im übertragenen Sinn – zwischen dich und den Fall bringen, er wird dich immer finden, wie ein ruheloser Geist, der dich quält, um Gerechtigkeit zu erlangen. Er steht mit dir in der Schlange im Supermarkt, er beobachtet dich, wenn du beim Arzt im Wartezimmer sitzt, du spürst ihn hinter dir, wenn du mit deiner Familie zu Abend isst. Er nimmt von dir Besitz wie eine Liebe, die du nicht ausgelebt hast, weil dir der Mut fehlte. Der Durst nach Wahrheit ebbt mit der Zeit ab, aber nicht für diese Seelen, die in eine ewige Nacht verdammt sind, und es wäre eigentlich deine Aufgabe, Licht in dieses Dunkel zu bringen. Das ist dein Job. Oder vielleicht ist es noch mehr als das: Es ist, was dich ausmacht. Es ist das, wofür du deiner Meinung nach geboren wurdest. Deine Mission. Dein Fluch. Und wenn du versuchst, sie zu vergessen, dann halten dich die Geister der Opfer vom

Schlafen ab. Du spürst, dass sie am Bettende stehen. Flüsternd zählen sie auf, wessen du dich schuldig gemacht hast. Sie klagen dich an, aufgegeben zu haben. Mit der Zeit treiben sie dich in den Wahnsinn, und du würdest alles tun, um sie zu verjagen. Alles.

Barrali kannte diese Art von Besessenheit nur zu gut, weil er seit mehr als vierzig Jahren damit lebte. Als er die Leiche seines alten Kollegen sah, in der Badewanne, in seinem eigenen Blut, fragte er sich, welcher Fall Nieddu wohl infiziert hatte; die *Ursünde*, wie er es zu nennen pflegte: der erste grausame Kontakt mit der Finsternis, der eine Zäsur im Leben eines Polizisten markiert. Egal was es war, der Mord an Dolores musste in Nieddu schlimme Erinnerungen geweckt haben, Dämonen, die er sein Leben lang niemals hatte bezwingen können. Und so hatte nun die Dunkelheit ihn bezwungen.

Barrali bekreuzigte sich und kehrte in die Küche zurück, wo Mara und Eva versuchten, Paola Erriu zu trösten. Die Beamtin aus Carbonia stand offensichtlich unter Schock.

»Hat er einen Abschiedsbrief hinterlassen?«, fragte Barrali.

Eva zeigte ihm die Nachricht, die Paola ihr weitergeleitet hatte: *Mach nicht denselben Fehler wie ich. Kündige diesen Scheißjob und genieß das Leben.*

Barrali nickte grimmig. Er legte Paola eine Hand auf die Schulter und murmelte ihr aufmunternde Worte zu. Als er ging, begleiteten ihn Eva und Mara nach draußen.

»Hast du schon mal so was gesehen?«, fragte Mara.

»Warum fragst du mich das?«

»Weil du nicht besonders überrascht gewirkt hast, Moreno. Es sah fast so aus, als hättest du es erwartet«, erwiderte sie. In dem Moment kam die alte Sucht in ihr hoch, und sie hätte für eine Zigarette eine ihrer Nieren verkauft, aber das Versprechen, das sie ihrer Tochter gegeben hatte, behielt die Oberhand.

»Nur einmal«, antwortete er. »Das ist schon viele Jahre her.«

»All diese Fotos von Dolores … Als hätte er Vergebung gesucht«, bemerkte Eva.

»Das glaube ich auch«, sagte Barrali und spielte mit dem Griff seines Gehstocks. Er spürte eine große Unruhe in sich. Er hatte das Gefühl, dass Nieddu nur der Erste von ihnen war, den es mit dieser Brutalität getroffen hatte. Und er wusste auch, woher diese Bedrohung kam: aus der Vergangenheit.

»Haltet mich nicht für verrückt, aber Nieddu war '86 am Tatort. Er hat diesen Mordfall miterlebt, auch wenn er damals noch sehr jung war.«

»Was willst du damit sagen?«, fragte Mara.

»Dass alles dort angefangen hat. All dieses Böse, all diese Ruhelosigkeit kommen aus der Vergangenheit. Es ist, als ob diese alten Fälle eine Entropie geschaffen hätten, um das Gleichgewicht auch in der Zukunft zu erschüttern.«

»Entschuldigung, aber ich kann dir nicht folgen«, schaltete sich Mara ein.

»Grob gesagt könnte man es auch als Fluch bezeichnen«, versuchte Moreno es ihr zu erklären. »Ich glaube, dass ein Mord ein lebensnotwendiges Gleichgewicht zerstört, und wenn dieses Gleichgewicht nicht irgendwie wieder hergestellt wird, dann verursacht die fehlende Gerechtigkeit Wellen der Zerstörung, die unser aller Leben erschüttern: das der Polizisten und das der Opfer. Das nicht geheilte Böse schafft in einer unendlichen Spirale immer mehr Böses.«

Okay, jetzt ist er vollends abgedreht, sagte sich Mara, nickte aber zu seinen Worten, als würde sie ihm zustimmen.

»Sieh mich nicht so an. Ich bin nicht verrückt, Rais. Und wenn du glaubst, dass ich mich irre, wirst du bald wieder an meine Worte denken, weil Maurizio nur der Erste ist«, ereiferte sich Barrali. »Ich warte im Auto auf euch.«

Die beiden Beamtinnen blickten ihm hinterher, als er zu Maras Wagen ging.

»Hast du gehört? Wir haben einen Philosophen unter uns. Nietzsche im sardischen Aufguss«, spöttelte Mara.

Eva hatte nicht den Mut, ihr zu sagen, dass Barrali ihrer Meinung nach recht hatte. Sie nahm selbst die negative Energie wahr, die durch Dolores' Tod geschaffen worden war wie einen magnetischen Strom, von dem sie sich durchdrungen fühlte.

»Wir haben einen wichtigen Verbündeten und einen Freund verloren«, erwiderte Eva. »Darauf würde ich mich konzentrieren. Das Einzige, was uns als letzter Gruß für ihn bleibt, ist, diese Geschichte ein für alle Mal abzuschließen.«

»Darin sind wir uns alle einig«, entgegnete Mara, während sie die Beamten der Spurensicherung beobachtete, die gerade aus dem Haus kamen und es nun freigaben für die Kollegen von der Gerichtsmedizin. »Erst Dolores, dann Deidda, die immer noch im Krankenhaus um ihr Leben kämpft, und jetzt Nieddu. Die Rechnung wird immer gepfefferter.«

Eva nickte. In Gedanken ging sie noch mal Barralis Bericht vom ersten Mord 1961 durch.

Da hat alles begonnen, überlegte sie.

»Das nicht geheilte Böse schafft in einer unendlichen Spirale immer mehr Böses«, hatte er eben gesagt. Dem konnte sie nur beipflichten: Wenn sie das grausame Chaos stoppen wollten, das über ihre Leben hereingebrochen war, war es notwendig, das Böse auszutreiben, das diesen Bruch verursacht hatte. Und dafür mussten sie den wahren Mörder von Dolores Murgia finden.

104

Caffè degli Spiriti, Bastion Saint Remy, Cagliari

Zu sagen, dass Mayas Tod zu einem Bruch zwischen ihnen geführt hatte, wäre falsch gewesen. Etwas war schon früher für immer zerbrochen, und zwar, als die Ärzte den Krebs bei dem Kind diagnostiziert hatten. Osteosarkom, ein hochgradig bösartiger Knochentumor: ein Todesurteil. Eva hatte bemerkt, dass irgendwas nicht stimmte, als Maya an mehreren Tagen in Folge morgens mit Hautrötungen und Schwellungen aufgewacht war, die Marco und sie sich nicht erklären konnten: als würde während der Nacht jemand Maya verprügeln oder aus dem Bett werfen. Nach der Untersuchung hatte Eva ein Blick der Ärzte genügt, und sie hatte sich gefühlt, als würde man ihr die Seele aus dem Leib reißen. Wenige Tage später begannen die Schmerzen. Immer wieder stechende Schmerzen. »Als ob mir ein Hund in die Knochen beißen würde«, sagte Maya. Mit sechs Jahren hatte sie ihre erste Amputation hinter sich und mit ihrem ersten Zyklus von Chemotherapien begonnen. Als der Facharzt Eva die Ergebnisse der Knochenszintigraphie und der PET gezeigt hatte, musste Eva an Wüstenrosen denken, diese vom Sand und Wind geformten Mineralien, die man in der Sahara und anderen Wüstenregionen fand; ihr kam es vor, als wucherten bei den Lungen und in anderen Körperregionen ihrer Tochter diese Kristallgebilde. Als der Kinderarzt ihr riet, eine psychoonkologische Therapie zu beginnen, wurde Eva klar, dass es keine Hoffnung auf Heilung gab.

Genau dieser Punkt markierte das Ende der Beziehung zu ihrem Mann: Eva wollte das verhängnisvolle Schicksal ihres Kindes nicht akzeptieren und lebte weiter in der Verleugnung, sie klammerte sich stur an die Hoffnung, dass Maya wieder gesund werden könnte. Marco dagegen hatte begriffen, dass es schlimmer wäre und noch mehr Schmerzen verursachen würde, wenn sie die wahre Natur der Krankheit leugneten und in dieser Blase der Illusion weiterlebten, vor allem für das Kind.

Eva hatte sich beurlauben lassen und Maya auf ihrem gesamten Leidensweg begleitet, ohne sie auch nur eine Sekunde aus den Augen zu lassen, wobei sie ein fast schon obsessives Verhältnis zum Kind entwickelte. Acht Monate nach der Diagnose mussten die Chirurgen Maya beide Beine amputieren. Eines Tages, als er das Kind vom Rollstuhl hochhob, um es ins Bett zu bringen, war Marco vor der Tochter in Tränen ausgebrochen. Eva hatte ihn aus der Wohnung geworfen, hatte auf ihn eingeprügelt und ihm gedroht, ihm den Umgang mit Maya verbieten zu lassen, sollte er je wieder Schwäche vor dem Kind zeigen. Diese Worte hatten die Distanz zwischen ihnen noch vergrößert. Die Eva, in die Marco sich verliebt und die er geheiratet hatte, existierte nicht mehr, sie war hinter der *Mutter* Eva verschwunden, einer Frau voller Schmerz und Wut gegen alles und jeden.

Während sie im Caffè degli Spiriti auf ihn wartete, auf der exklusivsten Aussichtsterrasse der Stadt, die oben auf der Bastion Saint Remy einen Ausblick über ganz Cagliari und den Golf bot, dachte Eva wieder an diese Tage des Kummers. Ihre gewalttätige Reaktion resultierte aus einem tiefen Schuldgefühl: Wenn Maya mit dieser Krankheit im Leib geboren war, dann war sie als ihre Mutter doch irgendwie daran schuld, und diese Vorstellung hatte sie innerlich vergiftet. Die Schmerzen waren so stark gewesen, dass das

Kind eine Abhängigkeit von Oxycodon entwickelt hatte, einem morphiumähnlichen Opioid. Die Nächte waren geprägt von den Schreien und dem Weinen des Kindes.

Eva kniff die Augen zusammen und zwang sich, sich nicht weiter mit diesen Erinnerungen zu foltern.

»Du hast mich überrascht«, sagte er, als er sich wenig später mit elegantem Schwung zu ihr an den Tisch setzte. »Ich war auf alles gefasst, aber nicht darauf, dass du den Wunsch äußern würdest, mich zu treffen.«

»Ich war gestern ein noch größeres Arschloch als sonst«, gestand Eva schulterzuckend.

»Es lebe die Ehrlichkeit«, sagte er und lächelte sie an. Er stoppte eine Kellnerin und bestellte den gleichen Drink wie sie: Martini dry.

»Du hast meinen Freund bei der Spurensicherung angerufen.«

»Ja, aber deswegen wollte ich dich nicht treffen.«

»Ach, nein?«

Eva nahm einen Schluck von ihrem Drink und schüttelte den Kopf.

»Wolltest du dich etwa bei mir entschuldigen?«

»Nein, so weit reicht meine Güte dann doch noch nicht.«

Marco grinste. »Darf ich fragen, was dich dann zu diesem Gesinnungswandel bewogen hat?«

»Einer der Ermittler, mit denen ich hier zusammengearbeitet habe, hat sich letzte Nacht umgebracht.«

Marco runzelte die Stirn. »Warte mal kurz: Du hast eine Frau erschossen, einer deiner Kollegen bringt sich um, dann die Fotos von der toten Frau an der Wand … Was zum Henker geht hier vor, Eva?«

»Ich weiß es nicht, aber darum geht es jetzt nicht.«

»Um was geht es dann?«

»Der Tod dieses Kollegen hat in mir vieles aufgewühlt, auch was uns betrifft. Es gibt da verschiedene Dinge, denen wir uns nie gestellt haben, besser gesagt, denen *ich* mich nie gestellt habe.«

»Zum Beispiel die Tatsache, dass du nicht einmal zur Beerdigung deiner eigenen Tochter gekommen bist?«

Eva hatte diesen Vorwurf erwartet, doch sie war nicht darauf gefasst gewesen, dass er so wehtun würde.

»Zum Beispiel«, antwortete sie knapp, während ihr Herz blutete.

Die Kellnerin brachte Marco seinen Drink. Er nutzte die Gelegenheit, gleich zu bezahlen, und sagte zu seiner Frau, dass er sich lieber an einem ruhigeren Ort mit ihr unterhalten würde. Sie nahmen ihre Gläser, gingen zur Brüstung der Festung und setzten sich dort auf eine Bank abseits des allgemeinen Getümmels.

»Alle Frauen hier auf der Terrasse haben dich mit ihren Blicken verzehrt. Du siehst gut aus.«

»Danke.«

»Erspar dir die Mühe zu lügen. Ich weiß, dass du von mir nicht dasselbe behaupten kannst. Ich sehe scheiße aus. Ehrlich gesagt habe ich aber gar keine Lust, einen guten Eindruck zu machen.«

»Ich weiß, aber du musst weiterleben, du musst das alles hinter …«

»Marco, ich sage dir das jetzt nicht, weil ich dir widersprechen will oder um dich zu verletzen, aber du magst noch so intelligent oder intuitiv sein, in den Kopf einer Mutter kannst du dich einfach nicht hineinversetzen. Du kannst nicht verstehen, was ich empfinde. Ich weiß genau, dass Maya auch deine Tochter war, aber ich will sie nicht hinter mir lassen. Wenn ich weiterlebe, dann will ich das mit ihr. Mit der Erinnerung an sie.«

»Warum hast du dir dann die Haare gefärbt?«

»Ein misslungener Versuch. Ich dachte, ich könnte mich selbst betrügen. Aber ich habe sofort begriffen, dass es so nicht funktioniert, und paradoxerweise habe ich das in diesen Tagen verstanden, in denen ich dem Tod so nahe wie nie war.«

»Das verstehe ich nicht.«

»Ich weiß, dass du das nicht verstehst. Du bist ein Mann.«

»Jetzt also auch noch Genderspitzen?«

»Ich arbeite gerade mit einer Kollegin zusammen, die eine ziemliche Bissgurke ist. Wahrscheinlich hat ihre Bissigkeit auf mich abgefärbt.«

Sie lächelten beide und schlürften schweigend ihre Drinks.

Da er nicht den Mut dazu fand, beschloss Eva, das Thema selbst anzuschneiden. Sie tastete sich allerdings behutsam heran: »Triffst du dich mit jemandem?«

Am Ausdruck in seinen Augen konnte Eva sehen, dass er ihr eine Lüge auftischen wollte, doch im letzten Moment entschloss er sich anders. »Ja, ich treffe mich mit einer Frau.«

Eva nickte ohne Groll. »Ich freu mich für dich. Glaub mir, ich mach das nicht aus Masochismus, ich will kein Mitleid erwecken oder jemanden mit meiner Trauer bestürzen.«

»Es war niemals ein Wettbewerb, wer am meisten leidet, Eva, auch wenn es dir manchmal gelungen ist, mir genau diesen Eindruck zu vermitteln.«

»Ich weiß, und es tut mir auch leid. Wenn es dir gelingt, dir ein neues Leben aufzubauen, dann freut mich das wirklich.«

»Danke.«

»Komm, jetzt sag es schon.«

»Was soll ich dir sagen?«

»Den Grund, warum du eigentlich hierhergekommen bist.«

»Was meinst du?«

»Glaubst du, ich bin blöd? Natürlich haben wir uns gern, und du wirst immer der Vater meiner Tochter bleiben. Aber unsere Beziehung ist vor langer Zeit zu Ende gegangen. Also, du musst keine Angst haben. Frag mich einfach.«

Marco konnte dem Blick seiner Frau keine Sekunde länger standhalten.

»Okay«, gab er seufzend auf.

105

Bastion Saint Remy, Cagliari

Eva ließ ein paar Sekunden verstreichen, dann fragte sie ihn: »Sie hat dich darum gebeten, nicht wahr?«

»Ja.«

»Dann ist es was Ernstes zwischen euch.«

»Ja, sie sagt, das … Sie sagt, das ist die einzige Art, damit ich für immer abschließen kann mit …«

»Ich hab's begriffen.«

Das war genau der abgrundtiefe Unterschied, der sie nun fast zu zwei Fremden machte: Marco wollte vergessen, Eva würde das niemals können. Ihr wurde klar, dass sie irgendwie immer gewusst hatte, dass diese Hartnäckigkeit, mit der er sie angerufen, mit ihr Kontakt aufnehmen wollte, nicht nur auf seiner Sorge und seiner Zuneigung gründete; vielleicht hatte sie ihm deshalb nie geantwortet: um nicht endgültig das emotionale Band zu zerschneiden, das beide an Maya festhielt. Sobald auch er sie endgültig verlassen hätte, wäre Eva völlig allein, gefangen in dem strudelnden Sog aus Trauer und Einsamkeit.

»Ich hätte dich viel früher gehen lassen sollen. Ich war wirklich eine Egoistin, dich die ganze Zeit an mich gebunden zu halten, wenn auch nur … wie soll ich sagen … auf einer platonischen Ebene.«

»Aber nein, wieso denn, es ist nur, dass …«

»Ich weiß, dass ich einen Fehler gemacht habe. Und ich bitte dich um Verzeihung. Du sollst nur wissen, dass ich das getan habe, weil … Ich war noch nicht bereit, meine ganze

Familie zu verlieren. Ich brauchte Zeit. Ich weiß nicht, ob du mich verstehen kannst.«

»Ja«, sagte er.

Aber Eva wusste, dass er das niemals können würde, aus einem ganz einfachen Grund: Marco wollte nicht verstehen, er wollte nur vergessen und neu anfangen.

»Hast du die Dokumente dabei?«

Marco nickte verlegen. »Ich … also, ich will nicht …«

»Keine Sorge. Sag mir einfach, wo ich unterschreiben soll.«

Marco schob ihr das Protokoll der einvernehmlichen Trennung hinüber und die anderen Unterlagen, die für eine schnelle Scheidung nötig waren.

»Lädst du mich zur Hochzeit ein?«, fragte sie, nachdem sie alles unterzeichnet hatte.

Marco wurde rot und stammelte etwas.

»Keine Sorge. War nur Spaß.«

»Du bist wirklich ein Miststück geworden. Diese Stadt tut dir nicht gut.«

»O nein, sie rettet mich. Hör mal, ich habe auch etwas, das ich dir sagen muss. Das betrifft aber nur uns als Familie. Ehe du deiner Wege ziehst, sollst du etwas erfahren. Etwas, das dir wahrscheinlich wehtun wird. Weswegen ich mich unter anderem so weit von dir entfernt habe.«

Er starrte sie verwirrt an.

»Es geht um Maya.«

106

Viale Poetto, Cagliari

Manchmal ist es leichter, sich mit einem Kuss zu verabschieden als mit Worten. Darüber dachte Eva nach, als sie aus der Dusche trat. Nachdem sie ihrem Mann enthüllt hatte, was sie ihm zwei Jahre lang verschwiegen hatte, war sie auf eine völlig andere Reaktion eingestellt gewesen als die, die dann kam: Marco hatte einige Minuten geschwiegen und dann nur ein Wort gesagt: »Danke.«

Sonst nichts.

Diese Antwort hatte sie völlig unvorbereitet getroffen, und aus Erleichterung darüber, endlich diese Last losgeworden zu sein, hatten sich Evas Augen mit Tränen gefüllt. So wie seine.

Vielleicht weil er wusste, dass er nicht mit Worten ausdrücken konnte, was er ihr sagen wollte, hatte Marco sie geküsst. Ein intensiver Kuss, aber Lichtjahre von denen entfernt, die sie in den ersten fiebrigen Nächten der Leidenschaft ausgetauscht hatten; es war etwas Intimeres, ein Weg, ihr die Seele zu streicheln und ihr zu verstehen zu geben, wie sehr er ihr – als Mann und als Vater – dankbar war für ihr Opfer und diese mutige Geste der Menschlichkeit. Dann war er gegangen, weil jedes Wort sonst diesen letzten Moment ihrer Gemeinsamkeit entweiht hätte.

Eva wischte den Dampf vom Badezimmerspiegel und fuhr sich mit einer Hand durch die feuchten Haare. Zum ersten Mal fühlte sie sich in Frieden mit sich selbst. Das Geständnis hatte sie gereinigt. Sie schloss die Augen, und sie meinte, noch einmal die Worte zu hören, die sie zu ihm gesagt hatte.

»In deinen Augen hatte ich gelesen, dass du nicht den Mut haben würdest, es zu tun, daher habe ich es nie ausdrücklich von dir verlangt«, hatte sie erzählt. »Die Ärzte hatten gesagt, dass die letzten Monate die schlimmsten sein würden, die Schmerzen würden dann so unerträglich werden, dass man ein künstliches Koma einleiten müsste. Wahrscheinlich hätte man ihr noch weitere Knochenteile entfernen müssen. Noch mehr OPs, noch mehr Verstümmelungen, weitere grauenhafte Schmerzen ... Ich konnte sie nicht länger so leiden sehen. Vollgepumpt mit Betäubungsmitteln, vom Cortison aufgeschwemmt, das war nicht mehr unser Mädchen. Das war nur noch ein leidendes Wesen.«

Es war ihr gelungen, nicht zu weinen, während sie ihm das erzählte. »Eine Mutter kann ihr Kind nicht so sehen. Das ist unmenschlich, gegen die Natur. Gerade als Mutter musste ich diesem ständigen Leiden ein Ende setzen ... und das habe ich getan.«

»Wie?«, war das Einzige, was Marco herausbekam.

Sie hatte es ihm gesagt, und er hatte genickt: Sie war schlussendlich eine Polizeibeamtin und wusste daher, wie man keine Spuren hinterließ.

»Deswegen konnte ich nicht zur Beerdigung kommen. Ich hatte ihr das Leben geschenkt, aber gleichzeitig hatte ich es ihr wieder genommen. Ich bin eine Mörderin. In dieser Kirche war kein Platz für mich. Ich hoffe, dass du das eines Tages begreifen und mir vergeben kannst.«

In seinen Augen hatte sie nicht den geringsten Schimmer einer Anklage gesehen. »Marco?«, hatte sie gefragt, um ihn aus seiner Starre zu lösen. Sie erwartete das Schlimmste.

Doch er hatte ihr stattdessen nur gedankt.

Das Vibrieren des Handys riss sie aus ihren Gedanken. Es konnte nur etwas im Zusammenhang mit den Ermittlungen sein, daher schaute sie aufs Display. Es war eine Nachricht von Mara, an der das Foto hing, das an dem Abend gemacht worden war, als sie Melis verhaftet hatten. In dem Selfie, das sie beide von ihren Kollegen umringt zeigte, war auch Nieddu zu sehen, mit seinem üblichen schiefen Lächeln.

Ich starre das immerzu an und kann nicht glauben, dass er es wirklich getan hat, hatte Mara geschrieben. *Wir müssen diese Geschichte abschließen. Auch für ihn.*

Das werden wir, schrieb Eva zurück.

Auch sie betrachtete nun das Bild.

»Das nicht geheilte Böse schafft in einer unendlichen Spirale immer mehr Böses«, hatte Barrali gesagt. Eva wurde klar, dass ihre Partnerin verdammt recht hatte: Sie mussten den Fall lösen, ehe noch andere Unschuldige zu Tode kamen.

107

Archiv, Polizeipräsidium Cagliari

Eva Croce hatte an der Morgensitzung der Sonderkommission zwar teilgenommen, sich aber vor allem Notizen über die neuesten Entwicklungen gemacht. Dann hatte sie sich ins alte Archiv geflüchtet, das sogenannte »Büro« für ungelöste Fälle. Sie brauchte die Einsamkeit und die Stille. Sie wollte noch einmal das ganze Material zum Mord an Dolores durchgehen, diesmal allerdings unter der Prämisse, dass der Guru der Nuraxia-Sekte nicht der tatsächliche Mörder war.

Als sie Schritte auf der Treppe hörte, sah sie zur Uhr: Es war schon nach halb drei. Die Zeit war im Handumdrehen verflogen. Sie dachte, es wäre Mara, die von den Laboren der Spurensicherung zurückkam, aber sie war es nicht.

»Paola!«, rief sie überrascht.

»Hi. Was zum Teufel machst du hier unten?«

»Na ja, eigentlich arbeite ich hier«, erklärte Eva. »Man hat uns mit den ungelösten Fällen nach hier abgeschoben.«

»Ach, jetzt verstehe ich, warum Mara immer so angepisst ist.«

Paola Erriu hatte Evas Schreibtisch erreicht, und nach einem kurzen Moment der Verlegenheit umarmten sich die beiden Beamtinnen.

»Wie geht's dir?«, fragte Eva und betrachtete ihre Kollegin: Paola war ohne Make-up und wirkte verhärmt. »Ich habe nicht damit gerechnet, dich bei uns zu sehen.«

»Etwas besser, aber immer noch völlig durch den Wind.«

»Das kann ich mir vorstellen. Bist du gekommen, um mit Farci zu sprechen?«

»Ja. Ich hatte ihn gebeten, dass ich bei der Autopsie anwesend sein darf. Wir rechnen zwar nicht mit einem anderen Ergebnis als … Aber nach allem, was in letzter Zeit passiert ist, wollten wir jeden Zweifel in Bezug auf seinen Tod ausschließen.«

Eva nickte. Für sie stand absolut fest, dass Nieddu selbst beschlossen hatte, seinem Leben ein Ende zu setzen: Die Situation am Fundort war unzweideutig gewesen.

»Hältst du das für eine gute Idee? Also, fühlst du dich in der Lage, dabei zu sein?«

»Ich weiß nicht, ob ich das packe oder nicht. Aber ich spüre, dass ich etwas tun muss, für ihn.«

Eva strich ihr über einen Arm und nickte.

»Ich wollte dir auch persönlich sagen, dass ich, falls Trombetta den Selbstmord bestätigen sollte, um eine vorübergehende Freistellung ersuchen werde, vielleicht quittiere ich auch ganz den Dienst. Erst Dolores, dann Maurizio. Ich fühle mich dem einfach nicht mehr gewachsen.«

Eva wollte fragen warum, doch dann unterließ sie es im letzten Moment. Es stand ihr nicht zu, über die Entscheidungen und das Verhalten der Kollegin zu urteilen, vor allem nicht unter diesen Umständen.

»Ich verstehe dich vollkommen. Auch ich habe mich einmal beurlauben lassen, auch wenn das eine völlig andere Situation war. Manchmal ist das der beste Weg, um sich klar zu werden, welchen Weg man in Zukunft einschlagen will.«

»Genau. Ich wollte dich übrigens noch aus einem anderen Grund sprechen.«

»Na dann mal los.«

»Entschuldige bitte, aber gestern war ich völlig durcheinander, daher habe ich es vergessen.«

»Aber das ist doch klar, zerbrich dir darüber nicht den Kopf.«

»Ich hoffe nur, dass ihr wegen der Verspätung keine Probleme bekommt, also …«

Paola zog aus ihrer Handtasche eine Akte und einen USB-Stick und reichte beides ihrer Kollegin. »Du hattest in Bezug auf Dolores recht.«

Eva lief ein eiskalter Schauer den Rücken hinab.

»Womit?«

»Gestern Vormittag habe ich eine ihrer besten Freundinnen befragt. Ich habe sie wirklich heftig bearbeitet, und am Ende habe ich sie schließlich zum Reden gebracht … Also, sie hat es mir gesagt.«

»Meinst du …«

»Ja. Dolores und der Professore hatten ein Verhältnis.«

108

Mordkommission, Polizeipräsidium Cagliari

Als die Sprachaufzeichnung zu Ende war, machte sich in Farcis Büro tiefes Schweigen breit. Farci schüttelte ungläubig den Kopf und sah von einem zum anderen: Croce und Rais von den Ungelösten Fällen, Aiello und Ferrari, die die beiden Beamtinnen bei den Telefonlisten und der Analyse der sozialen Medien unterstützten, und Sostituto Procuratore Adele Mazzotta.

»Ich würde sagen, dass das hier Nonnis' Position verschlechtert«, sagte er schließlich. »Wir wissen alle, dass statistisch gesehen in einem Mordfall das Opfer fast immer seinen Mörder gekannt hat. Hier haben wir sogar ein intimes Verhältnis. Damit wäre der Professore der perfekte Verdächtige, oder?«

Die anderen nickten. Farci hatte das Treffen auf sie sechs beschränkt, weil man innerhalb der Sonderkommission noch immer davon ausging, dass Melis der Mörder war: Das hatte man auch so der Presse kommuniziert, um die Journalisten und auch die öffentliche Meinung ruhig zu stellen.

»Vor allem, wenn wir noch all die Lügen dazuzählen, die er und seine Frau uns aufgetischt haben«, fügte Eva hinzu.

»Da ist auch noch was anderes«, bemerkte Mara. »Mithilfe der Geolokalisierung und der *Ping*-Analyse von Nonnis' Handy hat die Postpolizei herausgefunden, dass er sich in der Nacht vor dem Mord irgendwo ganz in der Nähe vom Monte Arci aufgehalten hat.« Mara reichte das dazugehörige Schreiben der Postpolizei der Staatsanwältin. »Nach einer Weile verschwand das Signal, aber fast eine Dreiviertelstunde lang trieb sich der Professore in dieser Gegend herum, wahrscheinlich sogar noch länger.«

»Und dann?«, hakte Farci nach.

»Dann hat er sich wieder in Bewegung gesetzt. Vor der Rückkehr nach Cagliari hat er in der Gegend von Barumini haltgemacht«, erklärte Mara.

»Liegt das auf dem Weg?«, erkundigte sich Eva.

»Einen Scheißdreck tut es das … Ups, sorry. Ich wollte sagen: Nein, genau das ist der Punkt. Es ist ein Umweg von etwa einer Stunde vom Monte Arci aus. Er hat zwischen Barumini und Gergei ungefähr eine weitere Stunde gestoppt, und dann hat er das Handy komplett ausgeschaltet. Erst um sechs Uhr morgens hat er es wieder eingeschaltet, und die Triangulation der Zellen belegt, dass er sich da schon wieder in Cagliari befand.«

»Gergei ist mit dem Auto etwa zehn Minuten von Serri entfernt«, stieß Farci fast schon seufzend hervor.

Die drei Frauen sahen sich zufrieden an: Die Beweisspur, die zu Nonnis führte, verdichtete sich zunehmend.

»Ich würde sagen, all das passt nicht ganz zu dem, was er den Beamtinnen erzählt hat«, stellte Gioele Aiello fest.

»Irgendeine Idee, was der Professore dort getrieben haben könnte?«, fragte Adele Mazzotta in die Runde.

»Na ja, ich glaube nicht, dass er zu der nächtlichen Stunde Pilze sammeln war«, witzelte Mara.

»Rais!«, kam prompt die Rüge von Farci, der langsam rot anlief vor wachsender Erregung.

»Ich bitte um Entschuldigung.«

Eva sah zu Mara, die ihr unmerklich zunickte, um ihr Einverständnis für den weiteren Vorstoß zu signalisieren.

»Unsere Rekonstruktion eines wahrscheinlichen Hergangs geht davon aus, dass man die Studentin woanders hingeschafft hat«, sagte Eva in Richtung der Staatsanwältin.

»Zuerst könnte sie an den Ritualen am Monte Arci teilgenommen haben, wo sie wahrscheinlich von Melis und seinen Anhängern sexuell misshandelt wurde. Dann wurde sie an einen anderen Ort verbracht, wo sie etwa einen, anderthalb Tage blieb. Zu der Zeit war sie laut Autopsiebericht schon nicht mehr bei Bewusstsein.«

»Dann könnte Nonnis also derjenige gewesen sein, der sie vom Monte Arci in die Gegend von Gergei geschafft hat?«, fragte Adele.

Die beiden Beamtinnen nickten.

»Was sagen Sie dazu?«, wandte sich die Staatsanwältin an die beiden männlichen Beamten.

»Dottoressa, gemäß den bis jetzt gesammelten Beweisen drängt sich der Verdacht auf, dass er beim Mord eine Rolle gespielt haben könnte, mehr noch, ich würde mittlerweile von einem konkreten Tatverdacht sprechen.«

»Der sich mehr und mehr erhärtet«, schaltete sich Mara dazwischen. »Denn durch den Bericht der beiden Beamten, die Nonnis überwacht haben, wissen wir, dass der Professore gestern Abend sein Auto zur Waschanlage gefahren hat. Eine gründliche Reinigung des Innenraums mit ›Desinfizierung der Sitze und Fußmatten‹, Zitat aus dem Bericht.«

»Das heißt noch gar nichts, denn wenn er es gewesen wäre, dann hätte er die Reinigung doch bereits am Morgen danach vornehmen müssen«, wandte Paolo Ferrari ein.

»Unter normalen Umständen würde ich dir recht geben«, fuhr Mara fort. »Aber immer noch laut Aussage unserer Kollegen war das Auto des Professore ›bereits perfekt gereinigt, bevor er es zur Autowäsche gebracht hat‹.«

»Übereifer«, stellte Eva fest. »Nach unserem Gespräch mit der Ehefrau ist er bestimmt misstrauisch und nervös geworden. Er wollte kein Risiko eingehen und daher jede Spur beseitigen, die ihm eventuell beim ersten Mal entgangen sein könnte. Deshalb eine zweite Autoreinigung.«

»Übertreiben wir es jetzt nicht etwas mit den Spekulationen?«, fragte Farci skeptisch.

»Nein, das würde ich nicht sagen«, meinte Adele Mazzotta. »Für mich ist das eine keineswegs abwegige Rekonstruktion der Tatsachen.«

Auf Maras Lippen erschien ein befriedigtes spöttisches Grinsen, und Eva gab ihr »zufällig« einen Tritt gegen das Schienbein.

»Ich möchte hinzufügen, dass wir gestern – durch digitale Überwachung – gehört haben, wie die Eheleute sich gestritten haben«, berichtete Aiello. »Die Frau klang sehr besorgt, aber der Mann hat sie recht barsch zum Schweigen gebracht, allerdings nichts gesagt, was ihn belasten könnte. Die beiden haben dann ihre Handys abgeschaltet, sodass wir den Rest nicht mehr belauschen konnten. Die Stimmung war jedoch ziemlich gereizt, wie von zwei Personen, die etwas zu verbergen haben.«

»Sehr interessant«, kommentierte die Mazzotta.

»Wie wollen Sie weiter vorgehen, Dottoressa?«, fragte Farci.

»Falls Valerio Nonnis wirklich an diesem Verbrechen beteiligt war, dann ist er vielleicht nervös, aber er wiegt sich dennoch in Sicherheit, weil Melis als der einzige Täter gilt. Und da der Tod des Gurus inzwischen öffentlich bekannt wurde, geht der Professore vermutlich nicht davon aus, dass wir ihn verdächtigen.«

Die anderen nickten zustimmend.

»Ich schlage also folgendes weiteres Vorgehen vor: Nutzen wir doch diesen psychologischen Vorteil. Wenn wir ihn jetzt verhaften, würde Nonnis sich einigeln und sofort nach einem Anwalt verlangen. Laden wir ihn daher als Zeugen vor und zeichnen wir das Gespräch mit der Entschuldigung auf, dass wir nicht jedes seiner Worte mitschreiben können. Die beiden Beamtinnen hier, die schon mit ihm gesprochen haben, können ihn auffordern, sie doch bitte ganz unverbindlich aufs Präsidium zu begleiten. Sobald er im Gespräch ist, möchte ich das Haus und das Auto des Professors durchsuchen lassen. Ich rede selbst mit der Spurensicherung, denn ich möchte eine sehr gründliche Untersuchung.«

Farci machte sich dazu eine Notiz und nickte.

»Sobald Sie Nonnis hierhergebracht haben«, fuhr Adele Mazzotta fort, »können Aiello und Ferrari auch seine Ehefrau herschaffen und in einem anderen Raum befragen. Es ist wichtig, dass der Professore nicht erfährt, dass wir die Frau befragen, denn wenn ich Ihren Bericht richtig interpretiere, ist die Frau jemand mit – sagen wir – einer hohen Bereitschaft zu Kooperation, oder?«

Die beiden Beamtinnen nickten. »Ja, die ist schwach. Bei mir hält die keine fünf Minuten durch«, verkündete Mara.

»Gut. Ich werde zusehen und zuhören, aber zunächst möchte ich nicht eingreifen. Lassen Sie sie reden, und sobald sie sich in Widersprüche verwickelt, machen Sie sie fertig. In dieser Anfangsphase brauchen wir noch weitere Beweise, um Ihre ›Geschichte‹ zu untermauern. Wenn Sie es geschickt anstellen, dann liefern Ihnen die beiden selbst diese Beweise. Ist das für Sie in Ordnung, Dottore?«

Farci nickte.

»Noch Fragen?«

Schweigen.

»Bestens. Dann an die Arbeit«, sagte Adele Mazzotta bereits im Aufstehen und beendete damit das Meeting.

109

Forststation, Orani

Als Bastianu Ladu sah, dass der Vibrationsalarm von seinem Privathandy kam, ging er schnell aus dem Büro und zog sich auf die Toilette zurück. Er öffnete die Wasserhähne am Waschbecken, erst dann nahm er den Anruf an. Nur sehr wenige Menschen hatten diese Nummer. Und sowohl seine Brüder als auch die Vettern wussten, dass sie diese nur unter besonderen Umständen benutzen durften.

Bestimmt hatten sie Micheli gefunden.

»Ja bitte?«

»Ich bin's«, meldete sich Nereu, einer seiner jüngeren Brüder.

»Habt ihr ihn gefunden? Wo hat er gesteckt?«

»Nein, Bastia', ich rufe nicht wegen deinem Sohn an …«

»Warum denn dann? Du weißt doch, dass du nur …«

»Es geht um *tzia* Gonaria.«

Bastianu wappnete sich.

»Sie hat es nicht geschafft, Bastia'.«

Schlagartig fühlte dieser riesenhafte Mann sich wie ein kleines Kind. Ohnmächtig. Er musste sich auf den Toilettenrand setzen, um diesen Schlag zu verkraften und nicht hinzufallen, da er am ganzen Körper von einer Art Betäubung erfasst wurde.

»Bist du noch dran?«

»Jaja, ich bin noch da«, antwortete Bastianu leise, während das Herz in seiner Brust raste. »Rührt sie nicht an, wagt es nicht, sie woanders hinzubringen. Ich komme.«

Er legte auf und wischte sich die Tränen aus den Augen. Schuldgefühle quälten ihn, weil er nicht an ihrer Seite gewesen war, als sie ihren letzten Atemzug getan hatte.

Sei ein Mann, sagte er sich und biss sich ins Innere der Wangen, bis es blutete. In diesem schweren Moment musst du die Familie zusammenhalten. Koste es, was es wolle.

Bastianu Ladu spuckte das Blut ins Waschbecken und spritzte sich etwas Wasser ins Gesicht, bis es in Sekundenschnelle wieder die üblichen undurchdringlichen Granitzüge zeigte.

110

Genneruxi-Viertel, Cagliari

Wenn wir uns geirrt haben, dann stecken wir richtig in der Scheiße, das ist dir doch klar, oder?«, sagte Mara, während sie aus dem Seitenfenster das Haus von Nonnis beobachtete. Sie schaltete den Motor ab, blieb aber im Wagen sitzen. Mit ihren tiefroten Shellac-Nägeln tippte sie ungeduldig auf das Lenkrad. Noch ein paar Sekunden länger, und Eva hätte sie ihr einzeln zertrümmert.

»Wir haben uns nicht geirrt«, antwortete sie kühl.

»Konntest du dich nicht wenigstens diesmal mehr wie eine Erwachsene anziehen und nicht wie eine pubertierende Heavy-Metal-Braut?«

»Komm mir nicht schon wieder so. Wenn du unsicher bist, dann motzt du mich an, inzwischen weiß ich genau, wie du tickst … Bist du bereit?«

»Da ist unsere Verstärkung. Was machen wir, wenn die beiden nicht ins Präsidium mitkommen wollen und Schwierigkeiten bereiten?«, fragte Mara.

»Wir gehen so vor, wie die Mazzotta gesagt hat – ihn bitten wir, uns zu begleiten, sie nehmen wir später mit irgendeiner Ausrede mit und quetschen sie gründlich aus. Was ist los? Hast du etwa Angst, Rais?«

»Ja, schon. Ich denke an Nieddu und an Deidda. Irgendwie fühl ich mich verantwortlich …«

»Denk nicht an sie. Denk an Dolores und daran, was man ihr angetan hat.«

Mara schloss kurz die Augen, und schon überfielen sie die

Bilder von der Toten im Brunnenheiligtum von Serri und die Detailfotos aus der Dokumentation der Autopsie. Sie versetzte sich in Dolores' Mutter hinein und überlegte, was sie empfunden hätte, wenn man ihre Tochter und nicht Dolores dort gefunden hätte.

Als sie die Augen wieder öffnete, waren sie kalt wie Eis.

»Okay. Für Dolores«, sagte sie.

»Für Dolores.«

Beide verließen das zivile Polizeifahrzeug und überquerten die Straße. Sie wollten schon an Nonnis' Haustür klingeln, als sie hinter der Tür erst Schluchzen hörten und dann den Schrei einer Frau. Sie konnten Rita Masia brüllen hören: »Jetzt reicht es, du musst denen die Wahrheit erzählen!«

»Was zum Teufel …«, zischte Mara, und ihre rechte Hand ging zum Griff ihrer Beretta.

Eva legte ihr Ohr an die Tür. Sie hörte das dumpfe Klatschen eines Schlags und dann Glas, das zerbrach.

»Los jetzt!«, sagte sie zu Mara.

Beide zogen ihre Waffen und bedeuteten den Kollegen, die sich auf der anderen Straßenseite postiert hatten, zu ihnen zu kommen.

»Scheiße«, fluchte Eva unterdrückt, entsetzt von der Vorstellung, wieder Gewalt anwenden zu müssen.

III

Genneruxi-Viertel, Cagliari

Als Valerio Nonnis endlich aufmachte, nachdem die Polizisten schreiend und fluchend auf die Tür eingehämmert hatten, starrte er in die Mündungen von vier auf ihn gerichteten Pistolen.

»Hände über den Kopf, zwei Schritt zurück und auf die Knie!«, brüllte Mara.

Nonnis, wehrlos wie er war, sah sie vollkommen entgeistert an, als könne er nicht begreifen, was da gerade passierte. Als er versuchte, etwas zu stammeln, schnellten sofort zwei Männer vor und warfen ihn zu Boden. Einer legte ihm grob Handschellen an, während der andere ein Knie auf seine Wirbelsäule setzte und ihm den Lauf seiner Beretta in den Nacken presste.

Es war kaum zu übersehen, dass jemand das Haus auf den Kopf gestellt hatte. Sie entdeckten Nonnis' Frau, und Mara nahm sich ihrer an, während Eva mit gezückter Waffe das Haus durchkämmte, um sich zu vergewissern, dass sich keine anderen Personen dort aufhielten.

»Alles sauber«, sagte sie, als sie ins Wohnzimmer zurückkam. »Wie geht es ihr?«

Mara musterte das geschwollene Gesicht von Rita Masia. Der Bluterguss in ihrem Gesicht färbte sich bereits dunkel, demzufolge hatte Nonnis sie äußerst brutal geschlagen.

»Es ist gar nichts passiert. Er hat mir nichts getan«, wiederholte die Frau in einem fort; sie stand sichtlich unter Schock.

»Wo sind Ihre Kinder?«, fragte Eva.

»Signora«, hakte Mara nach und schnippte mit den Fingern vor ihren Augen, weil die Frau nicht antwortete. »Wo sind sie?«

»Bei meiner Mutter.«

»Stellt ihn auf die Füße«, ordnete Eva an.

Sie beobachtete, wie Mara drohend auf Nonnis zuging, und hielt sie am Arm fest. »Ganz ruhig. Wir haben hier einen Job zu erledigen, vergiss das nicht«, zischte sie ihr zu.

Mara schnaubte wütend und stieß den Mann unsanft auf das Sofa.

»Behaltet ihn im Auge«, befahl sie den beiden Beamten.

»Ich kann das erklären … Es ist nicht, wie …«

»Ach, halten Sie die Klappe!«, brüllte Mara.

Gemeinsam mit Eva brachte sie seine Ehefrau in die Küche, und sie schlossen die Tür hinter sich. Eva holte Eiswürfel aus dem Tiefkühlfach und steckte sie in den erstbesten Plastikbeutel. Sie reichte ihn der Frau, die ihn auf die Verletzung drückte, wobei sie vor Schmerz die Stirn verzog.

»Brauchen Sie einen Krankenwagen? Oder möchten Sie zu einem Arzt?«, fragte Eva.

»Nein, nein … Es geht mir gut … Lassen Sie bitte Valerio frei, ich will keine Anzeige erstatten, das war nur eine Lappalie …«

Eva und Mara verständigten sich durch einen Blick. Sie würden die häusliche Gewalt ohne zu zögern benutzen, um die Frau kleinzukriegen. Doch zunächst beschäftigte sie etwas anderes, das bei ihnen alle Alarmglocken schrillen ließ und worüber sie Klarheit bekommen wollten: Im Haus herrschte ein Durcheinander, als hätte es jemand gründlich durchsucht, aber wer? Und warum?

»Um Ihren Mann kümmern wir uns später. Würden Sie uns jetzt erzählen, was hier vorgefallen ist?«

»Signora, bitte?«, hakte Mara nach, die angesichts der Teilnahmslosigkeit der Frau langsam die Geduld verlor.

»Ich … weiß nicht … Ein Einbruch … Man wollte uns ausrauben, aber …«

Rita Masia brach in Tränen aus.

Mara hingegen lachte laut auf. »Signora, wollen Sie uns verarschen? Langsam verliere ich die Geduld, und glauben Sie mir, weder Sie noch Ihr Mann können sich das in Ihrer Lage leisten. Was zum Teufel ist hier passiert?«

Mara hatte ihre Rolle für das Verhör gewählt, und Eva nahm dementsprechend die andere ein.

»Rais, jetzt beruhige dich mal. Komm mit, lass uns kurz reden«, sagte sie, packte sie am Arm und brachte sie zurück ins Wohnzimmer. Sie wies einen der Beamten an, Nonnis' Ehefrau im Auge zu behalten.

»Haben Sie sich beruhigt?«, fragte Mara den Dozenten.

Er nickte.

»Würden Sie uns bitte sagen, was hier vorgefallen ist, Dottore?«, fragte Eva wesentlich freundlicher als ihre Kollegin und wies auf das Chaos.

»Man hat bei uns einge…«

»Nein, nein, vielleicht haben wir uns nicht klar genug ausgedrückt«, mischte Mara sich ein und ging in die Knie. Auf ihrem Gesicht lag ein boshaftes Lächeln. »Schluss jetzt mit den Lügen, die ihr untereinander abgestimmt habt, Nonnis. Wir sind eigentlich hergekommen, um kurz mit Ihnen zu reden und Sie zu bitten, sich ein paar Fotos anzusehen, aber dann haben wir einem tätlichen Angriff beigewohnt. Tätlicher Angriff, Körperverletzung, häusliche Gewalt, im Nu haben wir noch zwei, drei Straftatbestände mehr, dazu Beamtenbeleidigung, oder? Möchten Sie etwa ein halbes Jahr Anthropologie im Gefängnis von Uta lehren?«

In dieser Phase des Verhörs musste man sein Gegenüber unbedingt siezen: Im geeigneten Moment, wenn der andere kurz davor stand zusammenzubrechen, musste man dann zum Du wechseln. Zu Beginn galt es ihm die Illusion zu vermitteln, dass das Verhältnis zwischen ihnen in etwa auf Augenhöhe war.

»Professore, bei unserem letzten Gespräch haben Sie uns belogen«, sagte Eva und gab sich enttäuscht. »Möchten Sie uns wirklich weiter an der Nase herumführen?«

»Ich … nein, ich …«

Er konnte ihnen nicht einmal ins Gesicht sehen. Jetzt, da er keinen Schal trug, konnten sie die Verletzungen an seinem Hals erkennen: Sie stammten von Fingernägeln, da gab es keinen Zweifel. Sein gewalttätiges Verhalten gegenüber seiner Frau unterstützte zusätzlich ihre These. Nonnis hatte ein Problem, seine Wut im Griff zu behalten, und so, wie Dolores' Leiche zugerichtet war, hatte der Mörder auf jeden Fall durch einen Wutanfall die Kontrolle über sich verloren. Genau wie Nonnis eben.

»Was ist jetzt?«, fragte Mara grob.

Wenn Mara für Drohungen und Schroffheit zuständig war, blieb es Evas Aufgabe, ihm Vertrauen und Offenheit zu vermitteln. »Wissen Sie was, Professore? Wir nehmen Ihnen jetzt erst mal die Handschellen ab.«

»Was? Spinnst du jetzt völlig?«, widersprach Mara, in ihrer Rolle als böser Cop.

Eva nahm Nonnis selbst die Handschellen ab. »Besser so?«, fragte sie ihn und klopfte ihm leicht auf die Schulter.

»Entschieden besser.«

»Gut. Dann zurück zu unserer Angelegenheit. Wollen wir darüber nicht lieber bei uns im Büro reden? Damit Sie uns in Ruhe erklären können, was da los ist?«

»Ich … Meine Frau … Geht es ihr gut? Ich möchte sie erst sehen.«

»Was, wollen Sie etwa Ihr Werk vollenden?«, fragte Mara höhnisch.

»Nein, verdammt! Nein, ich möchte mich nur vergewissern …«

»Aber sicher, sicher doch …«, sagte Mara und ging seine Ehefrau holen.

»Haben Sie das Haus in diesen Zustand versetzt?«, fragte Eva.

»Ich? Nein, nein, ganz bestimmt nicht.«

Eva nickte stumm. Das Ehepaar verheimlichte ihnen etwas. Oder jemanden.

»Valerio!«

Mara und Eva ließen zu, dass Ehemann und Ehefrau einander umarmten, als sei die Auseinandersetzung zwischen ihnen eine unbedeutende Episode, die sie längst vergessen hatten.

»Ihre Frau ist gestürzt und hat sich den Kopf angeschlagen. Wir wollen kein Risiko eingehen und lassen sie nur zur Sicherheit in die Notaufnahme bringen«, erklärte Eva.

»Was? Ich bin nicht …«, widersprach die Frau.

»Haben Sie etwas dagegen?«, fragte Mara Nonnis und forderte ihn mit dem Blick fast heraus, zu protestieren.

»Ich … natürlich nicht. Geh nur, Schatz. Das sollte sich lieber jemand ansehen, man weiß ja nie.«

»Und du?«

»Mach dir keine Sorgen. Lass dich untersuchen, und noch einmal, es tut mir leid.«

»Wollen wir? Je eher wir die Sache klären, desto schneller sind Sie wieder bei Ihrer Frau«, log Eva.

Nonnis nickte.

»Jungs, fahrt ihr mich und den Professore ins Präsidium?«, fragte Eva Croce.

»Na sicher, Dottoressa.«

Während sie das Haus verließen, zwinkerte Eva ihrer Kollegin unauffällig zu.

»Wollen Sie sich nicht eine Jacke oder etwas Wärmeres überziehen?«, fragte Mara die Frau.

Rita Masia nickte, und Mara begleitete sie, damit sie sich

einen Mantel holen konnte. Als sie das Haus verließen, kamen Gioele Aiello und Paolo Ferrari gerade herein, die Dienstausweise trugen sie sichtbar um den Hals.

»Wer …«

»Das sind unsere Kollegen. Sie bewachen das Haus, bis Sie wieder zurück sind«, erklärte Mara Rais. »Haben Sie etwas dagegen?«

»Nein …«

Dein Pech, dachte Mara.

»Alles klar?«, fragte sie die beiden Kollegen, die stumm nickten. Sie würden auf die Spurensicherung warten, aber das sollte Rita Masia nicht wissen.

»Sehr gut. Ich bringe die Signora ins Krankenhaus. Wir sehen uns später.«

Mara öffnete für Rita Masia die Tür ihres Wagens und ließ sie auf dem Beifahrersitz Platz nehmen. Dann fuhr sie los, aus dem Viertel hinaus.

»In welches Krankenhaus wollen wir denn?«, fragte Rita nach etwa zehn Minuten, da sie merkte, dass Mara nicht zur Brotzu-Klinik fuhr, die am nächsten gewesen wäre.

»Ich habe es mir überlegt, Signora. Wenn wir um diese Zeit mit einem schlichten Bluterguss in eine Notaufnahme kommen, dann sitzen wir da bis morgen früh. Bei uns im Präsidium haben wir die besten Ärzte, die Sie ganz schnell untersuchen können«, sagte Mara und lächelte beruhigend. »Oder wollen Sie trotzdem ins Krankenhaus?«

»Ich … Nein, das ist in Ordnung.«

»Ausgezeichnet«, sagte Mara. Für den Rest der Fahrt sagte sie nichts mehr, auch das war Teil ihrer Strategie. Sie wusste, dass der Frau gerade tausend Fragen durch den Kopf gingen, was ihre Angst nur noch verstärkte. Besser konnte es für Mara Rais nicht laufen.

DRITTER TEIL

Terra mala

Gesichter aus fernen Zeiten erkenne ich in denen wieder, die mich umgeben, von Menschen, die aus der Welt und aus der Erinnerung verschwunden sind, sich in nichts aufgelöst haben, und die doch unwissentlich wiederkehren von Generation zu Generation, im Fortbestand unserer Art, von dem wir nicht begreifen, ob es das Leben ist, das triumphiert, oder der Tod.

Salvatore Satta, *Der Tag des Gerichts*

112

Mordkommission, Polizeipräsidium Cagliari

Sie ließen Nonnis in dem Glauben, er wäre nur im Präsidium, um mit ihnen zusammenzuarbeiten, und setzten ihn für eine Stunde allein in einen Raum, wo er sich Fotos von den Anhängern der Nuraxia-Sekte ansehen und nach bekannten Gesichtern Ausschau halten sollte. Inzwischen brachte man seine Frau in einen anderen kleinen Raum, wo eine Amtsärztin sie untersuchte und den Bluterguss in ihrem Gesicht behandelte. Mara Rais und Eva Croce hatten die Ärztin gebeten, die Frau zu beruhigen und dafür zu sorgen, dass sie sich entspannte, indem sie ihr das Gefühl gab, das Schlimmste sei vorüber und sie würde bald mit ihrem Ehemann nach Hause fahren. Natürlich war das Unsinn. In dieser Nacht würde keiner von ihnen das Präsidium verlassen.

Nachdem sie Farci und die Mazzotta über die neuesten Entwicklungen im Fall informiert hatten, unterschrieb die Staatsanwältin einen Durchsuchungsbefehl mit der Option, sowohl im Haus als auch im Büro des Dozenten eventuelle Beweise und Überführungsstücke zu beschlagnahmen. Zu diesem Zweck war Aiello mit zwei Mann von der Spurensicherung zur Universität gefahren, während Ferrari weiterhin das Haus durchkämmte, mit einem ziemlich großen Team, das auch den Wagen von Nonnis untersuchte.

Nonnis war psychisch der Gefestigtere von beiden; deshalb verständigte man sich mit der Mazzotta auf die »sanfte Tour« im Verhör, damit er seine defensive Haltung aufgab.

So wollte man ihn bei Laune halten und Zeit gewinnen, bis die Kollegen irgendwo etwas gefunden hatten, im Haus, im Auto oder in Nonnis' Büro, und zwar unanfechtbare Indizien, damit man ihn offiziell anklagen konnte. Da Eva das bessere Verhältnis zum Verdächtigen aufgebaut hatte, würde sie ihn auch verhören.

»Es ist ganz wichtig, dass Sie es allein tun, damit er nicht den Eindruck bekommt, gegen ihn würde ermittelt«, erklärte die Mazzotta.

»Kein Problem, Dottoressa.«

»Rais, Sie müssen eine genau entgegengesetzte Linie fahren.«

»Ich muss ihr den Arsch aufreißen.«

»Das hätte ich zwar anders ausgedrückt, aber darauf läuft es hinaus.« Adele Mazzotta musste lächeln. »Dottor Farci und ich werden alles beobachten und mithören, sodass wir eingreifen können, falls das notwendig wird. Legen wir los?«

Mara und Eva nickten stumm. Das Spiel konnte beginnen.

113

Verhörraum 1, Polizeipräsidium Cagliari

Da wären wir also«, sagte Eva, die außer Atem den Raum betrat. Unter dem Arm trug sie eine dicke Akte, in den Händen eine Tasse mit heißem Kaffee und eine Zweiliterflasche Wasser mit zwei Plastikbechern darauf. »Bitte, der ist für Sie. Ich habe mir gedacht, Sie können jetzt einen brauchen.« Sie reichte ihm die Tasse.

»Vielen Dank. Sehr freundlich«, erwiderte Nonnis.

»Aber gern. Haben Sie jemanden gefunden?«, fragte Eva, während sie sich die Jacke auszog und sie über den Stuhl hängte. Sie hatte Farci gesagt, sie sollten die Temperatur im Verhörraum jede halbe Stunde um ein paar Grad erhöhen, ein alter Verhörtrick.

Nonnis hatte aus den Akten ein Dutzend Fotos mit Informationen über die Personen herausgenommen. »Die hier. Meist Leute, denen ich auf Konferenzen oder bei Buchpräsentationen begegnet bin, bei denen es um Archäologie oder sardische Anthropologie ging – immer wenn in einer Konferenz auch nur am Rande das Thema Esoterik behandelt wurde, tauchten diese Leute plötzlich auf«, erklärte er, und in seiner Stimme schwang etwas wie Verachtung mit.

»Wunderbar.« Eva öffnete ein Notizbuch und tat so, als ob sie sich etwas notierte. »Ich habe meine Kollegin nach Ihrer Frau gefragt. Es geht ihr gut, es hat keine Komplikationen nach ihrem ›Sturz‹ gegeben. In einer Stunde wird sie wieder zu Hause sein.«

Nonnis nickte, aber sein Gesicht verriet Angst und Beklemmung. Man sah ihm an, dass er ihr dringend viele Fragen stellen wollte, auch wenn er schlau genug war, den Mund zu halten.

Während sie ihm einen Becher mit Wasser vollschenkte, erklärte Eva ihm, es sei wichtig, dass sie gleich richtig beginnen würden. »Wir sind zu Ihnen gekommen, weil wir das Ermittlungstagebuch von Ispettore Capo Barrali gelesen haben, in dem er Sie wegen Ihrer Kompetenz in der Sache lobt. Wir hatten eigentlich vor, Ihnen offiziell eine Beratertätigkeit anzubieten, in Bezug auf den, nennen wir es mal kultischen Hintergrund des Mordes an Dolores Murgia.«

Nonnis trank einen Schluck Kaffee und nickte zustimmend.

»Wir waren ehrlich gesagt nicht darauf gefasst, mitten in eine häusliche Auseinandersetzung zu geraten.«

Keine Reaktion.

»Wir haben kaum ein Interesse, dem Staatsanwalt den Tatbestand der häuslichen Gewalt zu melden, wenn Ihre Frau keine Anzeige erstatten will, und mir kam es so vor, als wolle sie das nicht tun. Meine Kollegin und ich versuchen nur, den Mordfall abzuschließen und dabei alles belastende Beweismaterial gegen Melis abzusichern. Und ehrlich gesagt haben wir es damit etwas eilig. Wenn wir also vermeiden können, Zeit zu verschwenden, einen Haufen Dokumente auszufüllen … Was ich sagen will: Einmal angenommen, Sie würden uns unterstützen, gäbe es die Möglichkeit, dass ich meine Kollegen davon überzeuge, Ihre Frau sei einfach nur gestürzt.«

»Einverstanden.«

»Nicht so hastig. Wenn wir so verfahren wollen, möchte ich eins sofort klarstellen: Keine Lügen mehr. Sobald ich merke, dass Sie versuchen, mich zu belügen, ist unsere Vereinbarung hinfällig, dann rufe ich sofort den Staatsanwalt dazu und lasse ein Ermittlungsverfahren wegen häuslicher Gewalt gegen Sie eröffnen.«

»Das ist nicht nötig. Ich werde ehrlich zu Ihnen sein«, versicherte Nonnis.

»Noch etwas: Sie sehen ja, ich bin allein hier, eigentlich müsste ich unser gesamtes Gespräch schriftlich protokollieren, damit ich es dem Material für die Staatsanwaltschaft zum Fall Melis beilegen kann. Haben Sie ein Problem damit, wenn wir uns diesen Nervkram sparen, indem ich unser Gespräch aufzeichne? Dann geht es deutlich schneller und wir beide können früher nach Hause gehen.«

Eva klang, als würde sie sich ganz normal mit ihm unterhalten, nicht wie in einem Verhör, und deshalb fühlte sich Nonnis von dem, was sie sagte, auch nicht bedroht.

»Okay. Ich habe kein Problem damit.«

»Aus Gründen des Datenschutzes muss ich Sie bitten, dieses Formular zu unterschreiben, dass Sie der Aufzeichnung zustimmen. Ich teile Ihnen außerdem mit, dass Sie hier als Zeuge anwesend sind, der sachdienliche Angaben zum Fall machen kann, da Sie den des Mordes beschuldigten Roberto Melis persönlich kannten. Sie bestätigen mir, dass Sie ihn persönlich kannten?«

»Ja.«

»Und wenn wir Sie bitten, eine Aussage vor Gericht zu machen, um den kultischen Hintergrund des Mordes und die Verbindung mit den Ritualen der Nuraxia-Sekte zu bestätigen, wären Sie damit einverstanden?«

»Natürlich.«

»Ausgezeichnet. Sie können gern zur Unterstützung einen Rechtsbeistand hinzuziehen, wenn Sie das beruhigt.«

Nonnis war schlau genug, um zu begreifen, dass er mangelnde Kooperationsbereitschaft zeigte, wenn er jetzt nach einem Anwalt verlangte; das hätte die Beamtin als eine Art Schuldanerkennung auslegen können.

»Ich benötige keinen Anwalt.«

Die Überwachungskameras und -mikrophone arbeiteten längst, aber er wusste nicht, dass er aufgezeichnet wurde, seit er vor etwa einer Stunde diesen Raum betreten hatte.

Eva betätigte das Aufnahmegerät, nannte ihren Namen und Dienstgrad, Uhrzeit und Ort des Gesprächs, ließ den Dozenten seine persönlichen Daten nennen und fragte ihn noch einmal, ob er einen Anwalt seines Vertrauens oder einen Pflichtverteidiger hinzuziehen wolle. Nonnis verneinte dies und unterschrieb, dass er auf einen Rechtsbeistand verzichtete.

Eva jubelte innerlich: Dieser Idiot legte sich selbst die Handschellen an.

»Ach, da fällt mir noch etwas ein«, startete Eva Croce das Verhör. »Sie haben gesagt, dass bei Ihnen ein Einbruch stattgefunden hat. Wollen Sie diesbezüglich Anzeige erstatten?«

»Würde das etwas nützen?«

»Wollen Sie meine ehrliche Meinung? Wenn Sie nicht wissen, wer es war, oder wenigstens einen starken Verdacht haben, würde ich sagen, nein.«

Eva hatte mit Mara vereinbart, dass Letztere Rita Masia auf den Zahn fühlen sollte, was bei ihnen zu Hause vorgefallen war. Sie hatten sich die Themen aufgeteilt, mit denen sie die jeweiligen Verdächtigen konfrontieren wollten, und nach einer Stunde würden sie eine Pause einlegen, um die Informationen aus ihren Gesprächen auszutauschen.

»Dann nicht. Oder geben Sie mir bitte die Zeit, dass ich noch einmal mit meiner Frau darüber spreche und wir dann entscheiden, was wir tun.«

»Natürlich. Noch ein Letztes und wir können anfangen. Bestätigen Sie mir, dass Sie bezüglich des Falls Dolores Murgia nie Kontakte mit der Presse hatten?«

»Überhaupt keine.«

»Niemand hat Kontakt zu Ihnen aufgenommen?«

»Nein.«

»Ausgezeichnet.« Eva tat so, als sei sie sichtbar erleichtert. »Unter uns gesagt, die Medien sitzen uns im Nacken, deshalb wollen wir diesen Fall unbedingt abschließen.«

Eine Komplizenschaft mit dem Beschuldigten herzustellen, ihn auf ihre Seite zu ziehen und ihm den Eindruck zu vermitteln, er gehöre zu den »Guten« – Eva wusste genau, wie man ein Verhör führt.

»Erzählen Sie mir mehr über Roberto Melis. Wann Sie ihm zum ersten Mal begegnet sind und so weiter.«

Eva ließ Nonnis vierzig Minuten lang reden, ohne ihn zu unterbrechen, nicht einmal, wenn er abschweifte und Dinge erzählte, die wenig mit dem Fall und Melis zu tun hatten. Sie heuchelte Interesse und vermittelte ihm den Eindruck, sie sei vollkommen gebannt. Aber kaum hatte sie gemerkt, dass Nonnis seine defensive Haltung aufgegeben hatte und sich sicher fühlte – er hatte seinen Kaffee getrunken und inzwischen mindestens einen Liter Wasser, da Eva ihm den Becher immer nachgefüllt hatte –, entnahm sie der Akte einige Fotos und zeigte sie ihm.

Darauf war die nackte Leiche des Mannes zu sehen, den Mara in Serramanna aufgefunden hatte, und zwar ohne die Maske.

»Das ist Ivan Curreli … Kennen Sie ihn?«

So brutal in die raue Wirklichkeit zurückgeholt zu werden, ließ Nonnis vor Schreck bleich werden.

Aber Eva Croce hatte gerade erst begonnen.

Sie ließ ihm keine Zeit für eine Antwort und bedrängte ihn mit einer weiteren Frage: »Sagen Sie, weiß Ihre Frau eigentlich, dass Sie ungefähr eineinhalb Jahre lang eine Affäre mit Dolores Murgia hatten?«

114

Verhörraum 2, Polizeipräsidium Cagliari

Mara benutzte den gleichen Trick wie ihre Kollegin, sie ließ Rita Masia ein Formular unterschreiben, in dem sie bestätigte, dass sie einer Aufzeichnung zustimmte und auf die Anwesenheit eines Rechtsbeistands verzichtete. Im Gegensatz zu Eva wiegte sie ihre Zeugin jedoch nicht in Sicherheit, sondern drohte ihr offen, falls sie nicht mit der Polizei zusammenarbeitete, würde man ihren Mann wegen tätlichen Übergriffs einsperren. Nach den üblichen Fragen, die dazu dienten, das Gespräch in Gang zu bringen, stellte sie ihr gleich die erste Falle.

»Ihr Mann hat ausgesagt, dass er in der Nacht vom 31. Oktober auf den 1. November bei Ihnen und den Kindern zu Hause war. Bestätigen Sie das?«, fragte sie beiläufig, als handele es sich um eine Tatsache, die sie nur schwarz auf weiß zu Protokoll nehmen müsse.

»Ja.«

»Sie sind zur gleichen Zeit ins Bett gegangen und waren die ganze Nacht zu Hause?«

»Genau«, antwortete Rita Masia und ging Mara damit in die Falle. Während der ersten Verbalattacken der Beamtin hatte sie sich die Nagelhaut blutig gebissen. Nun lutschte sie an einem Finger wie ein kleines Mädchen.

Vermutlich hätte selbst ihre achtjährige Tochter die Verteidigung dieser Frau knacken können, dachte Mara und fuhr dann fort:

»Sehr gut. Sie waren also zusammen. Können Sie mir dann

erklären, warum in dieser Nacht das Handysignal Ihres Mannes zuerst in der Nähe des Monte Arci geortet wurde und ein paar Stunden später in der Umgebung von Gergei?«, fragte sie scharf und zeigte der Frau das Protokoll der Postpolizei.

Rita Masia wurde blass und stammelte etwas Unverständliches.

Mara blieb an ihr dran und zeigte ihr ein Foto: »Das ist Ihr gemeinsamer Wagen?«

Das Bild schien von einer Überführung aus gemacht worden zu sein.

Rita Masia konnte die Tatsache nicht leugnen und nickte stumm.

»Die Zeugin hat meine Frage mit Ja beantwortet«, sprach Mara ins Aufnahmegerät. »Hm, seltsam, dass Ihr Mann in dieser Nacht bei Ihnen gewesen sein soll, Signora, denn dieses Foto wurde von der Verkehrspolizei um 23 Uhr 30 auf der Staatsstraße 131 aufgenommen. Ihr Mann schien es sehr eilig zu haben … Wie erklären Sie mir das? Hat er etwa die Fähigkeit, gleichzeitig an mehreren Orten zu sein?«

Im Gegensatz zu der frei erfundenen Aussage von Nonnis war das Foto der Verkehrspolizei echt.

Die Frau war völlig aufgelöst vor Panik. Obwohl es nicht so wirkte, empfand Mara Mitgefühl für sie: Rita Masia war mehrfach von ihrem Ehemann betrogen worden, und um die Familie zu schützen, versuchte sie jetzt, ihn zu verteidigen, wodurch sie jedoch ihre eigene Lage verschlimmerte. Als Frau und Mutter stand Mara eigentlich auf ihrer Seite und hätte am liebsten die Aufzeichnung gestoppt, um ihr zu raten, sie solle jetzt den Mund halten und nach einem guten Anwalt verlangen; aber als Polizistin musste sie weitermachen, sosehr ihr das auch gegen den Strich ging, selbst wenn sie die Würde dieser Frau mit Füßen trat. Sie war es Nieddu und Ilaria Deidda schuldig. Aber vor allem Dolores.

»Hat Ihr Ehemann Sie auch bei anderen Gelegenheiten geschlagen?«, fragte sie jetzt sanfter.

»Nein.«

Der Tränenschleier über Rita Masias Augen verhinderte, dass Mara erkennen konnte, ob sie log.

Sie reichte ihr einen Plastikbecher mit Wasser und ein Taschentuch. »Atmen Sie mal tief durch.«

Verblüfft über den plötzlichen Gesinnungswandel der Beamtin gehorchte die Frau. Auch das war Teil der Verhörtechnik: In einem guten Verhör machte die psychologische Taktik neunzig Prozent des Erfolgs aus und nur zehn Prozent eine Kombination aus Logik und Ermittlerinstinkt. Nichts, nicht einmal ein Blick wurde dem Zufall überlassen.

Mara wollte schon wieder zum Angriff übergehen, als jemand stürmisch an die Tür zum Verhörraum klopfte.

Rita Masia fuhr von ihrem Stuhl hoch und legte sich die Hand ans Herz.

»Warten Sie kurz hier. Ich bin gleich zurück«, sagte Mara fürsorglich.

Als sie den Raum verließ, standen Farci und die Mazzotta vor ihr. »Was ist los? Ich bin gut, aber nicht *so* gut. Ich brauche etwas mehr …«

Farci zeigte ihr nur ein Foto auf seinem Handy. »Das hat uns Ferrari gerade geschickt. Sie haben es bei der Durchsuchung des Hauses gefunden.«

Es handelte sich um eine handschriftliche Nachricht: *Gib uns das Video oder wir nehmen uns deine Kinder vor.*

Mara überlief es eiskalt.

»Es ist doch anzunehmen, dass die Nachricht von den Leuten stammt, die das Haus auf den Kopf gestellt haben, oder?«, sagte Adele Mazzotta.

Mara nickte. »Also haben die etwas gesucht, dieses Video.«

»Stimmt«, sagte Farci. »Aber das ist noch nicht alles. Im

Wagen hat die Spurensicherung zahlreiche Spuren von Blut gefunden. Mittelgroße Spritzer, also …«

»Wurde sie in diesem Auto geschlagen«, kam ihm Mara zuvor.

»Ja, wenn es sich um das Blut von Dolores handelt. Es ist noch zu früh, um das zu sagen«, mischte sich die Staatsanwältin ein. »Dies würde jedoch erklären, warum Nonnis sich so bemüht hat, seinen Wagen gründlich zu säubern, wenn auch vergeblich.«

»Würdest du mir bitte eine Kopie der Nachricht schicken?«, bat Mara ihren Vorgesetzten.

»Natürlich. Ich bin schon dabei.«

»Jetzt müssen wir herausfinden, ob seine Frau von diesem Video wusste und ob man den Ehemann erpresst hat. Das könnte seine Verbindung zu Melis sein«, sagte die Mazzotta. »Wollen Sie weitermachen oder soll jemand für Sie übernehmen?«

»Wie geht es bei Croce voran?«

»Großartig«, antwortete Farci. »Das Mädel hat es drauf. Wie ist es mit dir? Du wirkst etwas emotional. Möchtest du, dass ich dort übernehme?«

»Auf keinen Fall. Könnt ihr mir ein paar Fotos von den Blutspuren im Wagen bringen?«

»Gib mir ein paar Minuten.«

»Okay. Diesmal soll sie mir jemand in Uniform bringen, in Ordnung?«

»Klar.«

Mara schickte ihrer Mutter eine Nachricht, dass Sara heute lieber bei den Großeltern schlafen sollte, und kehrte dann in den Verhörraum zurück, weitaus entschlossener als zuvor.

»Entschuldigen Sie. Es ging um eine dienstliche Angelegenheit«, erklärte sie Rita Masia, die sie freundlich anlächelte. »Hören Sie, Signora, darf ich Ihnen eine Frage stellen, die Ihnen sicher merkwürdig vorkommen wird?«

»Bitte.«

»Lieben Sie Ihre Kinder?«

»Wie bitte? Natürlich! Was ist das für eine …«

Mara zeigte ihr die Nachricht mit der Drohung. »Dann sollten Sie mir lieber etwas darüber erzählen.«

115

Verhörraum 1, Polizeipräsidium Cagliari

Ich warte noch auf eine Antwort«, sagte Eva, ohne den Dozenten aus den Augen zu lassen. »Weiß Ihre Frau über Ihr Verhältnis Bescheid?«

»Nein, sie hat davon keine Ahnung«, gab Valerio Nonnis zu.

»Und über die anderen Studentinnen, mit denen Sie in all den Jahren etwas hatten?«

»Ich habe nicht …«

»Machen wir uns doch nichts vor, Professore. Es sind Gerüchte im Umlauf. Wir haben auch mit Ihrem Rektor gesprochen, und er hat uns darüber unterrichtet, dass Ihre Eskapaden Sie die Karriere gekostet haben, und dass ab dem nächsten Semester die Universität von Cagliari für Sie Geschichte ist. Haben Sie nicht einmal das Ihrer Frau gesagt? Ich glaube, sie arbeitet nicht, oder? Wovon wollen Sie dann leben, mit zwei kleinen Kindern?«

Nonnis' Gesicht färbte sich rot, seine Augäpfel waren blutunterlaufen.

Eva hatte im Verhörzimmer absichtlich die Raumtemperatur höher stellen lassen, um auszutesten, wie gut der Verdächtige seine Wut unter Kontrolle hatte. Als sie nun sah, wie seine Gesichtszüge sich verzerrten wie ein Bonbonpapier, das man zu nah an eine Flamme hält, wurde ihr schlagartig klar, dass er die Studentin wirklich zusammengeschlagen hatte. Diese Erkenntnis bescherte ihr zwar erneut quasi ein Ganzkörpergefühl des Abscheus, aber gleichzeitig setzte sie das Adrenalin des Jagdinstinkts frei: Sie hatte ihre Beute in die Enge getrieben.

Währenddessen goss sich Nonnis ein Glas Wasser ein und trank es langsam aus, vielleicht, um sich nicht vollends zu vergessen und sich eine kurze Denkpause zu verschaffen.

Eva nutzte die Zeit, um die Nachrichten zu überfliegen, die Farci ihr ein paar Minuten zuvor geschickt hatte. Obwohl die dort überbrachten neuen Wendungen sie überraschten, ließ sie sich nichts anmerken, sondern wahrte ihren undurchdringlichen Gesichtsausdruck.

»Sie hatten gesagt, dass dies eine Unterhaltung wäre, um ...«

»Es tut mir leid, aber Sie haben mich wiederholt angelogen«, unterbrach sie ihn barsch. »Welches Vertrauensverhältnis können wir aufbauen, wenn Sie mir ein so wichtiges Detail vorenthalten wie eine Liebesbeziehung zum Opfer in dem Mordfall, zu dessen Aufklärung ich Sie um Unterstützung ersuche?«

Nonnis war immer noch verwirrt über den plötzlichen Wechsel in Tonfall und Gesprächsführung der Beamtin und wusste dem nichts entgegenzusetzen.

»Und entschuldigen Sie, das ist nicht der einzige strittige Punkt.«

»Was wären denn die anderen?«, fragte er und runzelte die Stirn.

»Können Sie mir noch einmal schildern, wie Sie sich die Hände aufgeschürft haben?«

»Also, ich glaube, ich sollte an diesem Punkt ...«

»Setzen Sie sich wieder hin, Professore, sonst muss ich meine Kollegin bitten, Ihre Frau herzubringen, und dann werde ich diese befragen und mit der Tatsache konfrontieren, dass Sie ein Verhältnis mit Dolores Murgia – und nicht nur der – hatten, dass Sie demnächst Ihren Job verlieren und dass wir dienstlich gegen Sie wegen häuslicher Gewalt vorgehen werden, um Ihnen das Sorgerecht zu entziehen.

Wissen Sie, was die Sozialarbeiter sagen werden, wenn wir denen hinterbringen, dass Ihre Frau Sie nicht anzeigen wollte?«

Nonnis schnappte nach Luft.

»Die brauchen keine drei Sekunden, um festzustellen, dass Ihre Familie dysfunktional ist und dass Ihre Frau nicht in der Lage ist, sich um die Kinder zu kümmern, daher wird man auch ihr das Sorgerecht entziehen. Wollen Sie das wirklich? Dass Ihre Kinder getrennt werden und ins Heim kommen?«

Die Hände des Dozenten fingen an zu zittern.

»Wenn Sie wieder von diesem Stuhl aufstehen, dann sagen Sie mir doch bitte, was ich meiner Kollegin erzählen soll, um Sie zu verteidigen? Die ist nämlich von Ihrer Schuld absolut überzeugt«, bedrängte ihn Eva weiter.

»Schuld?«

»In Ordnung, wenn Sie also weiter Spielchen spielen wollen … Haben Sie ein Alibi für die Nächte vom 30. Oktober bis zum 2. November?«

Nonnis hatte sein gewinnendes Lächeln wiedergefunden. »Aber sicher, ich war zu Hause bei meiner Frau und den Kindern, wie jeden Abend.«

»Ach ja? Und wer bitte schön ist das? Ihr Zwillingsbruder?«, fragte Eva und zeigte ihm das Foto, das eine Überwachungskamera der Verkehrspolizei auf der Staatsstraße 131 gemacht hatte.

Nonnis wurde blass. Diesmal hütete er sich gut davor, sich vorschnell zu äußern.

»Wenn ich Ihre Frau befrage und sie Ihr Alibi bestätigen sollte, würde ich sie zwei Sekunden später anzeigen, das ist kein Scherz. Ihr Handy verortet Sie in der Gegend des Monte Arci und ein paar Stunden später in der Nähe von Gergei, das etwa zehn Minuten von Serri entfernt liegt. Kommt Ihnen dieser Ort bekannt vor?«

Der Mann verlor merklich an Selbstkontrolle und kniff mehrmals nervös die Augen zusammen.

»Was haben Sie dort zu dieser nächtlichen Stunde gemacht?«

»...«

»Und kommt es Ihnen nicht, wie soll ich sagen, merkwürdig vor, dass ausgerechnet Sie uns den Hinweis gegeben haben, wo wir Melis finden konnten, nämlich auf dem Monte Arci, eben jenen Melis, gegen den Sie laut Ihrer eigenen Aussage einen Groll hegen?«

»...«

»Und dann, Entschuldigung, haben Sie mal in den Spiegel gesehen? Sie wissen schon, wie man in der Kriminologie die Verletzungen nennt, die Sie da am Hals haben? Abwehrspuren, typisch für eine Frau, die sich gegen eine Vergewaltigung wehrt. Und was für ein Zufall, Dolores wurde vergewaltigt. Mehrfach. Sagen Sie mir doch bitte noch einmal, wie Sie sich diese Kratzer zugezogen haben.«

»...«

Wie ein Boxer, der es schafft, den Gegner in die Ecke zu drängen, ließ Eva nicht locker, weder was die Häufigkeit noch die Intensität der Schläge betraf, sie legte sogar noch nach.

»Als sie diesbezüglich befragt wurde, hat Ihre Frau ausgesagt, Sie hätten sich Ihre Hände bei einer Autoreparatur verletzt, Sie dagegen haben gestern zu uns gesagt, es handele sich um einen Unfall bei einer archäologischen Ausgrabung. Wem sollen wir nun glauben? Gibt es jemanden, der Ihre Aussage bezeugen könnte? Ich bin ganz Ohr, sagen Sie mir nur, wer bei dieser Ausgrabung bei Ihnen war, dann kann ich jemanden losschicken, der dessen Zeugenaussage einholt, also, nur zu!«

»...«

»Neben mir können noch drei weitere Polizeibeamte bezeugen, dass Sie Ihre Frau geschlagen haben und somit zu Gewalttätigkeit neigen. Schauen Sie, wie Dolores zusammengeschlagen wurde.«

Sie zeigte ihm ein paar Fotos von dem entstellten Gesicht der Leiche. Nonnis konnte sie fast nicht ansehen, es kostete ihn sichtlich große Mühe, nicht wegzublicken.

»Nur zu, sehen Sie sie sich gut an … Mir kommt es so vor, als hätte derjenige, der das hier getan hat, große Probleme, seine Wut zu kontrollieren, meinen Sie nicht auch?«

»Aber Melis war doch …«

»Es ist natürlich äußerst bequem, die Schuld einem Toten anzulasten. Aber mindestens zehn Personen beschwören, dass Melis sich bis zu unserer Razzia niemals vom Lager der Neonuraghiker entfernt hat. Wie viele Personen haben Sie vorzuweisen, die bezeugen können, dass Sie mit der Sache nichts zu tun haben?«

Fiebrig glänzende Augen. Erweiterte Pupillen. Schweißtropfen auf der Stirn. Hyperventilation. Zitternde Hände. Verschiedene nervöse Tics … Der Dozent stand kurz vor dem Zusammenbruch.

»Bitte helfen Sie mir doch auf die Sprünge, denn sehen Sie, ausgerechnet durch Ihre Zusammenarbeit mit unserem Kollegen Moreno Barrali hatten Sie von einigen Details in den Mordfällen von '75 und '86 Kenntnis erlangt, die nicht allgemein bekannt geworden und auch niemals in der Presse gelandet sind. Daher kann man Sie wohl als einen Experten für diese Verbrechen bezeichnen, das belegen auch die Berichte, die Sie für Barrali angefertigt haben. Wer könnte folglich besser einen Ritualmord inszenieren, der denen vor dreißig und vierzig Jahren vollkommen gleicht, als Sie und dann die Schuld dem perfekten Sündenbock anlasten, nämlich Ihrem größten Rivalen Roberto Melis?«

»Ich denke, an diesem Punkt ist es wirklich besser, wenn …«

»Was, knicken Sie schon ein? Nach anderthalb Stunden? Ich weiß, was Sie tun wollen, *wen* Sie rufen wollen ... Aber wie ich Ihnen bereits gesagt habe, wenn Sie sich jetzt aus dem Spiel nehmen, wenn Sie nicht mehr mit mir reden, dann schnappe ich mir Ihre Frau, und na ja, was meinen Sie, wie lange brauche ich wohl, bis sie alles gesteht?«

»Nein, bitte nicht, sie hat damit nichts zu tun ...«

»Sie kam mir nicht gerade vor wie eine von der harten Sorte. Ganz im Gegenteil. Sie ist die typische leicht beeinflussbare Zeugin, die man – mit ein bisschen gutem Zureden – dazu bringen kann, alles zu gestehen. Überlegen Sie mal, wenn sie ein paar Beweise sieht und hört, die Ihr Verhältnis zu Dolores belegen, wird Ihre Frau Sie dann weiter verteidigen? Ich werde ihr eine Reihe von Vergehen anlasten, darunter Begünstigung und Mitwisserschaft bei einem Mord, Vortäuschung eines Verbrechens, und das ist erst der Anfang. Wollen Sie mich zwingen, das zu tun?«

»...«

»Nein, Sie brauchen niemanden, glauben Sie mir. Wir finden gemeinsam eine Lösung, in Ordnung? Bleiben Sie weiter bei mir, und ich werde Rücksicht üben. Wenn Sie allerdings nicht mit mir zusammenarbeiten wollen, dann ...«

Eva zog aus der Akte einige der Fotos, die ihre Kollegen von Nonnis gemacht hatten und die ihn bei der Autowäsche zeigten.

»Was können Sie mir zum Beispiel hierzu sagen?«

»Ist es jetzt schon ein Verbrechen, sein Auto zu waschen?«

»Bestätigen Sie, dass Sie das sind?«

»Ja.«

»Und bestätigen Sie, dass es sich um dasselbe Auto handelt, in dem Sie von den Kameras der Verkehrspolizei geblitzt wurden?«

Eine Frage, die ein Rechtsanwalt sicher besser hätte beantworten können als ein Anthropologe. Nonnis hatte keine

Ahnung, was die beste Antwort war, daher schwieg er. Doch zu dem Zeitpunkt wirkte jedes Schweigen wie eine Bestätigung.

Eva nahm ihr Handy und suchte die Aufnahmen heraus, die die Spurensicherung vom Inneren des Wagens gemacht und die ihr Farci geschickt hatte. »Was Sie hier sehen, sind Blutflecken. Sie haben sich viel Mühe gegeben, sie zu entfernen, aber Sie hätten sich noch etwas mehr anstrengen müssen, meinen Sie nicht?«

»…«

»Wollen wir wetten: Wie wahrscheinlich ist es wohl Ihrer Meinung nach, dass dieses Blut von Dolores stammt?«

»…«

»Wollen wir kurz über Ihr Motiv sprechen? Mord aus Leidenschaft, das gefällt Richtern und Geschworenen am besten, dazu kommen der Stress wegen dem Verlust Ihrer Stelle an der Universität und Ihre offensichtlichen Probleme bei der Kontrolle von Wut …«

»…«

»Sie wollen nicht reden? Na gut, dann rede ich. Bei diesem Berg an Beweisen, was glauben Sie, wie lange braucht ein Staatsanwalt, um vom Gericht einen Haftbefehl gegen Sie zu erwirken? Das kann ich Ihnen sagen: keine Sekunde. Und wie wird wohl ein Richter urteilen, wenn er jemanden vor sich hat, der lügt, kleine Studentinnen fickt und die eigene Frau schlägt? Bestimmt alles andere als milde.«

Im Verhörraum breitete sich eine unerträgliche Stille aus, in der Nonnis zu versinken schien.

»Also?«, fragte Eva schließlich, nachdem sie anderthalb Minuten hatte verstreichen lassen.

»Was, also?«, murmelte er mutlos.

»Wollen Sie, dass ich Ihren Rechtsanwalt anrufe?«

Der Mann wischte sich mit dem Handrücken über die Augen und die Stirn. Auf seiner Seite glänzte die Tischoberfläche von den Schweißtropfen, die ihm vom Gesicht geperlt waren.

»Nein«, murmelte er nach ein paar Sekunden.

116

Polizeipräsidium Cagliari

»Verdammt, die ist aber wirklich gut«, meinte Farci, der das Verhör per Video verfolgt hatte.

»O ja«, stimmte ihm Adele Mazzotta beeindruckt zu. »Sie hat ihn total in die Ecke gedrängt, bis er keine Kraft mehr hatte, weiterhin alles abzustreiten.«

»Hmm, ja, sie ist ganz gut«, sagte Mara und verschränkte genervt die Arme vor der Brust.

Ihr Chef und die Staatsanwältin sahen sie leicht belustigt an.

»Ganz gut?«, wiederholte Farci. »Scheiße noch mal, die ist Spitzenklasse, Mara.«

»Also jetzt übertreib mal nicht!«

Mara hatte mit Nonnis' Frau leider nicht so viel Glück gehabt: Als sie Rita Masia das Bild von dem Drohbrief gezeigt und dazu erklärt hatte, dass die Spurensicherung diesen in ihrem Haus gefunden hatte, war die Frau in hysterisches Weinen ausgebrochen, und der Beamtin war es nicht mehr gelungen, sie zu beruhigen. Angesichts dieser Nervenkrise hatte sich Mara über die eigene Dummheit geärgert: Sie war davon ausgegangen, dass die Ehefrau von dem Drohschreiben gewusst hatte, aber offensichtlich hatte sie sich geirrt. Nonnis musste es vor seiner Frau verheimlicht haben. Daher hatte sie zu Rita Masia gesagt, sie würden nun eine Pause machen, und sie allein gelassen. Sie selbst war zu Farci gegangen, um das Verhör der Kollegin mitzuverfolgen.

»Er verheimlicht etwas«, sagte Mara zu den beiden anderen. »Eva hat ihm klargemacht, dass man ihn wegen Mordes anklagen wird, bei dem die Vorsätzlichkeit und die sexuelle Gewalt erschwerend dazu kämen, und er hat nicht mal gezuckt. Da gibt es etwas, was ihm mehr Angst einjagt als eine Verurteilung zu lebenslänglicher Haft, und ich denke nicht, dass es seine Frau ist.«

Farci und Adele Mazzotta widersprachen nicht. Sie wussten, dass Mara recht hatte.

»Willst du rein und sie unterstützen?«, schlug Farci vor.

»Nein, das würde nichts bringen. Der da wird nicht reden.«

Adele Mazzotta wollte etwas sagen, doch da winkte ein Kollege von der Mordkommission Farci zu, um seine Aufmerksamkeit zu erregen.

»Nicht jetzt«, wehrte Farci unwirsch ab und wandte sich wieder dem Monitor zu.

»Es ist wichtig, Dottore. Es geht um Ilaria.«

Sofort wandten sich alle drei dem Beamten zu und sahen ihn fragend an.

»Jetzt red doch endlich«, drängte Mara ungeduldig.

»Ilaria … hat es nicht geschafft. Sie ist vor ein paar Minuten gestorben.«

Mara sah, wie Farci zusammenzuckte, als wäre er von einer Kugel getroffen worden. Er griff mit einer Hand nach seiner Brust und krümmte sich zusammen, sodass der Kollege ihn stützen musste.

Sie führten ihn zu einem Stuhl, und irgendwer wählte den Notruf.

»Nein, keinen Krankenwagen. Mir geht es gut … Es war nur kurz der …«

Seine Augen füllten sich mit Tränen.

Mara musste sich abwenden, denn als sie Farci so sah, wurde sie selbst vom Schmerz übermannt.

Vor ihren Augen sah sie noch einmal Ilarias weit aufgerissene Augen, als sie ihr die Wunde abdrückte, und sie spürte wieder, wie das warme Blut ihrer Kollegin ihre Bluse tränkte. Mara unterdrückte ein Schluchzen und setzte sich, auch ihre Beine gaben nach, während die tragische Nachricht sich wie ein Virus im Präsidium ausbreitete.

117

Verhörraum 1, Polizeipräsidium Cagliari

Der Verzicht auf einen Rechtsbeistand hatte bei Eva Croce die Alarmglocken schrillen lassen. Obwohl sie Valerio Nonnis noch keinen Ausweg gezeigt hatte – etwas, das bei einer Unterredung dieser Art eigentlich niemals fehlen darf, und tatsächlich wollte sie ihm den gerade anbieten –, hatte er den Wunsch geäußert, allein weiterzumachen, obwohl er sich der Risiken für sich selbst dabei bewusst war.

Warum?, fragte sie sich.

Ihr fiel dazu nur eine einzige einigermaßen plausible Erklärung ein: Weil es etwas gibt, das ihm mehr Angst einjagt als das Gefängnis. Oder besser gesagt, *jemanden*.

Eva wusste, dass sie nicht lockerlassen durfte, daher spielte sie nun die Karte mit dem Drohbrief aus.

»Was soll ich davon halten?«, fragte sie und zeigte ihm das Foto davon auf ihrem Handy.

»Ich habe nichts zu sagen.«

»Jemand ist bei Ihnen zu Hause eingebrochen, hat auf der Suche nach diesem mysteriösen Video Ihr Heim fast komplett auseinandergenommen, hat Ihre Kinder bedroht, und Sie haben nichts zu sagen? Was für ein Vater sind Sie eigentlich?«

»…«

»Hat Ihre Frau das gesehen?«

Dem Aufblitzen von Furcht in seinem Gesicht entnahm Eva, dass es Nonnis gelungen war, das Drohschreiben vor seiner Frau zu verstecken.

»Hören Sie, Professore, ich möchte, dass Ihnen eines klar ist. Ein anderer Ermittler als ich wäre schon vor einer ganzen Weile aufgestanden und mit einem Staatsanwalt zurückgekehrt, um Sie verhaften zu lassen. Aufgrund meiner Erfahrung kann ich sagen, dass die Beweise, die Sie belasten, wasserdicht sind, während die zu Ihrer Entlastung gar nichts taugen. Mein vorrangiges Interesse besteht allerdings darin, dass keine Unschuldigen für die Schuld anderer bezahlen müssen. Ich denke dabei besonders an Ihre Familie. Dieses Schreiben ist deutlich: Man bedroht Ihre Kinder. Sie müssen mir sagen, *wer* das ist. Wir können Sie beschützen.«

»Sie wissen ja gar nicht, wie gern ich Ihnen glauben würde«, sagte Nonnis mit einem traurigen Lächeln.

»Wie meinen Sie das?«, fragte Eva verwirrt.

»Sie waren nicht einmal in der Lage, Melis im Gefängnis zu beschützen. Und genauso wenig seine rechte Hand. Oder glauben Sie ernsthaft, dass die sich selbst umgebracht haben?«

Diesmal war Eva sprachlos. Sie zögerte etwas, dann fragte sie: »Wer steht hinter dieser Geschichte?«

Der Anthropologe schüttelte den Kopf. »Sie sind wirklich naiv. Sie glauben, Sie hätten die Situation unter Kontrolle, aber Sie haben nicht die geringste Vorstellung von dem, was tatsächlich vor sich geht.«

»Dann sagen Sie es mir.«

»Um dann so zu enden wie Melis? Nein, vielen Dank.«

Evas Verstand lief auf Hochtouren: Sie musste unbedingt eine verletzliche Stelle im psychologischen Schutzpanzer des Mannes finden.

Die Antwort ist Dolores. Kehr wieder zu diesem Thema zurück, sagte sie sich.

»Hören Sie, gehen wir noch einmal einen Schritt zurück, denn da ist noch eine andere Sache, aus der ich nicht ganz schlau werde … Sie und Dolores hatten seit mehr als einem

Jahr ein Verhältnis. Und doch gibt es nur sehr wenige nachweisliche Telefonkontakte zwischen Ihnen beiden, was für eine so intime Beziehung ungewöhnlich ist. Ich glaube, dass Sie und die Studentin für die Kommunikation Wegwerfhandys benutzten.«

Eva meinte fast, das Geräusch zu hören, mit dem sich in seiner Deckung ein Riss auftat. Sie hatte richtig geraten.

»Sie hatten ja bereits Erfahrung mit außerehelichen Beziehungen und wussten daher, wie Sie es anstellen konnten, keine Spuren zu hinterlassen. Wenn das Blut in Ihrem Auto das von Dolores sein sollte, dann wären Sie nach dem aktuellen Stand der Dinge die letzte Person, die Dolores lebend gesehen hat.«

»Was hat das damit zu tun?«

»Sehr viel, denn Sie hätten Zeit genug gehabt, die Handys zu beseitigen.«

»…«

»Vielleicht ist Ihnen eines nicht bewusst. Ich gebe zu, momentan kennen wir die Telefonnummern der beiden Handys nicht. Allerdings … Soweit mir die beiden Kollegen vor Ort berichtet haben, ist Gergei keine Großstadt. Hm, was meinen Sie, wie viele Einwohner wird es dort geben, tausend?«

»Worauf wollen Sie hinaus?«

»Sie befanden sich außerhalb des Ortes, das wissen wir von Ihrem persönlichen Handy. In jener Nacht, wie viele Handys waren wohl dort im freien Gelände aktiv?«

»…«

»Wissen Sie, was die Kollegen von der Postpolizei gerade machen? Sie überprüfen alle Signale, die in dem fraglichen Zeitraum in der Gegend ausgesendet wurden, in der Ihr Handy geortet wurde.«

Nonnis konnte seine Überraschung nicht verbergen.

»Es ist nur eine Frage von Stunden oder vielleicht auch

nur Minuten, bis wir die Nummern Ihrer geheimen Handys haben, da diese sich mit denselben Zellen wie Ihr eigenes verbunden haben. Sie sehen also, ich brauche Ihre Hilfe gar nicht mehr, um die Wahrheit herauszufinden. Wir können den Verlauf von Ihren Nachrichten auslesen, Ihre Telefonate nachverfolgen, die Positionen und so weiter. Ich biete Ihnen hier die letzte Gelegenheit. Wenn Sie noch über einen Rest Intelligenz verfügen, dann kooperieren Sie jetzt … Was haben Sie dort gemacht?«

»Es gibt etwas, das Sie nicht verstehen, Dottoressa: Weder Sie noch Ihre Kollegen können mich beschützen«, sagte Nonnis in einem ganz neutralen, nahezu resignierten Tonfall. »Es ist, als wäre auch ich schon tot.«

Das sagte er mit einer solchen Selbstverständlichkeit, dass Eva merkte, wie sich ihr die Nackenhärchen aufrichteten.

Dann brach Nonnis in ein hysterisches Gelächter aus und konnte nicht mehr aufhören.

118

Territorium der Ladu, Oberland der Barbagia

Der Leichnam war gewaschen, eingekleidet und neben dem erloschenen Kamin auf ein Holzbrett gelegt worden, ein Tisch diente als Bahre, über alles hatte man ein weißes Laken gebreitet. Die *attitadoras*, die Klageweiber, hatten sich ihrem Alter entsprechend um Gonarias Leichnam versammelt, schwarz und starr wie Raben. Nur ein Dutzend Kerzen erleuchtete die improvisierte Totenkammer. Es herrschte vollkommene Stille.

Als Bastianu das kleine Haus am Rand der Siedlung betrat, öffneten die Frauen ihren Kreis und ließen ihn durch. Mit fast andächtiger Vorsicht hob er das Laken und enthüllte das Gesicht seiner Tante. Er wunderte sich, wie sehr der Tod ihre Züge entspannt hatte, sodass sie wesentlich jünger wirkte.

Bastianu strich ihr zärtlich über die Wangen und holte so den letzten Gruß nach, den er ihr nicht hatte schenken können, als sie ihr Leben aushauchte. Dann beugte er sich vor und küsste die Lippen der Tante, wobei er ein Schluchzen unterdrücken musste.

Unter normalen Umständen hätten die *attitadoras* geschrien, sich die Haare gerauft und die Kleider zerrissen. Als Kind und als junger Mann hatte Bastianu oft Totenwachen seiner Familie beigewohnt, stets waren sie gekennzeichnet von einer heftigen Zurschaustellung des Schmerzes mit lautem Wehklagen und Schluchzen der alten Frauen, die sich manchmal auch vom Leid geschüttelt zu Boden warfen.

Aber an diesem Abend blieben die Frauen stumm und starr, so wie er es ihnen befohlen hatte. Gonarias Tod würden sie später beklagen.

Bastianu gab den Vettern ein Zeichen, die Leiche fortzuschaffen, und nahm die Schaufel, die ihm Boele, einer seiner Brüder, reichte. Damit würde er selbst das Grab ausheben. Dann setzte er sich an den Kopf des Trauerzugs, die Frauen folgten ihm.

Plötzlich trat Boele an seine Seite und raunte ihm ins Ohr: »Bastia', ich weiß, dass der Moment unpassend ist, aber Nereu hat gerade angerufen. Sie haben deinen Sohn und das Mädchen gefunden.«

Das Familienoberhaupt nickte, wischte sich die Tränen aus den Augen und erwiderte leise: »Sag ihm, er soll sie so schnell wie möglich nach Hause bringen, alle beide. Koste es, was es wolle. Und behalte das für dich, ja?«

Der Bruder nickte und scherte aus dem Trauerzug aus. Während er schnellen Schrittes zur Siedlung der Ladu lief, wurde ihm bewusst, dass er Bastianu zum ersten Mal in seinem Leben hatte weinen sehen, und das bestürzte ihn zutiefst.

119

Verhörraum 2, Polizeipräsidium Cagliari

Mara unterbrach die Wiedergabe des Videos auf dem Laptop und klappte ihn zu. Mit übereinandergeschlagenen Beinen starrte sie Rita Masia kühl an. Vor wenigen Minuten war sie auf eine Idee gekommen: Sie hatte einen der Männer, die sich mit den Aufnahmen der Verhöre beschäftigten, gefragt, ob er ihr einen Auszug des Gesprächs zwischen Eva und Valerio Nonnis zur Verfügung stellen könnte. Der Kollege meinte, das sei kein Problem, und hatte ihr das Video auf den Laptop geladen. Und nach dem Anblick der gebrochenen Frau ihr gegenüber zu urteilen, hatte diese Eingebung zu dem erhofften Ergebnis geführt.

»Das ist die Lage, in der sich Ihr Mann befindet«, sagte Mara nun in einem neutralen Tonfall. Ohne sie weiter zu bedrängen. Nonnis' Schweigepausen und Evas Aufzählung der Anschuldigungen gegen ihn hatten genügt, um die Frau in die Knie zu zwingen. »Sie hatten nicht erwartet, dass er so weit gehen würde, nicht wahr?«

Rita Masia schüttelte langsam den Kopf. Während des Videos war nicht eine Träne über ihre Wangen gelaufen. Ihr Schmerz saß tiefer.

»Meine Kollegin war sehr deutlich zu Valerio, daher werde ich Ihnen gegenüber auch ganz ehrlich sein. Ihr Mann war an dem Mord an Dolores Murgia beteiligt.«

Die Frau presste sich eine Hand vor den Mund, um einen Schrei zu ersticken.

»Wenn Sie es wagen, erneut loszuheulen, dann lasse ich

Sie hier sitzen, rufe den Staatsanwalt und lasse Sie unter der Anschuldigung der Mitwisserschaft und Beihilfe zum Mord ins Gefängnis werfen«, knurrte Mara. »Wissen Sie, was das bedeutet? Wenn Sie wieder entlassen werden, sind Ihre Kinder gerade mit dem Gymnasium fertig.«

Sie ließ der Frau ein paar Sekunden, damit sie diese Drohung verarbeiten konnte.

»Wollen Sie das wirklich? Hinter Gittern landen, um den Mann zu decken, der Sie betrogen hat und mehrfach das Leben Ihrer Kinder in Gefahr gebracht hat?«

Rita Masia schüttelte energisch den Kopf.

»Also, Sie haben einen Mund zum Reden; hören Sie auf mit Ihrer Pantomime. Können Sie mir etwas zu diesem Video sagen, ja oder nein?«

»Nein, ich weiß gar nichts.«

»Wissen Sie denn überhaupt etwas? Wenn Sie mir nichts anbieten, dann weiß ich nicht, wie ich Ihnen helfen soll. Ohne Informationen kann ich den Staatsanwalt kaum überzeugen, bei Ihnen ein Auge zuzudrücken.«

»In jener Nacht hat er gegen elf Uhr das Haus verlassen. Er hat mir nicht gesagt, wohin. Am nächsten Morgen kam er zurück, er stand wie unter Schock. Er hatte die Hände voller Blut, als ob er auf jemanden eingeprügelt hätte.«

Mara warf einen triumphierenden Blick in die verborgene Mikrokamera, dann richtete sie ihre Augen wieder auf die Frau ihr gegenüber. Sie setzte sie nun nicht mehr unter Druck. Für einen Prozess war es immer besser, eine freiwillige Aussage nicht zu unterbrechen, um zu vermeiden, dass die Verteidigung von Zeugenmanipulation sprechen konnte.

»Er wollte mir weder erzählen, was ihm zugestoßen war, noch, wo er gewesen war … Er hat mir gesagt, ich solle Geduld haben, dass er einen Weg gefunden habe, um an etwas Geld zu kommen, und dass er damit alles regeln würde. Ich solle keine Fragen stellen, sondern ihn decken, falls jemand kommen und nachfragen würde, wo er gewesen war.«

Geld, Sex, Blut: die Heilige Dreifaltigkeit des Verbrechens, dachte Mara. Doch sie sagte nichts, hörte nur weiter zu.

»Er hat es mir bis zum Erbrechen wiederholt: ›Du musst dich ganz normal verhalten und darfst auf keinen Fall Aufmerksamkeit erregen‹ … Ich habe das nicht verstanden, oder besser, ich habe begriffen, dass er sich irgendwie in Schwierigkeiten gebracht hatte, aber an so etwas hätte ich niemals gedacht.« Sie zeigte auf den Computer. »Alles, aber doch nicht so was.«

Rais gab ihr noch etwas Zeit, doch als sie merkte, dass Rita Masia nichts mehr sagte, fragte sie: »Für das Folgende müssen Sie wirklich klar denken können. Atmen Sie also ein paarmal tief durch und hören Sie mir gut zu, denn es geht um Ihr Leben und um das Ihrer Kinder. Fällt Ihnen ein Motiv ein, warum Ihr Mann vom Monte Arci bis nach Gergei gefahren sein könnte? Was wollte er dort? Haben Sie dort zufällig ein Ferienhaus oder wohnen Freunde oder Verwandte in dieser Gegend?«

Rita Masia trocknete sich die Augen und zog die Nase hoch, dann murmelte sie: »Ich will Garantien, und zwar schwarz auf weiß.«

Mara lachte laut auf. »Meinen Sie das ernst, Signora? Glauben Sie etwa, das hier ist eine Folge von *Criminal Minds*?«

»Ich will Garantien«, wiederholte die Frau eisern.

»Garantien … Na klar, eine kann ich Ihnen gleich geben.« Sie stand auf, trat hinter die Frau und flüsterte ihr ins Ohr: »Ich garantiere Ihnen, dass Sie eine ganze Weile nicht aus dem Knast kommen. Und sagen Sie mir, wer wird Ihre Kinder beschützen, wenn sowohl Sie als auch Ihr Mann hinter Gittern sitzen?«

Rita Masia überraschte sie, indem sie sich ungerührt zeigte.

Daraufhin ging Mara ganz nonchalant zur Tür. »Legt ihr

Handschellen an und schafft sie fort«, sagte sie zu den beiden uniformierten Beamten, die ins Zimmer kamen. Mara war schon zur Tür hinaus, als sie die schrille Stimme der Frau hörte.

»Ein Ferienhaus! Wir haben ein altes Landhaus, das ich von meinen Eltern geerbt habe, etwas außerhalb von Gergei.«

Mara lächelte und zwinkerte Eva zu, die draußen auf sie gewartet hatte, dann gingen sie gemeinsam zurück in den Verhörraum.

120

Mordkommission, Polizeipräsidium Cagliari

Als ich hierherkam, dachte ich doch tatsächlich, ich könnte hier so eine Art Urlaub verbringen«, sagte Eva, während sie an einem Cracker aus dem Automaten im Pausenraum knabberte.

Mara prustete los, während sie ihre Hände mit einem Feuchttuch säuberte. Jedes Mal, wenn sie aus einem Verhör kam, fühlte sie sich irgendwie schmutzig. »Urlaub ... was auch sonst.«

»Ich habe das Gefühl, dass wir hier die x-te Nacht durchmachen werden.«

»Darauf kannst du Gift nehmen. Meinst du, er ist es gewesen?«, fragte Mara.

Sie waren in dem kleinen Raum, von dem aus sie die Aufnahmen der Überwachungskameras betrachten konnten, einschließlich der in den Verhörräumen. Eva starrte auf Nonnis: Er war inzwischen seit über einer Stunde allein, hatte die Ellenbogen auf dem Tisch aufgestützt und den Kopf in die Hände gelegt. Er schien völlig erschöpft, und doch hatte er sich nicht wegen dieser nervenzehrenden Wartezeit beklagt, nicht ein einziges Mal. Er wirkte eher gelangweilt.

»Ganz ehrlich? Ich weiß es nicht. Es gibt da einiges, was für mich nicht zusammenpasst«, gestand Eva.

Verhörraum Nummer zwei war leer. Nach der Enthüllung von dem Landhäuschen in Gergei hatten die beiden Beamtinnen Rita Masia in einen Streifenwagen gepackt und ihr angeordnet, den Kollegen den Weg dorthin zu zeigen. Ein kleines Team der Spurensicherung begleitete sie, das eine erste Ortsbesichtigung und eine eventuelle Tatortanalyse machen sollte, falls ihre Verdachtsmomente sich erhärten sollten.

»Bei all den Beweisen, die ihn belasten? Eva, nicht einmal Perry Mason könnte ihm in letzter Instanz vor lebenslänglichem Knast bewahren. Der Kerl ist erledigt.«

Mit Schichtende hatten sich die Büros geleert. Viele Beamte waren für einen letzten Gruß zu Ilaria Deidda gefahren, darunter auch Farci. Auch Mara hätte sich gern von ihr verabschiedet, aber sie konnte nicht. Sie warteten auf einen Anruf, der ihnen hoffentlich die Schuld des Anthropologen definitiv bestätigen würde.

»Wenn Barrali erfährt, dass der Professore, von dem er sich hat helfen lassen, seine Informationen benutzt hat, um einen Mord zu inszenieren ... Ich will mir gar nicht ausmalen, wie er reagieren wird«, sagte Mara. »Da kann man wirklich nur hoffen, dass die Demenz sein Gehirn schon zerfressen hat.«

»Du bist wirklich ein schrecklicher Mensch.«

»Ich hab das nur zu seinem Besten gesagt, was denkst du denn?«

Der Vibrationsalarm ihres Handys verhinderte eine Fortsetzung ihres Geplänkels.

»Das sind sie«, sagte sie zu ihrer Kollegin.

Eva rief die Staatsanwältin, die sich ein paar Schreibtische weiter mit Kopfhörern noch einmal das Verhör von Nonnis angesehen hatte. »Es sind die Kollegen von der Spurensicherung.«

»Sehr gut.« Adele Mazzotta kam zu ihnen.

Mara hatte die Unterhaltung laut gestellt. »Da wären wir. Bei uns ist auch Sostituto Procuratore Mazzotta. Dann erzählen Sie mal.«

»Wir haben das Haus nach den Angaben der Frau gefunden, und nach einer ersten Begehung meinen wir, dass es der Ort sein könnte, an dem das Opfer versteckt wurde.«

Die drei Frauen erschauerten. Tief in ihrem Inneren hatten sie immer noch gehofft, sich zu irren.

»Woraus schließen Sie das?«, fragte Adele Mazzotta.

»Überall verteilt Blutspuren. Dann etwas, das als Fesseln und als Knebel gedient haben könnte, auch die weisen Blutspuren auf. Überreste von langen dunklen Haaren. Ich wiederhole, das ist nur eine erste Untersuchung, und wahrscheinlich ist da noch mehr. Ich wollte Ihnen nur sofort Bescheid …«

»Das haben Sie gut gemacht«, lobte Eva. »Wir bitten Sie nur, dass Sie uns, wenn möglich, ein paar Bilder vom Haus schicken, damit wir uns eine ungefähre Vorstellung machen können.«

»Kein Problem.«

»Was meinen Sie, lassen die ersten Eindrücke darauf schließen, dass dort jemand zusammengeschlagen wurde?«, fragte Mara.

»Auf den ersten Blick würde ich sagen, nein. Ich wiederhole, es wirkt eher, als wäre das Opfer hier gefangen gehalten worden. Wahrscheinlich war es schon verletzt, jedenfalls blutete es.«

»Falls Sie irgendwelche Handys finden sollten, rufen Sie uns bitte sofort an«, bat Adele Mazzotta.

»Natürlich, Dottoressa.«

»Bis später, und danke.« Mara beendete das Gespräch.

Die Frauen wechselten nervöse Blicke. Keine Minute später kamen die ersten Bilder.

»Die Arme«, flüsterte die Mazzotta beim Betrachten der Fotos. Die Aufnahmen von dieser Bruchbude fachten ihren Zorn und ihren Wunsch nach Gerechtigkeit erneut an.

»Gehen wir«, sagte Mara und wandte sich wieder in Richtung Verhörraum.

Eva packte sie am Arm und hielt sie zurück. »Warte. Zuerst sollten wir uns absprechen. Wenn wir dort unvorbereitet reingehen, laufen wir Gefahr, alles zu ruinieren.«

»Sie hat recht«, stimmte die Staatsanwältin zu.

»Überlegen wir kurz, was in diesen Nächten passiert ist und in welcher Reihenfolge«, schlug Eva vor. »Nehmen wir mal an, dass Dolores wirklich bei Melis und den Neonuraghikern war, okay? Gegenwärtig wissen wir bloß, dass Nonnis in diese Gegend gefahren ist. Wahrscheinlich bringt er die Studentin in seinem Auto weg, dann haben sie einen heftigen Streit, er wird handgreiflich, und dann – wenn die Zeiten mit der Rekonstruktion von Trombetta übereinstimmen – fällt Dolores nach den Schlägen in ein Präkoma.«

»Der Bastard macht sich ins Hemd, weil er kein Killer ist«, fuhr Mara fort. »Da er nicht weiß, was er tun soll, bringt er sie an einen ruhigen Ort. Zum Landhäuschen der Ehefrau in Gergei.«

»Warum hat er sie nicht dort gelassen oder einfach den Notruf gewählt?«, fragte die Staatsanwältin.

»Vielleicht weil er Angst hatte, dass die junge Frau aufwacht oder ihn wegen irgendetwas anzeigt«, überlegte Mara.

»Also war es besser, sie an einen sicheren und entlegenen Ort zu bringen und darauf zu warten, dass sie wieder zu sich kommt«, spann Eva die Theorie weiter.

»Aber als ihm klar wurde, dass sie nicht mehr das Bewusstsein erlangen würde …«

»Da hat er kapiert, dass es keine Alternative gab. So kam er auf die Idee, die Schuld jemand anderem in die Schuhe zu schieben, warum also nicht Melis?«, erwiderte Eva. »Später würde er sich darum kümmern, das Haus zu reinigen und die Spuren zu beseitigen, aber in dem Moment war das vordringlichste Problem, die Studentin aus dem Weg zu schaffen.«

Mara nickte. »Ja, das haut hin.«

»Und das Video? Welche Rolle spielt es bei dem Ganzen? Und wie passen in diese Rekonstruktion die mysteriösen Todesfälle von Melis und seiner rechten Hand?«

Die beiden Beamtinnen starrten Adele Mazzotta an, ohne eine vernünftige Antwort auf ihre Fragen zu finden.

»Wir haben doch von Anfang an bei diesen Ermittlungen eine Art, wie soll ich sagen, übergeordnetes Level bemerkt, oder?«

Die beiden Beamtinnen nickten zustimmend.

»Wir hatten den Verdacht, dass Melis von wichtigen Persönlichkeiten gedeckt würde. Und bei dem Verhör des Professore hat sich genau dasselbe ergeben. Er hat Dottoressa Croce gesagt, dass weder sie noch ihre Kollegen ihn beschützen könnten. Das bringt uns zu der Annahme, dass auch er Opfer dieses ›übergeordneten Levels‹ sein könnte, nicht wahr?«

»Nehmen wir mal an, dass dem so ist«, schlug Eva vor. »Was ist mit dem Video? Welche Rolle spielt es?«

»Vielleicht hatte Nonnis etwas in der Hand, das eine dieser Personen kompromittieren könnte«, überlegte Mara.

»Und wie ist er da rangekommen?«, fragte die Staatsanwältin.

Mara zuckte mit den Schultern.

»Dolores«, antwortete Eva an ihrer Stelle. »Vielleicht liegt der Schlüssel bei der Studentin.«

»Wie meinst du das?«

»Überleg mal, Rais. Wir vergessen, dass Dolores seit mehreren Monaten mit den Neonuraghikern verkehrte, und wir wissen, dass sie in Wirklichkeit seit geraumer Zeit ein Verhältnis mit Nonnis hatte, und Nonnis hasste Melis. Ich glaube nicht, dass sie davon keine Kenntnis hatte. Wohl eher das Gegenteil. Das ist ein wichtiges Verbindungsstück.«

»Barrali hat uns gesagt, dass er den Verdacht hatte, in dieser Sekte gingen auch hochrangige Persönlichkeiten ein und aus«, sagte Mara fast seufzend. »Sie wissen schon, Dottoressa, ›die großen Drei‹ eben.«

»Genau.« Evas Lippen verzogen sich zu einem wehmütigen Lächeln. »Gehen wir noch einen Schritt zurück, und erinnern wir uns daran, dass Nonnis wusste, dass seine Universitätskarriere beendet war.«

»Ergo auch das Geld«, ergänzte die Staatsanwältin. »Und seine Frau hat im Verhör gesagt, ich zitiere: ›Er hat mir gesagt, dass er einen Weg gefunden habe, an etwas Geld zu kommen.‹«

»Bingo.« Mara erahnte, wohin die Überlegungen der beiden anderen führen würden. »Der Bastard könnte das Mädchen als eine Art Spitzel innerhalb der Sekte benutzt haben, um an kompromittierendes Material zu gelangen, mit dem er jemanden erpressen konnte.«

»Gésu Cristu …«, murmelte Adele Mazzotta.

»Und aus dem Drohbrief und dem auf den Kopf gestellten Haus und seiner Weigerung zu kooperieren würde ich schließen, dass ihr das gelungen ist«, sagte Eva. »Aber dann ist die Sache durch irgendwas aus dem Ruder gelaufen.«

»Die Vergewaltigung! Dolores wurde vergewaltigt. Das DNA-Material unter ihren Fingernägeln lügt nicht: Melis und dieser andere Mistkerl haben sie vergewaltigt«, schaltete Adele Mazzotta sich ein. »Vielleicht konnte sie fliehen und hat Nonnis angerufen, damit er sie holen kommt.«

Eva nickte. »Aber etwas ist dann schiefgelaufen. Sie haben gestritten. Warum?«

»Vielleicht weil Dolores einen Rückzieher gemacht hat oder weil sie Angst hatte. Vielleicht wollte sie ihm nicht die Beweise für das ausliefern, was sie gesehen hatte. Vielleicht hat sie in jener Nacht etwas wirklich Schreckliches erlebt oder hat Personen kennengelernt, die zu mächtig sind, um sie zu erpressen … Das werden wir aber vielleicht niemals erfahren«, überlegte die Staatsanwältin.

»Es sei denn, er sagt es uns«, wandte Mara ein.

»Warum sollte er? Er vertraut uns nicht«, sagte die Mazzotta.

»Nein, darum geht es nicht«, unterbrach Eva die Kolleginnen. Die beiden sahen sie fragend an.

»Schaut ihn euch an«, sagte sie und zeigte auf den Monitor. »Kommt er euch wie ein verzweifelter Mann vor? Mir nicht. Er weiß, dass ihm keiner was anhaben kann, da er noch ein Ass im Ärmel hat.«

»Das Video«, murmelte Adele Mazzotta.

»Genau. Damit befindet er sich in einer Pattsituation. Vor allem jetzt, wo er in unserer Hand ist und diese Leute keinen Zugriff auf ihn haben.«

»Was machen wir also?«, fragte Mara.

»Wir müssen vor den anderen an dieses Video gelangen«, sagte die Staatsanwältin.

121

Verhörraum 1, Polizeipräsidium Cagliari

Es sah so aus, als sei Nonnis vom Schlaf übermannt worden. Das war gar nicht so ungewöhnlich: Die emotionale Belastung durch die Verhörsituation löste bei Personen, die normalerweise nichts mit Polizeibeamten und Polizeistationen zu tun hatten, einen enormen Stress aus. Aber – und das gab Eva zu denken – wäre sie Nonnis gewesen, die Anspannung hätte sie fest im Griff gehabt, mal abgesehen von dem stundenlangen, harten Verhör, und sie hätte um nichts auf der Welt ein Auge schließen können.

Mara löste das Problem, indem sie mit den Händen auf den Tisch schlug und damit ohrenbetäubenden Lärm verursachte.

Nonnis wachte schlagartig auf und schreckte vom Stuhl hoch.

»Guten Morgen«, begrüßte ihn Mara ironisch und setzte sich an die andere Seite des Tisches. »Na, gut geschlafen?«

Eva setzte sich ebenfalls und konfrontierte ihn ohne große Umschweife direkt mit den Handyfotos von dem Häuschen in der Nähe von Gergei. »Kommt Ihnen das bekannt vor?«

Nonnis war schockiert.

»Es ist alles nur eine Frage der Zeit, wie Sie sehen«, sagte Eva und steckte ihr Handy wieder ein. »Mit der Zeit kommt alles heraus.«

»Das ist ein bisschen wie mit der Scheiße … oder besser gesagt, genau wie mit jedem Abschaum«, meinte Mara spöttisch. »Wirklich nett, dieses Bed and Breakfast des Grauens.

Was hat Dolores dazu gesagt? Wie viele Sterne hat sie dir gegeben?«

»…«

»Hat er mir das jetzt übelgenommen?«, fragte Mara ihre Kollegin. Eva fiel auf, dass sie ihn plötzlich duzte, anscheinend wollte sie ihn richtig in die Mangel nehmen.

»Tja. Ich fürchte schon.«

»Ich …«, stammelte der Mann.

»Ach, du hast deine Zunge doch nicht verschluckt. Was für eine gute Nachricht!«

»Möchten Sie uns jetzt nicht etwas über das Video erzählen?«, schlug Eva vor.

Bevor Nonnis etwas sagen konnte, schwang die Tür auf, auf der Schwelle stand Vicequestore Grattaglia, gefolgt von einem Mann, der so elegant wirkte, als wäre er gerade dem Cover der GQ entstiegen.

»Raus, alle beide!«, knurrte Grattaglia und warf ihnen einen vernichtenden Blick zu.

Der Coverboy schlüpfte schnell in den Raum, im Vorbeigehen zwinkerte er Mara zu.

»Du? Ich fass es nicht! Soll das ein Scherz sein?«

»Was ist hier los?«, fragte Eva ihre Kollegin.

»Ihr seid zu weit gegangen, das ist hier los«, antwortete der Dandy. Er setzte sich neben Nonnis und flüsterte ihm etwas ins Ohr, während er ihm ein Formular überreichte.

»Was ist denn an dem Wort ›raus‹ so schwer zu verstehen?«, zischte Grattaglia.

Als sie sich wieder zu Nonnis umwandte, beobachtete Eva, wie er etwas unterschrieb.

»Dürfte ich bitte ein paar Minuten mit meinem Mandanten sprechen? Allein.«

»Scheiße«, zischte Eva.

Sie und Mara fügten sich den Tatsachen und verließen den Raum. Bevor er die Tür schloss, wandte sich der Anwalt noch einmal an den Vicequestore und sagte: »Dottore, es ist Ihnen bestimmt bekannt, aber Dottoressa Rais ist meine Ex-Frau, und das Verhältnis zwischen uns ist zurzeit nicht gerade harmonisch. Wenn Sie wollen, schicke ich Ihnen auch ein schriftliches Gesuch, aber mir scheint dies ein hinreichender Grund zu sein, um sie von dem Fall abzuziehen, glauben Sie nicht? Ich meine, zum Besten aller, *in primis* für die Transparenz der Ermittlungen.«

»Was zum Teufel ist hier los?«, schimpfte Adele Mazzotta, die in den Flur gestürmt kam.

Maras Ex-Mann schloss grinsend die Tür.

»Die beiden haben in fremdem Terrain gewildert«, erklärte Grattaglia. »Wo ist Farci?«

»Im Krankenhaus, bei Deidda«, antwortete Mara.

»Dottor Grattaglia, können wir kurz reden?«, fragte Staatsanwältin Mazzotta scharf.

Er nickte knapp, dann wandte er sich an seine beiden Untergebenen: »Rais, du bist ab sofort raus aus dem Fall.«

»Aber …«

»Geh nach Hause, bevor ich richtig wütend werde. Morgen früh um acht in meinem Büro erstattest du mir Bericht. Croce, hast du vielleicht schon den Abschlussbericht der Kommission wegen des tödlichen Schusswaffeneinsatzes im Dienst bekommen?«

»Nein, Dottore.«

»Ich auch nicht. Was zum Teufel hast du dann hier zu suchen?«

»…«

»Verschwindet, alle beide!«

122

Siedlung der Ladu, Oberland der Barbagia

Sie warfen ihn Bastianu vor die Füße wie einen Sack Dünger. Die Hände hatten sie ihm auf dem Rücken gefesselt und ihm einen dunklen Leinensack über das Gesicht gestülpt. Aufgrund der undeutlichen Laute, die unter dem groben Stoff hervorkamen, begriff Bastianu, dass man ihn geknebelt hatte. Der junge Mann trat um sich und wehrte sich wie ein Tier.

»Schluss jetzt!«, sagte sein Vater.

Beim harten Klang der Stimme erstarrte Micheli.

Bastianu gab Nereu ein Zeichen, der daraufhin den Sack herunternahm. Sie befanden sich in der Werkstatt von Benignu Ladu. Bastianu saß im Schaukelstuhl des alten Mannes. Seine Augen waren starr auf den Sohn gerichtet. Das unheimliche Knarren des Stuhls, der diesen Riesen nur mit Mühe trug, schien die Stille in Scheiben zu schneiden.

»Du hast mich verraten.«

In diesen harten dunklen Augen nahm Micheli die gesamte Enttäuschung und all den Schmerz des Vaters wahr. Und er begriff, dass, ganz gleich welcher Bestrafung man ihn unterziehen würde, keine ihm so viel Qual bereiten konnte wie dieser Blick. Es war wie ein Abschied. Und diese Erkenntnis brachte ihn fast um.

»Du hast mich und deine ganze Familie verraten … *Tzia* Gonaria ist gestorben. Benignu wird ihr bald nachfolgen. Wenn du auf mich gehört hättest, wäre das alles vermutlich nicht geschehen.«

Bastianu nahm die Maske, die sein Großvater geschnitzt hatte. Er stand auf, ließ sie zu Boden fallen und trampelte mehrmals mit den Arbeitsstiefeln darauf herum, zerstörte dieses Wunderwerk, das so viel Schweiß gekostet hatte.

»Jetzt ist es zu spät, um die Dinge wieder in Ordnung zu bringen. All das Schlimme, was kommt, und du kannst sicher sein, es wird kommen, nun, an alldem trägst du allein die Schuld.«

Bevor er ging, drehte der Mann sich noch einmal kurz um und sagte: »Du hast mir das Herz gebrochen, mein Sohn.«

Micheli stand auf und versuchte, all seine Verzweiflung herauszuschreien, aber seine Onkel hatten die Tür schon geschlossen und den schweren Riegel vorgeschoben. Er hörte, wie der Schlüssel im Schloss herumgedreht wurde, und ließ sich niedergeschlagen auf den Boden sinken wie eine verlorene Seele.

123

Parkplatz, Polizeipräsidium Cagliari

Bevor die beiden entmutigt, erschöpft, aber auch wütend das Präsidium verließen, hatte Adele Mazzotta Eva eine Nachricht geschickt, sie wolle sie auf dem Parkplatz treffen. Nun saßen sie in Maras Wagen und warteten auf sie, jede hing ihren Gedanken nach.

»Wenigstens kleidet er sich mit Geschmack«, sagte Eva plötzlich und brach damit das Schweigen.

Mara musste lachen, Eva dann auch.

»Stimmt, ein richtiger Scheißtyp, aber perfekt angezogen.«

»Er könnte ja auch ein richtiger Scheißtyp und dazu noch scheiße angezogen sein. Sieh doch das Positive daran.«

»Oh, vielen Dank, Croce. Du hast mir gerade eine richtige Dosis Selbstwertgefühl verpasst.«

»Ist er gut in seinem Job?«

»Leider ja. Sehr gut.«

»Nach meinem kurzen Eindruck zu urteilen, also, wenn ich mir die Uhr, die Schuhe und den Anzug ansehe, glaube ich kaum, dass Nonnis sich einen Profi in dieser Preisklasse leisten kann.«

»Darauf kannst du wetten. Er liegt vollkommen außerhalb seiner finanziellen Möglichkeiten, und das gilt für die meisten Leute, die ich kenne. Er ist ein Shooting-Star bei Gericht.«

»Und wie erklärst du es dir dann?«

»Dass er mit mir zusammen war? Leck mich, Croce«, ging Mara hoch.

»Nein, Blödsinn«, sagte Eva grinsend. »Ich meinte, dass er so einfach aus dem Nichts aufgetaucht ist. Ich glaube, den hat jemand geschickt.«

»*Die?*«

»Wer sonst? Überleg mal: Ihre Quelle im Präsidium hat ihnen gesteckt, dass wir einen Haufen Beweise haben und drauf und dran sind, Nonnis zu knacken, und da schicken sie ihren besten Strafverteidiger, weil sie befürchten, dass wir dieses ominöse Video – falls es wirklich existiert – vor ihnen finden könnten. Und rein zufällig ist der Typ auch noch dein Ex-Mann.«

»Ein schlauer Schachzug, denn wie du gesehen hast, hat man mich von dem Fall abgezogen, als wir gerade kurz davorstanden, die Wahrheit herauszufinden.«

»Stimmt es denn, dass ihr beide auf Kriegsfuß steht?«

»Willst du das als Polizistin wissen oder als Frau?«

»Beides.«

»Er hat mir so viel Schmerz zugefügt. Der Kerl ging so ungefähr mit jeder ins Bett. In der letzten Zeit unserer Ehe versuchte er nicht einmal mehr, das zu verheimlichen. Er hat mich so gedemütigt, dass ich irgendwann aufgegeben habe.«

»Das tut mir leid.«

»Um auf deine Frage zu antworten: Ich hasse ihn.«

»Also schließt du aus, dass er dir sagen würde, wer ihn beauftragt hat?«

»Völlig unmöglich. Vergiss es.«

Eva wusste nicht, warum, aber sie war kurz davor, sich ihrer Kollegin zu öffnen und von Maya zu erzählen; sie spürte, es war der richtige Moment dafür, vielleicht weil Mara zum ersten Mal diese künstliche Kaltschnäuzigkeit abgelegt hatte, hinter der sie ihr eigentliches Wesen versteckte. Aber als sie begann, unterbrach Mara sie.

»Da ist sie. Komm.« Sie öffnete die Autotür und stieg aus in die schneidend kalte Dunkelheit.

Eva folgte ihr, beide gingen der Staatsanwältin entgegen.

»Lebt der Vicequestore noch, oder haben Sie ihn zum Abendessen verspeist?«

Adele Mazzotta lächelte ein wenig und steckte sich eine Marlboro an. Dann rieb sie sich den Bauch und sagte: »Ich bin noch am Verdauen.«

Mara und Eva mussten lachen.

»Sie beide haben ausgezeichnete Arbeit geleistet, das wollte ich Ihnen sagen.«

»Schade, dass das nicht viel nützen wird«, antwortete Mara und versuchte krampfhaft, der Versuchung zu widerstehen, sie um eine Zigarette anzuschnorren.

»Das sagen Sie.«

»Vielleicht schaffen Sie es ja, Nonnis dranzukriegen, aber bestimmt nicht den, der gekommen ist, um ihm den Arsch zu retten. Entschuldigen Sie den Ausdruck, Dottoressa.«

»Glauben Sie, Grattaglia gehört auch zu der Bande?«, fragte Eva.

»Ich weiß es nicht. Aber ich hatte mehr den Eindruck, dass man ihn aus dem Bett geholt und gezwungen hat, sich anzuziehen, damit er dieses ›Problem‹ löst. Vielleicht kam die Anordnung von jemandem, der noch über ihm steht.«

»Bestimmt vom Questore«, bemerkte Mara.

»Wahrscheinlich. Jedenfalls habe ich es nur hinbekommen, dass Sie dabeibleiben, Croce. Für Sie, Rais, war nichts zu machen.«

»Das überrascht mich nicht, Dottoressa.«

»Es tut mir leid. Ich habe darauf bestanden, dass Grattaglia Sie in die Sonderkommission aufnimmt, Croce, denn jetzt, wo Nieddu, Erriu und Deidda nicht mehr dabei sind, weiß ich nicht, wem ich außer Farci noch vertrauen kann. Sie beide haben mir bewiesen, dass Sie auf meiner Seite stehen, und ich kann Ihnen versichern, dass ich keine Ruhe geben werde, bis der Fall abgeschlossen ist. Also geht es morgen wieder an die Arbeit für Sie, Dottoressa Croce. Und was Sie betrifft, Rais ...«

»Hm, das klingt für mich nach der Arschkarte ...«

»Nein, keineswegs. Ich wollte Sie gern bitten, uns Rückendeckung zu geben, wenn Sie können.«

Mara nickte.

»Gut. Ich muss jetzt wieder rein, um noch etwas Papierkram zu erledigen. Aiello und Ferrari sind zurück und unterstützen mich dabei. Und Sie gehen jetzt schlafen, das haben Sie sich verdient.«

Bevor Adele Mazzotta sich zum Gehen wandte, fand Eva den Mut, es auszusprechen. »Entschuldigen Sie, Dottoressa, ich würde Sie gern noch um etwas bitten.«

»Eine von Ihren vollkommen abwegigen Bitten, wie üblich?«, fragte die Mazzotta, aber sie lächelte dabei.

»Genau.«

Mara sah sie entgeistert an.

»Ich bin da gerade an etwas dran, und bitte halten Sie mich nicht für verrückt.«

Die letzte Bemerkung machte die beiden anderen Frauen neugierig.

»Sie haben mein Ehrenwort, Croce. Los, raus damit.«

124

Territorium der Ladu, Oberland der Barbagia

Der Gestank nach Verfall und Krankheit war inzwischen unerträglich geworden. Als der Enkel sich dem Zimmer näherte, glaubte er fast, sein Großvater wäre schon gestorben. Aber so verhielt es sich nicht, obwohl auch dessen körperliche Erscheinung das Gegenteil vermuten ließ.

»Bastianu. Endlich hast du den Mut gefunden, zu mir hinaufzukommen«, nuschelte der alte Mann, und seiner Stimme, die schon von jenseits des Grabes zu kommen schien, hörte man eine gewisse Ironie an.

Dieses *endlich* ließ bei Bastianu alle Warnglocken schrillen. Die Holzdielen ächzten unter seinem Gewicht, während er zum Bett ging. Er versuchte, den widerwärtigen Gestank auszublenden, setzte sich ans Kopfende des Bettes, in dem sein Großvater zusammengekrümmt auf der linken Seite lag, und legte ihm eine Hand auf den Rücken.

»Hast du nicht einmal den Mut, es mir zu sagen?«

Wieder kam es Bastianu vor, als würde der Alte tief in seine Seele blicken. »Was meinst du?«

»Sicher, ich bin alt und blind. Und ich liege im Sterben. Aber ich bin kein Idiot.«

Bastianu wurde rot vor Scham.

»Meine Tochter.«

Bastianu seufzte tief und schloss die Augen. »Sie ist leider von uns gegangen.«

»Dachtest du wirklich, ich hätte das nicht mitbekommen?«

»Sicher. Verzeih mir, *mannoi*.«

»Hat sie sehr gelitten?«

Lügen hatte hier keinen Sinn. Nicht bei ihm. »Ja, ich denke schon. Sie hatte keinen schönen Tod.«

»Genau wie in meinen Träumen.«

»Es tut mir leid, ich bin kein guter Enkel gewesen. Und auch kein guter Vater.«

»Sie haben ihn dir nach Hause gebracht, stimmt's? Deinen Sohn.«

Woher zum Teufel weiß er …, dachte er, doch dann fügte er sich der Tatsache, dass der alte Mann vielleicht über ein höheres Wissen verfügte. Vielleicht sprach er ja wirklich mit den Schatten.

»Ja. Er ist jetzt in deiner Werkstatt. Eingesperrt wie ein Dieb.«

»Das Mädchen …«

»Esdra.«

»Ja. Sie sind zusammen geflohen, nehme ich an.«

»Ja, *mannoi.*«

»Du hast es immer noch nicht begriffen, was?«

»Was habe ich nicht begriffen?«

»Hast du wirklich geglaubt, er könnte fähig sein, das Mädchen zu töten, das er liebt? Dass seine Liebe für die Göttin groß genug sein würde, um ein solches Opfer zu bringen?«

Bastianu erstarrte.

»Wenn er wirklich so stark, wenn er wirklich mein und dein Erbe gewesen wäre, hätte er es ohne zu zögern getan, so wie du es mit deiner Frau getan hast … Aber das ist nicht geschehen. Er hat es vorgezogen zu fliehen. Uns zu verraten.«

Bestürzt fragte Bastianu: »Du hast schon gewusst, dass …?«

»Natürlich. Nur dir mussten die Augen geöffnet werden. Sein Vater zu sein hat dich daran gehindert, die Wahrheit zu erkennen. Ich habe es nicht für ihn getan, sondern für dich, Bastianu.«

Erst in diesem Moment erkannte er wirklich, wie wenig er der Rolle des Familienoberhauptes gewachsen war. Bastianus Augen wurden feucht, weil er begriff, was der alte Mann gleich von ihm verlangen würde.

»Nein, das kann ich nicht«, stammelte er.

»Wenn du es nicht kannst, dann töte mich jetzt und hier mit deinen eigenen Händen. Ich sterbe lieber, als zuzusehen, wie meine Familie zerfällt ... Und wenn dir selbst der Mut fehlt, mir diese Erleichterung zu verschaffen, mich so zu erlösen, gib mir das Messer, dann tue ich es selbst.«

»Du wusstest es von Anfang an«, wiederholte Bastianu, der nun offen seine Bestürzung zeigte. »Du wusstest, dass er fliehen würde ...«

125

Viale Poetto, Cagliari

Bevor sie das Büro verließ, hatte Eva noch das Foto ausgedruckt, das ihr Mara in der vorigen Nacht geschickt hatte. In ihrer Mansarde heftete sie es neben die Aufnahmen von Dolores an die Wand. Das Bild mit ihnen allen, Nieddu, Ilaria, auch sie und Mara, wie sie fröhlich lächelnd in die Kamera blickten, hob sich von der Düsternis der anderen Fotos ab und erhellte all dieses Dunkel mit einem Augenblick des Glücks, den das Selfie eingefangen hatte. Und in dem Moment wusste sie, dass dieses Foto sie immer begleiten würde, ganz egal, wohin sie auch ging.

Ihre Finger glitten über die Gesichter, und sie betete stumm für die beiden verstorbenen Kollegen. Dann öffnete sie Mayas Trolley und entnahm einer Innentasche einen vakuumverschlossenen Plastikbeutel. Sie holte die roten Zöpfe ihrer Tochter hervor, die sie ihr mit Tränen in den Augen abgeschnitten hatte, bevor sie ihr die tödliche Dosis Kaliumchlorid gespritzt hatte, mit der sie Mayas unerträglichen Qualen ein Ende bereitet und sich selbst zur Hölle auf Erden verdammt hatte. Eva legte die Zöpfe auf das Bett und streichelte sie mit geschlossenen Augen, damit der physische Kontakt mit der Erinnerung das Gefühl in ihr wachrief, wie sie der Kleinen über die Haare strich. »Ich spüre, dass du gehst«, flüsterte sie in den leeren Raum hinein. »Ich weiß nicht, ob das gut oder schlecht ist, aber ich habe begriffen, dass ich es zulassen muss.«

Ihre Finger glitten über die seidigen Haare und vermittelten ihr die Illusion, sie wäre wieder in diesem Klinikzimmer und würde ihr zuhören.

Die Insel und dieser Fall waren für sie so etwas wie ein reinigendes Fegefeuer gewesen. Das hatte sie vor einer Stunde begriffen, als sich der Nebel in ihrem Kopf verzog und sie die Lösung für den Mord an Dolores klar vor Augen hatte.

»Vielleicht bin ich ja verrückt, aber mir kam es so vor, als hättest du mich auf diese Insel geführt, als hättest du gewusst, dass ich das tun musste, um Dolores zu befreien und dich, und um …«

Es fiel ihr schwer, sich das einzugestehen. Aber sie fasste Mut und sprach es aus: »Und um dich gehen zu lassen, mein Schatz.«

Sie öffnete die Augen und stellte fest, falls Maya je in dieser Mansarde gewesen wäre, dann war sie nun nicht mehr da.

Sie führte die Zöpfe an die Nase, aber ihr Duft war schon lange verflogen.

»Danke, dass du mir verziehen hast«, sagte sie und legte sich auf das Bett.

Als der Schlaf sie überkam, umschlossen ihre Finger immer noch Mayas Zöpfe.

Auf ihrem Gesicht lag das entspannte Lächeln von jemandem, der keine Angst mehr vor seinen Träumen hat.

126

Territorium der Ladu, Oberland der Barbagia

Mit mühsamen Bewegungen streckte der alte Mann sich aus.

»Natürlich wusste ich es«, flüsterte er kurz darauf.

»Also sollte nicht Micheli das Opfer bringen, sondern ich«, sagte Bastianu, immer noch fassungslos.

Benignu nickte kaum merklich.

»In Zeiten großer Not reicht es nicht, eine unserer Frauen zu opfern. Das genügt der Göttin nicht ... Wenn die Erde leidet und der Himmel keine Ruhe findet, dann muss der *mazzamortos* auf das verzichten, was ihm das Liebste auf der Welt ist, damit ihn die Göttin der Vergebung für würdig erachtet.«

»Dann hast du meinen Vater geopfert. Er ist nicht an einer Krankheit gestorben, das warst du ...«

Dem alten Mann liefen Tränen über die Wangen und verloren sich wie zwei Wasserläufe in den tiefen Falten seines Gesichts.

»Ich habe es getan, um dich zu retten, deine Brüder, alle Ladu und die Menschen, die in diesen Bergen leben. Wir sind die Wächter der Göttin. Es ist unser Schicksal, uns für das Wohl der Gemeinschaft zu opfern. So ist es seit vielen Jahrhunderten.«

Bastianu baute sich in seiner ganzen hünenhaften Größe auf.

»Als ich meinen Sohn getötet habe, bekam ich einen anderen. Dich«, flüsterte Benignu.

Sein Enkel beugte sich zu ihm herunter und nahm seinen Kopf zwischen die Hände. Er ignorierte den widerwärtigen Geruch nach Tod und küsste sein Gesicht, befeuchtete die Lippen mit bitteren Tränen, in der Erinnerung daran, wie schön es gewesen war, wenn dieser Riese, sein Großvater, ihn in den Arm genommen hatte, als er ein kleiner Junge war. Nun waren die Rollen vertauscht.

»Ich muss dich nicht töten«, sagte Bastianu leise. »Und du musst es auch nicht tun … Was meinen Vater angeht, hast du das Richtige getan. Wir alle müssten dir für deine Entscheidung dankbar sein.«

Benignu seufzte.

Sein Enkel küsste ihn auf die Stirn und ließ ihn los. »Nun ist es an mir, das Gleiche zu tun.«

Der alte Mann versuchte ein Lächeln. Er begriff, dass er endlich in Frieden sterben konnte.

»Lebwohl, *mannoi*«, verabschiedete Bastianu sich von ihm und drückte ihm zum letzten Mal die Hand.

127

Capitana, Vorort von Quartu Sant'Elena

Eva hatte gewartet, bis Mara ihr Gespräch beim Vicequestore beendet hatte, dann waren sie beide ohne ein weiteres Wort in Richtung Parkplatz gegangen. Mara hatte den Motor gestartet und sie waren losgefahren. Auch während der ganzen Fahrt hatten sie geschwiegen.

Erst als sie den Wagen in der Nähe von Barralis Haus abstellte, brach Mara das Schweigen.

»Bist du sicher, dass du das tun willst?«

Eva nickte.

»Dann lass uns gehen.«

Grazia öffnete ihnen die Tür und kam lächelnd auf sie zu. »Guten Tag, ihr beiden.«

Sie begrüßten einander und tauschten ein paar Höflichkeiten aus.

»Wie geht es ihm?«, fragte Eva.

Ein dunkler Schatten legte sich auf Grazias Gesicht. »Nieddus Tod hat ihn tief getroffen. Das hat ihn förmlich umgeworfen.«

»Es hat uns alle kalt erwischt«, sagte Mara. »Aber Moreno hat sicher am meisten darunter gelitten. Er und Nieddu sind ja Kollegen gewesen.«

»Wo ist er?«, fragte Eva.

»Hinten, im Garten. Ich habe ihm etwas körperliche Arbeit aufgetragen«, erklärte Grazia mit einem Augenzwinkern.

»Also …«, begann Eva, die sich nicht wohl in ihrer Haut fühlte.

»Ihr müsst mit ihm über den Fall sprechen, das habe ich begriffen«, unterbrach Grazia sie mit einem Blick auf die Akten, die Mara bei sich trug. »Das ist in Ordnung. Dann nutze ich doch die Gelegenheit und gehe kurz einkaufen. Seine Krankheit ist jetzt so weit fortgeschritten, dass ich Angst habe, ihn allein zu lassen. Oder macht es euch etwas aus?«

»Nein, überhaupt nicht. Wir können bei ihm bleiben, kein Problem«, versicherte ihr Mara.

»Ausgezeichnet. Ihr kennt ja den Weg, oder?«

Die beiden Beamtinnen nickten.

»Dann bis später.«

»Bis später.«

Eva und Mara wechselten einen langen Blick und gingen zu Barrali, der im Garten hinter dem Haus damit beschäftigt war, die Pflanzen zu gießen.

»Hände hoch!«, rief Mara laut, was Barrali hochschrecken ließ.

Eva schüttelte nur den Kopf und verbarg ihr Gesicht hinter einer Hand. »Im Ernst?«

»Ich konnte einfach nicht anders. Entschuldige, Moreno.«

Barrali fuhr sich mit der Hand an die Brust und fluchte unterdrückt im Dialekt der Barbagia.

Mara musste darüber lachen und setzte sich unter die Pergola.

»Verzeih ihr bitte, Moreno. Sie hatte wahrscheinlich eine schwere Kindheit«, entschuldigte Eva sie.

»Das sagt gerade die Richtige!«, protestierte Mara.

»Verdammt, du hättest mich beinahe zu Tode erschreckt, aber das zahle ich dir heim, Rais.« Barrali ließ sich neben Mara auf einen der schmiedeeisernen Stühle fallen.

»Erst mal guten Tag, euren Besuch habe ich nicht erwartet.«

»Ja, entschuldige«, sagte Eva und setzte sich ebenfalls.

»Wir haben neue Entwicklungen im Fall und wollten dich um deine Einschätzung bitten. Ich sage dir aber gleich, die Sache wird dir nicht gefallen.«

Barrali zog die Gartenhandschuhe aus und nickte, zum Zeichen, dass er trotzdem einverstanden war. »Das überrascht mich nicht. Soll ich euch etwas bringen? Einen Kaffee?«

»Ich mach das.« Mara stand auf und ging in die Küche.

Eva gab Barrali die Akten.

»Muss ich mir große Sorgen machen?«, fragte er, während er seine Lesebrille herausholte.

»Es geht um eine deiner Quellen, Valerio Nonnis, den Anthropologen. Wir glauben, er hat Dolores getötet.«

128

Capitana, Vorort von Quartu Sant'Elena

Eine halbe Stunde später war Barrali wieder auf dem neuesten Stand der Ermittlungen. Er schloss die Akte und setzte seine Lesebrille ab. »Das habt ihr verteufelt gut gemacht. Wirklich ausgezeichnet.«

»Wir hatten große Unterstützung von der Mazzotta. Ohne ihre Hilfe und ihre Rückendeckung wären wir nicht weitergekommen«, erklärte Eva.

»Das mit deinem Ex-Mann tut mir leid«, sagte Barrali zu Mara. »Ein richtiger Schlag unter die Gürtellinie.«

»Ich kann dir sagen, es hat mich gar nicht so überrascht. Von einem Mistkerl wie ihm war das zu erwarten.«

»Wie kann ich euch helfen? Mir scheint, ihr habt ausgezeichnete Arbeit geleistet.«

»Da ist eine Sache, die nicht ins Bild passt«, sagte Mara.

»Die wäre?«

»Die Geschichte läuft bis zu einem bestimmten Moment glatt. Dann geht etwas schief, und zwar genau in der Nacht von *sa die des sos mortos*«, fuhr Mara fort.

»Wir haben Nonnis zwei Mal befragen können«, führte Eva weiter aus. »Und beide Male haben wir bemerkt, dass der Dreckstyp ernsthafte Probleme hat, seine Wut zu kontrollieren, aber er handelt nicht kaltblütig. Ganz im Gegenteil. Ich hatte ihn in Nullkommanichts am Rande eines Zusammenbruchs, und da wurde mir klar, dass er nie einen Mord begehen könnte. Zumindest nicht den an Dolores, der Kaltblütigkeit und akribische Planung erforderte.«

»Es sei denn, er hätte alles bis in die kleinsten Details geplant, inklusive einer Art Notfallplan«, wandte Barrali ein.

Eva und Mara wechselten einen Blick, dann wandte Eva sich ab und sah auf das tiefblaue Meer. Dies ist der erste richtige Herbsttag, seit ich auf die Insel gekommen bin, dachte sie. Am Himmel zogen dunkle Gewitterwolken auf. In spätestens einer Stunde würde ein Wolkenbruch niedergehen.

»Nein«, sagte sie und richtete ihre Augen auf Barrali. »Wir glauben, dass es anders gewesen ist.«

»Und wie?«

»Nun, wer weiß das besser als du, Moreno?«, meinte Mara, ihre Stimme zitterte vor Wut dabei.

»Valerio hat Dolores nicht getötet«, sagte Eva. »Das warst du.«

129

Capitana, Vorort von Quartu Sant'Elena

»Wie seid ihr darauf gekommen?«, fragte Barrali nach einem kurzen Schweigen.

»Frag sie das«, sagte Mara. »Es war ihre Idee.«

Barrali sah Eva an und zuckte mit den Schultern. »Willst du dir nicht wenigstens diese Befriedigung gönnen?«

»Wir haben einen systemimmanenten Fehler begangen: immer nur wie Polizistinnen zu denken. Wir haben uns ausschließlich damit befasst, tragfähige Beweise für eine unanfechtbare Anklage zu finden, und das hat uns in die Irre geführt und daran gehindert, das Offensichtlichste zu erkennen. Ein kapitaler Fehler … Als ich mich jedoch in Nonnis hineinversetzt und mich gefragt habe, was ich an seiner Stelle getan hätte, mit einer jungen Frau, die praktisch im Koma lag, Spuren von ihrem Blut überall in meinem Wagen und jeder Menge Beweise, die ausschließlich auf mich deuten, da bist du mir in den Sinn gekommen.«

»Warum das?«

»Weil die Wahrheit nie kompliziert ist. Die Wahrheit ist immer äußerst banal. Und ich an Nonnis' Stelle hätte in dieser Situation, vollgepumpt mit Adrenalin und mit der Angst, dass man mich erwischt, die mich am klaren Denken hindert, ich hätte das Natürlichste auf der Welt getan: jemanden um Hilfe gebeten.«

»Und wen, wenn nicht meinen lieben Freund bei der Polizei?«, fuhr Mara fort. »Also dich, den Einzigen, der ihm aus dieser Situation hätte heraushelfen können.«

»Um ganz sicher zu gehen, habe ich die Mazzotta gebeten, die Anruflisten deines Handys kontrollieren zu lassen. Tief in meinem Innern habe ich gehofft, dass ich mich irre.«

»Aber sie hat sich nicht geirrt«, warf Mara ein.

»Bei der Auswertung haben wir entdeckt, dass du in der Nacht vor dem Mord einen Anruf von einer unbekannten Nummer erhalten hast. Daraufhin bist du zu Nonnis' Ferienhaus in der Nähe von Gergeï gefahren, wo er die junge Frau hingebracht hatte.«

»Die Geolokalisierungsdaten deines Handys beweisen, wo du gewesen bist«, sagte Mara. »Genau wie einige Fingerabdrücke am Tatort, die die Spurensicherung dort genommen und als deine identifiziert hat.«

Barrali sagte nichts, einen Moment glaubten die beiden schon, sie hätten ihn verloren. Doch dann forderte er Eva auf, sie solle fortfahren.

»Wir können natürlich nicht wissen, was genau in jener Nacht passiert ist und was ihr miteinander besprochen habt. Wir glauben aber, dass du, nachdem du festgestellt hast, dass für die junge Frau jede Hilfe zu spät kam, den Vorschlag gemacht hast, einen Mord vorzutäuschen und die Schuld auf Melis zu schieben, um die Ermittlungen in eine falsche Richtung zu lenken.«

»Als Croce mir diesen Floh über dich ins Ohr gesetzt hat, noch bevor sie die Anruflisten hatte, habe ich sie für verrückt erklärt. Da hat sie mir von den Geschehnissen im November 1961 erzählt … Dein Motiv ist klar. Indem du in Serri einen Ritualmord in Szene gesetzt hast, und zwar mit den gleichen Merkmalen wie bei den früheren Verbrechen, glaubtest du, du würdest genug Aufmerksamkeit erzeugen, damit man die alten Akten wieder in die Hand nehmen würde, die dich seit damals nicht losgelassen hatten. Frisches Blut, damit ein alter, inzwischen von allen längst vergessener Fall wiederaufgenommen würde.«

»Du hattest inzwischen begriffen, dass wir beide allein nicht in der Lage sein würden, deine Sache voranzubringen, deshalb hast du uns sozusagen ›unter die Arme gegriffen‹«, ergänzte Eva.

»So hast du auf einen Schlag Nonnis aus der Scheiße geholfen und die Ritualmorde wieder ins Rampenlicht gerückt«, sprang Mara ihr bei. »Ein genialer Schachzug.«

»Wir sind uns ziemlich sicher, dass du der Maulwurf warst, der die Presse informiert hat, richtig?«, fragte Eva.

Barrali nickte.

»Du wusstest, dass dein Kopf dich langsam im Stich ließ und dass dies vielleicht deine letzte Chance wäre, eine Wiederaufnahme des Falles zu erreichen, oder irre ich mich?«

»Nein, Mara, du irrst dich nicht.«

»Ich nehme an, Grazia weiß nichts davon?«

»Nein. Sie hat nichts damit zu tun. Haltet sie bitte raus aus der Geschichte.«

Eva nickte. Barrali tat ihr leid. Er war so besessen von diesem Fall, dass er sogar einen Mord begangen hatte, um Gerechtigkeit zu erlangen. Er war die Inkarnation eines furchtbaren Paradoxons, der Albtraum von jedem, der nach der Wahrheit sucht: dass einem jedes Mittel recht wird, weil man eine Mission hat. Und doch war es gerade diese zwar widernatürliche, aber auch zutiefst menschliche Tat, aufgrund derer Eva sich ihm nahe fühlte. Sie waren einander ähnlicher, als er dachte. Auch sie hatte einen Menschen für einen höheren Zweck getötet und sich dabei selbst verloren. Deshalb fiel es ihr auch so schwer, seine Tat zu verurteilen.

»Du hättest etwas gründlicher darin sein können, die Spuren für deine Verwicklung in die Sache zu verwischen«, gab ihm Mara zu bedenken.

»Das hätte ich tun können, aber es war mir gleichgültig. Ich wusste, dass die Wahrheit früher oder später ans Licht kommen würde. Ich hätte allerdings nicht gedacht, dass es so schnell geschieht ... Ich hatte euch unterschätzt ...«

»Warum hat Nonnis die junge Frau geschlagen? Ich nehme an, dass du ihn danach gefragt hast, oder?«, wollte Eva wissen.

»Anfangs hatte Nonnis nur eins vor, sich an Melis zu rächen. Er hatte Dolores dazu überredet, in den Kreis der Neonuraghiker einzutreten, um Beweise zu beschaffen, mit denen er ihn in Misskredit bringen konnte. Er wusste damals schon, dass einige hochrangige Persönlichkeiten die Sekte frequentierten, aber er hatte keine Beweise. Als Dolores ihm erzählte, was sie dort gesehen hatte, kam ihm eine Idee.«

»Er stattete die junge Frau mit einer versteckten Mikrokamera aus«, folgerte Eva.

»Genau ... Aber in der Nacht auf den 31. lief für Dolores alles dramatisch aus dem Ruder. Man forderte sie auf, sich an Orgien zu beteiligen, aber sie lehnte ab. Deshalb setzte man sie unter Drogen und vergewaltigte sie. Wieder und wieder ... Das erklärt euch, warum ich kein Problem damit hatte, diesem Bastard Melis etwas anzuhängen: Er sollte dafür bezahlen, egal wie.«

»Erzähl weiter«, sagte Mara.

»Keine Ahnung, wie sie es geschafft hat, aber Dolores konnte aus dem Lager entkommen und Valerio anrufen, der sie von dort fortbrachte. Ich weiß nicht, was dann passiert ist. Was er mir erzählt hat, riecht auf einen Kilometer nach Lüge ... Ich glaube, er hat sie gefragt, ob sie Aufnahmen machen konnte, wahrscheinlich hat sie das bestätigt, aber auch gesagt, dass sie nicht mehr weitermachen wollte, weil die Personen, die sie heimlich gefilmt hatte, wirklich mächtig waren. Vielleicht hat sie sich auch geweigert, ihm die Mikrokamera zu geben. Da muss er den Kopf verloren haben. Oder sie hat gedroht, ihn anzuzeigen und alles seiner Frau zu erzählen, und was dann geschah, könnt ihr euch selbst ausmalen.«

»Du hast ihr die Kehle durchgeschnitten, oder?«

»Ja, Mara. Nonnis hätte das nie geschafft. Falls es dich beruhigt: Die junge Frau lag im Präkoma und reagierte auf keinerlei Reize mehr. Hätte ich auch nur die geringste Chance gesehen, sie zu retten oder wieder zu Bewusstsein zu bringen, hätte ich ihr kein Haar gekrümmt. Das schwöre ich beim Leben meiner Frau.«

»Hast du dieses Video gesehen?«, fragte Eva.

»Nicht nur das, Croce«, meldete Mara sich zu Wort. »Er *hat* es, richtig? Deshalb hat Nonnis deinen Namen noch nicht genannt, du bist jetzt das Zünglein an der Waage.«

»Ihr habt ausgezeichnete Arbeit gemacht. Es tut mir leid, dass ich euch getäuscht habe, und ich werde mir nie verzeihen, dass Nieddu gestorben ist, weil … aber ich habe nicht die Absicht, noch weiter zu gehen.«

»Warum?«

»Zu eurem Schutz. Ihr habt gesehen, was mit Melis und Curreli passiert ist. Und es kann gut sein, dass es Nonnis ebenso ergeht. Vergesst das Video. Es ist nicht so wichtig für die Ermittlungen.«

Eva wollte schon insistieren, aber sie bemerkte, dass Barrali nicht sie, sondern jemanden hinter ihr anblickte. Als sie sich umdrehte, sah sie Adele Mazzotta mit Aiello und Ferrari herankommen. Die Zeit, die die Staatsanwältin ihnen zugestanden hatte, war vorüber.

Barrali stand auf. »Es war mir eine Freude, mit euch zusammenzuarbeiten«, sagte er zu den beiden Polizistinnen. Seine Stimme klang dabei so ehrlich, dass selbst Mara es nicht fertigbrachte, etwas dagegen zu sagen.

»Mir auch, Moreno«, sagte Eva und streckte ihm die rechte Hand hin, die der Mann mit einem Lächeln nahm. Beim Blick in seine sanften, ruhigen Augen konnte sie ihn keinen Augenblick als Mörder betrachten.

130

Valle delle Anime, Oberland der Barbagia

Da es hier draußen so kalt war, schloss Micheli, dass sie sich in großer Höhe befanden. Wegen des Sacks, der immer noch über seinen Kopf gestülpt war, konnte er nicht sehen, wo sie waren.

»Bleib stehen«, befahl ihm sein Onkel und packte ihn am Arm.

Als sie ihm die Kopfbedeckung abnahmen, wich Micheli instinktiv zurück. Er stand am Rand eines tiefen Abgrunds.

»Das sind etwa zweihundert Meter«, sagte Bastianu, der hinter ihm stand, die Hände auf dem Rücken verschränkt.

Micheli fuhr herum und sah seinen Vater an, der in einen dicken Umhang aus unbehandelter Schafswolle gehüllt war.

»Als ich ein kleiner Junge war, führte der schnellste Weg vom Hochplateau ins Tal über diesen Felsgrat. Natürlich gehörte Mut dazu. Um auf die andere Seite zu kommen, musste man zwei Meter über den Abgrund springen. Wer das nicht wagte und sich vor Angst in die Hose machte, war dem Spott des ganzen Dorfes ausgesetzt.«

»Babbu …«

Bastianu fuhr fort, als wäre sein Sohn nicht da: »Einmal wollte eine kleine Base von uns, sie hieß Badora, unbedingt mitkommen und deshalb auch versuchen zu springen. Ich war damals sechs Jahre alt, aber ich sehe es so deutlich vor mir, als wäre es erst vor fünf Minuten passiert. Sie nahm Anlauf und sprang. Einen Moment lang sah ich sie in der

Luft schweben und dachte, sie würde es schaffen … aber … Weißt du noch, Nereu?«

Sein jüngerer Bruder nickte. »Was von ihr übrig blieb, sah aus wie eine Frucht vom Erdbeerbaum, die ein Esel zertrampelt hatte.«

Bastianu lachte. »Ich würde sagen, das trifft es genau.«

»*Ba'*, ich flehe dich an …«

»Weißt du, was? Ich glaube, du bist gar nicht mein Sohn. Wenn du es wärst, wäre ich jetzt nicht hier in dieser Lage.«

Micheli brach in Tränen aus.

Missbilligend schüttelte sein Vater den Kopf und zischte: »Ich schäme mich dafür, dich vor das Angesicht unserer Ahnen gebracht zu haben … Weißt du, was hier geschah?«

Micheli verneinte, denn er wollte erreichen, dass Bastianu weiterredete, um Zeit zu gewinnen.

»Wenn unsere Familienoberhäupter zu alt wurden, um die Familie zu führen, und ihre Körper anfingen, ihnen den Dienst zu versagen und sie zu demütigen, bereitete immer der älteste Sohn ein Festmahl vor, als gäbe es eine Hochzeit oder eine Geburt zu feiern, aber danach brachte er das Oberhaupt der Familie hier hinauf, manchmal trug er den Alten sogar auf dem Rücken.«

Micheli zitterte am ganzen Leib, weil er ahnte, worauf sein Vater hinauswollte. Er war überzeugt gewesen, dass er ihn nur erschrecken, ihm eine Lektion erteilen wollte. Aber der feste, ständig auf ihn gerichtete Blick nahm ihm allmählich diese Zuversicht.

»Der Jüngere gab dem Alten während des Fußmarschs Kräuter zu kauen. Sie vermochten den Geist zu beruhigen, ihm die Angst vor dem Tod zu nehmen, und wenn sie hier oben ankamen, lächelte der Alte glücklich und war bereit, sich zu opfern.«

Bastianu trat an den Rand der Kalksteinwand und blickte hinunter in den steinernen Abgrund. »Dann umarmte der junge Mann das Familienoberhaupt, der Alte gab ihm seinen Segen, und der Sohn stieß ihn hinab in die Leere … Dieser gewaltsame Tod besiegelte mit Blut die Übergabe des Amtes innerhalb der Familie. Der Alte opferte sich für den Fortbestand der Sippe, begreifst du?«

Micheli nickte.

»Wenn alles den richtigen Weg gegangen wäre, hättest du mich in einigen Jahren hier hinaufbringen und mich im Angesicht der Göttin opfern müssen. Mein Blut wäre hinunter bis in die Höhlen gelaufen und hätte dir und unserer Familie fruchtbare Jahre unter dem Schutz der Göttin gesichert.«

Bastianu wandte sich seinem Sohn zu. »Sieh uns an. Die Tradition ist unterbrochen, die Rollen sind vertauscht.«

Micheli schrie auf und versuchte, sich zu befreien.

Daraufhin gab sein Vater Nereu ein Zeichen, und dieser schob dem Neffen ein Stück Stoff in den Mund, mit dem er seine Schreie erstickte.

»Lass mich jetzt allein, Nereu«, bat Bastianu seinen Bruder; der nickte und machte sich auf den Rückweg zur Siedlung.

»Es ist wunderschön hier oben, nicht wahr? Es kommt einem vor, als könnte man über die ganze Insel sehen.«

Als Micheli versuchte wegzulaufen, schnellte Bastianu wie eine Raubkatze vor, packte ihn an einem Arm und zog ihn brutal an seine Brust. Er umarmte ihn so heftig, dass es Micheli die Luft nahm und es schien, als wolle er ihm alle Knochen brechen. In der Kraft dieser Umarmung lag die gesamte Verzweiflung eines Vaters.

»Scht, Scht. Stirb wenigstens wie ein Mann, mein Sohn«, flüsterte er ihm zu und küsste ihn auf den Mund. »Keine Angst, du wirst nichts spüren.«

Bevor er es sich anders überlegte, hob er ihn mit seinen kräftigen Armen hoch und schleuderte ihn hinab in den

Schlund des Abgrunds, dann wandte er sich ab, damit er nicht hinsehen musste.

Von dort oben hörte er nicht einmal den dumpfen Aufprall des Körpers, aber so etwas wie das Echo eines Frauenlachens, das zwischen den Felsen widerhallte.

Da spielt dir deine Phantasie einen Streich, dachte er und wischte sich die Tränen ab.

»A una bida nche l'ant ispèrdida in sa nurra de su notte. Custa morte est creschende li lugore a sa luna. Abba non naschet si sàmbene non paschet«, rezitierte er feierlich und blickte zum Himmel auf, wo sich dunkle Wolken zusammenballten. Einige Momente später zerrissen die ersten Donnerschläge die Luft, und es wurde schlagartig um ein paar weitere Grade kälter. Bastianu schaffte es gerade noch, unter einem Felsvorsprung Schutz zu suchen. Kurz darauf ging ein Wolkenbruch mit unerhörter Gewalt über dem Gebirge nieder.

In seinem ganzen Leben hatte er noch nie so viel Regen gesehen. Fasziniert beobachtete Bastianu das Unwetter. *Mannoi* hatte recht gehabt, das bedeutete, dass sein Werk noch nicht getan war. Er musste vollbringen, wozu sein Sohn nicht in der Lage gewesen war. Esdra musste sterben, um der Göttin, die ihnen verziehen hatte, ihre Dankbarkeit zu beweisen. Jetzt war keine Zeit für Tränen, das Ritual musste noch heute Nacht vollzogen werden.

Wenige Kilometer vom Valle delle Anime entfernt, in der Siedlung der Ladu, hörte Benignu durch das Fenster endlich das Rauschen des Regens. Er lächelte, glücklich darüber, dass sein Enkel auf ihn gehört hatte, und nach einigen Minuten hauchte er friedlich sein Leben aus.

Epilog

Ganz deutlich habe ich
eine andere Zeit gespürt
und ich bin ihr begegnet.

Marcello Fois,
Das unendliche Nicht-Enden

Brunnenheiligtum Santa Vittoria in Serri, Sommer 2017

Es ist ein seltsames Gefühl, hierher zurückzukehren, dorthin, wo alles begonnen hat. Ich habe mich entschieden, kurz vor Ende der Öffnungszeit zu kommen, um nicht den Touristenmassen zu begegnen. Der Mann, der mir das Ticket verkauft, fragt mich, ob ich einen Führer benötige. Er müsste mich eigentlich wiedererkennen, denn er hat Dolores an jenem Morgen vor neun Monaten gefunden. Aber das tut er nicht. Er hält mich für eine ganz normale Touristin, spricht mich sogar auf Englisch an. Ich gehe darauf ein und antworte ihm mit meinem besten Corker Akzent, dass ich keinen brauche. Seit ich meine natürliche rote Haarfarbe wiederhabe, werde ich oft für eine Ausländerin gehalten.

Während ich auf das Brunnenheiligtum zugehe, wird mir bewusst, dass ich die einzige im Dienst verbliebene Ermittlerin bin, die den Fall Dolores aus der Nähe verfolgt hat. Farci ist kurz vor Weihnachten gestorben. In der Nacht, in der wir Nonnis verhört haben, hatte er einen »stillen Infarkt«: Er hatte über Schmerzen geklagt, aber weitergearbeitet, als ob nichts wäre, was das Ganze verschlimmerte. Einen Monat später hat ihn auf dem Heimweg aus dem Präsidium ein Schlaganfall ereilt. Die Kollegen behaupten, das sei der letzte Schicksalsschlag in diesem verdammten Fall gewesen. Aus Sorge, wie Giacomo, Ilaria und Maurizio zu enden, hat Mara sich für ein Jahr beurlauben lassen: Sie musste mal da raus und hatte genug von den ganzen Gerüchten, sie wäre als Nächste dran. Niemand weiß, ob sie wiederkommt. Ich habe seit sechs Monaten nichts mehr von ihr gehört.

Vom obersten Punkt des Heiligtums genieße ich die Aussicht und habe mit einem Blick die gesamte Giara von Serri vor mir. Ein unglaublicher Ort, der einen mit der ganzen Welt versöhnt. Ich atme ein paarmal tief durch, dann gehe ich weiter, umgeben von meinen Erinnerungen.

Barrali hat uns inzwischen ebenfalls verlassen, es ist erst eine Woche her. Wenn ich heute hergekommen bin, dann auch seinetwegen. Heute Morgen hatte ich einen Brief in der Post. Er war so leicht, dass ich schon dachte, der Umschlag wäre leer. Auf dem Brief waren weder Briefmarke noch Absender; nur zwei Worte standen darauf, in einer schönen weiblichen Handschrift: *von Moreno*. Als ich ihn geöffnet und die Mikro-SD-Karte gesehen habe, wusste ich sofort, worum es sich handelte. Das war Barralis Art, sich bei mir zu entschuldigen.

Im Präsidium habe ich dagesessen, die Karte unentschlossen zwischen den Fingern gedreht und mich gefragt, was ich tun sollte – sie der Staatsanwältin bringen, sie löschen oder mir einfach das Video ansehen. Diese heimlich gemachten Aufnahmen haben einige Menschen das Leben gekostet, und der Gedanke daran hat mir eine große Verantwortung auferlegt. Schließlich habe ich meine Entscheidung getroffen und hoffe, dass Moreno, wo immer er jetzt auch ist, nichts dagegen hat.

Als ich den Brunnentempel erreiche, wird mir ein wenig schwindelig. Ich knie mich hin und streiche mit den Fingern über die Steine, genau an der Stelle, wo Dolores ermordet wurde. Im Gegenlicht kann man noch einige Reste von getrocknetem Blut erkennen. Dort lege ich die Strandlilie ab, die ich mitgebracht habe.

Ich sehe mich um. Ich bin allein.

»Ciao, Dolores«, sage ich ganz leise. Ich küsse meine Fingerspitzen und lege sie auf den Stein. »Ich bin nur hier, um mich von dir zu verabschieden und dir zu sagen, dass diese Sache morgen für immer abgeschlossen sein wird.«

Denn letztendlich habe ich nicht den Mut gehabt, mir das Video anzusehen. Ich habe nur vier Kopien davon gezogen und sie anonym an die beiden größten Zeitungen der Insel und an zwei unabhängige Internetzeitungen geschickt. Vielleicht wird das Ganze morgen um diese Zeit schon online gegangen sein und diejenigen, an deren Händen Blut klebt, werden für ihre Taten büßen.

»Das waren wir dir schuldig, Dolores. Wir alle«, sage ich und stehe auf.

Während ich zum Ausgang gehe, muss ich daran denken, dass Morenos »Opfer« vergeblich war. Die Abteilung Cold Cases wurde einstweilen eingestellt: Die alten Akten von 1975 und 1986 sind wieder im Archiv und setzen dort Staub an, und ich glaube, dass diese Fälle nie gelöst werden. Ich bin zur Mordkommission versetzt worden. Noch weiß ich nicht genau, ob das eine Beförderung oder eine weitere Strafversetzung ist. Ich weiß nur eins, ich will in Cagliari bleiben. An dem Ort, wo ich zum zweiten Mal geboren wurde und wo ich mich allmählich zu Hause fühle.

Als ich zu meinem Wagen komme, in dem großartigen Gefühl der Erleichterung, dass ich diese furchtbare Geschichte nun endlich hinter mir gelassen habe, höre ich, wie mein Smartphone vibriert. Als ich die Nummer sehe, muss ich lächeln.

»Dann gibt's dich also doch noch?«, sage ich.

»Dachtest du wirklich, du wärst mich los?«, antwortet Mara.

»Das hatte ich gehofft!«

»Wo bist du?«

Ich sehe mich um und sage: »Darauf kommst du nie.«

Glossar

a cudda manera: »schlampig« (wörtlich: »auf diese Art«)

A una bida nche l'ant ispèrdida in sa nurra de su notte. Custa morte est creschende li lugore a sa luna. Abba non naschet si sàmbene non paschet: »Für ein Leben, das in der Höhle der Nacht verloren ging. Durch diesen Tod wird der Mond stets heller leuchten. Wasser fließt erst, wenn es von Blut gespeist wird.«

Abbardente: Bezeichnung für Aquavit, Schnaps (wörtlich: »brennendes Wasser«)

arresoja: sardisches Klappmesser mit langer schmaler Klinge und einem Griff aus Widderhorn

attitadoras: Klageweiber

Ba' (Abkürzung für *»babbu«*): »Pa« bzw. »Papa«

bagassa burda: »dreckige Hure«

bagassedda: ugs. »kleines Luder«

balentes: sardische Briganten, die eher nach »Robin-Hood-Art« raubten und entsprechendes Ansehen in der Bevölkerung genossen

Barbagia: gebirgige, dünn besiedelte Hochebene im Landesinneren von Sardinien

bellu casinu: »ein ordentliches Durcheinander« (wörtlich: »ein schönes Bordell«)

bidduncola: »Hinterwäldlerin«

binu nieddu: Rotweinsorte

Brunnenheiligtum: auf Sardinien befinden sich über hundert Bauten aus der Nuraghenkultur, mit denen Brunnen und Quellen eingefasst und / oder überdacht wurden

bruxa: »Hexe«

bundu: »Dämon«, »Teufel«

caddozzoni: sardische Bezeichnung für Imbissverkäufer oder Imbissstände

Cagliaritana: Einwohnerin von Cagliari

Cagliaritani (Pl.)*:* Einwohner von Cagliari

calloni (Subst. Pl.): »Saftsäcke«, »Arschlöcher«

Carabinieri: die Carabinieri gehören organisatorisch zum Verteidigungsministerium und bilden somit eine militärische Teilstreitkraft, sie erfüllen aber Polizeiaufgaben

caras de bundos: »diese dämonischen Masken«

carazza 'e boe: traditionelle Stiermaske im sardischen Karneval, speziell in Ottana

cardanca: »Zecke«

carrasegare / carrescare: sardischer Name für Karneval, von *»carre 'e segare«,* also: »Fleisch zum Zerreißen«

Casteddaio: der Dialekt von Cagliari

Casteddu 'e susu: Burgviertel, eines der historischen Viertel von Cagliari (wörtlich: »die Burg / Festung oben«)

cazzu diaulu: in etwa »Verflucht, zum Teufel!«

Civitates Barbariae (lat.): barbarische oder fremde Kulturen oder Völker

coga: »Hexe« (auch *bruxa,* s. o.)

Commissario: Dienstgrad der italienischen Polizei, entspricht dem Polizeioberkommissar

Commissario Capo: entspricht dem Polizeihauptkommissar

continentales: die Menschen vom Kontinent, also Festlanditaliener

Cumprendiu?: »Verstanden?«

cusinzos: »Stiefel«, Bezeichnung für ein typisches schweres Schuhwerk auf Sardinien

de sàmbene frittu: »kaltblütig«

Dea Madre (lat.): »Muttergöttin«

»die großen Drei«: Bezeichnung für die unheilige Allianz der Macht auf Sardinien aus Freimaurerlogen (*»massoneria«*), Bauunternehmern (*»muratori«*) und den Betreibern von Gesundheitseinrichtungen (*»medicina«*)

domus de janas: »Feenhaus«, Bezeichnung für eine bestimmte Art von Felsengräbern aus der Ozieri-Kultur

Eja!: »Hm!«, »Genau!«

faide: »Fehden«

Fariscazzustusu!: »Kümmer dich um deinen eigenen Scheiß!«

feminedda: »Frau«, »Weib«

fil' 'e ferru: sardischer Schnaps (wörtlich »Eisendraht«: vor einigen Jahrhunderten war es üblich, illegal gebrannte Spirituosen im Garten zu vergraben, und zum Wiederfinden der Behälter befestigte man ein Stück Eisendraht daran, das an der Oberfläche sichtbar blieb)

fizz'e bagassa: »Hurensohn«, »Bastard«

fizzu meu: »mein Sohn«

gaggi: »Trottel«, »Dummköpfe«

Gennargentu: höchstes Gebirge auf Sardinien mit mehreren Gipfeln von ca. 1800 Metern

Gigantengrab: pränuraghische, monumentale Grabanlagen auf Sardinien aus der Bonnanaro-Kultur (2200–1600 v. Chr.)

Hypäthral-Tempel: Tempel, der nicht überdacht ist

Ichnusa: sardische Biermarke

Ispettore Capo: Dienstgrad der italienischen Polizei, entspricht Polizeihauptmeister / Polizeihauptmeisterin

Karneval auf Sardinien: Auf der Insel wird der Karneval sehr urtümlich gefeiert, in jedem Dorf herrschen eigene Traditionen. Oft ist es Brauch, dass die jungen Männer sich mit Schafsfelljacken, Schellen und Holzmasken als eine Art Tierwesen (*mamuthones*) verkleiden, die durchs Dorf ziehen und am Ende eingefangen werden.

limba antica: alte Sprache, Idiolekt

Ma ha' fari coddai!: »Leck mich am Arsch!«

Maimone: sardischer Name für Dionysos

malarione: in etwa »sexbesessener Vollidiot«

mamuthone: Figur im sardischen Karneval, eine Art Tierwesen; das Kostüm besteht aus Schafsfelljacken, schweren Schellen und meist einer hölzernen Maske, die von Ortschaft zu Ortschaft variiert

mannoi: »Großvater«, »Opa«

mazzamortos: »der Fährmann der Seelen«

mincialone: »Riesendummkopf«, »Volltrottel«

mischinedda: »arme Kleine«

muccadore: Kopftuch der Sardinnen, meist schwarz

'Ndrangheta: kalabrische Mafia

NOCS *(Nucleo Operativo di Centrale Sicurezza):* Spezialeinheit der Italienischen Staatspolizei, vor allem zur Terrorismusbekämpfung

nudda: nichts

Nuraghen: prähistorische Turmbauten auf Sardinien aus einer auf die Jungsteinzeit (Neolithikum) folgenden Epoche (ca. 1600–400 v. Chr.)

Pagu genti, bona festa: in etwa »Klein, aber fein« (wörtlich: »wenige Leute, gutes Fest«; es bedeutet also, dass man auch mit wenigen Leuten viel Spaß haben oder im übertragenen Sinn viel erreichen kann)

paperi: »Papiere«, »Dokumente«

pintadera: Tonstempel zum Verzieren oder Kennzeichnen von Brotlaiben

Prefetto: Präfekt, leitender Beamter im Dienst des Innenministeriums

Protomen: Plastiken, die die Vorderteile, also meist Kopf und Brust, von Tieren darstellen, z.B. an Gefäßen oder an Schmuck

Protosarden: erste Einwohner Sardiniens (ab ca. 6000 v. Chr.)

Questore: Polizeipräsident

resolza: sardisches Klappmesser mit langer schmaler Klinge

rundinedda: kleine Schwalbe, »Schwälbchen«

s'imbovamentu: die »Ochswerdung«, die Verwandlung in einen Ochsen

sa: der bestimmte Artikel feminin Singular, also »die«

Sa die de sos mortos: wörtlich »Der Tag der Toten«, der Zeitraum zwischen dem 31. Oktober und dem 2. November, dem eigentlichen »Allerseelen«

sa genti arrubia: »das rote Volk«, sardischer Kosename für Flamingos

sa paradura: Ritual unter den Hirten und Bauern Sardiniens, nach dem bei Schicksalsschlägen jeder aus der Gemeinschaft Tiere oder Saatgut abgab, um die Not leidende Familie zu unterstützen

sa pippia 'e Mannaghe, auch: *sa mamma 'e sa funtana:* Puppe zur Symbolisierung des Geistes von Quellen oder Brunnen

sa sposa: sardisches, besonders liebevolles Kosewort, in etwa »meine Süße«

sàmbene: Blut

sas: der bestimmte Artikel feminin Plural, also »die«

sas animas: »die Geister (der Toten)«, *sas animas malas:* »die bösen Geister«

sciadau: »der Ärmste«

scimpra: »blöde Kuh«

Sopraintendenza Archeologica: Aufsichtsbehörde für Archäologie, als Teil des Ministeriums für Kulturgüter zuständig für den Schutz der Kulturgüter Italiens

sos: der bestimmte Artikel maskulin Plural, also »die«

sos carabineris: »die Carabinieri«

Sostituto Procutatore: stellvertretender Staatsanwalt / Staatsanwältin

Squadra Mobile: Kriminalpolizei, zu der neben anderen Abteilungen auch die Mordkommission gehört

su: der bestimmte Artikel maskulin Singular, also »der«

su dillu: traditioneller Tanz auf Sardinien

su tziu: sardisches Kosewort, in etwa »mein Guter« (wörtlich »Onkel«)

tanca (Pl. *tancas*): Ländereien, aber auch die Grenzen, die diese einschließen

taschedda: typischer Lederbeutel

terra mala: »unheilvolle Erde«

Trexenta: Region nördlich von Cagliari

tumba de zos zigantes: »Gigantengrab«

tzia rua bagassa: in etwa »hässliche alte Hure«

tzia (Pl. *tzie*): »Tante«, »Tanten«

tzilleri: »Dorfkneipe«

Unione Sarda: »Sardische Union«, älteste und verbreitetste Tageszeitung auf Sardinien

US Cagliari (Unione sportiva Cagliari), auch »Cagliari Calcio«: Fußballverein von Cagliari

vesserias: »Blödsinn«

Vicecommissario: Dienstgrad der italienischen Polizei, entspricht dem Polizeikommissar

Vicequestore: stellvertretender Polizeipräsident

ziodde: alte Tanten

KAMPA VERLAG

Dino Minardi
Biblioteca Criminale
Pellegrinis vierter Fall

Kriminalroman

Die Tagung der Vereinigung *Hominis et Tigris* findet in diesem Jahr in der altehrwürdigen Bibliothek in der Città Alta von Bergamo statt. Kriminalistisch Interessierte aus ganz Europa kommen zusammen, unter ihnen auch Commissario Marco Pellegrini von der Polizia di Stato in Como. Doch noch vor dem ersten Vortrag wird klar, dass die Konferenz nicht wie geplant stattfinden kann. Der Archivar der Bibliothek, Bertoldo Novarese, ein schmächtiger Mann mit Brille und grauen Locken, wurde mitten in der Nacht erschlagen. Ausgerechnet mit einem Folianten!

Niemand hatte zu dieser Uhrzeit Zutritt zur Bibliothek – außer den Konferenzteilnehmenden, die im Lesesaal zu einer nächtlichen Gesprächsrunde zusammengekommen waren. Zwar wurde der Archivar von vielen für seine Pedanterie belächelt, aber ein Mordmotiv gibt das nicht her. Oder sind die Schätze, die Novarese hütete, kostbarer, als die meisten meinen? Pellegrini übernimmt den Fall und muss in den eigenen Reihen ermitteln. Auch privat kommt er nicht zur Ruhe: Franca ist ihm noch eine Antwort schuldig, und die wird sein ganzes Leben verändern.

»Wunderschönes italienisches Flair, Atmosphäre
und ein sehr sympathischer Commissario.«
Cornelia Hüppe / RBB

KAMPA VERLAG

Jürgen Seidler
Schmutziges Licht
Kriminalroman

Ein schwarzes Mädchen wird entführt.
Ihr Vater fürchtet die Geister der Vergangenheit.

Weil er ein guter Polizist war, musste Peter Ebuk aus Uganda fliehen. Seit drei Jahren lebt er mit seiner Tochter in einem brandenburgischen Dorf in der Nähe von Rheinsberg und hofft auf Asyl. In seiner Heimat hat der ranghohe Polizist mächtige Männer hinter Gitter gebracht – und das wurde ihm zum Verhängnis. Auf der Flucht wurde seine Frau erschossen. An einem völlig fremden Ort trägt er jetzt allein die Verantwortung für seine Tochter. Die Schuld am Tod seiner Frau lastet weiter schwer auf ihm, als seine dreizehnjährige Tochter Viktoria während des Osterfeuers verschwindet. Bei Jugendlichen in Viktorias Alter komme es nicht selten vor, dass sie sich verspäteten, erklärt ihm die örtliche Polizei, doch Ebuk befürchtet das Schlimmste: Ist ihm der ugandische Geheimdienst bis nach Deutschland gefolgt? Haben die Männer, deren schmutzige Geschäfte er aufdeckte, nun seine Tochter entführt? Die brandenburgische Polizei prüft währenddessen eine Verbindung zu dem mysteriösen Verschwinden eines anderen Mädchens fünf Jahre zuvor. Eine weitere Spur führt in die rechtsradikale Szene, zu den Bewohnern eines Gutshofs, die sich als »völkische Siedler« bezeichnen ...

KAMPA VERLAG

Susan Hill

Seelenängste

Der dritte Fall für Inspector Serrailler

Kriminalroman

Aus dem Englischen von Susanne Aeckerle

Acht Monate ist es her, dass der kleine David Angus verschwunden ist, und die Polizei von Lafferton tappt noch immer im Dunkeln. Detective Chief Inspector Simon Serrailler, den der Fall schwer belastet, ist kurz davor, die Hoffnung aufzugeben – dann gibt es endlich einen Hinweis, eine Spur. Serrailler höchst- persönlich nimmt die Verfolgung auf. Und schließlich macht der Täter einen gewaltigen Fehler – und geht der Polizei ins Netz. Zur selben Zeit wird die junge Pastorin Jane von einem verwirrten Witwer als Geisel genommen. Ganz Lafferton ist in Aufruhr, die Nerven liegen blank! Und auch privat liegt bei Simon Serrailler einiges im Argen. Seine Ex-Freundin Diana scheint die Trennung noch nicht über- wunden zu haben, Cat, die Zwillingsschwester des Detective Chief Inspector, will mit ihrer Familie nach Australien auswandern – und dann stirbt auch noch Serraillers Mutter.

»Ich liebe dieses Buch.
Meisterhaft – atemberaubend!«
Ruth Rendell

KAMPA VERLAG

Michael Connelly
Zwei Wahrheiten
Der neue Fall für Harry Bosch

Kriminalroman
Aus dem amerikanischen Englisch von Sepp Leeb

Seit er zwei Jahre zuvor vom LAPD zwangspensioniert wurde, arbeitet Harry Bosch als Freiwilliger für das unterfinanzierte San Fernando Police Department im Los Angeles County. In einer zum Büro umfunktionierten Zelle voller Aktenberge löst er ungeklärte Fälle. Als in einer Apotheke zwei Mitarbeiter, Vater und Sohn, erschossen werden, wird Bosch an den Tatort gerufen. Alles deutet auf einen Rachemord hin. Bosch und seine Kollegin Bella Lourdes nehmen die Ermittlungen auf – und stoßen auf eine Pill Mill, eine Klinik, die illegale Betäubungsmittel und verschreibungspflichtige Medikamente verkauft. Zur selben Zeit wird beim LAPD ein alter Fall neu aufgerollt. Der verurteilte Mörder Preston Borders, der seit dreißig Jahren in der Todeszelle sitzt, erhebt schwere Vorwürfe: Bosch soll bei seinen Ermittlungen Beweise gefälscht haben. Für Bosch beginnt ein Wettlauf gegen die Zeit. Ihm bleiben neun Tage bis zur Anhörung, und er muss neue Beweise finden – um seinen Ruf zu schützen und einen Mörder hinter Gittern zu halten.

»Harry Bosch ist ein Held, der seinesgleichen sucht.«
The New York Times